W0463027

JOY FIELDINGOVÁ

Dámy Z GRAND AVENUE

IKAR

Joy Fielding
GRAND AVENUE

Copyright © 2001 by Joy Fielding Inc.
All rights reserved, including the right to reproduce this book
or portions thereof in any form whatsoever
Translation © 2002 by Ludmila Hanzlíková
Jacket design © 2002 by Viera Fabianová
Czech edition © 2002 by Euromedia Group, k. s.

ISBN 80-249-0065-3

Beverly Slopenové,
opravdové dámě

Poděkování

Především chci poděkovat všem, kdo mi napsali či e-mailovali po vydání románu *Poprvé*. Potěšilo mě, jak se vám kniha líbila, a budu ráda, jestli vás nezklamou ani *Dámy z Grand Avenue*. Čtenářský ohlas je pro mne nesmírně důležitý, proto velmi ocením, najdete-li si čas a opět mi sdělíte své mínění.

Zvláštní dík patří Jan Evansové, báječné a velkorysé ženě, která mě během mého nedávného přednáškového turné provedla po Cincinnati a poskytla mi o tomto překrásném městě přímo záplavu pozoruhodných informací. Jenom doufám, že jsem v knize nic nepopletla.

Za cenné rady a podporu upřímně děkuji své bývalé redaktorce Lindě Marrowové stejně jako své současné redaktorce Emily Bestlerové. Zapomenout samozřejmě nesmím na všechny ty skvělé, talentované a výjimečně ochotné zaměstnance nakladatelství Pocket Books, z nichž mi obzvlášť pomohl technický redaktor Steve Boldt. A pokud jde o Judith Currovou, ta pro autory představuje doslova ideální vydavatelku.

Zmínku si jako obvykle zasluhují moji stálí spolupracovníci Owen Laster, Larry Mirkin a Beverly Slopenová, dále pak Warren, Shannon a Annie. Díky, díky, jsem vám všem hluboce zavázána.

PROLOG

S ÚSMĚVNOU NADSÁZKOU JSME SI ŘÍKALY „DÁMY Z GRAND AVENUE". My, čtyři ženy různé výšky, váhy a věku, které měly věru pramálo společného (jak to alespoň vypadalo tenkrát při našem prvním setkání před nějakými třiadvaceti lety), pomineme-li ovšem, že jsme všechny bydlely v téže klidné ulici lemované stromy, že jsme byly provdané za ctižádostivé a úspěšné muže a že každá z nás se mohla pochlubit přibližně dvouletou dcerkou.

Mariemontu, „lepšímu" předměstí Cincinnati, se v uplynulých letech nevyhnuly výrazné změny, nicméně naše domácká a vlídná Grand Avenue kupodivu stále zůstávala stejná jako dřív: dvě řady úhledných rodinných domků s dřevěným průčelím, postavené v bezpečné vzdálenosti od silnice, která odbočovala z rušné hlavní třídy a beze spěchu se vinula až k malinkému parčíku. Právě tady v Grand Parkette, jak naši radní, projevující ještě větší smysl pro ironické přehánění než my, pojmenovali ten mrňavý trojúhelníkový plácek, jsme se téměř před čtvrtstoletím seznámily, čtveřice dospělých žen stojících v neurovnané frontě na tři dětské houpačky. Čtveřice žen, trojice houpaček, chápete? Smolařce zbýval jen potupný odchod na pískoviště, podbarvený srdceryvným kvílením ukřivděného batolete. Ale snad ještě horší bylo vědomí, že matka nikoliv poprvé a už vůbec ne naposledy zklamala dceřinu slepou důvěru.

Nevzpomínám si, která z nás tehdy v očích svého děcka zoufale selhala a propadla hrdlem, nevzpomínám si, kdo koho jako první oslovil, nevzpomínám si, o čem jsme to vlastně mluvily. Zato mi v paměti utkvělo, jak lehce plynula slova, jak snadno jsme střídaly témata, oprašovaly známé anekdoty a vstřícně se usmívaly, jak rychle a samozřejmě vznikala vzájemná důvěra, o to vítanější, že zcela nečekaná.

Nejživěji si dokážu vybavit náš smích. Ještě dnes, po tolika letech, jimiž protekly řeky slz, a navzdory všem nepředvídatelným, někdy hrůzným zákrutům našich osudů, ten spontánní smích slyším - rozverný, nevázaný, přesto však podivuhodně melodický chór hihňání a řehotu přesahující několik oktáv, chór hlasů různé intenzity, osobitých jako vlastnoruční podpis, vzájemně odlišných, jak jsme se lišily jedna od druhé. Ano, ty zdánlivě nesourodé zvuky spolu ladily, tvořily překvapivě harmonickou směs. Ozvěna onoho dávného, znovu a znovu vybuchujícího smíchu mě dlouho provázela všude, kam jsem šla. Dokázala jsem si ji kdykoliv přivolat. Posilovala mě. Možná i proto, že později se upřímný smích stával vzácností.

Z parčíku nás tehdy vyhnala až náhlá a prudká jarní přeháňka, se kterou jsme pochopitelně nepočítaly. Ale nechtěly jsme přerušit příjemnou zábavu jen kvůli rozmarům počasí a tak padl návrh, abychom se uchýlily k některé z nás. Nejspíš jsem s tím nápadem přišla já, neboť jsme skončily v našem domě. A možná skutečným důvodem byla skutečnost, že právě k nám jsme to měly z parku nejblíž. Už si přesně nevzpomínám. Dobře si však pamatuju, jak jsme se zuté, s mokrými vlasy a v promoklých šatech spokojeně uvelebily ve dřevem obložené herně v suterénu, usrkávaly čerstvě uvařenou kávu a stále ještě rozesmáté pozorovaly své dcerky, batolící se u našich nohou. Trochu provinile jsme si přitom uvědomovaly, že se bavíme lépe než děti, které by nepochybně mnohem raději byly doma, kde se s nikým nemusí dělit o hračky ani o pozornost vlastní matky.

„Co takhle založit klub?" nadhodila jedna z nás. „A budeme se scházet pravidelně."

„Skvělý nápad," nadšeně souhlasily ostatní.

Připadalo mi, že slavnostní chvíli by se hodilo zaznamenat pro věčnost, a pohotově jsem vyhrabala manželovu téměř nepoužívanou kameru Kodak Super 8, s níž jsem neuměla zacházet o nic dokonaleji, než teď umím zacházet s její moderní obdobou. Výsledek odpovídal mým schopnostem: spousty trhaných záběrů, rozmazané obličeje, často bez horní části hlavy. Před několika lety jsem si film nechala přetočit na videokazetu - a kupodivu se mi najednou zdá o poznání lepší. Třeba je to zásluha moderních technologických postupů či mé širokoúhlé televizní obrazovky deset na dvanáct stop, která se spustí od stropu, jakmile stisknu tlačítko. Ale možná se mi prostě jen zhoršil zrak, nevidím technické nedostatky a mám tedy dojem, že se mi náš improvizovaný dýchánek tenkrát podařilo zachytit docela slušně.

Když si film dnes pouštím, neubráním se dojetí - bez ohledu na to, kolikrát jsem jej shlédla. Pokaždé znovu žasnu, jak neuvěřitelně, neskutečně mladé jsme tehdy byly. Ale doslova mi bere dech především poznání, že v našich líbezně hlaďounkých tvářičkách jako by už bylo vepsáno, co nás později čekalo. A přesto... kdybyste mě požádali, abych se zahleděla do těch rozzářených, zjevně šťastných tváří a předpověděla jim budoucnost, nesvedla bych to ani teď, po třiadvaceti letech, kdy až moc dobře vím, jak všechno dopadlo. Neboť něco jiného je *znát* a něco jiného *přijmout,* co osud těm ženám přichystal. Možná proto se ke svým dávným amatérským záběrům tak často vracím. Hledám odpovědi? Hledám spravedlnost? Hledám smíření a klid?

Sbírám odvahu?

Ano, takhle jednoduché - a současně složité - to asi bude.

Jedno vím bezpečně: kdykoliv se dívám na tu čtveřici mladých žen, kdykoliv se dívám na naše mládí, neuměle zachycené, ale navždy konzervované na videopásce, vidím před sebou čtyři cizinky. Ani jedna z nich mi není povědomá. Postava představující mne samotnou mi připadá stejně cizí jako ty ostatní.

Říká se, že oko je oknem do duše. Lze tomu věřit? Lze věřit, že při pouhém pohledu do očí těch čtyř žen skutečně pronikneme tak hluboko? A co teprve velké něžné oči nevinného drobečka usmívajícího se v matčině náručí - troufá si kdokoliv tvrdit, že by za nimi vytušil tlukot zrůdného srdce?

Obvykle vidíme jenom to, co vidět chceme.

A tak tam sedíme v nepravidelném půlkruhu, smějeme se a jedna po druhé koketně máváme přímo na kameru, čtveřice nejobyčejnějších žen, které svedla dohromady čirá náhoda a zaskočil jarní déšť. Naše křestní jména jsou stejně obyčejná jako my samy: Susan, Vicki, Barbara a Chris. Jména, jaká se v naší generaci vyskytují zcela běžně. Ovšem pokud jde o naše dvouleté dcerky, to už je něco úplně jiného. Děti sedmdesátých let, hýčkané plody našich poučených, tvořivých a privilegovaných klínů, měly být veskrze výjimečnými bytostmi, alespoň každá z nás o tom byla skálopevně přesvědčena, a tohle přesvědčení, tuhle naději jsme sebevědomě vyjádřily i v křestních jménech svých ratolestí: Ariel, Kirsten, Tracey a Montana. Ano, dokonce Montana. To je ona, ta vpravo na kraji, světlovlasý růžolící andílek, který právě hněvivě kope do matčiných kotníků, obrovské modré oči plné slz – a vzápětí baculaté nožky nesou vzpurně vzpřímené tělíčko z dosahu kamery. Nikdo netuší, co se skrývá za tím nečekaným výbuchem zlosti, nejméně ze všech jej chápe andílkova matka Chris, která se snaží holčičku uklidnit a přilákat ji zpátky. Marně však rozvírá náruč, Montana zarputile setrvává mimo obraz, nepřístupna slibům ani domluvám. Chris se ještě chvíli dost nepohodlně naklání směrem ke trucujícímu dítěti, ale její rozpjaté paže dál zůstávají prázdné. Dlouhé světlé vlasy má sčesané ze srdčitého obličeje a svázané do ohonu, takže připomíná spíš vymydlenou dívenku na hlídání než téměř třicetiletou ženu. Výraz ve tváři napovídá, že Chris bude pořád a pořád takhle čekat, až jí dcera odpustí domnělé křivdy a vrátí se tam, kam patří.

Dnes mi připadá neuvěřitelné, že ani jedna z nás se tenkrát nepovažovala za obzvlášť hezkou či půvabnou. Za krasavici se nepokládala dokonce ani Barbara, někdejší Miss Cincinnati a finalistka při volbě Miss Ohio; nadále si pěstovala umné účesy a chodila výhradně na jehlových podpatcích, ale přesto o sobě neustále pochybovala a nepřestávala se trápit kvůli váze i každičké sotva postřehnutelné vrásce kolem nádherných hnědých očí a smyslných, skoro vyzývavých úst. Na mém dávném filmu sedí vedle Chris. Natupírovaná helmice tmavých vlasů jí v dešti trochu zplihla, módní lodičky Ferragamo zůstaly společně s teniskami a sandály nás ostatních za domovními dveřmi, její držení těla je však naprosto dokonalé. Boty s nízkými podpatky by si Barbara nevzala ani do parku, nikdy si nepořídila džíny. Svému oblečení věnovala až úzkostlivou péči a od svých patnácti let se před nikým (ani před manželem) neukázala nenalíčená. Svěřila se nám, že po celé čtyři roky, co je vdaná, vstává denně v šest, tedy o půl hodiny dřív než manžel, osprchuje se, učeše a nalíčí. Ron se zamiloval do Miss Cincinnati, prohlásila, jako by vypovídala před porotou. A skutečnost, že se ze mne stala vdaná paní, mi přece nedává právo, abych začala zanedbávat svůj vzhled... Velmi brzo Barbara vstávala i o víkendech, neboť chtěla být vzorně upravená ve chvíli, kdy se probudí dceruška Tracey a bude se dožadovat nakrmení.

Ne že by Tracey měla bůhvíjak přehnané nároky. Podle Barbary byla holčička v každém ohledu přímo ukázková. Potíže své matce způsobila vlastně jen jednou, při narození. Děťátko vážící více než devět liber a ke všemu usazené v obrácené poloze totiž nijak nespěchalo na svět a tvrdošíjně odolávalo pokusům o otočení. Nakonec všechno vyřešil císařský řez, který na Barbařině břiše zanechal výraznou jizvu od pupku dolů. Jistě, dnes lékaři většinou volí méně nápadný a esteticky přijatelnější příčný řez, který naruší méně svalů a navíc se celkem snadno schová pod plavkami. Ovšem Barbara už si nemohla dovolit bikiny, což konstatovala s upřímnou lítostí. Další důvod k obavám. Další bariéra, oddělující vdané ženy od bezstarostných Missek Cincinnati tohoto světa.

Jen sledujte, s jakou královskou noblesou Barbara dokáže sklouznout z křesla na podlahu, nenápadně si urovnat sukni pod koleny a neuvěřitelně trpělivě pomáhat osmnáctiměsíční dcerce stavět domeček z kostek. Znovu a znovu kostky zvedá, předvádí holčičce, kam by je měla umístit, aby nespadly, žádná neobratnost dítěte ji nevyvede z míry. Za chviličku se Tracey stulí do matčina bezpečného náručí a zavře oči s dlouhými řasami, které stejně jako své tmavé kudrny zdědila po Barbaře. Jemná tvářička připomíná obličej porcelánové panenky.

Ve filmu Barbara pouze němě pohybuje rty, já však dosud slyším ten konejšivý zpěvný tón, jakým s dcerou vždycky mluvila. „Byla jednou jedna malá holčička a ta měla kudrlinku přímo uprostřed čela. A když hezky poslouchala, byla moc a moc hodná holčička. Ale když zlobila, byla to..."

„Zlobivá holka!" vítězoslavně tehdy vykřikla Tracey, čokoládově hnědé oči náhle dokořán. A všechny jsme se rozesmály.

Nejhlasitěji se smála Barbara, ačkoliv ve tváři se jí téměř nepohnul ani sval. Koneckonců ve svých dvaatřiceti z nás byla nejstarší - a v hrůze z vrásek si dokonale vypracovala umění smát se bez jakékoliv doprovodné mimiky. Pouze pootevřela ústa, načež se ozval silný chraptivě řičivý zvuk, její rty však zůstaly podivně nehybné, neroztáhly se, nezkřivily, nezvlnily. V tomhle směru byla Barbara pravým opakem Chris, která se smála každým kouskem obličeje, i když její smích zněl tiše, jemně a skoro nesměle, jako by si nepřestávala uvědomovat, že za všechny příjemně strávené chvíle bude třeba platit.

Přestože naše rodiny bydlely na Grand Avenue už nejméně rok, Barbara a Chris se před oním odpolednem dosud nikdy nepotkaly. Ale okamžitě se z nich staly nejlepší přítelkyně. Ano, protiklady se občas opravdu přitahují. Obě mladé ženy se od sebe lišily nejen fyzicky (blondýnka - bruneta, malá - vysoká, přirozený ruměnec - důmyslné líčení), ale i povahami. Skvěle se však vzájemně doplňovaly. Chris dokázala být povolná tam, kde Barbara projevovala tvrdou neústupnost, silná, když Barbara ochabovala, zdrženlivá a rozvážná, pokud Barbara ztrácela hlavu. Brzy z nich byla nerozlučná dvojice.

A teď už si všímám Vicki. Přitahuje pozornost, prosazuje se, jak je ostatně jejím zvykem. Se svými osmadvaceti lety je mezi námi nejmladší. A zároveň nejúspěšnější. Vystudovala práva a jako jediná z nás měla tenkrát zaměstnání. (Susan ovšem navštěvovala univerzitní přednášky a připravovala se na doktorát z anglické literatury.) Krátce zastřižené rudohnědé vlasy jen zvýrazňovaly ostré rysy Vickina protáhlého hubeného obličeje. Její oříškově hnědé oči se zdály dost malé, zato až znepokojivě pronikavé, skoro hrozivé, což pro ctižádostivou advokátku z prestižní právnické firmy ve středu města nepochybně představovalo značnou výhodu. Vicki byla menší než Barbara, ale vyšší než Chris a vážila nejméně z nás, necelých 105 liber. Její útlé tělo na první pohled vyvolávalo dojem křehkosti a zranitelnosti, uvnitř však skrývalo nevyčerpatelné zdroje síly a energie. I když Vicki právě teď klidně sedí, celé její tělo neznatelně vibruje jako ladička.

Vickině dcerce Kirsten je na našem prvním dýchánku teprve dvaadvacet měsíců, ale přesto už vypadá jako věrná kopie své matky. Je stejně jemně a křehce stavěná, a když na ni mluvíte, její jasné oříškové oči se po matčině příkladu dívají mimo vás, jako by se kdesi za vašimi zády odehrávaly mnohem zajímavější, mnohem atraktivnější, mnohem *důležitější* věci, které si za žádnou cenu nesmí nechat ujít. Malá Kirsten se na chviličku nezastaví, neustále padá, vstává, odbíhá a opět přibíhá, znovu a znovu se dožaduje matčiny pozornosti, matčina souhlasu. Vicki holčičku občas nepřítomně pohladí, jejich pohledy se však jen málokdy setkají. Možná dcerku – podobně jako zpočátku také nás ostatní – příliš oslňuje obrovský diamant, jiskřící na Vickině levém prsteníku. Jenom si všimněte: jeho lesk chvílemi dominuje celému záběru, až obrazovka přízračně zbělá.

Vicki se provdala za muže o dobrých pětadvacet let staršího. Znala ho od dětství. Jeden z jeho synů byl jejím spolužákem na střední škole a nějaký čas to mezi nimi dokonce vypadalo na velkou studentskou lásku. Pak se ovšem Vicki rozhodla, že před synem dá přednost otci, a následný skandál rozdělil rodinu. „Skutečně šťastné manželství rozbít nemůžete," přesvědčovala nás onoho prvního odpoledne Vicki za pomoci známého výroku Elizabeth Taylorové. Horlivě jsme přikyvovaly, třebaže jsme zcela nedokázaly skrýt své ohromení.

Vicki vůbec ráda šokovala své okolí, ale ženy brzy zjistily, že se jim to vlastně líbí. Přes spousty svých menších i větších vad byla totiž Vicki úžasně zábavná. V kroužku přítelkyň působila jako jiskra zažehávající oheň, teprve její přítomnost znamenala, že večírek může doopravdy začít, okamžitě se stávala hybnou silou, osou, kolem níž se všechno točilo, vzrušeně tepajícím srdcem, kde proudil ten pravý život. Pravda, úvodní rozehrávku obvykle neprováděla, o to se kupodivu mnohem častěji postarala poněkud nesmělá Susan, Vicki se však pokaždé rychle zmocnila míče a zajistila svému mužstvu vítězství. A na nic jiného než na vítězství Vicki nikdy nehrála.

Ve srovnání s prudkou až nezkrotnou Vicki Susan vyhlíží téměř jako ztělesnění poklidu a důstojnosti. Sedí s rukama sepjatýma v klíně, světlehnědé vlasy se jí úhledně stáčejí pod bradu. Celkem pohledná, až na to, že během těhotenství „nabrala" pětatřicet liber, z nichž se jí po narození Ariel dosud nepodařilo zhruba patnáct liber shodit. Ani dřív se sice nesnažila upoutávat na sebe pozornost a držela se spíš v ústraní, vinou nadváhy se však stala ještě plašší a co nejvíc se vyhýbala fotografování. Ostatní ženy jí nabízely nejrůznější rady, podrobně vysvětlovaly své diety i cvičební sestavy a Susan pozorně naslouchala, nikoliv z pouhé zdvořilosti, ale protože odjakživa raději poslouchala než mluvila, její mysl připomínala mořskou houbu a dychtivě do sebe vsávala každičkou novou informaci. Veškerá doporučení si pak zapsala do deníku, který si začala vést po Arielině narození. Kdysi snívala, že se jednou stane spisovatelkou, a když se k tomu zdráhavě a ostýchavě přiznala, doporučila jí Vicki, aby si promluvila s jejím manželem, který vlastnil řadu časopisů a hodlal své vzkvétající tiskové impérium dále rozšiřovat.

Susan se usmívá, neboť dcerka ji zašimrala na holých chodidlech. Nejvyšší čas změnit téma, pomyslela si Susan vzápětí. Mnohem snáze se jí hovoří o univerzitních přednáškách, jsou nesrovnatelně skutečnější než její sny a Susan rozhodně není žádný nepraktický snílek. Po svatbě přerušila studium a našla si práci, aby manžel mohl dokončit vlastní studia. Ale teď, kdy jako zavedený lékař slušně vydělával, rozhodla se dostudovat sama. Jak se přítelkyním svěřila, manžel ji v jejím odhodlání velmi podporoval. A matka jí přes den vypomáhala s hlídáním Ariel.

„To máš kliku," poznamenala Chris. „Moje máti žije v Kalifornii."

„Mně matka zemřela brzy potom, co se narodila Tracey," špitla Barbara a do očí jí okamžitě vhrkly slzy.

„Já matku naposledy viděla jako čtyřletá," ušklíbla se Vicki. „Pláchla s otcovým obchodním partnerem, čubka jedna. Od té doby jsem o ní neslyšela."

Zavládlo tísnivé ticho - jako dost často po některém z Vickiných záměrně provokativních výroků.

Susan mrkla na hodinky. Ostatní udělaly totéž. Ozval se názor, že se nějak připozdilo a doma čekají povinnosti. Hned nato padl návrh pořídit skupinový záběr, který by nám navždy připomínal dnešní významné odpoledne. Společně jsme umístily kameru na stoh knížek v rohu místnosti. A pak jsme se i s dcerkami sesedly tak, aby nás film zachytil všechny současně.

Takže tady nás máte, dámy a pánové.

Na jednom konci Susan v modrých džínách a neforemné plandavé košili, na klíně Ariel. Útlé dětské tělíčko ostře kontrastuje s matčiným velebným a snad až příliš kyprým zjevem.

Z opačné strany skupinku uzavírá Vicki. Má na sobě bílé šortky a puntíkatý top a právě se pokouší rozpojit prsty své dcerky Kirsten, která ji úpěnlivě drží kolem krku. Ve Vickiných očích planou čtverácké ohníčky a její pohybující se rty naznačují přímo do kamery jakési veselé sprosťárny.

Uprostřed sedí Chris a Barbara. Chris v bílých kalhotách a červenobíle pruhovaném tričku jen s námahou brání malé Montaně v dalším trucovitém útěku od společnosti. Zato Tracey se na Barbařině sukni ani nepohne. Barbara podpírá dlaň holčičky a pomáhá jí mávat na pozdrav, jako by matka a dcera byly jedna duše, jedno tělo.

Dámy z Grand Avenue.

Přítelkyně na celý život.

Jistě, jak se ukázalo, jedna z nás vlastně žádnou přítelkyní nebyla, ale o tom jsme tehdy ještě nevěděly.

Stejně tak jsme nemohly tušit, že o třiadvacet let později budou dvě z žen mrtvé, jedna dokonce jako oběť surové vraždy.

Což znamená, že ze čtyřlístku zbývám jenom já.

Mačkám tlačítko, páska ve videokazetě se převíjí, poposedám v křesle a netrpělivě čekám, až film začne znovu. Možná, nepřestávám doufat, ve chvíli, kdy se ženy opět objeví, každá s dcerkou na klíně a budoucností vepsanou ve tváři, náhle všechno dostane smysl. Konečně najdu spravedlnost, kterou hledám, klid, po kterém toužím. Konečně pochopím.

V duchu slyším bezstarostný, spontánní a překvapivě harmonický smích čtyř mladých žen. Příběh začíná.

ČÁST PRVNÍ

1982 – 1985

CHRIS

I

CHRIS LEŽÍ V ŠIROKÉ MOSAZNÉ POSTELI, OČI ZAVŘENÉ. NAŠKROBENÉ bílé povlaky jí obepínají tělo od prstů na nohou až po bradu. Paže tiskne k bokům, jako by ji někdo pevně spoutal. Egyptská mumie spočívající hluboko v nitru prastaré pyramidy. Mumie, nad jejíž hlavou davy zvědavých turistů neustále šoupou špinavými sandály. Což by vysvětlovalo tu úpornou bolest hlavy, napadá Chris a snad by se i zasmála, příliš jí však buší ve spáncích a to bušení podivně souzní s dutými údery jejího srdce. Kdy se naposledy cítila tak ztracená, tak vyděšená?

Ale ne, mluvit přímo o děsu či strachu by bylo přehnané, usuzuje vzápětí Chris a chvatně cenzuruje své myšlenky, ještě než stačily nabýt konečné podoby. Co ji ochromuje, to jsou spíš obavy, jakýsi neurčitý neklid, zvolna vzlínající spletí tepen, žil a cév jako rozpuštěný jed. Ano, pouze tenhle obtížně popsatelný a vlastně nepojmenovatelný pocit ji nutí semknout víčka a ležet bez hnutí, až připomíná člověka, který zemřel ve spánku.

Mají i mrtví takové neodbytné a *všepronikající* tísnivé pocity? ptá se v duchu, pomalu ji však ty morbidní úvahy začínají rozčilovat a raději se tedy zaměřuje na obvyklé zvuky, ohlašující každé ráno: šestiletá Montana si v předsíni zpívá, tříletý Wyatt si v dětském pokoji hraje s vláčkem, který dostal k Vánocům, Tony dole v kuchyni opakovaně otvírá a zavírá zásuvky. Umrtvující strach se během několika málo minut mění v pouhou nervozitu, jaká se dá mnohem lépe zvládnout a posléze také překonat. Ještě pár minut - a Chris třeba sama sebe přesvědčí, že to, co se odehrálo v noci, byl jenom zlý sen, výplod příliš bujné - *ujeté,* jak by se vyjádřil Tony –, fantazie.

„*Je to svízel!*" vyzpěvuje Montana.

„Húú húú, húú húú," napodobuje Wyatt prudkou jízdu svého vláčku.

Dole opět rachotí zásuvky. Cinká nádobí.

„Nic než malá svízel.“

Chris otvírá oči.

Mám tajemství, napadá ji.

Pohledem klouže po nevelké ložnici, hlava se však uprostřed péřového polštáře ani nepohne. Těžkými závěsy v odstínu slonoviny proniká slunce, světlemodré stěny bělejí, v jednotlivých svazcích paprsků jsou vidět zrnka prachu, lehounce se vznášející nad Chrisinou hlavou. Černý rolák, který měl Tony na sobě včera při večeři, zůstal nedbale přehozený přes opěradlo modré čalouněné židle v rohu pokoje, jeden z rukávů visí až na prošlapaný modrý koberec, na němž dosud nezaschla lepkavá skvrna od kdysi dávno rozlité jablečné šťávy. Dveře do koupelny jsou otevřené stejně jako dveře skříně a horní zásuvka prádelníku. Hodiny na nočním stolku ukazují 9:04.

Měla by vstát a obléknout se. Tony už nejspíš dal Montaně a Wyattovi snídani, což by nebylo nic neobvyklého, v neděli ráno se o děti vždycky stará on. A kromě toho k ní po větších hádkách bývá obzvlášť pozorný. Také tentokrát. Jakmile se Wyatt začal ozývat, Tony tiše vyklouzl z postele a spěšně se oblékl. Potom se k ní sklonil, něžně ji políbil na čelo a zašeptal: „Jen spi.“ A Chris ochotně předstírala, že spí, dobře ho však slyšela, jasně cítila i jemný a šimravý dotek jeho dechu na své pleti.

V noci se zoufale snažila usnout, ale marně. A teď, když se jí víčka přece jen začínala klížit, bylo už pozdě. Děti se každou chvíli přihrnou do ložnice a budou se dožadovat matčiny pozornosti. Ano, musí vstát a osprchovat se. Čeká ji perný den.

Chris zívla, pak odhodlaně odhrnula pokrývku a spustila nohy na podlahu. Zatímco jako v mátohách mířila do koupelny, pod bosými chodidly jí křupaly neviditelné drobečky ze sušenek. „Panebože!“ vyjekla, když v zrcadle nad umyvadlem spatřila svůj opuchlý obličej. „Tohle mám být já?“ Bříšky prstů zlehka přejela po váčcích pod očima. Na to, aby se k spánku ukolébávala pláčem, byla už trochu stará.

Stejně jí slzy nepomohly. Celou noc probděla. „Chris,“ šeptal jí co chvíli do ucha Tony, a když nereagovala, odsunul se zpátky na svou půlku postele. „Chris, jsi vzhůru?“

Takže sám taky nespal, pomyslela si nikoliv bez pocitu zadostiučinění. Opatrně si opláchla obličej, na oči přiložila studený obklad a potom sledovala, jak se její pleti postupně vrací původní podoba. „Kdo vlastně jsi?" téměř udiveně se zeptala a shrnula si z čela pramínek rozcuchaných blond vlasů. „Že ale umíš dát člověku zabrat," odpovědělo jí zrcadlo Vickiným hlasem a Chris se zahihňala. Smích zněl zastřeně a skřípavě, jako když kočka škrábe na dveře.

„Je to svízel!" vyzpěvovala Montana kdesi za zdí koupelny.

Aby ne, pomyslela si Chris, stoupla si pod sprchu a otočila kohoutkem. Proud horké vody začal dopadat na ruce a na nohy, jako tisíce drobounkých jehliček příjemně zpracovával záda. Noční nedorozumění nezavinil jen Tony, kdepak, objektivně si přiznala a napřímila se. Voda jí prudce rozčísla vlasy a v drobných kaskádách pak stékala přes bradu.

Slyšely jejich hádku děti? uvažovala a v šumění vodních kapek jako by náhle rozeznala hlasy svých rodičů. Uplynulo třicet let – a ty hlasy zněly stále stejně zuřivě a neodbytně. Vzpomínky se vrátily: malá Chris leží v posteli, kdesi dole se hádají rodiče, rozčilené hlasy buší na stěny dětského pokoje, jako by ji chtěly vtáhnout do rodičovské bitky, netrpělivě krouží chodbou a občas pronikají škvírou pode dveřmi, rozptylují se ve vzduchu. Chris tiskne obličej do polštářku, aby ten jed nevdechla, roztřesenýma rukama si zacpává uši, aby se chránila před všemi příšernými drásavými zvuky. Jednou dokonce vyskočila z postele a schovala se do skříně, jenže hlasy ještě zesílily, úplně to vypadalo, že ve skříni není sama. Z oblečení, pod nímž se choulila, se vysouvaly neviditelné prsty a bolestivě do ní šťouchaly ostrými nehty, jakési záhadné jazyky jí olizovaly tvář. Celá uplakaná tenkrát utekla zpátky do postele a pevně se zabalila do přikrývky. Se zavřenýma očima a s rukama přitisknutýma k bokům pak bez hnutí vydržela ležet až do rána.

Neudělala skoro přesně totéž i dnes v noci?

Copak nikdy nevyroste z dětských bot?

Chris zastavila vodu, hlavu si zabalila do měkkého modrobíle pruhovaného ručníku, další si obtočila kolem těla. Tentokrát byla docela ráda, že v zamlženém zrcadle nic nevidí, a raději se ani nenamáhala páru otřít. Jakmile otevřela dveře, obklopil ji osvěžující chladný vzduch. Jak se to mohlo stát? přemýšlela, zatímco se vracela zpátky do ložnice. Jak jsem se mohla z ničeho nic ocitnout přímo uprostřed těch dávných nočních děsů?

„Ahoj, zlato." Tony stál u okna.

Chris místo odpovědi pouze kývla, oči sklopené ke koberci, ale v nose jí zacukalo, neboť ucítila vůni čerstvě upečených lívanečků.

„Přinesl jsem ti snídani," celkem zbytečně oznámil Tony.

Chris se posadila na postel, hlavu si opřela o polštáře a sledovala, jak před ni Tony pokládá bohatě zaplněný podnos. Kupa borůvkových lívanečků, sklenice pomerančové šťávy, hrnek lákavě vonící kávy, lesklý kovový tácek s máslem, bílý porcelánový džbáneček s javorovým sirupem, vázička s červenou plastikovou květinou... „To jsi nemusel," hlesla Chris, aniž by se na něho podívala. A v duchu dodala: Nezasloužím si to.

Tony si sedl do noh postele. Chris se dál vyhýbala jeho očím, ale uvědomovala si, že ji nepřestává pozorně sledovat. Mazala si lívanečky máslem a polévala je teplým sirupem, kousek za kouskem nabírala vidličkou a zvedala k ústům. S každým dalším soustem si poněkud paradoxně připadala hladovější, s každým dalším douškem žíznivější. Během několika minut lívanečky zmizely, sklenice i hrnek se vyprázdnily. „Chutnalo?" zeptal se Tony. Z tónu hlasu poznala, že se Tony potěšeně usmívá.

„Ohromně," odpověděla, pevně rozhodnuta dál se vyhýbat jeho pohledu. Podívat se na Tonyho by znamenalo prohrát.

„Poslyš, Chris, rád bych se ti omluvil."

„To není nutné."

„Dobře víš, že jsem to tak nemyslel."

„Už o tom nemluv."

„A stejně tak víš, jak moc tě miluju."

Vzápětí jí vyhrkly slzy. Panebože, copak nikdy nepřestane brečet? „Tony, prosím tě..."

„Nestojím ti ani za pohled? Cítíš ke mně tolik nenávisti, že se na mne nedokážeš podívat?"

„Nesmysl, žádnou nenávist k tobě necítím." Chris zvedla hlavu a věnovala manželovi letmý pohled.

Tony rozhodně nepatřil k neodolatelným krasavcům jako například manžel Barbary, nevyznačoval se vybranými způsoby, jakých jste si okamžitě všimli u Vickina manžela. V Tonyho případě se dokonce nedalo mluvit ani o nápadné laskavosti, charakteristické pro Owena, manžela Susan. Jakmile vás však jednou lapil Tonyho pohled, nebylo úniku. Muž plný záhad, tvrdila Barbara. Silná osobnost, soudila Susan. Sexy chlap, bez obalu prohlásila Vicki. Surový diamant, shodly se všechny.

Surový snad, ale diamant sotva, pomyslela si teď Chris a v duchu si povzdechla, neboť manžel se k ní začal nenápadně přisunovat a dlaní jí přitom zlehka přejížděl po zvlhlých kotnících a lýtkách. Elektrizující dotek vyvolával intenzivní vlny, které se šířily až k srdci. Zblízka se Tony zdál menší a spíš podsaditý, ostatně měřil pouze pět stop a osm palců, ve skutečnosti byl však svalnatější, než by napovídala jeho dost úzká ramena. Na sobě měl džíny a mechově zelený svetr, který mu Chris koupila k posledním narozeninám, tlumený odstín vlny jen zvýrazňoval jasnou zeleň očí. Husté hnědé vlasy ozvláštňoval bílý proužek nad pravým spánkem. Tony na potkání vykládal, že proužek je následkem jakéhosi úrazu v dětství, ovšem popis úrazu se při každém vyprávění měnil, podobně jako když Tony vysvětloval původ jizvy, táhnoucí se od spodní části jeho ucha až k dolní čelisti. Za jedenáct let manželství Chris vyslechla spousty verzí a sama tedy nevěděla, jestli se za jizvou skrývá málem osudný pád při dětské hře, téměř smrtelná autohavárie nebo divoká hospodská rvačka. V životě by ji nenapadlo zpochybňovat manželovy báchorky, tušila však, že pravda zřejmě bude mnohem prozaičtější. Tony miloval drama. Zveličoval běžné patálie, vymýšlel si šokující podrobnosti, sytými barvami líčil i tu nejšedivější všednodennost. Tahle vlastnost patřila k jeho osobnímu kouzlu, poháněla ho vpřed, dávala křídla obrazotvornosti, která ho koneckonců živila. Kdykoliv jste otevřeli noviny, museli jste narazit na některou z jeho reklam, na ulici jste si nemohli nevšimnout billboardů, které navrhl. K jeho dílům patřila úspěšná reklamní kampaň „Kočičí mňau“, propagující pochoutky pro obzvlášť náročné domácí mazlíčky, Tony byl autorem sloganu „Ne každý vás nasejří“, který výrazně zvýšil prodej sýrů Dairyvale. Nestal se snad Tony šéfem oddělení nejrychleji v celé historii firmy Warsh, Rubican? A nebyl snad právě ten vrozený sklon k nadsázce jedním z rysů, jimiž Tony kdysi Chris úžasně okouzloval a přitahoval? Tenkrát před lety se v Tonyho podání všechno zdálo tak vzrušující, tak snadné, tak *dosažitelné.*

Chris se usmála – a další povzbuzení Tony nepotřeboval. Okamžitě se přisunul ještě blíž, zvedl podnos, odložil jej na podlahu a vzal Chris za ruce.

„Tony..."

„Chris, už se to nikdy nebude opakovat. Slibuju."

„Jistě. Nesmíme se..."

„Rozhodně ne. V žádném případě."

„Úplně jsi mě vyděsil."

„A taky jsem pořádně vyděsil sám sebe," povzdechl si. „Slyšel jsem, jak na tebe křičím, a nemohl jsem uvěřit, že ten hlas patří mně. Panebože, napovídal jsem ti příšerné věci."

„Tohle jsem neměla na mysli."

„Já vím. Můžeš mi odpustit?"

Měla bych? uvažovala Chris. Měla bych mu odpustit? „Možná by bylo nejlepší zajít do manželské poradny." Se zatajeným dechem čekala na zlostný výbuch. O manželských poradnách se Tony vždycky vyjadřoval zcela jednoznačně. Jen blázen dobrovolně připustí, říkával, aby se mu nějaký šarlatán přehraboval v soukromí."

Tentokrát však Tony prohlásil až překvapivě klidně: „Tady žádná poradna nepomůže."

„Třeba ano. Za pokus by to stálo, ne? Když má člověk problémy..."

„Dostal jsem padáka."

„Cože?" Chris nepochybovala, že se přeslechla.

„Prostě mě vykopli."

Ta slova se jí rozverně vznášela před očima stejně jako zrnka prachu poletující ve slunečním paprsku. Marně se je snažila polapit, udržet chviličku na místě, aby pochopila jejich smysl, slova se vzpírala a dál si zachovávala svou podivnou nesrozumitelnost. „Vykopli tě?" opakovala Chris bezradně. „Ale proč?"

Tony pokrčil rameny. „Dan Warsh vykládal cosi o potřebě nových perspektiv, nových nápadů."

„Tvoje nápady se jim přece vždycky líbily. Kočičí mňau. Ne každý vás nasejří. Myslela jsem, že byli nadšeni."

„To jo, Chris, ale loni. Teď máme rok 1982. Všichni mluví o ekonomickém poklesu. A panikaří."

„Jenže..." Další námitku Chris raději spolkla. Nechtěla Tonyho zbytečně dráždit, ostatně později se jistě sám k celé záležitosti vrátí. „Kdy se to stalo?"

„V pátek ráno."

„V pátek? Proč jsi mi nic neřekl?"

Tonymu se v očích zatřpytily slzy. Rychle sklopil hlavu. „Pokoušel jsem se... v noci."

Chris se zhluboka nadechla. Snažila se co nejpřesněji si vybavit sled nočních událostí, věty, které zazněly, než se hádka úplně vymkla kontrole. V noci však věnovala příliš mnoho úsilí tomu, aby potlačila ta nejhorší, neodvolatelná slova hněvu, a teď v duchu slyšela jen zmatenou směs vzájemně nesouvisejících útržků, které jí v mozku divoce vířily jako sněhové vločky, když ve vánici narážejí do čelního skla vozu a znemožňují výhled. Tony jí často vyčítal, že ho neposlouchá. Panebože, neměl náhodou pravdu?

„Promiň, je mi to moc líto." Vzala do dlaní jeho hlavu a přitiskla si ji k ňadrům, vlastně k ručníku, který je zakrýval.

„Nemusíš se bát," chvatně ji ujistil Tony. „Práci si určitě najdu."

„Samozřejmě. Všude tě rádi vezmou."

„Nechci, aby sis dělala starosti."

„Já si starosti nedělám. Jenom je škoda, že jsem nic nevěděla. Mohli jsme si v noci ušetřit tu..."

„Pochop, nesnažím se omlouvat své chování."

„Jistě, vím, že ne."

„Prostě jsem nebyl ve své kůži."

„Vykolejilo tě, že jsi přišel o práci."

„Jo, ale to mi ještě nedává právo, abych si vztek vybíjel na tobě."

„Ani já jsem se nechovala právě nejlíp. Odpusť mi, Tony..."

„Miluju tě, Chris. Slyšíš, miluju tě. Kašlu na Warshe. Můžu třeba tisíckrát přijít o práci. Hlavně když nepřijdu o tebe."

„O mne nepřijdeš. Nikdy. Nikdy."

Objali se a Tony ji začal líbat. Stejně ji líbal, když ji jako devatenáctiletou přemlouval, aby s ním utekla, stejně ji líbal, když se poprvé milovali, a stejně ji líbal pokaždé, když se smiřovali po nějakém nedorozumění. Krátké něžné polibky pouze nesměle kroužily kolem jejích úst, téměř jako by se Tony obával, že nejsou vítané. A náhle Chris cítila, jak jí odmotává ručník z hlavy. Několik pramínků vlhkých vlasů sklouzlo přes čelo. Chris automaticky zvedla ruku, aby si je shrnula za uši, ale to už Tony uvolňoval druhý ručník a zároveň ji zakláněl dozadu, takže se položila na postel.

„Mami!" ozvalo se za zavřenými dveřmi ložnice.

Tony se celý napjal a Chris se zatajeným dechem očekávala podrážděnou reakci. Ale k jejímu překvapení se pouze rozesmál - a ten upřímný, z hloubi duše pramenící smích Chris připomněl všechny důvody, proč se před lety rozhodla spojit s Tonym svůj život. Ten smích sliboval bezpečí a stálost, jaké v dětství zoufale postrádala.

„Maminka teď nemá čas, Montano," křikl Tony s rukou na zipu svých džín.

„Já chci mámu," trvala dcera na svém a lomcovala klikou.

„Chviličku, beruško, hned jsem u tebe," zavolala Chris a pokusila se posadit, Tony jí však pevně tiskl rameno k posteli. Montana se nepřestávala dobývat dovnitř. Teprve teď si Chris uvědomila, že Tony už předem zamkl.

„Mami! Mami!" přidalo se na chodbě Wyattovo kvílení k hlasu sestry.

„Tiše, děcka," klidným tónem pokračoval Tony, přestože erekce mu mohutně napínala přední část džín. „Pamatujete si, o čem jsme se bavili u snídaně? Říkal jsem vám, že mamince není dobře a že ji proto necháme co nejdéle spát. Vzpomínáte?"

„Ale teď už je vzhůru," namítla Montana. „Slyšela jsem, jak spolu mluvíte."

„Jistě, jenže pořád jí ještě není dobře."

„A co jí tedy je?" podezíravě se zeptala Montana.

„Mami! Mami!" zakvílel znovu Wyatt.

„Tony..." Chris políbila manžela na bradu. „Budeme to muset odložit."

Tony jí ještě pevněji stiskl rameno. „Děti, vraťte se do svých pokojů. Maminka za vámi přijde."

„Já ji chci hned!" nenechala se odbýt Montana.

„Tony, prosím tě," vydechla Chris. „Takhle se rozhodně nedokážu uvolnit."

„Jde jen o pár minut." Tony si spustil džíny pod kolena

a přitáhl si její hlavu ke klínu. „No tak, Chris, teď se na mě nemůžeš vykašlat."

„Mami! Pusť mě dovnitř!"

„Ano, Chris, to je ono, to je ono..."

„Mamííí!"

„Nechtěla bys mamince něco zazpívat?" nadhodil Tony, zatímco pronikal hlouběji mezi rozevřené rty.

„Co mám zpívat?"

„Na tom nezáleží, srdíčko," odpověděl Tony a zabořil prsty do Chrisiných vlasů.

„Je to svízel!" spustila Montana z plných plic. *„Nic než malá svízel!"*

Pane na nebi, pomyslela si Chris. Sním či bdím? Opravdu tady orálně uspokojuju manžela, zatímco moje šestiletá dcera vyzpěvuje za dveřmi ložnice? Není to dokonale absurdní? Není to směšné? Dokázal by si někdo vymyslet bizarnější situaci?

Jako by vycítil její narůstající neklid, zrychlil Tony své pohyby. Chris málem ztratila rovnováhu a musela se zachytit okraje postele.

„Ano, je to svízel..."

„Nádhera, Chris. Miluju tě. Miluju, miluju, miluju."

„Nic než malá svízel..."

„Ještě, ještě, Chris. Ještě... ááááá."

Tony se celý roztřásl, ruka svírající vlasy povolila. Chris polkla, otřela si ústa, zlehka si promnula čelist a téměř pobaveně sledovala, jak si Tony bleskově natahuje džíny, chvátá ke dveřím a odemyká. Montana a Wyatt se okamžitě vřítili do ložnice, skočili na postel a začali se strkat o lepší místo v matčině náručí.

„Čím jsi to cítit?" nakrčila nos Montana.

„Maminka si ještě nestačila vyčistit zuby," zasmál se Tony, popadl Wyatta a zvedl ho vysoko nad hlavu. Chlapec pištěl nadšením.

„Ju-hú!" zajásala Montana, vyklouzla z matčina objetí a vrhla se Tonymu po nohou.

Tony ji volnou rukou zvedl jako pírko a s oběma dětmi v podpaží se zatočil dokola. „Kdo dneska vyhraje Super Bowl?"

„Bengals!" vykřikl Wyatt.

„Správně! Hned se pozná můj kluk.“

„Bengals! Bengals!“ co nejhlasitěji se rozvřískala Montana, aby nezůstala pozadu.

Kristepane, Super Bowl, v duchu se zděsila Chris. Úplně zapomněla. Čekal ji rušný den a ještě ani nevěděla, co bude podávat k večeři.

To už Tony odváděl Montanu a Wyatta z ložnice. „Poslyš, Chris,“ řekl tiše. „Raději zatím nikomu nevykládej, že jsem bez místa.“

„Jistě, nebudu.“

„Alespoň ne dneska.“

„Spolehni se.“

„Nemá smysl kazit si večírek.“

„Samozřejmě,“ usmála se Chris.

Tak a mám další tajemství, pomyslela si.

2

ŽENY SEDĚLY KOLEM KULATÉHO STOLU Z BOROVÉHO DŘEVA, KTERÝ zabíral větší část Chrisiny kuchyně. Několik otevřených lahví vína, bílého i červeného, doplňovaly skleničky s různou hladinou nápoje. Chris občas něco prohodila nebo si usrkla chardonnay a mezitím nepříliš nadšeně, zato vytrvale oškrabávala svazek tlustých mrkví. Vicki se co chvíli dotýkala prsty čerstvé trvalé, která jí ani trochu neslušela. Susan a Barbara si se smíchem listovaly posledním číslem *Cosmopolitanu*. Kromě Barbary si všechny oblékly pohodlné teplé svetry a džíny, ty Vickiny ovšem byly kožené. Barbara jako obvykle přišla v sukni, tentokrát ušité ze sytě modrého sametu a sahající až ke kotníkům. „Proboha, tohle je superbowlový mejdan," podotkla Vicki, když ji uviděla, „žádná svatba."

„Já vím," nevzrušeně mávla rukou Barbara. „Já vím, já vím."

„Prostě je taková," smířlivě poznamenala Susan.

Z herny v suterénu, kde jejich manželé popíjeli pivo a napjatě sledovali televizní obrazovku, se co chvíli ozývaly povzbuzující či znechucené výkřiky. V obývacím pokoji se zase celkem pět holčiček a dva chlapci pod dohledem bdělého, byť poněkud unaveného Vickina víkendového děvčete k dětem ládovali praženou kukuřicí a chechtali, bůhví po kolikáté už, *Péťovu drakovi*.

„Co myslíš, v čem je vlastně její tajemství?" zeptala se náhle Susan.

Chris úplně ztuhla. Určitě mě teď všechny upřeně pozorují, říkala si v duchu a zděšeně si uvědomovala, že její tváře rychle dostávají jasně červený odstín oškrábané mrkve v jejích rukou. Ale jak by o tom Susan, Barbara a Vicki mohly vědět? Přece mlčela, žádné z nich se nesvěřila. Byly snad už dokonale vzájemně propojené a „vyladěné" na své pocity? Dokázaly po čtyřletém přátelství natolik proniknout svými radary jedna druhé do myšlenek, že se jí nepodaří utajit ani ty nejtrapnější intimity?

Zvolna zvedla hlavu, na jazyku připraveny úhybné lži: *Tajemství? O jakém tajemství to mluvíte? Kdepak, vůbec nic se nestalo, nemám co skrývat.* Ale kdyby dál naléhaly, kdyby tvrdošíjně odmítaly přijmout její rozhořčené protesty, kdyby ji nařkly z neupřímnosti? Mohla by jim přece jen prozradit pravdu?

Jenže když se Chris rozhlédla kolem sebe, s žádnýma vyčítavýma očima se nesetkala. Vůbec nikdo se na ni nedíval. Susan a Barbara se dál bavily nad svým časopisem a dokonce i Vicki si přestala hrát s trvalou a přidala se k nim. Všechny tři teď zíraly na celostránkový snímek Raquel Welchové, která v úsporných bikinách předváděla jógu na sluncem zalité pláži v Malibu.

„Její tajemství?" ironickým tónem opáčila Barbara. „Děláš si legraci?"

„Snad mi nechceš tvrdit, že jde o plastiku?"

„Samozřejmě jde o plastiku."

„To říkáš o všech," namítla Susan.

„Protože je to pravda. Proboha, pochop, je jí přes čtyřicet."

„Jak jsem slyšela, nechala si vyoperovat pár žeber," poznamenala Vicki.

„Tomu nevěřím," zavrtěla hlavou Barbara.

„Co myslíte, dala si udělat i to fantastické poprsí?"

„Ne."

„Ano."

„Pokud ano," uznale pokývla Barbara, „brala bych jejího doktora. Odvedl perfektní práci."

„To jo," souhlasila Vicki. „Po takové operaci totiž obvykle najednou máte dva obrovské nárazníky uprostřed ničeho a s bradavkami o dobré tři palce výš než normálně. Vypadá to směšně. Každý hned pozná, že nejsou pravé."

„Chlapům je to jedno," prohlásila Barbara zvýšeným hlasem, aby přehlušila ryk, který se ozval zezdola. „Obdivují vyzývavá prsa, i když jsou falešná."

„A vy byste šly na plastickou operaci?" osmělila se Chris, z níž mezitím částečně opadl strach.

„V životě ne," rezolutně se vyjádřila Susan.

„Nikdy neříkej nikdy," pobaveně se ušklíbla Vicki a dolila si červené víno.

„To já si je udělat nechám," poplácala se Barbara po bujném poprsí dmoucím se pod bleděmodrou hedvábnou blůzkou. „Jakmile mi začnou povolovat, pořídím si nový páreček. Stejně tak obličej. Stačí jediná vráska – a ležím na operačním stole. A rozhodně se nespokojím s žádným kompromisem. Budu chtít vypadat svěží, jako bych právě vypadla z větrného tunelu."

Ženy se rozesmály. „Blázne," zakroutila hlavou Vicki, „proč bys měla na té své hezounké tvářičce něco měnit?"

„Ostatně neříkaly jsme si, jak se těšíme, až budeme v klidu půvabně stárnout?" připomněla Susan.

„Dej mi s tím svátek," ohrnula nos Barbara. „Vidíš snad na stárnutí něco půvabného?"

„Nejlepší ze všeho, milé dámy, je vzít si staršího muže," poučila je Vicki. „Pak zůstanete pořád mladé."

„Budiž, ale není v tom náhodou háček?" zvedla Barbara pečlivě vytrhané obočí.

„Jak to myslíš?"

„No, ty třeba zůstaneš mladá, čilá a svěží, jenže co ten starší manžel? Nezačne tak trochu vadnout... chci říct *měknout*?" Poslední slovo Barbara doprovodila dvojsmyslným mrknutím.

Chris v rozpacích vyprskla a vzápětí zrudla. Vyskočila od stolu, slupky chvatně vyhodila do odpadkového koše pod dřezem a mrkve dala do dřevěné salátové mísy na kuchyňské lince pokryté bílými dlaždicemi.

„Okamžitě se vrať ke stolu," křikla Vicki. „Nemůžeš zmizet, když probíráme tak důležité věci."

„Myslím, že bavit se právě o tomhle se moc nehodí," namítla Chris se sklopenýma očima. Ale marně se snažila nevidět před sebou Tonyho vztyčený penis, pronikající do jejích úst.

„Copak se o tom nebavíme pokaždé?" podivila se Vicki.

„Jistě, ale..." Chris se ohlédla směrem k obývacímu pokoji. „Přece víš, že i stěny mívají uši."

„Žádný strach, budeme mluvit pěkně potichoučku," zasmála se Vicki. „A kromě toho tady nejde o uši, ale o úplně jinou část těla, nemám pravdu? Jednou jsem dostala zásadní otázku – a k zásadním otázkám se zásadně stavím čelem."

„Takže v téhle oblasti nejsou problémy?“ přistoupila Barbara na Vickinu hru. „Jeremy je pořád... kolik mu vlastně je, šedesát?“

„Sedmapadesát,“ opravila ji Vicki.

„No a?“

„Díky za optání, v oblasti, kterou máš na mysli, mu všechno dokonale funguje.“ Vicki se zhluboka napila. „A pak, Jeremy přece není jediným tanečníkem v sále.“

„Cože!“ vyjekly ostatní tři ženy.

„Panebože!“ dodala Barbara. „Co tím chceš naznačit?“

„Co se to tam u vás děje?“ ozval se zezdola Tony. „Vypukla revoluce?“

„Zlato, nepotřebuješ pomoc?“ připojil se k němu Jeremy.

„Klid, miláčku, jenom se bavíme,“ houkla Vicki.

„Tak povídej,“ nedočkavě vyhrkla Susan. „O co *konkrétně* jde?“

„Ale dámy,“ světácky se usmála Vicki. „Koukáte po mně, jako byste nevěděly, že změna je kořením života.“

Chris se rychle vrátila na své místo u borového stolu. „Ty někoho máš?“

„Netvař se tak šokovaně. Menší bokovka přece vůbec nic neznamená.“

Susan vytřeštila oči. „Vůbec nic? Jak to?“

„Je to jen sex,“ pronesla Vicki, jako by takové vysvětlení zcela postačovalo. „Chceš mi snad tvrdit, že jsi manželovi v životě nezahnula?“

„Samozřejmě,“ rozhořčeně odpověděla Susan. „Nikdy!“

„Nikdy neříkej nikdy,“ zopakovala Vicki své oblíbené úsloví.

„Ale co když na to Jeremy přijde?“

„Nepřijde na to.“

„Jak si můžeš být tak jistá?“

„Zatím neměl ani to nejmenší podezření.“

„Kristepane!“

„Já tomu prostě nevěřím!“

„Dámy, co to tam vyvádíte?“ opět se zdola ozval Tony.

„A něco takového jsi před námi do dnešního dne tajila,“ vyčítavě poznamenala Barbara.

Vicki jí věnovala sladký úsměv. „Každou novou informaci je třeba správně načasovat, nemyslíš?“

„Mami!" zaznělo z obývacího pokoje.
„Ano?" zareagovaly všechny čtyři jednohlasně.
„Whitney má moc velkou hlavu. Nevidím přes ni."
Susan si povzdechla. „Její sestřička má moc velkou hlavu," zopakovala, zatímco přítelkyně chápavě přikyvovaly. „Zkus jí dát do vlasů pusinku, Ariel," křikla pak směrem k obývacímu pokoji. „Určitě se zmenší."
„Chlapi mají mnohem raději pusinky... víte kam," neodpustila si Vicki. „Pak se jim to naopak zvětší, že se kolikrát nestačíte divit."
„Panebože, ty jsi ale zkažená," zahihňala se Barbara, zatímco Chris už zase klopila oči. „Nevidíš, jak se naše hostitelka červená?"
„Vážně? Nádhera! Upřímně, Chris, opravdu tě přivádím do rozpaků?"
„No, snad raději změníme téma, co říkáte?"
„Tak nějaké navrhni."
„Můžeme se bavit třeba... o politice. Nebo o literatuře. Četly jste v poslední době něco zajímavého?" Svou otázku Chris adresovala především Susan. Věděla, že Susan je velká čtenářka.
„O Vánocích jsem přečetla novou knížku Johna Irvinga."
„Jaká je? Doporučila bys nám ji?"
„Mně se líbila."
Vicki okázale zívla. „Nuda k ukousání! Sakra proberte se, lidi. Tohle je mejdan, přece se tu nebudeme vzájemně trápit intelektuálskými žvásty. Jen se podívejte," píchla prstem do jednoho z titulků na obálce *Cosmopolitanu*. „PRODLUŽTE A ZNÁSOBTE SVÉ ORGASMY, tomu říkám téma k rozhovoru. Takže která z přítomných, samozřejmě kromě mé maličkosti, má zkušenost s prodlužovanými a mnohonásobnými orgasmy?"
„To se mi snad jen zdá," zakroutila hlavou Barbara. „Ty se prostě nikdy nevzdáváš, co?"
„Počkej, Vicki, skutečně míváš víc orgasmů za sebou?" k vlastnímu údivu vyhrkla Chris.
„Občas ano," pokrčila rameny Vicki. „Ty ne?"
Chris sáhla po sklence a zhluboka si lokla. K čertu s těmi věčnými tajnostmi, pomyslela si. „Víš, já ještě nikdy orgasmus nezažila."

„Chceš říct, že jsi ještě nikdy nezažila *několikanásobný* orgasmus," pokusila se ji poopravit Vicki.

„Ne. Chci říct, že jsem nikdy nezažila žádný."

„To nemyslíš vážně!"

Na chviličku zavládlo ticho. A pak se skoro šeptem přiznala Barbara: „Ale já taky v životě neměla orgasmus."

„Nepovídej!" nepřestávala žasnout Vicki. „Myslela jsem, že Ron je v posteli jednička."

„Jistě, je úžasný. Rozhodně to není jeho vina."

„Ne? A čí asi?" sarkasticky opáčila Vicki. Vzápětí se její pátravý pohled zavrtal do mlčící Susan. „Co ty?"

„Měla bych se mrknout na děcka," zamumlala Susan, zvedla se ze židle a prchla do obývacího pokoje. „Jak to tady vypadá?" slyšely ji ptát se shromážděného stádečka. „Všechno v pořádku?"

„Whitney má tu hlavu čím dál větší," žalovala Ariel.

„Což nás přivádí zpátky k orálnímu sexu," s úsměvem prohodila Vicki.

„To mě podrž!" rozchechtala se Barbara. „Mám dojem, že tebe k těm tvým čuňačinkám přivádí cokoliv."

„K jakým čuňačinkám? Náhodou orální sex je nejjistější cesta k dosažení orgasmu. Můžete mi věřit, zkušený a dostatečně vytrvalý jazyk tuhle věc vždycky zvládne líp než sebetvrdší žihadlo. Doufám, že vaši manželé vám to ochotně dělají, nebo snad ne?"

Chris a Barbara si vyměnily kradmý pohled. „No, Ron je většinou raději na straně příjemce," váhavě se svěřila Barbara, zatímco Chris už zase klopila oči. Pravda byla příliš smutná: zapojit do milování svůj jazyk Tony zásadně odmítal.

„Poslyšte, kdo vlastně hlásal, že dávat je ušlechtilejší než přijímat?" nadhodila Vicki.

„Ron určitě ne," ušklíbla se Barbara.

„Podle mne to byl Ježíš," mínila Chris.

Vtom se vrátila Susan. „Pořád ještě probíráte sex?"

„Jak je vidět, sex probíral i Ježíš Kristus," podotkla Vicki.

„Nerouhej se," zasmála se Barbara. „Budeš se smažit v pekle."

„V pekle se budeme smažit všechny," s upřímným přesvědčením konstatovala Vicki.

„Co se bude smažit?“ vpadl do kuchyně Tony, letmo políbil Chris na čelo a zamířil k ledničce.

„Zápas už skončil?“ Chris sledovala, jak si manžel odnáší plnou náruč plechovek vychlazeného piva.

„Blázníš? Sotva jsme se do nich pustili.“

„A kdo vyhraje?“

„Kdo asi? Samozřejmě je převálcujeme. Protože jsme lepší.“

„Převálcujete je, protože jste lepší? Není to protimluv?“ ozvala se Vicki.

„Panebože, tyhle ženské!“ uchechtl se Tony. „Ostatně, děvčata, o čem se to tady tak vesele bavíte?“

„O politice,“ s vážnou tváří odpověděla Barbara.

„A o literatuře,“ dodala Susan.

„Aha, to by vysvětlovalo řehot, co je odtud slyšet.“

Vzápětí za sebou Tony zavřel dveře.

Vicki se opět otočila k Barbaře. „Vážně to nechápu. Ten tvůj sexy chlap tě opravdu nechce uspokojovat jazykem? Já bych v tom viděla důvod k rozvodu. Mimochodem, znám vtip,“ pokračovala téměř bez nadechnutí. „Proč rozvod tolik stojí?“

„Proč?“ čekaly přítelkyně na odpověď.

„Protože je k nezaplacení.“

Všichni dávno odešli, ale Chris dosud slyšela hlučný a srdečný smích přítelkyň. Zavřela oči a vychutnávala si ten zvuk.

„Chris,“ křikl shora Tony. „Nepůjdeš si už lehnout?“

„Jenom domyju nádobí,“ zavolala Chris, vyndala z myčky několik posledních pivních sklenic a začala je ukládat do police.

Nespěchala, téměř se s vysokými štíhlými sklenicemi laskala, jejich tvary jí připadaly půvabné a ladné, dotek teplého skla v dlani byl až překvapivě příjemný. Večírek se skutečně vydařil. Každá z přítelkyň něčím přispěla, Barbara skvělou lilkovou majonézou, Susan svými proslulými dvakrát opékanými bramborami, Vicki přinesla vynikající čokoládovou pěnu, kterou ovšem připravovala její hospodyně. Největší úspěch měla Chris se svým novým receptem na žebírka. Chce to špetku česneku – a podávat je trochu krvavá. Všichni se na ně vrhli, nezbyl ani kousek. Pravda, salátu zůstalo, že by se jím mohli živit do jara.

Cincinnati sice nakonec se San Franciskem prohrálo 21 : 26, Tony se však tvářil docela spokojeně, neboť poněkud cynicky vsadil na soupeře a vyinkasoval od ostatních pánů šedesát dolarů. Tísnivějších okamžiků se vyskytlo jen pár. „O čem jste se to vlastně bavily?“ opakovaně se jí ptal Tony. „Všiml jsem si, že Vicki se po mně nějak divně koukala. Nevykládala jsi jí nic?“

„Kdepak, přece jsem ti slíbila, že budu mlčet. Nemusíš si dělat starosti, Tony. Všechno je v nejlepším pořádku.“

Skutečně? V nejlepším pořádku?

Chris zavřela skřínku a vyšla z kuchyně. Sytá mastná vůně pražené kukuřice ji provázela ze ztemnělého obývacího pokoje až do předsíně. Původně se Chris chtěla pouze přesvědčit, jestli jsou domovní dveře opravdu zamčené, náhle se však rozhodla nalokat se svěžího chladného vzduchu. Noc byla nádherně jasná. Měsíc, jemuž do úplňku scházela sotva čtvrtina, ozařoval inkoustově modrou oblohu plnou hvězd. Na trávnících před rodinnými domky postavenými ve staromódním pseudogeorgiánském slohu jiskřil bělostný sníh. Chris se rozhlédla po tiché ulici. O čtyři domy dál si Albrightovi nechali pokrýt střechu novými cedrovými šindeli, chátrající cihlový komín pobili lesklými měděnými pláty. Podle Tonyho to byla pitomost, protože měď časem zezelená a bude vypadat příšerně. Chris nesouhlasila. Soudila, že měděnka dodá nejen komínu, ale celému domku osobitý půvab.

Další změny se chystaly. O'Connorsovi z protější strany ulice uvažovali, že na jaře ke svému domku z červených cihel přistaví jednu či dvě místnosti. Zpráva mezi sousedy vyvolala značný rozruch, někteří se totiž obávali, aby přístavba nenarušila malebný ráz okolí. „Jsou lidé,“ vyjádřila se nedávno Susan, „co prostě milují stereotyp a vyjeté koleje. Ale my s Owenem si naopak pohráváme s myšlenkou protáhnout kuchyň nejméně o tři stopy do dvora.“ Chris ji tenkrát okamžitě začala přesvědčovat, jak pěkné by bylo vybudovat v získaném prostoru zasklené solárium. Zasklená solária se jí odjakživa moc líbila.

„Chris?“

Tonyho hlas jí připomněl, že by se měla vrátit dovnitř. Připozdilo se. Ve většině domů byla tma, jejich obyvatelé už spořádaně spali. Nebo ji snad sousedé sledovali, přikrčeni za okny rozdělenými do kuriózně malinkých tabulek?

Co kdyby se teď jednoduše rozběhla ulicí? Pryč a pryč? Všiml by si jí někdo? Jak daleko by se asi dostala bez kabátu a zimních bot, bez peněz a dokladů? Jak dlouho by trvalo, než by si Tony uvědomil, že opravdu zmizela? Než by se ji vydal hledat? Kolik mil by ji dělilo od dětí, než by se musela vrátit? Ale jak by je vůbec mohla opustit? A kde by proboha chtěla najít útočiště?

„Chris?" znovu se ozval Tony.

Přicházel, slyšela jeho kroky na parketách v hale. Opatrně se předklonila, jako by stála na římse vysokého domu. Jednu nohu lehce zdviženou, připravena k letu. Skoč, naléhal vnitřní hlas. Běž, utíkej! Neohlížej se zpátky.

Dveře za jejími zády se otevřely.

„Chris? Co tady děláš?"

Bez jediného slova se Chris nechala vtáhnout zpátky do domu.

„Kristepane, venku mrzne. Co tě to napadlo?" Tony jí chvatně třel paže. Teprve teď si uvědomila, že je má téměř zledovatělé.

„Jen jsem se chvilku dívala do ulice. Je nádherná noc."

„Není ti nic?"

Chris zavrtěla hlavou.

„Určitě? Posledních pár dní se chováš nějak divně."

„Je mi dobře." Všimla si, že se nepřestal tvářit vylekaně, a pohladila ho. „Děti spí?"

„Jako dudci." Usmál se a vzal ji kolem pasu. „Když už mluvíme o dětech..." Sklonil hlavu a vyzývavě zdvihl obočí.

Chris zalapala po dechu. „Tony, neřekla bych, že právě teď je nejvhodnější doba na další dítě."

„Neboj se, najdu si novou práci. Pokud si děláš starosti."

„Já si nedělám starosti."

„Fajn. V čem je tedy problém?"

„V ničem," rychle odpověděla Chris.

„Výborně." Tony ji ještě pevněji sevřel v pase. „Takže hupsneme do postele, ne?"

3

„PROMIŇTE. JSTE BARBARA AZINGEROVÁ?"

Barbara vzhlédla od jídelního lístku, který studovala tak dlouho, že by jej skoro měla znát nazpaměť, a přikývla. „Ano, to jsem já," pronesla vyrovnaným tichým hlasem a upřela na číšníka své velké hnědé oči se silně nalíčenými řasami. Připadám mu přitažlivá? pomyslela si a natočila obličej mírně doleva, což jí (alespoň podle jejího přesvědčení) víc slušelo. Napadlo by ho, že jsem kdysi nosila korunku Miss Cincinnati a obsadila druhé místo v soutěži o titul Miss Ohio? uvažovala. Oči jí potemněly. Koneckonců je docela dobře možné, že v době, kdy si z pódia pyšně odnášela obrovskou kytici rudých růží, nebyl ten chlapec ještě ani na světě.

„Máte telefon." Přes svůj útlý věk číšník už dokonale ovládal lehce pobavený a povýšený výraz, charakteristický pro podniky jako The Foxfire Grille na Belvedere Street v samém středu čtvrti Mount Adams. Jistý novinář kdysi přirovnal tenhle nevelký, ale nepochybně půvabný kout Cincinnati k San Francisku – a chudinka čtvrť se z toho nikdy nevzpamatovala. Statečně si nesla svou hrdost, svazující a tížící hůř než zrezivělé brnění. „U baru," dodal číšník a téměř neznatelně ukázal bradou k přední části úzké restaurace obložené terakotovými dlaždicemi.

Barbara si sundala z klína plátěný ubrousek v broskvové barvě a pečlivě si uhladila sukni světlemodrého kostýmku. Varhánky objevující se na bocích bohužel potvrzovaly, že váha, na kterou si dnes stoupla hned po probuzení, ukazuje správně. Ano, během pouhých čtrnácti dnů Barbara přibrala celé dvě libry. Nesmysl, nanejvýš to budou nějaké problémy se zadrženou vodou, utěšovala se, zatímco naslouchala klapotu svých jehlových podpatků na dlaždicové podlaze a vybavovala si ony nezapomenutelné chvíle, kdy se na přehlídkovém molu předváděla v plavkách a lodičkách podobných těm dnešním. Zvědavé (a jistě i obdivné) pohledy mužů ji provázely až k baru. Když zvedala k uchu sluchátko, dávala si pozor, aby se jí náhodou nesmekla z hlavy pomyslná korunka. Poznávají mě? ptala se v duchu. Vzrušuju je? Nebo mě prostě jen litují? Viděli, jak tam u stolku sedím skoro půl hodiny sama. Můžou si myslet, že se na mě právě někdo vykašlal. Sluchátkem trochu poodsunula své dlouhé tmavé vlasy, nicméně účes zpevněný vysoce účinným sprejem se téměř ani nepohnul. Třeba to je Susan, napadlo Barbaru. Třeba volá, že přece jen přijde. „Haló?"

„Barbaro, hrozně se omlouvám, ale na ten oběd to v žádném případě nestihnu."

Vicki.

„Jak to? Slíbila jsi..."

„Já vím, jenže se odsud neutrhnu. Schválně jsem nevolala dřív, pořád jsem doufala, že každou chvíli skončíme, ale klienti si právě objednali sendviče a všechno vypadá beznadějně. Přitom jsem se tolik těšila na ravioli s vlašskými ořechy, musíš si je dát i za mne, jsou prostě nepřekonatelné. Jo a omluv mě u Chris a Susan. Je mi to vážně moc líto. Panebože, už mě volají zpátky. Musím běžet. Ahoj."

Vicki zavěsila, ještě než jí Barbara stačila vysvětlit, že Susan polovinu noci probděla se svými holčičkami, obě totiž trápí ošklivé jarní nachlazení, chudinka tedy dohání ztracený čas a dopisuje esej, který dnes musí bezpodmínečně odevzdat svému profesorovi. „Snad mi promineš," řekla Susan. „A snad to pochopí i Vicki a Chris."

Barbara pokrčila rameny a vrátila se ke stolu. Co se dá dělat? pomyslela si. Nemůžu přece očekávat, že kvůli příjemnému, ale jinak bezvýznamnému obědu s kamarádkami hodí Vicki za hlavu jednání s důležitými klienty a Susan ohrozí svá studia. Díkybohu je tu ještě Chris. Barbara se rezignovaně zakousla do další housky, vzápětí však opět zneklidněla. Chris se měla už dávno objevit. Neměla ve zvyku přicházet tak pozdě.

Uplynulo deset minut a Barbara dosud rozvažovala, co podniknout. Zatím pouze snědla všechno pečivo z košíčku, vypila dvě sklenice minerálky a nechala číšníka odklidit dvoje příbory. Že by se Chris cestou někde zdržela? Ale kde? Konečně se Barbara rozhodla. Zvedla se od stolu a nacvičeným ladným krokem se vrátila k baru. „Promiňte, můžu si zavolat? Jen krátce."

Barmanka, mladá žena v černých kalhotách a nažehlené bílé blůzce s červeným motýlkem, přikývla a předvedla poněkud děsivý úsměv odhalující obě řady zubů i s dásněmi. Neměla by to dělat, pomyslela si Barbara a mimoděk prsty zabloudila k ústům, kolem nichž se jí čím dál víc objevovaly jemné vrásky, které už nedokázal úplně zakrýt ani silný nános mejkapu. Pohlédla do zrcadla lemovaného lahvemi a na okamžik strnula: spatřila v něm ženu středního věku. Neblázni, nepropadej panice, napomenula se v duchu, šestatřicet ještě není žádný střední věk. Kristepane, šestatřicet, to je mládí, rozkvět... Budiž, ode dne, kdy hrdě zvedala hlavu ozdobenou korunkou Miss Cincinnati, uběhlo osmnáct let, ale to přece neznamená, že by snad začínala uvadat! Naopak neustále zraje, získává na kvalitě jako nejlepší druhy vína. Alespoň ji o tom přesvědčovali všichni přátelé a známí, kdykoliv si stěžovala, že ráno mívá opuchlá víčka a nečistou pleť nebo že se nemůže vejít do šatů. (Barbara sjela dlaněmi k bokům, ta zatracená sukně nepřestávala varhánkovatět.) Zrcadlo lže, usoudila a špičkou jazyka se zlehka dotkla lesklých světlounce růžových rtů. Kdepak, na šestatřicet rozhodně nevypadám. To už spíš na takových šestadvacet a možná dokonce pětadvacet. Kdybych si dala opravdu záležet, klidně bych se mohla vydávat za některou z manželových mladičkých studentek.

„Za žádnou cenu bych se nechtěla vrátit do těch ztřeštěných a naivních středoškolských let," prohlásila jednou Susan. Chris a Vicki horlivě přikyvovaly.

Já bych za to dala nevím co, říkala si tehdy Barbara a totéž si myslela i teď. Panebože, být tak opět nejkrásnějším děvčetem v Cincinnati, s obrovskou kyticí růží v náručí, s celým městem u nohou! Cítila, jak ji v očích pálí slzy, a raději chvatně vytočila Chrisino číslo.

Telefon třikrát zazvonil. A pak se ozval mužský hlas.

Tony? Jak to, že je v poledne doma? blesklo jí hlavou. Minulý měsíc přece nastoupil do nového zaměstnání. „Tady Barbara, sháním Chris. Měly jsme spolu poobědvat."

„Nezlob se, ale Chris nemůže. Není jí dobře."

„Cože? Když jsme spolu ráno mluvily, cítila se výborně."

„No jo, jenže teď je jí dost zle. Volala mi do práce, abych se vrátil domů."

„Viděl ji doktor?"

„Zatím ne, ale před chvilkou jsem mu telefonoval. Říkal, že už zase řádí chřipka."

„Vážně? Já o ničem takovém neslyšela."

„Promiň, Barbaro, musím končit. Chris ti brnkne, jen co zvedne hlavu ze záchodové mísy, platí?"

„Jistě," odpověděla Barbara, Tony však mezitím zavěsil. Pro případ, že by ji někdo pozoroval, neodtrhla sluchátko od ucha a po několika vteřinách prohodila: „Chápu, přišlo to najednou." Dál předstírala, že pozorně naslouchá, ale ve skutečnosti se pokoušela zahnat deprimující představu, jak se její nejlepší přítelkyně sklání nad záchodem, sténá a zvrací. Pravda, Chris se poslední dobou zdála ještě málomluvnější než obvykle. Třeba měla zdravotní problémy. Nebo snad otěhotněla? Před časem se Barbaře svěřila, že Tony by si přál další dítě, dodala však, že nepřestala brát antikoncepční pilulky.

Barbara se rozhodla, že později se u Chris zastaví a zjistí, co se děje. Ano, později. Ale co teď? Může se jednoduše sebrat a odejít, když téměř hodinu zbytečně zabírala stůl pro čtyři? Tady, v jedné z nejžádanějších místních restaurací? Jenže jíst sama? Ne, to by jí nechutnaly ani ty vyhlášené ravioli s rozmačkanými vlašskými ořechy. Komu by tak mohla zavolat? Tchyni? Vždycky si přece stěžovala, že jí Barbara věnuje málo času. Kdepak, ta ženská by celou dobu kvákala o své druhé snaše, neobyčejně vyzáblé a zdatné Sheile, přímo automatu na děti. Čtyři ratolesti – a pořád vážila stejně jako před svatbou. Navíc své potomky přiváděla na svět bez nejmenší námahy. *Jako když slepice snáší vejce,* měla Barbara stokrát na jazyku, zatím se však nikdy neodvážila tu jízlivost vyslovit. Super Sheila zvládala domácnost se čtyřmi dětmi ve věku do osmi let (přitom samozřejmě čekala páté) a klidně ještě z domova řídila úspěšnou servisní firmu zařizující vše potřebné pro pořádání večírků. A Barbara, která si, alespoň podle tchyně, celý den jen lakovala nehty, nedokázala své téměř už sedmileté Tracey pořídit jediného sourozence. Co takhle najít si nějaké zaměstnání? popichovala ji často Ronova matka. Barbara ovšem nechtěla žádnou práci, která by jí nedovolovala být doma v době, kdy se Tracey vrací ze školy. Kromě toho Ronovi manželka jako „žena v domácnosti" docela vyhovovala a také mu nikdy nevadilo, že Tracey zůstává jedináčkem. Na druhé straně se o další děti nepřestávali pokoušet, zatím to však nevyšlo. Ale ještě nemuseli ztrácet naději. Barbara se cítila v dobré kondici, i když, pravda, trochu přibrala. V šestatřiceti rozhodně nebylo na další dítě pozdě.

Opět se na sebe podívala do zrcadla za barem a usoudila, že je pobledlá. Okamžitě si sáhla na čelo. Neonemocněla podobně jako Chris? Nebo by potřebovala živější mejkap. Co kdyby si rovnou zajela nějaký koupit? Ano, hned bude mít program. Konečně položila sluchátko a usmála se na barmanku, aniž by pohnula rty, nezištně jí předvedla, jak si má chránit pleť před vráskami, i když děvče už jí nevěnovalo pozornost a bezstarostně se s kýmsi vybavovalo. Čím to, pomyslela si Barbara, že mě lidé často vůbec nenechají domluvit a zavěsí nebo se chvatně rozloučí a odcházejí, zatímco já dál stojím na místě a koukám za nimi? Přece jsem stále ještě velmi půvabná, mám skvělé vystupování, umím se chovat. Proč nikoho nezajímám? Co za tím může být?

Nezavinil to její účes? Dlouhé vlasy už nejsou v oblibě. Snad by si je měla nechat zkrátit. Jednou zaslechla, jak tchyně se smíchem vykládá do telefonu nějaké přítelkyni: „Vypadá, jako by zamrzla v šedesátých letech." Potom sice tvrdila, že mluvila o spolužačce, kterou náhodou právě odpoledne potkala, ale Barbara věděla své. Ostatně nedávno tchyně prohodila: „Všimni si, jak moderně působí ten Sheilin kratičký zástřih. Nedá se nic dělat, žena musí vycítit, kdy je na dlouhé vlasy příliš stará."

Třeba ten čas jednou přijde, uvažovala Barbara, zatímco se vracela ke svému stolu, ale zatím ještě nenastal. Dlouhé vlasy se jí líbily. Co kdyby si je nechala narůst jako Crystal Gayleová? Až do pasu, až po kolena, až na zem? Jak by se asi tvářila tchyně? Barbara přivolala číšníka a s provinilým pocitem požádala o účet. „Přítelkyně se bohužel omluvily," řekla tiše, připravena na nevlídně zamračený pohled, mladík se však pouze beze slova otočil a zmizel.

Vlastně ani moc nevadí, že nikdo nepřišel, pomyslela si. Pravda, kdykoliv se nestihla najíst, rozbolela ji hlava. Ale tentokrát snad oběd nahradily všechny ty housky. Ne, hladem jistě neumře. A pak, čekaly ji povinnosti. Slíbila Tracey, že jí nechá ušít podobné šaty, jaké si nedávno koupila pro sebe, a chtěla tedy vybrat vhodnou látku. Také nesměla zapomenout, že za domácí úkol si Tracey měla připravit povídání o jarních květinách. Tracey toužila oslnit celou třídu a Barbaře nezbývalo než obstarat dcerce potřebné podklady. Sama ovšem o jarních květinách mnoho nevěděla. Mlhavě tušila, že narcisy jsou žluté. A co tulipány – patří vůbec k jarním květinám? Mohla by se zastavit v knihovně. Nebo koupit svazek čerstvých květů, aby je Tracey donesla své učitelce slečně Athertonové. Ostatně pár květin by jistě udělalo radost i Chris.

„Kristepane, osm dolarů za dvě sklenice vody!" šokovaně zamumlala Barbara, když uviděla účet. Co by tomu řekla její tchyně? Nejspíš by poznamenala, že její syn zatraceně tvrdě pracuje a jeho manželka pak ty těžce vydělané peníze lehkou rukou vyhazuje za úplné zbytečnosti, třeba právě za francouzskou minerálku. A měla by pravdu, pomyslela si Barbara, s povzdechem položila na tácek s účtem desetidolarovku a chvatně opustila restaurant. V uších jí nepřestávaly znít tchyniny výtky. Nemohla by brát alespoň minimální ohled na to, jak se Ron vyčerpává, aby uživil rodinu? Koneckonců plat univerzitního profesora není zrovna královský. Co kdyby se trochu uskrovnila? Například taková Sheila...

Venku na Belveder Street Barbaře opět vyhrkly slzy. Hranou ukazováku se zlehka, velmi opatrně dotkla dolních řas a jenom doufala, že maskaro je skutečně odolné a nerozpustné. Sáhla do kabelky pro sluneční brýle, nepříliš jemně si je narazila na kořen nosu a pokusila se zahnat z mysli představu tchynina fretkovitého obličeje. Bylo spravedlivé, že Barbařina matka, žena stejně krásná jako vlídná a obětavá, musela krátce po Traceyině narození zemřít na akutní leukémii, zatímco chladná, záludná a ke všemu šeredná tchyně se snad ve zdraví dožije nejméně stovky? „K čertu s tím!" špitla Barbara do dlaně – a teprve teď si uvědomila, jak moc se ve skutečnosti těšila na oběd a na přítelkyně, hlavně na Chris.

Ze všech dam z Grand Avenue si Barbara nejvíc oblíbila právě Chris. Jistě, Susan byla skvělá – upřímná a spolehlivá, byť na Barbařin vkus možná až příliš praktická. A Vicki... Vicki byla prostě Vicki, úžasně zábavná a nápaditá, ale občas také velmi indiskrétní. Barbara už dávno pochopila, že nesmí Vicki vykládat o ničem, co by si vzápětí nerada přečetla na první straně místních novin *Cincinnati Post*. Nejpevnější pouto Barbaru zcela logicky pojilo s Chris. Obě patřily k „ženám v domácnosti", a snad proto na ni Chris měla vždycky čas. A nejen to, Barbařiny problémy jí nikdy nepřipadaly nicotné, nikdy od ní neodešla uprostřed rozhovoru, nikdy se jí nedotkla ironickým nebo přezíravým pohledem. Tony si díkybohu konečně našel práci. Ne že by si Chris někdy postěžovala, situace to však určitě byla dost svízelná. Což by mohl být i důvod náhlé a těžké chřipky. Netvrdí snad odborníci, že trápení oslabuje imunitní systém? Pravda, Tony do nového zaměstnání nastoupil už před pár týdny, ale Chris dál všechno zmáhalo. Něco se u nich zřejmě dělo. Až bude Chris líp, měla by si s ní otevřeně promluvit.

Barbara ještě několik vteřin bezradně postávala na chodníku před restaurantem The Foxfire Grille. V žaludku jí kručelo. Potřebovala se najíst. A ještě víc se potřebovala ujistit, že svět je stále ještě v pořádku. Mrkla na hodinky. Skoro tři čtvrtě na jednu. Kdyby si pospíšila, dorazila by včas na univerzitu a mohla by svého pohledného manžela vytáhnout na oběd.

O necelých deset minut později Barbara zaparkovala svou černou Sierru na Clifton Avenue, které se kvůli spoustě různých chlapeckých i dívčích studentských spolků usazených v domech na pravé straně ulice častěji říkalo Třída bratrstev, a rozběhla se do kampusu Cincinnatské univerzity, v Americe druhé nejstarší a zároveň druhé největší univerzity spravované radnicí. Minula bělostný betonový věžák, Brodie Science and Engineering Center, a zamířila k mnohem skromnější patrové budově z červených cihel, sídlu katedry sociologie, kde její manžel přednášel základy psychologie a lidského chování. Před vchodem letmo pokývla na pozdrav hloučku studentů v džínovině a kůži, otevřela těžké dubové dveře a rázně se vydala dlouhou chodbou. Jehlové podpatky klapaly, až se to rozléhalo, a upoutávaly pozornost, neboť jinak tu zřejmě všichni nosili pestrobarevnou sportovní obuv s měkkými gumovými podrážkami.

Docela pěkná stará budova, říkala si v duchu Barbara při pohledu na černobílé fotografie dávných absolventů, tmavé dřevěné obklady, okna složená z malých tabulek zalitých olovem a půvabné klenuté průchody. Ano, takhle má vypadat univerzita. Mírně omšelá, velkolepá a tajemná. Dokonce musí trochu vzbuzovat bázeň. Nicméně sama Barbara se na konci chodby zcela bez bázně vydala vzhůru po širokém schodišti. Přece se nebude cítit hloupá či méněcenná jen proto, že po získání titulu Miss Cincinnati už nešla na vysokou. Jistě, nedokáže citovat Shakespeara jako Susan, nedokáže ze sebe chrlit soudní precedenty jako Vicki, pravděpodobně by ani neuměla pořádně vysvětlit rozdíl mezi psychologií a sociologií, ale v konverzacích s manželem a přáteli se zatím vždycky prosadila. A kromě toho nic ještě nebylo ztraceno. Kdyby chtěla, mohla by se kdykoliv zapsat na nějaké přednášky a beze spěchu se vypracovávat k titulu, jak to už hezkých pár let dělá Susan, aniž by zanedbávala domácnost a rodinu. Samozřejmě by si musela vybrat něco skutečně zajímavého a zároveň nepříliš náročného, aby se mohla dostatečně věnovat Tracey a Ronovi. Barbara pokrčila rameny a zatvářila se přesně jako Scarlett O'Harová ve filmu *Jih proti Severu*: o tomhle budu přemýšlet později, zítra je taky den. V odrazu zasklené fotografie Vivien Leighové si Barbara rychle překontrolovala obličej a účes, pak tiše otevřela dveře a vešla do posluchárny.

Sedadla v prostorné posluchárně se odshora svažovala podobně jako na stadionech. Úplně dole stál na stupínku před velkou tabulí urostlý přitažlivý čtyřicátník, Barbařin manžel, a přednášel zhruba třem stovkám nesmírně zaujatých studentek a studentů. Barbara vklouzla na volné místo vzadu. Otočilo se po ní několik hlav, její příchod zaznamenal i manžel a téměř neznatelně jí pokývl, aniž by přerušil výklad. „Zdrojem obtíží v oblasti výzkumu postojů bývá zejména tendence zjednodušovat problematiku na úzce chápanou teorii motivace," říkal právě. „Například gestaltisté tvrdí, že lidé vždycky touží po uzavřenější a stabilnější organizaci psychologického pole, v němž se jedinec neustále snaží usmiřovat rozporné skutečnosti, aby okolní svět měl smysl a nabízel jedinci maximální možnost zapojení a uplatnění."

Pera se zběsile míhala, studenti si zapisovali každé slovo.

Opravdu mají pojem, o čem Ron mluví? uvažovala Barbara a zkusila se co nejvíc soustředit, aby ty teorie mohla doma s manželem prodiskutovat. Vzápětí však ztratila nit a v myšlenkách se vrátila ke Chris: jak jí asi je, v čem by se jí dalo pomoct?

„Další motivační model představuje schéma odměna – trest," pokračoval Ron a hnědýma očima bloudil po posluchárně. „Tento model chápe postoje jako součást adaptivní reakce na sociální prostředí, kde mají prvořadý význam skupinové zájmy a jedinec se snaží získat souhlas a podporu své skupiny."

Mluví vůbec normálním jazykem? napadlo Barbaru. V té záplavě nesrozumitelných výrazů a slovních spojení si připadala jako přistěhovalec, který právě vystoupil z lodi v neznámé cizí zemi. Posluchači, mezi nimiž převažovaly dívky, si dál horlivě všechno zapisovali. Ani jedna z těch holek se neumí pořádně nalíčit, s údivem si pomyslela Barbara. Možná vědí ledacos o motivačních modelech, zato konturování nebo oční stíny jsou pro ně španělskou vesnicí.

„A konečně tu máme osobnostní teoretiky, kteří zdůrazňují vnitřní dynamiku spoluvytvářející postoje, kdy potřeba jedince zachovat si své já a vlastní integritu hraje významnější roli než perspektiva vnějších odměn a trestů." Ron náhle zmlkl a usmál se. „Pokračovat budeme zítra. Ve skriptech si prosím přečtěte stránky 121 až 139. Děkuji vám." Studentky a studenti se okamžitě zvedli, posbírali si své věci a začali se rozcházet. Barbary sestupující dolů k manželovi si nikdo nevšímal. „Jaké příjemné překvapení," pronesl Ron a na jeho trvale opálené tváři se objevil srdečný úsměv. „Co tě sem přivádí?"

„Napadlo mě, že bych mohla svého okouzlujícího manžela pozvat na oběd," odpověděla Barbara bezstarostným a lehce koketním tónem, v duchu se však modlila, aby Ron neodmítl.

„Opravdu? Měl jsem za to, že dnes obědváš s kamarádkami." Znělo to vlídně, ale vzápětí se Ron rozhlédl, jako by někoho hledal. „Amy," zavolal náhle. „Amy, můžete se chviličku zdržet? Potřebuju s vámi mluvit o vaší ročníkové práci." Dlouhovlasá dívka v téměř uniformních těsných džínách a černém koženém sáčku šeptem prohodila několik slov s kolegy a zamířila dolů. „Víš, nevyšlo to," zklamaně si povzdechla Barbara. „A tak jsem si říkala, že zkusím, jestli bys neměl čas ty."

„Lákavé nabídce nikdy neodolám," poněkud dvojsmyslně odpověděl Ron. „Dáš mi pár minut? Jenom si něco vyřídím."

„Jistě," vyhrkla Barbara. Nejraději by samou vděčností manžela rovnou zlíbala. „Můžu si tu někde umýt ruce?"

„Vrať se nahoru. Na chodbě doprava."

„Sejdeme se ve vestibulu."

„Zabere mi to jen pár minut," zopakoval Ron, zatímco studentka už se blížila. Zřejmě byla velmi nervózní, neboť si své dlouhé hnědé vlasy neustále zastrkávala za uši.

Trochu maskara by jí zvedlo sebevědomí, pomyslela si Barbara cestou nahoru. Letmo se ohlédla a všimla si, že Amy stojí nějak příliš blízko Ronyho a dokonce se jedním ňadrem dotýká jeho paže. Podivné – Ron se ani nepokoušel uhnout! Sotva však Barbara vyšla ze dveří, v duchu se napomenula: neblázni, nebuď paranoidní, ta holka stála tak blízko, jen aby Ronyho dobře slyšela. A že by se mu ňadrem otírala o paži? Nesmysl, všechno prostě zkreslil úhel pohledu.

Barbara našla toalety a před dlouhým obdélníkovým zrcadlem visícím nad řadou umyvadel si poopravila účes a přetřela rty lesklou růžovou rtěnkou. Potom si bříšky prstů tak dlouho přejížděla po kůži kolem očí, až drobné vrásky připomínající závorky úplně zmizely. „Nevypadáš o nic starší než ty holky," šeptala svému obrazu v zrcadle a přitom přemýšlela, jak si Ron dokáže uchovávat své mladistvé vzezření, aniž by se omezoval v jídle nebo pravidelně cvičil. Mohl se celé hodiny opalovat a jeho pleť zůstávala svěží. Vlastně byl pořád stejně přitažlivý jako ve chvíli, kdy ho Barbara poprvé uviděla. Seděl v baru U Arnolda, už tenkrát obklopen děvčaty. Ach ano, dobře si pamatovala, jak zachytila jeho pohled, načež jí blesklo hlavou: s tím krasavcem by asi nebyl snadný život.

Pochopitelně se jí doneslo, jaké řeči o Ronovi kolují. Ty řeči ostatně po celých deset let, co zatím trvalo manželství, nikdy neustaly. Ron ji však opakovaně ujišťoval, že jde jen o hloupé a nepodložené klepy, a Barbara se už dávno rozhodla nebrat je vážně. Navíc dospěla k závěru, že by nic neznamenalo, ani kdyby to nebyly pouze výmysly a manžel si skutečně občas odskočil. Co prohlašovala Vicki o svých záletech? V manželství nehrají žádnou roli, nikomu neubližují, týkají se výhradně sexu.

Barbara si rozepnula modrý kabátek a přesvědčila se, jestli má lem bílé hedvábné blůzky kolem dokola pečlivě zastrčený do sukně. Vtom se otevřely dveře, dovnitř vešla Amy a rovnou zamířila k zrcadlu. „Ahoj," nesměle špitla Barbara. Dívka neodpověděla, odložila na okraj umyvadla svých pár knížek a dlouhými plynulými pohyby si začala pročesávat vlasy. Není ošklivá a díky velkým tmavým očím v útlém bledém obličeji se zdá hezčí, než doopravdy je, usoudila Barbara. Ovšem královnou krásy by se stát nemohla, naději by měla nanejvýš na titul Miss Sympatie, usmála se v duchu Barbara a snažila se nebrat na vědomí roztomile kulatý zadeček, který dívce dokonale vyplňoval těsné džíny, ani její drobná špičatá ňadra, o jakých muži říkávají, že jsou tak akorát do dlaně. Kdepak, mladí nepotřebují být krásní, uvědomila si Barbara. Úplně jim stačí to mládí. „Ahoj," zopakovala o něco hlasitěji.

„Ahoj," odpověděla Amy Barbařině odrazu v zrcadle.

„Chodíte na přednášky mého manžela," pokračovala Barbara co možno nejvěcnějším tónem.

Dívka pokrčila rameny. „Hm."

„Je to dobrý učitel, viďte?" nenechala se odradit Barbara.

Amy uložila kartáč zpátky do černé kožené kabely. „Ten nejlepší," řekla a její oči se v zrcadle setkaly s Barbařinýma. Pohled snad trval o zlomek vteřiny déle, jako by obsahoval němou výzvu. A vzápětí byla dívka pryč, jen za ní ve dveřích zavlály dlouhé hnědé vlasy.

Barbara ještě několik minut prostála před řadou umyvadel. Snažila se nemyslet na to, co možná svým nečekaným příchodem manželovi překazila, vlastně se snažila vůbec nemyslet. Nemyslet bylo občas lepší, pohodlnější. Přemýšlení přináší problémy. Čím méně člověk hloubá a pokouší se proniknout pod povrch věcí, tím je šťastnější, usoudila Barbara, zatímco si na své náhle zbledlé tváře nanášela trochu červeně. Znovu si upravila blůzku a uhladila sukni. Počkala, až se jí zklidní zrychlený dech, a naposledy se překontrolovala v zrcadle. Konečně vyšla na chodbu a rázným, nicméně elegantním krokem zamířila k vestibulu, kde na ni čekal manžel.

4

CHRIS USLYŠELA, JAK SE ROZEZNĚL ZVONEK U DOMOVNÍCH DVEŘÍ, a chvíli uvažovala, jestli by neměla jít otevřít, potom však mávla rukou. Tony to vyřídí. Řekne jejím přítelkyním, že manželka má právě teď spoustu práce a že jim později určitě zavolá. Ovšem až nastane ono „později", bude mít Chris nějakou jinou práci a najednou bude na telefonování příliš pozdě. Tak uplyne den, po něm další a další. Poslední dobou často uběhl celý týden, kdy si s kamarádkami vůbec nepopovídala, natož aby se s nimi viděla. Scházela na Susanině narozeninovém obědě, vymluvila se z nákupů s Barbarou, nepřijala Vickino pozvání na večeři. Pomalu se blížila půle září - a kolikrát se vlastně všechny čtyři sešly? Od června sotva třikrát. Dřív spolu mluvívaly prakticky denně. Jistě, nešlo o nic důležitého. („Ahoj, chystám se na nákup. Nepotřebuješ nic?") Prostě běžné věci. („Počkej, až uslyšíš, co včera provedla Ariel." „Neumíš si představit, jak to Tracey slušelo v těch nových šatičkách." „Kirsten si stěžuje, že v družině je hrozná otrava.") Všednodenní radosti a starosti. („Musím běžet. Ještě ti brnknu." „Tohle mi nebudeš věřit." „Zítra mi nezapomeň zavolat.") Slova, která vás udržují při zdravém rozumu.

„Mám tě ráda."

Já tebe taky.

Kdy začala zapomínat volat? Kdy přestala mít na přítelkyně čas?

Tony u domovních dveří hlaholil: „Nazdar, děvčata. To je ale milé překvapení."

Jen stěží rozeznala tři hlasy, které se vzájemně překřikovaly. „Kde je, co je s ní?" „Žádné výmluvy se nepřijímají." „Chris, koukej, ať už jsi dole!"

„Hned," houkla Chris a s bušícím srdcem se rozběhla do koupelny, aby se na sebe podívala do zrcadla. „Vypadám normálně," zašeptala, chvatně si pročísla vlasy a purpurovou sponou je sepjala do ohonu. Z flekatých šedých legin, které nosila poslední dva dny, se převlékla do bílých plátěných kalhot, seprané žluté tričko vyměnila za světlounce levandulové. Proč jsem tak rozčilená? pomyslela si. Nikam se přece nechystám. Jenom sejdu dolů a pozdravím kamarádky.

„Chris, pohni kostrou," zaječela Vicki.

„Hned jsem u vás," odpověděla Chris, ale dál strnule zírala do zrcadla. Třeba je to čekání přestane bavit, říkala si. Třeba vypadnou.

„Počítám do deseti a pak si pro tebe dojdu," pohrozila Barbara. Chris si povzdechla a otevřela dveře. Nad schody se objevila právě ve chvíli, kdy se Barbara chystala vyrazit nahoru.

„Tady ji máme!" zajásala Barbara. „Vidíte, dámy? Je opravdová. Skutečně existuje. Nevymyslely jsme si ji."

Vzápětí si ležely v náručí. Barbařina vroucnost hřála jako kašmírový šál, jemná vůně parfému připomínala dotek nenávratně zmizelého světa pohádek a kouzel. Chris zavřela oči a položila si hlavu na rameno přítelkyně.

„Je všechno v pořádku?" zašeptala Barbara a co nejpevněji k sobě Chris přitiskla.

Chris napůl vyjekla a napůl zaúpěla bolestí.

„Co je?" uvolnila Barbara stisk.

„Zřejmě si, milá Barbie, neuvědomuješ, jakou máš sílu v rukou," zasmál se Tony, vzal manželku kolem ramenou a opatrně ji odvedl do předsíně, kde čekaly Susan a Vicki. „Chris je trochu potlučená," vysvětlil. „Neříkala vám, že minulý týden spadla ze schodů?"

„Cože?" Susan.

„Ty jsi spadla ze schodů?" Vicki.

„Panebože, neublížila sis?" Barbara.

„Bylo to jenom z posledních dvou schodů. Celkem nic se mi nestalo, což se ovšem nedá říct o Wyattově vláčku, na který jsem šlápla." Chris se pokusila zasmát, ale bolest v žebrech jí v tom zabránila.

„Tak nic se ti nestalo? Nepovídej, radši se na to podíváme." Barbara opět přiskočila ke Chris, zdvihla dolní okraj jejího trička a prsty zlehka přejela po velké žlutofialové zhmožděnině na levém boku.

„Děvčata, nějak podezřele se k sobě tulíte," zavtipkoval Tony. „Co děláte, když u toho nejsem?"

„Kristepane, to je modřina jak hrom," zděsila se Vicki.

„Neměla bych požádat Owena, aby tě prohlédl?" nabídla se Susan.

„Opravdu mi nic není," bránila se Chris. „Vážně, nestojí to za řeč."

„Máma spadla ze schodů a rozkřápla Wyattův vláček," oznámila Montana, která právě vyšla z kuchyně.

„Jo, už víme," usmála se na ni Vicki. „Smůla, co?"

„Máma pořád padá," nevzrušeně dodala Montana.

„Protože ty a tvůj bratr necháváte své hračky povalovat na těch nejnemožnějších místech," káravě poznamenal Tony.

Montana se zamračila a popadla matku za ruku. „Tak už pojď, mami. Říkala jsi, že budeme péct cukroví."

„Co kdyby ti s pečením pomohl táta?" nadhodila Susan.

„A my si maminku na chvilku odvedeme," připojila se Vicki.

„Ne!" zaječela Montana.

„Nemrač se, budeš mít vrásky," upozornila ji Barbara.

„Vidíte, že nemůžu odejít," povzdechla si Chris, zatímco Montana nepřestávala zlostně škubat její rukou. „Wyatt se každou chvíli probudí a kromě toho jsem Montaně slíbila..."

„Já se o děti postarám," skočil jí do řeči Tony. „Jen běž, zlato. Celé týdny jsi nevytáhla paty z domu."

„Ne!" znovu zaprotestovala Montana. Drobný jemný obličej jí celý zrudl, dlouhé blond vlasy poletovaly, jak neústupně vrtěla hlavou. „Říkala jsi, že budeme péct cukroví."

Tony vzal dceru do náruče. „No tak, holka. Přece si nemyslíš, že by tvůj táta neuměl upéct pár čokoládových sušenek. Jestli chceš něco vědět, náhodou jsem na čokoládové sušenky přímo odborník. Vůbec se v cukroví vyznám ještě líp než maminka. Nikdy jsi neslyšela, že nejslavnější kuchaři na světě jsou muži?"

Montana se mrštně vyvlékla z otcových paží a probodla matku záštiplným pohledem. „Už tě nemám ráda. Nejsi hodná maminka." Vzápětí se otočila a utekla zase zpátky do kuchyně.

„Montano..."

„Nevšímej si jí, Chris," mávl Tony rukou. „Jen ať trucuje,

za minutu ji to přejde. Běž s děvčaty, potřebuješ se trochu rozptýlit."

„Hodná maminka z tebe bude později," pokrčila rameny Vicki.

„Nevím, opravdu bych asi neměla..."

„Vrátíme ti ji do večeře," usmála se Susan na Tonyho, otevřela dveře a vystrčila Chris ven.

„Kam vyrazíme?" zeptala se Chris a zhluboka se nadechla vlahého zářijového vzduchu. Zavřela oči, a když zvedla tvář proti slunci, měla pocit, že se jí jeho paprsky propalují do kůže jako žhavé železo. Nevypálí mi cejch? pomyslela si a přes rameno se ohlédla k domu. Tony ji pozoroval, skryt za záclonou v obývacím pokoji.

„Připrav se, staneš se obětí únosu," ukázala Vicki směrem k zaparkovanému perleťově lesklému béžovému jaguáru.

„Ne, počkej, vážně to nemá smysl," zaváhala opět Chris. „Musím zůstat doma."

Ale Vicki už odemykala vůz, zatímco Barbara a Susan málem vlekly vzpírající se Chris na chodník. „Tak už si nastup - nebo tě máme svázat?" smála se Vicki.

Chris vyhlížela zadním oknem luxusního vozu a sledovala, jak jedna silnice střídá druhou. Jely sotva deset minut, ale okolí se už dokonale proměnilo, jako by se ocitly v úplně jiném, snad pohádkovém světě. Ve světě nedotčeném přízemními starostmi ani drsnou skutečností. Ve světě, kde co nejdál od vozovky stála přepychová rodinná sídla. Ve světě, kde dopravní značky upozorňovaly na přechody pro vyznavače jezdeckého sportu. Ve světě, kde zelené stráně vzbuzovaly iluzi poklidného venkova - necelou půlhodinu od centra Cincinnati. Hromady peněz, pomyslela si Chris. Hromady peněz, zděděných i novějších, rozložených na dvaceti čtverečních mílích milionářského předměstí zvaného Indian Hill. Jestlipak se těch lidí nějak dotkl hospodářský pokles? Doslechli se vůbec, že k nějakému došlo? „Co tady děláme?" zeptala se.

„Prostě to tady okukujeme," odpověděla jí Vicki. „Líbí se tu některé z vás něco?"

„Mně absolutně všechno," nadšeně prohlásila Barbara usazená vedle Chris.

Jak se umí radovat ze života, pomyslela si Chris. A jak je hezká! Klidně by mohla vyhodit všechny ty šminky a laky na vlasy. Ani trochu je nepotřebuje. Chris málem neodolala a pohladila Barbaru po půvabné hebké tváři.

„Už jsem vám říkala, čím mě tuhle uzemnila Whitney?" ozvala se Susan z předního sedadla. „Právě jsme se chystaly na procházku," pokračovala hlasem, v němž se chvěla mateřská pýcha, „ale vtom se dalo do deště a tak jsem chtěla počkat, než se to přežene. No a Whitney povídá: ‚Mami, nevadí, že prší. Vezmeme si *rozevřený* deštník.' Chápete? Na dvouletého špunta docela slušná ukázka logiky, co?"

„Udivující," souhlasila Barbara.

„Einstein hadr," rozesmála se Vicki.

„Jak říkám," spokojeně pokývla Susan, „úplně mi vyrazila dech."

„Když byly naší Tracey asi tak dva roky," navázala Barbara, „hrála jsem si s ní jednou celé odpoledne, až jsem se cítila absolutně vyčerpaná a vysvětlila jsem jí, že si budu muset na chviličku lehnout, přitom Tracey byla pořád plná života, vždycky patřila k těm dětem, co skoro nespí, rozumíte, prostě odešla jsem do ložnice a jen tak v šatech si lehla na postel, ale uplynulo sotva pár minut a já slyším, jak ty malé nožky cupitají od dveří k posteli, pootevřu levé oko a co nevidím, Tracey zápolí s tou velikánskou přikrývkou, samozřejmě jí to nějakou dobu trvalo, ale nakonec ji přese mne přehodila a ještě ji urovnala, no a pak si vylezla do křesla na druhé straně pokoje a jenom po mně beze slova koukala. Jak jsem říkala, byla jsem vyřízená, takže jsem tvrdě usnula, a když jsem se asi tak po hodině probudila, co myslíte, pořád tam seděla, ani se nepohnula a nepřestávala mě pozorovat."

„Josh se taky někdy chová takhle divně," připomněla Vicki svého čtyřletého syna. „Až z něho člověka mrazí."

„Počkej, nechtěla jsem naznačit, že by mě z Tracey mrazilo," bránila se Barbara. „Právě naopak."

„Mě z Joshe rozhodně občas mrazí," suše konstatovala Vicki. „Jistě, miluju ho a tak dál, ale stejně mi připadá trochu zvláštní. Víte, co ode mne nedávno chtěl? Tampax!"

„Tampax! Kristepane proč?"

„Protože v televizi prý říkali, že se s ním líp plave."

Ženy se rozchechtaly. Dokonce i Chris se přistihla, jak se hlasitě směje. Okamžitě ji rozbolela žebra.

„A co teprve Kirsten," pokračovala Vicki. „Je taková záhadná. Neproniknutelná. Nikdy nevím, co si vlastně myslí."

„Skoro abys byla ráda," poznamenala Susan. „Ariel mi sice vykládá všechno, co se jí honí v hlavě, ale většinou se to dá shrnout jedinou větou: nesnáším svou sestru. Ach jo, mám dojem, že Ariel mi ji nikdy neodpustí."

Opět se ozval smích, brzy však utichl. Přítelkyně chvíli jen obdivovaly půvabné zelené kopce po obou stranách silnice.

„Tak kdy už nám povíš, co se děje?" zeptala se náhle Barbara Chris. Zvolila lehký konverzační tón, ale jak prozrazovaly její oči, ve skutečnosti mluvila velmi vážně.

Chris zalapala po dechu. Přestože takový dotaz podvědomě čekala od okamžiku, kdy ji kamarádky téměř násilím vtlačily na zadní sedadlo Vickina auta, teď ji zaskočil a vylekal. Ano, tím neustálým smíchem stejně jako samozřejmostí, s níž si vzájemně sdělovaly svá tajemství, se bohužel nechala zmást a propadla falešnému pocitu bezpečí. „Nechápu, o čem mluvíš," zkusila ještě vyklouznout, ta slova však nezněla přesvědčivě ani jí samotné. Barbara se zaklonila a zvedla obočí. Susan se na předním sedadle celá natočila dozadu. Vicki pozorně sledovala zpětné zrcátko. Všechny tři se tvářily skepticky a ustaraně, dokonce skoro vyděšeně. „Proč se po mně tak koukáte?" rozpačitě ze sebe vysoukala Chris. „Co je to s vámi? Nic se neděje. Opravdu."

„Málem se neukážeš, neodpovídáš na telefonické vzkazy, věčně máš moc práce..."

„Přece víte, jak to chodí," namítla Chris.

„Nevíme."

„Povídej. Jak to chodí?"

„Prostě pořád se něco děje."

„Jo? Právě jsi říkala, že se nic neděje."

„Cože?"

„Jak to tedy je, Chris? Musíš si vybrat. Buď se nic neděje, nebo se toho naopak děje až moc."

„Tak už dost, Vicki. Mluvíš jako advokátka."

„Ne. Jako tvoje kamarádka."

„Promiň, nechtěla jsem se tě dotknout," opět zrozpačitěla Chris. „Jenom mi připadá, že děláte z komára velblouda."

„Vážně?" pochybovačně se usmála Susan.

„Ty se na nás zlobíš?" zeptala se Barbara. „Zklamaly jsme tě? Urazily jsme tě něčím?"

„Kdepak, co tě to napadá?"

„Takže není pravda, že se nám vyhýbáš?"

„Nevyhýbám se vám," trvala na svém Chris. „Prostě jen poslední dobou nevím, kam dřív skočit. Wyatt je co chvíli nemocný, chytí každý bacil, který poletuje ve vzduchu. No a znáte to, od Wyatta se nakazím já, jenže mně trvá mnohem dýl, než se zmátořím. Doma se zatím hromadí práce a já pak mám co dohánět."

„Ovšem. Ale proč jsi tedy propustila posluhovačku?" zaútočila Barbara.

„Cože, ty jsi propustila Marshu?" upřímně se podivila Susan, neboť Marshiny služby byly velmi žádané.

„Tonymu se moc nezamlouvala," začala vysvětlovat Chris. „A kromě toho já jsem celý den doma..."

„Počkej," nenechala ji domluvit Vicki, „tobě se *líbí* od rána do večera jenom uklízet, vařit, prát a tak dál?" Tón otázky prozrazoval, že něco podobného je zcela mimo Vickino chápání.

„Nevadí mi to," pokrčila rameny Chris. „Vážně ne. Prostě nevadí."

„Poslyš, netrpíš náhodou agorafobií?" zeptala se Susan tiše, ale důrazně. Její oči se do Chris přímo zavrtávaly.

„A-go-ra-fo-bi-í?" nechápavě zopakovala Barbara. „Co to má být?"

„Doslova strach z tržiště," vysvětlila Susan.

„Já osobně tržiště nesnáším," podotkla Vicki.

„Tímhle odborným termínem se označuje stav, kdy se prostě bojíš vyjít z domu," dodala Susan.

„Ale já se nebojím vyjít z domu," zamračila se Chris.

„No, dneska to skoro vypadalo, že se bojíš."

„Klape vám to s Tonym?"

„Jistě."

„Nehádáte se?"

„Vůbec ne. Všechno je v nejlepším pořádku. Pravda, poslední dobou cítím trochu napětí, protože Tonymu se v práci moc nelíbí. Taky mám dojem, že přišel o dost peněz na burze, a..."

„Máš dojem?“ skočila jí do řeči Susan. „Ty to nevíš určitě?“

Chris zavrtěla hlavou. „Vždyť mě znáš. Pokud jde o peníze, jsem úplně nemožná.“

„Vážně? Odkdy?“

„Ale máš přece v bance své konto, ne?“ zeptala se Vicki.

„Máme společné konto. Proč bych měla mít vlastní?“

„Každá žena by měla mít vlastní konto. Pro všechny případy. Při prvním náznaku problémů si pak může začít dávat peníze stranou.“

„To mi připadá nečestné,“ namítla Chris.

„Myslet na zadní kolečka není nečestné,“ poučila ji Vicki. „Prostě se řídíš pudem sebezáchovy. A kromě toho, když máš vlastní konto, nemusíš za manželem běhat kvůli kdejaké pitomosti. Jak je to u vás? Musíš Tonymu říkat o peníze na každou maličkost?“

„Samozřejmě nemusím!“ vybuchla Chris, tváře zrudlé hněvem. Co je vůbec Vicki po tom, jak s Tonym nakládají se svými penězi? pomyslela si. Vicki si vzala boháče. Nemůže vědět, jakou oběť pro muže znamená zaměstnání, které se mu protiví a ve kterém zůstává, jen aby uživil rodinu. Ano, momentálně jsou na tom dost bledě. Tony nemá jinou možnost než dávat jí peníze pouze na to nejnutnější a žádat vyúčtování každého desetníku.

„Hned v pondělí ráno zajdeš do banky a otevřeš si vlastní účet,“ rezolutně prohlásila Vicki. „Slyšíš mě, Chris?“

„Ale ano,“ přikývla Chris, neboť usoudila, že moudřejší bude souhlasit.

„Půjdu s tebou,“ nabídla se Barbara a pohladila Chris po ruce. „Skoro se to stydím přiznat, ale sama taky nemám vlastní účet.“

„Kristepane, co jste to za lidi?“ okázale se podivila Vicki. „Ve kterém století žijete?“

„Nezastavíme tady?“ navrhla Susan, když vůz odbočil vpravo na Sunshine Lane. „Můžeme se trochu projít.“

Vicki zajela k okraji silnice a vypnula motor. Čtvery dveře se otevřely a ženy vystoupily do vlahého zářijového odpoledne.

„Nádhera! Božský klid!“ Barbara vzala Chris za ruku, náhle rozverná jako školačka. Vicki se držela o několik kroků před nimi, Susan naopak o několik kroků vzadu.

„Zmírněte tempo," ozvala se Susan. „Dochází mi dech."

Sluší jí i těch dvacet liber nadváhy, pomyslela si Chris. Skutečně - díky půvabně zaobleným tvářím lemovaným jemnými hnědými vlasy se Susan dokonce zdála mladší než v době, kdy se „dámy z Grand Avenue" poprvé setkaly.

„Ale no tak, děvčata," zaúpěla Vicki. „Teď se pro změnu vlečeme jako procesí." Typické, uvědomila si Chris a mimoděk se usmála. Vicki byla ztělesněná netrpělivost. Když se jí znelíbily vlasy poničené trvalou, nečekala, až odrostou, a rovnou si je ostříhala skoro na ježka. Kupodivu neprohloupila, s novým účesem vypadala ještě energičtěji a moderněji. Vicki prostě uměla i z beznadějné hlušiny vydolovat alespoň zrnko zlata.

Po krajnici zvolna došly na Cayuga Drive.

„Nezlobte se, dámy, ale to horko mě nějak zmáhá." Chris se zastavila, žaludek náhle jako na vodě. Vzápětí se jí podlomily nohy. Bezmocně se zapotácela a upadla na chodník.

Okamžitě se k ní natáhly ochotné paže.

„Panebože, Chris, co je s tebou?"

„Neublížila sis?"

„Hlavně zhluboka dýchej."

Chris ochable mávla rukou. Ráda by rozptýlila jejich obavy, nakonec jí však vyhrkly slzy.

„Tak mluv, Chris. Co ti schází?"

„Rovnou tě odvezeme k doktorovi."

„Ne, žádného doktora nepotřebuju," bránila se Chris.

„Jak dlouho už takhle padáš?"

„O nic nejde."

„O nic nejde? Nedávno jsi spadla ze schodů. Podle Montany to zdaleka nebylo poprvé. A teď jsi nám tu zkolabovala uprostřed ulice."

„Je vedro."

„Tak hrozné vedro zase není."

Chris se zhluboka nadechla a pokusila se otřít si z tváří nekonečný proud slz. „Bože můj," vzlykla.

„Prosím tě, Chris, netrap nás."

„Nám přece můžeš říct všechno."

Chris zapátrala v ustaraných očích svých kamarádek. Opravdu jim může říct pravdu? Jak ji přijmou? „Myslím, že jsem těhotná," zašeptala.

„Těhotná? Ale to je skvělé!“ zajásala Barbara. „Nebo snad ne?“ dodala po krátkém zaváhání.

Chris sklopila oči, ramena se jí nepřestávala chvět pláčem.

„Takže to není skvělé?“ tiše se zeptala Susan.

„Já nevím.“ Opět to znělo jako vzlyk – a ten zvuk se Chris vůbec nelíbil. Připadal jí slabošský, příliš zoufalý, nedůstojný. „Možná si teď myslíte, že své děti nemám ráda.“

„Hloupost, nikdo si nic takového nemyslí.“

„Věřte mi, nikoho a nic na světě nemiluju tolik jako své děti.“

„Samozřejmě.“

„A taky nejde o to, že bych už nechtěla další. Klidně, třeba za rok, za dva, až se všechno trochu urovná. Ale právě teď... právě teď asi na další dítě opravdu není nejvhodnější doba.“ Chris bezradně zdvihla ruce a opět je nechala klesnout k bokům. „Minulý měsíc jsme si museli vzít druhou hypotéku na dům. Přitom Tony to své nové místo přímo nenávidí a vážně uvažuje, že dá výpověď, zařídí si vlastní reklamní agenturu a bude pracovat doma. Tohle všechno na mne občas dolehne, až skoro nemůžu dýchat. Chápete, už pro sebe nebudu mít jedinou volnou chvilku. Určitě to zní hrozně, když přece vím, jak moc mě Tony miluje, jak se stará o mne i o děti. Oceňuju to, upřímně si toho vážím, ale čím dál častěji mám pocit, jako bych se topila. A další dítě v téhle situaci...“

„Nemusíš si ho nechat,“ nevzrušeně poznamenala Vicki.

Na pár vteřin zavládlo ticho.

„Na potrat jít nemůžu.“ Chris začala vrtět hlavou stejně jako předtím Montana. „Nemůžu. Nemůžu.“ Vlasy svázané do ohonu jí poletovaly kolem hlavy.

„Co kdyby sis promluvila s Tonym?“ opatrně navrhla Barbara.

„Panebože! Nepochopil by to, nikdy by mi neodpustil, že mě něco takového vůbec napadlo.“

Opět následovalo ticho.

„A musí o tom vědět?“

Chris chviličku jen nevěřícně zírala. „Vůbec nic nechápete. Tony by to poznal. Poznal by to.“

„Jak by to mohl poznat?“ zeptala se Barbara.

„Prostě by to poznal. Hlídá si mě. Pečlivě všechno sleduje.“

„Počkej, chceš říct, že sleduje tvou menstruaci?"
„Přeje si další dítě už ode dne, kdy se narodil Wyatt."
„Snad by ho taky mělo zajímat, co si přeješ *ty*, nemyslíš?"
„Já vlastně ani nevím, co chci," povzdechla si Chris. A málem dodala: právě proto jsem tak vděčná, že mám Tonyho, Tony moc dobře ví, co je pro mne nejlepší.
„Sleduje tvou menstruaci," užasle opakovala Susan, jako by se marně snažila dopátrat smyslu těch slov.
„Není to zas tak hrozné, jak by se zdálo. Vždyť mě znáte, ráda všechno líčím v nejčernějších barvách. Pořád přeháním."
„Nepřeháníš."
„Ale ano, přeháním."
„To tvrdí kdo?" zeptala se Barbara. „Tony?"
„Kdepak, Chris, řekla bych, že ani trochu nepřeháníš," zamyšleně poznamenala Susan. „Posloucháš mě, Chris? Chris..."
Ale Chris už se otočila na patě a chvatně zamířila zpátky k vozu. „Musím se vrátit domů," křikla přes rameno. „Jestli mě neodvezete, někoho si stopnu."
Vicki se za ní rozběhla. „Neblázni, samozřejmě tě odvezeme."
„Zastav se, Chris. Neutíkej nám."
„Jsme na tvé straně."
Opravdu?
„Nezlob se, nechtěly jsme tě rozčílit," ujistila ji Barbara, zatímco společně nastupovaly do vozu.
Během zpáteční cesty Chris nezvedla oči od rukou složených v klíně. „Skutečně to dítě chci."
„Jistě."
„Věříme ti."
„Nedělejte si kvůli mně starosti," rozloučila se Chris na Grand Avenue. Jakmile vystoupila, všimla si siluety za záclonou v obývacím pokoji. Stál tam snad Tony po celou dobu?
„Milujeme tě," zavolala ještě Barbara. „To přece víš, ne?"
Chris se do těch slov zabalila jako do měkkého šátku. „Ano. Já vás taky."
Dveře domu se otevřely. „Ahoj, kotě," usmál se Tony. „Jsi tu nějak brzy."
„Stýskalo se mi," řekla Chris, překročila práh a zavřela za sebou, aniž by se ohlédla.

5

„MAMI! MAMI!"

Susan se přetočila na pravý bok a snažila se rozeznat ve tmě ciferník budíku na manželově nočním stolku. Ještě nebyly ani čtyři. „Panebože," povzdechla si, neboť vinou neklidných myšlenek usnula sotva před dvěma hodinami. Ale nejsem jediná, kdo dnes v noci špatně spí, uvědomila si, když se znovu ozvalo Arielino úzkostlivé volání. Už chtěla odhodit přikrývku a jít se podívat, co dítě trápí, vtom však na předloktí ucítila manželovu dlaň.

„Já k ní zajdu." Tón hlasu prozrazoval, že Owen není o nic méně unavený než ona sama.

„Nevadí ti to?"

„Jen spi." Rty se zlehka dotkl jejího čela.

Vzápětí vstal z postele, s jistými obtížemi si oblékl župan a rázně vyšel z ložnice. O chviličku později Susan slyšela, jak se Owen ptá ve dveřích Arielina pokoje: „Copak je, srdíčko?"

„Něco ošklivého se mi zdálo," vzlykla Ariel.

Ošklivé sny Susan znala moc dobře. Zejména jeden se jí často vracel. V tom snu vždycky sedí v posluchárně, kde právě probíhá přednáška z předmětu zvaného středověké drama. Susan sklání hlavu a zoufale se pokouší urovnat spoustu zpřeházených listů papíru, vůbec se jí to nedaří a vtom se hlasitě jako z amplionu ozve její jméno. „Susan. Susan Normanová. Poslechneme si váš referát." Susan vzhlédne a vidí, jak se plešatý profesor Currier netrpělivě pohupuje na patách. Susan popadne své papíry a prodírá se z lavice do přední části posluchárny.

V téhle části snu Susan pokaždé zjistí, že je úplně nahá. V panice si zakrývá klín listy papíru, choulí ramena, sklání se téměř do podřepu, až se jí těžká ňadra otírají o nevelký, ale nápadný tukový záhyb na břiše. Jenže tahle pozice jenom zdůrazňuje mohutnost a šíři zadku, Susan už také slyší ironické pochechtávání a vidí prsty studentů, které na ni výsměšně ukazují. Chvatně přesune jednu ruku dozadu, náhlý pohyb ovšem způsobí, že se papíry rozlétnou. Susan nezbývá než kleknout si a na všech čtyřech je sbírat, listy však buď zůstávají přilepené ke špinavé podlaze nebo naopak odlétají dál a dál. Surový smích sílí, mění se v ohlušující řehot. Teprve pak obvykle nastává milosrdný okamžik probuzení.

Owen se po špičkách vrátil do ložnice, přehodil župan přes židli, odhrnul cíp pokrývky a přitiskl se k Susan. „Tak co ji trápilo?" zeptala se.

„Počurala se," nevzrušeně odpověděl manžel.

Susan celá ztuhla. Hned ráno musí na přednášku. A nemůže přece své matce jen tak ve dveřích vrazit do rukou kupu špinavého povlečení. Nebo snad ano? *Ahoj, mami, Ariel se zase počurala. Já vím, denně mi hlídáš děti a na tomhle jsme se nedomluvily, ale co kdybys dneska vyprala ložní prádlo a převlíkla postele? Mně totiž pro samé přednášky nezbývá čas a ty vlastně kromě toho, že se mi staráš o děti, nemáš nic na práci. Tak dík, já běžím.*

„Nedělej si starosti," prohodil manžel, jako by četl její myšlenky. „Převlékl jsem Ariel postel a špinavé prádlo jsem dal do pračky."

Susan se posadila a udiveně zírala na manžela, s nímž prožila jedenáct let. „Tohle všechno jsi udělal?"

„Maličkost."

„Zasloužím si tě vůbec?"

„Tak už spi." Vrásky kolem Owenových očí a úst se zvlnily ve spokojeném úsměvu.

„Miluju tě," zašeptala Susan a položila si hlavu do ohybu jeho paže. Owen Norman svou postavou ani rysy obličeje rozhodně neoslňoval, také neměl žádné zvláštní osobní kouzlo, prostě vzrůstem i vystupováním patřil k nejběžnějšímu průměru, byl to však neobyčejně laskavý a čestný člověk, navíc vynikající lékař, muž vzbuzující důvěru a obdiv pacientů stejně jako všech přátel a známých.

Susan se otočila na levou stranu. Téměř současně s ní se otočil i Owen a dlaň mu sklouzla na její široký bok. Susan se stále nedokázala uklidnit, odpolední zážitek s Chris ji až příliš rozrušil. Problémů nepochybně bylo mnohem víc, než jim Chris svěřila. Určitě nešlo pouze o nevhodně načasované těhotenství. Později znovu všechno probíraly při kávě ve Vickině domě, snažily se vymyslet způsob, jak vylákat Chris z domu, a nakonec se shodly, že jim nezbývá než čekat, dokud za nimi sama nepřijde. Ať už ji trápí jakékoliv problémy, ať už cokoliv tají, je to především její věc. Přítelkyně se musí obrnit trpělivostí, musí projevit pochopení – a hlavně musí mlčet. Jinak by riskovaly, že ji ztratí.

Susan se opět přetočila na záda a pokusila se určit přesně okamžik, kdy se jim Chris začala vzdalovat. Ale šlo vůbec o nějaký konkrétní a zřetelný předěl? Nebo ty změny Chrisina vztahu k ostatním probíhaly pozvolna a nenápadně? Okorávalo snad jejich přátelství a spělo k nevyhnutelnému zániku podobně jako některá dlouholetá manželství?

Že by problém tkvěl právě tam? uvažovala Susan a překulila se na pravý bok. Objevily se v manželství Tonyho a Chris trhliny? Chris to sice popírala, ale jestli Tony skutečně pomýšlí na vlastní reklamní agenturu, potřeboval by kapitál – a s penězi na tom teď nejsou nejlíp. Ke všemu to třetí dítě...

Sleduje její menstruaci! pobouřeně si připomenula Susan a snad si ani neuvědomila, že přitom odkopla dolní konec přikrývky.

„Susan," ozval se Owen, „co je to s tebou?"

„Ale nic," nepřesvědčivě odpověděla Susan. Opět se přetočila na záda a vzápětí nad sebou uviděla Owenův ustaraný obličej.

„Od chvíle, kdy jsem se vrátil do postele, ses nepřestala vrtět."

„Tak promiň." Susan se vybavilo, s jakým strachem v očích se Chris svěřovala, že je možná těhotná. Čeho se doopravdy bojí? *Tony sleduje její menstruaci!* „Pořád se mi nedaří najít tu správnou polohu."

„Děláš si starosti kvůli Chris, viď?"

„Ne." Ale po chvilce připustila: „Totiž *snažím se* nedělat si kvůli ní starosti." Proč by před Owenem něco předstírala? Nikdy ho nedokázala oklamat. A vlastně ho nikdy ani nechtěla – a nemusela – klamat. Měla prostě štěstí.

„Mít štěstí, to je jenom jedna část rovnice," poučila ji kdysi matka. „Tvrdě jsi pracovala, abys něčeho dosáhla. A uměla sis dobře vybrat."

Koneckonců, dodala tehdy matka, podle toho, kterou z nabízených šancí si vybereme, vypadá celý náš život.

„Miluju tě," znovu zašeptala Susan manželovi, neboť ji napadlo, že mu to možná neříká dost často. Trochu se nazdvihla a políbila ho na ústa.

„Já tebe taky." Na její polibek Owen zareagoval s překvapující dychtivostí. Náhlá a rychle vzrůstající touha oba trochu zaskočila, původně nevinný projev vděčnosti se však brzy proměnil ve vášnivé objetí. Susan cítila, jak ji manželovy jemné doteky celou rozechvívají, její smysly, ještě před chviličkou na pokraji zhroucení, se dokonale probudily a nedočkavě přijímaly každý další vzrušující podnět.

„Můžu?" zeptal se o pár vteřin později. Susan mlčky přikývla, a když do ní pronikl, nohama ho sevřela kolem pasu. Jejich těla se beze spěchu a ve vzájemném souladu pohybovala, dokud se Owen znovu nezeptal: „Můžu?" Opět přikývla a Owen se vztyčil na kolenou, aby mohl do jejího klína proniknout co nejhlouběji. Hlava se jí točila v lehké závrati, každým kouskem těla probíhaly chvějivé vlny. V hodinách zdravovědy vám o tomhle nic neřeknou, pomyslela si, uvnitř už připravena explodovat. Užívají chladných klinických výrazů jako *klimax* nebo *orgasmus,* navozujících spíš představu čehosi, co se neodehrává v posteli, ale v laboratoři, a nikdy se ani náznakem nepřibližuje k nádherné slasti milování, když se dva jedinci bezvýhradně odevzdávají jeden druhému.

Vybavil se jí rozhovor o prodlužovaných, několikanásobných a bůhvíjakých orgasmech, který Vicki vyprovokovala oné „superpohárové" neděle před osmi měsíci.

„Já ještě nikdy orgasmus neměla," přiznala se tehdy Chris. A Barbara se svěřila, že své orgasmy pouze předstírá. Dokonce i Vicki připustila, že při souloži obvykle orgasmus nezažívá. Když přítelkyně začaly naléhat, aby jim o svých zkušenostech pověděla také Susan, raději odešla z místnosti. Lepší je vypadat jako stydlivka než jako vychloubačná husa, usoudila. Přece jim nebude vykládat, že zažívá vyvrcholení úplně samozřejmě a pokaždé. Někdy stačilo, aby se Owen dotkl jistého místa na jejím krku...

Uspokojit mě asi není příliš těžké, pomyslela si. Přitom podle svého názoru nebyla nijak výjimečně náruživá a už vůbec ne vyzývavá či sexy. Snad přitažlivá, prosím, zvlášť kdyby shodila pár liber, rozhodně by se však ani potom nemohla srovnávat s Barbarou, Vicki a Chris. Podobně by se asi žádná žena při pohledu na Owena nedrala do jeho postele. Některé by okouzlil Barbařin urostlý a pohledný manžel Ron, jiné by zvolily Vickina vlivného a zámožného manžela Jeremyho nebo Chrisina chlapácky výbojného manžela Tonyho. A všechny by si vybraly špatně.

Ano, celý náš život vypadá podle toho, kterou z nabízených šancí si vybereme.

„Jak je ti?" zeptal se manžel.

„Výborně," usmála se Susan. „Přímo skvěle."

O chviličku později, bezpečně stulena v manželově náručí, Susan zavřela oči a tvrdě usnula.

„Při zkoumání liturgických počátků dramatu," přednášel profesor Ian Currier přibližně pětačtyřiceti nepříliš dychtivým studentkám a studentům, „dospíváme k početné skupině her z dvanáctého století, které se vyznačovaly nespornými uměleckými kvalitami. A zde máme na mysli především texty shrnuté ve Fleuryho sbírce."

Susan se čím dál víc klížily oči. Ale bojovala s tím, co chvíli poposedla nebo si protáhla ramena. Potřebovala bych se alespoň občas pořádně vyspat, usoudila. Jenže jak to zařídit? Musela navštěvovat přednášky, musela psát referáty, musela studovat na zápočty a zkoušky. A samozřejmě nesměla zanedbávat manžela ani své dvě dcerky, i když s Whitney bylo naštěstí mnohem snadnější pořízení než s Ariel, což na druhé straně znamenalo, že Ariel se někdy zdála úplně nezvládnutelná. Susan by prostě potřebovala, aby den neměl pouze čtyřiadvacet hodin. Zejména noc kdyby se tak dala trochu prodloužit! Susan se opět protáhla v ramenou, potlačila zívnutí a pokusila se zaměřit pozornost na profesora Curriera, který už mírně znechuceným tónem svého hlasu jako by chtěl vyjádřit opovržení ke studentům i údiv nad tím, že takovým tupcům vůbec přednáší. Ale co tu pohledávám já? pomyslela si Susan. Kam to vlastně chci s diplomem z anglické literatury dotáhnout?

„Nicméně i tyto hry byly pevně spjaty s konkrétními liturgickými událostmi a provozovaly se o přestávkách mezi jednotlivými částmi předepsaných církevních obřadů," pokračoval profesor Currier. „Jako příklad nám může posloužit hra *Obrácení sv. Pavla,* která se pravděpodobně hrávala dvacátého pátého ledna, tedy na svátek Obrácení sv. Pavla, a věrně se přidržuje biblické verze příběhu, jak je uvedena ve Skutcích svatých apoštolů."

Susan kolem sebe slyšela horlivý skřípot propisek a uvědomila si, že sama si ještě nezapsala jediné slovo. Rozevřela blok, poslepu sáhla do plátěné kabely pro pero – a nahmátla cosi odporně lepkavého. Rázem se jí z paměti vynořil jeden nepříjemný dětský zážitek. Rodiče ji v létě vzali s bratrem a mladší sestrou na chatu u jezera a Susan se hned první odpoledne běžela koupat, přestože matka ji varovala před pijavicemi. Susan ovšem chtěla sestře předvést svou neohroženost, proto jen přezíravě mávla rukou, ale z vody pak vystoupila s několika slizkými černými pijavicemi přisátými na pažích i na nohou. Sestra v hrůze utekla a Susan se pokoušela pijavice odtrhnout, čímž všechno jenom zhoršila. Brzy jí po těle začaly stékat klikaté jasně červené praménky. Matka ji poučila, že takhle ty černé hnusotiny neodstraní, člověk se jich může zbavit, jedině když je pořádně posype solí. „A potom je musíš sníst," zlomyslně prohodil bratr. Susan se zoufale rozječela a v slzách běhala po břehu, dokud ji matka nedostihla a neuchlácholila.

Teď Susan vytáhla ruku z kabely a téměř s úlevou pohlédla na ukazovák, k němuž se přilepilo Arielino nedolízané pomerančové lízátko. „Nádhera," povzdechla si hlasitěji, než zamýšlela.

„Pardon, paní Normanová," okamžitě se chytil příležitosti profesor Currier, „chtěla jste nám snad něco zajímavého sdělit?"

Zatracený mizera, pomyslela si Susan, nic mu neujde.

„Omlouvám se," zamumlala a odtrhla lízátko od prstu, bohužel však příliš prudce, takže se rozlámalo. Několik kousků dopadlo na podlahu. V tíživém tichu zachrastily jako skleněné střepy.

„Svačinka, paní Normanová?" zeptal se profesor Currier a sklonil bradu, aby mohl na Susan výsměšně pohlédnout přes okraj svých kulatých brýlí s drátěnými obroučkami.

Sakra, ten chlap musí mít rentgenové oči, klela v duchu

Susan, zatímco někteří studenti se samou vděčností, že nejsou objektem profesorovy obávané jízlivosti, nervózně zasmáli.

„Nečekal bych, že právě vy budete ignorovat rizika, jaká představuje nekontrolované mlsání," dodal profesor Currier a s gustem nechal poznámku doznít. „V *Obrácení sv. Pavla*," pokračoval pak, jako by myšlenka plynule navazovala na předchozí poznámku, „nacházíme většinu známých prvků církevních her z dvanáctého století, včetně nápravy hříšníka, úniku před nebezpečnými nepřáteli či vyhroceného konfliktu mezi světskou mocí a vidinou věčného spasení."

Susan cítila, že pod bílým svetrem celá hoří. Krk jí zrůžověl, tváře zrudly. Jak se profesor mohl opovážit takhle s ní mluvit! Jak se mohl opovážit zesměšňovat její postavu?

Ale skutečně si něco takového dovolil? zaváhala. Třeba jsem prostě přecitlivělá a zbytečně vztahovačná. Možná mě chtěl jenom pokárat za to drobné vyrušení. Navíc si zřejmě uvědomuje, jak příšerně nudný je jeho výklad, a rád využívá každé příležitosti, aby jej trochu oživil. Do budoucna si budu muset dávat větší pozor. Jen ať si profesorovy kousavosti užijí kolegové a kolegyně. Koneckonců jsou odolnější a o dobrých deset let mladší než já.

O deset let? Co si to namlouvám? v duchu si povzdechla Susan a kradmo se rozhlédla po přetopené posluchárně. Jsou to ještě děti, většině určitě není ani dvacet, do jejich svěžích tvářiček se dosud nevepsaly žádné významnější životní zkušenosti. Kristepane, co mezi nimi vlastně pohledávám? Vždyť sem nepatřím! Vinou jaké charakterové úchylky jsem sama sebe přesvědčila, že mám usilovat o diplom, který mi vůbec, ale vůbec nic nepřinese? Nanejvýš nějaké to vzdělání. Nanejvýš nějaký ten pocit zadostiučinění.

Počkat, skutečně si diplom z anglické literatury můžu tak akorát zarámovat a pověsit na zeď? Vicki mě pořád pobízí, abych si s jejím manželem promluvila o práci v některém z jeho časopisů. Kdoví, možná jednou, až budu mít diplom v kapse a obě děti budou přes den ve škole, veleváženého pana Jeremyho Latimera v tom jeho neustále se rozrůstajícím tiskovém impériu přece jen navštívím.

„Hlavním cílem autorů liturgických dramat z dvanáctého století nebylo vzdělávat masy prostého lidu, ale spíše vytvářet dokonalá díla prodchnutá zbožností a moudrostí. Využívajíce řady různých básnických forem a literárních žánrů stejně jako odkazu klasiků, snažili se dosáhnout co nejvytříbenějšího uměleckého tvaru." Profesor Currier zvedl oči od svých poznámek a přelétl pohledem posluchárnu. „Tak. To bychom měli. Na pátek si každý připraví srovnávací esej, zhruba takových pět tisíc slov, o rozdílech mezi Digbyho a Fleuryho verzemi *Obrácení sv. Pavla*. Odklady se nepovolují a práce bude z pětadvaceti procent rozhodovat o tom, jestli uspějete či neuspějete u zkoušky. Ovšem studentky s velkým poprsím," šibalsky mrknul, „automaticky projdou." Profesor poskládal své papíry a uložil je do odřené kožené aktovky. Naposledy se ironicky usmál a blýskl holou lebkou. „Přednáška skončila."

Bylo slyšet silácký smích i rozpačité chichotání. Studentky a studenti odcházeli z posluchárny. Pouze Susan zůstala sedět na svém místě. Nedokázala se ani pohnout a málem lapala po dechu.

„Nějaký problém, paní Normanová?" projevil nečekaně zájem profesor.

Susan zavrtěla sklopenou hlavou. V koutcích očí ji pálily slzy, jako by právě dostala políček. Co to se mnou je? vyděšeně se ptala sama sebe. Proč se jednoduše neseberu a nezmizím?

„Stalo se něco?" nedal se odbýt Ian Currier.

Susan se váhavě napřímila, ale pohled upřela kamsi mimo profesora. Kdyby se podívala přímo na něj, určitě by vyslovila něco, čeho by vzápětí litovala. Ať jím sebevíc pohrdala, byl to koneckonců člověk, který jí mohl zatarasit cestu k vytouženému diplomu.

„Susan?"

Takže k otázce už mu stačí pouhé moje křestní jméno, pomyslela si Susan a nejraději by se rozběhla pryč stejně jako onoho odpoledne u jezera, kdy nemohla vydržet drsné vtipkování svého bratra. Ano, útěk nebo ústup, to byly odjakživa její první reakce na každou nepříjemnost. Obvykle pak následovalo smířlivé gesto. Živit v sobě hněv znamená zbytečně plýtvat energií. Většinu problémů lze přece vyřešit několika mírnými, vhodně zvolenými slovy. Ostatně co ji to právě teď rozčílilo? Nevinný pokus o bonmot, který žádná jiná studentka nebrala vážně, natož aby se jím cítila dotčena. Dělám z komára velblouda, usoudila Susan. Určitě jsem si špatně vyložila i ty předešlé profesorovy poznámky na adresu mé váhy. Prostě jsem unavená a přecitlivělá. Potřebuju víc spát, pak bude všechno dobré.

Profesor už mířil ke dveřím.

Náhle se Susan rozhodla. „Pane profesore!" málem zakřičela.

Ian Currier se zastavil, otočil se a sledoval, jak k němu chvátá. „Tak copak máte na srdci?" zeptal se.

Není o mnoho starší než já, uvědomila si Susan. Zastrčila si vlasy za uši a horečně uvažovala, co by mu vlastně měla říct. „Domnívám se, že ta vaše poznámka byla poněkud nevhodná." Sakra, mluvíš příliš mlhavě, vypeskovala se vzápětí.

„Která poznámka?"

Přesně tuhle otázku očekávala – stejně jako jeho ironický a vyzývavý úsměv.

„Ta o ženách."

„O ženách?"

„O studentkách s velkým poprsím."

„Ach ano, studentky s velkým poprsím..." Profesor se s těmi slovy přímo mazlil, v očích pobavené jiskřičky.

„Rozhodně to nebylo vhodné."

„Co máte proti studentkám s velkým poprsím?"

Hraje si se mnou, mizera, pomyslela si Susan. Teď už nemůžu ustoupit. „Za nevhodná, dokonce za *krajně* nevhodná pokládám vaše slova, že studentky s velkým poprsím u zkoušky automaticky projdou."

Profesor Currier pokývl a pohledem sklouzl k jejímu bílému roláku. „Nechápu, proč si děláte starosti, paní Normanová. Vaše hruď je dostatečně vyvinutá. Nemusíte se obávat, že byste u zkoušky neuspěla." Usmíval se čím dál pobaveněji.

Cení na mne zuby jako útočící pes, napadlo Susan. Mimoděk o krok couvla.

„Teď mě laskavě omluvte," dodal profesor.

„Neomluvím!" Slovo jí vylétlo z úst – a nedalo se vzít zpátky.

„Cože?"

„Neomluvím vás. Takové poznámky jsou nemístné a urážlivé. A myslím, že dlužíte mně osobně i ostatním studentkám vysvětlení."

„Za nemístné bych spíš označil vaše chování, paní Normanová." Její jméno téměř vyplivl. „Vím, že máme osmdesátá léta a feminismus pomalu vítězí nad zdravým rozumem, ale upřímně, Susan, copak zcela postrádáte smysl pro humor?"

„Smysl pro *váš* humor rozhodně postrádám," odsekla.

Profesor Ian Currier smutně potřásl hlavou, jako by urážen a tupen byl naopak on. „Těším se na váš referát," řekl s lehkým povzdechem a kvapně odešel.

6

„TAK CO, JAK SE CÍTÍŠ?"

„Jde to."

„Jsi nervózní?"

„Jenom trochu."

Chris se naklonila, aby vzala do dlaně Barbařinu roztřesenou ruku. Loktem se přitom nechtěně otřela o své mohutně vystouplé břicho. Děťátko se okamžitě pohnulo a Chris měla pocit, že ostražitě přitisklo ucho k vnitřním stěnám jejího těla. Kdo je ta ženská? ptalo se děťátko a ostrým kopnutím upozornilo, že by se k ní Chris raději neměla přibližovat. Není to přítelkyně, ale vetřelkyně, varovalo kopnutí. Dělá si přílišné nároky na tvůj čas, odvádí tě od rodiny, kam jedině patříš. Vlastně bys tu vůbec neměla být. Neříkal ti snad můj otec, abys nikam nechodila? Co by si pomyslel, kdyby zjistil, že jsi ho neposlechla? Následovalo další kopnutí, tentokrát ještě prudší.

Chris polkla hořké žaludeční šťávy, které jí stoupaly do krku. Panebože, jen ať se mi neudělá špatně, modlila se v duchu, zatímco očima zoufale bloudila po dlouhé nemocniční chodbě a hledala šipku ukazující k východu z budovy. Ačkoliv vhodnější místo bych si sotva mohla vybrat, uvědomila si vzápětí a nebýt tak vylekaná, určitě by se zasmála. Pořád se bojím, pomyslela si. Ale protože se jí podařilo překonat nutkání na zvracení, skryla svůj strach za úsměv. Vůbec se poslední dobou hodně usmívala. „Bude to dobré," zkusila uklidnit sama sebe stejně jako svou nejlepší přítelkyni. „Pokud vím, tyhle procedury teď dělají skoro na běžícím pásu." Byla to pravda? Tony tvrdil, že si Chris v jednom kuse vymýšlí a klidně své výmysly zaměňuje za skutečnost, jen aby zakryla nedostatek vzdělání. Nikoho však neoklame, dodával Tony.

„Já vím." Barbaře se trochu rozšířily oči, což v jejím

případě naznačovalo úsměv. „Není to nic závažného. Neměla jsem tě přemlouvat, abys mě doprovázela."

„Přemlouvat? Hloupost, sama jsem se ti vnutila."

„Ron by měl dorazit, jen co skončí přednášku."

„Věř mi, opravdu jsem ráda, že tu jsem s tebou."

„Díky." Barbara sklopila oči do klína. „Asi pro tebe nebylo snadné z ničeho nic se utrhnout."

„Snadnější, než si myslíš." Chris opět přelétla pohledem rušnou nemocniční chodbu, tentokrát však pátrala, jestli nad některou sterilní rouškou nevykukují známé oči. „Tony musel kvůli obchodu odjet z města."

„Kvůli obchodu? Má nového klienta?"

„Vlastně ani nevím." Když jí Tony řekl, že bude pár dní pryč, rozbušilo se jí srdce a úplně se zapomněla zeptat, kam se Tony chystá a proč. Dokonce se musela přidržet kuchyňského stolu, jinak by snad začala skákat radostí.

„Copak je, zlato?" objal ji Tony. „Brzy se vrátím. Nemusíš si dělat starosti."

Ten úžasný pocit radosti ji zaskočil. Panebože, co to má znamenat? říkala si. Tony je můj manžel, otec mých dětí. Namáhá se, aby mi zabezpečil veškeré pohodlí, které se pro mne stalo samozřejmostí. Jak můžu být tak nevděčná, bezcitná a sobecká? Jak se můžu těšit, že stráví nějaký čas jinde než po mém boku, na jediném místě, kde si přeje být? Proč mu pořád působím nepříjemnosti? Je snad těžké prostě držet jazyk za zuby a dělat to, co po mně manžel chce: udržovat v pořádku domácnost, pečovat o děti, vyhýbat se přítelkyním? Tony má pravdu, nemyslím na něho ani z poloviny tolik jako na kamarádky.

Možná by všechno bylo jiné, kdyby měla alespoň trochu času pro sebe. Jenže za těch sedm měsíců, co Tony proměnil jednu místnost ve svou kancelář a začal pracovat doma, stačil Chris zcela přeorganizovat denní rozvrh. Vůbec se teď Tony nesmírně zajímal, jak jeho manželka tráví den. Jistě, musela přiznat, že domácnost teď „funguje" plynuleji, a přesto se pouhých pár dní bez Tonyho zdálo být nádhernou vidinou, splněním nejtajnějšího snu. Během kratičkého okamžiku Chris prolétlo hlavou, kolik nečekaných radostí Tonyho odjezd nabízí. Mohla by odpočívat, mohla by zavolat přítelkyním, aniž by se musela bát, že se tím dotkne manželovy samolibosti, snad by dokonce mohla zajít se Susan nebo s Vicki na oběd a každopádně by mohla doprovodit Barbaru na laparoskopii, i když Tony byl rezolutně proti. „Fantastický nápad!" pohrdavě se ušklíbl, jakmile se o tom před několika týdny zmínila. „Dítě je prakticky na cestě – a ty se poženeš do nemocnice s ženskou, která chce všehovšudy zjistit, proč nemůže znovu otěhotnět! Skutečně příkladná obětavost. Proboha, Chris, máš v hlavě mozek nebo jenom slámu?"

Chris si s povzdechem pohladila břicho a vzápětí ucítila, jak děťátko prudce vykoplo proti její dlani. Třeba ji chtělo varovat, třeba si uvědomovalo, že k němu má značně ambivalentní vztah, třeba ji coby matku předem shledávalo neschopnou a špatnou. Děťátko. Podle ultrazvukového vyšetření chlapec. Tony mu už vybral jméno: Rowdy. Ano, Rowdy, neboť stejně se jmenoval kovboj, kterého kdysi v nějakém filmu nebo seriálu hrál Clint Eastwood. Chris se to jméno nelíbilo, snad ji i děsilo, neodvážila se však cokoliv namítnout. Tony by se jí stejně jen přezíravě vysmál. „Neznervózňuju tě tímhle?" téměř šeptem se zeptala Barbary a ukázala na své břicho.

„Právě naopak. Dodáváš mi naději. Stačí, abych se na tebe podívala, a hned si připomenu, proč tady vlastně čekám." Barbara se oběma dlaněmi zlehka dotkla Chrisina vystouplého břicha, zřejmě doufala, že ucítí projevy života. Děťátko však okamžitě znehybnělo a vydrželo v klidu, dokud to Barbara nevzdala.

Jako by ten dosud nenarozený Rowdy všechno sledoval, pomyslela si Chris. Jako by zatraceně dobře věděl, co dělá.

Barbara si prsty přejela po vlastním břiše. „Myslíš, že bych doktorům mohla říct, aby mi zároveň provedli něco s těmi faldy?"

„Žádné nemáš," rozesmála se Chris. „Vypadáš báječně."

„Kdepak, jen se pořádně podívej. Cvičím jako blázen, ale té vypoukliny se ne a ne zbavit. Ty pro ni máš alespoň omluvu."

„Vypadáš báječně," zopakovala Chris. Nevycházela z údivu – její nejlepší kamarádka si tu před prohlídkou spojenou s nejednoduchými chirurgickými zákroky klidně a v pohodě sedí oblečená do kostýmku ve stylu Coco Chanel, na nohou lodičky s jehlovými podpatky, dokonale nalíčený obličej lemovaný černými vlasy až po ramena, hnědé oči zvýrazněné světle fialovými stíny, smyslné rty přibarvené do ruda, tváře s nádechem broskví.

Chris mimoděk zvedla ruku ke své tváři, dosud slabě pálící od Tonyho dlaně. Ne, Tony ji samozřejmě nechtěl uhodit, byla to náhoda. Jistě, vztekal se a v rozčilení napřáhl ruku, ovšem nemohl předpokládat, že Chris právě v tom okamžiku otočí hlavu. Proč se zachovala tak hloupě? Proč otáčela hlavu?

„Ježiš, kotě, to mě fakt mrzí," vykřikl – a jeho hlas jako by se i teď nesl nemocniční chodbou a narážel na stěny. „Nestalo se ti nic? Přece víš, že jsem ti nechtěl ublížit. A taky víš, jak tě miluju. Odpustíš mi, viď. Slibuju, že se to víckrát nestane."

„Bolí tě něco?" zeptala se Barbara.

„Proč myslíš, že mě něco bolí?"

„Už hezkých pár minut si mneš tvář."

„Trochu mě tam svědí, možná je to nějaký pupínek," zalhala Chris a dokonce se ani nezačervenala. Ve lhaní kamarádkám začínala mít praxi.

„Pupínek? Tohle snad máme dávno za sebou, ne?" Barbara se naklonila blíž ke Chris a zkušeným okem prozkoumala její tvář. „Nic nevidím."

„Asi bude pod kůží."

„Jo, takové jsou nejhorší." Barbara se rozhlédla po chodbě a povzdechla si. „To čekání člověka deprimuje. Někdy lituju, že nekouřím."

„Jsi nervózní?"

„Maličko. Neznáš nějaký vtip?"

„Třeba... Víš, co říká jedna zeď druhé?"

„Jo: hele, nesejdeme se na rohu?"

„Já vím, nic moc," uznala Chris. „Takhle to dopadá, když tě vtipy zásobuje čtyřleté dítě."

Obě se zasmály, ale vzápětí Barbara opět zvážněla. „Možná zjistí, že další děti už mít nemůžu. Co potom?"

Chris ji vzala za ruku. „Určitě se to nestane."

„A jestli ano?"

„Dám ti jedno z těch mých," tiše odpověděla Chris – a dítě v jejím břiše okamžitě prudce koplo, jako by ji slyšelo, jako by po celé ty měsíce, kdy bylo součástí jejího těla, vnímalo všechno, co říkala, co cítila a co si myslela. A jako by ji nenávidělo. Ano, jako by ji kvůli těm myšlenkám už teď nenávidělo. Rowdy, opakovala si v duchu, snažila se přivyknout si na zvuk toho zvláštního jména, zatímco dítě rozpoutalo hotovou smršť kopanců mířených do jejího močového měchýře. Byl to jen žert, ráda by Chris vysvětlila dítěti. Nikdy bych se tě nevzdala. Jsi mé tělo, má krev. Jak bych tě mohla opustit? Není pravda, že tě nebudu milovat, že tě nemiluju od samého začátku. Jde jen o to...

O co? O co jde? Mluv! Momentálně přicházím nevhod? Přesně tohle jsi vykládala přítelkyním, ne? Vzpomeň si, nesvěřila ses jim snad, že po třetím dítěti v současné situaci rozhodně netoužíš? Máš přece tolik jiných zájmů. Mnohem raději trávíš čas s kamarádkami, rodina je vždycky až na posledním místě.

Všechny ty trpké výčitky jí adresovalo nenarozené dítě, ale hlas, hlas patřil Tonymu.

„Ne!" vykřikla Chris.

„Co se stalo?" polekala se Barbara. „Nepraskla ti voda?"

Obě se podívaly na podlahu. Chválabohu nikde ani kapka. Proboha, co se to se mnou děje? udiveně se ptala sama sebe Chris. Přestávám se ovládat? „Musím si odskočit."

„Mám jít s tebou?" V Barbařiných hnědých očích se světlounce fialovými stíny se chvěla upřímná starost.

No to je ohromné, pomyslela si Chris. Kdo o koho tady má pečovat? Barbaru budou doktoři řezat, budou se v ní vrtat a rýpat... zatímco ode mne se nežádá nic jiného, než abych tu seděla a trochu ji bavila, dokud nebude na řadě. To je veškerá moje práce – a já ani takovou maličkost nezvládnu. Jsem prostě nemožná. Moje nejlepší kamarádka dobrovolně podstupuje tohle martyrium, protože zoufale touží po dalším dítěti, a já jí přímo před očima málem porodím svou další ratolest, v pořadí třetí. Skutečně vrchol ohleduplnosti! Tony měl pravdu. Chodit sem byl praštěný nápad.

„Chris? Už je ti líp?"

„Vůbec nic mi není," zalhala Chris.

„Asi bys měla jet domů." Barbara se podívala na hodinky. „Za chviličku mě zavolají a Ron sem dorazí, ještě než se proberu. Je zbytečné, abys tu se mnou dál vysedávala. Jo a tady si vezmi na taxík." Sáhla do kabelky a vtiskla Chris do ruky dvě dvacetidolarovky.

Chris zrudla. Jak jen mohl Tony zapomenout nechat jí nějaké peníze? „Zůstanu tady," vyhrkla a chvatně bankovky vrátila do Barbařiny kabelky. „Jenom si odskočím. Hned jsem zpátky."

Na nejistých nohou se vydala nemocniční chodbou, která jako by se s každým dalším krokem neustále prodlužovala. „Kde jsou ty zatracené záchody?" mumlala si Chris. „Nějaké tu přece musejí být, ne?"

„Můžu vám nějak pomoct?" náhle se ozval mužský hlas kdesi za jejími zády. Povědomý hlas. Známý hlas.

Chris vyrazil na čele pot, srdce se jí rozbušilo. Našel mě, přece jen mě našel, pomyslela si a zavřela oči, připravena na příval manželova hněvu. Znovu jsem jednala proti jeho vůli, využila jsem první příležitosti, abych ho oklamala, a navíc jsem ohrozila rodinu, když jsem nenarozené děťátko přivedla do prostředí plného smrtících bacilů. Neříkal mi snad Tony, abych sem nechodila? Má právo se zlobit.

„Hledáte někoho?"

Člověk, kterého spatřila v okamžiku, kdy se konečně otočila, se vůbec nepodobal Tonymu. Měl laskavé modré oči a shlížel na ni z výšky nejméně šesti a půl stopy. A samozřejmě ani jeho hlas se nepodobá hlasu Tonyho, říkala si s údivem, zatímco ji muž odváděl k toaletám vpravo za rohem. „Děkuju vám," špitla a dovolila mu, aby ji vzal za loket. „Děkuju vám," vděčně pokývla u dveří toalet, přestože mladík mezitím zmizel. „Děkuju vám," zopakovala potřetí, než si před zrcadlem začala omývat tváře studenou vodou, která jí po krku stékala až k bílému límci tmavomodrého svetru.

Poněkud se uklidnila a o několik minut později se stejnou cestou vrátila. Ale Barbara už tam nebyla. Chris chvilku bezradně postávala na chodbě a uvažovala, jestli se má posadit a čekat nebo se raději vrátit domů, jak jí ostatně Barbara navrhovala. Jenže u sebe mám akorát deset dolarů a ty musím dát paní McGuintyové, která mi hlídá Wyatta, uvědomila si Chris. Nezbývá mi tedy než vydržet, dokud se neobjeví Ron. Proč ne, nic se přece neděje. Montana je ve škole. O Wyatta nemusím mít starost. A tady mi koneckonců není nejhůř. Pohoda. Ticho. Božský klid. Nikdo mi neříká, co mám dělat a jak to mám dělat, nikdo mi nepředhazuje, že jsem líná, hloupá a sobecká.

Vtom jí kdosi položil ruku na rameno – a vzápětí cítila, jak se jí důvěrně známé prsty bolestivě zarývají do masa. Panebože, našel ji! Dopadl ji! Celá ztuhla a málem vykřikla. Musela úplně ztratit rozum, když si myslela, že ji nevypátrá. Když doufala, že ho nenapadne, kde ji hledat.

„Jste paní Chris Malareková?" ozvalo se za ní.

Otočila se tak prudce, že málem porazila ženu v bílé uniformě zdravotní sestry. Chris s úlevou přikývla.

„Paní Azingerová už je na sále," sdělila jí sestra. „Požádala mě, abych vám tohle předala. Ještě říkala, že vám potom zavolá."

Chris v údivu zírala na pět zbrusu nových dvacetidolarových bankovek, které jí ošetřovatelka vložila do dlaně.

„Děkuju vám," řekla téměř neslyšně Chris. „Mockrát vám děkuju." A vzápětí se zoufale rozplakala.

Pochopila, že od něho musí odejít.

Jistě, jsem těhotná, říkala si, ale ani to na věci nic nemění. Takhle už nemůžu dál žít. Abych se pořád vystrašeně ohlížela přes rameno. Abych se bála i vlastního stínu. „Ne, takhle už nemůžu dál žít," vyslovila nahlas, zatímco roztřesenýma rukama odemykala domovní dveře. „Prostě nemůžu. Abych se bála vyjít z domu. Abych neměla žádné vlastní peníze. Abych v jednomu kuse lhala kamarádkám. Abych se nervově hroutila před cizími lidmi. Nemůžu. A nechci."

Otočila se. Taxík, kterým přijela, právě mizel za rohem. Mám tuhle ulici moc ráda, pomyslela si. Je milá a krásná. Zvlášť teď, začátkem dubna, kdy chladný vlhký vzduch jako by byl plný příslibů. Jak ji mám opustit? A jak mám opustit své přítelkyně, ty báječné dámy z Grand Avenue, nejlepší kamarádky na světě?

Vešla dovnitř a usmívala se, neboť před očima jí defilovaly tváře Barbary, Susan a Vicki. Ano, přítelkyně ji určitě pochopí. Už několik měsíců vědí, že se s ní něco děje. Něco podivného a zlého. Neřekla jim pravdu, palčivý pocit hanby jí v tom zabránil, nepochybně si však ledacos domyslely.

Sbalí si jenom to nejnutnější, u paní McGuintyové si vyzvedne Wyatta a pro Montanu zajde do školy. Noc všichni stráví v hotelu a zítra bude mít dost času, aby si promyslela, co dál. Koneckonců má ještě nějakou kreditní kartu, ne? Asi ne. Určitě ne. Tony jí kreditní karty zabavil. Říkal, že už tak jsou dost zadlužení a Chris absolutně neumí hospodařit s penězi. Přinejmenším v tomhle ohledu se nemýlil. Skutečně dokázala utratit peníze s udivující rychlostí. Proto jí Tony zabavil kreditní karty. A proto mu z těch několika málo dolarů, které jí dával na den, musela vyúčtovat každý cent.

Tak hrozné to zase nebylo. Alespoň se nemusela strachovat, jestli moc neutrácí, a nemusela se mořit žádnými plány do budoucna, kdepak, plánovat do budoucna nikdy neuměla, na to byla příliš roztěkaná, ostatně kvůli své neschopnosti pořádně se soustředit také přestala řídit, s Tonym se na tom dohodli, kdyby nedejbože zavinila nehodu a něco se stalo dětem, do smrti by si to vyčítala. A navíc teď auto ani nepotřebovala, Tony byl celý den doma a mohl ji kamkoliv odvézt. Ne, takovou výstřednost jako druhý vůz si teď opravdu nemohli dovolit. V krajním případě a pokud by náhodou Tony nebyl po ruce, mohla přece vždycky skočit do taxíku. „Jasně, skočit do taxíku," opakovala si jako zaříkadlo. „Skočit do taxíku. Skočit do taxíku."

Prostě skočit do taxíku a uhánět. Ale kam? Chris se na okamžik zastavila, upustila na podlahu kabát a kabelku a potom tu hromádku opatrně překročila. Panebože, kam by jela? Kam by uháněla – v osmém měsíci? K matce? Nesmysl. Matka momentálně pobývá v Kalifornii s budoucím manželem číslo tři. A otec? Ten je na Floridě se svou čtvrtou manželkou. Chris upřímně pochybovala, že by snad matka či otec byli šťastnější než v dobách, kdy žili spolu. Rozbili rodinu, připravili děti o zázemí a vydali se do neznámých končin za neznámými partnery. Všem obrátili život naruby – a proč? Aby byli nešťastní s někým jiným a někde jinde. Měla Chris provést totéž svým vlastním dětem? Tonymu? Sama sobě?

Opravdu by dokázala opustit manžela a zpřetrhat rodinná pouta jen proto, že momentálně jí není nejlíp a vidí všechno černě? Ano, právě tady je problém, pomyslela si. V těhotenství jsem pokaždé hrozně náladová. O nic jiného nejde. Vinou hormonů šílím kvůli kdejaké maličkosti, odmlouvám Tonymu, zpochybňuju jeho rady, odmítám jeho starostlivou péči. Přitom mu na srdci leží pouze moje dobro. Je to tak,

Tony se mi snaží co nejvíc pomáhat. A ochraňuje mě, dokonce i přede mnou samotnou. „Sama sobě jsi tím nejhorším nepřítelem," říkává – a má pravdu.

Možná bych měla zajít za nějakým psychoterapeutem, usoudila, zatímco se po schodech vlekla nahoru do ložnice. Nohy se nechtěly zvedat z prošlapaného koberce, svaly na vnitřní straně stehen se chvěly námahou, ztěžklá dlaň se přímo lepila k dřevěnému zábradlí. Kdy jsem tu naposledy stírala prach? zamyslela se. Vlastně nepotřebuju psychoterapeuta, ale posluhovačku.

Nebo právníka, dodala v duchu. Konečně došla nahoru a chvíli jen lapala po dechu. „Právníka," zopakovala nahlas. A ještě jednou, tentokrát však slovo převalovala na jazyku, mazlila se s ním, vychutnávala si je: „Práv-ní-ka." Téměř z posledních sil se doploužila do ložnice a klesla na kraj lůžka. Připadala si úplně zničená, bezmocná jako velryba, která uvázla v pobřežním písku. Navíc děťátko vyjádřilo nelibost nad matčinými úvahami dalším prudkým kopnutím. „Všechno je v pořádku, zlatíčko," pokusila se Rowdyho uklidnit. „V nejlepším pořádku."

Ve skutečnosti ovšem nic v pořádku nebylo. Chris se o tom přesvědčila, když zachytila svou podobu v okenním skle. Málem totiž tu ztracenou duši ani nepoznala. Pozorněji se na sebe zahleděla, ale čím víc se snažila, tím rychleji se tvář rozplývala, až ji jakýsi náhodný sluneční paprsek zcela vymazal. Co se to se mnou stalo? v duchu se ptala Chris. Kam jsem to zmizela?

Vzápětí už svírala v ruce telefonní sluchátko a chvatně vyťukávala řadu číslic. Nepřemýšlela o tom, co dělá, nehodlala si připustit žádné pochybnosti. „Prosím Vicki Latimerovou." Samotnou ji překvapilo, jak pevným hlasem dokázala ta tři slova pronést.

„Je mi líto, ale paní Latimerová má poradu."

„Můžete jí říct, že volala její přítelkyně Chris Malareková? Naléhavě s ní musím mluvit, jakmile bude volná." Opravdu? blesklo Chris hlavou. Co jí vlastně chci vykládat? Hodlám ji požádat o radu? O půjčku? O jméno nějakého dobrého rozvodového advokáta? „Potřebuju zjistit, jaké mám vůbec možnosti," dodala a snad si ani neuvědomovala, že závěr své úvahy pronesla nahlas.

„Jistě, vyřídím paní Latimerové váš vzkaz," slíbila Vickina sekretářka a zavěsila.

Chris ještě dlouho potom tiskla k uchu sluchátko. Lebku jí rozechvíval neúnavný oznamovací tón připomínající signál, jaký v nemocnici zní z kontrolních přístrojů, když se pacientovi zastavilo srdce. Seděla tam, ramena schoulená, nalitá ňadra visící k břichu, oči upřené kamsi na okno, ale ve skutečnosti do prázdna. Nenarozený Rowdy kupodivu zůstával v klidu. Nemohla by přesně říct, ve kterém to bylo okamžiku, náhle však poznala, že v pokoji není sama. Možná něco zahlédla v okenním skle, možná zaslechla Tonyho dech. Možná ji upozornil drobný závan vzduchu, který narušil normální proudění kyslíku. Možná vycítila Tonyho přítomnost, podobně jako vyděšená gazela těsně před útokem zachytí pach hladového tygra. A možná jsem celou tu dobu věděla, že je tady a pozoruje mě, pomyslela si Chris, zatímco v žaludku jí bobtnala a těžkla tupá jistota. Dítě se pohnulo, jako by nechtělo přijít o nic z toho, co bude následovat.

„Polož to sluchátko!"

„Tony..." Další slova jí uvázla v hrdle.

„No tak. Polož to sluchátko. A otoč se."

Rozevřela prsty a sluchátko jí sklouzlo z ramene. Pohupovalo se nad ocelově modrým kobercem jako oběšenec. Chris se ani nepohnula, nesáhla po sluchátku, aby je zvedla a položila do vidlice. Pouze strnule zírala. To není sluchátko, napadlo ji náhle. Je to kyvadlo stojacích hodin a odtikává vteřiny mého smutného nesmyslného života.

„Otoč se!" poručil jí znovu Tony.

Zhluboka se nadechla, pro jistotu si položila ruku na břicho a neochotně uposlechla.

„Tak vidíš, Chris, nakonec jsem nikam nejel," usmál se Tony. „No co je? Nejsi ráda, že tě tvůj milovaný manžel nenechal samotnou?"

Chris sledovala, jak se jeho úsměv proměňuje v krutý a nenávistný úšklebek. To už Tony zvedl pravačku, vzduchem prosvištěla pěst. Celý svět se rozplynul v oslňujícím jasu, který vzápětí vystřídala černočerná tma.

7

„KDY VOLALA?“

„Budou to nanejvýš dvě minuty. Těsně předtím, než jste přišla.“

„A říkala, že je to naléhavé?“

„Chtěla s vámi mluvit, jakmile budete volná.“

Vicki zamyšleně nakrčila čelo. Nezkomplikovala se ta Barbařina laparoskopie? „Nevíte, volala Chris z nemocnice?“

„O tom se nezmínila.“

„Co přesně říkala?“

„Že je vaše přítelkyně a že s vámi naléhavě musí mluvit. Co nejdřív.“

„Nenaznačila, o co jde?“

„Ach ano, dodala něco v tom smyslu, že by potřebovala zjistit, jaké má možnosti,“ odpověděla sekretářka.

Možnosti? dumala Vicki, zatímco se přes přeplněnou desku svého psacího stolu natahovala pro telefon a vyťukávala Chrisino číslo, jen aby uslyšela obsazovací tón. O jakých možnostech Chris mluvila? Vicki okamžitě znovu vyťukala číslo, ale opět se ozval tentýž protivný tón, takže zlostně praštila sluchátkem. Obsazovací tón ji vždycky dokázal rozběsnit. Jistě, uvědomovala si, že její reakce postrádá logiku, nemohla si však pomoct. Někdo prostě zlomyslně blokoval linku s průhledným záměrem Vicki uškodit. Obsazovací tón Vicki brzdil a zdržoval, stavěl před ni zbytečné překážky, urážlivě ji včleňoval do davu obyčejných bezmocných lidí: hezky čekejte ve frontě, až budete na řadě. Vicki si povzdechla a pár vteřin nasupeně zírala na telefon. „Nejspíš ty své možnosti probírá s někým jiným.“ Vicki mávla rukou, až se krátce zatřpytil nádherný briliantový prsten, obešla psací stůl a usedla do svého koženého otáčecího křesla s vysokým opěradlem. „Nějaké jiné hovory?“

„Volal váš manžel. Chtěl pouze připomenout, že večeře začíná přesně v sedm v restauraci hotelu Cincinnati a že se máte připravit nejméně na hodinu proslovů.“

Vicki si opět povzdechla. Další neuvěřitelně nudný slavnostní večer na počest jejího manžela. Ne že by si Jeremy ty záplavy velebení, jimiž je zahrnován, nezasloužil, nicméně Vicki už zoufale unavovalo konverzovat s lidmi, mezi nimiž byla zřejmě jediná, kdo nepobíral sociální příspěvky.

„Dvakrát volala vaše dcera. Necítila se dobře a tak ji poslali ze školy domů.“ Sekretářka hlavou ukázala k hromádce vzkazů vedle telefonu. „Plus tohle. Každému říkám, že dnes máte celý den porady a k zastižení budete nejdřív zítra.“

„Díky.“

Sekretářka se chystala odejít, ještě se však otočila. „Jeden z nich volal třikrát. Nepředstavil se. A nezdál se právě klidný.“

Vicki tušila, kdo je ten nešťastník. „Jestli se znovu ozve, řekněte mu, že budu týden nebo čtrnáct dní pryč. A Michelle...“

Michelle dychtivě upřela na Vicki své vodově modré oči, ztrácející se pod nepříliš povedenou svatozáří řídkých hnědých vlasů.

(„Není ošklivá, jenom si se sebou neví rady,“ prohlásila o ní kdysi Barbara. „Dejte mi pět minut a uvidíte, jak ta holka prokoukne.“)

„Zkoušejte tohle číslo.“ Na čtvereček papíru Vicki chvatně načmárala Chrisino telefonní číslo. „Až tam nebude obsazeno, hned mě přepojte. A taky mi vyhledejte číslo fakultní nemocnice v Cliftonu.“

„Spolehněte se.“

Sekretářka se napůl odploužila a napůl odklátila z místnosti. („Proboha, trochu elegance do té chůze,“ určitě by za ní křikla Barbara. „Nesmíte jenom tak *jít,* musíte se hrdě *nést,* hlavu vzpřímenou, ramena rovná, břicho zatažené.“) Vicki opět napadlo, jestli třeba Chrisin telefonát nesouvisel s Barbařinou prohlídkou. Pravda, laparoskopie není příliš složitá záležitost, ovšem celková narkóza vždycky představuje různá rizika, soudní spory týkající se zanedbání lékařské péče jsou dost časté a sama Vicki jich už také několik vedla. Ale Chris se přece o Barbaře vůbec nezmínila, mluvila o jakýchsi svých možnostech, bůhví, co vlastně měla na mysli.

„Tak čím začneme?" našpulila Vicki korálově rudé rty a prstem rozhrnula růžové lístky se vzkazy. „Nejdřív bych asi měla zavolat dceři," pokračovala v hlasité úvaze, vzápětí se však rozhodla dát přednost manželovi a na svém soukromém telefonu vyťukala Jeremyho soukromé číslo. „Kristepane, už zase mluvím sama se sebou," zasmála se spíš rezignovaně než nervózně. Vicki sama se sebou mluvila zcela běžně. Pomáhalo jí to důkladně se soustředit a uchránit před zapomenutím letmé a zdánlivě bezvýznamné nápady, které se později ukázaly jako smysluplné. A kromě toho se docela ráda poslouchala.

„Zdravím, cukroušku," ozval se za okamžik manžel. Jeremy Latimer se narodil a vyrůstal v Ohiu, potom však žil v Atlantě, odkud teprve po deseti letech přesídlil zpátky do Cincinnati. Kdykoliv chtěl, uměl nasadit onen nedbalý, roztomile protahovaný jižanský způsob řeči a stejně tak „na požádání" okouzloval rádobyjižanským šarmem.

„Sám jsi cukroušek," oplatila mu Vicki poklonu. „Máš se?"

„Ale jo, jde to."

Vicki v duchu viděla, jak si Jeremy beze spěchu přejíždí dlaní po nádherně hustých šedinách. Díkybohu nezplešatěl jako tolik jiných mužů po padesátce. A také nedovolil, aby mu narostlo panděro. Kdepak, Jeremyho Latimera příroda obdařila vlasy, jaké vydrží do smrti, a navíc dostatečně pevnou vůlí, díky níž střídmě jedl a pravidelně cvičil, aby si uchoval štíhlou postavu. Jisté zásluhy si ovšem přivlastňovala i Vicki. Skoro o čtvrtstoletí mladší manželka přece musí pro muže znamenat skvělou motivaci, ne? Na druhé straně svou roli tu jistě sehrávala Jeremyho příslušnost ke společenské smetánce, připouštěla Vicki. Boháči jsou prostě zvyklí víc o sebe pečovat.

„Telefonovala Rosie," vzpomněl si Jeremy na rozhovor s chůvou jejich dvou dětí. „Vypadá to, že Kirsten měla zvýšenou teplotu, a tak ji ze školy poslali domů."

„Jo, Kirsten sem už dvakrát volala. Chudinka moje. Brnknu jí a zeptám se, jak jí je."

„A nebudeš s ní chtít dnes večer zůstat?"

„Žádný strach, určitě nejde o nic, s čím by si Rosie neporadila," ujistila Vicki manžela. „Na večeři dorazím včas a v plné parádě."

„Miláčku," rozesmál se Jeremy, než zavěsil. „Copak nevíš, jak se mnou ta tvoje plná paráda umí zamávat?"

Když potom Vicki zavolala domů, spadl jí kámen ze srdce, neboť se dozvěděla, že Kirsten klidně spí. Každý pokus o inteligentní rozhovor se sedmiletým dítětem totiž Vicki pokládala za plýtvání drahocenným časem. Alespoň však věnovala krátký pohled fotografii ve stříbrném rámečku – dcerka na ní pihovatou paží ochranářsky držela mladšího bratra kolem ramenou. Obě děti se usmívaly do objektivu, Josh trochu nejistě a upjatě, zato Kirsten s pusou dokořán, jako by chtěla fotografa spolknout. Chyběly jí dva přední zuby, ale její rozzářené oči přímo křičely: „No a? Vadí to snad někomu?"

Co se vlastně s těmi mléčnými zuby stalo? roztržitě uvažovala Vicki. Barbara jí kdysi darovala stříbrnou krabičku, určenou právě k úschově vypadaných dětských zoubků. Ano, původně se Vicki zcela vážně chystala zaznamenávat a dokumentovat vývoj svých dětí, jenže se k tomu nikdy nedostala. A teď už bylo příliš pozdě. Bůhvíkde zmizely vypadané mléčné zuby, bůhvíkam se poděly někdejší zlatavé prstýnky vlasů, zapomenutí pohltilo i první, ještě k popukání komolená slova. Že bych nebyla dobrou matkou? pomyslela si. Hloupost, všechno si spolu vynahradíme, jen co děti budou starší a zábavnější. Vicki mávla rukou a interním telefonem zavolala sekretářce. „Zkoušíte to číslo, které jsem vám dala?"

„Pořád je tam obsazeno. Ale už jsem vám vyhledala číslo do fakultní nemocnice."

„Díky." Vicki si číslo zapsala. „A paní Malarekovou nevzdávejte. Kdybyste se dovolala, hned mě spojte."

V nemocnici Vicki sdělili, že Barbara už má po prohlídce a leží na pooperačním pokoji. Propustí ji, jakmile dorazí její manžel, který se snad někde zdržel. „Je v pořádku," oznámila Vicki prázdné kanceláři a položila telefon. Vzápětí však opět zvedla sluchátko a vyťukala Chrisino číslo. Obsazeno. Vicki se zamračila: sakra, s kým si to Chris tak dlouho povídá? Nikdy netelefonovala déle než pár vteřin. Tony jí věčně stál za zády, přerušoval ji, vyptával se, něco po ní chtěl. Na normální telefonický rozhovor Chris neměla čas. Neměla čas na své přítelkyně. Neměla vůbec čas. Ale k čemu je čas člověku, který vlastně ani nežije? A Chris... Chris prostě nežila. Že by tady někde byl důvod, proč volala? Že by měla na mysli *tyhle* možnosti? Možnosti, jak získat zpátky svůj život?

Zazvonil telefon. Vicki bleskově zvedla sluchátko. „Chris?" zeptala se a skoro ani nedýchala.

„Paní Latimerová?" zeptal se na oplátku mužský hlas.

Vicki se okamžitě přeorientovala. „Kdo volá?"

„Bill Pickering."

Vicki ostražitě pohlédla k zavřeným dveřím kanceláře a ztišila hlas. „Máte něco?"

„Možná se něco rýsuje na Menorce."

„Na Menorce?"

„To je ostrov u Španělska."

„Díky za vysvětlení, pane Pickeringu, ale vím, kde je Menorca. Snažím se najít svou matku. Je na Menorce?" Vicki znovu sklouzla pohledem ke dveřím. Co kdyby někdo poslouchal?

„Žena, která zhruba odpovídá popisu, tam už půl roku žije pod jménem Estella Greenawayová."

„Sama?"

„Ne. Bydlí s nějakým Eduardem Valasquezem, místním malířem."

„Mluvil jste s ní?"

„Zatím ne. Nejdřív musíme..."

Vtom se dveře kanceláře rozletěly dokořán a k Vickinu psacímu stolu se přiřítil vysoký svalnatý muž se zuřivým výrazem ve tváři. „Co má sakra tohle znamenat?" zamával pomačkaným listem papíru.

„Promiňte, ještě vám zavolám," přerušila Vicki Billa Pickeringa a položila sluchátko. Potom si nevzrušeně shrnula za uši pár pramínků krátkých rusých vlasů.

„Moc se omlouvám," drmolila ve dveřích zjevně zaskočená sekretářka. „Nedokázala jsem ho zastavit. Mám zavolat ochranku?"

Vicki se zvedla z otáčecího křesla a pak si navztekaného, ale nápadně hezkého muže pátravě prohlédla od hlavy k patám. Pevnými rameny, sevřenými čelistmi i napřaženou pěstí připomínal fotbalistu chystajícího se ke klíčovému zápasu. „To snad nebude nutné, viď, Paule?"

„Co má tohle znamenat?" zopakoval muž neústupně a znovu zamával papírem jako zbraní.

„Možná by sis měl sednout," ukázala Vicki na křeslo před psacím stolem a sama se rovnou opět posadila, aby šla muži příkladem. Černá minisukně se jí přitom vysoukala hodně vysoko nad kolena a Vicki se po kratičkém zaváhání rozhodla nestáhnout ji trochu níž, ale nechat naplno působit půvab svých štíhlých stehen. „Michelle, buďte tak hodná a přineste nám kávu."

„Kafe si strč za klobouk!" zařval muž a třískl do stolu pěstí, v níž svíral papír. Vickiny listiny se rozlétly po místnosti a některé doplachtily až ke dveřím. „Radši mi laskavě vysvětli, jestli si vůbec uvědomuješ, co děláš."

„Tak se konečně posaď!" Vicki jen mírně zvýšila hlas. „To je v pořádku," dodala k sekretářce, která dosud postávala v otevřených dveřích a ustrašeně se rozhlížela, jako by uvažovala, kam se schová, kdyby došlo ke rvačce. „Pan Moore už nebude křičet. Co říkáš, Paule?"

Paul Moore neříkal nic. Pouze kopl do křesla před psacím stolem, a když se prudce otočilo, žuchl do něj, až kvalitní černá kůže hlasitě zasténala. V té chvíli vypadal zase jako chlapec, vedle něhož Vicki sedávala od druhé do šesté třídy základní školy: nad živýma zelenýma očima tatáž nepoddajná plavá kštice, půvabné plné rty zkřivené týmž odmítavým úšklebkem.

„Dvě kávy," připomenula Vicki sekretářce. „Jednu normální černou, jednu s dvojitou smetanou a bez cukru. Tak ji má pan Moore rád. Nebo se mýlím?"

„Ty se přece nikdy nemýlíš," odsekl Paul Moore.

Vicki se usmála, počkala, dokud sekretářka neodejde, a teprve potom pokračovala. „Předpokládám, že ten, kdo mě znovu a znovu telefonicky sháněl, aniž by se představil, jsi byl ty." Paulova návštěva ji skutečně příliš nepřekvapila, vlastně ji čekala už několik dní.

„Poslyš, Vicki, zdvořilůstky si snad můžeme odpustit, ne? Žádám vysvětlení."

„Copak tě neinformovala tvá sestra?"

„Ale ano, sestra mě *informovala*," zapitvořil se Paul Moore a zlostně zmačkal rukou psaný dopis, který stále ještě svíral v dlani, do malé kuličky. Tou vzápětí mrštil na druhý konec místnosti, kde se odrazila od okna a měkce dopadla na koberec. „Ale ano, sestra mě informovala, ale ano, sestra mě informovala," opakoval jako přeskakující gramofonová deska, přičemž věta získávala čím dál zlověstnější nádech. „Jak jsi něco takového mohla udělat?"

„Tvoje sestra mě požádala, abych ji zastupovala."

„Kristepane, vždyť žaluješ mou matku!" Paul Moore znovu praštil pěstí do desky Vickina psacího stolu.

„Klid, Paule, když tu budeš takhle vyvádět, ničemu neprospěješ. Ostatně podle všech pravidel bys tu vůbec neměl být. Tvůj právník by ti určitě poradil..."

„Kašlu na svého právníka!"

Vicki se mimoděk usmála. Vytáhlého světlovlasého advokáta zastupujícího rodinu Mooreových znala dost důvěrně. Před několika lety s ním totiž prožila více než vzrušující týden v době, kdy její manžel musel z pracovních důvodů odcestovat do Kalifornie. Ale rychle si teď skousla dolní ret a odsunula příjemnou vzpomínku zpátky do tajných koutků paměti. „Nesmíš si to brát osobně, Paule."

Paul Moore nevěřícně zakroutil hlavou. „A jak si to asi mám brát? Proboha, Vicki, ničíš naši rodinu!"

„Nic podobného nemám v úmyslu."

„Ne? A co jiného podle tebe ta žaloba způsobí?"

„Tak aby bylo jasno, Paule, za prvé: tvoje sestra hodlá napadnout otcovu závěť. A za druhé: tvoje sestra chce, abych ji v tom sporu zastupovala. Nic víc, nic míň. Tvoje sestra si prostě myslí, že byla záměrně a nespravedlivě opomenuta, a..."

„Já moc dobře vím, co si myslí!" Paul Moore vyskočil z křesla a začal divoce gestikulovat. „Celý svět ví, co si myslí, co cítí a co dělá! A proč? Protože moje milovaná sestřička je magor a v jednom kuse žvaní blbosti. A netvař se, jako bych ti tady odhaloval bůhvíjaké tajemství. Přece ji znáš od svých čtyř let!"

„Což je koneckonců důvod, proč jsem ji nemohla odmítnout, když za mnou minulý měsíc přišla."

„Ale ano, mohla jsi ji odmítnout. Mohla jsi jí říct, že by se jednalo o střet zájmů. Kristepane, Vicki, byli jsme sousedi, spoustu let jsme spolu chodili do školy. Moje matka pro tebe vždycky měla otevřenou náruč, zvlášť když tvoje vlastní máma zmizela."

Teď pro změnu vyskočila Vicki a stáhla si okraj sukně co nejvíc ke kolenům. „Z právnického hlediska jsou takové argumenty zcela irelevantní," pronesla chladným úředním tónem. Přesto se nedokázala ubránit bizarním představám, jak její matka, dosud půvabná a mladá jako onoho dne před téměř třiceti lety, kdy opustila rodinu, skotačí kdesi na španělské pláži s osmahlým individuem jménem Eduardo Valasquez.

„Ne, rozhodně nejednáš správně," trval na svém Paul Moore. „Ani poctivě. Uvědomuješ si vůbec, jak to mou matku raní?"

„Nehodlám nikoho zraňovat. Pouze se snažím dělat svou práci." Opět ten neosobní tón. Ale co, pomyslela si Vicki. Pravda, přátelila jsem se s Paulem od dětství, přátelila jsem se i s jeho manželkou, to mu ovšem nedává právo vytahovat minulost a strkat mi ji před nos jako nějakou poukázku na slevu. Tohle není žádná soukromá záležitost. Kristepane, tady jde o zákon! Mluvit o nesprávném či dokonce nečestném jednání je směšné, takové pojmy sem absolutně nepatří.

Ozvalo se tiché zaklepání, otevřely se dveře a do místnosti nesměle vstoupila sekretářka. Se sklopenou hlavou a rameny schoulenými k nevýrazné hrudi postavila na psací stůl dva šálky kávy a beze slova se opět vytratila.

„Poslyš, Paule, dáme si pár minut pauzu a trochu se uklidníme, co říkáš?" nadhodila Vicki. „Tahle bojovná atmosféra se určitě ani jednomu z nás nelíbí." Nelíbí? blesklo jí vzápětí hlavou. Nesmysl!

Ve skutečnosti se totiž Vicki náramně bavila. Právě kvůli podobným scénám se kdysi rozhodla studovat práva. Prudce otvírané dveře, vztekem přeskakující hlasy, nervy na pochodu, dramatické zvraty, prostě nádherný, neomezený a nepopsatelný chaos, to byl svět, který ji odjakživa lákal.

Vážně chceš být právničkou? zeptal se jí budoucí manžel v dobách, kdy ještě chodila s jeho synem. *Dovedeš si představit, jak ubíjející a nudná práce tě čeká?*

Nezáleží spíš na mně? opáčila tenkrát. *Nebo si snad myslíš, že se hodlám nudit?*

Jak se jí později Jeremy svěřil, právě v tomhle okamžiku se do ní zamiloval.

„Adrienne je cvok – a ty to moc dobře víš," vrátil se Paul Moore k jádru věci.

„Adrienne je především velmi nešťastná žena. A k soudu si nepřeje jít o nic víc než ty."

„Proto podává žalobu?"

„Chce pouze spravedlivý podíl z otcova majetku. Určitě bude ochotna přistoupit na mimosoudní dohodu."

„Jo, o tom nepochybuju."

„Výborně. Měl by sis promluvit s matkou a bratrem. Společně pověříte svého právního zástupce, aby nám udělal rozumnou nabídku, a uvidíme."

„Ani náhodou!"

„Pak nám ovšem neponecháváte mnoho možností." Ano, možností, opakovala si v duchu Vicki a s myšlenkou na Chris pohlédla směrem k telefonu.

„Vážně do toho chceš jít?" Paul Moore začal rázovat před Vickiným psacím stolem, nad nímž zvolna stoupala pára z obou netknutých šálků horké kávy. „Opravdu chceš vláčet naši rodinu blátem? Chceš, aby moje sestra u soudu vykřikovala ty své bohapusté lži?"

„Nikdy bych jí nedovolila, aby na svědecké lavici lhala."

„Proboha, slyším dobře?" Paul Moore se zastavil a vytřeštil oči. „Snad nevěříš tomu, co ti Adrienne vykládá?"

„Promiň, Paule, ale dobře víš, že rozhovory advokátky s klientkou jsou důvěrné. Nemůžu je s tebou probírat."

„Ani nemusíš. Umím si představit, co ti napovídala. Poslouchám ty její žvásty celý život: otec ji nikdy neměl rád, nedoceňoval ji, vždycky pro něho byla hlupačkou, která mému bratrovi a mně nesahala ani po kotníky, nebral ji vážně, nezapojil ji do rodinného podniku. Co na tom, že odmítla jít na vysokou a o rodinný podnik neprojevila nejmenší zájem? To je přece vedlejší, *irelevantní*, jak by ses vyjádřila ty. Jo a nesmíme zapomínat na další příkoří: otec měl věčně námitky proti jejímu oblečení, proti jejím ctitelům a dokonce i proti jejím manželům. Zajímá snad někoho, že se skutečně oblékala jako děvka, že si začínala zásadně jen s beznadějnými nulami a že otec zaplatil hezky mastné účty za oba její rozvody? O tom se ti nejspíš zapomněla zmínit. Stejně jako ti zřejmě nevyprávěla o tom, jaké peklo oběma rodičům připravovala po celé ty roky, co ještě žila v rodině, ani o nechutných lžích, které šířila, dokud ji kvůli nim nevykopli z domu.“

„Jaké lži máš na mysli?“

„Kde začít, kde jenom začít?“ Paul Moore se opět posadil do křesla a zvedl k ústům šálek s kávou. „Tak třeba těsně po jejích šestnáctých narozeninách otec uviděl Adrienne ve společnosti jistého mizery. Už předtím jí výslovně zakázal, aby se s tím týpkem stýkala, no a najednou je spolu objevil v hotelovém výtahu, právě když jeli na pokoj.“ Paul zakroutil hlavou, v zelených očích údiv. „A co myslíš, omluvila se? Zastyděla se a slíbila, že se to už nebude opakovat? Právě naopak. Víš, jak naše malá Adrienne zareaguje na otřesný fakt, že ji otec přistihl přímo při činu - ve výtahu jakéhosi zastrčeného hotýlku a v náručí nejodpornějšího drogového dealera? Prostě otce obviní, že byl v tom hotelu se svou milenkou, a navíc mu tu nehoráznou lež řekne před matkou, chápeš, je jí úplně lhostejné, komu ublíží. Přitom otec tam měl s dotyčnou ženou, klientkou, obchodní jednání. Jenže podobnými detaily se Adrienne nezdržuje. A co udělá, když ji otec potrestá měsícem domácího vězení? V noci tajně vyklouzne z domu, ukradne auto a narazí s ním do plotu sousedního domu. Stráví nějaký čas v nápravném zařízení pro mladistvé. Vrátí se domů, vykašle se na školu, vášnivě se věnuje alkoholu a drogám, vykládá další lži.“

„Například?“

„Například tvrdí, že otci na ní nevadí její údajná nevděčnost ani svérázné citové vztahy či nějaké ty drogy. Prý ji nenávidí, protože ho prokoukla a ví o jeho tajném životě. O jeho ženských. Slyšela ho, jak si telefonicky domlouvá milostnou schůzku. Měl románek s mou bývalou chůvou, vykládá Adrienne, pokoušel se dostat do postele jednu mou kamarádku a delší dobu si vydržuje milenku v Daytonu. Kristepane, Vicki, dovedeš si to vůbec představit? Lži a zase jen lži. Koho by mohlo překvapit, že ji otec vyškrtl ze závěti? Adrienne se přece sama už dávno zařadila mimo jeho svět. Postavila se nejen proti otci, ale vlastně proti celé rodině.“

Vicki chviličku hledala co nejvhodnější slova. „Domnívám se, že bys měl velmi vážně uvažovat o tom, jak celou tu věc vyřešit mimosoudně.“

Paul Moore odložil šálek, z něhož se ještě ani nenapil. „Opravdu? A proč?“

„Paule, soud je nákladná záležitost. Nákladná a nepříjemná, často přímo bolestivá. Podle mého názoru máme naději uspět. Kromě toho si myslím, že by líčení mohlo mít dost ošklivý průběh. Mluvil jsi o své matce, Paule, ale ani já si nepřeju, aby zbytečně trpěla.“

„Blufuješ.“

„Dobře ti radím, Paule, udělej své sestře nabídku. Nenech tu žalobu dospět až k soudu.“

„Co se mi to vlastně snažíš vsugerovat? Že jsi objevila tu tajemnou daytonskou milenku? Že jsi z říše přeludů vylákala onu chimérickou chůvu?“ Paul Moore se zasmál, ale jeho smích zněl křečovitě a skoro úzkostně.

„Promluv si o tom s manželkou,“ odpověděla mu Vicki poněkud záhadně. „Potom se vrať.“ Podívala se na hodinky, jako by chtěla naznačit, že jednání skončilo.

„S manželkou? Proč bych si s ní měl promluvit? A o čem? Moje žena s tím nemá nic společného.“

„Mýlíš se, Joanne s tím má hodně společného,“ pronesla Vicki nevzrušeně a pohlédla dávnému spolužákovi přímo do očí. „Jestli se případ dostane k soudu, budu ji muset povolat jako svědkyni.“

Paul Moore opět vyskočil z otáčecího křesla. „Cože? Proboha, jaké absurdní nesmysly ti Adrienne o mé ženě napovídala? Snad si nevyfantazírovala, že otec dělal Joanne nějaké návrhy?“

„Ne. A řekla bych, že o tom, co se odehrálo mezi vaším otcem a Joanne, nemá Adrienne nejmenší tušení.“

Na okamžik vzduch ztěžkl a zmrtvěl, až měla Vicki pocit, jako by se ocitla pod vodou. Žádný pohyb, žádný zvuk, dokonce ani lehounké chvění dechu. A pak náhle kdosi vytáhl z oné pomyslné vodní nádrže zátku, všechno se roztočilo a Vicki se musela pevně přidržet psacího stolu, aby ji nestrhl zběsilý vír a nezasáhl mohutný výboj zloby sršící z Paulových očí.

„Můj otec a Joanne! Kristepane, jakou nechutnost se mi pokoušíš namluvit?“

„Stalo se to brzy po vaší svatbě. Otec tě tehdy poslal na obchodní cestu.“

„Už si ani nevzpomínám. A co se podle tebe mělo přihodit, když jsem byl pryč?"

„Tvůj otec navštívil tvou manželku. Snažil se ji přimět k souloži. Velmi nevybíravě. Jen s vypětím všech sil se mu ubránila. Nemusím snad zdůrazňovat, jaký otřes pro ni ten zážitek znamenal."

„Lžeš!"

„Nelžu."

„Od koho by ses něco takového mohla dozvědět?"

„Od Joanne. Svěřila se mi."

Paul Moore zbledl, jako by během zlomku vteřiny vykrvácel. Spustil ruce, náhle bezvládné a zmrtvělé. Pod nažehlenými modrými nohavicemi se mu viditelně chvěla kolena a musel se zachytit křesla, aby se neskácel. Chvíli dokonce vypadal na omdlení. „Moje žena s tebou o té... příhodě... mluvila?" vysoukal ze sebe, když se jakžtakž vzpamatoval.

„Ano."

„A kdy?"

„Brzy potom. Potřebovala se někomu vyplakat na rameni a náhodou jsem byla po ruce já. Musela jsem jí přísahat, že budu mlčet jako hrob. Joanne si nepřála žádné problémy v rodině. A zejména nechtěla ublížit tvé matce."

Paul Moore zavrtěl hlavou. „Stejně ti nevěřím." Slzy, které se mu zatřpytily v očích, však svědčily o něčem jiném.

„Přistup na mimosoudní dohodu, Paule."

„Počkej, Vicki, ty bys to skutečně použila? Skutečně bys u soudu vytáhla tajemství, které ti téměř před osmi lety důvěrně svěřila moje manželka? Skutečně bys zveřejnila informaci, jakou by žádný jiný právník na tvém místě nemohl získat? Promiň, ale takové jednání by bylo krajně neetické."

„Mýlíš se, bude to dokonale v souladu s etikou. Způsob, jakým získávám informace, je irelevantní." Zase to oblíbené právnické slovo.

„Jenže nepodstatná je v tomhle případě i skutečnost, jestli se můj otec provinil či nikoliv. Za všech okolností měl plné právo vyškrtnout mou sestru ze závěti."

„Soudce může dospět k opačnému názoru," chladně opáčila Vicki. „Samozřejmě je to trochu sázka do loterie, stoprocentní jistotu nemáme. Ale vážně chceš, aby ta historka vyšla najevo? Vážně chceš, aby se před soudem propíralo vaše špinavé prádlo? Přistup na dohodu, Paule. Přistup na dohodu dřív, než se stane nenapravitelná chyba."

Paulu Mooreovi klesla hlava na atletickou hruď, jako by ho zasáhla střela. Několik minut se ani nepohnul, pouze ramena se mu v rytmu dechu nepravidelně a trhaně zdvíhala. Potom se pomalu otočil a beze slova, aniž by Vicki věnoval jediný pohled, vyšel z místnosti.

Vzápětí se ve dveřích objevila Michelle. „Jste v pořádku?" zeptala se nesměle.

Vicki se nenamáhala s odpovědí. „Zavolejte Adrienne Sellersové a hned mi ji přepojte," přikázala sekretářce. „Jo a zkoušíte dál číslo paní Malarekové?"

„Pořád je tam obsazeno."

Michelle zmizela, ale Vicki ještě chvíli nechápavě kroutila hlavou. Sakra, s kým by to mohla Chris tak dlouho mluvit?

„Máte na lince Adrienne Sellersovou," oznámila sekretářka.

„Adrienne," spustila Vicki bujaře. Náhlý příval adrenalinu jí narovnal ramena a vzpřímil hlavu. „Mám pro tebe dobrou zprávu. Jak to vypadá, můžeme počítat s mimosoudní dohodou." Zhluboka se nadechla, zavřela oči a hlasitě se rozesmála.

8

NĚKDO SE SMÁL.

Nebo to byl křik? Ano, křik, kdosi totiž volal její jméno. Zkusila otočit hlavu, prudká bolest v zátylku jí však znemožnila jakýkoliv pohyb. Rozevřela tedy rty, aby se zeptala, co se děje. Ale místo slov uslyšela pouze přerývaný tichý sten. Někomu je tu opravdu zle, pomyslela si a hned si v duchu položila otázku, proč vlastně nemůže zjistit, kdo to je. „Chris!" znovu se ozval ten podivně tlumený a bůhvíčím zkreslený křik. Někdo škubal jejími bezvládnými pažemi, jako by si hrál s hadrovou panenkou. „Chris, otevři oči. Vím, že mě slyšíš. Tak už mě netrap, zlato. Moc se ti omlouvám, nechtěl jsem ti ublížit. Otevři oči. Prosím. Už to snad stačilo, ne?"

Už to stačilo? opakovala si nechápavě, zatímco čísi ruce s ní dál cloumaly, narovnávaly jí ramena, zlehka ji popleskávaly po tvářích. Marně se snažila přijít věci na kloub. Co se to se mnou děje? uvažovala. Jakou hru to hrajeme? Proč mi tak buší v hlavě? A proč nic nevidím?

„Chrissy, miláčku, otevři oči!"

Záhadný hlas naléhal, přímo škemral, úpěnlivě žadonil – a Chris by mu ráda vyhověla. Neuvěřitelně ztěžklá oční víčka ji však odmítala uposlechnout. Tma, všude jen tma. Aha, napadlo Chris, určitě je za tím můj zlomyslný bratříček Gerry. Zase mě zavřel do té staré truhly. Teď sedí na víku, klinká nohama, vítězoslavně se chechtá a nechce mě pustit ven. *Pusť mě odsud!* zaječela, ale z napuchlých rtů se nevydral ani hlásek.

Co má tohle všechno znamenat? přemítala Chris. S námahou zvedla ruku k ústům a na prstech ucítila cosi lepkavého.

Gerry, okamžitě mě pusť ven! znovu se rozječela a zašermovala rukama. *Počkej, jen co se odsud dostanu, budeš litovat. Moc litovat!*

„Chris, neumíš si představit, jak je mi to líto," říkal kdosi. „Ještě jednou se ti omlouvám."

Panebože, co se stalo? nepřestávala se sama sebe ptát Chris. Jak to, že nedokážu otevřít oči? Proč mě tak nesnesitelně bolí ramena a proč mi škube v čelisti? Měla jsem snad nějakou nehodu? Upadla jsem? Praštila jsem se do hlavy? Srazilo mě auto?

Myšlenky jí chaoticky vířily uvnitř podivně prázdné lebky. Kdykoliv se Chris pokusila některé z nich zachytit, aby je mohla trochu uspořádat, bleskurychle jí unikaly. Hlava se jí kymácela ze strany na stranu, nevidoucí oči se pootevíraly a opět přivíraly.

„Proboha, Chris, už mi znovu neomdlévej!" Ve škemrajícím hlase teď zaznívala panika.

Pak ucítila prudký náraz do břicha. A další. Je to zevnitř! uvědomila si s hrůzou. Kdosi mi nějak pronikl do těla a teď tam kolem sebe kope a mlátí pěstmi. Pokusila se vstát, chtěla se rozběhnout pryč, pouze jí však zacukalo v kotnících, jinak se nohy ani nepohnuly. Nemohla utéct. Nemohla se zachránit.

Pomozte mi! vykřikla směrem ke skupince nezřetelných ženských siluet, které zpovzdálí přihlížely. *Udělejte něco. Dostaňte mě odsud. Řekněte mi, co se to vlastně děje. Prosím!*

Největší ze siluet postoupila o krok dopředu. *Proboha, Tony sleduje tvou menstruaci?* zeptala se Susan a její udivený kulatý obličej se na okamžik vynořil ze stínu.

Vzápětí se k Susan připojila Barbara. *Asi bys měla jet domů. Za chviličku mě zavolají a Ron sem dorazí, ještě než se proberu. Je zbytečné, abys tu se mnou dál vysedávala.*

Tys mi volala? prodrala se před obě přítelkyně Vicki.

Ano, volala jsem ti, odpověděla v duchu Chris a snažila se rozpomenout proč. Byla jsem v nemocnici. S Barbarou. Bez Tonyho. Panebože. Barbaru čekala nějaká složitá prohlídka spojená s chirurgickým zákrokem. A já měla Barbaře poskytnout morální oporu. Tony někam odjel. Za obchodem. Panebože. Děťátko kopalo. Nevolnost. Taxíkem domů. Tony pryč. Panebože. Na příjezdové cestě žádný vůz. Montana ve škole. Wyatt u paní McGuintyové. Doma nikdo. Telefon... ano, volám Vicki. Možnosti, chci znát svoje možnosti. Tonyho tvář v okenním skle. Panebože. *Polož to sluchátko.* Panebože. *No co je, Chris, nejsi ráda, že tě tvůj milovaný manžel nenechal samotnou?*

Panebože. Panebože. Panebože.

„Tak se konečně prober. Slyšíš, miláčku? Zatraceně, Chris, nech už ty oči otevřené!“

Chris jako v mlze uviděla blížící se Tonyho pěst a připravila se na tvrdý náraz kloubů, ke svému překvapení však pouze ucítila, jak jí do nosu a do úst vyšplíchl proud studené vody. „Co se stalo?“ vykřikla Chris, rázem plně při vědomí.

„Nic, zlato, nic se nestalo,“ s úlevou se usmál Tony, v ruce prázdnou sklenici. „Už ti bude dobře. Neboj se, všechno je v nejlepším pořádku. Prostě jsi měla menší nehodu.“

„Nehodu?“

„Jistě, miláčku, byla to nehoda. Přece víš, že bych tobě ani dítěti nikdy úmyslně neublížil.“ Oběma rukama jí přejížděl po obličeji. Po vlasech. Po břiše.

Chris ty doteky vadily a snažila se Tonyho ruce odstrčit, znovu a znovu se však vracely. Připadala si, jako by se čím dál víc zamotávala do pavoučí sítě. „Přestaň!“ vykřikla zlostně. „Nesahej na mne!“

„Ale miláčku. Nebuď taková. Snažím se ti pomoct, ne? Moc dobře víš, že jsem ti nechtěl ublížit.“

„Uhodil jsi mě, Tony.“ Konečně se vyškrábala na nohy, i když kolena stále ještě měla jako z rosolu. „Praštil jsi mě, až jsem ztratila vědomí.“

„Byla to nehoda. Prostě jen menší nehoda. A ty to víš.“

Chris odklopýtala do koupelny a v zrcadle nad umyvadlem si pak dlouho prohlížela svůj potlučený obličej. Neméně pozorně ji však sledoval Tony, který jí stál za zády. Kdo jsi? ptala se Chris vyděšené ženy, jež na ni zírala ze zrcadla. Jak se jmenuješ, ty zoufalá ztracená duše?

Jsi mi povědomá, říkaly zmučené oči ženy před zrcadlem zmučeným očím té druhé ženy. A oběma hrála čelist všemi barvami, oběma z napuchlých rtů kapala krev na bílý límec modrého svetru, obě měly vlasy zmáčené vodou z Tonyho sklenice.

Co se to s tebou stalo? ptala se Chris. Co se stalo s tou kurážnou dívenkou, která proháněla svého staršího bratra a vždycky ho přeprala? Kam jen to děvčátko zmizelo?

„Panebože. Jak jsi to mohl udělat? Slíbil jsi mi, že na mne už v životě nevztáhneš ruku."

„Kolikrát ti mám opakovat, že to byla nehoda? Nehoda, rozumíš?" Obavu zaznívající v Tonyho hlase náhle vystřídal hněv. „Nic takového by se nemohlo stát, kdybys mi nelhala!"

„Tak já jsem ti lhala?" Chris udiveně zakroutila hlavou. „A kdy? Kdy jsem ti lhala?"

„Když jsme mluvili o Barbaře a o nemocnici."

„Nelhala jsem ti."

„Říkala jsi, že tam s ní nepůjdeš."

„A ty jsi říkal, že odjíždíš z města."

„To s tím nijak nesouvisí."

„Neměl jsi tu být." namítla Chris a pokusila se otočit, aby mohla uniknout z těsného prostoru koupelny. „Nechápu, proč by ti to mělo vadit."

„Nechápeš?" vybuchl Tony, surově ji postrčil zpátky a přitlačil jí hlavu co nejblíž k zrcadlu. „A teď už chápeš? Chápeš?"

„Tony, prosím tě," vzlykla Chris bolestí. „Minule jsi slíbil, že už mě nebudeš mlátit."

Tony se vzpamatoval. Spustil ruce, vyšel z koupelny a začal rázovat kolem otevřených dveří. „Proč mě k tomuhle doháníš? Přece víš, že ti nechci ublížit. Proč se nedokážeš chovat rozumně?"

Chris mlčela. Pustila studenou vodu, na opuchlé rty si přiložila chladivý obklad, zkusila setřít krvavé skvrny z obličeje i z bílého límečku.

„Copak jsi se mnou nesouhlasila?" držel se Tony svého tématu. „Nerozhodla ses, že s Barbarou do té nemocnice nepůjdeš?"

„*Ty* ses rozhodl."

„A ty jsi souhlasila. Nebo snad ne?"

„Ale ano." Nemělo smysl tvrdit opak.

„Takže jsi mě obelhala."

„To není..." Chris raději nedokončila větu. „Prostě jsem to myslela jinak."

„Jako obvykle," potřásl Tony hlavou.

„Ale ty jsi mi taky lhal." Slova jí vyklouzla z úst, a když si Chris uvědomila, že jenom roztáčí další kolo hádky, bylo pozdě.

„Cože?"

„Říkal jsi, že odjíždíš. Proč?"
Tony se opřel o veřeje. „Měl jsem jisté podezření. A napadlo mě, že bych si ho měl ověřit."
„Takže ty mě podezíráš? A z čeho? Co podle tebe provádím?"
„Nezanedbáváš náhodou vlastní děti, když si vyrážíš s kamarádkami?"
„Nesmysl, děti rozhodně nezanedbávám," ohradila se Chris a pokusila se argumentovat co nejlogičtěji. „Montana je ve škole. A Wyatta jsem na pár hodin svěřila paní McGuintyové, abych mohla doprovodit Barbaru do nemocnice. Do nemocnice, slyšíš, na žádný výlet nebo flám. Počkat... jak ses vlastně dozvěděl, že jsem byla s Barbarou?"
Tony mlčel, jenom se pousmál a v očích se mu mihla vítězoslavná jiskřička.
„Sledoval jsi mě?" zeptala se Chris. Odpověď však znala.
„Viděl jsem tě nasedat s tou vyparáděnou Barbínou do taxíku. Mimochodem, moc sladce ses usmívala na řidiče, byl to černoch, co? Slyšel jsem, že černoši jsou výjimečně vybavení..."
„Proboha, Tony!" Podle tlaku v žaludku Chris poznala, jak se Tonyho zlost opět stupňuje. Tohle byl jeho styl, přesně takhle se scény mezi nimi vždycky odehrávaly. Vztek. Násilí. Lítost a zkroušené pohledy. Kajícná slova, vzápětí se proměňující ve falešná obvinění, až náhle veškerá vina padala na její hlavu. Ano, pokaždé si Chris všechno zavinila sama. Neměla narazit na jeho pěst, neměla zakopnout o jeho nohu – a nemusela mít tělo plné modřin.
„Stále totéž," pokračoval Tony v kázání. „Copak se nikdy nezměníš? Kamarádky pro tebe znamenají víc než rodina. Susan nebo Vicki bys klidně vyměnila za vlastní děti. A Barbara, ta je vůbec nejhorší. Stačí, aby pískla, a ty už běžíš. Nezdá se ti to zvláštní? Neprozradíš mi, co spolu vy dvě máte?"
„Prostě se bála, Tony. Bála se té prohlídky pod narkózou. A bála se, že možná už nebude mít další děti."
„Tys jí ovšem velkomyslně nabídla, že jí dáš některé z našich dětí."
Chris zalapala po dechu a zády se opřela o umyvadlo. Plný význam Tonyho slov ji zasáhl stejně tvrdě jako předtím

jeho pěst. V nemocnici ji tedy neklamal instinkt, Tony tam skutečně byl, po celou dobu a přímo někde na chodbě, zřejmě jen pár kroků od nich! Pokusila se vybavit si rušnou nemocniční chodbu, znovu před sebou viděla odevzdaně čekající pacientky, debatující lékaře, uspěchané zdravotní sestry, sanitáře s kupou chorobopisů v náručí, muže stírajícího mopem podlahu, dalšího muže schovaného za rozevřeným starým časopisem, návštěvnice a návštěvníky s květinami a balíčky v rukou. Kde se mezi všemi těmi lidmi skrýval Tony? Odkud ji pozoroval?

„Jo, už je to tak, Chrissy," ušklíbl se Tony, jako by četl její myšlenky. „Byl jsem tam. Slyšel jsem každé tvoje slovo - i tu tvoji nabídku, že se vzdáš našeho dítěte."

„Žertovala jsem." Skoro šeptala, ruce se jí třásly.

„Ale ovšem, miláčku, náramně ses bavila, viď? S Barbínou jsi vždycky samý žert a smích. A co ten fešácký doktůrek, se kterým jsi flirtovala?"

„Doktůrek...?" Chris jen nechápavě zírala.

„Snad sis nemyslela, že mi to uniklo? Kdepak, moc dobře jsem viděl, jak tam spolu laškujete - všem lidem na očích."

Chris se marně snažila rozpomenout. Pro všechno na světě, o kom to manžel mluví? „Vůbec nechápu..."

„Zase nechápeš? Nedá se nic dělat, budu ti ho muset blíž popsat. Pohledný mládenec, Chris. Jeden z těch čahounů, na jakých můžeš oči nechat."

„Aha, už vím," vybavila si Chris podobu mladého lékaře. „Ale Tony, ten doktor mi jenom ukazoval cestu na toalety."

„Nikoliv, osobně tě tam odvedl," poopravil ji Tony. „Držel tě za ruku."

„Prostě se choval pozorně a laskavě."

„A zároveň trochu příliš důvěrně, nemyslíš?"

„Kristepane, vůbec o nic nešlo. Přece ses díval."

„Jo, díval. A viděl jsem, jak mi nějaký hezoun v bílém plášti ošmatává manželku."

„Nanejvýš mě vzal za loket, ale..." Chris se odmlčela. Uvědomila si, jak absurdně se rozhovor vyvíjí. Tony ji přece sledoval. Proč by se měla ospravedlňovat?

„Tak povídej, Chris. Co ti ten frajírek šeptal do ouška? Na čem jste se vy dva domlouvali?"

„Domlouvali? To je absolutně směšná představa."

„Dala jsi mu telefonní číslo? Zmínila ses mezi řečí, že manžel je mimo město?"

Chris mlčela. Tonyho nezajímaly odpovědi. Chtěl ji pouze týrat.

„Jenže ten chudáček stejně neměl moc velkou šanci, viď?" s gustem pokračoval Tony. „Když tam seděla ta tvoje Barbína."

„Vůbec netuším, o čem mluvíš." Chris se pokusila proklouznout do ložnice, Tony však rozpřáhl ruce a zatarasil jí cestu.

„Kampak, Chris? Chvátáš na rande?"

Chris bušilo ve spáncích, a proto raději už ani nevrtěla hlavou. „Slíbila jsem paní McGuintyové, že si kolem druhé vyzvednu Wyatta."

Tonymu se mihl ve tváři úlek. „Počkej, snad by ses předtím měla trochu upravit, ne? Přece nechceš, aby tě někdo takhle viděl? Sakra, vypadáš, jako by tě srazil náklaďák." Vzápětí Tony podezíravě přimhouřil oči. „Nebo to naopak chceš? Patří něco takového ke tvému plánu?"

„Nemám žádný plán," rezignovaně odpověděla Chris. Právě si přejela jazykem po předních zubech a zjistila, že jeden se jí silně viklá.

„Víš to určitě? Kamarádky ti nic neporadily? Ani ta zazobaná a prohnaná Vicki? Slyšel jsem, jak jí voláš. Do telefonu jsi někomu říkala, že s ní potřebuješ co nejdřív mluvit. O čem - nebo spíš o kom vlastně? O sobě?"

„O Barbaře," hlesla Chris a téměř s pocitem nevolnosti si uvědomila, že se červená.

„Kdepak, miláčku, o Barbíně ses nezmiňovala. Zato jsi žvanila něco o svých možnostech."

„Ne."

„O jakých možnostech jsi to mluvila, zlato?"

„Já nevím." Nelhala. Jaké možnosti mohla mít na mysli? Jaké možnosti jí vůbec zbývaly?

„Neuvažovala jsi, že bys mě opustila, viď?"

Chris vyhrkly slzy, stékaly jí po tvářích a na rozbitých rtech se mísily s krví.

„Protože mě nesmíš opustit. Nikdy. Nikdy, rozumíš? Bez tebe bych se zbláznil, Chris. Bez tebe bych už nechtěl dál žít."

Chris mlčela, slzy jí teď zvolna rozpouštěly zaschlou krev na oteklé a promodralé čelisti.

„Miluju tě, Chrissy." Tony se k ní pomalu sunul blíž a blíž. „Miluju tě, miluju. Řekni mi, že to víš."

„Vím." Sotva pohnula rty.

„A taky víš, že jsem ti nikdy nechtěl ublížit."

Chris jenom kývla.

„Všechno je to těmi problémy, Chris, potřebuju získat klienty, zoufale se snažím, abychom se udrželi nad vodou. Banka nám zamítla žádost o půjčku."

„Cože?"

„Nechtěl jsem, aby ses zbytečně trápila, proto jsem ti to neřekl."

„Zamítli nám žádost o půjčku?"

„Nechtěl jsem ti přidělávat starosti. Neboj se, zvládnu to, všechno se srovná, hlavně když budeme držet spolu, když budu vědět, že jsi se mnou, že s tebou můžu počítat. Někdy mě přivádíš k šílenství. Chtěl bych ti věřit, ale nejde to, ty mi to prostě nedovolíš. A já potom ze samé lásky k tobě úplně třeštím." Sevřel ji v dusivém objetí a zabořil obličej do jejích vlasů. „Řekni mi, že mě miluješ, Chris. Řekni mi, že mě miluješ stejně, jako miluju já tebe."

„Tony, prosím tě..."

„Potřebuju to slyšet. Potřebuju to slyšet z tvých úst."

„Já..." Snad by mu Chris vyhověla, ale těch několik slůvek jako by se nalepilo na kousek sražené krve a tvrdošíjně odmítalo opustit rty.

„Chrissy, miláčku, nenech mě prosit. Slyšíš, nenech mě prosit." Oběma rukama jí teď přejížděl po zádech, jazykem se zlehka dotýkal jejího ušního lalůčku.

„Bože," vydechla Chris, „dělá se mi špatně." Vytrhla se manželovi, klesla před záchodovou mísu a na kolenou začala zvracet. Náhle ucítila, jak jí v útrobách cosi povolilo. Po nohou se jí řinul proud tekutiny. „Ne!" zaúpěla. Panebože, ještě ne, ještě ne!

„Co je s tebou? Co to sakra vyvádíš?"

„Praskla mi voda." Chris opět sklonila hlavu nad mísu. Ne, to přece nemůže být pravda, říkala si zděšeně, zatímco celé tělo se jí zachvívalo bolestivými stahy.

„Dítě se má narodit až za měsíc." V Tonyho hlase zazněla podezíravost. A varovná výzva, aby si Chris přestala vymýšlet.

„Pospíšilo si," zasténala Chris. Přála si zemřít. Ženy přece vždycky při porodu umíraly, blesklo jí hlavou.

„Vydrž, Chris." Tony ji chytil v podpaží a snažil se ji postavit na nohy. „Hlavně nepanikař. Do nemocnice to v pohodě stihneme."

„Nemůžu se ani pohnout."

„To jsou jen stahy, zlato. Vždyť už to znáš." Tony ji opatrně a pomalu vedl přes ložnici ke schodům. „Klid, zlato. Nemáš se čeho bát."

„Nezvládnu to!" zaúpěla. „Nezvládnu. Nezvládnu."

„Ale zvládneš, žádný strach. Jen hezky pomaloučku, krůček za krůčkem a zhluboka dýchej... tak je to dobře. Jsem s tebou, vidíš, jsem pořád s tebou."

„Panebože!"

Konečně se Tonymu podařilo dostat ji do přízemí a pak před dům. „Auto stojí za rohem," prohodil, jako by chtěl naznačit, že tam zaparkovalo z vlastní vůle a že je tedy záměrně neukryl, aby mohl předstírat odjezd z města.

Chris se letmo podívala na svůj svetr, vepředu plný skvrn od krve a zvratků. Zvlhlé vlasy se jí lepily ke zpocenému čelu stejně jako promáčené kalhoty ke stehnům. Kéž bych umřela, pomyslela si znovu. Kéž bych umřela! „Nezvládnu to," vzlykla.

„Neboj se, miláčku, jsem s tebou. Neopustím tě."

K vozu se dobelhala celá zkroucená. Panebože, nechci nic jiného než umřít, umřít, umřít, opakovala si v duchu, zatímco Tony jí pomáhal na přední sedadlo.

„Co jim vlastně v nemocnici řekneš?" zeptal se Tony, jakmile se posadil za volant a nastartoval. „Až se budou zajímat o ty tržné rány a modřiny. Myslím, že nejjednodušší vysvětlení by bylo asi takovéhle: koupala jsi Wyatta, uklouzla jsi, praštila ses o vanu do brady a prokousla sis ret. Souhlasíš? Máš porodní bolesti, nebudou se s tebou přít."

„Tony..."

„Co je? Napadá tě snad něco chytřejšího?"

Chris jen s námahou otočila hlavu. Chvíli viděla manžela docela ostře a vzápětí jako by se jí rozplýval před očima. „Tohle se už nesmí stát. Musíš mi dát slovo..."

„Jistě, neboj se," poklepal ji Tony po ruce.

„Musíš mi to slíbit." Ale jaký má smysl, abych trvala na

nějakém slibu? ptala se Chris sama sebe. Kolikrát už Tony své sliby nedodržel? Proč by to tentokrát mělo dopadnout jinak?

„Slibuju," řekl Tony ochotně a bezstarostně. „Uvidíš, Chris. Když vím, že mě miluješ, bude všechno v nejlepším pořádku."

Když vím, že mě miluješ... Když vím, že mě miluješ... Ta slova jí nepřestávala narážet do lebky. Jako rány kladivem. Tvrději než manželovy pěsti. *Když vím, že mě miluješ...* Chris cítila, jak se blíží další stah, a mimoděk vykřikla. V okamžiku, kdy stah opravdu přišel, zavřela oči a poddala se náporu bolesti. Pokoušela se splynout s tou prudkou bolestí, protrpět si ji až do morku kostí, bezvýhradně se vzdát její téměř hypnotické moci. Co nevidět budu matkou tří malých dětí, uvědomila si. Jak jsem si to vlastně představovala? Kam jsem chtěla odejít?

Ano, všechno bude v nejlepším pořádku, snažila se přesvědčit sama sebe, zatímco Tony uháněl ulicemi Mariemontu. Musí to tak být. Žádná jiná možnost prostě neexistuje.

9

„TO NENÍ DŮM, ALE POHÁDKA."

„Díky. Pojďte dál. Úplně jsem zapomněla, že jste tu ještě nebyli."

Chris překročila mramorový práh Vickina nádherného domu v milionářské čtvrti Indian Hill. Tony se jí držel v těsném závěsu jako stín. „Ale stejně ti asi neodpustím, že jsi opustila Grand Avenue."

„A tady jsme si dovolili přinést malý dárek," usmál se Tony – a chvíli skoro nebylo jasné, jestli se chystá podat Vicki dvouletého Rowdyho, který se mu neposedně vrtěl v náručí, nebo krabici drahých zavařenin z nejlepšího lahůdkářství. „Je přece zvykem zasvěcovat nový dům něčím sladkým, ne?"

„Jistě, děkuju," rozzářila se Vicki, Chris však bylo jasné, co si přítelkyně myslí. *Nový ten dům zrovna není, bydlíme tady už déle než rok. Je od vás opravdu milé, že jste nás konečně poctili návštěvou.* Ano, tohle si určitě Vicki myslela.

Vtom Vicki vytřeštila oči. „Páni, vždyť ty jsi ostříhaná. Neuvěřitelné!"

Chris okamžitě zvedla ruku k holému krku a v duchu se modlila, aby nezačala vzlykat.

„Je vůbec možné, že ses vzdala toho svého neodmyslitelného koňského ohonu?" halekala Vicki. „Otoč se, děvče, ať si tě pořádně prohlédnu."

Chris svěsila hlavu a neochotně se pootočila. Přitom si všimla skvrny na svém růžovém tričku, pravděpodobně stopy po zaschlé krvi. Hlavně nebreč, varovala sama sebe, neboť do očí se jí opět draly slzy. Jestli se rozbrečíš, Tony tě odveze zpátky domů. A ještě ti vyčte, že jsi tu schválně dělala scény. Nebreč, rozumíš? Neopovažuj se brečet!

„Copak je? Tobě se krátké vlasy nelíbí?" zeptala se Vicki, jako by už ledacos tušila. „Náhodou ti docela sluší. Sice jsou dole maličko nerovné, ale to se dá snadno spravit. Kdo tě stříhal?“

Chris si přejížděla prsty po zubatých konečcích vlasů, oči však nezvedala z bílé mramorové podlahy vstupní haly. „Nějaký chlápek v Terrace Parku.“ V duchu se nepřestávala modlit: Bože, ať už se Vicki dál nevyptává. Všechno dobře dopadne, ale musíme mluvit o něčem jiném...

„Přece víš, jak umí být Chris zbrklá,“ prohodil Tony.

„Opravdu? Toho jsem si nikdy nevšimla,“ namítla Vicki.

„Nejdřív jsem taky koukal dost vyjeveně,“ pokračoval Tony. „Ale pomalu si zvykám.“ Naklonil se k manželce a rukou jí rozverně prohrábl zhyzděné vlasy.

Chris se mu vysmekla a zahleděla se na příjezdovou cestu, kde se Montana a Wyatt ve hře na schovávanou proplétali kolem Vickina nového červeného jaguára a Jeremyho klasického stříbřitého porsche. Těsně za oběma luxusními automobily parkovaly další dva vozy: Susanina a Owenova tmavě zelená seville a Ronův a Barbařin čokoládově hnědý mercedes.

„Pojďte k nám, děti,“ zavolala na ně Chris. Kupodivu hned poslechly a dokonce se předháněly, kdo bude první ve dveřích. „No tak, nestrkejte se,“ musela je pokárat.

Šestiletý Wyatt se jen ušklíbl a praštil sestru do ramene.

„Co to má být?“ okřikla ho Chris. „Žádné praní!“

„Jsou to děti, Chris,“ mávl rukou Tony. „Děti se spolu pořád perou. Nevšímej si jich.“

Vzápětí Montana dloubla bratra do žeber.

„Co jsem říkala?“ zamračila se na ni Chris, ale Montana si pouze vyměnila spiklenecký pohled s otcem. „Montano, vzpomínáš si přece na maminčinu dobrou přítelkyni Vicki,“ pokračovala Chris vlídnějším tónem. „Wyatte, pamatuješ se na paní Latimerovou?“

„Naposledy jsme se viděli asi tak před rokem, že?“ navázala Vicki, zatímco je širokým gestem všechny zvala do vstupní haly obložené mramorem. „Jo, bylo to někdy předtím, než jsme se odstěhovali. A vida, jak jsi vyrostl,“ obrátila se k Rowdymu, který bleskově schoval tvář na otcově rameni. „Ostatní jsou vzadu a už se vás nemůžou dočkat. Pojďte, zavedu vás tam.“ S úsměvem nabídla Montaně ruku.

Montana si opět vyměnila pohled s otcem, tentokrát jako by žádala o dovolení. Tony jen pokrčil rameny. Montana tedy sepnula ruce za zády a po celou cestu rozlehlou vstupní halou se držela krok za Vicki.

„Jestlipak vám, děti, maminka někdy vyprávěla, jak jsme se seznámily?" neúnavně se Vicki snažila o přátelskou konverzaci.

„Člověk by si skoro myslel, že máš na mysli nějaký romantický příběh," ozval se Tony s neskrývanou ironií. To už procházeli dveřmi obrovského obývacího pokoje a Tony si do náruče k Rowdymu přibral i Wyatta.

„Svým způsobem to romantický příběh skutečně je," usmála se Vicki na Chris. „Moc ráda tě zase vidím."

„Já tebe taky. Přinesli jsme Joshovi dárek k narozeninám." Z velké plátěné kabely, kterou nesla, vytáhla Chris pestrobarevný balíček.

„Díky, to je opravdu milé. Stejně nepřestávám žasnout, jak závratně rychle ty děti rostou." Vicki přijala dárek a cestou do zadní části rezidence jej i s lahůdkovými zavařeninami položila na zlacený starožitný stolek. „Víš, že si úplně přesně dokážu vybavit den, kdy se Josh narodil?"

Chris udiveně zdvihla obočí. Vicki rozhodně nebyla přehnaně sentimentální. A ze všech dat obvykle v paměti uchovávala pouze termíny soudních řízení.

„Neumíš si představit ten zmatek," rozpovídala se Vicki. „Měla jsem rozdělaný jeden dost velký případ a tak jsem si s sebou do nemocnice vzala veškerou dokumentaci. No a právě telefonuju, když přišly porodní bolesti, kristepane, nemusím ti přece vykládat, co to obnáší, sestřičky chtějí, abych položila sluchátko, protože musím okamžitě na sál, zatímco já se snažím vydupat mimosoudní dohodu a žádám po nich alespoň ještě dvě minuty, kdepak, paní Latimerová, křičí sestry, nemůžeme čekat, už je vidět hlavička – a vůbec, chovejte se trochu zodpovědně. No, nakonec mi vyrvaly telefon z rukou, ovšem mezitím jsem získala ústní souhlas s dohodou, takže jsem neprotestovala. Každopádně to bylo úžasné odpoledne. Nezapomenutelné."

Chris se zasmála. Dobře si pamatovala, jak tenkrát volala do nemocnice, aby přítelkyni poblahopřála, ale dozvěděla se pouze, že paní Latimerová s malým Joshem už byli propuštěni. Ve své advokátní kanceláři Vicki úřadovala snad už třetí den po porodu.

„Líbí se mi, jak sis dům zařídila," nešetřila Chris obdivem, zatímco nakukovala do všech místností, kolem kterých procházeli. „Všechno je tu tak vkusné, tak krásné."

„Poklonu bys měla složit spíš našemu bytovému architektovi," přiznala Vicki. „Já jsem mu akorát vysvětlila, že sama mám ráda starožitnosti a Jeremy naopak dává přednost moderně. Zkombinoval tedy starý nábytek s moderním výtvarným uměním - a jak vidíš, docela to funguje."

„Jo, vypadá to ohromně," přidal se k chvále Tony. Zároveň se však Vicki za zády opičil po její sebevědomé chůzi, až se obě děti, které nesl, hlasitě rozesmály.

„Něco legračního?" otočila se Vicki.

Rowdy opět bleskurychle schoval tvářičku na Tonyho rameni, ale Wyatt se zasmál ještě hlasitěji. Řezavý zvuk zůstal viset ve vzduchu, jako když velebné ticho v koncertní síni naruší něčí prudký kašel. Rowdy si zacpal uši a začal pofňukávat.

„Copak je, Rowdy?" zeptala se Chris.

„Jen ho nech, nic mu není," řekl Tony.

„Jestli si budete přát, později vás provedu po celém domě," prohodila Vicki. Je možné, že by si té scénky nevšimla? pomyslela si Chris. Vickiny oříškově hnědé oči přece vždycky vidí i za roh. To už procházeli kuchyní, kde nerez a lesklý chrom dokonale ladily se starobylým dubovým nábytkem. „Všechno v pořádku?" zeptala se tiše Vicki.

„Jistě, v pořádku," stejně tiše odpověděla Chris.

„Jsi nějaká pobledlá."

„Spíš jenom unavená."

„Nezhubla jsi?"

„Možná, ale nanejvýš o pár liber."

„Zdá se mi, že o víc."

„Táta říká, že šeptat je nezdvořilé," ozval se Wyatt.

„Ovšem, tvůj tatínek má pravdu," souhlasila Vicki. „Prosím o pozornost, panstvo. Podívejte, koho vám přivádím," oznámila vzápětí nevelké společnosti bavící se ve vydlážděném patiu před luxusním vyhřívaným bazénem. Všichni se otočili a s úsměvem třepali rukama na pozdrav.

Moji přátelé, dojatě a vděčně si pomyslela Chris. Moji báječní přátelé. Moji milovaní přátelé. Nejraději by je k sobě přitiskla a už nikdy, nikdy nepustila z objetí... Susan a Owen, rozzáření a opálení, ruce ovinuté jeden druhému kolem pasu. Barbara s Ronem, oba vysocí, štíhlí, okouzlující, Barbařina rtěnka dokonale sladěna s purpurovým odstínem Ronovy rozhalenky. A Jeremy Latimer, neokázale distingovaný a velmi hrdý elegán, jihnoucí pouze před svůdným ďáblíkem, svou manželkou.

„Vítej, cizinko," rozpřáhla Susan náruč vstříc Chris. „Je vůbec možné, že bydlíme ve stejné ulici, a když se chceme sejít, musíme se trmácet až sem?"

„Jo, pořádně dlouho jsme se neviděli," přidal se Owen, zatímco si potřásal rukou s Tonym.

„Všechno v pořádku?" zajímala se Susan podobně jako před chvilkou Vicki.

„Páni, ty sis dala zkrátit vlasy!" zahalekala Barbara, přicupitala ke Chris na svých supervysokých jehlových podpatcích a pevně ji objala. „Kdy ses k tomu odhodlala?"

Chris sebou škubla, neboť Barbara jí loktem nechtěně zavadila o čerstvou podlitinu na zádech.

„Á, jak vidím, je nejvyšší čas blahopřát," otočil se Tony ke Chris. „Proč jsi mi neřekla, že Barbara bude chovat?"

Všichni kolem zalapali po dechu.

„Cože?" málem vzlykla Barbara.

„O čem to mluvíš?" podivil se její manžel.

„Já přece nejsem těhotná."

„Aha. Omlouvám se," vyhrkl Tony. „Myslel jsem..." S pohledem upřeným na Barbařino břicho naznačil dlaní oblinu.

Barbara v rozpacích sklouzla pohledem k fialově a bíle proužkované halence. „To dělá ta blůzka. Možná jsem si ji měla zastrčit do kalhot." Obyčejná slova, ale chvěly se v nich slzy. Barbara si smetla z rukávu pomyslné smítko a pak už jen mlčky civěla na hladké šedé kameny pod svýma nohama.

„Vážně je mi to moc líto, ještě jednou se omlouvám," chvatně drmolil Tony, Chris ovšem neunikl zlomyslný záblesk v jeho očích.

„Tak co, jak to jde?" zeptal se Ron.

„Přímo skvěle," zasmál se Tony.

„Jestli se nepletu, tenhle mládeneček je Rory.“
„Rowdy,“ opravil ho Tony.
„Ach ano, Rowdy. Montana, Wyatt a Rowdy. Opravdu zajímavá jména.“
„Všechna je vymyslel Tony, má velkou představivost,“ nesměle se pousmála Chris. „Kdyby to nechal na mně, děti by se jmenovaly Anne, William a Robert.“
„Slyšíš, Montano?“ upozornil Tony dcerku. „Mamka by ti klidně dala tak příšerně nudné jméno jako Anne.“ Dítě pohrdavě a štítivě nakrčilo nos stejně jako otec.
„Doufám, děcka, že s sebou máte plavky,“ ukázal Jeremy Latimer k velkému nepravidelně tvarovanému bazénu, který zabíral část rozlehlé zahrady. Pod pečlivým dohledem chůvy a hospodyně tam už dováděli, skákali z prkna a cákali kolem sebe Kirsten, Josh, Ariel, Whitney a Tracey.
„Panebože, na plavky jsem úplně zapomněla,“ vylekala se Chris.
„Zapomněla???“ výsměšným a zároveň téměř výhrůžným tónem po ní opakovala Montana.
„Ty jsi ale hloupá!“ strčil do matky Wyatt.
„Nech toho,“ napomenula Chris syna. Očima zabloudila k Tonymu, jako by u něho hledala pomoc.
Wyatt se opět zasmál svým napůl řezavým a napůl štěkavým smíchem. „Hloupá máma!“ zavolal. A ještě jednou: „Hloupá máma!“
„Tak už dost, Wyatte,“ přikázal Tony. Wyatt okamžitě zmlkl.
„Tohle nebude problém,“ vlídně, byť autoritativně zasáhl Jeremy Latimer. „Mayo,“ požádal jednu ze služebných postávajících u dlouhého stolu s občerstvením, který byl připraven po straně patia. „Mohla byste vzít děti dovnitř a najít jim nějaké plavky?“
Maya pohodila dlouhými blond vlasy, až jí sklouzly přes rukáv slušivé bílé uniformy, a přistoupila k dětem. Chris si nemohla nevšimnout kradmého pohledu, který si dívka vyměnila s Barbařiným manželem. Ale to už služebná vzala Rowdyho za ruku a celá skupinka vesele zamířila do domu.
„Hloupá máma,“ spokojeně si prozpěvoval Rowdy. „Hloupá máma.“
Chris stála uprostřed patia, rty zvlněné v křečovitém úsměvu, jako by byly z vosku. Sakra, tohle je tvoje vina,

peskovala v duchu sama sebe. Neříkala ti snad Vicki, abys dětem vzala plavky? Kdybys nebyla tak pitomá, všechno by proběhlo úplně hladce. Wyatt má pravdu, jsi prostě hloupá. Hloupá máma. Hloupá máma. Ale hlavně se tu nerozbreč, hloupá mámo. Slyšíš, neopovažuj se brečet! „Tak co, jak přivykáte životu na venkově?“ zeptala se hlasem, který vůbec nepoznávala.

„Zatím si nestěžujeme. Právě naopak,“ přispěchal s odpovědí Jeremy Latimer.

„A do kanceláře to mám sotva pětadvacet minut,“ připojila se k chvále Vicki.

„Kolik akrů to tady obnáší?“ Tony si vzal z mrazáku velkou láhev piva a naráz vypil téměř polovinu.

„Mám dojem, že pět a něco,“ pokrčil rameny Jeremy. „Ale přesná čísla po mně nechtějte, nikdy si je nejsem schopen zapamatovat.“

„Dům má skoro deset tisíc čtverečních stop obytné plochy,“ vmísila se do rozhovoru Vicki. „Je tu čtrnáct pokojů, šest ložnic, pět větších koupelen a jedna menší. V přízemí panské křídlo. Pojď, Chris, provedu tě.“

„Jdu taky,“ ozvala se Barbara.

„Počkejte na mě,“ zavolala Susan.

Tony druhým mohutným lokem dopil pivo. „Myslím, že se k vám připojím.“

Vicki odmítavě zvedla ruku. „Tahle prohlídka je bohužel výhradně pro dámy. Jestli budeš mít zájem, Jeremy ti všechno předvede později.“

„Klid, nech je být.“ Owen podal Tonymu další orosenou láhev a odvedl ho k řadě zahradních lehátek. „Co teď vlastně děláš? Slyšel jsem, že reklama tě přestává bavit.“

Přítelkyně musely Chris téměř násilím vtáhnout zpátky do domu. Přesto v zádech cítila, jak jí Tonyho pohled propaluje růžové tričko. „Kuchyň. Jídelna. Obývací pokoj,“ oznamovala Vicki lhostejně, zatímco procházely z místnosti do místnosti. „Lovecký salonek, ať už se tím sakra myslí cokoliv.“ Konečně se ocitly v tak zvaném panském křídle a Vicki zavřela jemně vyřezávané dvojkřídlé dveře. „A teď spusť,“ vyzvala bledou a roztřesenou Chris. „Co se děje?“ Stejnou otázku měly v očích i Susan a Barbara.

Chris klouzala očima od nařasených mušelínových závěsů,

které zakrývaly starožitnou postel s nebesy, k prosklené stěně s výhledem na patio. Dobře viděla, jak tam venku Tony nervózně přechází kolem zahradních lehátek a přes Owenovy opakované výzvy se odmítá posadit. „Jak to myslíš? Nic se neděje."

„Nic? Stačí se podívat. Celá se klepeš. Je z tebe uzlíček nervů."

„Prostě jsem utahaná. Člověk má jenom dvě ruce - a to je na tři děti málo."

„Nezlob se, ale opravdu nevypadáš dobře," ustaraně si povzdechla Barbara.

„Všimněte si, jak zhubla," upozornila Vicki Susan a Barbaru.

„Všechno je to těmi vlasy," nevzdávala se Chris, dál však neklidně bloudila pohledem mezi přítelkyněmi a prosklenou stěnou. „Neměla jsem si je nechat zkrátit."

„Asi ne. Předtím ti to rozhodně slušelo líp." Barbara si nedůvěřivě prohlížela zubaté konečky Chrisiných vlasů. „A mimochodem, kde tě stříhali?"

Chris zadržela dech.

„Chris?"

Už se nedokázala ubránit slzám a raději sklopila oči k hustému mátově zelenému koberci.

„Svěř se nám, Chris," začala naléhat Susan. „Přece nemůžeš pořád tvrdit, že se nic neděje. Chceme ti pomoct."

Chris mlčela. Mně už nikdo nepomůže, vířilo jí hlavou. Jsem ztracená duše. „Budu se muset vrátit."

„No tak, svěř se nám," opakovala Susan.

„Nemůžu."

„Poslouchej," dál se snažila Susan. „Všem nám je už delší dobu jasné, že máte s Tonym vážné problémy. Co kdybyste zašli do manželské poradny? Zkus Tonyho přesvědčit..."

Chris se roztřásla, až málem ztratila rovnováhu. Všechno to ponížení se dralo ven, všechna ta hanba z ní hrozila vytrysknout jako žhavá láva z jícnu sopky. Nic, absolutně nic nemohlo výbuchu zabránit. „Bože. Bože můj!"

„Chris, co je to s tebou?"

„Vůbec nic nechápete."

„Nemůžeme nic chápat, dokud se nám nesvěříš. Tak už mluv. Mluv, Chris!"

„To mi udělal on." Pro smilování Boží, svěřila se jim!

„Co ti udělal? A kdo?"

„Tony." Tajemství přestalo být tajemstvím. Teď mělo své jméno.

„Tony? Tvůj manžel? To se dalo čekat," zamračila se Vicki. „Co ti provedl?"

„Vždyť vidíte," vzlykla Chris. „Moje vlasy..." Hlas se jí zlomil v dalším vzlyku.

Na okamžik zavládlo ohromené ticho.

„Cože, Tony ti ustřihl vlasy?" vytřeštila Barbara oči.

„Chceš říct, že ti ustřihl vlasy?" zeptala se tiše Susan. A vzápětí svou otázku zopakovala ještě tišeji: „Chceš říct, že ti ustřihl vlasy?"

„Minulou sobotu jsme vzali děti do Kenwood Towne Centre. Když jsme procházeli kolem kadeřnického salonu, zastavila jsem se a chvilku se dívala, jak se nějaké děvče nechává stříhat hodně nakrátko. Pak jsem prohodila něco v tom smyslu, že k tak radikální změně účesu bych asi já sama nikdy odvahu nenašla." Chris se odmlčela a polkla naprázdno. Jen s námahou se přinutila pokračovat. „Dál všechno probíhalo úplně normálně. Koupili jsme dětem zmrzlinu. Myslela jsem, že se docela příjemně bavíme." Znovu se odmlčela. Panebože, co mně to vůbec napadlo? blesklo jí hlavou. Jak jsem si mohla myslet, že mám právo na nějakou zábavu?

„Co bylo dál, Chris?" zeptala se Susan. „Co se stalo potom?"

„Vrátili jsme domů. Připravila jsem večeři a uložila děti. Chystala jsem se, že se v posteli budu koukat na televizi." Do Chrisina hlasu se vloudil plačtivý tón. „Pak do ložnice přišel Tony. Hned jsem poznala, že ho něco rozčílilo, ale neměla jsem tušení, co by to mohlo být. Začal přecházet před televizí. Sem a tam, sem a tam. Zeptala jsem se ho, co se stalo. Odpověděl, že já přece moc dobře vím, co se stalo. Já na to: nezlob se, ale nevím. A on: tak podle tebe se mi má líbit, když moje manželka flirtuje s kdejakým chlapem, zatímco já stojím vedle ní? Úplně mi tím vyrazil dech – a tak se ptám: proboha, o čem to mluvíš? A on zase: aha, tak ty si myslíš, že jsem slepý na obě oči a nevšiml jsem si, jaké pohledy jste si vyměňovali s tím kadeřníkem? A já: žádné pohledy jsme si nevyměňovali, jenom jsem se dívala, jak stříhá to děvče. A Tony: nic mi nevykládej, udělala jsi ze mne blbce, všichni kolem viděli, jak házíš očkem po tom chlápkovi a jak ten chlápek hází očkem po tobě. A já: ne, to není pravda, ten člověk ani nevěděl, že tam jsem, a stejně je to nejspíš gay, já jenom sledovala, jak tu dívku stříhá.

A najednou mě Tony popadl za vlasy a začal mě z postele táhnout do koupelny. Bránila jsem se, prosila jsem ho, aby mě nechal. A on mě okřikl: buď zticha nebo vzbudíš děti. Přestala jsem se tedy bránit a byla zticha, říkala jsem si, že až ze sebe dostane ty bláznivé myšlenky, uklidní se a uvědomí si, jak absurdně a směšně se chová. Vždyť já se na toho kadeřníka opravdu ani nepodívala."

„To je snad jasné," podotkla Susan.

„Nám to vysvětlovat nemusíš," přidala se Barbara.

„Proč sis to vůbec nechala líbit?" podivila se Vicki. „Měla jsi toho kreténa rovnou kopnout mezi nohy."

„A potom to udělal?" zeptala se Susan. „Potom ti ustřihl ten koňský ohon?"

„Odvlekl mě do koupelny a začal otvírat zásuvky, přehraboval je a čím dál víc se vztekal, protože pořád nemohl najít to, co hledal. No a najednou mě znovu popadl za vlasy a tlačil mi hlavu dolů, až jsem byla celá zkroucená a neviděla jsem, co vlastně provádí. Pak jsem uslyšela takový zvláštní zvuk a chvíli mi trvalo, než jsem pochopila, že Tony cvaká nůžkami. Co to děláš? ptám se. Líbí se ti krátké vlasy? směje se Tony. Ráda bys změnila účes? Prosím, jak je libo, splníme paničce přání. Začnu ječet a Tony se znovu rozkřičí, ať koukám sklapnout nebo vzbudím děti. Potom už cítím příšerné škubání, slyším cvakat a skřípat nůžky a vidím, jak můj koňský ohon po kouscích padá na podlahu."

Barbara přítelkyni konejšivě objala. „Proboha, vždyť je to šílenec."

„Povídej, co ti ještě udělal?" naléhala Susan.

Chris zavrtěla hlavou, očima opět zabloudila k prosklené stěně a pátrala, kde se v patiu pohybuje Tony. Nikde ho však neviděla. Tony v patiu nebyl.

„Jak dlouho tohle všechno trvá?" zajímala se Barbara.

„Taky tě mlátí, viď?" přísně se zeptala Susan. „Nebo snad nemlátí?"

„Není to jenom jeho vina," povzdechla si Chris. V patiu

mezitím už zahlédla Jeremyho, Rona i Owena, jenom Tonyho stále ne a ne najít. „Je popudlivý, prchlivý, to jo, jenže já ho ještě provokuju. Co chvíli se ho něčím dotknu. A víte přece, jak snadno se urazí kvůli kdejaké maličkosti. Je hrozně citlivý."

„Houby citlivý, je to obyčejný šupák," rezolutně prohlásila Vicki. „Vůbec neváhej a rovnou toho parchanta udej. Jak se opovažuje vztáhnout na tebe ruku?"

„Není to tak černobílé," namítla Chris. „V každém sporu jsou dvě strany - a část viny tedy padá na mou hlavu. Moc dobře vím, co Tonyho vždycky zaručeně rozzuří."

Susan se zatvářila zmateně. „Počkej, ty nám chceš tvrdit, že když tě Tony praští, je to tvoje vina?"

„Možná jste si špatně vyložily moje slova, ale já o bití nemluvila."

„Nakonec ti snad ani neustřihl ty vlasy, co?"

„Neměla jsem se s ním hádat. Všechno mohlo být v pořádku, kdybych se prostě omluvila. Možná jsem se na toho mládence v kadeřnictví skutečně dívala."

„Pro všechno na světě, Chris, vzpamatuj se!" Susan ji vzala za ramena a pohlédla jí přímo do očí. „Ty jsi přece nic neprovedla. A nemusíš se nám zodpovídat z toho, že s tebou tvůj manžel surově nakládá."

„Promiň, Chris, ale nějak tomu přestávám rozumět," opět se ozvala Vicki. „Copak jsme ve středověku? Nechápu, jak může inteligentní ženská žít s chlapem, který ji mlátí. Ledaže by se jí mlácení líbilo."

„Nemyslím, že to platí všeobecně," poznamenala Susan poněkud znejistělým hlasem.

„Tony mě nebije," trvala na svém Chris. „Jistě, hádáme se. Asi jako všichni ostatní."

„Neřekla bych, že jako všichni ostatní," oponovala Barbara. „Buď klidná, Chris. Hned zítra si ve své kanceláři promluvím s pár lidmi. Určitě ti najdeme výborného rozvodového advokáta."

„Nemůžu se rozvést. Kdepak, rozvod s ním je absolutně vyloučený."

A náhle mluvily všechny současně, jejich hlasy se slily do vzrušeného chóru. Neboj se, nemá nejmenší šanci, že by dostal děti do své péče. Koledoval si o to, nedal ti jinou možnost. V tom domě už nesmíš zůstat ani minutu, rozumíš? Ten člověk je zrůda, musíš od něho okamžitě pryč. Dřív než bude pozdě.

Vtom se rozlétly dvojkřídlé dveře a dovnitř vpadl Tony, v očích blesky. „Co se to tady děje?"

Vicki se pohotově postavila mezi Tonyho a Chris. „Dámská jízda. Pánům vstup zakázán."

„Proč si moje manželka utírá slzy? Co jste jí zase sakra napovídaly?"

Vicki chvilku jen nevěřícně kroutila hlavou a mimoděk zatínala a opět rozvírala pěsti. „Hele, Tony, klidně se vrať do patia, za pár minut jsme u vás."

„Nic takového! Okamžitě se vracíme domů." Tony se otočil a křikl na své tři ratolesti, které právě ve vypůjčených plavkách scházely ze schodů: „Děti! Běžte se zase obléknout. Jedeme domů."

„Cože?!" zlostně zaječel Wyatt.

„Mamince není dobře. Chce domů."

„Hloupá máma!" zadupal Wyatt.

„No jo, mámě není nikdy dobře," zamračila se Montana.

„Hloupá máma! Hloupá máma!" ozval se malý Rowdy.

„Hloupá máma! Hloupá máma!" skandovaly všechny tři děti, zatímco se mrzutě vracely po schodech nahoru.

Chris se nezmohla na jediné slůvko protestu. Zdálo se, že sotva vnímá, co se kolem ní děje. Snad si ani nevšimla Owena, Jeremyho a Rona, kteří se náhle objevili ve dveřích.

Tony teatrálně rozhodil ruce. „Netuším, jaké pohádky vám tu moje žena vykládala."

„Jak jsi mohl?" udiveně a vyčítavě pronesla Barbara. „Jak jen jsi mohl?"

„Poslyš, Barbaro," přistoupil k ní Ron a položil jí ruku na rameno. „Asi bychom se do toho neměli plést. Tohle je vyloženě soukromá záležitost, jaká se řeší pouze mezi manželem a manželkou."

Barbara se nehodlala nechat umlčet. „Promiň, Rone, ale nemáš tušení, čeho je ten člověk schopen."

„Čeho jsem schopen?" bez váhání zaútočil Tony. „Dobrá, zamysleme se nad tím. Jsem například schopen zahnout své manželce s každou studentkou, která mi přijde do cesty?"

„To by snad stačilo," varovně prohodil Ron.

Tony ho ignoroval a dál mluvil k Barbaře. „Tvůj manžel prostě vleze na všechno, co se hýbe, a ty si to klidně necháš líbit. Nemyslím, že právě ty bys mohla mé ženě udílet rady do života."

„Opravdu by to už stačilo," vmísil se do rozhovoru Jeremy Latimer, zatímco Barbara pod silnou vrstvou mejkapu zbledla jako stěna. „Večírek skončil."

„Výborně," usmál se Tony. „Poroučíme se. Chris..." Panovačně na manželku zakýval prstem.

„Nikam s tebou nepůjde!" vybuchla Barbara. „Jak ses vůbec mohl opovážit vztáhnout na ni ruku?! Nejsi nic jiného než slaboch a ubožák, zakomplexovaný skřet."

„Zato ty jsi extra třída. Vyšeptalá neúspěšná uchazečka o titul Miss Ohio, druhá vicemiss. Kristepane, kdybys byla aspoň první vicemiss. Jenže ty nikdy nic nedokážeš udělat pořádně, viď? Nedokážeš uspokojit svého manžela, nedokážeš přivést na svět další dítě..."

„Sklapni, Tony," ozval se Owen.

„Á, náš obětavý, ukázkově charakterní a zaručeně antiseptický lékař! Pochlub se, doktůrku, jaké to je sdílet lože s Bílou velrybou?"

„Nevšímej si ho, Owene," zavrtěla hlavou Susan. „Je to primitiv a hulvát."

Tony se posupně zasmál. „Takže v rodině rozkazuje ženuška, ten roztomilý sladký drobeček, i když na drobečka právě nevypadá, spíš naopak, co? Vlastně se ti ani nedivím, doktore. Je opravdu velkolepá."

„Což se o tobě nedá říct v žádném ohledu, viď, Tony?" jedovatě prohodila Vicki.

„S tím už se holt musím smířit," vesele pokrčil rameny Tony. Byl ve svém živlu. „Ale snad bych měl probrat ještě tady pana profesora. Abych se ujistil, že se nemýlím. Ono žít s odkvétající lesbou asi taky není bůhvíjaké terno – nebo snad ano? Proto má, chudák, věčně rozepnuté kalhoty."

„Ty parchante!"

„Co je to odkvétající lesba?" ozval se tenký hlásek. Všichni se otočili.

„Tracey, zlatíčko!" vykřikla Barbara a rozběhla se ke dveřím, v nichž zřejmě už chvíli stála její desetiletá dcerka, vlhké tmavé kudrny přilepené k obličeji připomínajícímu porcelánovou panenku, na koberci pod bosýma nohama loužičku chlorované vody, která kapala z mokrých plavek.

„Slyšela jsem křik."

„Nic se neděje, kočičko." Ron vzal dceru do náručí a chvatně ji odnášel pryč.

„Co je to odkvétající lesba?" zeptalo se znovu dítě, ještě než oba zmizeli ostatním z dohledu.

Vicki si před Tonym málem uplivla. „Šupáku! Potřeboval bys svěrací kazajku."

„A copak bys potřebovala ty?" dvojsmyslně se zašklebil Tony. „Moc hezky jsme se pobavili, ale teď, jestli dovolíte, moje manželka a já se budeme muset rozloučit."

Nevybíravě odstrčil Barbaru a Susan, popadl Chris za loket a přitáhl si ji k sobě. Nebránila se. K čemu by to bylo?

„Proboha, udělejte někdo něco!" vykřikla Barbara. Chris ten zoufalý hlas dobře slyšela, ale to už Tony otvíral domovní dveře a táhl ji ven.

„Co můžeme dělat? Odešla s ním dobrovolně."

„Jenže ten surovec ji jednoho krásného dne zabije."

Bude to v pořádku, ráda by odpověděla Chris, zatímco Tony ji po příjezdové cestě vlekl k zaparkovanému vozu. Nemusíte se o mne bát, dodala v duchu Chris. Tony přece slíbil, že nic podobného se nebude opakovat.

ČÁST DRUHÁ

1988 – 1990

BARBARA

10

BARBARA CELÁ VYDĚŠENÁ PROCITLA ZE SNU, V NĚMŽ JI KOLEM POSTELE honilo batole v plenkách a s nožem v ruce. „Pane na nebi," zašeptala a natáhla se, aby zastavila vyzvánějící budík. „Co to mělo znamenat?"

Manžel vedle ní spokojeně pochrupoval. Ležel na boku, zády k Barbaře, takže dobře viděla, jak mu tmavé vlasy na temeni začínají řídnout. Ale stejně je pořád fešák, pomyslela si, zatímco sledovala, jak se zeleně proužkovaná prošívaná přikrývka s každým jeho nádechem lehce zvedá a pak opět klesá. Ano, fešák, opakovala si Barbara v duchu, ale přemohla nutkání políbit ho na obnažené rameno. Ron by se mohl vzbudit a to se jí ani trochu nehodilo. Měla před sebou spoustu práce. Nařídila tedy budík na půl sedmou a tiše vyklouzla z postele.

„Kristepane," povzdechla si stejně jako každé ráno, jakmile se v koupelně podívala do zrcadla, i když ve skutečnosti ani zdaleka tak špatně nevypadala. Jistě, pleť se zdála dost vybledlá, ovšem oči byly díky zásahu doktora Steevese (před dvěma lety si tu plastickou operaci věnovala jako dárek ke čtyřicátinám) zcela bez vrásek a bdělé. Snad až příliš bdělé na šestou hodinu ranní.

„Nebuď blázen," řekla jí tenkrát Susan. „Pár vrásteček kolem očí ti přece nemůže vadit."

„Proč se štvát za dokonalostí?" přidala se k Susan Vicki. „Klidně ještě nějaký ten rok počkej."

No a Chris...

Panebože, chudinka Chris.

Barbara zavřela oči a pokusila se zaplašit ty smutné myšlenky. Tolik by si přála přítelkyni pomoct! Ale nemohla nic dělat. Koneckonců jí to vysvětlili i na policii.

Opět si zhluboka povzdechla. Hedvábný šátek, který si před spaním dávala na vlasy, vyměnila za koupací čepici, shodila ze sebe nylonovou noční košili a stoupla si pod sprchu. Pečlivě namíchala vlažnou vodu a dávala pozor, aby si před jejím proudem uchránila hlavu. Nejdřív si namydlila nově tvarovaná prsa a přitom je prohnětla přesně podle návodu doktora Steevese. („Poprsí nezatvrdne, ale zůstane vláčné.“) Potom se věnovala nejproblematičtější oblasti, totiž břichu. Možná by měla zajít za nějakým odborníkem na odstraňování podkožního tuku, ačkoliv slyšela, že takové operace jsou značně bolestivé a navíc bývají spojené s poměrně vysokým rizikem infekce. Jenže cvičení bohužel nepomáhalo. Tři stovky dřepů, kliků, shybů a bůhvíčeho ještě denně - a to zatracené bříško ne a ne zmizet.

Barbara zavřela sprchu, utřela se osuškou, vyčistila si zuby, natočila si vlasy na nahřáté natáčky a posadila se k zrcadlu, aby zahájila svůj každodenní rituál. Nejprve oční krém, pak zvlhčovací krém. Skoro 200 dolarů za maličký kelímek s vypouklým dnem! Bláznovství? Kdyby se to dozvěděla tchyně, určitě by ji trefil šlak. „Právě proto bych se jí o tom měla zmínit,“ zamumlala si jen tak pro sebe Barbara. Následoval podkladový mejkap, roztíraný dlouhými opatrnými tahy po spáncích a po hrdlu. Štětečkem si pak na tváře nanesla růžový pudr. „A ještě trošičku na čelo a na nos,“ šeptem komentovala průběh obřadu, „abych vypadala jako přirozeně opálená.“ Ve skutečnosti by ovšem nikdy nedovolila, aby se vražedné sluneční paprsky dotkly její pleti. Před sluncem se úzkostlivě chránila dokonce i uprostřed nejpochmurnější cincinnatské zimy.

Oči zvýraznila švestkově modrou linkou, ústa linkou třešňově rudou. Nijak nešetřila černým maskarem ani sytě korálovou rtěnkou. Sundala natáčky, rozčesala vlasy, uhladila je kolem ramenou a za ušima sepnula několika šikovně skrytými sponkami. Nepotřebovaly by kořínky trochu přibarvit? napadlo ji. Barbara Bushová mohla dávat přednost přirozenému vzhledu, ovšem Barbaru Azingerovou dokázal jediný šedivý vlas přivést k šílenství. Opět si oblékla noční košili a do postele se vrátila těsně předtím, než řinčící budík ohlásil půl sedmé.

„Rone, miláčku,“ zašeptala hlasem jakoby dosud rozespalým, naklonila se k manželovi a ňadry se otřela o jeho paži. „Je čas vstávat.“

Ron vydal jakýsi neurčitý zvuk, spíš povzdech než zavrčení, ale nepohnul se.

„Rone, lásko, už je půl sedmé."

Obrátil se na záda, otevřel oči a strnule zíral na stropní větrák otáčející se s tichým bzukotem nad jejich hlavami.

Barbara se k manželovi znovu naklonila a několikrát ho zlehka políbila na hrdlo. Nereagoval. „Není ti nic?" zeptala se.

Dál mlčky hleděl do stropu.

„Rone, cítíš se dobře?"

„Ale ano." Posadil se, vyhýbal se však jejímu pohledu. „Prostě jsem unavený."

„Poslední dobou jsi pořád unavený. Neměl bys jít k lékaři?"

„Nepotřebuju doktora."

„Ne? A co tedy potřebuješ?" zeptala se Barbara mazlivě, natočila se, aby na ni viděl, sundala si ramínka noční košile a přitiskla mu svá zdokonalená ňadra k nahé hrudi. Vylepšených očí si možná vůbec nevšiml, určitě však zaznamenal, když se objevila s tímhle nádherným novým poprsím. Záleželo snad na tom, že v zimě ji výplň v prsou trochu zábla a že bradavky už nebyly tak citlivé, tak vnímavé jako dřív? Každopádně teď dokázala upoutat manželovu pozornost.

Vzápětí byl Ron na ní a v ní. O chviličku později zrychlil pohyby a dosáhl vyvrcholení, zatímco Barbara svůj orgasmus rutinovaně předstírala a zároveň přemýšlela, co vlastně dělá špatně. Manžel ji letmo políbil na čelo a vstal z postele. Ani se neohlédl.

Chová se stejně, když se miluje s jinými ženami? napadlo ji.

Opřela se o ebenové čelo postele a zaposlouchala se do šumění sprchy v koupelně. Měla bych se už přestat trápit těmi věčnými úvahami o Ronových milenkách, o možnosti nákazy, o děsivé představě AIDS, říkala si. Jak můžu čekat nějaké pohlavní uspokojení, když se nikdy pořádně neuvolním? Ostatně Ron při svých záletech jistě používá kondomy. Doufala, že se nemýlí, ale neodvažovala se promluvit s ním o tom nebo ho dokonce požádat, aby si nasadil kondom, než se spolu začnou milovat. Mluvit s manželem v intimních chvílích o prezervativech by znamenalo připustit, že uvěřila všem těm narážkám, klepům a nestydatým lžím, které její manželství provázely od samého počátku.

Kromě toho se jejich vztah výrazně zlepšil od onoho

odpoledne před třemi lety, kdy Tony na návštěvě u Latimerových předvedl příšerný výstup a jako pomatenec vykřikoval své hnusné urážky, panebože, nazval ji odkvétající lesbou, obvinil ji, že v sobě nemá dost ženskosti, aby si dokázala udržet manžela, před přáteli jí vmetl do tváře Ronovy milostné eskapády – a ti přátelé jen mlčky koukali do země, neboť o Ronových nesčetných pletkách se studentkami moc dobře věděli, stejně jako o nich vědělo celé město. Cestou domů se Ronovi omlouvala, skoro jako by ten skandál zavinila sama. „Odporný zakrslík," chrlila ze sebe. „Jak vůbec mohl takovou špínu vypustit z úst?"

„Netrap se tím," mávl tehdy Ron rukou. „Toho trapného imbecila přece nikdo nebere vážně."

Nějaký čas se pak zdálo, že Ron dělá všechno možné, jen aby dokázal, jak nesmyslná a vylhaná ta Tonyho osočení byla. Hrál prostě roli milujícího a pozorného manžela. A Barbara před sebou viděla jediný cíl: být tou nejlepší manželkou, tedy nejchápavější společnicí, nejdokonalejší kuchařkou, nejrafinovanější milenkou. Vysedávala nad příručkami o sexu a exotickými kuchařkami (žádné jiné knížky neměla trpělivost přečíst do konce), hodiny a hodiny trávila přípravou jídel podle speciálních receptů, aby manžel netoužil jíst mimo dům, a Ron se skutečně čím dál častěji vracel domů k večeři a dokonce si většinou zval hosty, kolegy z fakulty a také skupinky studentů a studentek, totiž převážně studentek, mladičkých dívek, které svého fešáckého profesora zcela otevřeně zbožňovaly.

Nesmím ho bezdůvodně podezírat, pomyslela si Barbara, nejsem paranoička. Pravda, posledních pár měsíců se zdá poněkud duchem nepřítomný, ale to ještě neznamená, že si někoho našel. Na univerzitě ho zavalují prací a teď mu ještě přibyla starost o letní kurzy. Nic jiného v tom určitě není. Z několika velmi pozdních příchodů se nedají vyvozovat bůhvíjaké závěry. Ne, rozhodně nemám důvod k obavám. Kristepane, copak jsme se právě nepomilovali?

„Čeká tě těžký den?" zeptala se, když Ron vyšel z koupelny, čerstvě oholený, štíhlé boky omotané bílou osuškou.

„Jako obvykle." Otevřel skříň a začal se probírat svými košilemi. „Napadlo mě, že bychom si dnes mohli zajít někam na večeři. Jen ty a já."

Barbara se málem roztleskala radostí. Panebože, kdy ji manžel naposledy pozval na večeři ve dvou? „Zní to tak lákavě, že neodolám."

„Zamluvím stůl ve Fathomu. Na sedmou. Vyhovuje ti to?"

„Dokonale." Restaurace Fathom se v Cincinnati právě dostala na vrchol obliby. Fathom každý toužil navštívit, ve Fathomu každý toužil být spatřen. Proto tam byl neustále nával. „Myslíš, že pro nás budou mít místo?"

„Uvidím, co se dá dělat." Ron si chvatně oblékl proužkovanou modrou košili a černé kalhoty. „Jak je venku?" zeptal se.

Barbara okamžitě vyskočila z postele, rozhrnula zelenobéžové kvítkované záclony a vykoukla do sluncem zalité zahrady. „Vypadá to na překrásný den."

Fathom byste našli na Šesté ulici, v samém srdci městské části Fountain Square, tedy přímo v centru Cincinnati. Drahé restaurace s kuchyní pro gurmány tu sousedí s lidovými mexickými jídelnami, obrovská nákupní střediska jsou lemována luxusními butiky, na místech spjatých s historií se lesknou moderní výškové budovy. Taxík Barbaru vysadil u půvabné fontány od Tylera Davidsona, která už sto let zdobí jedno z nejrušnějších amerických náměstí. Byl příjemný červencový večer a všude kolem se procházeli lidé, hovořili, smáli se, někteří dokonce tančili k živě provozované hudbě. Na ulicích postávaly kočáry. Třeba se mi po večeři podaří přemluvit Rona k menší romantické projížďce, zadoufala Barbara.

Zařízení restaurace mělo vyvolávat dojem mořských hlubin. V akváriích podél zelených stěn plavaly pestrobarevné exotické rybky, z modrých keramických dlaždic tvořících podlahu se zdvíhaly lampy v podobě zářících korálů obalených chaluhami. Bary na obou protilehlých koncích místnosti byly sestavené z hrubě otesaných kamenů, lustry visící z vysokého stropu připomínaly ladně rozevláté chobotnice.

„Přišel už pan Ron Azinger?" zeptala se Barbara hezké mladé ženy v recepci. Dívka byla vysoká, štíhlá, prsatá, odbarvená na blond a téměř nenalíčená – prostě jako většina dívek jejího věku. Barbaře sotva věnovala pohled, ale profesionálně rázným krokem ji zavedla ke stolku se skleněnou deskou, kde seděl Ron.

„Hned vám pošlu číšníka." Dívka věnovala Ronovi úsměv snad o něco zářivější, než bylo nezbytně nutné, a položila na stůl jídelní lístky v modře žíhaných plastových deskách. „Přeji hezký večer."

„Čekáš dlouho?" zahájila Barbara rozhovor.

„Nanejvýš dvě minuty."

„To mi spadl kámen ze srdce. Už jsem si dělala starosti."

„Opravdu?" prohodil Ron. „A proč?"

No jo, proč si vlastně pořád dělám starosti? pomyslela si Barbara. Nezbývalo jí však než pokračovat ve vysvětlování. „Víš, Susan pozvala Tracey na večeři a tak jsem ji tam musela zavézt. Ke všemu jsem pak potkala Lauru Zackheimovou – a ta když se rozpovídá, není k zastavení."

„Lauru Zackheimovou? Kdo je to?"

Barbaře okamžitě vhrkly slzy do očí. „Přece ta paní, co koupila Chrisin dům," pronesla téměř neslyšně.

Ron se naklonil přes stůl a pohladil manželku po ruce. „Už je to déle než dva roky," řekl tiše a konejšivě.

„Já vím." Ale stejně se rozbrečím, kdykoliv si na ni vzpomenu, dodala v duchu.

„Myslím, že se oba potřebujeme napít. Co si dáš?"

„Bílé?" odpověděla Barbara, jako by si nebyla jistá.

Ron přivolal číšníka a začal s ním probírat nápojový lístek. Barbara si zatím osušovala oči a snažila se nemyslet na Chris. Srdečná a přívětivá Laura Zackheimová Barbaru už nesčetněkrát zvala, aby se přišla podívat, jak to teď v domě vypadá, Barbara tam však dosud nedokázala vstoupit. Ale možná opravdu už nastal čas odtrhnout se od minulosti, pohřbít přízraky, zaplašit dávné obavy.

„Objednal jsem Pouilly-Fuissé," oznámil Ron a Barbara se usmála. V duchu si říkala, že manžel dnes vypadá obzvlášť dobře, i když přijel rovnou z práce a stále se nemohl zbavit poněkud ustaraného výrazu.

„Vynikající. A co se přihodilo tobě, že se potřebuješ napít?"

„Ale chytil jsem se s tím pitomcem Simpsonem."

Tentokrát Barbaře skutečně spadl kámen ze srdce. Dokonce přímo balvan. Ať už Rona trápilo cokoliv, s ní to nemělo nic společného. Díkybohu šlo o pitomce Simpsona. „Už zase? A kvůli čemu?"

„Vlastně ani nevím, co ho tak nazvedlo. Jeho pořád něco

štve. Ale nemá smysl takovou hloupost rozebírat. Prostě jsem se zbytečně rozčílil, to je všechno. A co ty? Jaký jsi měla den?"

Barbara pokrčila rameny. „Nejdřív jsem odvezla Tracey do denního tábora, potom jsem si zacvičila, sešla se s Vicki na krátký oběd a dala si udělat manikúru." Jako důkaz předvedla své dlouhé červeně nalakované nehty. „Pak jsem vyzvedla Tracey a zajely jsme jí koupit pár nových triček." Barbara se odmlčela. Nenašlo by se ještě něco, aby se její den zdál víc vzrušující? Takhle stručně vylíčený celodenní program připadal zoufale nudný i jí samotné. „Mimochodem, napadlo mě, jestli bych se neměla zapsat na nějaké přednášky." Kristepane, opravdu to vyslovila? O ničem podobném přece neuvažovala.

„Vážně?" zeptal se Ron s nelíčeným údivem. „A co by tě asi tak lákalo?"

„Třeba současné politické události," plácla nazdařbůh. Proboha! Politické události ji absolutně nezajímaly. V novinách dokázala pročíst nanejvýš stránky věnované módě a životnímu stylu.

„Myslím, že je to skvělý nápad," usmál se Ron.

„To víš, nejsem jenom ta pěkná tvářička," koketně se zahihňala Barbara. Ale skutečně mohla nabídnout víc? Vždyť pozornost, lichotky, obdiv, lásku, prostě všechno, co ji těšilo a co od mládí naplňovalo její život, získala pouze díky svým tělesným přednostem. Zůstane vůbec něco, až pěkná tvářička ztratí kouzlo?

Přinesli víno a Barbara sledovala, jak číšník opatrně nalévá sklenky a pak ukládá láhev do kbelíku s ledem jako nesmírně vzácnou relikvii. „Dovolíte, abych vám doporučil naše dnešní speciality?" zeptal se a okamžitě začal vypočítávat zázraky šéfkuchaře.

„Dám si restovaná filátka z candáta," oznámil Ron po krátkém zamyšlení. „A domácí salát s malinovou zálivkou."

„Já se připojím," usmála se Barbara. „Ale zálivku bych prosila zvlášť." Jakmile číšník odešel, dodala: „Snažím se totiž shodit alespoň pět liber." Doufala, že Ron se na ni podívá s tím lehce pobaveným výrazem, jaký míval, kdykoliv od ní uslyšel nějakou nehoráznost, a zeptá se, proč by chtěla hubnout, když si udržuje tu nejdokonalejší postavu na světě, tentokrát však pouze pozvedl sklenku.

„Tak na zdraví."

Barbara si s ním přiťukla. „Na dlouhý šťastný život."

„Jistě, na dlouhý šťastný život," přikývl Ron, zhluboka si lokl a chvíli víno převaloval v ústech. „A na dobré víno." Odložil sklenku na stůl a poznamenal: „Moc ti to sluší."

„Díky. Ani ty nevypadáš nejhůř."

Ron se zasmál. Víno Barbaru příjemně rozehřívalo. A navíc vždycky milovala manželův smích, naplňoval ji pocitem bezpečí a dodával jí odvahu.

„Říkala jsem si, že zavolám tvé matce," prohodila, povzbuzena tím smíchem, „a pozvu ji někdy příští týden na večeři."

„To nemusíš."

„Ale ráda bych. Už dost dávno jsme se s ní neviděli."

„Já s ní mluvil včera."

„Ano?"

„Zastavil jsem se u ní cestou z práce."

„Proč? Totiž... je přece v pořádku, ne?"

„Má se dobře. Jenom jsem s ní chtěl probrat pár věcí."

„Pár věcí?"

„Nic důležitého," mávl Ron rukou, dopřál si další lok vína a rozhlédl se po restauraci, v níž téměř nezbývalo jediné volné místo.

Barbara sledovala jeho pohled. „Stejně je zázrak, že se ti podařilo takhle na poslední chvíli zajistit rezervaci."

„Vlastně jsem si ten stůl objednal už před týdnem."

„Opravdu?" Co to mělo znamenat? Původně pozvaná společnice odřekla a Ron tedy nabídl večeři Barbaře? Jako náhradnici? „Promiň, ale obávám se, že ti nerozumím."

„Víš, potřebuju si s tebou promluvit. A tenhle podnik mi připadal jako vhodné místo."

Barbara opět přelétla pohledem po okolních stolech. Proč by se k vážnému rozhovoru měla hodit právě přeplněná restaurace? Pokud by šlo o něco důležitého, Ron by jistě dal přednost nerušenému soukromí domova. Barbara se však neodvažovala zeptat, čeho se má rozhovor týkat. Se zatajeným dechem čekala.

„Odcházím," stručně prohlásil Ron a vzápětí se zdvořile usmál na dvojici, která kolem nich procházela ke svému stolu.

„Odcházíš? Teď hned? Je ti špatně?"

„Není mi špatně. Tak jsem to nemyslel."

„A jak tedy?"
„Odstěhuju se."
„Odstěhuješ se?"
„Ano."
„Vůbec tomu nerozumím."
„Naše manželství nefunguje," konstatoval nevzrušeně.
„V jakém smyslu? V jakém smyslu podle tebe naše manželství nefunguje?"
„Prostě nefunguje," pokrčil rameny, jako by takové vysvětlení zcela postačovalo.
Objevil se číšník s domácím salátem. „A tady je váš dresink, madam," upozornil zbytečně.
„Ty jsi mě pozval na večeři, jen abys mi sdělil, že naše manželství skončilo?" nechápavě kroutila hlavou Barbara.
Číšník postavil šáleček se zálivkou na stůl a kvapně zmizel.
„Úplné překvapení to pro tebe zase být nemůže," opáčil Ron. „Určitě jsi už dávno měla nějaké tušení."
Barbara usilovně přemýšlela. Jaké náznaky jí unikly? „Proč by to pro mne nemohlo být překvapení? Co jsem měla dávno tušit? Když jsi ráno odcházel, všechno přece bylo v nejlepším pořádku."
„Nemohla bys mluvit trochu tišeji?"
„Kristepane, ještě jsme se předtím pomilovali! Takhle si představuješ rozpadající se manželství? Nefungující manželství?"
„Nepočítal jsem s tím. Prostě jsi mě zaskočila."
„Aha. Ty jsi nechtěl. Bránil ses. A já tě násilím přinutila k souloži."
„Nic takového jsem neřekl."
„Ale každopádně šlo o nedopatření. Neměl jsi to v plánu."
„Neměl," povzdechl si a mimoděk zvedl vidličku.
Jestli spolkne jediné sousto toho zatraceného salátu, pomyslela si Barbara, bodnu ho nožem na máslo přímo do srdce. „Panebože, tohle se mi snad jenom zdá." Po všech těch letech, kdy přecházela mlčením jeho věčné avantýry... „Našel sis někoho?" Málem nepoznávala svůj hlas.
„Ne." Oči ho však prozradily.
„Kdo je to?"
„Nikoho nemám."
„Kdo je to?" opakovala hlasitěji a naléhavěji.

Ron upustil vidličku na stůl. „Pam Muirová," řekl téměř neslyšně.

„Pam Muirová?" Barbaře se z paměti zvolna vynořovaly obrysy studentky něco málo po dvacítce, s kulatým obličejem a světlýma mandlovýma očima. „Pam Muirová..." Přibývaly detaily: blond vlasy s nádechem do rezava, splývající po hubených zádech, drobná a jakoby smutně vyzývavá ňadra, plné horečnaté rty. Muže při pohledu na ty rty napadne jen jedno, pomyslela si Barbara, když jí Ron dívku poprvé představil.

Nevýrazná tuctová žába, říkala si teď Barbara. Dokonce má na bradě uhry. Jeden větší a dva menší, ale i ty malé jsou na její popelavě bledé pleti vidět už z dálky. Nos posypaný pihami, jako když po bílém chlebu rozetřete máslo z burských oříšků. Kvůli takové uhrovaté a pihovaté holce s těstovitou tváří se manžel rozhodl opustit rodinu? A ke všemu se nestyděl přivést tuhle Pam Muirovou domů, do obývacího pokoje, do jídelny!

„Je od vás úžasně milé, že jste naši studijní skupinu pozvala na večeři, paní Azingerová," prohodila pihovatá, uhrovitá a těstovitá Pammy, zatímco Barbaře pomáhala naskládat špinavé nádobí do myčky.

„Byla to pro mne pocta," odpověděla jí tehdy Barbara poněkud toporně.

Kristepane! „Pam Muirová."

Přitom tenkrát tu holku skoro litovala. Může mít brilantní mozek, říkala si – Ron se totiž vyjádřil, že za celých dvacet let své vysokoškolské praxe neměl chytřejší studentku –, ale netuší, jak udělat dobrý dojem, jak využít skromných předností, kterými ji příroda obdařila. (Jenže dlouhé blond vlasy, drobná vzpřímená ňadra a rty jako stvořené k orálnímu sexu zřejmě úplně stačí, s hořkostí si teď pomyslela Barbara.)

Takže další Ronův románek. Budiž. Nic nového pod sluncem. Od samého začátku manželství měl pletky se studentkami. Ale nikdy se v podobné situaci nechystal rozbít rodinu. Nikdy nechtěl od Barbary odejít.

„Prostě se to stalo," řekl Ron, jako by jí četl myšlenky.

Číšník se nesměle přiblížil s rybí specialitou.

„Máš hlad?" zeptal se Ron.

„Ne," odpověděla Barbara bez váhání, přestože kupodivu hlady málem umírala.

Ron číšníkovi gestem naznačil, aby odešel.
„Co mám dělat?“ zeptala se Barbara s pohledem upřeným kamsi do neznáma. Cítila, že jí každou chvíli vyhrknou slzy. Když si nechávala odstranit vrásky kolem očí, plastický chirurg jí sliboval o deset let mladší tvář. A Ron si vůbec ničeho nevšiml. Možná měla žádat dvacet let.
„Nic si nevyčítej,“ řekl Ron. „Chyba není na tvé straně.“
Právě naopak, chyba *je* na mé straně, uvědomila si Barbara. Prostě už nejsem to svěží a okouzlující děvčátko, s nímž se kdysi oženil. Dospěla jsem. Stárnu. Navzdory mejkapům a kosmetickým operacím se dříve nebo později objeví nové vrásky, které zatím číhají v záloze, připraveny rychle zničit jakýkoliv náznak sebeuspokojení. Podkožní tuk a nadměrná váha neúnavně útočí na všech stranách, dokonce když spím. Dokonale tvarovaná ňadra s plastovou výplní jen zdůrazňují zoufalou nedokonalost ostatních částí těla.
„Nic si nevyčítej,“ zopakoval Ron. „A nic nevyčítej ani mně. Stejně by to bylo zbytečné.“
„Počkej, Rone, opravdu jsi tak skálopevně přesvědčen, že bych tvé rozhodnutí nedokázala změnit?“ Její slova zněla úpěnlivě – a za ten škemravý tón Barbara sama sebou ještě víc pohrdala. „Udělám, co si budeš přát.“ Nebýt kolem tolik lidí, snad by před manželem padla na kolena. Zvedla ruce, jako by se je chystala prosebně sepnout, rozmyslela si to však a rezignovaně je nechala klesnout zpátky na stůl. Roztřesenými prsty přitom nechtěně zavadila o příbory, které se řinčivě rozlétly po kachlíkové podlaze.
Ron uraženě zdvihl obočí, jako by příbory shodila schválně. „Bylo to nutné?“
„A bylo snad nutné tohle tvé milé překvapení při večeři ve dvou? Ale vlastně bych měla být vděčná, že jsi to na mne nevybalil v talkshow Phila Donahuea.“
Jméno populárního televizního moderátora zřejmě Ronovi nic neříkalo. „Předpokládal jsem, že na veřejnosti se budeme ovládat a snáze se domluvíme.“
„Strach z ostudy,“ zamumlala Barbara.
„Jo, něco takového,“ usmál se Ron.
Barbara ho probodla pohrdavým pohledem. „Zbabělče.“
„Nadávky bychom si mohli odpustit, nemyslíš?“

„Parchante! Šupáku! Grázle!" Teď už na ničem nezáleželo. Stejně ho ztratila.

„Chápu, jsi rozrušená."

„Abys věděl, nic nechápeš. Vůbec nic!" A co já? blesklo jí hlavou. Já snad něco chápu? Proč se tak rozčiluju? Protože mě manžel opouští kvůli jiné ženě? Protože ta žena je štíhlejší než já a hlavně o spoustu let mladší než já? Protože byl Ron natolik nestoudný, aby mi ji přivedl domů a představil ji nejen mně, ale i naší dceři? Protože si k nejodpornějšímu rozhovoru zvolil nejoblíbenější restauraci ve městě? Protože jsem se na tu večeři těšila jako malé dítě? Protože ráno se mnou souložil a přitom plánoval, jak mě večer odkopne? Protože tuhle akci připravoval nejméně týden? Ano, nejméně týden! „Včera večer jsi své matce oznámil, že ode mne odcházíš. To byl skutečný důvod tvé návštěvy." Ale teprve když Barbara ty dvě věty vyslovila, mlhavé podezření se změnilo v jistotu.

„Ať už je to pro tebe důležité nebo ne, matka mi řekla, že dělám velkou chybu."

„Výjimečně se nemýlila," opáčila Barbara téměř se zaťatými zuby. Zároveň se rozhodla zavolat hned po návratu domů Vicki a poradit se s ní, jak toho parchanta co nejvíc obrat. Jak ho připravit o dům, o penzijní spoření i o milovaný mercedes.

Ve skutečnosti však po ničem z toho netoužila. Ve skutečnosti pouze chtěla zpátky svého manžela.

Proč vlastně?

Příliš si zvykla mít manžela nablízku a počítat s ním? Nezamlouvala se jí představa, že bude rozvedenou matkou, číslíkem ve statistice? Netoužila probouzet se ráno co ráno v prázdném pokoji? Bála se stáří provázeného samotou?

Nebo chtěla získat Rona zpátky, aby se tentokrát mohla zachovat správně, totiž aby mohla z vlastní vůle zpřetrhat manželská pouta a odejít, jak to měla udělat dávno, dokud ještě byla mladá a oslnivě krásná, dokud jí ještě zbývala nějaká ta hrdost? Barbara už si ani nevzpomínala, kdy se naposledy cítila na něco hrdá. Samozřejmě s výjimkou Tracey. Ano, dcera byla to jediné, co se jí v životě opravdu povedlo. Možná kdyby měla víc dětí, kdyby Ronovi dokázala dát syna...

„Co řekneme Tracey?" zeptala se.

„Že ji oba milujeme," odpověděl Ron až příliš pohotově a vyrovnaně na člověka, který se rozhodl opustit rodinu kvůli mladičké studentce. „A že náš rozchod na tom nic nemění. Prostě rodičům to spolu už neklape..."

„Protože její otec neudrží ptáka v kalhotách!"

Ron zbrunátněl a rozhlédl se po okolních stolech. Jakási žena se nervózně zachichotala. Ron si sundal z klína ubrousek, odhodil jej na stůl a vstal. „Rozhovor v restauraci asi přece jen nebyl nejšťastnější nápad."

„Ne. Promiň. Omluv mě." Barbara vyskočila ze židle a rozběhla se k toaletám. Otevřela masivní modré dveře, které za ní vzápětí měkce zaklaply. Chvíli jen lapala po dechu, jako by se topila. Skutečně se tak trochu topím, napadlo ji a hystericky se zahihňala. Topím se na luxusním záchodě nejvyhledávanější cincinnatské restaurace. Přelétla pohledem po stěnách obložených tmavomodrými kachlíčky, zaposlouchala se do zurčení miniaturního vodopádu, který tu sloužil jako umyvadlo. „Tohle mi přece nemůže provést!" vykřikla. V jedné z kabinek kdosi nervózně zakašlal.

Jenže Ron to udělá, uvědomila si Barbara. Ron Azinger vždycky udělá, co si zamane. Ano, vážení. Prostě jsem dopadla jako obvykle. Nezbývá mi než smířit se s tím a žít dál. Musím být silná, musím se připravit na nejhorší. Když už ne kvůli sobě, tak alespoň kvůli Tracey. A kromě toho pořád ještě nejsem k zahození. Na světě existují spousty jiných mužů. Je jich jako ryb v moři. „Jako ryb v moři," pronesla nahlas a znovu se rozhihňala, až se málem zalykala. „Jako ryb v moři - úžasně stylové v restauraci s rybími specialitami!" Další a další kaskády hysterického smíchu.

Z kabinky se ozvalo spláchnutí, nikdo odtud však nevyšel.

Zřejmě jsem někoho vyděsila, usoudila Barbara. Narovnala se v ramenou, zatáhla břicho a vypjala své nádherně, byť uměle vyplněné poprsí. Otevřela dveře toalet a rázně zamířila zpátky ke stolu. Ani ji příliš nepřekvapilo, že Ron mezitím zmizel.

„Pán se postaral o účet," sdělil jí číšník.

Barbara se usmála. Kdy přesně, ve kterém okamžiku se mi to vlastně vymkl život z rukou? uvažovala. Snad jenom na vteřinku jsem přestala dávat pozor, zamyslela jsem se či pootočila - a život byl tentam.

II

SUSAN ZVOLNA PROCITALA ZE SNU, V NĚMŽ PŘED PREZIDENTEM, všemi jeho poradci a celou vládou pronášela nesmírně závažnou řeč o významu tělesné zdatnosti. Oči otevřela přesně v okamžiku, kdy si (ve snu) náhle uvědomila, že se tomu zástupu velevýznamných osobností předvádí úplně nahá. „Panebože, proč musím být vždycky nahá?" zabědovala tiše a podívala se, kolik je hodin. Sedm dvacet devět! Nenařídila si snad budík na sedmou? Natáhla se přes spícího manžela a zlostně popadla hodiny, zapomněla však, že jsou zapojené do zásuvky. Šňůra švihla Owena přes tvář. Okamžitě se v posteli zvedl, ruka mu vystřelila k obličeji, aby tu nepříjemnou věc smetla. „Promiň, promiň," vyhrkla Susan. „Jen jsem se chtěla přesvědčit, v kolik přesně měl ten zatracený budík vlastně zazvonit."

Owen zhluboka vydechl a prohrábl si řídnoucí vlasy. „Zdálo se mi, že jsem na safari. A najednou jsem ucítil, jak se mi něco plazí po obličeji. Myslel jsem si, že je to had."

„Ani nevíš, jak je mi to líto," pokračovala Susan v omluvách a zároveň přemáhala smích. Manžel vždycky po procitnutí vypadal až dojemně zranitelně, zvlášť když se celou noc trmácel džunglí. „Už ses uklidnil?"

Owen se k ní naklonil, aby ji políbil, vtom se však budík v Susaniných dlaních zběsile rozdrnčel. Oba sebou leknutím škubli, Susan budík upustila a pak jej musela horečně lovit zpod pomačkané bílé pokrývky, neboť řezavý zvuk jim doslova drásal ušní bubínky. „Páni, to je ale randál!"

Owen vrátil hodiny na noční stolek. „Přesně sedm třicet. Jako obvykle."

„Sakra. Potřebovala jsem vstát dřív."

„Proč?"

„Dopoledne mám v Arielině třídě vykládat o své práci.

Mají týden věnovaný výběru povolání a já slíbila, že se taky zúčastním. Přitom jsem ještě chtěla dokončit nějakou věc, než půjdu do redakce."

„V kolik jsi včera šla spát?"

Susan si mnula ospalé oči. Vidět ji Barbara, zděšeně by vykřikla: hned toho nech, pleť kolem očí je hrozně choulostivá! Zvlášť ženy středního věku si musejí dávat veliký pozor. Copak vůbec nečteš články, které rediguješ? „Mám dojem, že někdy po půlnoci," odpověděla Susan manželovi. „Předělávala jsem článek, kde se vysvětluje, proč je investiční bankovnictví sexy." Zasmála se, přestože práce s článkem nijak zábavná nebyla. Jako řadová redaktorka měla Susan hlavně za úkol opravovat autorům a autorkám gramatické chyby a slovosled. Mnohdy ovšem text sestával převážně z útržkovitých poznámek, které se pak namáhavě snažila skloubit v jakžtakž souvislý celek. Měla by o tomhle mluvit v Arielině třídě?

„To mě podrž. Co může být na investičním bankovnictví sexy?" podivil se Owen.

„No, souvisí to s penězi. Pracháči jsou prý přitažliví." Susan si s úsměvem přehodila přes ramena bílý froté župan a vklouzla do růžových trepek. Vyšla z ložnice a chodbou se vydala k pokojům svých dcer. Sprcha v koupelně děvčat už vesele šuměla.

Dveře prvního pokoje byly otevřené. Na prázdné posteli leželo úhledně složené oblečení devítileté Whitney a čekalo, až se dívenka vrátí. Whitney den co den vstávala jako první, jako první se oblékla, nasnídala a vyběhla ze dveří. Když ve třídě učitelka položila nějakou otázku, když se hledali dobrovolníci na cokoliv, když mělo některé z dětí nahlas přečíst domácí slohový úkol, kdo se hlásil jako první? Samozřejmě Whitney. Whitney se nikdy nemuselo připomínat, že je čas jít spát, že po použití záchodu si má umýt ruce a po jídle vyčistit zuby. Whitney byla neustále dobře naladěná a za všech okolností zdvořilá. Prostě na Whitney byste nenašli chybu.

Právě proto Ariel svou mladší sestru nesnášela.

„Je to mimozemšťanka," pohrdavě se ušklíbala Ariel. „Nevšimla sis, že v životě nic nerozleje, ruce má pořád dokonale čisté a z tváře jí ani na okamžik nezmizí ten připitomělý úsměv? Kdepak, Whitney není normální." A sestře říkala rovnou: „Zmiz mi z očí, mimozemšťanko!"

„Ty jenom trochu žárlíš, viď?" smířlivě odpovídala Whitney.

„To určitě! Jak bych mohla žárlit na mimozemšťanku?"

Whitney se nenechala vyprovokovat. Pouze pokrčila rameny a šla pryč, což Ariel pochopitelně ještě víc rozzuřilo.

„Tlustá a šeredná mimozemšťanko," křičela Ariel, Whitney se však nikdy ani neohlédla.

„Ariel, zlato," zavolala Susan za dveřmi pokoje své starší dcery, „je čas vstávat." Velká ručně psaná tabulka přilepená na dveře leukoplastí hlásala: NEVSTUPOVAT! SOUKROMÉ PROSTORY! ZÁKAZ PLATÍ ZEJMÉNA PRO VEŠKERÉ MIMOZEMŠŤANY! Susan zaklepala, zprvu zlehka a potom silněji, aby ji dcera, zavrtaná pod lavinou růžových přikrývek a navíc se sluchátky kazetového přehrávače na uších, vůbec slyšela. Nic, žádná odezva. Susan rázně otevřela dveře a opatrně si začala razit cestu mezi jednotlivými kusy oblečení, rozházeného po podlaze. „Někde vespod by měl být koberec," povzdechla si. Zatímco jej zkoušela nahmátnout prsty na nohou, uvažovala: stejně je to zvláštní - dvě děti vychovávané týmiž rodiči, v téže domácnosti, podle týchž mravních zásad, a přitom se jedno od druhého liší jako noc a den. Konečně pronikla až k lůžku, stáhla dceři z ramenou pokrývky a z obličeje polštář, sklonila se a políbila ji na čelo. „Vstáváme, kočičko."

Ariel ani neotevřela oči, poslepu zvedla ruku, vyškubla matce polštář a opět si jím zakryla tvář.

„No tak, Ariel, mohla bys mít trochu pochopení. Nejpozději ve tři čtvrtě na devět musíme vyrazit."

„Svět se nezboří, když se o deset minut opozdíme. Komu na tom záleží?" ozvala se přidušená odpověď.

„Třeba mně. Jestli přijdu pozdě do tvé třídy, nestihnu to včas ani do práce a..." Susan se odmlčela. Proč by měla třináctiletému děvčeti vykládat o problémech, jež mu byly více než lhostejné? „Prostě koukej vstát," dodala a vyšla z pokoje.

„Ahoj, mami," zvesela ji pozdravila Whitney, která se právě vynořila z koupelny, zabalená do huňaté žluté osušky.

Oslovení „mami" se Susan vyloženě líbilo. Už pouhý zvuk toho slova ji naplňoval radostí a pýchou. Za rok či za dva Whitney nepochybně přejde k méně dětskému výrazu

„mamko“ nebo ještě úděsnějšímu „máti“, jak si to v poslední době navykla Ariel. Té ztráty Susan už předem litovala.

„Ahoj, krasavice,“ usmála se na dcerku.

„Není to krasavice, ale hnusná mimozemšťanka,“ ozvalo se z Arielina pokoje.

Zvláštní, jak výborně Ariel slyší, když chce, a naopak, pomyslela si Susan, objala Whitney a políbila ji na zvlhlou tvář.

„Zavři mi dveře!“ vyštěkla Ariel. „Zvenčí mi sem táhne nějaký smrad.“

„Vstaň a zavři si je sama,“ odpověděla Susan. Whitney mezitím zmizela ve svém pokoji, aby se oblékla.

„Dvě děti vychovávané týmiž rodiči,“ mumlala si Susan cestou do koupelny za manželskou ložnicí, „v téže domácnosti a podle týchž mravních zásad.“ Svlékla se, pustila sprchu a povzdechla si: „Hlavně aby se už Ariel uráčila vstát.“

Ale Ariel se neuráčila vstát, a když se konečně nechala uprosit, nemohla se rozhodnout, co si vezme na sebe, a potom zase dlouho zvažovala, jakou zvolí snídani, takže do školy samozřejmě dorazily pozdě, což znamenalo, že jako první mluvila paní Keillorová a Susan musela přečkat neuvěřitelně dlouhý a nudný popis práce dentální hygieničky, po němž následovala chvilka určená pro dotazy a odpovědi. Susan se v duchu modlila, aby „chvilka“ zůstala opravdu jen chvilkou, vždyť paní Keillorová ve své doslova vyčerpávající přednášce všechno dokonale probrala, jenže dotazy a odpovědi se až neskutečně protáhly, mimo jiné i díky Arielinu náhle probuzenému zájmu o podivné téma. Otázka stíhala otázku a zubní hygienička se zjevným potěšením znovu zevrubně vysvětlovala nejjemnější nuance své práce.

Tohle mi Ariel dělá schválně, uvědomila si Susan, nicméně se snažila nedat najevo špatnou náladu ani netrpělivost. Ano, Ariel moc dobře ví, jak nerada přicházím kamkoliv pozdě, a raduje se, že se kvůli těm jejím nesmyslným otázkám jen tak do redakce nedostanu. Nechce, abych chodila do práce, stejně jako nechtěla, abych studovala. Nebylo jí snad špatně každou noc před některou mou důležitou zkouškou? Nevyžadovala snad nejvíc pozornosti, kdykoliv jsem měla odevzdávat seminární práci? A změnilo se snad něco za ty dva roky, co jsem konečně získala diplom a začala se podílet na nejnovějším projektu Jeremyho Latimera, ženském časopise pojmenovaném po jeho manželce?

Když Ariel a paní Keillorová přece jen pustily Susan ke slovu, přednesla svou řeč úsporně a přímo závratnou rychlostí. Děti se nezmohly na jediný dotaz – a už vůbec ne Ariel, která se po celou dobu bavila se spolužačkou nebo znuděně zírala z okna. Susan se tedy zdvořile omluvila a zmizela dřív, než se Danny Perrelli pustil do líčení radostí a strastí spojených s funkcí vedoucího úspěšné čistírny oděvů.

Nehoda na silnici I-75 zablokovala na dobrých dvacet minut dopravu, takže do majestátní hnědé cihlové budovy na McFarlandově ulici, jednoho z opěrných bodů neustále se rozrůstajícího Latimerova tiskového impéria, Susan dorazila po jedenácté a zmeškala tedy celou dopolední poradu.

„Sháněl tě Peter," usmála se na Susan kolegyně ze sousední kóje. „Zřejmě tě dost postrádal na poradě."

„Což se dalo čekat," povzdechla si Susan a zabloudila pohledem k proskleným kancelářím na opačném konci čtvercového sálu. Petera Bassetta, téměř padesátiletého vytáhlého elegána, který do časopisu nastoupil před necelým měsícem a stal se jejím bezprostředním nadřízeným, však nikde neviděla. Peter Bassett si ani nevykračoval úzkými uličkami mezi kójemi, kde se s oblibou předváděl. Co ji na něm tak zatraceně přitahovalo, když si vlastně nebyla jistá, jestli se jí ten člověk vůbec zamlouvá?

Redakce časopisu *Victoria* sestávala ze třiceti kójí, úhledně srovnaných do šest řad po pěti a vzájemně od sebe oddělených docela půvabnými zástěnami v japonském stylu. Okna sahající od podlahy až ke stropu lemovala tři ze čtyř stěn místnosti a obvykle poskytovala dostatek světla, ale tentokrát nevlídná říjnová obloha ponechávala monitory počítačů ve stínu. Susan probrala telefonické vzkazy – po jednom od tří autorek, jejichž články právě zpracovávala, od Carole z výtvarné redakce, od Leah, která měla v časopise na starosti ověřování faktů, a od Barbary, dva od matky. To bylo velmi neobvyklé, matka jí do práce nikdy nevolala.

Už sahala po sluchátku, aby se matky zeptala, o co jde, vtom však telefon zazvonil.

„Susan," ozval se mužský hlas, jehož tón naznačoval, že není čas na zdvořilosti. „Tady Peter Bassett. Mohla byste asi tak za deset minut přijít do mé kanceláře?"

„Jistě." Jakmile položila sluchátko, napadlo ji, jestli ji náhodou nečeká vyhazov. Časopis měl potíže a od nástupu Petera Bassetta už přišla o práci jedna z vedoucích redaktorek. Nejméně týden také v redakci kolovaly zvěsti, že v následujících měsících budou padat další hlavy. K místu sice Susan dopomohl sám Jeremy Latimer, to však neznamenalo, že je nedotknutelná. Vykopnout ji mohli kdykoliv.

Redigování Susan nesmírně bavilo. Pravda, věčný shon ji dost vyčerpával a občas musela obětovat i večery, byla však vděčná, že získala zaměstnání, které ji těší, duševně obohacuje a vůbec odpovídá jejím představám. Každému se to přece nepodaří. Ostatně právě tohle byl smysl jejího krátkého výkladu v Arielině třídě.

Susan si opřela bradu do dlaní a chvíli zírala na prázdnou obrazovku počítače. Škoda, že jsem nestihla poradu, říkala si, tím jsem si určitě nepomohla. Neveselé myšlenky po pěti minutách přerušil vyzvánějící telefon.

„Ta čubka je těhotná," vychrlila ze sebe Barbara místo pozdravu. „Věřila bys tomu? Nejsou spolu ještě ani půl roku a už čeká dítě!"

„Jak se cítíš?" opatrně se zeptala Susan.

„Sama nevím. Potřebuju se vypovídat. Měla bys čas na oběd?"

Susan si přejela rukou po čele a oči stočila směrem k prosklenému království Petera Bassetta, přestože ve výhledu jí bránila vysoká béžová přepážka. „Bohužel to nepůjde. Ale poslyš, co kdybys k nám dneska přišla na večeři? Můžeme všechno důkladně probrat. A vezmi s sebou Tracey, Ariel ji ráda uvidí." Panebože, proč to říkám? pomyslela si Susan vzápětí. Ariel přece návštěvy nesnáší.

Jakmile Barbara zavěsila, rozhodla se Susan zavolat matce. A už z jejího roztřeseného „haló" pochopila, že se něco děje. „Co se stalo?"

„Volali mi z ordinace doktora Kinga," odpověděla matka nejistě, jako by hovořila cizím jazykem, který dobře neovládá. „Prý na mém mamografu našli něco podezřelého. Chtějí mi provést biopsii."

Susan by ráda prohodila pár konejšivých vět, ale nedokázala ze sebe vydat ani slabiku.

„Nejspíš nepůjde o nic závažného," pokračovala matka slovy, jaká by zvolila i Susan, kdyby byla schopna promluvit. „Nález je hodně malý, říkali, a podobné případy prý obvykle bývají benigní. Zatím si pokud možno nemám dělat starosti."

Susan se konečně podařilo překonat šok. „Na kdy tě pozvali?"

„Mám tam být zítra v deset."

Jak Susan zjistila letmým nahlédnutím do diáře, přesně ve stejnou dobu by měla sedět na další redakční poradě. „Doprovodím tě." Peter Bassett snad pochopí. Anebo taky ne.

„Děkuju ti, zlato." Úleva v matčině hlase byla téměř hmatatelná. „Moc si toho vážím."

„Vyzvednu tě v devět třicet. Bude to stačit?"

Matka mínila, že za půl hodiny to k lékaři bohatě stihnou, a zavěsila. Susan zavřela oči. V duchu se modlila, aby se všechno ukázalo jako planý poplach. Na mé práci přece nezáleží, říkala si. Jestli mě vyhodí z redakce, najdu si jiné místo, ale hlavně ať je matka v pořádku.

Několik minut Susan trvalo, než se uklidnila. O chvíli později už stála před prosklenou stěnou šéfovy kanceláře.

Peter Bassett telefonoval, ale posunkem pozval Susan dovnitř. „Zavřete prosím dveře," požádal ji. Teprve pak zakryl dlaní sluchátko a dodal: „Posaďte se. Hned se vám budu věnovat."

Susan tedy zavřela dveře, odsunula si modrou židli s rovným opěradlem kousek dál od psacího stolu a pokusila se neposlouchat rozhovor. Marně, neboť Peter Bassett mluvil dost hlasitě.

„Právě naopak," říkal právě, „plnou odpovědnost tady nese škola. Pokud celou věc budu chtít řešit já a například Kelly pohrozím, že buď s tím záškoláctvím přestane nebo ji o víkendech čeká domácí vězení, jenom si doma přidělám starosti, ale se samotným problémem nijak nepohnu. Ten se týká školy – a škola tedy musí vyvodit důsledky. Dětské přestupky je třeba napravovat tam, kde se jich dítě dopustilo, což víte stejně dobře jako já." Netrpělivě zvedl oči ke stropu a zároveň směrem k Susan otočil zarámovanou fotografii zachycující tři pohledné a sympatické adolescenty.

Susan se zahleděla na snímek. Dva usmívající se výrostci a mezi nimi vesele se šklebící děvče. Jako bychom to neznali, pomyslela si a Peter Bassett jí byl hned o poznání sympatičtější, přestože se ji pravděpodobně chystal vyhodit z redakce.

„Co bych navrhoval?“ navázal Peter Bassett na otázku druhé strany. „Navrhoval bych, abyste prostě dělali svou práci. Za jakékoliv další neomluvené hodiny nechte dceru po škole. V případě, že odmítne zůstat po škole, můžete ji podmínečně vyloučit. Takhle to obvykle ve světě funguje.“

Susan zadržela dech. Zmeškala dopolední poradu. Bude vyloučena, totiž propuštěna. Nikoliv podmínečně, ale definitivně.

„Omlouvám se,“ prohodil Peter Bassett, jakmile zavěsil. Pak ukázal na fotografii. „Kelly je patnáct a vyvádí jako pominutá. Její bratři nejsou o nic lepší, ovšem alespoň nechodí za školu. Takže jak se daří?“

„Díky, ujde to.“

„Ráno jsme vás postrádali na poradě.“

„Ano. Je mi to moc líto, ale zdrželi mě ve třídě mé dcery. Probíhá tam týden věnovaný volbě povolání a já přijala pozvání, abych pohovořila o své práci. Sarah o tom věděla,“ odvolala se Susan na šéfku, kterou Peter Bassett vystřídal. „Měla jsem její souhlas.“

„Doufám, že jste při té příležitosti získala pár podnětů pro náš časopis.“ V bystrých šedých očích Petera Bassetta se objevila přímo neodolatelná šelmovská jiskřička.

„Jistě, když už jsem tam musela sedět, pozorně jsem všechno sledovala.“

„Výborně. Hodit se může cokoliv.“

„Ano, pane,“ přikývla po krátkém zaváhání, neboť chytřejší odpověď ji prostě nenapadla.

„Proboha, přece mi nebudete říkat pane. Jsem Peter.“ Zvedl se, obešel psací stůl a posadil se na jeho roh. „Co se podle vás v časopise nedaří?“

Otázka ji zaskočila. „Co se podle mne nedaří?“

„Přesně tak. Zajímal by mě váš názor.“

„Proč?“ nemohla se nezeptat Susan.

„Protože na totéž jsem se ráno při poradě ptal všech ostatních redaktorek a redaktorů, ale nedočkal jsem se jediné uspokojivé odpovědi. Víte, obzvlášť jsem byl zvědavý, co uslyším od vás. Myslím si totiž, že jste velmi bystrá a že články, které redigujete, patří k nejlepším, jaké vůbec tiskneme."

„Díky." Susan pochopila, že přece jen o místo v redakci nepřijde, a napřímila se v ramenou.

„V čem je tedy problém *Victorie?* Proč nám podle vás trvale klesá odbyt?"

Susan se zhluboka nadechla. Skutečně mu mám otevřeně říct, co se v časopise dělá špatně? zaváhala. A pak se rozhodla. „Myslím, že hlavní chyba je v našem zaměření. Pokoušíme se napodobovat *Cosmopolitan,* ale proč by měly ženy kupovat náhražku, když můžou číst originál? Kromě toho," pokračovala ještě odvážněji, povzbuzena úsměvem Petera Bassetta, „už existuje příliš mnoho ženských časopisů bojujících o tentýž trh a my jsme od samého začátku v nevýhodě, protože vycházíme v Cincinnati a nikoliv v New Yorku nebo Los Angeles."

„Napadá vás nějaké řešení?"

Nepohrává si se mnou jako kočka s myší? uvažovala Susan, neboť jeho zaujatý pohled ji nepřestával mást. „Možná by bylo rozumnější nesnažit se přehrát neporazitelné konkurenty na jejich písečku a raději si vybudovat vlastní hřiště." Čím dál víc se rozehřívala. „Tohle je prostě regionální časopis. Musíme se tedy soustředit na to, co zajímá ženy v Cincinnati a okolí. Pusťme z hlavy nudné články o návštěvách druhořadých celebrit a zkusme si vytvořit vlastní, místní významné osobnosti. Zapomeňme už konečně na módní přehlídky, kde vyzáblé newyorské modelky předvádějí bláznivé výtvory, jaké by si na sebe žádná zdejší žena neoblékla, ani kdybyste ji zabili. Pišme o skutečných ženách se skutečnými problémy - a neomezujme se přitom na maximálně tisíc slov. Proč se bojíme jít trochu do hloubky?

A taky bychom mohli začít s beletrií," pokračovala chvatně, jako by se bála, aby ji Peter Bassett nepřerušil. „Pokud už se musíme inspirovat jinými časopisy, pak by to měl být spíš *The New Yorker,* nemyslíte? Co takhle otisknout každý měsíc jednu původní povídku a třeba vyhlásit i literární soutěž?

Kristepane, pomalu se blíží devadesátá léta! Dnešní ženu už zdaleka nezajímají jenom horoskopy a móda. Chce mít přehled o důležitých událostech, je zvědavá, jak rozhodnutí, která dělají pánové ve Washingtonu, ovlivní její život tady v Cincinnati. Nesmíme se podbízet a nesmíme pořád jenom napodobovat úspěšnější konkurenci. Cesta v cizích šlépějích nikam nevede. Máme nejvyšší čas zformovat vlastní program. Aby druzí pošilhávali po nás.“ Náhle se Susan zarazila. „Omlouvám se. Určitě vás napadá, jestli jsem se náhodou nezbláznila.“

Peter Bassett se srdečně rozesmál. „Právě naopak. Obdivuji váš zápal. Víte, ledacos z toho, co navrhujete, by bylo – alespoň v současnosti – dost obtížně uskutečnitelné, ale každopádně si všechno nechám projít hlavou. Některé vaše podněty můžeme důkladněji probrat hned na zítřejší poradě.“

„To by bylo skvělé... Ale bohužel se musím opět omluvit.“

„Nějaký problém?“

„Matce budou zítra dopoledne dělat biopsii. Slíbila jsem, že ji do té nemocnice odvezu.“ Susan se v duchu připravila na příval výtek. Pochopte, Susan, tady je v sázce naše existence. Jak máme realizovat vaše jinak skvělé nápady, když před prací dáváte tak okázale přednost svým ryze soukromým záležitostem? Prodej neustále klesá, časopis se sotva drží nad vodou – a přitom lidé jako vy, schopní a přemýšliví, ignorují redakční porady a raději besedují ve školách svých ratolestí a doprovázejí své matky k lékařům. Tohle je tvrdý svět, Susan. Svět, ve kterém jde především o návratnost investic, ať se vám to třeba stokrát nelíbí. Naposledy se vás ptám. Vyberete si rodinu nebo kariéru?

Nic z toho však Peter Bassett neřekl. Pouze pokývl: „Ano. Ovšem.“

Cože? „Cože?“

„Nedá se nic dělat, vaše nápady probereme jindy. Ostatně zaměření časopisu nelze změnit přes noc. A v téhle chvíli musíte myslet hlavně na svou matku. Potřebuje vaši pomoc.“

„Díky,“ hlesla Susan. Vzápětí ji napadlo, jestli je na ní vidět, jak dokonale ji šéf ohromil.

„Není zač.“ Peter Bassett se zvedl z hrany psacího stolu, přešel k Susan a zlehka jí položil ruku na rameno. „Jistě to dobře dopadne. Musíte uvažovat pozitivně.“

„Budu se snažit.“ Přes tenký svetr Susan cítila štíhlé pevné prsty. Hřály ji. Snad si ani neuvědomovala, že zatajila dech.

„A matce ode mne vyřiďte pozdrav.“ Peter Bassett sundal ruku ze Susanina ramene, smutně, ale povzbudivě se usmál a vrátil se se do svého šéfovského křesla.

Susan vstala a zamířila ke dveřím, zastavila se však a otočila se, aby šéfovi ještě jednou poděkovala. Za to, že je tak chápavý, tak trpělivý, tak moudrý. Kdy jí naposledy někdo naslouchal s upřímným zájmem? Ale Peter Bassett už se skláněl nad klávesnicí počítače. Susan zalétla pohledem k zarámovanému snímku na psacím stole a tentokrát si povšimla další fotografie, zachycující usměvavou půvabnou tmavovlásku, zřejmě paní Bassettovou. Může být o něco mladší než já, pomyslela si Susan, nápadně se podobá oběma svým synům, ale ani trochu své nezvladatelné dceři.

Potkalo vás veliké štěstí, paní Bassettová, oslovila v duchu Susan ženu na fotografii. A jistě si toho, co máte, umíte vážit.

Pak Susan otevřela dveře a vyšla z kanceláře.

12

„TRACEY, ZLATÍČKO, KOUKNI SE, TENHLE KOMPLET BY TI URČITĚ báječně slušel. Co říkáš?"

Tracey zaklapla rozečtenou knihu, přešla prostornou čekárnou, posadila se vedle matky a nahlédla do posledního čísla *Victorie,* které Barbara držela v rukou. „Kdepak, tohle by mi neslušelo," zhodnotila modrobíle proužkovaný svetřík a uzounké tmavomodré kalhoty, v nichž se před objektivem fotoaparátu předváděla jakási mladičká blondýnka.

„Proč myslíš?"

„Jen se na ni pořádně podívej," kývla Tracey směrem k pózující blondýnce. „Nemá skoro žádná stehna. A pokud sis náhodou nevšimla, já stehna mám."

„To je jen zbytek dětské kulatosti," uklidňujícím tónem prohodila Barbara, i když sama si tím vůbec nebyla jistá. V posledním roce prodělalo dceřino tělo výraznou změnu. S příchodem menstruace se z Tracey, do té doby hubené dospívající dívenky, stalo cosi, co by se s jistou dávkou shovívavosti dalo popsat jako bytelně stavěná ženská. Sice nebyla vyloženě tlustá, dokonce ani netrpěla nadváhou, ovšem přímo překypovala na nesprávných místech, rozšířila se tam, kde měla být útlá, a naopak zůstala plochá tam, kde se dívky obvykle zaoblují. Postavu určitě zdědila z Ronovy strany, zklamaně usoudila Barbara. „Všechny ty nadbytečné faldy brzy zmizí, uvidíš. Úplně stačí, když přestaneš mlsat. Prostě začneš jíst zdravě. A jednou týdně se mnou zajdeš do tělocvičny. Víš, co ještě uděláme?" pokračovala jedním dechem, přestože Tracey už se opět ponořila do knihy. „Objednáme se u odborníka na výživu – obě, protože já bych taky ráda shodila pár liber, a vůbec je to dobrý nápad, nemyslíš?"

Tracey na okamžik zvedla oči od knihy. „Jasně."

„Fajn. Čím dál víc se mi ten nápad líbí. Divím se, že jsem

na něj nepřišla dřív." Vzápětí se Barbara za svou nevinnou lež zastyděla, ale jen trochu. Už několik týdnů nad ničím jiným tolik nehloubala, jenom stále nemohla vymyslet, jak o tom s Tracey promluvit, aniž by se jí dotkla. A teď se to konečně podařilo. Vyjádřila svůj názor – a dcera se neurazila. Barbara se zahleděla na Traceyin profil. Není ošklivá, pomyslela si. Je zbytečné, aby v životě propásla spousty příjemných věcí jen proto, že se chová poněkud bezstarostně a nedbá na svůj vzhled. Vzhled je přece důležitý, byť se dnes někteří lidé snaží tvrdit něco jiného. Když vypadáte, že vám na sobě za mák nezáleží, pak na vás nebude záležet ani druhým.

Barbara zvedla ruku a pohladila dceru po tváři. Tracey se usmála, ale dál zírala do knihy.

„Mimochodem, co to vlastně čteš?"

Tracey sklapla knížku a podala ji matce.

Barbara se podívala na obálku, pak nalistovala úvodní kapitolu a přečetla si prvních pár řádek. „Docela zajímavé," poznamenala a už chtěla román dceři vrátit, vtom si však všimla podpisu na předsádce: Pam Azingerová. Pam Azingerová! Energické písmo, červený inkoust. Jako krev, pomyslela si Barbara. Jako *moje* krev.

„Říkala, že by se mi to mohlo líbit," zamumlala Tracey, vzala si knížku zpátky a odložila ji na prázdnou sousední židli. „Nic moc. Už to nebudu číst."

„Nesmysl. Jestli se ti ten román líbí..."

Tracey zavrtěla hlavou. „Ne. Je pitomý a nudný."

Barbara se zhluboka nadechla. „Jak to Pam zvládá s děťátkem?" Odkašlala si, vysoukat ze sebe tu větu jí dalo pořádnou práci.

„Nic moc," použila Tracey týchž dvou slůvek, jakými předtím charakterizovala knížku. „Chlapeček v jednom kuse brečí."

„Ale?" Barbara se neubránila úsměvu. „A jak se vlastně jmenuje? Vždycky zapomenu."

„Brandon. Brandon Tyrone."

Pěkně praštěné jméno. Žádný div, že si je člověk nedokáže zapamatovat, pomyslela si Barbara.

„Jinak je fajn. Jenom prostě pořád brečí." Tracey strnule zírala do prázdna.

Má Tracey odjakživa ten drobný hrbolek na nose? ptala se v duchu Barbara, aby zaplašila nepříjemné myšlenky na maličkého Brandona Tyronea Azingera. Když už jsme tady, třeba by se jí na to mohl doktor podívat. „Promiňte," otočila se k prosklené přepážce. „Nevíte, jak dlouho ještě budeme čekat?"

„Pár minut," odpověděla žena za přepážkou a pohlédla jen přibližně Barbařiným směrem, jako by čekárnu halila hustá mlha.

Proč ne? Několik dalších minut přece nehraje roli, říkala si Barbara. Stejně nemám nic jiného na práci. Nemusím chvátat domů ke kojenci, kterého trápí zažívání. Nemusím chystat lahvičky s mlékem ani vyměňovat plínky. Nemusím připravovat večeři pro zhýčkaného manžela. Ne, nečeká mě nic naléhavého, nic neodkladného. Proč bych tedy nemohla strávit vlahé letní odpoledne vysedáváním v luxusně vybavené čekárně nejuznávanějšího cincinnatského odborníka na plastickou chirurgii? Času mám nazbyt. Nejsem tu snad právě proto? Abych nějak zabila čas?

Pravda, pan doktor by si mohl pořídit trochu pohodlnější židle. Barbara přejela dlaní po purpurovém sametu sedadla. Naposledy čekárnu viděla před dvěma roky – a židle mezitím už byly opět nově potažené. Sklouzla pohledem k tapetám broskvového odstínu a pokusila se rozpomenout, jakou barvu měly minule. Doktor Steeves kolem sebe prostě nesnesl nic, na čem by se projevovaly sebemenší stopy stárnutí.

Konečně se dveře ordinace otevřely. Objevila se v nich dáma, které větší část obličeje zakrýval modrý šifonový šátek. Tiše prohodila několik slov s ženou za prosklenou přepážkou a pak odešla, aniž by Barbaře věnovala jediný pohled. Nikdo už mě nevnímá, dotčeně si pomyslela Barbara. Jako bych byla vzduch, jako bych už ani neexistovala.

„Paní Azingerová, můžete jít dál." Recepční opět lhostejně koukala kamsi mimo Barbaru.

„Nezdržím se tam dlouho," řekla Barbara dceři, která upřeně zírala na litografie květin zdobící protější stěnu. Tracey kývla, ale na matku se nepodívala. Jako bych už ani neexistovala, znovu si pomyslela Barbara.

„Barbaro," podal jí doktor Steeves ruku na přivítanou. „Rád vás zase vidím."

„Já vás taky ráda vidím." Nemohla si ovšem nevšimnout, že pod jasně modrýma očima přibyly Normanu Steevesovi unavené váčky. Kromě toho musel přibrat hezkých pár liber a tváře se mu pod prošedivělými vousy zatím nenápadně, ale zřejmě už trvale zakulacovaly.

„Vypadáte výborně. Jistě se vám skvěle daří."

„Ano, nemůžu si stěžovat." Ta děvka, co mi ukradla manžela, nedávno porodila chlapečka, vážil sedm liber a dostal jméno Brandon Tyrone, moje dcera má zadek širší než vrata od stodoly, ale mně osobně je pořád do skoku, díky za optání.

„Tak copak byste si ode mne přála?" Doktor Steeves Barbaře pokynul k purpurovému křeslu před svým mahagonovým psacím stolem. Posadila se, nezačala však mluvit, dokud si nesedl i lékař. Chtěla mít jeho plnou pozornost.

„Jde o mé břicho." A vlastně o můj život, dodala v duchu. „Víte, vždycky jsem ho měla maličko vypouklé, jenže poslední dobou je to čím dál horší."

Doktor Steeves letmo nakoukl do papírů. „Kolik let vám je teď?"

„Čtyřiačtyřicet," odpověděla Barbara a vzápětí zakašlala do dlaně, jako by chtěla od příšerného zvuku toho vysokého čísla odvést pozornost.

„Kolik máte dětí?"

„Jedno." Barbara sklopila oči. Zoufale se snažila nemyslet na kojence jménem Brandon Tyrone. „Uvažovala jsem o chirurgickém zákroku."

„Dobrá, odložte si a podíváme se, jestli by taková operace byla ve vašem případě vhodná." Doktor podal Barbaře modrý bavlněný plášť a zamířil ke dveřím. „Kalhotky si můžete nechat. Až budete připravena, upozorněte prosím sestru."

O necelých pět minut později ležela Barbara na vyšetřovacím stole, modrý plášť rozevřený, takže byly vidět černé krajkové kalhotky stažené co nejníž, a zkušené prsty doktora Steevese jí přejížděly kolem jizvy po císařském řezu. „Svalový tonus není špatný, když uvážíme okolnosti," prohlásil lékař, aniž by vysvětlil, jaké okolnosti má na mysli. „Mohli bychom využít už existující incize."

Barbaře zatrnulo. Docela živě si vzpomínala, jak jí po porodu trvalo celé měsíce, než se dala do pořádku. Skutečně by dokázala všechny ty bolesti a další nepříjemnosti podstoupit znovu?

„Co říkáte irácké invazi do Kuvajtu?" z ničeho nic se zeptal doktor Steeves. „Myslíte, že Husajn zaútočí i na Saúdskou Arábii?"

Barbaru napadlo, jestli náhodou neusnula a neocitla se uprostřed dalšího z podivných snů, které se jí v poslední době zdávaly. Nebo tu snad opravdu leží nahá (až na ty luxusní černé krajkové kalhotky stažené skoro až k chloupkům) a ten člověk, zatímco ji hladí po břiše, vykládá o Saddámu Husajnovi? Copak její kouzlo dokonale vyprchalo?

Hloupost, pomyslela si, určitě jsem ještě schopna vzbudit zájem. Když budu chtít, znovu se za mnou budou muži otáčet. Stačí trochu se projevit, vyslat patřičné signály, naznačit, že bych nebyla proti, a hned se na mne pánové začnou lepit.

Každopádně potřebuju, aby si mě někdo všiml.

„Nechte si to projít hlavou a pročtěte si literaturu," ukončil doktor Steeves prohlídku. Barbara přikývla a v duchu si říkala, proč vlastně lékaři ty své propagační letáčky a brožurky tak rádi označují za literaturu. „Poraďte se s manželem a dejte mi pak vědět, jak jste se rozhodla."

Barbara se ušklíbla, doktor však už otvíral dveře. „Jak brzy by ta operace přicházela v úvahu?"

„Domluvte se s recepční. Zná můj rozvrh."

„A kolik by to asi..."

„Přesné údaje najdete v literatuře."

Ano, potřebuju, aby si mě někdo všiml, opakovala si v duchu Barbara. Potřebuju, aby mi někdo dal najevo, že jsem stále ještě krásná, vzrušující, přitažlivá, žádoucí.

Na chodbě se Tracey podivila stohu brožurek v matčině náručí. „Páni, co to má být?"

„Odborná literatura," zasmála se Barbara. Vtom si uvědomila, že dcera má prázdné ruce. „Zapomněla jsi v čekárně tu knížku."

„Nechala jsem ji tam schválně." Tracey s úsměvem pokrčila rameny a přivolala výtah. „Řeknu Pam, že jsem ji ztratila."

„Chytré děvče."

Prostě potřebuju chlapa, uzavřela Barbara své úvahy.

Jak se ukázalo, šlo spíš o chlapce než o chlapa. Jenže v tom je právě celý vtip, říkala si Barbara, zatímco s obdivem vzhlížela k pevnému a dokonale stavěnému nahému tělu, které se nad ní tyčilo. Ano, našla jsem si milence ještě mladšího, než je ta potvora Pammy. Když si může užívat Ron, proč bych si nemohla užívat já?

Jmenoval se Kevin nebo tak nějak. Jako většina dnešních kluků. A byl urostlý a pohledný přesně ve stylu billboardů Calvina Kleina – s přidrzlým sebevědomým úsměvem a vypracovanými svaly, svou největší chloubou.

„Znám báječné cviky na břišní svaly," prohlásil, když ho hned následující den po návštěvě u doktora Steevese oslovila. „Vy nepotřebujete žádnou operaci," zazubil se. „Dejte mi měsíc a uvidíte, co s vámi provedu." Na takové povzbuzení Barbara dávno čekala. Okamžitě usoudila, že lékař jí vlastně naordinoval právě Kevina, totiž Kevinovo mladé a mrštné tělo.

Kevin už šest týdnů pracoval jako trenér ve fitcentru umístěném v budově, kde měla Vicki svou advokátní kancelář. Osobní trenéři se stávají nejnovější módou, tvrdila Vicki Barbaře. Zkus to a nebudeš litovat. Barbara si tedy předplatila osm soukromých lekcí, vždycky dvě týdně, přestože hodnota jejích kreditních karet se blížila k nule a Ron si kvůli těm neustále se zvyšujícím výdajům rval vlasy. Jistě, souhlasil, že v rámci porozvodového vyrovnání bude ještě pět let hradit účty z Barbařiných kreditních karet, ovšem měl na mysli částky v rozumných mezích.

K čertu s tebou, křiváku Rone, smála se v duchu Barbara, já ti dám rozumné meze, pomsta je sladká a nikdy jí není dost. Kevin souložil přímo ukázkově a Barbara se přičinlivě přizpůsobovala rytmickému pohybu jeho štíhlých boků. Mládí má prostě výdrž, pomyslela si a letmo pohlédla na hodiny vedle Kevinovy široké tvrdé postele. Tvrdé jako všechno, co k tomuhle Kevinovi patřilo. Barbara se málem zahihňala, uvědomila si však, že by si její smích mohl špatně vykládat.

Hloupost, neslyšel by ji. Pravděpodobně ji vůbec nevnímal, pouze s ní úporně cvičil a cvičil. Už skoro čtyřicet minut, alespoň podle budíku, který právě ukazoval dvě hodiny po půlnoci. Neúnavný Kevin... Barbara o věc ztratila zájem asi tak před dvaceti minutami, když pochopila, že ani tentokrát žádný orgasmus nezažije. Zprvu slibné záchvěvy se brzy rozplynuly do ztracena. Místo slasti pociťovala jen zklamání a dokonce bolest. Jestli se nevyspím, pomyslela si, budu mít pod očima kruhy až do půlky tváří. Nejvyšší čas trochu celou záležitost urychlit. Nejvyšší čas vzít věci do vlastních rukou, sehrát obvyklé divadýlko.

Zaryla Kevinovi prsty do hýždí a táhle zasténala. Následovalo několik kratších, prudce vyrážených vzdechů a jakoby bezděčných záškubů. Nijak zvlášť nepřeháněla, prostě jen chtěla naznačit, že je připravena a že se tedy hoch už nemusí tolik namáhat. Kevin však nereagoval, jak by si byla přála. Nasadila tedy výkřiky prostřídané dušenými vzlyky. Kevin ani v nejmenším nezměnil rytmus.

Jako rozjetý vlak, napadlo Barbaru. Rezignovaně klesla zpátky do polštářů. Kdybych teď vstala z postele, pomyslela si, snad by si toho vůbec nevšiml a nepřestal by usilovně pumpovat. Na mém místě by klidně mohla být i nafukovací panna. Pro Kevina prostě neexistuju – stejně jako neexistuju pro křiváka Rona, pro doktora Steevese nebo třeba pro toho zatraceného Saddáma Husajna. Propadla jsem se do temného světa zavržených, do mlžné říše žen po čtyřicítce, neznamenajících víc než filmový kompars, který pouze vyplňuje scénu, aniž by odpoutával pozornost od hlavních hrdinů. Ano, patřím k nerozlišitelnému bezejmennému pozadí, snad i půvabnému, ale přece jen pozadí.

Kevin dál pracoval jako sbíječka. Oči měl zavřené.

Vůbec mě nevidí, uvědomila si Barbara. Ale netrápila se tím, také zavřela oči a začala si v duchu promítat, co ji čeká zítra. Tracey se po víkendu stráveném u Rona vrátí odpoledne kolem třetí. Takže bych mohla nakoupit, trochu doma poklidit a třeba dceři uvařit její oblíbené makarony se sýrem. Potom spolu pojedeme k Latimerovým, Kirsten totiž jako členka školního souboru účinkuje v muzikálu *Olivere!* a Vicki nás pozvala. Nebo ne, rozhodla se náhle Barbara a pevněji nohama sevřela Kevinův svalnatý malý zadek. Žádné makarony, povečeříme s Tracey v restauraci. Na účet milovaného tatíčka. No, jak se ti to líbí, křiváku Rone? zachechtala se v duchu a prudce zvedla boky. Jak se ti to líbí? Jak se ti to líbí? Jak se ti to líbí?

Vzápětí Kevin, zřejmě zaskočený jejím nečekaně divokým náporem, hlasitě vykřikl, vzepjal se, jako by se chystal vzlétnout, a pak na ni bezvládně klesl, podoben loutce, kterou někdo naráz odstřihl od vodicích provázků. „Kristepane," vydechl po chvíli a v jeho tváři zbrocené potem se objevil nadšený údiv. „To bylo úžasné. Úplně ses proměnila, najednou jsem tě vůbec nepoznával."

Barbara se usmála. Opravdu výstižně řečeno, napadlo ji. Proměnila jsem se, čím dál víc splývám se všemi těmi truchlivými bezejmennými postavami v šedavém pozadí, pomalu už nepoznávám ani sama sebe.

Stal se ze mne někdo jiný.

Stalo se ze mne něco jiného.

Kevinův malý byt Barbara opustila ve tři ráno s výmluvou, že musí být doma dřív, než se vrátí Tracey. „Rád tě vzbudím," nabídl se Kevin a vášnivě ji políbil na krk. Právě takového probuzení se ovšem Barbara obávala. Její vyčerpané ubohé tělo si rozhodně nemohlo dovolit další maratonský závod s tímhle chlapeckým zázrakem. Kdepak, věk se nedá obelstít.

Kromě toho měla doma všechny své mejkapy a krémy – a v žádném případě se nehodlala předvádět Kevinovi nenalíčená, stejně jako mu předtím nedovolila, aby ji viděl nahou. „Jen mi to nech," bránila se, když se jí pokusil svléknout růžové saténové kombiné. „Takhle je to víc sexy."

Po příjezdu domů zjistila, že se jí ani trochu nechce spát. Cítila se příliš neklidná, frustrovaná a taky zatraceně rozbolavěná. Určitě dostanu zánět močového měchýře, pomyslela si cestou do kuchyně v zadní části domu. Nebo kvasinkovou infekci. Pokud to nebude ještě něco horšího, zarazila se náhle. Sakra, co to se mnou je? Proč jsem mu neřekla, aby použil kondom? Nepíší denně v novinách o významu bezpečného sexu? Nevarují před nákazami? Jsem si snad jistá, že právě mně se nemůže nic stát? Copak střední věk chrání před AIDS?

„To chce šálek kávy." Hlasitě pronesená slova se v prázdném domě rozléhala jako v katedrále. Barbara zapojila rychlovarnou konvici a do hrnku nasypala vrchovatou lžičku instantní kávy. Bez Tracey si Barbara vždycky připadala ještě ztracenější. Dokonce nahlas mluvila sama se sebou, zvuk vlastního hlasu jí dodával jistotu, že ještě existuje jako jedinečná lidská bytost, že se dosud nerozplynula v onom děsivě nerozlišitelném šedém pozadí. Poslední dobou si Tracey navykla spávat v matčině posteli. Asi bych jí to měla zakázat, říkala si Barbara, zatímco nalévala vodu do hrnku. Ale vadí to někomu? Je docela příjemné probouzet se vedle dcery. Její rozespalý úsměv mi pomáhá přežít den.

Káva chutnala hořce i se dvěma lžičkami cukru, Barbara tedy přidala třetí. Co na tom? mávla rukou a podívala se do ledničky po zbytku jahodového koláče. Nebyl tam, což znamenalo, že jej snědla Tracey. Sakra, pomyslela si Barbara, nejvyšší čas, abych ji vzala k tomu odborníkovi na výživu. Tracey musí okamžitě začít s dietou, jinak by mohlo být pozdě. „Jistě to rád zaplatíš," na dálku oslovila bývalého manžela a sklouzla pohledem k bílému telefonu na stěně.

Vzápětí už vyťukávala číslo. „Haló?" Unavený, napůl ženský a napůl dětský hlas. Chudinka Pammy! Ve dvě zřejmě nakrmila Brandona a teď sotva stačila usnout. Může být vůbec někdo natolik bezcitný, aby ji zburcoval v tak nekřesťanskou hodinu?

„Haló?" pípla znovu Pam, tentokrát ještě tázavějším tónem.

„Kdo volá?" Ronův hlas přímo zaburácel a rázem zaplnil celou kuchyň.

Barbara chvatně zavěsila. Srdce jí bušilo jako splašené a chvilku jenom neklidně přecházela mezi telefonem a kuchyňským stolem. „Tohle byla pěkná pitomost," pokárala sama sebe, ale pak se rozesmála. „Haló?" zapitvořila se Paminým nedospělým hláskem. „Haló?"

Sedla si na židli a podivně rozjařená dopila kávu. Volat uprostřed noci Ronovi a jeho mladičké manželce bylo možná hloupé, ale zároveň zábavné. Ano, pobavila se. Dokonce mnohem víc než během dnešního „cvičení" s Kevinem. Alespoň na okamžik řídila hru, na okamžik rozhodovala, kdo bude spát a kdo bdít. Ronovi zase tolik neublížila. Několik vteřin mu sice zabere, než ukonejší vylekanou ženušku, potom se však otočí na druhý bok a spokojeně usne. Zato ubohá malá Pammy... Jestli jí pocuchané nervy vůbec dopřejí trochu spánku, jistě bude ve snu zoufale prchat před sípavě dýchajícími muži v černých kutnách a s dlouhými zakrvácenými noži v rukou, načež ji jako obvykle probudí pláč malého Brandona Tyronea.

Pár týdnů – a kdoví? Možná se Pam už brzy seznámí s luxusně zařízenou čekárnou před ordinací doktora Normana Steevese.

Náhle Barbara vyskočila ze židle a opět začala rázovat po kuchyni. Co když Ron a Pam zjistí, že jsem jim volala já? zděsila se. Ale ne, jak by mohli vystopovat hovor až ke mně? A proč by mě vůbec měli podezřívat? Nikdy jsem jim nic neprovedla. Prostě šlo o jeden z běžných omylů. Lidé neustále volají na špatná čísla. Nemám se čeho obávat. Za týden to klidně můžu zkusit znovu. Nebo zítra. A třeba taky hned teď...

Barbara se vrátila k aparátu. Celých pět minut čekala, než její srdce zmírnilo svůj zběsilý cval a než se opět dokázala plně soustředit. Pak vyťukala Ronovo číslo a dychtivě poslouchala, jak telefon na druhém konci linky vyzvání.

„Haló," zlostně ve sluchátku zahřměl Ronův hlas. „Haló! Haló!"

Barbara se spokojeným úsměvem zavěsila. Nevidím jediný důvod, říkala si, proč bych měla být v tomhle městě jediná, kdo ponocuje. Protáhla se, vyšla po schodech nahoru do ložnice, svlékla se a odhrnula pokrývky na polovině širokého manželského dvojlůžka. Usnula snad ještě dřív, než se její hlava dotkla polštáře.

13

VICKI PROCITLA ZE SNU, V NĚMŽ SE ZOUFALE A MARNĚ POKOUŠELA vyškrábat z hluboké tmavé jámy. Zatínala prsty do srázných stěn svého vězení, kusy hlíny se jí drolily v dlaních, ostré kamínky se zadíraly pod nehty.

„Au!"

Otevřela oči a spatřila Jeremyho. Seděl vedle ní v posteli a opatrně se prsty dotýkal ošklivého škrábance na předloktí.

„Obávám se, miláčku, že si ty své ostré nehty budeš muset ostříhat," usmál se.

„Promiň, promiň, ani nevíš, jak je mi to líto. Je vůbec možné, že bych ti takhle ublížila? Chudáčku můj." Sklonila se k manželově ruce a zlehka olízla tenký krvavý šrám.

„Nic to není. Dokonce mě napadlo, jestli by ses příště nechtěla zaměřit na poněkud nižší partie." V Jeremyho očích se objevila čtverácká jiskřička.

Vicki se zasmála a vstala. Nezbylo jí než předstírat, že si té zjevné výzvy nevšimla. Panebože, copak je ten člověk pořád při chuti? pomyslela si. V pětašedesáti! Neměl by trochu přibrzdit? Nahá došla do koupelny, stoupla si pod sprchu a pustila na sebe příval horké vody. Kdepak, dneska bych si ranní rychlovku neužila, říkala si. Jsem příliš roztěkaná. V jednu chci být v Louisville a ještě předtím bych ráda vyřídila věc, kterou odkládám už celé týdny.

Vtom uslyšela, jak se dveře koupelny otvírají, zahlédla blížící se siluetu a ucítila závan chladného vzduchu. Vzápětí u ní stál manžel.

„Myslel jsem, že bys ocenila menší pomoc." Jeremy jí vzal z rukou mýdlo a otočil ji zády k sobě. „Vždyť víš, všude si nedosáhneš."

Obratné prsty jí promnuly zátylek, pak zvolna sjely k hubeným hýždím. Někteří chlapi prostě nikdy nedospějí, uvažovala Vicki. Chovají se stejně, ať je jim šestnáct nebo šedesát. Ačkoliv tak úplně stejní zase nejsou, vzpomněla si na šestnáctiletého výrostka, který byl jejím prvním milencem, a zatímco manželovy prsty jí právě začínaly zkušeně pronikat mezi nohy, jako by přímo cítila pravidelné nárazy chlapcova pevného štíhlého těla. Jenže pevné štíhlé tělo taky neznamená bůhvíco, pomyslela si. Stačí, abych se podívala na sebe. Raději se však na sebe nepodívala. Její tělo se den ode dne měnilo, a nikoliv k lepšímu. Nedokázaly tomu zabránit ani cviky s osobním trenérem, který ji navštěvoval dvakrát týdně. Podle Kevinova neúnavného ujišťování by měla vypadat báječně, skvěle, čím dál lépe. Takové řečičky ovšem patřily k jeho profesi. Ano, stejně jako jiné ženy i Vicki od něho čekala, že jí zvýší sebevědomí. Což se mu svým způsobem dařilo. Čtyřicítka jí skutečně nepřipadala tak hrozná. Kdekoliv se Vicki objevila, dokázala vzbudit pozornost. A přinejmenším Jeremy ji pokládal za nesmírně přitažlivou a sexy, jak to ostatně dokazoval i v téhle chvíli. Vicki se rozhodla. Přitiskla se k manželovi a zcela se poddala slastnému chvění, které se jí z klína rychle šířilo do celého těla. Užije si neplánovaných hrátek, i když tím trochu naruší svůj program.

„Hodně práce?" zeptal se pak při snídani Jeremy.

„Musím vyřídit pár věcí." Vicki se zvedla ze židle, odložila na stůl ranní noviny a polibkem se rozloučila s manželem.

„Kam jdeš?" zajímala se Kirsten, která právě vešla do kuchyně, v těsném závěsu provázena bratrem.

„Do práce."

„V neděli?" podivila se Kirsten.

„Vrátím se odpoledne."

„Představení začíná v osm."

„Žádný strach, to budu dávno zpátky. A zlom vaz."

Teprve v půli cesty do Cincinnati opět začala naplno přemýšlet. Nejdřív se podívala na hodinky. Za dvě minuty deset. Takže měla spoustu času. Jen klid, děvče, v duchu povzbuzovala sama sebe. Děláš správnou věc.

„Jsem opravdu moc ráda, že jste přišla, paní Latimerová," uvítala ji ošetřovatelka. „Nedávno se po vás ptal."

Vicki následovala statnou černošku dlouhou, broskvově

vymalovanou chodbou pečovatelského domu a snažila se co nejméně vdechovat těžký zatuchlý vzduch. Všechno, úplně všechno v téhle třípatrové budově z okrových cihel páchlo rozkladem a beznadějí. Nepomáhaly jásavé odstíny omítky, nepomáhalo pečlivé mytí podlah, nepomáhala pravidelně prováděná desinfekce místností. Stejně tu převládal odporný a skličující zápach, odpadkový puch bytostí, které si s umíráním dávaly až příliš na čas.

„Ptal se po mně? Co říkal?“

„Chtěl vědět, proč ho dcera tak dlouho nenavštívila.“

Vicki usoudila, že moudřejší bude tu dobromyslnou a koneckonců oprávněnou výtku přeslechnout. Skutečně už uplynulo několik měsíců ode dne, kdy naposledy stála u otcovy postele, hleděla do jeho prázdných očí a doufala, že ji snad přece jen pozná, že snad přece jen vysloví její jméno...

„Jak se mu daří?“

„Dneska trochu líp. Snědl celou snídani. A chvilku se procházel na chodbě.“

„Opravdu se po mně ptal?“ To už stáli přede dveřmi otcova pokoje.

„Ne že by se přímo ptal,“ připustila ošetřovatelka. „Jenom se z ničeho nic tak zvláštně jakoby zasněně kouknul, znáte ten jeho milý pohled, no a já hned věděla: myslí na vás.“

„Děkuji vám,“ pokývla Vicki. Slovo *milý* by ovšem nikdy nepoužila o ničem, co se otce týkalo, tedy ani o jeho pohledu.

„Kdybyste mě potřebovala, budu nablízku.“

Vicki opět pokývla. Na okamžik sklopila hlavu k vydrhnuté podlaze, pak zhluboka vydechla a otevřela dveře.

Postava ležící v posteli uprostřed nevelkého pokoje měla barvu nažloutlé křídy. „Skoro dokonale ladíš s těmi stěnami, tati,“ s úsměvem poznamenala Vicki, zatímco se zvolna blížila k lůžku a pozorovala křehké tělo muže, který byl o pouhých pět let starší než její manžel.

Otec na ni upřeně zíral, ve vybledlých oříškově hnědých očích tentýž poněkud strnulý výraz, jaký si pamatovala z dětství. Přesto jí bylo jasné, že nemá tušení, kdo to před ním stojí. Už nejméně rok ji nepoznával.

„Tak co, jak se tu o tebe starají, tati?“

„Dobře,“ odpověděl bez váhání. „Moc dobře.“

„Dost dlouho jsem tu nebyla... omlouvám se."
„Máš moc práce," řekl, jako by všechno dokonale chápal.
„To ano, tati. Pamatuješ si ještě, co dělám?"
„Máš moc práce," zopakoval otec a zahleděl se na obraz zasněžené krajiny, který zdobil stěnu naproti jeho posteli.
„Dělám totéž, co jsi dělal ty. Jsem advokátka. U firmy Peterson, Manning, Carlysle na Mercer Street. Jistě si na ně vzpomínáš."
„Ovšem." Otec začal horlivě přikyvovat. Ohryzek mu přitom na vyhublém hrdle podivně poskakoval, až to vypadalo, že se snad stařec marně pokouší spolknout kostku z dětské stavebnice.
Vicki se sklonila, uhladila pár bílých vlasů trčících otci z prořídlé hlavy a poopravila mu límeček modrého flanelového pyžama. „Loni jsem se stala společnicí firmy. Nevím, jestli jsem ti to už říkala."
„Máš moc práce."
„Tobě nemusím vykládat, jak to v takové velké advokátní kanceláři chodí. Samý chvat a shon, zmatek nad zmatek. Ale mně právě tohle dokonale vyhovuje. Před časem jsem vyhrála dost významný proces v kauze McCarthy. Hodně se o něm psalo, snad sis všiml těch palcových titulků." Náhle se Vicki odmlčela. Proboha, co to tady blábolím? blesklo jí hlavou. Otec určitě nechápe jediné slovo. A noviny patrně neměl v rukou celá léta.
„Výborně," řekl otec. „Bravo."
Vicki si k posteli přisunula židli a posadila se, aby si vychutnala tu ironii osudu. Výborně, bravo – nejlaskavější slova, jaká jí kdy otec věnoval, a přitom pravděpodobně už vůbec netušil, o čem je řeč. Málem se hlasitě rozesmála. Ale ovládla se. Na protější straně pokojíku se k oknu tiskly větve stromu, o drobné tabulky zasazené v olověných rámečcích se otíralo nádherně zbarvené říjnové listí. „Na tuhle roční dobu je venku dost teplo," prohodila.
„Ano," přitakal otec.
„Ošetřovatelka by tě občas mohla vzít na procházku."
„Vzít na procházku. Ano, na tuhle roční dobu je venku dost teplo."
Vicki náhle pocítila chlad a přitáhla si úžeji červenou vestu, přestože bez ohledu na nezvykle vlídné počasí bylo

v místnosti přetopeno. „Tak a teď se připrav na spousty novinek." V jejím hlase zaznívala falešná bodrost.

Otec opět předvedl svůj strnulý a ironický napůl úsměv, napůl úšklebek, jaký u něho viděla, když v páté třídě nevyhrála soutěž ve spellování, když na střední škole skončila až druhá v diskusní soutěži, když na vysoké škole získala při závěrečné zkoušce z angličtiny pouhých osmdesát sedm bodů. Ať udělala cokoliv, otci se to nikdy nezdálo dost dobré. Nebo snad ano, tati? zeptala se teď v duchu. Jak ráda by mu ten nepříjemný a provokativní poloúsměv strhla z tváře!

Ať kdokoliv udělal cokoliv, otci se to nezdálo dost dobré.

Byl snad tohle důvod, proč matka opustila rodinu?

„Tvoje vnoučata si vedou opravdu skvěle," spustila Vicki zbytečně hlasitě, aby odrazila nápor dotírajících smutných vzpomínek. „Kirsten roste jako z vody. Bylo jí třináct a už je skoro o hlavu vyšší než já. Počkej, mám tady fotografii." Vicki zalovila ve své velké černé kabelce od Bottegy, našla peněženku, z ní vytáhla poněkud pomačkanou momentku a ukázala ji otci. „Ovšem tenhle snímek je pár let starý, sakra, chtěla jsem si vzít nějaký novější." Nedávno jí přece Kirsten dala svou poslední školní fotografii. Kam se ten obrázek poděl? „Ale stejně vidíš, jak je hezká. Mezitím ovšem ještě trochu zeštíhlela, hlavně v obličeji. A vlasy má mnohem delší, nechává si je růst až do pasu. Ve škole se jí daří, loni měla nejlepší prospěch z celé třídy. Můžeš na ni být hrdý."

Ve skutečnosti Vicki upřímně pochybovala, že by otec byl na vnučku hrdý. *Osmdesát sedm?* znovu slyšela jeho výsměšný hlas. *Něčím takovým se sotva můžeš chlubit.*

„Chlapce zatím nemá – a žádný div, je ještě tak mladá." Vicki se odmlčela. Sama přišla o panenství ve čtrnácti. Nebude Kirsten podobně čilá?

Snad ne, ačkoliv kdoví? Kdyby si před časem hospodyně nepostěžovala, že vložky ucpaly záchod, Vicki by ani netušila, že dcera už menstruuje. S osobními záležitostmi se Kirsten matce téměř nesvěřovala, což zřejmě vyhovovalo oběma stranám. Kirsten si prostě nechávala své problémy pro sebe a Vicki velmi ráda respektovala její právo na soukromí. Pokud by potřebovala mou radu, dobře ví, kde mě najde, hájila se Vicki sama před sebou. Já jsem bohužel o své matce totéž říct nemohla.

„Dostala hlavní roli ve školním představení," přerušila Vicki svůj únavný vnitřní monolog. „Nancy v muzikálu *Olivere!* Pamatuješ si na něj? Olivere, Olivere," zazpívala pološlasně a otec několikrát do rytmu pokývl hlavou. „Naštěstí má lepší hlas než já, i když, přiznám se ti, pomyšlení, že třináctiletá dívenka pěje ‚Dokud po mně nepřestaneš toužit,' mě tak trochu děsí. No a dnes ji konečně uvidím. Je to poslední představení. Premiéru jsem nestihla, byla ve středu a já měla práci až do noci, jistě tedy chápeš, jak moc se..." Vicki zmlkla, neboť si všimla, že otec zavřel oči. „Tati? Tati, ty spíš?"

„Máš hodně práce," řekl, jako by ji vůbec neposlouchal.

„Budeme tam všichni," nenechala se vyvést z konceptu. „Jeremy i Josh, ten sice zatím ve škole příliš nevyniká, jenže to se ještě může změnit, takové věci se stávají, ne? A přijdou také moji přátelé, Barbara, Susan s manželem... a samozřejmě všechny jejich děti. Jenom Chris bude scházet." Vicki náhle selhal hlas a v očích ji začaly pálit dlouho zadržované slzy. „Od okamžiku, kdy se odstěhovala z Grand Avenue, nikdo Chris neviděl, nikdo o ní neslyšel. Prostě beze stopy zmizela. Jako by se propadla do země."

A není sama, dodala Vicki v duchu. Stejně přece zmizela další žena, kterou oba známe.

„Chystám se ji navštívit," vyhrkla náhle.

„Cože? Mluv hlasitěji!" vyzval ji otec týmž nesnesitelným tónem, jakým jí kdysi sděloval: *Zbláznila ses? Myslíš, že tě pustím tancovat, když ze školy nosíš takové známky?*

Vicki počkala, dokud se jí nepodařilo udržet slzy bezpečně za víčky. „Říkala jsem, že se ji chystám navštívit."

„Aha." Bližší vysvětlení zřejmě otce nezajímalo.

„Mluvím o matce. Chystám se navštívit matku."

„Máš moc práce."

„Žije v Louisville." Vicki teď mluvila spíš sama k sobě. „Alespoň myslím, že je to ona. Nebudu si jistá, dokud ji neuvidím. Dokud s ní nepromluvím. Už dost dlouho si platím soukromé detektivy, dělají, co můžou, ale zatím to k ničemu nevedlo. Před pár lety už si mysleli, že ji vypátrali - někde ve Španělsku. Jenže se spletli. Ta žena byla sice Američanka a zhruba odpovídala popisu, ale stačilo, abych se podívala na fotografie, a hned jsem viděla, že je příliš vysoká. Tentokrát snad budu mít štěstí. Žena, kterou detektivové objevili v Louisville, odpovídá věkem i výškou a ke všemu si říká Rita Piperová, což je přece matčino dívčí jméno. Není vdaná a bydlí sama. Takže by to skutečně mohla být ona. Na snímcích mi taky připadala povědomá. Jistě, moc si na ni nevzpomínám, protože když odešla, byla jsem ještě hodně malá, nicméně..." Vicki nedokončila větu. „Tebe to nezajímá," konstatovala hořce. „Ani trochu tě to nezajímá. Právě proto tě matka opustila, je to tak?"

Ale proč opustila i mne? ptala se v duchu Vicki. Proč mě nevzala s sebou?

„Bůhví, proč se vlastně tak namáhám." Vicki rozhodila ruce a nechala je klesnout zpátky do klína. „Dala snad matka někdy najevo, že by na mě absolutně nekašlala? Přitom moc dobře věděla, kde mě hledat."

A nikdy se mi neozvala. Ani jednou. Za celá ta léta.

„Prostě vůbec nevím, jestli si od té návštěvy mám něco slibovat. Ale koneckonců je příjemné podzimní odpoledne a menší projížďka mi jistě neuškodí."

„Je příjemné odpoledne," přikývl otec.

Vicki mrkla na hodinky. „Nějak jsem se rozpovídala. Budu se muset zvednout, abych se vrátila včas a stihla to poslední představení. Kdepak, tohle nesmím zmeškat. Říkala jsem ti, že Kirsten dostala hlavní roli v muzikálu *Olivere!,* ne?" Vzápětí Vicki vyskočila ze židle. Panebože, teď jsem to já, kdo si nic nepamatuje, pomyslela si. Jestli odsud okamžitě nezmizím, ošetřovatelky mě začnou považovat za jednu z chovanek. Naklonila se, její rty se téměř dotkly otcova vrásčitého čela. Naznačila polibek a zlehka otci stiskla rameno. Škubl sebou, snažil se její dlaň setřást. Nesnáší mě stejně jako dřív, uvědomila si Vicki. Nic se nezměnilo. „Brzy se tu zase ukážu. A povím ti, jak jsem pořídila."

„Ano," kývl otec, jako by odpovídal na nějakou otázku.

Ve dveřích se Vicki otočila a ještě chvíli pozorovala otce, který už opět upřeně civěl na stěnu. Dcery si nikdy příliš nevšímal - a nevšímal si jí ani teď. „Sbohem, tati," řekla Vicki, a když se nedočkala odpovědi, vyšla na chodbu a tiše za sebou zavřela.

Cesta k nevelkému dřevěnému domu v Louisville trvala něco málo přes hodinu. Vicki opakovaně kroužila kolem bloku, celkem třikrát dům objela a snažila se vymyslet nejvhodnější způsob, jak oslovit ženu, která možná byla její matkou. Neměla jsem přece jen nejdřív zavolat a poskytnout jí tak čas trochu se na setkání připravit? uvažovala Vicki. Kdepak, okamžitě by si sbalila kufry, okamžitě by zmizela z města, takové kousky matka zvládá přímo mistrovsky. Nesmím jí nabízet další příležitost.

Mnohem lepší bude překvapit ji, nečekaně jí stanout tváří v tvář. Ale co vlastně matce řekne? Nejrůznější varianty si Vicki začala zkoušet, jakmile se od Billa Pickeringa dozvěděla tu úžasnou zprávu: vypátral jistou Ritu Piperovou, která odpovídá popisu a kupodivu nežije nikde ve Španělsku, neskrývá se v žádném opuštěném srubu ve Wyomingu, neuprchla do Kanady, ale bydlí nedaleko v Louisville, Kentucky, co by kamenem dohodil od dcery, kterou před šestatřiceti lety opustila, ano, bydlí tak blízko, že mohla po celou dobu sledovat dceřin život, číst v novinách o jejích úspěších a snad si i schovávat výstřižky, tak blízko, aby ji dcera bez problémů dokázala najít, pokud by si něco takového opravdu přála.

„Ahoj, mami. Pamatuješ si mě ještě?“ Šlo by to takhle? Vicki zastavila v půli bloku. Nemohla přece zaparkovat přímo před domem, nablýskaný červený jaguár nebyl právě nenápadný. Matka by si vozu hned všimla a třeba by ji napadlo zmizet zadním vchodem. Vicki dlouho jen zhluboka dýchala a sledovala, jak se její dech sráží na předním skle. „Možná si na mě už nevzpomínáš,“ zkusila menší obměnu. A po chvíli: „Promiňte, nejste náhodou moje matka?“ Ohromné, vynikající! zakroutila hlavou a málem se rozesmála.

„Tak co jí mám říct?“ oslovila Vicki úhledný bílý domek, který se příliš nelišil od ostatních obydlí v téhle patrně dělnické ulici. Proč ses mi nikdy neozvala? Musíš přece vědět, kdo jsem, koho jsem si vzala, čeho jsem dosáhla. Není důvod, abys žila v tak skromných podmínkách, mohla by sis dovolit docela slušný přepych. Jeremy je velkorysý a rád pro mne udělá cokoliv. „A kvůli otci už si nemusíš dělat starosti,“ dodala Vicki nahlas, neboť dávno věděla, že za matčin náhlý útěk mohl právě otec. Jistě, nikdy matku fyzicky nenapadal, nechoval se k ní jako ten ničema Tony ke Chris. Ne, otec nepotřeboval ani napřáhnout ruku, aby dal najevo svou nelibost. Úplně stačilo, když se na vás podíval těma svýma studenýma očima. Hned jste věděli, že jste byli zváženi a shledáni nicotně lehkými, že se můžete sebevíc snažit, a stejně se mu nezavděčíte.

Žádný div, že matka opustila rodinu.

Vicki opět letmo pohlédla na hodinky. Skoro jedna. Bill Pickering jí sdělil, že dotyčná Rita Piperová vždycky v neděli dopoledne vypomáhá v místní nemocnici a domů se obvykle vrací kolem jedné. Pochopitelně ji mohly zdržet nákupy nebo si třeba zaskočila na oběd. Vicki zakručelo v žaludku. Měla jsem si někde u McDonalda dát jeden Big Mac a jahodový koktejl, pomyslela si. Snad i hranolky. Vůně pomyslného jídla okamžitě zaplnila celý vůz. „Nenapravíme to?" zeptala se Vicki sama sebe a málem už nastartovala, vtom se však na rohu objevil starší zelenohnědý plymouth a zamířil k příjezdové cestě před bílým domkem. „Bože můj," vydechla Vicki. Vůz zastavil.

„Matko..."

Z plymouthu vystoupila řidička, rozesmátá žena s kaštanovými vlasy. Proč se směje? podivila se Vicki.

Pak se otevřely dveře na druhé straně a z vozu se vynořila další žena, vyšší a širší, v každém ohledu statnější než Rita Piperová. Trvalá jí z vlasů vytvářela obrovskou blond kouli připomínající svatozář. I tahle žena se smála. Pravděpodobně nějakému vtipu. Vicki netušila, jaké vtipy se matce líbí. Po jejím odchodu o ní otec odmítal mluvit. Dokonce zničil veškeré její fotografie s výjimkou jediné, kterou měla Vicki ve svém pokoji na prádelníku. Zřejmě na ten snímek zachycující matku s dcerou zapomněl a Vicki jej pak schovávala pod matrací, neboť správně vytušila, že by o něj mohla přijít.

Vicki sáhla do peněženky a vytáhla malou fotografii zastrčenou za řidičským průkazem. V zelených očích půvabné dvacetileté ženy zářila radost podbarvená jakýmsi podivným smutkem, rudokaštanové vlasy až po ramena se dotýkaly hladkých tvářiček dítěte. „Oči mám po otci," konstatovala Vicki a mimoděk si shrnula za uši narezlé vlasy, které zdědila po matce.

Obě ženy mezitím vešly do bílého dřevěného domku. Dveře se za nimi zavřely.

Co teď?

Nemůžu jenom tak zaklepat a spustit o rodinných záležitostech, když je u matky návštěva, pomyslela si Vicki. Musím počkat, až ta druhá žena odejde. Uvidíme, snad to nebude dlouho trvat. Vypnula motor, zavřela oči a pokusila se nevnímat svíravé pocity v žaludku, jimiž se připomínal hlad. Rychle usínala.

Probudil ji tupý zvuk, nepochybně náraz do vozu. Otevřela oči a prudce se napřímila.

„Promiňte, paní," ozval se dětský hlásek. Před jaguárem se mihl malý chlapec, zvedl z vozovky modrý gumový míč a hodil jej kamarádovi na druhé straně ulice.

Co se děje? Kde to jsem? Kolik je hodin?

Téměř vzápětí si na všechny ty otázky dokázala odpovědět: jsem v Louisville, Kentucky, sedím ve svém novém voze, chystám se na setkání s matkou a jsou skoro čtyři odpoledne. „Panebože, čtyři!" Vyloučeno! Přece jsem tak dlouho nespala! Nikdy přes den nespím. Určitě jsou porouchané hodiny. Zatracený jaguár! Ten krám má věčně nějaké závady.

Jenže hodinky na jejím zápěstí ukazovaly tentýž čas. „To není možné. To není možné..." V panice pohlédla k bílému dřevěnému domku. Zelenohnědý plymouth už na příjezdové cestě nestál, matka byla pryč! „Kam jsi jela? Kam jsi zase zmizela?" Vicki oběma dlaněmi zlostně praštila do volantu. Ostrý zvuk klaksonu prořízl vzduch a přilákal pozornost obou chlapců hrajících si s míčem. Kvapně mávla rukou, aby naznačila, že je všechno v pořádku, přesto jim však z tváří nezmizel zmatený výraz a ještě několikrát se podezíravě otočili jejím směrem.

Jak mohla provést takovou hloupost? Jak mohla usnout?

Ty prostě nikdy nic nedokážeš udělat pořádně, viď? jako by slyšela ironický a káravý otcův hlas.

„Klid, hlavně se nerozčiluj a zkus logicky uvažovat," napomenula sama sebe. Pro případ, že by ji chlapci dál pozorovali, mluvila tentokrát tiše a navíc do dlaně. „Kam by asi tak mohla odjet?" Třeba jenom vezla svou známou domů a hned se zase vrátí. „Ale co když spolu šly do kina?" opět hlasitě zabědovala. Jsem husa, hrozná husa, všechno jsem zkazila. Byla tady, měla jsem ji na dosah ruky!

Ještě jednou se podívala na hodinky. Pár minut po čtvrté. Zpátky v Cincinnati musím být nejpozději v osm, připomenula si. Nesmím zmeškat představení, Kirsten by to bylo moc líto. Takže jak dlouho si můžu dovolit čekat? „Ještě hodinku." Do té doby se Rita Piperová určitě vrátí.

Hodiny ukazovaly za deset minut pět, když se zelenohnědý plymouth znovu objevil na příjezdové cestě před bílým dřevěným domkem. Vystoupila Rita Piperová, ruce plné nákupů.

„Díkybohu!" Vicki s úlevou zavřela oči, rychle je však opět otevřela, aby se snad Rita Piperová nerozplynula jako přelud. „Takže čím začít?" Vyskočit z vozu a pomoct jí s těmi taškami? Nebylo by to roztomilé? Matka s dcerou se po mnohaletém odloučení seznamují a sbližují, zatímco plní ledničku... Ne, rozumnější bude dopřát Ritě Piperové trochu času.

Dlouho čekat však Vicki nevydržela. Rázně přešla k bílému domku a zaklepala na dveře. *Zdravím vás. Já jsem Vicki Latimerová. Vaše dcera. Pamatujete si mě?*

„Okamžik," ozvalo se zevnitř. Příjemný hlas, pomyslela si Vicki, ale marně hledala jakoukoliv podobnost s vlastním hlasem. „Kdo je tam?" zeptala se žena, aniž by otevřela.

„Hledám Ritu Piperovou," vyhrkla Vicki. Srdce jí tlouklo jako splašené.

Dveře se maličko pootevřely, škvírou vykoukly tmavozelené oči. „Přejete si?"

„Jmenuju se Vicki Latimerová. Mohla bych s vámi mluvit?"

„Doufám, že nic neprodáváte."

„Ne, neprodávám," zavrtěla Vicki hlavou a málem se rozesmála.

„Dobrá, co byste tedy potřebovala?"

Ještě než se dveře otevřely dokořán, pochopila Vicki, že ta pohledná šedesátiletá paní s rudokaštanovými vlasy a zvídavýma zelenýma očima není její matka. „Omlouvám se. Je to omyl." Vzápětí se Vicki samým zklamáním hořce rozplakala.

Žena ji beze slova vzala kolem roztřesených ramenou a zavedla ji do domu.

14

BARBAŘE SE ÚPLNĚ KLEPALY RUCE.

A to jsem ještě ani nezačala cvičit, říkala si, zatímco v šestnáctém patře budovy Sylvan Tower v Mercer Street odkládala na zelenou mramorovou podlahu své těžké tašky a s námahou otvírala masivní skleněné dveře vedoucí do fitcentra „Tělo na zakázku".

„Á, tady už někdo mohutně nakupoval na Vánoce," zahlaholila ukázkově opálená mladičká recepční, kolem níž Barbara procházela cestou k posilovně.

„Jo, mohutně," přikývla Barbara a rozesmála se. Výpis z její Visa karty tentokrát s Ronem pořádně zamává. Nedá se nic dělat, vážený pane, letos byl Santa Claus k vaší bývalé rodině skutečně štědrý. Pro Barbaru kostýmek od Armaniho, pro Tracey sáčko od Gucciho, navíc ještě pro každou hodinky od Cartiera. Ovšem pouze s koženými řemínky, odfrkla si Barbara a letmo přelétla pohledem cosi jako zrcadlový sál, kde se pár desítek zpocených bělošek středního věku marně snažilo udržet tempo s neúnavnou mladou černoškou, cvičitelkou aerobiku. Koupit zlaté pásky se Barbara přece jen neodvážila. Snad o příštích Vánocích.

Končil rok 1990. Svět se krůček po krůčku blížil k miléniu. Bůhví, jaká překvapení nám nejbližší desetiletí chystá, pomyslela si Barbara. „Už se nemůžu dočkat," polohlasně zamumlala do černého liščího límce svého zeleného tvídového kabátu, loňského vánočního dárku od rozlíceného exmanžela. Kdo by řekl, že je tak velkorysý? usmála se, v obličeji se jí však nepohnul jediný sval.

„Ještě čtyřikrát!" křikla cvičitelka do mikrofonu, který měla zavěšený na krku, a prudce zakroužila nejprve pravou a potom levou paží. „Ještě třikrát!"

„Víckrát už ne," zapěla Barbara, urovnala si balíčky a tašky, které nesla, a dál v kozačkách s vysokými podpatky klopýtala do zadní části fitcentra. Budou tu už Susan a Vicki? říkala si. Asi ano, jdu nejméně o půl hodiny pozdě. Susan si potrpí na přesnost. A Vicki má kancelář jen o dvě patra níž. Přestože je sobota, určitě celé dopoledne pracovala. Sotva tady skončí, pravděpodobně se do kanceláře vrátí. Vicki je prostě dříč.

Minulý měsíc dokonce ani nepřišla na školní představení své dcery. Údajně se zdržela s klientem, neuvědomila si, kolik je hodin, ke všemu se prý objevily komplikace, musela vyřídit nějaké naléhavé telefonáty a bůhvíco ještě. Že by měla nového milence? ptala se v duchu Barbara. Jistě, nejrůznějších románků i jednorázových „bokovek" za sebou měla Vicki celou řadu, dosud je však nikdy nezatajovala před přítelkyněmi.

Pravda, sama Barbara si svůj nepříliš romantický „úlet" s Kevinem taky nechala pro sebe. Proč vlastně? Styděla se? Bála se, že ji Susan a Vicki odsoudí? Nebo že ji budou litovat?

Bohužel příliš mnoho věcí se změnilo, byť přítelkyně statečně a tvrdošíjně předstíraly, že všechno zůstává jako dřív. Když Vicki dala před Mariemontem přednost luxusní čtvrti Indian Hills, „dámy z Grand Avenue" se ještě dokázaly vzchopit, zato Chrisino náhlé zmizení jim zasadilo těžkou a nezhojitelnou ránu. Jejich vzájemný vztah se začal zvolna, nenápadně, ale trvale proměňovat, zdánlivě nenarušitelná přátelská pouta se uvolňovala a rozpadala. Na druhé straně to tak překvapující zase nebylo. Jako by nestačilo, že původní čtveřice se scvrkla na trojici, Barbara si zejména od rozvodu připadala čím dál víc přebytečná.

Jistě, věděla, že Vicki ani Susan s ní nepřestaly počítat, žily však v jiných podmínkách. Obě vystudovaly vysokou školu, obě měly milující manžely a slušné příjmy, oběma se dařilo v práci. Nemohly pochopit situaci ženy, které schází nejen vzdělání, ale i láska a jakákoliv jistota. Přestože do očí jí nic neřekly, Barbara vycítila, co si o ní myslí: je nejvyšší čas, aby se přestala litovat a provedla něco se svým životem. Ron už se k ní nevrátí, nezbývá jí než postavit se na vlastní nohy.

Jenže ona to prostě nedokázala.

Připadala si jako svázaná. Jako po krk v močálu.

A docházely jí síly.

Kdyby si alespoň mohla promluvit s Chris! Ano, Chris by

ji pochopila. Ale Chris tu nebyla, jednou uprostřed noci ji odvlekl ten netvor, který za jejími zády prodal dům na Grand Avenue a uvěznil ji v pronajatém domku na nedalekém předměstí Batavia. Vicki tehdy sehnala soukromého detektiva a ten nové bydliště Malarekových rychle vypátral. Přítelkyně se pak rozjely do Elm Street, Tony je však odmítl pustit dovnitř. Zavolaly policii. Ochránci zákona se sice dostavili okamžitě, sdělili jim však, že pokud Chris nemíní podat žalobu, nemohou nic dělat. A ještě rozhořčeným ženám doporučili, aby si hleděly svého a nepletly se do cizích věcí.

Barbara přes varování policistů ještě několik týdnů téměř denně jezdila do Batavie, parkovala před tím nevelkým hnědým domkem a doufala, že snad zahlédne Chris. Ale záclony v oknech byly neustále zatažené, nikde se nic nepohnulo, nikde se nic neozvalo. Nějaký čas počkala, a když se tam asi tak za měsíc znovu objevila, zjistila, že domek je prázdný. Chris zmizela.

Tentokrát už po ní nepátraly. „Nemůžeme nic dělat," opakovaly střídavě jedna druhé v následujících letech. Barbara měla ovšem jiný názor a navíc ani trochu nepochybovala, že jiný názor ve skutečnosti mají i Susan a Vicki. Všechny tři se ve vztahu ke Chris cítily provinile. Ten pocit sílil a posléze ztvrdl jako vrstva ochranného laku. Přítelkyně už se při setkání nelíbaly na tváře, pouze polibek naznačovaly. Skrývané výčitky svědomí mezi nimi vytvářely bariéru.

Bez Chris jako by nerozlučné „dámy z Grand Avenue" ztratily vzájemnou důvěru, která je kdysi spojovala.

Barbara doklopýtala na konec dlouhé chodby, kde byla posilovna. Susan už se tam lopotila na jednom ze šesti rotopedů, Vicki nedaleko ní usilovně šlapala na gumovém pásu, který jí ubíhal pod nohama. Tímhle si jen koleduješ o křečové žíly, pomyslela si Barbara a ramenem si otevřela prosklené dveře. Do obličeje ji okamžitě zasáhl závan horkého vzduchu.

„Konečně!" zvolala Vicki, načež se k Barbaře otočila pětice zpocených hlav.

„Kde se touláš?" přidala se Susan. „Už jsme si začínaly dělat starost."

„Omlouvám se. Nějak jsem ztratila pojem o čase." Barbara s úlevou složila na podlahu své balíčky a tašky. Pak ze sebe shodila kabát s liščím límcem a předvedla se v novém modročerně pruhovaném cvičebním trikotu.

„Nádhera," pochválila ji Susan, sama oblečená ve volných šedých legínách a vytahaném tričku. „Kdy sis to pořídila?"

„Dneska dopoledne."

Susan uznale pokývla. Pár obrovských krůpějí potu jí přitom steklo z čela na špičku nosu. „Mám takové tušení, že jistý pan profesor nebude právě skákat radostí." Další kapka potu jí sklouzla k ústům a lehce se chvěla těsně nad horním rtem.

„Až se příště bude rozvádět, měl by si v dohodě přečíst i odstavce psané petitem," prohlásila Vicki, seskočila z pohyblivého pásu, letmo stiskla Barbaře paži a zamířila k činkám. Měla na sobě černé šortky a černé tričko s firemním logem fitcentra Tělo na zakázku.

„Představte si, už je zase těhotná," náhle oznámila Barbara. Ta slova jí duněla v uších, až se jí skoro zatočila hlava.

„Cože?"

„Kdo?"

„Hnusná Pammy." Barbara se musela opřít o ribstol. „V červnu čeká s křivákem Ronym další dítě. Věřily byste tomu? Kristepane, přitom ještě kojí Brandona."

„Odkdy to víš?"

„Tracey mi hned ráno volala od Rona."

„Jak tu novinku přijala?"

„Dobře. Znáte Tracey, nic ji nevyvede z míry."

„A co ty?" Susan zpomalila tempo a ze sedátka rotopedu starostlivě pohlédla směrem k Barbaře.

Barbara pokrčila rameny. „Jsem v pohodě," zalhala. Ve skutečnosti měla k pohodě daleko. Už celé týdny špatně spala, obzvlášť zlé to bylo o víkendech, které Tracey trávila u Rona. Zpráva o Pamině těhotenství Barbaru zasáhla silou kovářského kladiva. Zběsilé rozhazování Ronových peněz přinášelo jen dočasnou úlevu, byť pikantně okořeněnou vědomím, že účty pravděpodobně hradí bývalá tchyně.

Všechno jenom zhoršuju, pomyslela si teď Barbara. Ron kvůli mým výdajům čím dál víc zuří. Nepohrozil mi snad, že se obrátí na soud, jestli se nezačnu mírnit? Co se to snažím dokázat? Ron není žádný beránek, nedovolí, abych ho beztrestně dráždila. Bude se bránit. Zaútočí.

Barbara se otočila zády k zrcadlu na stěně. Netoužila si

prohlížet tu ubohou ženskou středního věku, navlečenou do nemožného modročerného trikotu, jehož vodorovné pruhy jenom zdůrazňují zaoblující se pas. Co tady vůbec pohledávám? říkala si. Cvičení mi nepomůže. Nic mi nepomůže.

„Mimochodem, už jste slyšely o Kevinovi?“ prohodila Vicki.

„O Kevinovi?“ nevzrušeně opakovala Susan.

Zato Barbaře se málem zastavilo srdce. Panebože, prolétlo jí hlavou, Kevin má určitě AIDS. To je můj konec.

„Jo, o mém osobním trenérovi,“ přikývla Vicki. „O *našem* osobním trenérovi,“ mrkla na Barbaru, „přesněji řečeno o našem *bývalém* osobním trenérovi.“

„Je po smrti?“ vydechla Barbara.

„Cože? Kdepak, prostě dostal padáka. Jak tě vůbec mohlo napadnout, že by byl po smrti?“

Barbara neodpověděla. Především se potřebovala vzpamatovat. „A za co ho vyhodili?“

„Jak se ukázalo, spal s polovinou svých klientek. Šéfové se to doslechli a vykopli ho. Škoda.“

„Ty taky?“ vyhrkla Barbara, zděšená pomyšlením, že se snad s přítelkyní o toho hřebečka dělily.

„Co taky? Jo, jestli jsem taky spala s Kevinem? Blázníš? Držím se zásady nespat s nikým, kdo je hezčí než já. A co ty?“

„Samozřejmě jsem s ním nic neměla.“

„Škoda,“ řekla znovu Vicki. „Možná bys nelitovala.“ Odložila činku vážící deset liber, vzala si místo ní dvě poloviční a začala je zdvíhat nad hlavu. „Tebe se jistě nemusím ptát,“ otočila se k Susan, která se ani nenamáhala s odpovědí, pouze výmluvně zakoulela očima. „Jak jinak, věrná až za hrob, co? Bohužel se dneska budu muset rozloučit o něco dřív, ve dvě mi přijde klient.“

„Vždyť je sobota,“ poznamenala Susan.

„Život se s námi nemazlí,“ usmála se Vicki. „Co takhle sejít se v pátek na oběd? Dívala jsem se do diáře a náhodou mám právě v poledne volnou hodinu.“

„Nemůžu,“ zavrtěla hlavou Susan. „V pátek obědvám se svým šéfem.“

„Ale? To zní zajímavě. Jaký je?“

„Slušný. Příjemný. Inteligentní.“

„Takže přitažlivý.“

„To jsem neřekla.“

Teď pro změnu zakoulela očima Vicki. „Kristepane, Susan, s tebou je taky zábava! Nemyslíš, Barbaro?"

Barbara jen pokrčila rameny. Čekala, jestli jí Vicki zopakuje pozvání na oběd. Přítelkyně však jenom usilovně zdvíhala nad hlavu pětiliberní činky. O pátečním obědě už nepadlo jediné slovo.

„Nedá se nic dělat, děvčata, musím běžet," oznámila po chvilce Vicki, odložila činky, posbírala si své věci, poslala Susan a Barbaře po vzdušném polibku a v sérii trhaných pohybů, které trochu připomínaly rozmazanou fotografii, opustila posilovnu.

Dříve nebo později definitivně zmizí z mého života, pomyslela si Barbara s pohledem upřeným na zavírající se dveře. Nejdřív jsem ztratila Chris, potom Rona. Teď se Vicki a Susan čím dál víc sbližují, tráví spolu spoustu času a vzájemně si svěřují svá tajemství, zatímco já je přestávám zajímat. Sakra, dokonce jsem přišla i o možnost zkusit to ještě někdy s Kevinem. Jak dlouho bude trvat, než se Tracey rozhodne bydlet u Rona? Jak dlouho bude trvat, než budu úplně, ale úplně sama?

„Barbaro?" Susan seskočila z rotopedu a zamířila k přítelkyni. „Probuď se. Co je to s tebou?"

„Co by se mnou mělo být?"

„Už dobré dvě minuty na tebe mluvím a ty mě vůbec nevnímáš."

„Tak promiň."

„Není ti nic?"

„Ne. Proč se ptáš?"

„Stojíš tu jako socha. Od chvíle, co sis svlékla kabát, ses ještě ani nepohnula."

Barbara polkla slzu. „Prostě se mi dneska nechce cvičit."

„A co by se ti chtělo?"

„Dát si u Graetera pořádnou porci zmrzliny," tiše a nesměle odpověděla Barbara.

Susan se kupodivu nezmínila o kaloriích, naopak se zasmála. „To zní lákavě."

„Takže jsi pro?"

„Ráda bych, ale bohužel nemůžu," povzdechla si Susan. „Za půl hodiny mě tady vyzvedne Owen. Jdeme navštívit mou matku."

Barbara se zastyděla. Susanina matka se v nemocnici zotavovala po nedávné operaci. Loni jí vzali prs a teď jí operovali zhoubný nádor lymfatických uzlin. Jsem necitlivá a nevšímavá, měla jsem se hned zeptat, pomyslela si Barbara a pokusila se chybu napravit. „Jak se jí daří?"

Susan neodpověděla, pouze se jí lehce zachvěly rty.

„Bude to dobré, uvidíš."

„Já vím." Susan se otočila, jako by se chtěla vrátit k rotopedu, náhle však mávla rukou. „Čert vem cvičení. Život je zatraceně krátký – a Owen dorazí až za půl hodiny. Na co ještě čekáme? Jde se ke Graeterovi!" Vzala Barbaru kolem ramenou. „Kdy jsem ti naposledy řekla, že tě mám ráda?"

„Každopádně mi to můžeš říct znovu."

Zahlédla ho, když vycházela od Sakse.

Ne, určitě to není on, pomyslela si vzápětí a promnula si oči, v nichž dosud zůstalo několik slz. Co se to se mnou děje? Proč jsem se tam vlastně rozbrečela? Ta prodavačka mě přece nechtěla urazit. Kristepane, vždyť je to ještě úplné dítě, zatím nemá ponětí o taktním a ohleduplném jednání.

„Lalique právě uvádí na trh báječnou novou řadu pleťových prostředků, vhodnou zejména pro ženy středního a pokročilejšího věku," s úsměvem jí odpověděla prodavačka na otázku, jaký pleťový krém by jí doporučila. A v tu ránu Barbaře vyhrkly slzy. U Sakse, v oddělení kosmetiky! Přímo před tím vyděšeným děvčátkem a zvědavými zákaznicemi.

Poslední dobou vůbec často plakala. Stačil jediný nevlídný pohled, stačila jediná nešetrná větička, dokonce stačilo, aby si Barbara *představovala,* že si o ní někdo něco nepěkného myslí, a už se utápěla v slzách. Doktor Steeves by nepochybně konstatoval, že takovou přecitlivělostí své pleti věru neprospívá.

Cítila se k smrti unavená. Vyčerpávaly ji všední stejně jako sváteční dny. Ještě víc ji vyčerpávaly noci. Veškeré noci. Vyčerpávaly ji drobné starosti spojené s provozem domácnosti. Vyčerpávaly ji *jakékoliv* starosti. Vyčerpával ji nepolevující stesk. Kristepane, už ji začínaly vyčerpávat i nákupy! A nesmírně ji vyčerpávalo předstírat, že všechno zase bude v pořádku, že Ron přece jen dostane rozum a vrátí se domů.

k ní. Ne, nic nebude v pořádku, Ron už se nikdy nevrátí. Věděla to, byla si tím jistá. Proč by se vracel? Měl svou Pammy, měl svého Brandona a další dítě na cestě. Měl před sebou úplně nový život. A co mám já? ptala se Barbara sama sebe. Co mi zůstalo? Nic než jizvy a šrámy. Nic než to okorávající prázdné srdce.

Občas ji napadalo, že nejlepší by možná bylo usnout a už se neprobudit. Ostatně podobná myšlenka jí bleskla hlavou už při poslední kosmetické operaci: anesteziolog mě uspí, něco se pokazí a já už se neproberu. Takové věci se stávají, často o nich četla. Vicki pak podá žalobu a vysoudí pro Tracey spoustu peněz. Ano, Vicki a Susan by se o Tracey určitě dobře postaraly. A Barbara už by se nemusela trápit marným bojem s přibývajícími léty. Nemusela by si nalhávat, že ještě dokáže změnit svůj život. Jaký život?

Ve skřínce v koupelně měla lahvičku plnou utišujících prášků. Kdyby je všechny spolykala, rázně a navíc bezbolestně by to své trapné živoření ukončila. Už nikdy žádné výčitky, žádné pochybnosti. Už nikdy žádný strach. Jenže našla by ji Tracey - a jistě by si matčinu smrt dávala za vinu. Ne, tohle Barbara nemohla své dceři udělat, nemohla tak hrozné břemeno svalit na bedra člověka, kterého upřímně milovala, který pro ni byl na celém světě nejdůležitější. Barbara nikdy nezapomněla, jak těžce ji samotnou před lety zasáhla smrt její matky, jak opuštěná se tehdy cítila, jak všechno viděla v nejčernějších barvách, jak nesmyslný jí připadal vlastní život.

Tenkrát ji zachránila právě Tracey. Barbara si prostě nemohla dovolit zhroutit se, když měla maličkou dceru, o kterou se musela starat. A změnilo se to nějak? Ne, Tracey ani v pubertě nepřestala potřebovat matčinu péči. A matčinu lásku. Ano, pokud budou držet spolu, jistě překonají i tohle smutné a obtížné údobí.

Co to se mnou je? znovu se Barbara ptala sama sebe. Proč neumím žít jako jiné ženy? Susan dokáže i ty nejsložitější situace řešit snadno a s úsměvem. Vicki veškeré překážky prostě odkopne z cesty a řítí se dopředu jako buldozer. A Chris alespoň pokorně a odevzdaně přijímá rány osudu. Bože můj, chudinka Chris. Nešťastná, milá, báječná Chris. Poslední dobou na ni často myslím. A nejen proto, že už za měsíc budou Vánoce a Chris se ze svátků vždycky tolik radovala.

Ztráta Chris něčím připomínala amputaci. Člověk přijde o ruku nebo o nohu, ale ještě po letech přetrvávají fantomové bolesti. Což by vysvětlovalo, proč Barbara viděla přízraky. Cestou od Sakse, v uších ještě melodie vánočních koled, spatřila muže, který s tváří napůl zabořenou do límce zimní bundy mířil na druhou stranu ulice. V té chvíli Barbaru oklamaly smysly. Zatímco hlavou jí jako sněhové vločky vířily vzpomínky na Chris, zmocnil se jí neodbytný pocit, že v muži jasně poznává Tonyho. Vzápětí ten člověk zmizel v davu, přelud se rozplynul.

Samozřejmě to nebyl Tony.

Jenže z ničeho nic se objevil znovu. Právě vyjížděla z parkoviště za poštou na rohu Páté – a tentokrát bylo mimo jakoukoliv pochybnost, že je to skutečně on, hnusný, surový a úskočný skřet Tony. „Panebože," zašeptala Barbara. Srdce se jí rozbušilo, zrychlený dech se srážel na předním skle. „Co mám dělat?" Zpomalila a pro případ, že by se Tony ohlédl, sklonila hlavu k volantu.

Tony šel rychle, dlouhými svižnými kroky, a náhle zabočil vlevo na Šestou ulici. Barbara udržovala dostatečnou vzdálenost, a když se na pár vteřin zastavil, aby si utáhl uvolněné tkaničky, naštěstí objevila místečko, kde mohla zaparkovat.

Jak tohle skončí? říkala si. Kam až ho chci sledovat?

V Race Street Tony opět zahnul doleva. Teď byli v samém středu hotelové čtvrti. Cincinnatian, Clarion, Terrace Hilton... Že by se v některém z těch hotelů ubytoval? Možná bych měla vystoupit a dál za ním jít pěšky, napadlo Barbaru. Hloupost, mávla rukou, určitě bych mu na těch svých vysokých podpatcích nestačila. A třeba tu někde parkuje. Nasedne do vozu a zmizí. Co potom?

Náhle si uvědomila, že jsou zpátky u Sakse. Kam to vlastně Tony jde? lámala si hlavu. Proč chodí pořád dokola? Všiml si snad, že ho sleduju? Přikrčila se a dupla na brzdu. Jakýsi řidič popuzeně zmáčkl klakson. Barbara namáhavě a trhaně dýchala. Bála se narovnat, bála se vzhlédnout. Co když Tony právě stojí vedle vozu? děsila se. Co když tam stojí, jedovatě se ušklíbá a prohlíží si mě?

Teď už netrpělivě troubili další řidiči. Barbara zkusila

zvednout hlavu - pomalounku a opatrně jako želva vykukující zpod krunýře. Tony byl pryč. „Do háje!“ vykřikla Barbara a praštila dlaněmi do volantu. Vzápětí sebou vylekaně škubla, neboť k nepřátelské symfonii zaznívající za jejími zády nechtěně připojila řezavý zvuk vlastního klaksonu.

A najednou se Tony opět objevil. Ve svém starém modrém nissanu se zařadil do jízdního pruhu a po chvíli odbočil vpravo na Elm Street. Barbara se „myškou“ dostala před černý volkswagen, jehož řidič jí vulgárním posunkem dal najevo, co si o takovém pirátském stylu myslí. Rozpačitě pokrčila rameny a předjela další vůz ve vnitřním pruhu. Tony mezitím odbočil vpravo na Šestou ulici, opět vpravo na Central Avenue a do třetice vpravo na Sedmou ulici. Opustili městkou část Fountain Square a uháněli po Gilbert Avenue. Minuli autobusový terminál společnosti Greyhound, vyhnuli se čtvrti Mount Adams a blížili se ke 184 nádherným akrům, představujícím historickou čtvrť Eden Park.

Co tady Tony dělá? říkala si Barbara, zatímco projížděli kolem okraje městské vodní nádrže a míjeli Pavilon Murrayho Seasongooda, postavený roku 1959 na počest někdejšího starosty. Opět několikrát odbočili a ocitli se u Cincinnatského uměleckého muzea a potom u vodárenské věže, která sice od roku 1908 nesloužila svému účelu, stala se však významnou chráněnou kulturní památkou. Minuli botanickou zahradu, pokračovali v cestě podél kamenných orlů zdobících starý Melanův obloukový most a dostali se až k vjezdu do části Eden Parku zvané Twin Lakes. Kdysi tu býval kamenolom a v současnosti několik upravených plošin nabízelo zejména na jaře a v létě nádherný výhled na řeku Ohio. Teď ovšem byly stromy holé a pěšiny rozblácené. U jezírek si nehrály žádné děti, v parku se jen tu a tam mihl osamocený běžec. Co by tady mohl Tony hledat?

Projeli kolem Edgecliff College na Victory Parkway, minuli půvabné staré kostely na Madison Road, posléze i Summit Country Day School a Cincinnati Country Club. Grandin Road je pak dovedla až k viaduktu na Mt. Lookout. Chtěl tady snad Tony zastavit a pokochat se pohledem na okolní krajinu? Co by v takovém případě udělala Barbara?

Ale Tony nezastavil. Pokračoval po Grandin Road do hezké rezidenční čtvrti plné zalesněných pozemků a prostorných domů s výhledem na řeku. Že by někde tady Malarekovi bydleli? Barbara zatajila dech. Panebože, pomyslela si, možná přece jen zase uvidím Chris!

Tony však jel stále dál, kolem všech těch krásných domů a pečlivě upravených zahrad, až dorazili do rekreační oblasti Alms Park na úpatí vysokého kopce. Tam se pojednou začali stáčet zpátky. Několik bloků před vjezdem na Columbia Parkway Tony zastavil na krajnici, vypnul motor, vystoupil z vozu a vzápětí už rázně kráčel směrem k Barbaře.

Barbara ztuhla. Uvažovala, jestli ho nemá přejet. Pak ji napadlo, že lepší bude vyskočit z vozu a rozběhnout se pryč. Ale neudělala jedno ani druhé. Naopak zastavila, stáhla okénko a čekala. Kristepane, jak jsem toho parchanta vůbec někdy mohla pokládat za přitažlivého? pomyslela si. Nebroušený diamant, tvrdily kdysi „dámy z Grand Avenue".

„Nazdárek, Barbíno." Slova provázená poťouchlým úšklebkem k ní doplula na obláčku páry. „Líbila se ti vyhlídková jízda? Dneska ji máš gratis, jinak si ovšem účtuju pevnou sazbu plus náklady na benzin podle délky trasy."

„Ty jsi věděl, že tě sleduju," konstatovala Barbara.

„Toho tvého účesu si člověk nemůže nevšimnout, zlatíčko," zasmál se Tony. „Párkrát jsem se sice bál, abych tě neztratil, ale pokaždé to dobře dopadlo. Držela ses mě jako klíště, což se mi na ženách odjakživa líbilo."

„Kde je Chris?" zeptala se Barbara, jako by neslyšela jedovatě výsměšný tón v jeho hlasu.

„Chris je tam, kde má být, totiž doma. Stará se o děti, připravuje večeři pro manžela. Tak proto ses na mě nalepila? Chtěla jsi alespoň letmo zahlédnout mou ženu? A já už myslel, že tě nažhavilo moje neodolatelné mužné kouzlo." Tony se opět zakřenil a pak se sklonil k okénku. „Mimochodem, docela rád bych tě viděl pořádně nažhavenou."

„Táhni k čertu."

Tony se přestal usmívat. „Jeď domů, zlatíčko. A starej se o sebe. Lidem, kteří strkají nos do cizích záležitostí, se občas stávají ošklivé věci."

„Cože, ty mi vyhrožuješ?" nevěřícně se zeptala Barbara.

Ale Tony už se vracel ke svému vozu. Po několika krocích se ještě otočil a křikl přes rameno: „Jeď opatrně. *Hodně* opatrně."

15

CHRIS CO NEJOPATRNĚJI SESTUPOVALA PO SCHODECH. MÍŘILA DO nevelké prádelny vedle garáže. Nepospíchala, naopak chviličku postála na každém schodu, dýchala jen mělce, neboť tak jí dýchání působilo méně bolesti, k natlučeným žebrům si tiskla Tonyho košile a nedívala se nalevo ani napravo, jenom dolů na své roztřesené nohy. Za žádnou cenu nechtěla riskovat pád. Ne, nic takového si nemohla dovolit. Netvrdila snad při posledním ošetření lékařům z pohotovosti, že uklouzla na zledovatělých schůdcích před domem?

„Opravdu?" tiše se jí zeptal mladý sekundář, první lékař, který zpochybnil její nacvičenou roli. „Spíš to vypadá, jako by vám někdo ublížil." Pohlédl za zástěnu, kde se chodbou rozléhaly Tonyho netrpělivé kroky. Chris věděla, že Tony poslouchá. Poslouchá a čeká, jestli manželka neudělá chybu. Jestli neřekne něco nepatřičného.

Ale stejně se mu nikdy nezavděčila.

Stejně si vždycky našel důvod k zuřivým výčitkám.

„Uklouzla jsem," trvala na svém. „Schůdky byly zledovatělé. Nikdo mi neublížil." Lékař pokrčil rameny a jeho chlapecká tvář se na okamžik zachmuřila. Jistě si dokázal ledacos domyslet.

„Jak tomu mám rozumět?" obořil se na ni manžel cestou domů. „Strávila jsi s tím frajírkem skoro půl hodiny. Co jste to tam sakra prováděli?"

Chris se mlčky dívala z postranního okénka.

„Co je? Nemluvíš se mnou? Já tě jako blbec vezu do nemocnice a ty se mnou nemluvíš? Co to má znamenat? Už ses dost vypovídala? Tvůj nový nápadník tě natolik vyčerpal, že na manžela nemáš náladu? Proč pořád takhle vyvádíš? Musíš vyjet po každém chlapovi, který ti přijde do cesty? Musíš mě v jednom kuse ponižovat? Vzpamatuj se, Chris. Copak si nemůžeš dát pokoj?"

„Promiň." Slzy jí stékaly k poraněným rtům, v myšlenkách už se připravovala na surovosti, které ji budou čekat doma v ložnici. Představa, že by si Chris mohla užívat s jiným mužem, Tonyho zřejmě vzrušovala. Nepodloženým obviňováním se povzbuzoval a vydražďoval, všechny ty absurdní řeči byly pouze jakousi předehrou. Sex, který následoval, byl plný krutosti a násilí. Pěst přitom používal také jako roubík, aby nekřičela. Ale stejně by ji nikdo neslyšel.

Po odchodu z Mariemontu se znovu a znovu přestěhovávali. Nejdřív Tony pronajal domek v Batavii, potom v okrsku Anderson Township, pak v Amelii a teď v New Richmondu. Čím víc se vzdalovali od jejích přítelkyň, tím hůř se k ní choval, jako by teď, kdy se už nemusel obávat, že by snad Vicki, Barbara nebo Susan nějak zasáhly, mohl konečně zcela projevit své úchylné sklony. Kdo by mu v tom bránil?

Schody Chris díkybohu zvládla. S úlevou si srovnala růžové trepky klouzající jí z bosých chodidel a usmála se na děti, rozesazené kolem otce ve skromně zařízeném obývacím pokoji. Montana si psala domácí úkol, Wyatt se na podlaze bavil hrou Game Boy, Rowdy se uvelebil Tonymu na klíně a sledoval *Roseanne.*

„Kam zase jdeš?" zeptal se Wyatt otcovým vyšetřovatelským tónem.

„Do prádelny." Jako důkaz Chris nabídla pohled na trojici špinavých košil.

„To snad může počkat, zlato," prohodil Tony a natáhl k ní ruku. „Co kdyby ses posadila a trochu si odpočinula? Jen pojď, Chrissy, je tu dost místa," poklepal na pohovku potaženou prodřeným modrým manšestrem. „Praní ti neuteče."

Mluví tak vlídně, tak přátelsky, tak láskyplně, pomyslela si Chris. Kdybych ho pořád neprovokovala, všechno by se změnilo a mohla bych být šťastná jako na začátku manželství. Zavřela oči a snažila se rozpomenout, kdy naposledy zažila něco alespoň vzdáleně podobného pocitu štěstí.

„V čem je problém, Chrissy? Nechce se ti dělat společnost vlastnímu manželovi?"

Tonyho hlas jí tentokrát připadal výhrůžný. Neblázni, pokárala vzápětí sama sebe. Jaké výhrůžky? Tony má pravdu, když říká, že si pořád něco vymýšlíš. Podsouváš mu slova, která nevyslovil. A navíc z nich hned vyvozuješ nehorázné závěry. Zbytečně si komplikuješ život. Prostě si za všechno můžeš sama.

Chris se nedokázala pohnout. Pouze přešlápla z nohy na nohu a pak se znovu zahleděla na manžela a děti. Patřím sem vůbec? ptala se v duchu. Skutečně je v téhle rodině pro mne dost místa?

„No, jak chceš." Tony pokrčil rameny a opět se otočil k televizi. Pozvání už nezopakoval.

Chris zoufale uvažovala. Ano, co vlastně chci? Která varianta mi později přinese méně utrpení, méně bolesti?

„Na co tam ještě čekáš?" vyzývavě se zeptal Tony, oči však neodtrhl od obrazovky. „Na Vánoce?"

Rowdy se rozchechtal, až se zalykal. „Na Vánoce! Na Vánoce! Na co tam ještě čekáš? Na Vánoce?"

Opravdu, pomyslela si Chris, úplně jsem zapomněla. Přitom Vánoce budou za necelé tři týdny. Tony se přece zmiňoval, že co nejdřív zajedeme vybrat stromeček. Třeba se mi podaří vyškemrat od manžela pár drobných, koupit nějaké vánoční pohlednice a poslat je kamarádkám. Už tak dávno jsem žádnou z nich neviděla. Nemají tušení, že dosud bydlím v oblasti Cincinnati. Nemají tušení, že jsem naživu.

„Jo, když už budeš prát ty moje košile," poznamenal náhle Tony, „mohla bys s nimi vzít i tu noční košili, co máš na sobě. Vypadá jako hadr na podlahu."

„Hadr!" znovu rozjařeně vykřikl Rowdy. „Hadr, hadr, hadr! Hadr na podlahu!"

„Sklapni, blbečku!" vyštěkl Wyatt.

Chris napadlo, že ji snad syn přispěchal bránit, a do očí jí okamžitě vhrkly slzy vděku. Ale Wyatt už mával mladšímu bratrovi před nosem svou hrou a zlostně ječel: „Teď jsem to kvůli tobě zkazil. Všechno je v háji! Zasloužil bys pár facek."

„Mami!" zakvílel Rowdy, sklouzl z otcova klína a rozběhl se ke Chris. Narazil jí tak prudce do kolenou, že se špinavé košile, které svírala v podpaží, rozletěly na podlahu.

Vzápětí Tony vyskočil z pohovky a popadl Rowdyho za ruce. „Co to má být? Jsi snad nějaký maminčin mazánek? Fňukáš, místo abys praštil brášku do zubů?"

„Tony!"

„Nechystala ses náhodou do prádelny?" ušklíbl se Tony. Rowdy zatím už uháněl zpátky, aby se vrhl na bratra. Chris se celá třásla. Ale dokázala se sklonit a zvednout košile.

Tony se spokojeně usmál. Ještě než odešla, s gustem a smyslně ji plácl přes zadek. Určitě dneska zase chystá nějakou „specialitu", pomyslela si Chris, zatímco otvírala dveře prádelny. Pečlivě za sebou zavřela, takže k ní přestal doléhat hluk dětské potyčky. Ale věděla, že každou chvíli Montana sklapne učebnice, vyběhne z obývacího pokoje a podrážděně vykřikne směrem k prádelně: „Sakra, to je ani nenapomeneš?" A co jí můžu odpovědět? ptala se v duchu Chris. Nic. Absolutně nic. Jsem prostě k ničemu, jak všichni říkají.

Chris naplnila teplou vodou velké smaltované umyvadlo vedle automatické pračky a sušičky a pak do vody opatrně ponořila manželovy košile. Tony už dávno usoudil, že výdaje za čistírnu jsou úplně zbytečné, a přikázal Chris, aby mu košile prala a žehlila sama. Měla přece tolik volného času, že nevěděla, co s ním. Neexistoval jediný důvod, proč by do svého denního rozvrhu nemohla zahrnout i praní manželových košil. Ovšem *ruční* praní, zdůraznil. Marně se ho pokoušela přesvědčit, že pánské košile lze bez obav prát i sušit v pračce, a ukazovala mu patřičný odstavec v návodu. Debata jako obvykle skončila fackou. Tři dny trvalo, než Chris přestalo bolet oko a než jí z tváře zmizela ošklivá modrofialová podlitina.

Zpočátku ji Tony při praní kontroloval. A nešetřil připomínkami. Voda se mu zdála buď příliš horká nebo příliš studená. Chris plýtvala saponátem nebo ho naopak dávala málo. Špinavá místa jednou zbytečně drhla a jindy po nich jenom tak lehounce přejížděla, jako by se bála o prsty. „Co je to s tebou?" vztekal se Tony. „Nedokážeš nic udělat pořádně?"

Po nějakém čase ho to přestalo bavit a nechal ji na pokoji. A Chris brzy zjistila, že se na praní Tonyho košil vždycky docela těší. Ruce ponořené do teplé vody, pravidelný pohyb prstů vypírajících pot z límců, měkký šplouchavý zvuk, s nímž mokrá látka rytmicky narážela do okrajů bílého smaltovaného umyvadla, to všechno v Chris vyvolávalo zvláštní a velmi příjemné pocity. Ticho. Klid. Nádherná, vzrušující, hojivá samota. Prádelna se pro Chris stala jediným bezpečným koutkem v celém domě, jediným místem, které mohla považovat za své hájemství.

Místo patřící jen mně a nikomu jinému, vzpomněla si na román Virginie Woolfové, který jí kdysi půjčila Susan. Od té doby uplynula celá věčnost. Tehdy, před těmi nekonečně dávnými lety, žila životem, ve kterém nebyla hloupá ani bezcenná. Životem, ve kterém existovaly knížky, filmy a příjemné chvíle. Životem, v němž měla smysl pro humor, dokázala se smát – a dokázala také rozesmávat druhé. Ano, takhle jsem kdysi žila, mlhavě si vybavovala, zatímco ždímala Tonyho košile. Radovala jsem se. Milovala jsem. Měla jsem přítelkyně.

Dámy z Grand Avenue, vzpomínala s úsměvem a v duchu před sebou přímo viděla čtyři mladé ženy usazené na okraji pískoviště v parčíku na konci jejich ulice. Jak podivně si z některými z nich osud zahrál!

Tu a tam se Chris něco dovídala. Významné okamžiky životní dráhy přítelkyň k ní občas nečekaně a náhodně pronikaly v podobě nesouvislých střípků jako ve snu. V novinách se třeba dočetla o Vickiných právnických úspěších. Ve večerních zprávách slyšela, že Jeremy Latimer rozšiřuje své tiskové impérium, pak si jednou v nemocniční čekárně prohlížela časopis *Victoria,* který tam někdo odložil, a uviděla Susanino jméno ve výčtu redaktorek a redaktorů. O Barbařině rozvodu jí s neskrývanou škodolibostí pověděl Tony. Chris tu zprávu oplakala, neboť si uměla představit, čím teď Barbara prochází, a z duše ráda by jí nějak pomohla. Ale jak by mohla pomoct přítelkyni, když nedokázala ani poradit sama sobě?

Chris odložila mokré košile na pračku a smutně sledovala, jak poslední mýdlové bubliny chviličku krouží kolem odtoku, než v něm definitivně zmizí. Stejně snadno a rychle mi život proklouzl mezi prsty, pomyslela si. Prostě se mi rozplynul před očima.

„Co tam děláš, Chris?" slyšela volat Tonyho. „Jak dlouho ti ještě bude trvat, než vypereš pár košil?"

„Už to bude." Chris chvatně napustila studenou vodu na máchání.

„Nějak mi vyhládlo. Co říkáš, mohla bys manželovi připravit sendvič?"

„Jistě, za minutku."

„Ne abys zase zmačkala límečky jako minule."

Tonyho světle modré košile byly staré a snadno se mačkaly. Nepomáhalo sebeopatrnější praní ani sebepečlivější žehlení. „Zatracené košile," polohlasně mumlala Chris, zatímco se v panice snažila tu nepoddajnou látku vyhladit. „Pitomé košile, čert aby je vzal!"

Dveře prádelny se otevřely, Tony nakoukl dovnitř. Potutelně se usmíval. „Pořád s tím ještě nejsi hotova?" Chris skoro nedýchala. „Zlato, mám pro tebe dárek."

„Dárek?"

„Na potom."

Vyschlo jí v ústech.

„Nechám ti ho na posteli."

Mlčky přikývla.

„A pospěš si s těmi košilemi."

Hned po zprávách v jedenáct Tony prohlásil, že je čas jít spát. Montana sice zklamaně protáhla obličej, další protest si však nedovolila. Chlapci už byli v posteli, i když Chris pochybovala, že Wyatt skutečně spí. Přímo ho viděla, jak s hlavou pod přikrývkou neúnavně mačká tlačítka Game Boye, a mimoděk se usmála. Nenašlo by se tam místečko i pro mne? napadlo ji. Kdepak, odpověděla si vzápětí, pro mne není místo nikde – a už vůbec ne v životě mých dětí. O to se Tony dávno postaral. Děti ve mně vidí pouze užitečnou a osvědčenou hospodyni, na kterou buď vyštěkávají své příkazy nebo ji ignorují.

U chlapců takový přístup Chris nepřekvapoval, vždycky očekávala, že se budou řídit otcovým příkladem. Jistě, Rowdymu bylo teprve sedm a stále ještě si občas přiběhl k matce postěžovat na nějaké příkoří, věděla však, že dlouho to nepotrvá. Už teď se jí Rowdy začínal odcizovat a nejpozději za půl roku či za rok ho ztratí docela. A Wyatt, jak si smutně přiznávala, k ní nikdy nepřilnul, dokonce ani v nejútlejším věku. Od prvního nadechnutí, od prvního nemotorného krůčku, od první vykřiknuté slabiky patřil jen a jen svému otci.

Zato Montana ji opravdu udivovala. Dcera přece byla už dost velká, aby pochopila, co se doma odehrává. Aby prohlédla otcovu taktiku zdánlivé laskavosti, jen chabě zakrývající neustálé zastrašování a surové útoky. Přesto Montana klidně spolkla každou historku o další ukázce matčiny údajné nešikovnosti a brala za nezvratnou skutečnost, že matka je prostě „náchylná k úrazům". Montana ignorovala svědectví vlastních očí stejně tvrdošíjně, jako ignorovala strach v očích Chris. Pro matčiny problémy neměla pochopení. Pokud vůbec s někým sympatizovala, pak spíš s otcem. Ale proč?

Chris si vzpomněla na novinový článek, kde se psalo, že při procesech obvykle porotkyně sympatizují s oběťmi znásilnění mnohem méně než porotci. Ženy se tak snaží distancovat od oběti, tvrdil článek. Jestliže shledají oběť alespoň částečně odpovědnou za to, co ji potkalo, samy se pak cítí bezpečněji a věří, že jim se nic podobného stát nemůže. Soucítit s obětí znamená dávat najevo zranitelnost a bezmocnost. Identifikace s útočníkem je naopak projevem síly.

A právě z těchto dvou možností si Montana musela vybrat. Chris nezbývalo než pochopit, že si dcera zcela přirozeně zvolila výhodnější variantu a postavila se na stranu otce.

„Tak na co ještě čekáš?" Tony seděl na kraji široké manželské postele a sledoval, jak Chris nerozhodně obrací v rukou nevelký balíček. „Rozbal si ten dárek."

Chris chvatně roztrhla lesklý purpurový papír, na němž se vyzývavě opakoval růžový nápis SEXY CHVILKY. Zavřela oči. Ať je to jenom nějaký šáteček, modlila se v duchu. A málem se rozesmála – kdo říká, že nemám smysl pro humor?

„Líbí se ti to?"

Tušila, co uvidí. Měla plné zásuvky levných černých košilek, křiklavě přezdobených podvazkových pásů a punčoch, nepohodlných rudých korzetů. Tony jí tyhle „vzrušující doplňky" pravidelně kupoval a nutil ji, aby se mu v nich předváděla. Pózy ve stylu časopisu *Penthouse* byly ovšem pouze předehrou ke stále bizarnějšímu sexu. Bože můj, co si připravil dneska? pomyslela si Chris, když konečně otevřela oči a zděšeně pohlédla na průsvitnou levandulovou podprsenku a miniaturní kalhotky lemované umělou kožešinou. K ramínkům podprsenky bylo navíc přichyceno cosi jako šifonová kapuce. To snad nemyslí vážně, blesklo Chris hlavou. „Ne, tohle si nemůžu oblíknout," vyhrkla.

Vzápětí stál Tony těsně u ní. „A proč ne? Nelíbí se ti, co jsem ti koupil?"

Chris začala couvat. „Pochop, Tony, bylo by mi to malé. Přece víš, že nosím jinou velikost."

„Malé prádlo je rajcovní." Tony se k ní přitiskl a zajel jí rukou mezi nohy. „No tak, Chris. Přestaň dělat drahoty."

Počkala, až ruku stáhne, a pak celá roztřesená zamířila do koupelny. Co to se mnou je? říkala si. Proč mu zase odporuju? Jenom oddaluju to, co stejně přijde. Copak jsem pořád ještě nic nepochopila?

Tonyho hlas ji zastavil ve dveřích koupelny. „Přemýšlel jsem o tvé kamarádce Barbaře."

Chris se pomalu otočila, raději však mlčela. Zatím netušila, co Tony svou poznámkou sleduje.

„Před pár týdny jsem na ni náhodou narazil. Neříkal jsem ti to?"

„Ty jsi potkal Barbaru?"

„Že bych se ti o tom zapomněl zmínit?"

Chris věděla, že Tony nikdy nezapomíná. „Jak se jí daří?"

„Vypadá ohromně."

Chris se usmála. Uvažovala, jak se asi přítelkyně za ta léta změnila. „Co říkala? Ptala se na mě?"

„Co říkala? Ptala se na mě?" zapitvořil se Tony. „Kdyby ses slyšela! Z toho tvého rozněžnělého tónu by člověk usoudil, že jste byly milenky."

„Jenom jsem se chtěla..."

„Nechtěla bys radši Barbíně brnknout?" nečekaně navrhl Tony.

„Cože?"

„Prostě jí zavolej, když tě tak zajímá, jak se jí daří."

„Nerozumím ti."

„Určitě se v tom prázdném baráku cítí zatraceně osamělá. Popovídat si může nanejvýš s dcerou. A o pánské společnosti může jen snít. Co myslíš, jak dlouho už Barbína s nikým nespala?"

Chris neodpověděla. Zoufale se snažila uhodnout, kam Tony tímhle rozhovorem míří.

„Jak dlouho?"

„Nemám tušení."

„Já bych řekl, že hodně dlouho. Což je velká škoda. Můžeš mi věřit, pořád vypadá moc dobře."

Nervózní Chris už se podařilo zmuchlat průhledné prádélko do pevné kuličky. „Opravdu by ti nevadilo, kdybych jí zavolala?"

„Proč by mi to mělo vadit? Klidně jí brnkni. A rovnou ji k nám pozvi."

„Cože? Mám ji pozvat? A na kdy?"

„Na kdy? Přece na dnešní večer. Ať přijede hned teď."

Kristepane, co ho to zase napadlo? „Je pozdě, Tony. Nechtělo by se jí."

„Ale ano. Sotva se představíš, vrhne se ke dveřím. Bude tady dřív, než stačíš zavěsit."

A potom? uvažovala Chris. „A potom?"

„Potom prostě necháme věcem volný průběh. Uposlechneme volání přírody." Tony se na okamžik odmlčel a olízl si spodní ret. „Ve třech."

Chris nevěřícně zakroutila hlavou. Tony jistě jen žertuje, pomyslela si. Přece si opravdu nepředstavuje postelovou scénu s manželkou a její nejlepší přítelkyní. Přece opravdu nedoufá, že by s něčím takovým Barbara souhlasila.

„V čem je problém, Chrissy? Chceš mít tu svou holčičku jen pro sebe?"

„Tohle nemůžeš myslet vážně," zašeptala Chris. Do očí se jí draly slzy. Nesmírně toužila rozběhnout se k telefonu a zavolat přítelkyni, jen aby po letech opět uslyšela její hlas.

„Copak tě matka neučila dělit se s ostatními? Nevysvětlila ti, že není pěkné nechávat si hračky jen pro sebe a nikomu je nepůjčit?"

„To jsou nesmysly, Tony."

„Slyším dobře? Co jsi to řekla?" Naklonil hlavu ke straně. „Už zase, Chrissy? Zase ti mám dát za vyučenou? Opravdu mě k tomu nutíš?"

Chris vyděšeně klouzala pohledem po hořčicově zbarvených stěnách. Na čele a nad horním rtem jí vyrazil pot. „Počkej, převléknu se do té parády, co jsi mi koupil." Podívala se na zmuchlané prádlo ve své dlani a začala je horečně uhlazovat. „Můžeme si užít a nepotřebujeme k tomu nikoho dalšího."

„Všiml jsem si, jak si prohlížíš jiné ženy, Chris. A pochopil jsem, že bys to ráda zkusila. Prosím, nic nenamítám, sám ti tu možnost nabízím.“

„Přece víš, že jsi jediný, koho chci.“

„Skutečně?“

„Přísahám.“

„Někdy mám spíš pocit, že si mě ani trochu nevážíš.“ Tony jako by mluvil sám pro sebe. „Člověk nelituje času ani námahy, jen aby ti sehnal něco hezkého,“ ukázal na pomačkané prádlo v Chrisiných rukou, „a ty snad vůbec nemáš radost. Proto mě napadlo, že možná budeš spokojenější, když k našemu milování někoho přibereme.“

Panebože, pomyslela si Chris, jak dlouho už mu ten nápad straší v hlavě?

„Nemusí to být právě Barbína, jestli by ses s ní necítila dobře. Můžeme najít nějakou jinou krásku.“

„Vážně, Tony, já nikoho jiného nepotřebuju. Jsi jediný, po kom toužím.“

„Jak ti mám věřit?“

„Dokážu ti to. Prosím, Tony. Dovol, abych ti to dokázala.“

„Běž se převlíknout.“

Chris zmizela v koupelně a zavřela za sebou dveře. Po tvářích jí stékaly slzy, ale její roztřesené prsty už zápolily s knoflíčky noční košile. „Bože, pomoz mi. Co si počnu?“ Znala Tonyho a bylo jí tedy jasné, že tenhle svůj nejnovější nápad už nějaký čas vybrušoval a pouze čekal na příhodný okamžik. Třeba nebude trvat na tom, aby se všechno odehrálo už dnes, třeba pár dní počká. To však neznamená, že by se své představy vzdal. Ne, Tony se nikdy ničeho nevzdá, hořce si připomínala Chris, zatímco se s námahou navlékala do průsvitných levandulových kalhotek lemovaných umělou kožešinou. „Tentokrát mu neustoupím,“ zašeptala, když se jí konečně podařilo dopnout podprsenku spojenou se směšnou šifonovou kapucí „Nemůžu to udělat. Ne, za žádnou cenu to neudělám.“

Jenže Tony mě donutí, uvědomila si. Bude dotírat, bude mě přemlouvat a zastrašovat. Bude mě mlátit. A já se nejen podvolím, ale ještě o tu „lásku“ ve třech budu pokorně a poníženě žadonit. Stejně jako jsem to udělala před chvílí. Neškemrala jsem snad? Nepřísahala jsem, že je jediný, po kom toužím? Neprosila jsem, aby mi to dovolil dokázat?

„Je mi z tebe nanic," plivla na svůj odraz v zrcadle a sledovala, jak slina stéká po skle. „Žena zázrak," znechuceně se ušklíbla s pohledem upřeným na bizarní šifonovou kapuci, která se jí pohupovala na zádech. Co by asi říkaly děti, kdyby mě viděly vymaškařenou jako figurku z nějakého lechtivého komiksu? pomyslela si. K čertu, ať to mám za sebou, rozhodla se náhle, otevřela dveře koupelny a skočila do pokoje, jako by se snesla z vysokého útesu. „Supermamka je tady!" vykřikla co nejpitvornějším hlasem – a vzápětí si uvědomila, že Tonymu její improvizovaný šaškovský výstup sotva bude připadat zábavný. Ano, koledovala si o malér, zpečetila svůj osud, sama si podepsala rozsudek smrti. Udělala to schválně?

Čekala výbuch zuřivosti, připravovala se na Tonyho pěsti. Tak už se do toho pusť, vybízela ho v duchu. Skoncuj se mnou. Tohle přece hravě zvládneš. Stačí jeden dobře mířený kopanec do hlavy a je po všem. Levandulová kráska bude šňupat hlínu.

Tony však nezvedl ruce a jeho nohy dál klidně spočívaly na prošlapaném hnědém koberci. Ne, Tony neběsnil, tvářil se zcela nevzrušeně, ve tmavých očích prázdno. A Chris okamžitě pochopila, že veškeré hrůzy, které dosud zažila, nebyly ničím ve srovnání s peklem, které pro ni manžel chystá. „Takže tobě jsou má přání k smíchu?" napůl se zeptal a napůl konstatoval tichým kontrolovaným hlasem.

„Jenom jsem ti chtěla..."

„Já sám jsem ti náramně k smíchu, viď?"

„Ne. Samozřejmě mi vůbec nejsi k smíchu."

„Zavolej Barbíně."

„Cože?"

„Zavolej jí. Abys dokázala, že ti nejsem k smíchu." Tony se natáhl pro telefon. „Dost legrace. Zavoláš Barbíně. A pozveš ji sem. Hned teď, rozumíš?"

„Nemůžu," vydechla Chris. A hlasitěji: „Neudělám to."

„Nemůžu, neudělám to," opakoval po ní manžel užasle, jako by ta slova slyšel poprvé v životě.

Chris mlčela, pevně rozhodnuta, že Barbaře v žádném případě nezavolá. Nikdo a nic ji k tomu nedonutí. Tentokrát se vzepře, i kdyby jí Tony sebevíc vyhrožoval, i kdyby ji sebesurověji zmlátil. „Odejdu od tebe." Ta slova jí splynula ze rtů téměř neslyšně, ale v lebce se rozduněla jako ohlušující výkřik. Chris by je ráda vzala zpátky, bylo však pozdě. Tony už se k ní blížil, napřažená pěst se zlostně zatínala a opět rozvírala.

„Cos to řekla? Že ode mne odejdeš? Slyšel jsem dobře?" chrlil ze sebe jako kulomet.

„Tony, prosím tě..."

„Tak ty ode mne odejdeš? Hned teď? Takhle oblečená? Prosím, nikdo tě tu nedrží." Popadl ji za loket a začal ji strkat na chodbu.

„Tony, co to děláš? Pusť mě."

„Přestaň ječet, zburcuješ děti." Surově ji vlekl ke schodům. „Nebo snad chceš, aby se vzbudily? Chceš, aby tě viděly v tom prádle? Chceš, aby jejich poslední vzpomínka na tebe byla právě takováhle?" Přehodil ji přes hlavu šifonovou kapuci. Průsvitná látka zcela zakryla Chris oči jako závoj.

Chris se zachytila zábradlí a zoufale se snažila udržet rovnováhu. Tony jí však vypáčil prsty, podrazil jí nohy a stáhl ji o dva schody níž. „Poslední vzpomínka?" zasténala. „O čem to mluvíš?"

„Snad sis nemyslela, že se s dětmi ještě někdy setkáš?" Tony uchopil průsvitnou kapuci a škubnutím zvedl Chris na nohy. „Neválej se mi tady! Chtěla jsi odejít? Tak koukej mazat. Slyšíš? Vypadni z mého domu!"

„Proboha, co to děláš? Přece mě nemůžeš jenom tak vyhodit ven! A v téhle maškarádě!"

Tony mlčel a dál ji strkal dolů ze schodů. Kdykoliv klopýtla, trochu ji nazdvihl a znovu postrčil níž. Z posledních několika schodů doslova sletěla a dopadla na kolena.

„Tony, prosím. Nech mě, abych si něco oblékla."

Ale to už stál u ní, neurvale ji popadl za předloktí a vlekl ji k domovním dveřím. Chris si připadala jako v nejšílenějším úzkostném snu. Opravdu ji chce Tony vyhnat do prosincového mrazu skoro nahou, jenom v tom příšerném spodním prádle se šaškovskou kapucí na zádech? Bosou? Bez peněz?

„To nemůžeš udělat!"

„Myslíš? Tak sleduj." Jednou rukou otevřel dveře a druhou k nim Chris přitáhl.

Řezavý vítr jí vmetl sněhové vločky na holou kůži. „Ne, Tony!" vykřikla. „Nedělej to! Alespoň mě nech oblíknout!"

„Čerstvý vzduch ti snad pročistí hlavu." Tony se jedovatě usmál. A pak ji vystrčil ven.

„Tony!"

Dveře se zavřely s prásknutím připomínajícím výstřel.

„Tony!" Zuřivě tloukla na dveře. Zledovatělé zápraží ji pálilo do bosých chodidel jako žhavé uhlí. „Tony!"

Ustoupila o několik kroků a zoufale se rozhlédla po prázdné zasněžené ulici. Co teď? Celá roztřesená zvedla oči k domu a uviděla, jak ji Montana pozoruje za oknem svého pokoje. „Montano!" vykřikla Chris. Dceřino jméno jí však odnesl od úst další poryv ledového vichru. Montana se otočila od okna a zmizela. Světla v domě jedno po druhém zhasínala.

16

BARBARA LEŽELA V POSTELI A SNAŽILA SE PROKOUSAT PRVNÍ KAPITOLOU knihy, o níž všichni pěli pajány, vůbec se však nedokázala soustředit. Poslední odstavec už přečetla nejméně čtyřikrát a stále ještě nepochopila, o čem je řeč. Nakonec knížku sklapla, odložila ji na noční stolek a chvíli dojatě pozorovala dceru, která tiše oddychovala ve spánku, polštář přes oči, aby ji nerušilo světlo lampičky. „Holčičko," zašeptala Barbara, „co bych si bez tebe počala?" Zhasla a opatrně sundala dceři z tváře polštář. Tracey se přetočila na záda, řasy se jí lehce zachvěly, jako by se chystala otevřít oči.

„Tracey?" s nadějí v hlase se zeptala Barbara. Tracey jako by občas podvědomě vycítila, že Barbara nemůže spát, probudila se, posadila se v posteli a pak si spolu matka s dcerou povídaly. O filmech, o módě, o kosmetice, o slavných osobnostech. Pravda, mluvení většinou obstarávala matka, dcera zase dokonale zvládala roli posluchačky. Někdy Barbara zašla dál a upřímně se svěřovala se svými obavami, s pocity životního zklamání a ztráty veškerých jistot. A Tracey ji uklidňovala. V takových chvílích Barbaru napadalo, jestli na dceřina nedospělá ramena nenakládá příliš těžké břemeno. Ale Tracey nikdy nic nenamítala. Vyhovovala jí snad pozice zdánlivě starší a moudřejší členky rodiny? A kdy jsme si vlastně vyměnily úlohy? ptala se sama sebe Barbara. Kdy se tahle třináctiletá dívenka v modrobíle puntíkovaném flanelovém pyžamu proměnila ve starostlivého rodiče a kdy se ze mne stalo dítě? Neměla jsem spíš já oplývat trpělivostí a životní moudrostí, neměla jsem spíš já prokazovat odolnost, prozíravost a sílu, nezbytnou k překonávání překážek? Místo toho jsem ochablá, ufňukaná a bezradná. Absolutně neužitečná. Vytušila to Tracey? Proto se mnou tak málo mluví o svém soukromí?

Přitom Tracey rozhodně nebyla tajnůstkářka a nepochybně neměla co skrývat. Nikdy netrucovala ani neodmlouvala, chovala se zdvořile a srdečně, na matčiny otázky, ať už se týkaly školy, kamarádek nebo chlapců, odpovídala ochotně a bez zábran. Odpovědi ovšem působily dost stereotypně a obvykle by se daly shrnout do několika slov: škola je fajn, kamarádky bezva, pár kluků by snad přicházelo v úvahu. Pokud se náhodou Barbara zajímala o podrobnosti, Tracey jí okamžitě vyhověla a přesně popsala celý svůj den, jako by u tabule recitovala básničku. Zdálo se, že si o sobě nedělá iluze a netrpí přehnanou ctižádostí, a proto také jen málokdy pociťovala smutek či zklamání. S rozvodem rodičů se smířila, bez problémů si zvykla na otcovu rozrůstající se novou rodinu a vůbec přijímala život, jaký je, což jí matka mohla jen tiše závidět, neboť sama nic podobného nedokázala.

„Tracey?" zkusila to znovu Barbara, dceřiny oči však zůstávaly zavřené.

Barbara ji zlehka pohladila po tvářích a nikoliv poprvé si uvědomila, že své jediné dítě vlastně příliš nezná.

Vedeš si skvěle, vždycky ji ujišťovaly přítelkyně, Tracey je ukázková dcera.

A to se o všech dcerách z Grand Avenue rozhodně říct nedalo.

Zatímco Vickina dcera Kirsten se vydařila až překvapivě dobře (překvapivě vzhledem k tomu, že postupně poznala celou řadu chův a svou matku vídala jen zřídka, ostatně stejně kdysi vyrůstala sama Vicki), Susanina první dcera Ariel se projevovala jako obtížně zvládnutelná, ne-li přímo nesnesitelná. Chovala se vzpurně a bojovně, snadno se rozzuřila a jenom nerada odpouštěla. Prostě Ariel byla téměř po všech stránkách pravým opakem Susan.

A Chrisina dcera Montana...

Barbara se krátce v duchu pomodlila a zavřela oči. Od onoho nepříjemného setkání s Tonym před několika týdny na Chris myslela skoro neustále. Jenže kdyby k ní její myšlenky zabloudily i teď, vypadalo by to na celou noc a Barbara se potřebovala alespoň trochu vyspat. Ležela na zádech a zkoušela usnout. Pod víčky jí však Chrisina tvář dál kroužila jako ztracené letadlo, které ve tmě zoufale hledá, kde by mohlo přistát.

Musím se uvolnit, vzpomněla si Barbara na článek v posledním čísle časopisu *Victoria,* a začíná se u prstů na nohou.

Prsty, uvolněte se, přikázala jim – a prsty sebou pod pokrývkou škubly. Zvolna postupujeme dál a výš, vybavovala si rady obsažené v článku. Takže následují chodidla. Chodidla, uvolněte se. A teď kotníky. Kotníky, uvolněte se. Možná bych měla nosit pohodlnější boty, napadlo Barbaru. Jehlové podpatky určitě chodidlům ani kotníkům příliš neprospívají. Co se dá dělat, lýtka, uvolněte se. Kolena, uvolněte se. A stehna. Panebože, ta moje velká tlustá stehna. Jaké já mívala nohy! Při přehlídce v plavkách jsem byla bez konkurence. A teď? Hanba mluvit. Celulitida, křečové žíly, chloupky vrostlé do masa. „Nohy, uvolněte se," přikázala Barbara nahlas a kopla do matrace. A co zadek? pomyslela si. Jo, ten už něco obnáší! Obrovský, neustále se rozšiřující zadek. Ještě nějaký čas – a pomalu zabere celou postel. „Sakra, uvolněte se!" zasyčela zlostně na své hýždě, ale zároveň už v myšlenkách přecházela k břichu. Hnusné, přetékající, odporně nafouklé břicho! Zatracené břicho! Mizerné břicho! Hned ráno se objednám u doktora Steevese. Čert vem bolest, čert vem peníze, kašlu na všechno.

Barbara se v posteli prudce posadila a odhodila přikrývku. Skutečně skvělá metoda autosugesce, pomyslela si, zatímco hladina adrenalinu v krvi jí utěšeně stoupala. To jsem rovnou mohla vypít koňskou dávku té nejsilnější kávy. Sakra, teď už do rána neusnu. „Tracey! Tracey, spíš?"

Dcera jen vzdychla a otočila se na druhý bok.

„Do háje!" Barbara neklidně kývala hlavou ze strany na stranu. Co teď? Sáhla po knize, místo ní však zvedla telefon. „Bude půlnoc," poznamenala spokojeně a vzápětí už po paměti vyťukávala číslo. „Určitě jste všichni zakutaní v pelíšku."

Telefon začal zvonit. Jednou... dvakrát...

„Haló?" ozval se rozespalý ženský či spíš dívčí hlas.

Barbara se usmála. Chudinko naše malá, snad jsem tě nevzbudila?

„Haló?" opakoval rozechvělý hlásek.

Husa jedna hloupá, pomyslela si Barbara. Člověk by řekl, že se už dávno mohla poučit.

„Barbaro, jste to vy?" náhle se zeptala Pam.

Barbara položila sluchátko, jako by se proměnilo v kus rozžhaveného železa. Srdce jí zběsile bušilo. Panebože!

Klid, hlavně klid! „Srdce, uvolni se," zašeptala a pak se pisklavě rozhihňala.

„Mami?" zamumlala Tracey a otočila se k matce.

„Nic se neděje, zlatíčko," pohladila Barbara dceru po rameni. „Jen se mi něco divného zdálo. Spi dál."

Nic se neděje, opakovala si v duchu. Všechno je v nejlepším pořádku. Pam prostě vyhrkla první jméno, které ji napadlo, ale jinak jistě nic netuší. A i kdyby něco tušila, nemůže nic dokázat. Uklidni se, lehni si na záda a zkus usnout.

Trvalo to sice hezkých pár minut, nakonec však srdce přece jen zvolnilo svůj cval. Vyčerpaná a vyděšená Barbara upadla do neklidného spánku, v němž ji po Grand Avenue pronásledoval vzteklý dobrman. V okamžiku, kdy ji pes dohnal a chtěl se jí zahryznout do lýtka, z ničeho nic otočil hlavu a čemusi pozorně naslouchal. Co to slyší? lámala si Barbara hlavu.

A pak ty zvuky uslyšela také.

Vztyčila se v posteli a podívala se na hodiny. Deset minut po půlnoci. Chviličku čekala a pak usoudila, že zvuky byly součástí snu. Kéž by do snu patřil i ten telefonát Pam, pomyslela si a opět si chtěla lehnout. Ale vtom zdola znovu zaslechla hluk.

Co by to mohlo být? *Kdo* by to mohl být?

Nejdřív ji napadlo, jestli si snad Tracey nezašla do kuchyně pro něco k jídlu. Dcera však tvrdě spala na druhé půlce postele. Takže to musel být někdo jiný. A ten někdo se bez jakýchkoliv zábran pohyboval v přízemí. Zloděj?

Ale proč by si nějaký zloděj vybíral právě její dům? V ulici přece stály mnohem hezčí domy. Domy, které nevykazovaly zjevné známky chátrání a úpadku. Proč tedy tenhle dům?

Ledaže by vetřelec věděl, kdo tu bydlí. Ledaže by měl ke své „návštěvě" osobní důvod.

Tony.

Ano, určitě je to on, pomyslela si Barbara a zalapala po dechu. Vyhrožoval mi. *Lidem, kteří strkají nos do cizích záležitostí, se občas stávají ošklivé věci,* řekl. Přesně takhle. A teď je tady, aby svou hrozbu splnil.

Panebože, co mám dělat? Jestli se ten mizera jenom prstem dotkne Tracey...

Barbara už sahala po telefonu a chystala se zavolat na číslo 911, když se na schodech ozvaly kroky. A pak uslyšela známý hlas.

„Barbaro," volal ten hlas. „Barbaro!"

Zavřela oči. Mohla se rozesmát stejně jako rozplakat. Ale ovládla se, vstala z postele a přes noční košili v barvě holubí šedi si oblékla tmavomodrý župan. Ještě se ohlédla na spící Tracey a pak vyšla z ložnice.

Čekal na ni u schodů, ramena pod těžkým zimníkem zlostně napřímená.

„Překvapil jsi mě."

„Co to sakra vyvádíš?" téměř zařval.

Barbara zvedla prst ke rtům. „Tracey spí," zašeptala. „Radši snad půjdeme dolů, ne?"

V obývacím pokoji znovu zvýšil hlas. „Co si sakra myslíš, že děláš?"

„Stejnou otázku bych mohla položit já tobě," odpověděla Barbara. Kupodivu se teď, tváří v tvář bývalému manželovi, cítila klidná. Netvrdila jí snad vždycky Vicki, že nejlepší obranou je útok? „Jak ses dostal dovnitř?"

„Mám klíče," připomenul Ron.

„Nejvyšší čas, abys mi je vrátil."

„Tohle je můj dům."

„Už ne. Nemáš právo vtrhnout sem uprostřed noci."

„Já že nemám právo?"

„Byl bys tak laskav a mluvil trochu tišeji? Nebo chceš, aby tě slyšela Tracey?"

„Možná chci. Možná chci, aby se konečně dozvěděla, čím se její matka baví ve volném čase."

Kristepane! „Rone, tohle je snad zbytečné."

„Zbytečné? *Zbytečné?*"

„Přestaň křičet. Všechno se přece dá probrat v klidu."

Ron rázoval po místnosti a mával rukama, až z jeho černého kabátu odletovaly vločky sněhu. Úplně jako by s sebou dovnitř přinesl zimní počasí, pomyslela si Barbara a zároveň si musela přiznat, že se jí Ron, byť navztekaný, líbí stejně jako dřív. Vlastně by se mu nejraději vrhla do náruče a úpěnlivě prosila, aby se k ní vrátil. Co to se mnou je? divila se v duchu. Ztratila jsem už poslední zbyteček sebeúcty?

„Jak si to vůbec představuješ? Voláš k nám v kteroukoliv noční hodinu, rozrušuješ mou manželku. Pomátla ses?"

„Netuším, o čem mluvíš."

„Nedělej ze mne pitomce, Barbaro. Dobře vím, že ten cvok, co k nám pořád volá, jsi ty. Jenom si marně lámu hlavu, co tě k tomu vede. Způsobuje ti nějaké zvrácené potěšení, když znepokojuješ mou rodinu? O to tady jde? Každopádně já už toho mám dost. Všichni toho máme dost. Přišel jsem tě varovat. Jestli to okamžitě neskončí, obrátím se na policii."

„Na policii?"

„A na soud."

„Proč na soud? Vůbec ti nerozumím." Jak se stalo, že jsem přestala mít hlavní slovo? zděsila se Barbara. Kam se poděla ta moje obrana útokem?

Náhle Ron držel v ruce dohodu o rozchodu a mával jí Barbaře před obličejem. „Tohle není vytesáno do kamene. Když budu muset, půjdu k soudu a prosadím v dohodě zásadní změny."

Vtom se nahoře ozvaly kroky a Barbara pochopila, že Tracey poslouchá. „Poslyš, Rone, především by ses měl uklidnit."

„Už tě mám plné zuby, Barbaro. A naposledy tě varuju. Ještě jednou zavoláš - a pak si pár hovorů vyřídím já."

„Žádné další telefonáty už nebudou," řekla tiše Barbara.

Ronovi klesly ruce k bokům. „Je tu bordel," poznamenal.

Barbara přelétla pohledem ženské časopisy rozházené po podlaze a skvrny od hrnků na konferenčním stolku vedle zválené kytičkované pohovky. Ron měl pravdu. Nepořádek byl zjevný i v milosrdném svitu měsíce. „Musela jsem se vzdát posluhovačky. Už si ji nemůžu dovolit."

„Dávám ti spousty peněz."

„Pořád to není dost."

„Je to více než dost."

„Udržovat takový dům je nákladné."

„Tak ho prodej."

„A ty budeš chtít polovinu z toho, co dostanu."

„Tak zní dohoda, kterou jsi podepsala."

„Podle té dohody tady můžu zůstat, dokud Tracey nedokončí střední školu."

„V domě, který nedokážeš udržet v pořádku?"

„V domě, který mám ráda."

„Můžeš si najít něco menšího."

„Nechci nic menšího."

„Proboha, tak si něco pronajmi. Nebo si kup družstevní byt. Právě teď jsou na trhu skvělé nabídky."

„Nezajímá mě pronájem. Nezajímá mě družstevní byt."

Barbara se snažila co nejvíc rozhovor protahovat. „Jde mi o to, aby Tracey neztratila domov, na který je zvyklá."
„O Tracey nemusíš mít strach. Ta by se stěhováním neměla problémy."
„Zato *já* bych měla problémy se stěhováním."
„A proč? Polovina tvých kamarádek už tady nebydlí. Co tě tu vlastně drží - kromě zášti?"
„Nemusím ti své rozhodnutí nijak zdůvodňovat."
„Pochop, Barbaro, jsem jenom obyčejný profesor," pokoušel se Ron o rozumnou domluvu. „Přece víš, kolik vydělávám. Nemůžu si dovolit vydržovat dvě rodiny."
„Na to jsi měl myslet dřív, než jsi mě opustil. A než jsi zatoužil po dalších dětech."
„Aha, tak tohle ti vadí?" Ronovi se v očích objevil soucit smíšený s pohrdáním. „Vadí ti, že mám syna? Že s Pam čekáme další dítě?"
„Tracey je taky tvoje dítě."
„Jistě, nikdy jsem na to nezapomněl. A hodlám se o ni dokonale postarat. Měj rozum, Barbaro. Přece po tobě nechci, abys žila na ulici."
„Z Grand Avenue nikdy neodejdu."
„Děláš mi to naschvál."
„Co ti dělám naschvál? Naschvál jsem ještě neumřela? Naschvál ještě žiju - nebo spíš živořím?"
„Když vidím účty z Visa karty, řekl bych, že se ti živoří docela dobře."
„Byl to tvůj nápad."
„Předpokládal jsem, že mou kartu budeš využívat jen v nejnutnějších případech."
„Vážně? Já ten tvůj návrh pochopila jinak."
„Opravdu?" ironicky se usmál Ron. „Ostatně teď už na tom nezáleží. Od téhle chvíle je tvůj účet uzavřený."
„Cože?"
„Váš úvěr skončil, dámo."
„To mi nemůžeš udělat."
„Vsaď se, že můžu."
„Zavolám svému právníkovi."
„A já zase svému. Vzhledem k těm třem tisícům, které jsi minulý měsíc utratila za zcela nepostradatelné oblečení od Armaniho, a navíc ve světle nočních telefonátů, jimiž jsi

pravidelně obšťastňovala mou domácnost, bude soudce určitě velmi vstřícný."

Barbara se ohlédla ke schodům. „Nemohl bys mluvit tišeji?"

„Barbaro, udělej mi laskavost, ano? Až půjdeš příště k doktorovi kvůli kosmetické operaci, nech si taky vyšetřit hlavu."

Znechucení a zášť zaznívající z Ronových slov Barbaru téměř ochromily. „Vypadni," řekla tiše, neschopna doprovodit výzvu patřičným gestem. „Okamžitě vypadni z mého domu."

Ron si urovnal kabát a zamířil k domovním dveřím. „Potřebuješ pomoc, Barbaro. Stává se z tebe zahořklá žlučovitá čarodějnice. A s tím si neporadí ani ten nejlepší plastický chirurg na světě."

Rázně a hlučně za sebou zavřel dveře. Barbara podklesla v kolenou a podél stěny se zvolna sesula na podlahu. Bezvládná a schoulená do sebe připomínala zapomenutou hromádku špinavého prádla.

Takhle ji tam našla Tracey, když po několika minutách ostýchavě sešla ze schodů. „Mami? Mami, není ti nic?"

Barbara jen mlčky zavrtěla hlavou.

„Prostě se rozčílil," pokračovala Tracey a přiklekla k matce na prošlapaný zelený koberec. „A v rozčilení člověk říká všelijaké věci. Určitě to nemyslel vážně. Mami?"

Poslední slůvko jako by nahrazovalo celou řadu nevyslovených otázek. Mami, co tu vlastně táta chtěl? Proč se tak zlobil? O jakých telefonátech to mluvil? O co tady dneska večer šlo? Zavinila jsem všechno já? Vysvětlíš mi to, mami?

„Mami?"

Barbara si otřela slzy a pokusila se o úsměv. Nikdy ji nepřestalo udivovat, jaký zázrak se jí to podařilo přivést na svět. V Traceyiných kulatých tmavých očích se však nedalo nic přečíst. Co si o mně opravdu myslí? uvažovala Barbara a pohladila dceru po vlasech zcuchaných spánkem. A když se na mne dívá, vidí stejně jako Ron jen ubohou zahořklou ženu středního věku, kterou opustil manžel a která se ve své samotě upíná k pošetilým snům o někdejší slávě? Vidí žlučovitou čarodějnici? „Měla bys jít spát," něžně řekla dceři.

„Ty taky."

Ron mě sice chtěl především urazit, pomyslela si Barbara, ale třeba ten jeho nápad nebyl úplně hloupý. Co kdybych se obrátila na nějakého odborníka, aby mi poradil, jak se vyrovnat s problémy a jak dál žít? Psychoterapeuti ovšem nejsou laciní a Ron mi dal jasně najevo, že s rozhazováním je konec. „Měla bys jít spát," zopakovala dceři.

„Ty taky."

„Jen běž, zlato. Přijdu za chvilku."

„Počkám tu s tebou."

„Ne, přece kvůli mně nebudeš ponocovat. Neboj se, jsem v pořádku. Potřebuju jenom pár minut."

Tracey na matku pohlédla unavenýma očima. „Skutečně jenom pár minut? Slibuješ?"

„Slibuju."

Dcera políbila matku na čelo a zvedla se.

„Děkuju ti," vydechla Barbara.

„Za co?"

„Že se o mě tak staráš."

„Snaž se nemyslet na to, co ti řekl táta," konejšivě se usmála Tracey. Jako by matce četla myšlenky. Jako by Barbara měla zářící barvou napsáno na čele, čeho se v téhle chvíli nejvíc děsí.

„Co mi řekl táta? Vidíš, úplně jsem zapomněla, že tu byl," pokusila se zažertovat Barbara a zavřela oči, aby se alespoň na okamžik skryla do milosrdné tmy.

Tracey se zatím váhavě vracela do ložnice. Téměř vzápětí se však otočila. „Mami? Právě jsou to dvě minuty. Už jdeš?"

Barbara vstala z podlahy a nejistým, téměř potácivým krokem zamířila ke schodům. Sotva však sevřela v prstech dolní konec zábradlí, uslyšela, jak před domem zastavil automobil. Ron? pomyslela si. Vrátil se, aby pokračoval ve svých nenávistných výlevech? Aby mě zahrnul obzvlášť vybranými urážkami, na které si v prvním kole nevzpomněl? Zaklepe tentokrát nebo opět použije svůj klíč? Hned zítra zajdu do železářství a nechám si vyměnit všechny zámky. Až křivák Ron uvidí účet, pochopí, že ani zahořklá žlučovitá čarodějnice není tak docela bezmocná.

Kdosi zaklepal na domovní dveře. Ale znělo to skoro bojácně. Barbara váhala. Klepání se ozvalo znovu, teď už o něco naléhavěji. Barbara zvolna došla ke dveřím a kukátkem vyhlédla do nevlídné chladné tmy. „Bože můj!"

„Mami," křikla shora Tracey. „Kdo je to?"

Barbara chvatně otevřela dveře a rozepjala ruce. Vzápětí jí do náruče klesla promrzlá a vyděšená Chris.

17

„PROBOHA, CO SE TI STALO?“ BARBAŘINY RUCE ZMATENĚ POLETOVALY kolem Chris. Letmo se dotkly třesoucích se paží, mokrých vlasů, uslzeného obličeje. „Tracey, přines pár dek. Honem!“

Chris se ohlédla na příjezdovou cestu, kde se řidič nervózně opíral o dveře taxíku. „Půjčil mi svoje sako,“ zasípala a shodila z ramenou ošoupaný kožený kabátek. Barbara jej stačila zachytit, ještě než dopadl na podlahu. „A taky nemám na zaplacení.“

„O to se postaráme.“ Barbaře se honilo hlavou, jestli se náhodou dneska v noci celý svět nezbláznil. Přitom ani není úplněk, pomyslela si roztržitě, zatímco Tracey už přibíhala s náručí plnou modrých a zelených přikrývek. Barbara do nich promrzlou přítelkyni okamžitě zabalila. Kristepane, co to má na sobě? zděsila se v duchu. „Vezmi si z mé kabelky peníze a zaplať taxikáři,“ požádala dceru. „A vrať mu tohle sako.“ Cestou do obývacího pokoje, kam odváděla Chris, Barbara ještě křikla za Tracey: „Potom budu potřebovat nějaké teplé ponožky.“ Jakmile usadila Chris do křesla, začala jí třít ledově studené prsty na nohou. „Nechápu, jak jsi mohla vydržet bosá v tom mrazu. Určitě vůbec necítíš chodidla.“

„Uvařím horký čaj,“ nabídla se Tracey, když taxikáři uhradila jízdu a ujistila ho, že je všechno v pořádku. „Jak je vám, paní Malareková?“

Ale Chris se zatím pouze celá klepala.

Barbara jí na promodralé nohy navlékla tlusté šedobílé sportovní ponožky. Pak ji objala a pohupovala s ní, jako by konejšila malé dítě. Stále nemohla uvěřit, že Chris je opravdu tady, u ní, v jejím domě. Jak jen se jí po přítelkyni stýskalo! Od jejich posledního setkání uplynula nekonečně dlouhá doba, ale Chris přes všechny hrůzy, jimiž nepochybně prošla, připadala Barbaře stejně krásná jako dřív.

A snad ještě krásnější. Barbara ji políbila na ledově studené čelo. Potom na tváře. A znovu. A ještě jednou. Všechna bolest náhle zmizela, ztracené roky se rozplynuly. Chris a Barbara jako by spolu opět seděly u pískoviště v parčíku na konci Grand Avenue, šťastné a rozesmáté, bezstarostné stejně jako děti hrající si u jejich nohou. Ne, nic zlého se jim nemůže přihodit. Dokud budou mít jedna druhou. „Můžeš mi říct, co se stalo?"

Chris zamžikala řasami a zhluboka se nadechla. „Hrozně jsme se s Tonym pohádali." Znovu se roztřásla - a jistě ne pouze chladem. „Tohle mi koupil," odhrnula cíp přikrývky a smutně se zahleděla na svou průsvitnou podprsenku lemovanou umělou kožešinou. „Přinutil mě, abych si to oblékla. I s tou příšernou kapucí. Samozřejmě jsem si připadala jako blázen, jako úplná idiotka. Nevěřila jsem, že by to celé mohl myslet vážně."

Barbara se ohlédla směrem ke kuchyni, kde Tracey právě nalévala vodu do konvice. „Co bylo dál?"

„Pokusila jsem se převést všechno v žert. Vyskočila jsem z koupelny a vykřikla něco o Supermamce. Prostě jsem Tonyho chtěla rozesmát. Jenže on se naopak rozzuřil. Přímo běsnil."

„Uhodil tě?"

Chris chvíli jen potřásala hlavou, jako by se sama divila odpovědi, která měla následovat. „Neuhodil. Není to zvláštní?"

„Proč zvláštní?"

„Protože jinak mě mlátí pořád."

Barbara zrudla rozhořčením. „Co se tedy stalo, Chris? Něco se přece muselo stát, jinak bys asi sotva vyběhla na ulici bosá, skoro nahá a bez peněz. Můžeme zavolat policii a..."

„Ne, policii nevolej."

„Proč ne? Jestli ti vyhrožoval..."

„Nevyhrožoval mi."

„Tak co ti provedl?"

„Jednoduše mě vyhodil." Chris se zasmála řezavým, ledově chladným smíchem.

„Cože? Skoro nahou tě vyhodil z domu?"

„Ale stejně nevolej policii."

„Vždyť ten chlap je surovec a blázen. Mohla jsi zmrznout."

„Řekl mi, že už nikdy neuvidím děti."

„Pitomost!" rezolutně prohlásila Barbara. „Jestli soud někomu zakáže jakýkoliv kontakt s vašimi dětmi, pak jedině tomu cvokovi."

Chris se pokusila o úsměv. „Myslíš, Barbaro?"

„Jasně. Buď klidná, hned ráno brnkneme Vicki, ta už bude vědět, s kým by sis měla promluvit."

„Ale jestli se obrátíme na policii, všechno jenom zhoršíme."

„Nic nezhoršíme. Prostě toho parchanta zavřou. Půjde do vězení."

„Dříve nebo později se dostane ven. Bude tu moje tvrzení proti jeho tvrzení, nic víc. A mně jde o děti," dodala Chris tiše.

V kuchyni zapískala konvice. Hned nato se objevila Tracey se dvěma hrnky horkého čaje. „Je to bylinkový." Nohou odstrčila stranou několik časopisů pohozených na koberci a postavila hrnky na stolek před pohovkou. „Jahody a kiwi. Novinka."

„Nádhera." Chris se předklonila a hřála si ruce nad párou stoupající z čaje.

Pokoj zaplnila příjemná ovocná vůně. „Děkuju ti, zlato," usmála se Barbara na dceru. Ať si Ron se svou mladou manželkou plodí potomky třeba jako na běžícím pásu, pomyslela si spokojeně a hrdě, lepší dítě než Tracey stejně mít nikdy nebude. „Ale měla by sis jít zase lehnout. Ráno musíš do školy."

„Můžu vám ještě něco nabídnout, paní Malareková? Třeba sušenky?"

„Ne, čaj mi stačí. A díky, Tracey, jsi moc hodná."

Tracey otálela, několikrát přešlápla z jedné bosé nohy na druhou. Možná uvažovala, jak by se asi cítila, kdyby se jí k chodidlům a prstům lepil zledovatělý sníh. „Dobrou noc, paní Malareková. Dobrou noc, mami. Kdybyste něco potřebovaly, budu ve svém pokoji." Políbila matku na tvář a zmizela.

Barbara zvedla jeden z hrnků, přidržela jej Chris u rtů a pak sledovala, jak přítelkyně opatrně usrkává horkou tekutinu.

„Úplné blaho," vydechla Chris a vzala hrnek Barbaře z ruky.

„Takže Tony tě vyhodil na ulici," vrátila se Barbara k jádru problému. Zatím ten podivný příběh vůbec nechápala, potřebovala znát podrobnosti, jinak si nemohla udělat ani předběžný obrázek. Běžela Chris k sousedům? Odmítli ji pustit dovnitř? Jak sehnala taxík? Jak přesvědčila řidiče, aby ji oblečenou jen v bláznivém průsvitném prádle - a bez peněz - odvezl uprostřed noci do Mariemontu?

„Byla jsem v šoku. Vůbec jsem nevěděla, co si počnu." Chris bloudila pohledem po místnosti. „Stále jsem tomu nemohla uvěřit. Opravdu mě Tony vyhodil? říkala jsem si zmateně. Opravdu stojím bosá a skoro nahá před domem? Na zledovatělém zápraží? Tloukla jsem na dveře, chvíli jsem dokonce uvažovala, jestli nemám rozbít některé z oken. Ale bála jsem se, že Tony by pak ještě víc běsnil. A najednou mě napadlo... panebože, já vím, zní to hrozně, když tam přece zůstaly moje děti... prostě napadlo mě, že se do toho domu už nikdy nechci vrátit. Ano, jsem z toho venku, pomyslela jsem si. Osvobodila jsem se. Tony už mě nedrží pod zámkem. Už mi nebude dýchat na krk. Už mi nebude poroučet, už mě nebude mlátit. Už mě nebude násilím nutit, abych vyhověla každé jeho zvrhlé choutce."

„Panebože."

„Jsem volná." Chris se teď plaše usmála. „Osvobodila jsem se."

Barbaře dojetím vyhrkly slzy. „Ano, jsi volná. Už nikdy se tam nemusíš vrátit."

„Ale co moje děti..."

„Děti odtud dostaneme. V celé zemi se nenajde soud, který by je svěřil takovému odpornému monstru."

Chris přikývla a znovu si lokla čaje. „Napadlo mě požádat o pomoc sousedy," pokračovala v líčení své kalvárie. „Jenže byla skoro půlnoc a všude měli zhasnuto. Nemohla jsem tahat z postele lidi, které sotva znám, a ke všemu oblečená jenom v tom šíleném prádle. A tak jsem se dala do běhu."

„Ale kam jsi běžela?"

„Sama nevím. Prostě jsem utíkala, abych se alespoň trochu zahřála. Klouzalo to, párkrát jsem upadla. Bůhvíjak jsem se ocitla na hlavní. Projelo kolem mne několik vozů, řidiči houkali, ale žádný nezastavil. Určitě jsem jim naháněla strach. No a pak se objevil ten taxík. Řidič mluvil dost špatně anglicky, ale pochopil, že jsem v nesnázích, a nabídl mi odvoz do nemocnice nebo na policii. A já mu řekla: ne, potřebuju se dostat do Mariemontu, mám tam přítelkyni Barbaru a ta vám zaplatí. Chlapík mi přehodil přes ramena svoje sako a už jsme jeli." Chris náhle zrozpačitěla a nejistě se ohlédla směrem k domovním dveřím.

„To je v pořádku," připomněla Barbara. „Tracey mu zaplatila."

„Aha. Díky." Chris dopila čaj a odložila hrnek na stolek.

Barbara jí okamžitě vtiskla do ruky druhý hrnek. „Slyšely něco z té scény děti?" zeptala se s myšlenkou na Tracey, která předtím také byla svědkem prudké hádky mezi matkou a otcem. Ron je sice pěkný křivák, usoudila teď Barbara, ale taková zrůda jako Tony chválabohu přece jen není.

„Kluci už spali."

„A Montana?"

Chris jen pokrčila rameny. Po tvářích jí začaly téct slzy.

„Všechno bude dobré, tady jsi v bezpečí. Neboj se, Tony ti už neublíží."

„Má naše děti."

„Dlouho je mít nebude. Ráno zavoláme Vicki. Ta bude vědět, co je třeba podniknout. Zatím zůstaneš u mne. Až získáme děti, nastěhují se sem taky, alespoň do té doby, než se všechno definitivně vyřeší. A ujišťuju tě, že vyhrajeme. Teď půjdeme nahoru. Shodíš ze sebe to maškarní oblečení a já ti napustím do vany horkou vodu. Potom se pořádně vyspíš. Co ty na to?"

„Pohádka," vydechla Chris.

Barbara seděla na okraji vany, přemýšlela a občas rukou zkontrolovala, jestli má voda tekoucí z kohoutku správnou teplotu. Chudinka Chris prošla hotovým peklem, říkala si Barbara. Hrůzy, o kterých se mnou mluvila, určitě představují pouze špičku ledovce. Ale proč by mě to vlastně mělo překvapovat? Tony ji přece týral celá léta. Panebože, kdysi jí dokonce ustřihl vlasy! A co jsem proti tomu udělala? Absolutně nic. Prostě jsem nehnula rukou. Stejně jako Susan a Vicki.

Dámy z Grand Avenue. Nerozlučné kamarádky. Přítelkyně na celý život.

Pěkné přítelkyně!

Barbara zavřela oči, jako by tímhle dětským způsobem chtěla uniknout před náporem lítosti a studu. Ano, bylo tak snadné tvrdit, že jde o ryze soukromou záležitost. Bylo tak snadné svalit veškerou odpovědnost na Chrisina roztřesená ramena a Tonyho surové pěsti.

Zachovala jsem se jako zbabělec. Přinejmenším jsem se mohla o něco pokusit...

„Netrap se, není to tvoje vina."

Teprve teď si Barbara uvědomila, že Chris mezitím vešla dovnitř a posadila se vedle ní, zahalena do jejího bílého koupacího pláště a s vlasy shrnutými za uši.

Ten půvabný koňský ohon je navždy pryč, s bolestí si pomyslela Barbara. „Tolik se mi po tobě stýskalo," zašeptala. „A přitom jsem tě vlastně zradila."

„Nezradila jsi mě," vzala Chris její ruku do dlaní.

„Přestala jsem tě hledat."

„Co jiného ti zbývalo?"

„Pořád jsem na tebe myslela."

„Já vím."

„Všechny jsme na tebe pořád myslely. Grand Avenue bez tebe už nebyla jako dřív."

„Jak se daří ostatním?" Chris náhle měla v očích hlad po novinkách. „Co Vicki a Susan? Owen a Jeremy? A děti?"

„Všem se vede dobře."

„Stále spolu? Stále v pohodě?"

„Stále spolu. Stále v pohodě."

„To jsem ráda. A co ty? Jak se cítíš?"

Barbara se usmála. „Mnohem líp, když jsi tady." Zlehka přejela prsty po Chrisině půvabné tváři. „Hlavně mi slib, že se k němu nevrátíš." Na odpověď čekala s napětím, dokonce téměř se strachem.

„Nevrátím se k němu." Ta slova Chris pronesla až překvapivě rázně a odhodlaně.

„Bez ohledu na to, co řekne nebo udělá?"

„Nikdy se k němu nevrátím. Za žádnou cenu."

„Přísaháš?"

„Přísahám."

Barbara vstala z okraje vany. „Voda by měla být tak akorát."

Chris si rozvázala pásek a svlékla ze sebe koupací plášť. Jako když motýl odhodí kuklu, pomyslela si Barbara, odvrátila pohled a zamířila ke dveřím koupelny. „Zůstaň tady," náhle ji zastavil Chrisin hlas.

Barbara se beze slova posadila na poklop záchodové mísy a sledovala přítelkyni, která mezitím vklouzla do vany a rychle se ponořila do příjemně teplé vody. Byla Chris vždycky tak vyhublá, tak dojemně křehká? ptala se v duchu Barbara. Ale těch zhmožděnin! Těch důkazů surového bití a zřejmě i bezohledně brutálního sexu! Šedožluté pruhy na vnitřní straně paží, rudofialové modřiny na stehnech, škrábance na krku a kolem žeber, cosi jako stopy zubů na ramenou a na ňadrech těsně nad bradavkami, modravé šmouhy po celém těle. Barbara se mimoděk otřásla, ale nedokázala odtrhnout oči. „Co voda? Není moc horká? Nebo studená?" zeptala se, jen aby slyšela vlastní hlas. Bála se, že kdyby nepromluvila, určitě by se rozbrečela.

„Díky, je přímo ideální."

„Musíš být hrozně unavená."

„A ty snad ne?"

„Kvůli mně si nedělej starosti."

„A ty si zase nedělej starosti kvůli mně."

Obě se pobaveně zahihňaly jako školačky. „Nechceš, abych ti umyla záda?" nabídla se po chvíli Barbara.

Chris beze slova sáhla pro mýdlo a s úsměvem je podala Barbaře. Pak zvedla kolena, přitáhla si je k hrudi a předklonila se. Barbara jí začala zlehka přejíždět namydlenou žínkou po ramenou. Chris zavřela oči a několikrát vzdychla.

„Nebolí to?"

„Právě naopak. Je to skvělé. Úžasné."

Barbara znovu namydlila žínku a potom jemnými krouživými pohyby pokračovala v mytí. Cítila, jak se Chris chvěje, a s jistým údivem si uvědomila, že sama se chvěje také. „Opravdu se k němu už nevrátíš?"

„Nikdy. Nikdy se k němu nevrátím," zopakovala Chris svůj slib.

Později, to už byla Chris opět zabalená v měkkém koupacím plášti a kolem mokrých vlasů měla obtočený bílý ručník, obě seděly na kraji Barbařiny široké postele. Pojednou si Barbara všimla, že přítelkyně se na ni dívá jakýmsi novým, téměř pátravým pohledem. „Hodně jsem se změnila?"

„Ne. Vůbec ne. Jenom tvůj obličej mi připadá trochu... jiný."

Barbara se bříšky prstů opatrně dotkla konečků vlasů nad spánky. „Před časem jsem byla na menší operaci."

„Na menší operaci?"

„Trochu mi povytáhli kůži. Kvůli vráskám. To víš, děvče musí dbát na svůj vzhled."

„Ale ty nemáš žádné operace zapotřebí. Vždycky jsi byla tak krásná."

Barbaře vyhrkly slzy.

„A pořád jsi krásná." Chris jí dvěma prsty něžně otřela zvlhlou tvář.

„Děkuju ti." Barbara pevně stiskla rty, aby potlačila vzlyk.

„Neumíš si představit, jak se mi po tobě stýskalo."

„Mně se po tobě stýskalo ještě víc," objala ji Barbara. Obě se bez zábran rozplakaly. A vzápětí už si vzájemně osušovaly slzy.

„Mám tě moc ráda," vydechla Chris.

„A já mám moc ráda tebe."

Chris se dlouze zahleděla do očí své přítelkyně a pak náhle přitiskla ústa na její rty.

Bože můj, co se to děje? ptala se v duchu Barbara. Možná se mi všechno jen zdá, možná celá tahle bláznivá noc není nic jiného než nekonečný sen. Sen, ve kterém mě právě teď Chris líbá na ústa – a já se nebráním.

Nevěděla, jak by se měla zachovat. Jak by na ty něžné doteky měla zareagovat. Jistě, milovala Chris. Milovala ji upřímně a celým srdcem. Ale nikdy na ni nemyslela v sexuálním smyslu, nikdy si nedokázala představit, že by mezi nimi mohlo dojít k něčemu tak důvěrnému jako v téhle chvíli. Jenže Chris je stále ještě k smrti vyděšená, připomenula si Barbara. Je zmatená a nesmírně zranitelná. Právě unikla ze spárů šílence. Konečně se cítí volná, vysvobozená z pekla, které léta prožívala. Chce vyjádřit svou vděčnost. Svou radost. Zoufale touží po troše něhy. Po něčí blízkosti. Po lásce.

Stejně jako já.

Ano, takové to s námi je, pomyslela si Barbara. Jedna ztracená duše se upíná k jiné ztracené duši. Co je na tom špatného? Co je na tom nepochopitelného?

Vtom se ozval jakýsi hluk. Barbara i Chris na okamžik strnuly a vzápětí se pustily z objetí. „Co to bylo?" zeptala se

Chris, v očích opět dávný strach. Obě vyběhly na chodbu, vylekaně se rozhlédly a hned se zase vrátily do ložnice.

Barbara poodhrnula těžké závěsy a vykoukla do noční tmy. Ale viděla jen zasněžený dvorek a několik stromů, jejichž větve pokryté třpytící se jinovatkou ohýbal chladný noční vítr. Ulomila se některá z těch větví a spadla na zem? Nebo snad někdo hodil do okna kamínek? Na zemi pod stromy však žádná větev neležela a okenní sklo také nebylo poškrábané. Že by Tony vypátral, kam Chris odjela? Že by se skrýval ve tmě a zpovzdálí pozoroval dům? Ale co když se přece jen z bůhvíjakých důvodů vrátil Ron a teď zlostně přechází po obývacím pokoji?

„Zůstaň tady a ničeho se neboj." Barbara znovu zamířila na chodbu.

„Kam chceš jít?"

„Za minutku jsem zpátky."

Barbara prošla chodbou, tiše otevřela dveře Traceyina pokoje a pohlédla k posteli. Třeba Tracey musela vstát a odskočit si do koupelny. To by ten náhlý hluk mohlo vysvětlit. Tracey však spala zdravým spánkem. „Ať se ti něco moc krásného zdá," zašeptala Barbara, políbila dceru na čelo, urovnala jí přikrývku a po špičkách vyšla z pokoje.

Pak se vydala ke schodům. Zatímco ve tmě pomaloučku sestupovala dolů, prsty klouzala po stěně a pokoušela se připravit na okamžik, kdy jí náhle nepřátelská ruka sevře rameno. Ale nic podobného se nestalo. Nikde nečíhali žádní nevítaní hosté, nikde se neobjevily žádné zlověstné přízraky. Přední i zadní domovní dveře byly pečlivě zamčené. Barbara pro jistotu znovu vykoukla oknem. „Ať jsi, kdo jsi, seber se a zmiz!" varovně pronesla do ticha. „Tady nemáš co dělat!"

„Barbaro?" dolehl k ní roztřesený hlas přítelkyně.

„Je to v pořádku. Nikdo tu není."

„Chválabohu," s úlevou vydechla Chris, jakmile se Barbara vrátila nahoru. „Asi jenom praskalo v trámech."

„Jo," přikývla Barbara. „V trámech někdy praská, když venku hodně mrzne."

V ložnici zavládly rozpaky. Obě ženy stály uprostřed místnosti a klopily hlavy. Takhle podivně jsme se spolu nikdy necítily, smutně si pomyslela Barbara.

„Víš, Barbaro," zkusila Chris prolomit tíživé ticho, „chtěla bych ti vysvětlit, že..."

„Potřebuješ se vyspat," přerušila ji Barbara. „Určitě jsi úplně vyčerpaná."

„Ano. Sotva stojím na nohou."

Barbara se usmála. „Vidíš, já taky."

„Ale stejně ti musím..."

„Nemusíš."

„Nezlob se, musím," nevzdávala se Chris. „Musím ti vysvětlit, že *tamto* mě samotnou hrozně zaskočilo."

„A myslíš, že mě ne?"

„Víš, stalo se mi to poprvé v životě..."

„A myslíš, že mně ne?" téměř rozverně zopakovala Barbara. „Ale řekla bych, že tomu rozumím."

„Opravdu?" s ostýchavým úsměvem si povzdechla Chris. „Zato já si s tím vůbec nevím rady. Totiž sama se sebou si nevím rady. Nikdy by mě nenapadlo..."

Barbara jí opět skočila do řeči. „Každopádně bude moudřejší, když si o všem promluvíme až ráno. Souhlasíš?"

„Jistě."

Obě mlčky vklouzly do postele. Chris se k Barbaře otočila zády, Barbara se k ní přivinula a zlehka jí položila ruku na útlý bok. „Dobrou noc," zamumlala Chris. Ale znělo to spíš jako tichounký vzdech.

„Dobrou," šeptem odpověděla Barbara. Cítila, jak se pod její dlaní Chrisino tělo rychle uvolňuje, měkne a vláční. Vzápětí Chris usnula. Barbara se však rozhodla zbytek noci probdít. Ze všech sil se bránila spánku, sledovala postupně blednoucí oblohu a držela nad svou milovanou přítelkyní stráž, dokud se zcela nerozednilo.

ČÁST TŘETÍ

1991 – 1992

SUSAN

18

„ARIEL, NEVIDĚLA JSI NĚKDE TEN MŮJ ČERVENÝ KAŠMÍROVÝ SVETR?" Susan stála před otevřenou skříní, u bosých nohou několik zlostně odhozených svetrů. Z Arielina pokoje k ní doléhaly dunivé rytmy naplno puštěného rádia, takže jí bylo jasné, že dcera se zřejmě ještě ani nenamáhala vylézt z postele. Susan mrkla na hodinky. Osm třicet pět. Ariel tedy přijde pozdě do školy. Už zase. Právě teď se tím však Susan nehodlala zabývat. V devět ji čekala redakční porada a v téhle chvíli se záhadně zmizelý kašmírový svetr zdál rozhodně důležitější než chronicky se loudající dcerka. „Ariel!"

„Co se děje?" ozval se Owen.

„Nemůžu najít ten purpurový svetr. Určitě mi ho sebrala Ariel."

„Aha, takže tu stojíš a ječíš. Co si od toho slibuješ?"

Susan se usmála, ale ve skutečnosti by nejraději po manželovi něčím hodila. Musí Owen za všech okolností uvažovat tak zatraceně logicky? A kromě toho přece neječela. Nikdy neječí. Aby to dokázala, zavolala co nejvlídnějším tónem: „Ariel, zlato, nevíš náhodou o mém červeném kašmírovém svetru?"

Zuřivá odpověď prolétla stěnou jako dělostřelecký granát. „Jak mám sakra vědět o nějakém tvém pitomém svetru?"

„Počkej, raději nic neříkej," požádala Susan manžela, který se okamžitě objevil za jejím zády. Owen tedy beze slova zmizel. Susan se zhluboka nadechla a znovu soustředila pozornost na police, jimiž se probírala. „Vztek je špatný rádce," tiše si opakovala přísloví, které jí doktor Slotnick doporučil pro případy, kdy se jí zmocňovala neodolatelná touha zaškrtit vzpurnou dceru – či naopak příliš dobromyslného a poddajného manžela. Podle tohoto uznávaného odborníka na rodinné problémy, jehož Susan kdysi navštívila, Ariel pouze zkouší, co všechno si může dovolit, a bouří se, protože vzpoura prostě patří k dospívání. Dítě se tímhle způsobem odpoutává od rodičů, vysvětloval věhlasný doktor, buduje si svůj vlastní svět, hledá a postupně vytváří své jedinečné, neopakovatelné já. Susan by dceřino chování neměla brát osobně. Což by Susan koneckonců dokázala, kdyby jí ovšem ono postupně vytvářené Arielino jedinečné a neopakovatelná já nepřipadalo tak nesnesitelné.

Na druhé straně Owenovi nedělalo nejmenší potíže řídit se radou doktora Slotnicka. Owen se vzdornou dcerou jednal stejně jako se svými pacienty, tedy trpělivě, vlídně, chápavě, zdvořile. Z míry ho nevyvedly ani sebevětší Arieliny hrubosti a neomalenosti. Chová se přímo jako ukázkový rodič, říkala si Susan, a už mi tím pořádně leze na nervy.

Otevřela horní zásuvku prádelníku a poslepu prohrábla úhledně srovnané podprsenky a kalhotky. Svetr mezi nimi nebyl, což ji nijak zvlášť nepřekvapilo. Proč by svůj kašmírový svetr ukládala jinam než k ostatním svetrům? Zklamaně přibouchla zásuvku – a samozřejmě ve škvíře zapomněla dva prsty. „Sakra! Do háje! Sakra!" Začala poskakovat a třepat prsty, jako by tu bodavou bolest mohla vytřást.

„Co se ti stalo tentokrát?" zeptal se Owen z ložnice.

Vida, neptá se prostě, co se mi stalo, ale co se mi stalo *tentokrát,* zachmuřeně si pomyslela Susan. Jo, když jde o mne, tak ta jeho vyhlášená trpělivost nějak přestává fungovat.

Přesto Susan zkroušeně zamířila k manželovi. „Prádelník mi přiskřípl prsty," postěžovala si.

Owen věnoval jejím prstům jen zběžný pohled. „Nic to není. Hlavně přestaň třepat rukou."

„Hrozně to bolí." Nemohl by mi ty prsty alespoň pofoukat? pomyslela si. Nebo políbit? Vzápětí však svůj bláhový nápad zavrhla. Už měla po krk letmých polibků, které od jisté doby zaplňovaly její život. U snídaně polibek na dobré ráno, potom polibek na rozloučenou, když odjížděli do práce, večer po návratu z práce polibek na přivítanou a konečně polibek na dobrou noc, s nímž se vyčerpaní ukládali k spánku. Polibky jako interpunkční znaménka. Kdy vlastně z našeho manželství zmizela vášeň? uvažovala Susan. Kdy ji nahradila zdvořilá gesta? Kdy se naše milování proměnilo v pouhou rutinu, v pouhý zvyk? Jistě, stále ještě se dokážeme vzájemně uspokojit, ale ztratili jsme schopnost jeden druhého příjemně překvapit. Kdy jsme naposledy zkusili nějakou novou polohu nebo techniku? Kdy jsme se naposledy pomilovali ráno? Ostatně proč by to nešlo třeba právě teď? blesklo Susan hlavou. Prostě ho zaskočím, najednou mu rozepnu tu čerstvě vypranou bílou košili, uvolním mu pásek u kalhot a...

„Neměla by ses pomalu začít oblékat?" zeptal se Owen.

Susan sklopila oči k prádlu tělové barvy, které měla na sobě. Náhle se cítila, jako by na ni někdo vychrstl kbelík ledově studené vody.

„Není ti nic?"

„Je mi dobře."

„Ale už bys sebou měla hodit, ne?"

Susan se beze slova otočila na patě a pádila zpátky ke skříním. Chvatně si natáhla punčochové kalhotky, sundala z ramínka béžové hedvábné šaty a s námahou se do nich nasoukala. V koupelně si pak pročísla vlasy a ušklíbla se na svůj odraz v zrcadle. Zase jsem přibrala, pomyslela si. Žádný div, že Owen o mne ztrácí zájem. I když sám taky není v kdovíjaké formě. Na rozdíl od takového Petera Bassetta, který nic nezanedbává a třikrát týdně si vylepšuje postavu v posilovně.

„Nechtěla byste se ke mně občas připojit?" navrhl jí minulý týden. Susan se bůhvíproč zasmála a nezávazně prohodila, že o tom bude uvažovat.

Ale o čem by asi tak uvažovala? Za žádnou cenu by přece nedopustila, aby ji Peter Bassett viděl v šortkách nebo dokonce v trikotu. Nemluvě o tom, že by se po deseti minutách strávených na rotopedu určitě zhroutila. Cvičit přestala už před lety. Což nebylo moudré. Pravidelné cvičení by jí nejen pomohlo snížit nadváhu, ale navíc by ji přivedlo na jiné myšlenky. Příliš mnoho času teď věnovala starostem o matku a vyčerpávajícím hádkám s dospívající dcerou. Možná právě proto taky dokázala shltnout všechno, co jí přišlo pod ruku. Sakra práce! „Vypadám hrozně," zakroutila hlavou.

„Vypadáš dobře," poznamenal Owen, který se jí objevil za zády a letmo ji políbil na tvář.

„Díky," hlesla Susan. *Dobře,* to nezní právě nejlichotivěji, pomyslela si hořce.

„Tak ať se ti daří," dodal manžel, ještě než za sebou zavřel dveře.

O chviličku později Susan zaslechla rachot garážových vrat. „Tobě taky," zamumlala.

„Zase mluvíš sama se sebou?" zlomyslně se zeptala Ariel. Modročerné vyztužené vlasy jí na hlavě trčely jako obarvené dikobrazí bodliny.

Susan zalapala po dechu jako v posledních týdnech pokaždé, když uviděla svou starší dceru, kdysi rozkošného andílka s měkkými zlatými vlásky, do něhož vkládala tolik nadějí. Jakých nadějí? smutně si teď říkala Susan. Přesto se snažila nebrat hned všechno z té nejhorší stránky, jak jí ostatně doporučoval i doktor Slotnick.

Dobrá, budeme myslet pozitivně, rozhodla se Susan. A vezmeme to popořádku. Ariel má krásné oči, přestože si je zbytečně zvýrazňuje vrstvami čehosi, co připomíná černé saze. Má pěknou pleť, i když občas ji dokonale zakrývá bílým pudrem. Má hezkou postavu, což se ovšem dost těžko rozpozná pod těmi vytahanými hadry, ve kterých se tak ráda předvádí. Je bystrá. Inteligentní.

Jo a taky má zatraceně ostrý jazyk.

Takhle by to nešlo, musíme myslet pozitivně. Pozitivně!

Ariel má svůj vlastní rozum.

Je to pozitivní přístup?

„Kristepane, kde jsi vyhrabala tyhle šaty?" s neskrývanou ironií se podivila Ariel.

Ve stejném obchodě jako ten kašmírový svetr, málem už odsekla Susan, ale ovládla se. Místo toho se co nejklidnějším tónem zeptala: „Neměla jsi náhodou už uhánět do školy?" Vzápětí v duchu zaklela. Pokud se chtěla vyhnout hádce, rozhodně neměla vytahovat tenhle problém. Nedoporučoval jí snad doktor Slotnick, aby řešení Arieliných pozdních příchodů nechala na škole? Je to jejich starost, prohlásil plešatý odborník, nikoliv vaše.

Náhle se Susan vynořily z paměti chvíle, kdy si ji Peter Bassett poprvé zavolal do své kanceláře. Právě s kýmsi ze školy své dcery telefonicky probíral tutéž otázku. Není divu, že mi tak dobře rozumí, pomyslela si teď Susan a mimoděk se usmála. Máme hodně společného.

Kupodivu se usmála i Ariel a dva půvabné dolíčky dokázaly prolomit souvislý povlak bílého pudru, který jí pokrýval celý obličej, ale končil těsně nad krkem, takže vypadala, jako by trpěla nějakou zákeřnou kožní chorobou. „Jo," připustila dcera a začala si pravačkou lámat klouby prstů na levé ruce, což Susan nesnášela. „Fakt už je dost pozdě a ke všemu hned první hodinu píšeme test z matiky."

„No, máš co dělat." Susan se podívala na hodiny. Panebože, pomalu devět! I kdyby Ariel okamžitě vyrazila, stejně už to nestihne. A ještě nebyla ani oblečená. Nebo byla? Susan se snažila nezírat příliš na dceřiny potrhané pytlovité džíny a vytahané flekaté tričko.

Přesto si Ariel jejího pohledu všimla. „Vadí ti na mně něco?" zaútočila.

Susan jen mlčky zavrtěla hlavou. *Vztek je špatný rádce,* opakovala si rezignovaně.

„Doufala jsem, že mě tam hodíš."

„Hodím?"

„Do školy. Abych nezmeškala tu písemku."

Susan už měla na jazyku pár peprných slov, včas se však rozhodla počítat v duchu do deseti. A znovu. Kolikrát tuhle věc probíraly? „Tohle jsme si snad dávno vysvětlily, ne?"

„Ale no tak, mami. Jednou přece můžeš udělat výjimku."

Jestli ji budete pořád zachraňovat, nikdy se nepoučí, varoval doktor Slotnick. Následky svého jednání by měla pocítit na vlastní kůži. „Nemůžu," téměř proti své vůli odpověděla Susan.

„Jak to, že nemůžeš?"

„Ariel, v devět mi začíná velmi důležitá porada. Prostě už nemám čas."

„Zabere ti to nanejvýš pár minut."

„Nemůžu."

„Nemůžeš nebo spíš nechceš?"

„Ještě se musím obléknout."

„Oblečená už jsi."

„Vypadám hrozně."

„No a?"

Zdánlivě nevinná poznámka působila ve své lakoničnosti hrubě a urážlivě. Copak někomu záleží na tom, jak vypadáš? naznačovala ta poznámka. Kdo si tě vůbec všimne? Kdo se ohlédne za obyčejnou tělnatou ženskou středního věku?

„Každopádně ti nezbývá než vyrazit do školy po svých."

„Nestihnu písemku!"

„Na to sis měla vzpomenout před půl hodinou."

„Úžasná rada!" vybuchla Ariel. „Víš, co si s ní můžeš?"

„Tak moment, mladá dámo," nadechla se Susan, ale to už zuřící Ariel pádila ze schodů. Vzápětí práskly dveře, až se celý dům zachvěl. Susan se rozběhla do Arielina pokoje, z jehož okna bylo vidět na ulici. „Nevzala si deštník," kroutila Susan hlavou, zatímco znepokojeně sledovala, jak dcera vytahuje z kapsy u kalhot balíček cigaret, bez ohledu na prudký dubnový déšť si zapaluje a loudavě mizí za rohem. „Panebože, leje jako z konve a ta bláznivá holka to vůbec nevnímá."

Měla jsem ji odvézt do školy, pomyslela si Susan. Ještě naposledy. Co by mi to udělalo? Ariel by alespoň vykouřila o jednu cigaretu méně. Teď přijde pozdě, nestihne písemku z matematiky a ke všemu se v tom dešti nachladí a třeba, chudinka, dostane zápal plic.

Susan se rozhlédla po dceřině pokoji, který vypadal, jako by se jím přehnalo tornádo. Takový příšerný nepořádek! Na posteli, na psacím stolku i na podlaze se povalovaly spousty pomačkaného šatstva a prádla, kelímky, lahvičky a tuby s kosmetikou, magnetofonové pásky. Řádka mincí rozsypaných po koberci připomínala pohádkovou cestičku z drobečků. U nohou postele ležela prázdná krabička od tamponů. Susan se pro ni shýbla, aby ji odhodila do odpadkového koše, a jenom doufala, že vedle krabičky neobjeví žádné použité tampony. „Proboha, jak v tom vůbec může žít?" Automaticky začala sbírat jednotlivé kusy oblečení, roztřepávala je a úhledně skládala. Pak otevřela přecpaný prádelník, a když se pokusila udělat loktem místo ve spoustě ledabyle uložených věcí, na okamžik úplně strnula.

Její nádherný purpurový kašmírový svetr ležel zmačkaný do neforemné koule v rohu druhé police. Svetr, který tak dlouho marně hledala a o kterém Ariel údajně nic nevěděla. Svetr, který si chtěla vzít na redakční poradu, neboť podle Petera Bassetta skvěle zvýrazňuje fialkový odstín jejích očí. „Já ji snad zaškrtím!" V tom okamžiku uviděla, jak zpod nevábné hromádky zmačkaných špinavých triček vykukuje její další svetr, bílý rolák z angorské vlny, který postrádala už hezkých pár měsíců. Susan popadla svetry a vrátila se s nimi do ložnice, přestože jí bylo jasné, že oba jsou prosáklé cigaretovým kouřem a také příliš ušpiněné, než aby si některý z nich mohla vzít na sebe. Mysli pozitivně! opět si připomenula. Dobrá, jaký klad se tady dá najít? Například by to mohlo znamenat, že se lepší Arielin vkus. „Jenže mi lhala."

Jak mám sakra vědět o nějakém tvém pitomém svetru?

„Nesmíte si to brát osobně," přispěchal se svou moudrostí věhlasný odborník doktor Slotnick.

„Úžasná rada!" ušklíbla se Susan. „Víte, co si s ní můžete?"

Znovu mrkla na hodinky a chvatně si obula nové hnědé lodičky. Měly vyšší podpatky, než na jaké byla zvyklá, a rozhodně neslibovaly bůhvíjaké pohodlí. Susan však zoufale potřebovala zdvihnout sebevědomí.

Ano, přímo zoufale.

A nejenom dnes ráno.

„Susan, mohla byste se minutku zdržet?" zastavil ji Peter Bassett, když se po dopolední poradě zvedla ze židle.

„Jistě." Susan sledovala, jak ostatní redaktorky a redaktoři odcházejí, a zároveň zkoušela rozhýbat v úzkých lodičkách své otlačené prsty na nohou.

„Co kdybyste zavřela dveře?"

Beze slova mu vyhověla. Prostorná konferenční místnost neměla žádné prosklené stěny a dokonce ani okna, nic tu tedy nerozptylovalo pozornost, nic tu nedokázalo upoutat unavený a těkající zrak. Dlouhý stůl se šestnácti béžovými židlemi obklopovaly tři prázdné béžové stěny, pouze na čtvrté v několika řadách visely zarámované titulní strany časopisu *Victoria*. V rohu místnosti stál na malém stolku kávovar a vedle něj tác s netknutými vdolečky.

Susan se musela hodně přemáhat, aby alespoň po jednom z těch vdolečků nesáhla, jakmile si jich po svém příchodu všimla, měla však desetiminutové zpoždění a porada už byla v plném proudu. Kromě toho nikdo z přítomných nejedl, všichni se zřejmě stihli nasnídat předem, samozřejmě pokud vůbec snídali. K čertu se všemi těmi vyzáblými stehny! zaklela v duchu Susan. A vzápětí ji napadlo: Pomalu už uvažuju jako Barbara. Odkdy se vlastně trápím takovými problémy? „Omlouvám se za těch deset minut," prohodila dřív, než ji šéf stačil pokárat.

„Všechno v pořádku?“

Susan pokrčila rameny. Žádná změna, znamenalo to gesto. K horšímu ani k lepšímu.

„S dcerou jsou pořád starosti?“

Susan se usmála. „Moje chyba, že se od ní nechám vytáčet.“

„S dětmi je někdy opravdu těžká práce. Můžete mi věřit, vím, o čem mluvím.“

„Ale věčné spory s dcerou stejně nejsou omluvou pro pozdní příchody.“ Tohle snad měl říct on, uvědomila si Susan.

„Pusťte to z hlavy,“ mávl Peter Bassett rukou. „Pro pár minut se svět nezboří. Jak se daří vaší matce?“

„Není jí právě nejlíp.“

„To je mi líto.“

Susan si povzdechla a vrátila se ke stolu. Proč tu vlastně jsem? uvažovala. Čekala bych výtky, uhlazené šéfovské řečičky o tom, že práce v časopise vyžaduje plné vypětí sil a nikdo ji nesmí zanedbávat kvůli svým osobním problémům. Nedostala snad Judi Butlerová přesně z týchž důvodů před několika měsíci výpověď? A Peter mě tady naopak vlídně utěšuje a s rukama sepjatýma za hlavou se usmívá jako měsíček. „Chtěl jste se mnou o něčem mluvit?“ zeptala se opatrně.

„Rád bych slyšel, jak pokračujete se svými plány.“

„Jak pokračuju se svými plány?“ Proboha, s jakými plány?

„Snad jste si nemyslela, že jsem zapomněl, co jste mi říkala o nutnosti zvýšit intelektuální úroveň časopisu?“

Vteřinu či dvě Susan trvalo, než pochopila. Od jejich prvního dlouhého rozhovoru uplynulo tolik času, že si své někdejší návrhy už vůbec nebyla schopna vybavit.

„Víte, zásadnější změny se v časopisech prosazují jen velmi pozvolna a obtížně,“ rozpovídal se Peter Bassett. „Lidé z vedení nemívají chuť hýbat s obsahem a zaměřením zavedeného periodika. Vyčpělost pro ně nepředstavuje žádný argument, zvlášť když odbyt přece jen stoupá. Podle vedení je v případě *Victorie* zárukou čtenářského zájmu právě zachování současné podoby. Časopis by tedy měl zůstat především líbivý a pochopitelně také patřičně povrchní. Kdepak, nemáme to lehké.“ Peter Bassett potřásl hlavou, jako by chtěl naznačit: jsme v tom spolu, milá Susan. „Přesto vás chci ujistit, že jsem se nevzdal. Dál budu usilovat o zvýšení úrovně časopisu, na kterém mi záleží stejně jako vám, a jsem pevně rozhodnut otiskovat postupně i závažnější materiály."

„Myslíte, že se vám to podaří?"

„Musíme postupovat obezřetně," spiklenecky přimhouřil oko. „Tu a tam propašujeme stránečku. Nenápadně rozšíříme záběr a půjdeme víc do hloubky. A časem možná prosadíme i obsáhlejší články."

„To by bylo skvělé. Mám spoustu nápadů."

„Například?"

„V poslední době odbornou i laickou veřejnost nesmírně vzrušuje tak zvaná hormonální substituční léčba. Totiž tahle terapie se používá už dost dlouho, ale teď se z ní stal přímo hit. Vím, že podobná tématika není v popředí zájmu našich mladších čtenářek, ale..."

„Dokázala byste to kapku okořenit?"

„Okořenit?"

„Ano. Aby to působilo přitažlivě. Sexy. Asi jako vaše lodičky." Petr Bassett opět mrkl, tentokrát světácky.

Susan cítila, jak jí rudnou tváře. Ještě že jsem si nevzala ten purpurový svetr, pomyslela si. Můj obličej by s ním teď ohromně ladil. „Možná by pomohl atraktivní titulek," vysoukala ze sebe. „Něco jako HSL – NOVÝ PRAMEN MLÁDÍ."

Peter naklonil hlavu ke straně. A náhle se rozzářil: „Skvělé!"

„Vážně?"

„Bez nejmenších pochybností." Vstal, obešel konferenční stůl a posadil se vedle Susan. Kolenem se jí přitom otřel o stehno, tvářil se však, jako by si toho nevšiml.

Susan už dávno nezažila, aby v ní jediný a navíc zřejmě mimoděčný dotek vyvolal takovou vlnu slastného mravenčení.

„Co kdybyste ten článek napsala sama?"

„Sama?"

„Jistě. Koneckonců je to váš nápad, ne?"

„Opravdu myslíte, že bych to měla zkusit?"

„Proč ne? Nic vám ovšem neslibuju."

„Pochopitelně. Hned se do toho pustím." Pokusila se zvednout ze židle, Peter však seděl příliš blízko.

„Nač ten spěch?"

Zasmála se. Panebože, hihňám se jako hloupá školačka, pomyslela si a málem se znovu začervenala.

„Řekl jsem něco legračního?“ zeptal se.

Susan jen mlčky zavrtěla hlavou, náhle plnou podivných zmatených myšlenek. Zdá se mi to nebo se ke mně skutečně přisunul ještě blíž? Políbí mě?

„Pod okem máte smítko, vydržte, nehýbejte se.“ Peter Bassett si naslinil prst a naklonil se k ní, až mezi jejich rty zůstala pouze nepatrná mezera. Pak přidržel Susan bradu a navlhčeným prostředníkem něžně odstranil smítko, pokud vůbec existovalo.

Rozechvění, které se jí zmocnilo už v okamžiku, kdy si Peter sedl tak těsně vedle ní, se téměř nesnesitelně vystupňovalo. Měkla jako vosk, tála, její tělo unášel proud horké lávy.

„Tak,“ spokojeně pokývl Peter Bassett. „A je to.“

Políbí mě?

A jestli ano, jak na jeho polibek odpovím?

Nepolíbil ji. Pouze jí věnoval další přátelský úsměv.

Kristepane, co se to se mnou děje? ptala se v duchu. Proč by mě líbal? Je to můj šéf. A není ošklivý, právě naopak, může mít ženských, kolik chce. Po redakci se vykládá, že už jich i tady pár měl. A nebyly to usedlé matky středního věku, které ve svých hedvábných béžových šatech vypadají jako almara, ale mladé krásky, například Rosa Leoniová nebo Judi Butlerová.

Jistě, klepy jsou klepy a Susan připouštěla, že časté obědy se šéfem mohly mít ryze pracovní charakter, přesto ji však nijak nemrzelo, že obě kolegyně opustily redakci. Žárlila? Nesmysl, vdaná žena nemá proč žárlit. A už vůbec ne *šťastně* vdaná žena, důrazně si připomenula Susan a cudně složila ruce do klína. Panebože, odkud se berou všechny ty bláznivé myšlenky?

„Povězte mi něco o sobě,“ nečekaně ji vybídl Petr Bassett.

„Nevím, jestli vám správně rozumím,“ zaváhala Susan. „Co byste chtěl slyšet?“

„Všechno. Totiž všechno, co budete ochotna prozradit. Jste žena plná tajemství a záhad, Susan Normanová.“

„Tajemství a záhad?“ Jindy by se po tak absurdní lichotce hlasitě rozchechtala.

„Prostě se ve vás nevyznám.“

„Ani trochu?“

„Ani trochu. Jak dlouho už tu pracujeme spolu? Skoro

dva roky. A vidíte, pořád jsem z vás zmatený, pořád vás mám plnou hlavu."

Susan mlčela. Klopila oči a bojovala sama se sebou. Jak zvláštní slova Peter volí, pomyslela si. Je mi třiačtyřicet. A v životě mě nikdo neměl plnou hlavu.

„Pořád mě podivně přitahujete," pokračoval Peter Bassett. „Pořád mě vzrušujete. Jste okouzlující. Úchvatná."

Plná tajemství a záhad, vzrušující, okouzlující, úchvatná, opakovala si v duchu Susan. Ano, Peter Bassett se jí otevřeně dvořil, sváděl ji, dával jí najevo, že by s ní přinejmenším rád prožil menší milostné dobrodružství. Uvědomovala si to, oba si to moc dobře uvědomovali a všechny ty galantní lži byly vlastně natolik hloupé a pošetilé, že Susan by jistě jenom afektovaně zakroutila hlavou a vysmála se donchuánovi do očí - kdyby ovšem z posledních sil neodolávala přímo zběsilé touze skočit mu na kolena a dychtivě ovinout stehna kolem jeho pasu.

„Moc rád bych tě políbil," zašeptal Peter.

Susan už dýchala s otevřenými ústy, ztěžka a hlasitě. Nemohla si pomoct, vlastní tělo ji zrazovalo. Peter se k ní naklonil, až na špičce jazyka ucítila horkou vlnu jeho dechu. Jeho řasy se dotkly jejích řas. Konečně! Jiskry se rozhořely v mohutný plamen. Co to dělám? Co to proboha dělám? říkala si, zatímco Peter drtil její rty a jazykem jí hravě pronikal hlouběji a hlouběji do úst.

Tohle přece nemůžu být já! protestovala, ale horlivě se k němu tiskla a rukama začínala bloudit po jeho dobře stavěném a vytrénovaném těle. Ne, tohle rozhodně nemůže být ta zásadová, inteligentní, racionálně uvažující Susan Normanová, obtloustlá a dávno usedlá manželka oblíbeného lékaře. Netvrdila snad kdysi své kamarádce Vicki, že nic takového jako nevěra u ní absolutně nepřichází v úvahu?

Nikdy neříkej nikdy, poznamenala tehdy Vicki.

Kdosi tiše, ale energicky zaklepal.

Peter Bassett vyskočil ze židle a rázem byl u dveří. „Ano?"

„Jason Elliott čeká ve vaší kanceláři," oznámila mu jeho sekretářka.

„Hned jsem tam." Otočil se k Susan, která dál seděla u konferenčního stolu, neschopna jediného pohybu. „Ještě se uvidíme," prohodil a zmizel.

19

VYZVÁNĚJÍCÍ TELEFON PROBUDIL VICKI ZE SNU, V NĚMŽ BĚŽELA PO neznámé ulici a pronásledovala neznámou ženu. V okamžiku, kdy se žena nečekaně zastavila a otočila, Vicki jako by narazila do bloku cihel. Před očima jí vybuchl úplný ohňostroj barevných hvězdiček, provázený pronikavými drnčivými zvuky. Konečně se jakžtakž probrala a sáhla po sluchátku. „Haló." Levou rukou si mnula čelo, aby rozehnala neodbytně se hlásící bolest hlavy. Příliš mnoho červeného vína, pomyslela si Vicki. Kolik lahví jsme vlastně vypili?

„Dobré jitro. Přála jste si vzbudit v šest třicet."

Vicki přelétla pohledem k hodinám na nočním stolku vedle široké postele. Přesně šest třicet. Kdo by mohl říct, že Holiday Inns neposkytují opravdu čtyřhvězdičkové služby? „Děkuji vám." Posadila se a přitáhla kolena k hrudi, pomačkané prostěradlo sklouzlo z drobných ňader. Panebože, půl sedmé! Měla pocit, že usnula sotva před chviličkou. „Hej, ospalče," oslovila nahého muže vedle sebe. „Vstáváme. Začíná nový den."

„To tvrdí kdo?" Mužův hlas zněl rozespale, chraptivě a mazlivě.

„Já, miláčku." Vicki vyskočila z postele, rozběhla se do koupelny a pustila sprchu. Proud horké vody působil jako balzám, vyčerpané tělo rychle okřívalo. Vicki slastně vydechla a začala se mydlit mýdlem Chanel, které si přinesla z domova. Pak se zaklonila. Vodní kapky jí měkce dopadaly na hrdlo a přejížděly po něm jako jazyk vášnivého milence.

Náhle k ní zavanul chladnější vzduch. Nahý muž rozhrnul závěs, postavil se za ni a vzal jí z dlaně mýdlo. „Dovolíš?"

Jeremy se taky moc rád miluje ve sprše, pomyslela si Vicki a mimoděk se usmála. Sprcha mu připomíná jejich líbánky na Havaji. Poblíž hotelu tehdy objevili malý vodopád a noc co noc se pod ním milovali.

Tohle ovšem nebyla Havaj.

A muž, který se právě k Vicki tiskl, nebyl Jeremy.

Takový je život, pomyslela si, když jí mužovy namydlené ruce sevřely ňadra. Jeremy odcestoval na Floridu, aby dojednal svůj kapitálový vstup do jedné místní televizní stanice, a já jsem tady, v letištním hotelu v Cincinnati, který ovšem stojí v nedalekém Erlangenu, Kentucky, strávila noc se zástupcem státního návladního Michaelem Rosem, s nímž zhruba tři měsíce udržuju nepříliš vzrušující poměr. Nejvyšší čas všechno ukončit, rozhodla se v okamžiku, kdy do ní Michael prudce pronikl a prsty zaryl do drobné sedmikrásky, kterou si nedávno nechala vytetovat na vnitřní stranu stehna. Pohyboval se s obvyklou ranní chutí, takže se Vicki musela rukama opřít o bílé kachlíčky, aby neupadla.

To by mi tak ještě scházelo, napadlo ji, zatímco se snažila přizpůsobit Michaelovu tempu. Jak bych asi doma vysvětlovala zlomenou ruku nebo nohu? Ačkoliv Jeremy by sotva žádal nějaké vysvětlení. Zbytečně se neptej a neuslyšíš žádné lži, takhle přibližně zněla jejich nepsaná dohoda. Ostatně manžel často cestoval a Vicki pochybovala, že veškeré své hotelové noci tráví úplně sám, i když poslední dobou už zdaleka neprojevoval tolik náruživosti jako dřív.

„Nádhera, děláš mi to skvěle," povzbudila milence, byla však ráda, že s ní souloží zezadu a nevidí mu tedy do obličeje. Michael byl o dobrých pět let mladší než ona a naštěstí ho nikdy nemusela bůhvíjak vybízet k akci. Vicki milovala svého manžela, ale kristepane, občas to s ním nebylo snadné. Kolikrát se třeba dvacet minut poctivě dřela na kolenou – a výsledek? Půl minuty a dost. Muži jako Michael Rose jí pomáhali vyrovnávat skóre.

„Jsi třída," zašeptal jí do ucha.

Sakra, taky by si mohl ty žvásty odpustit! *Jsi třída* – co tím chtěl vůbec říct? Vicki vzrušeně zasténala, ve skutečnosti se však cítila spíš rozmrzele. Čím jsem si takové ocenění vysloužila? honilo se jí hlavou. Prostě tu stojím a opírám se o zeď, abych neuklouzla. Což není zrovna kosmická věda, jak by se vyjádřil můj syn Josh. Panebože, co by si pomyslel, kdyby mě teď viděl?

A co by si pomyslela Kirsten?

„Já to nechápu," nesouhlasně se zamračila dcera, když jí Vicki sdělila, že bohužel bude muset strávit noc mimo dům.

„Už jsem ti to přece vysvětlila. Přiletí mi klientka. Z New Yorku. Sejdeme se na letišti. Jednání bude trvat dlouho do noci. Je pro mne jednodušší přenocovat v hotelu."

„Já to nechápu," tvrdošíjně opakovala Kirsten. Ale možná chápe, napadlo Vicki. Možná až moc dobře chápe. Koneckonců jí brzy bude patnáct. Vypadá skoro úplně stejně jako já v jejím věku. Vytáhlé ruce a nohy, vystouplá kolena, malá svůdná ňadra, ploché břicho. Jenom vlasy má jiné, sice také narezlé, ale výrazně tmavší. Vlní se jí až na záda, zakrývají čelo a zčásti i obličej, zatím spíš zajímavý než krásný. Určitě by si přála mít větší oči a menší nos, já jsem si přece v patnácti přála totéž.

Přála si v patnácti totéž moje matka?

Vicki sebou podrážděně škubla. Celé měsíce už si na matku ani nevzpomněla, dokonce se vzdala služeb soukromého detektiva, který po ní pátral. Nekonečná a únavná hra na kočku a na myš prostě Vicki přestala bavit. Pokud by matka měla zájem spatřit po desítkách let své dítě, prosím, ať se trochu snaží sama. A pokud ne? Její věc. Každopádně Vicki vhodila ručník do ringu, vyvěsila bílou vlajku. Vzdala se.

Co tedy matka pohledává právě teď v mých úvahách? pomyslela si a znovu sebou zlostně škubla, tentokrát ještě prudčeji. Michael Rose si její pohyby mylně vyložil jako známky blížícího se orgasmu, okamžitě zrychlil tempo a divokým náporem ji přimáčkl k mokrým dlaždičkám, až skoro nemohla dýchat. Při vyvrcholení se roztřásl, pak jí přejel rty po rameni a konečně z ní vyklouzl.

„Jsi třída," znovu ji pochválil.

Vskutku obdivuhodná fantazie a výjimečná slovní zásoba, pomyslela si Vicki, popadla své luxusní mýdlo a pečlivě si smyla všechno, co jí po milenci zůstalo mezi nohama. Žádný div, že během jeho závěrečných řečí porotci obvykle zívají nudou. Žádný div, že ho u soudu vždycky bez problémů porazím. *Jsi třída* – pane na nebi!

Měla jsem letět s Jeremym, mohla bych si užívat v hotelu Brazilian Court v Palm Beach. Pár dní na Floridě by mi udělalo dobře. Zatraceně si potřebuju odpočinout a v práci by si beze mne určitě nějak poradili. Jenže to bych zase propásla Susanin telefonát. A jak to vypadá, Susan se mnou chce probrat něco opravdu neodkladného. Proto se u mne zastaví ráno v osm, ještě předtím, než pojede do redakce. Copak asi má na srdci? Uvidíme. Vicki se beze slova prosmýkla kolem zástupce státního návladního Michaela Rose a vrátila se do pokoje.

Už byla téměř oblečená, když z koupelny vyšel i Michael, splihlé tmavé vlasy mu padaly přes vysoké čelo, kolem útlých boků si ovinul ručník. Vicki mu věnovala jen letmý pohled. Věděla, že její milenec je vysoký, snědý a podle všech běžných měřítek přitažlivý, příliš podrobně si ho však raději neprohlížela. Měla své zásady, před detaily dávala přednost hrubým obrysům. Když člověk zabředne do detailů, těžko se z nich vymotává. Zachovejte si patřičný odstup a snáze pak ledacos oželíte. Snáze ledačemus či ledakomu řeknete sbohem.

„Už musím běžet," prohodila Vicki.

„Teď hned? Myslel jsem, že si objednáme snídani do pokoje."

„Kdepak, nemám čas." Vicki si posunula šedivou sukni ve tvaru áčka, aby měla švy přesně na bocích, a ze židle stojící vedle postele zvedla barevně sladěný kabátek.

„Ještě je brzo." Michael Rose automaticky pohlédl na holé zápěstí, kde obvykle míval hodinky.

Vicki se snažila nevšímat si otázky v jeho očích ani mírně dotčeného tónu v jeho slovech. „Na osmou mám objednanou klientku." Spěšně si hřebenem pročísla krátké a dosud vlhké vlasy.

„A večer? Co bys říkala večeři v Dee Felice Cafe?"

„Nemůžu." Oblékla si kabátek a zapnula knoflíky z falešné perleti.

„Tvůj manžel se přece vrátí až příští týden, ne?" V Michaelově hlasu už zaznívala zřetelná výčitka.

„Jistě. Ale jak víš, kromě manžela mám taky dvě děti."

„Snad se můžeš vymluvit na práci."

„Nemůžu."

„Vicki..."

„Michaele..."

Zástupce státního návladního se zasmál, ale nevesele, téměř poraženecky. „Takže zítra?"

„Michaele..."
„Vicki..."
Tentokrát se rozesmála Vicki, ani její smích však nepůsobil uvolněně. Ozývala se v něm předzvěst špatných zpráv. „Poslyš, nedáme si na nějaký čas pauzu?"
„Pauzu?" Údiv v jeho očích byl zcela upřímný. „My dva?"
„Michaele, nejsme žádný pár, žádná osudem spojená dvojice." Vicki mu poprvé od chvíle, kdy se probudili, pohlédla přímo do očí. „Jsem vdaná. Ty jsi ženatý."
„No a?"
„Prostě..." Vicki zvedla ruce, jako by se ptala: Sakra, copak tohle vysvětlení nestačí?
„Dosud ti to nevadilo. A najednou..." Nedokončil větu, pouze zklamaně polkl.
„Promiň, nechtěla jsem se tě dotknout."
„Nepovídej, zvysoka kašleš na to, jak mi je."
„Michaele, je tahle hádka nutná?"
Michael Rose se bezradně rozhlédl po hotelovém pokoji. „Domníval jsem se, že mezi námi jde o víc než jenom..."
„Určitě to tak bylo," chvatně mu skočila do řeči Vicki. Jenže všechno vyprchá, dodala v duchu. „Ale ty za nic nemůžeš, vina je na mé straně."
„Proboha, tyhle otřepané fráze by sis mohla odpustit, ne? Nebo chceš urážet i mou inteligenci?"
„Rozhodně ne," zalhala. „Jen bych chtěla, abys pochopil, že je mi to opravdu líto."
V místnosti zavládlo ticho a Vicki zamířila ke dveřím.
Ale Michael ještě neskončil. „Stejně mi pořád nejde na rozum," zakroutil hlavou, „jak se vlastně stalo, že jsme si z ničeho nic vyměnili role. To přece *já* bych měl spěchat do práce. A *ty* bys tu měla stát nahá, jenom s ručníkem kolem těla, a prosit mě, abych neodcházel."
Aha, tady je kámen úrazu, trochu překvapeně si uvědomila Vicki. Nejedná se o lásku a dokonce ani o sex. Za celou tou scénou není zklamání nebo smutek, ale pouze ješitnost. Michaela prostě urazilo, že jsem si dovolila navrhnout rozchod a nečekala, až mě pustí k vodě sám. Pokrčila rameny a usmála se: „Měj se, Michaele. Určitě se uvidíme u soudu."

„Takže o co jde?“ Vicki se s hrnkem horké kávy v ruce usadila za svým psacím stolem a tázavě se zahleděla na přítelkyni. Susan nejen dorazila o deset minut dřív, ale navíc se zdála podivně nesvá, což u ní, vždycky přímo ukázkově vyrovnané, působilo velmi neobvykle. Neklidně se vrtěla, bloudila očima od rukou složených v klíně k oknu a zase zpátky, vůbec nevěnovala pozornost své kávě a zřejmě uvažovala, jestli by si důvod své návštěvy přece jen raději neměla nechat pro sebe. Měla na sobě slušivý olivově zelený kalhotový kostým, vlasy jí v měkkých vlnách vroubily kulatý obličej. Tohle je jedna z výhod nadváhy, napadlo Vicki. Máte plnější obličej a zdáte se mladší, neboť kolem očí a úst se neobjevuje tolik vrásek. Ještě si stačila všimnout, že Susan použila rtěnku světle broskvového odstínu, ale především ji udivil zvláštní lesk v Susaniných očích. Vlastně celá jen září, pomyslela si Vicki a vyhrkla: „Nejsi náhodou těhotná?“

„Blázníš?“

Vicki se s úlevou rozesmála. „Co se tedy děje? V čem je problém?“

„Žádný problém neexistuje.“

„A proto jsi se mnou chtěla mluvit málem ještě před rozedněním, co?“

„Myslela jsem, že takhle budeme mít víc soukromí.“

„A pročpak asi potřebujeme soukromí?“

„Nevím, jak začít.“

Podobné váhání bylo pro Susan zcela netypické. Obvykle šla přímo k věci. Na rozdíl třeba od Chris, která se většinou ostýchala projevit svůj názor. K osobnímu kouzlu Barbary zase patřilo, že si nikdy nebyla jistá, jestli nějaký názor má. Zato Susan patřila k těm vzácným lidem, kteří neskrývají své mínění a mluví upřímně a jednoznačně. „Co tvoje dcery?“ zeptala se Vicki, aby přítelkyni poskytla možnost srovnat si myšlenky.

„V pořádku.“

O dcery tedy nejde, usoudila Vicki. „A Owen?“

„Má se dobře.“

„Jak je na tom matka?“

„Pořád stejně.“

„To je mi líto. A co redakce? Ještě se ti tam líbí?“

„Jo. Mám tu práci moc ráda."

Vicki bezradně pokrčila rameny, jako by chtěla naznačit, že žádné další zdroje starostí či konfliktních situací ji nenapadají. „Tony ti nevolal?"

„V poslední době ne. A tobě?"

„Taky ne. Ty jeho výhružné telefonáty ustaly, když mu soud svěřil děti do dočasné péče."

„Jak se něco takového vůbec mohlo stát? Dokážeš mi to vysvětlit?"

„Sama nad tím kroutím hlavou," přiznala Vicki. „Soudce asi nejvíc ovlivnilo, když všechny tři děti prohlásily, že chtějí zůstat u otce."

„Ten mizera Tony je donutil," zamračila se Susan.

„Jo, je to mizera, parchant, úchylák a zkurvysyn," souhlasila Vicki. „Ale kvůli tomu tady nejsi, viď?"

„Ne."

„Mám hádat?"

Susan se zhluboka nadechla a opět pohledem zabloudila kamsi k oknu. „Je tady jistý muž..."

Vicki vytřeštila oči. „Cože? Myslíš to tak, jak si myslím, že to myslíš?"

Susan se zapálila jako školačka.

„Je tady jistý muž, prostě *muž* – a není to Owen?"

„Ano," sklopila Susan hlavu. „Je tady jistý muž a není to Owen."

„Rozumím ti dobře? Ty máš s někým... poměr?"

„Chraňbůh," rychle se ohradila Susan. „Nic takového."

„Chraňbůh. Nic takového," zopakovala po ní Vicki a nechápavě zakroutila hlavou. „Nezlob se, Susan, ale buď mi to dneska nemyslí nebo jde o mnohem větší záhadu, než si dokážu představit."

„Potřebuju poradit."

„A já bych potřebovala víc informací."

„Já vím. Ale nesnadno se mi o tom mluví."

„Nemusíš spěchat." Vicki se kradmo podívala na hodinky. Ve tři čtvrtě na devět by měl přijít klient, ale k čertu s ním, tohle se zdálo tak napínavé! V krajním případě klient pár minut počká.

„Jak jsem říkala, je tady jistý muž..."

„V redakci?"

„Ne!"

„Výborně," pokývla Vicki, nicméně Susanina příliš rychlá a také zbytečně důrazná odpověď ji nepřesvědčila. „Co je v domě, není pro mě."

„Cože?"

„Co je v domě, není pro mě. Jeremyho oblíbené úsloví." Vicki jen s námahou zapudila z mysli představu nahého Michaela Rose. „Znamená to..."

„Že práce a pletky se nemají míchat dohromady."

„Přesně tak. Kde ses tedy seznámila s tím mužem?"

Susan opět zaváhala. „Je to důležité?"

„Já nevím. Je?"

„Nemyslím."

„Dobrá - a co je důležité?"

„Obávám se, že ti nerozumím."

Vicki málem bouchla pěstí do desky psacího stolu. „Pro všechno na světě, Susan, přece mi musíš prozradit alespoň *něco*!"

„Je tady muž, který mě... velmi přitahuje."

„Pokračuj."

„No a já nevím, co mám dělat."

„A co bys *chtěla* udělat?"

„Nevím."

„Řekla bych, že víš."

Susan si povzdechla. „Miluju svého manžela."

„Tohle se tvého manžela netýká."

„Ne?"

„Samozřejmě pokud ses do toho muže nezamilovala. Zamilovala ses do něho?"

„Proboha ne! Dokonce si ani nejsem jistá, jestli je mi sympatický."

Vicki se div nerozesmála. Susan jí občas připadala přímo rozkošně naivní. „Takže si to shrneme. Potkala jsi jistého muže. Ten muž tě velmi přitahuje. Vzrušuje tě. Chceš se s ním vyspat. Nebo se mýlím?"

„Já nevím, jestli se s ním chci vyspat. Vůbec nevím, co chci. Prostě jde o to..."

„Že jsi už zatraceně dlouho vdaná," dokončila Vicki větu za přítelkyni.

„Ano. Asi ano."

„A v manželství už nic není tak vzrušující jako dřív.“
„Ne že by se Owen nesnažil.“
„Ale s tím jistým pánem se cítíš úplně jinak. Hltá každé tvé slovo. Když se na tebe podívá, podlamují se ti kolena.“
„Tak jako on se na mne v životě nikdo nedíval.“
„Nedělej to.“ Rázně pronesenými slovy překvapila Vicki nejen svou přítelkyni, ale snad ještě víc sama sebe. Chystala se přece Susan povzbudit, s úsměvem ji vyzvat, aby přestala váhat, odhodila staromódní zábrany a trochu si užila. Aby konečně vstoupila do klubu, kam nepochybně patří většina vdaných žen. A místo toho...
„Cože?“
„Nedělej to. Rychle vycouvej a zapomeň.“
„Proč? Čekala jsem od tebe naopak...“
„Pochvalu? Ujištění, že taková věc je dokonale v pořádku? Ano, může být v pořádku. Pro někoho.“
„Ale ne pro mne?“
„Přesně tak.“
Susan nevěděla, jestli se má rozesmát nebo rozplakat. Pokusila se o úsměv a zároveň jí z očí vyhrkly slzy.
„Jen se na sebe podívej. Brečíš - a to jsi ještě nic neprovedla. Nebo snad ano?“ pro jistotu se zeptala Vicki.
„Líbali jsme se.“
„Určitě? Určitě jste se jenom líbali?“
Susan kývla.
„Takže se pomalu dostáváme k podstatě případu,“ promluvila z Vicky advokátka. „Líbala ses s cizím mužem, celou tě to rozechvělo, změkly ti nohy, točila se ti hlava, prostě ses cítila v sedmém nebi a pochopitelně tě napadlo, že bys možná ráda zašla ještě dál. Vyhledala jsi tedy známou odbornici na cizoložné vztahy...“
„Nechtěla jsem se tě dotknout.“
„Proč dotknout? Tvoje důvěra mi lichotí. Sakra, jsem přímo poctěna.“
„Pochop, Vicki, potřebuju radu.“
„Mám dojem, že chceš víc.“
„Ano?“
„Chceš ode mne svolení.“
„Svolení?“
„Jo. A já ti žádné nedám,“ prohlásila Vicki neústupně. „Ty

si nebudeš s nikým začínat. Jasné? Hezky se vrať domů k Owenovi. Nezlob, chovej se slušně. Buď hodná holka."

Susan vyskočila ze židle. „Do háje, slušnosti už mám po krk. Celý život jsem hodná holka!"

„Právě proto je pozdě, aby ses najednou změnila. Věř mi, Susan, ty se s ním ve skutečnosti nechceš vyspat. Toužíš po romantickém vztahu jako na střední škole. Držet se za ruce, chodit parkem a před rozloučením se chvíli muchlovat v autě. Já tě přece znám. Sníš o něžných polibcích, nejde ti o tvrdě prosouloženou noc. Ráno by ses nenáviděla. Byla bys tak nešťastná a tolik by tě trápily výčitky svědomí, že bys určitě všechno vyklopila manželovi a tím bys možná vážně ohrozila vaše manželství. Spokojené a šťastné manželství. Manželství, které patří k vzácným výjimkám. Nedovolím, aby sis zničila život."

Susan se usmála a zakroutila hlavou. Co k tomu dodat? pomyslela si. Vicki má samozřejmě pravdu. „Někdy mě prostě udivuješ."

„Momentálně udivuju především sama sebe. A teď už koukej vypadnout, ať můžu udivovat lidi, kteří mi za udivování platí. Hlavně neproveď žádnou hloupost," dodala Vicki, zatímco Susan mířila ke dveřím. „Nezapomínej, že jsi pro mne nedostižný vzor."

Susan se ohlédla, v očích slzy dojetí. „A ty zase pro mne."

20

„SUSAN, BUĎTE TAK HODNÁ A ZASTAVTE SE U MNE, AŽ BUDETE MÍT chvilku," prohodil Peter Bassett cestou kolem její kóje.

Susan jen mlčky kývla. Samozřejmě předpokládá, že se okamžitě zvednu a poběžím, pomyslela si. Celý týden se mu úzkostlivě vyhýbala, dávala si pozor, aby spolu nikdy nezůstali sami, do redakce chodila přesně na devátou a odcházela v pět. A hlavně pro něho neměla čas. Neměla čas na společný oběd ani na společnou kávu, neměla čas na tajné polibky v konferenční místnosti. I když v představách se právě k těm polibkům až příliš často vracela, což si znovu a znovu zahanbeně vyčítala.

Neklidně přelétla pohledem stohy papírů na svém psacím stole. Kdy jsem naposledy viděla jeho poškrábanou dubovou desku? napadlo ji. Už to tady pomalu připomíná podlahu v Arielině pokoji. Prostě není kam ty krámy naskládat, jak pravidelně prohlašuje Ariel. Možná jsem na ni zbytečně přísná. Možná bych měla věnovat větší pozornost tomu, co říká. Tomu, co *vykřikuje,* opravila se Susan vzápětí a zároveň si uvědomila, že Peter na ni čeká a dokonce ji snad ze své kanceláře pozoruje.

Třeba Ariel křičí, protože si myslí, že ji neposlouchám.

A třeba má pravdu.

Susan se bezradně rozhlédla kolem sebe a přitom si všimla pavouka, který pomalu lezl po horním okraji přepážky, oddělující jednotlivé kóje. Pavouk vlastně svým zdánlivě křehkým tělíčkem dokonale klame, uvažovala Susan. V těch jeho tenkých a bizarně zalomených nožkách se ve skutečnosti skrývá obrovská síla. Ale mají pavouci i mozek? Jsou schopni prožívat radost nebo žal?

Panebože, už zase fantazíruju jako školačka.

A především hraju o čas. Dumám o soukromém životě pavouků, ačkoliv bych už dávno měla pádit do kanceláře

Petera Bassetta. „Zastavte se v mé pracovně, řekl pavouk mušce." Susan si ani neuvědomila, že větu vyslovila nahlas.

„Promiň," ozvalo se z vedlejší kóje. „Říkala jsi něco?"

„Ne, nic."

Přesto k ní vzápětí Carrie nakoukla. Měla bledý, útlý a hranatý obličej orámovaný záplavou rozcuchaných narezlých kudrn a a vzhledem k astigmatismu levého oka budila dojem, jako by mírně šilhala. Ve svých pětadvaceti byla už podruhé rozvedená. „V pohodě?"

„Jo, v pohodě."

„Velký náčelník už je zase na válečné stezce, co?"

„S tím si poradím," pokusila se Susan úsměvem zakrýt narůstající nervozitu. „Pozor, je tam někde pavouk," dodala, když si Carrie opřela hlavu o přepážku.

Aniž by změnila polohu, natáhla Carrie ruku a praštila pěstí do boční stěny počítače. Ten se sice trochu zakymácel, ale nespadl. Carrie pak pyšně předvedla, že z pavouka jí na hřbetu ruky zůstala jen skvrna připomínající cosi jako abstraktní tetování. „A je to."

Susan se zhluboka nadechla, marně se však snažila překonat pocit hnusu, který se jí náhle zmocnil. Musela Carrie toho zatraceného pavouka zabíjet? Nikomu přece neubližoval. Klidně si vykračoval na těch svých podivných a zázračných nohách – a najednou prásk! Život skončil. Kdepak, mládí si ničeho neváží, mládí k ničemu nemá úctu. Kristepane, byla jsem v pětadvaceti stejně lehkomyslná a bezstarostná jako Carrie?

Kromě toho taková věc přináší smůlu. Když zabiješ pavouka, říkávala matka, čekají tě slzy.

Susan pohlédla směrem k prosklenými stěnám. Na levé straně oblohy jako by se kupila dešťová mračna. Nebe se chystá zaplakat nad člověkem, pomyslela si Susan. Nebo místo člověka? Každopádně to zní pěkně melodramaticky. A navíc jde o typický emoční klam. Počkat, neříká se tomu jinak? Snažila se rozpomenout, ale univerzitní přednášky jí čím dál víc splývaly jedna s druhou. Nepromarnila jsem všechny ty roky? ptala se občas sama sebe. K čemu mi ta dřina byla? Budiž, získala jsem diplom. Ohromný úspěch! Zpomalí snad můj diplom nemilosrdný postup matčiny rakoviny? Zařídí můj diplom, aby mě Ariel začala mít ráda?

Ochrání mě diplom před největší chybou mého života? Obyčejný zdravý rozum se bohužel na žádné univerzitě nepřednáší.

Ze zmatených úvah ji vytrhl telefon.

„Ahoj, miláčku," ozval se Owenův hlas. „Nevolám snad nevhod?"

„Stalo se něco?"

„Klid, všechno je v pořádku." Susan v duchu viděla jeho vlídný úsměv. „Jenom mi právě volal Ed Frysinger a ptal se, jestli nechceme přijít v pátek na večeři. Řekl jsem, že se tě zeptám a potom mu brnknu."

„Jo. V pátek by se to hodilo."

„Výborně. Hned mu zavolám."

„Fajn. Tak zatím."

„Miluju tě."

„Já tebe taky," vyhrkla Susan.

Uplynula sotva vteřina a telefon se znovu rozdrnčel.

„Chci s vámi mluvit," vyštěkl Peter Bassett. „Okamžitě." A zavěsil.

Susan se váhavě zvedla. Ještě než došla na konec úzké uličky mezi kójemi, zapnula si horní knoflíček růžové bavlněné blůzky. Pak se bůhví už pokolikáté zhluboka nadechla a zamířila ke kanceláři Petera Bassetta.

Dveře byly otevřené, Peter seděl za svým šéfovským stolem a s propiskou v ruce cosi četl. „Zavřete ty dveře," houkl, aniž by zvedl oči od papírů.

Susan si v rozpacích odkašlala a splnila příkaz. Srdce jí bušilo, že to muselo být slyšet po celé redakci. Neblázni, v duchu uklidňovala sama sebe, nemáš se čeho bát. Nic se nestane. Určitě ne teď a tady, uprostřed odpoledne v prosklené kanceláři, kam je ze všech stran vidět.

„Přivádíš mě k šílenství, uvědomuješ si to vůbec?" pronesl působivě nahořklým tónem a s hlavou stále ještě sklopenou k listinám.

Bože můj, je to tady, pomyslela si Susan, když ucítila známé zatrnutí v podbřišku.

„Od rána tu sedím, pokouším se pracovat a nikam to nevede, protože se nedokážu soustředit. Pořád před očima vidím jen tebe." Konečně se narovnal v ramenou a téměř ji sežehl zcela jednoznačným žádostivým pohledem.

Vlastně ani není nijak výjimečně hezký, snažila se Susan najít argumenty, které by ji odradily. Je příliš hubený a trochu připomíná jestřába. To Owen působí mnohem příjemnějším dojmem. Jenže kdy se na mne Owen naposledy podíval s tak neovladatelnou, přímo živočišnou touhou? Kdy? Takže se přece přidám k té údajné většině? Přece jen vstoupím do Vickina klubu nevěrnic? Do klubu cizoložnic?

Peter Bassett náhle vyskočil a vrazil jí do rukou hromadu stránkových korektur. „Jdeme," zavelel a rázně vyšel ze dveří, ještě než se Susan stačila na cokoliv zeptat.

Brzy si domyslila, kam asi jdou. A nemýlila se. Peter se zastavil přede dveřmi konferenční místnosti, nejprve pro jistotu zaklepal a pak otevřel. „Čistý vzduch," usmál se a hlasitěji, pro zvědavé uši, dodal: „Buďte tak hodná a položte ty korektury na stůl."

Susan začala rozkládat jednotlivé stránky a vtom uslyšela, jak Peter zamyká.

„No tak, Susan, to by snad stačilo, teď už nemusíme předstírat, že pracujeme, ne?"

„Myslela jsem, že chcete..."

„Ty moc dobře víš, co chci." Najednou stál těsně za ní. Tak těsně, že na krku cítila jeho vzrušený dech. Panebože. Panebože! Už zase celá malátněla, už zase jí měkla kolena, už zase ji začínal unášet ten proud horké lávy. „Uvolni se," šeptal jí Peter do ucha, zatímco palcem přejížděl po citlivém místě mezi jejími lopatkami, „ještě víc, ano, tak je to správné." Na okamžik sevřel v dlaních její ňadra a vzápětí jí vyhrnul sukni. Kristepane, blesklo Susan hlavou, opravdu se mnou chce souložit tady, v redakci? A já mu to opravdu chci dovolit?

Nedělej to, jako by ji varoval Vickin hlas.

„Ne, přestaň prosím," zašeptala až příliš ochable a nepřesvědčivě. Možná v jejích slovech slyšel spíš nesmělou výzvu: nepřestávej prosím.

Peter ji otočil, hladově se zmocnil jejích úst a zároveň jí jednou rukou napůl stáhl kalhotky a punčocháče. „Chci tě líbat. Všude, úplně všude."

Jsem ztracená, pomyslela si Susan a téměř proti své vůli Petera Bassetta objala. Jeho zkušené prsty se mezitím už blížily k jejímu klínu. Sálal z nich nesnesitelný žár.

Nezlob, buď hodná holka, znovu se připomenula Vicki.

„Taky se už nemůžeš dočkat?“ zadýchaně se zeptal Peter, zatímco si poslepu rozepínal zip u poklopce.

Vrať se domů k Owenovi.

Ach ano, Owen... Tak mile a nevinně do telefonu mluvil o té páteční večeři. Jak by mohl tušit, co právě teď provádím? Owen, moje velká láska už od střední školy. Moje jediná láska. Pozorný, ohleduplný a nesmírně čestný Owen, který by mě nikdy nepodvedl. Ne, Owen nepatří k mužům jako Ron, kteří svými zálety dokážou manželkám udělat ze života peklo. Takovými lidmi jsem přece odjakživa pohrdala a najednou se mám chovat stejně jako oni? Vicki měla pravdu. Určitě bych se potom nenáviděla. Sakra, nenávidím se už v téhle chvíli!

„Ne!“ téměř vykřikla, než jí Peterův jazyk znemožnil pokračovat. Alespoň se tedy pokusila odstrčit ty všetečné ruce. Zmítala sebou, Peter si však zřejmě vykládal její pohyby jako známky vzrušení a vedl si stále neodbytněji.

To je konec, pomyslela si, v panice zmobilizovala zbytek sil a vyškubla se z Peterova objetí. „Už dost!“ vydechla.

„Co je s tebou?“ V očích měl nelíčený údiv.

„Já nechci. Nemůžu to udělat.“

„Ale můžeš.“ A náhle znovu cítila jeho ruce skoro všude, ve vlasech a současně na ňadrech, kolem pasu a současně mezi nohama. „Nemusíš se bát, nikdo nás tady nevyruší.“

„O to nejde.“

„Ne? A o co tedy?“

„Prostě to nemůžu udělat.“ Naposledy se vzepjala a odstrčila ho tak prudce, že ztratil rovnováhu a bokem narazil na hranu konferenčního stolu.

Z pohledu Petera Bassetta teď čišel chladný vztek. „K čertu, dámo, co to tady se mnou hrajete za hru?“

„Omlouvám se.“ Susan si chvatně upravovala oblečení. „Nechtěla jsem, aby věci zašly tak daleko. Nemůžeme prostě na všechno zapomenout?“

„Zapomenout? Celé měsíce mě svádíš a najednou mám zapomenout?“

„Je mi to líto.“

„Nakrucovala ses přede mnou. Klopila jsi řasy, kdykoliv jsi potřebovala dřív vypadnout. Nakláněla ses nad mým psacím stolem...“

„Nenakláněla." Nebo snad ano?

„Hrála sis na slečnu Bezbrannou. Na smutné děvčátko, které se trápí kvůli matce..."

„Ale já se o matku skutečně bojím."

„Spíš by ses měla bát o svou práci."

„Cože?"

„Nemám rád, když ze mne někdo dělá blbce."

„Nic podobného bych si nedovolila." Proč a za co se tu vlastně omlouvám? uvažovala sklíčeně.

„Myslel jsem, že ti nejsem lhostejný. Že jsem v tobě něco probudil. Že nejenom toužím já po tobě, ale taky ty po mně." Znělo to, jako by se dosud nevzdal. Jako by se ještě chtěl pokusit dotáhnout akci do konce.

Za dveřmi konferenční místnosti se ozval čísi šepot.

„Je mi to líto." Nic jiného už Susan nenapadalo.

Peter Bassett si vytáhl zip u kalhot, zapnul si sako a upravil vázanku. Letmo pohlédl na stránkové korektury, které se během potyčky rozlétly po podlaze. „Ukliďte to tady," procedil mezi zuby, odemkl dveře a zmizel.

O tři týdny později zazvonil na Susanině psacím stole telefon.

„Přijďte laskavě do mé kanceláře," chladným úředním tónem pronesl Peter Bassett. „Co nejdřív. A vezměte s sebou ten článek o hormonální substituční léčbě, na kterém pracujete."

Článek? Jaký článek? lámala si hlavu Susan, zatímco pohledem bloudila po stozích popsaného a potištěného papíru. V posledních týdnech jí šéf přiděloval tolik nejrůznějších úkolů, že na článek úplně zapomněla. Zatím měla všehovšudy pár předběžných poznámek. Možná hrubý náčrt. Ale kde?

Telefon se opět rozdrnčel.

„Co nejdřív v žádném případě neznamená zítra," poučil ji Peter Bassett. „Nebo až se vám zlíbí."

„Jistě. Už jdu." Susan si nervózně odkašlala do dlaně.

„Doufám, že už zase nejste nemocná."

„Nemocná?" Už zase? Pitomost!

„Hlavně přineste ten článek."

Konečně pod stohem papírů našla své poznámky, chvatně si je přečetla a vydala se za šéfem.

„Tak se podíváme, co jste předvedla," přivítal ji Peter Bassett.

Susan mu podala své letmo načrtnuté nápady a dávala si přitom pozor, aby se dívala kamsi mimo něj. Kdykoliv teď zachytila jeho pohled, dělalo se jí nevolno. Panebože, jak jen jsem mohla tak zhloupnout? říkala si.

„Sakra, tohle má být článek?" zeptal se Peter natolik hlasitě, že si na jeho slovech určitě smlsla dobrá polovina redakce.

Susan zrudla. „Víc toho zatím nemám."

„Zatím? Jak dlouho už na tom pracujete?"

„Připravovala jsem spousty jiných materiálů."

„Ale soustředit jste se měla především na téma, které jsem vám osobně svěřil, ne?"

„Z těch poznámek lze poměrně snadno utvořit hrubou kostru a potom už..."

Peter Bassett netrpělivě mávl rukou. „Jste si vědoma, že článek potřebuju do konce týdne?"

„Cože? O termínu jsme přece vůbec nemluvili."

„Opakuji vám, že článek chci mít v pátek ráno na stole."

„To nemůžu zvládnout. Právě upravuju tři další články."

„Rozumím. Nezvládáte svou práci."

„Zvládám ji, jenže..."

Peter Bassett se usmál. „Poslyšte, Susan, opravdu jsem se snažil projevovat co nejvíc shovívavosti a pochopení."

„Pochopení?" O čem to sakra žvaní? pomyslela si vztekle.

„Vím, že to doma nemáte lehké. Starosti o matku, problémy s dcerou a bůhvíco ještě. Jak se zdá, náročná práce v redakci je nad vaše síly."

„Cože?"

„Jen se na sebe podívejte. Nevypadáte dobře. Jste čím dál vyčerpanější, přibíráte na váze."

Neomalená slova ji zasáhla jako políček. „Cože?" Kolikrát už jsem to řekla? napadlo ji vzápětí.

„Obávám se, že vám prostě nemůžu nabídnout další šanci."

„O čem to mluvíte?"

„Dobře vím, jak ráda máte svou práci. Vaše nadšení je obdivuhodné. Proto jsem se snažil přehlížet chyby plynoucí z vaší nezkušenosti." Povzdechl si a zakroutil hlavou. „Ale dál vás krýt skutečně nemůžu."

„Vy že jste mě kryl? To nemyslíte vážně!"

„Vaše výkonnost totiž neodpovídá požadavkům našeho časopisu."

Susan nevěřila svým uším. Taková nehoráznost!

Ale Peter Bassett se jen klidně a sebejistě usmíval.

„Propouštíte mě?"

„Ne." Odmlčel se a chvíli si pohrával s drahým plnicím perem značky Mont Blanc. „Zachovám se velkoryse, Susan. Přece jen vám ještě poskytnu příležitost."

„Což znamená?"

„Což znamená, že vám poběží zkušební lhůta."

„Zkušební lhůta? Jako neplacené elévce?"

„Ano. Potřebujete čas, abyste si důkladně promyslela, co pro vás tahle práce znamená, jestli jí dokážete věnovat maximální úsilí a také pro ni ledacos obětovat. Musíte prostě zvážit, do jaké míry jste schopna, abych tak řekl, hrát v týmu."

Ledacos obětovat, hrát v týmu, opakovala si v duchu Susan. „To nemůžete udělat."

„Dobře víte, že můžu," odpověděl téměř pobaveně. „Tak to by bylo prozatím všechno, Susan. Nezapomeňte prosím, v pátek ráno chci mít na stole váš článek. Až budete odcházet, laskavě za sebou zavřete dveře."

Cestou ke své kóji se Susan celá třásla. Nedívala se napravo ani nalevo, bylo jí lhostejné, že kolegyně a kolegové ji znepokojeně pozorují. „Jak se opovažuješ?" polohlasně mumlala. „Ty parchante! Jak se vůbec opovažuješ?"

Klesla na svou židli, v hlavě chaotický vír myšlenek. Co teď? K čertu s tebou, Petere Bassette! Oba víme, že tady dřu jako mezek a moje práce žádné nedostatky nevykazuje. Kdepak, problém není v mé práci. Ani náhodou! Jde o to, že jsem si dovolila odmítnout tvoje milostné návrhy, co? Že jsem v poslední chvíli ucukla. Že jsem tě odmrštila jako hrdá mladá kráska z nějakého historického slaďáku. Přitom jsem jen obyčejná přecitlivělá ženská středního věku, mám spousty starostí a marně bojuju s nadváhou. Bohužel jsem se, já husa, na pár měsíců přestala řídit zdravým rozumem, nechala se omámit pozorností redakčního smilníka a málem provedla nebetyčnou hloupost. Skutečně teď kvůli tomu přijdu o zaměstnání?

Panebože, co mě to posedlo?

Vicki měla pravdu. Ve všem.

Susan sáhla po telefonu a vyťukala Vickino číslo. „Chtěla bych mluvit s paní Latimerovou," oznámila sekretářce.

„Momentálně má jednání. Ale můžu jí předat vzkaz."

„Díky. Řekněte jí prosím, že s ní naléhavě potřebuje mluvit Susan Normanová. Počkám u telefonu, jak dlouho to bude nutné."

O půl minuty později se ozvala Vicki. „Susan, odkud voláš? Stalo se něco?"

„Jsem v redakci. Vzpomínáš si ještě, o čem jsme spolu mluvily minulý měsíc?"

„Ach jo," káravě si povzdechla Vicki. „Já nezapomínám. Zato ty jsi zřejmě zapomněla, že co je v domě, není pro mě."

21

„DO HÁJE!" BARBAŘINY NERVOZITOU ROZTŘESENÉ PRSTY NECHTĚNĚ zajely kartáčkem do pravého oka. Pálilo to. „Do háje! Do háje!" Rychle pomrkávala, maskaro rozředěné slzami se hromadilo pod dolním víčkem. „Nádhera! Vypadám, jako by mi někdo udělal pořádný monokl." Tamponem, na který nakapala trochu odličovače, se pokusila nadbytečnou čerň setřít, aniž by narušila nanesený mejkap, samozřejmě se to však nepodařilo. „Do háje!" Bylo jasné, že bude muset začít znovu.

„Co se děje?" nakoukla do koupelny Tracey v modrém žinylkovém županu, stejném, jaký na sobě měla Barbara.

„Krása, co? Jako bych absolvovala deset kol s Mikem Tysonem." Barbara sáhla po lahvičce odličovacího mléka a zkušenými vláčnými pohyby si začala roztírat bílou krémovitou emulzi po celém obličeji.

„Řekla bych, že vypadáš docela dobře."

„Díky, zlatíčko, ale přece jen bych ráda vypadala o něco líp než jenom *docela dobře.*"

„Kvůli komu? Nebude tu nikdo jiný než ty, já a Richard Gere."

Barbara se udiveně zahleděla na dceřin odraz v zrcadle. O čem to Tracey mluví? ptala se v duchu. A jak se sem připletl Richard Gere? „Promiň, asi mi to nedochází."

„Přece *Důstojník a džentlmen,* tvůj oblíbený film! Chtěla jsi, abych ho na dnešek vypůjčila."

„Do háje!"

„Ty jsi zapomněla?"

„Omlouvám se."

„A jdeš pryč?"

„Omlouvám se," s povzdechem zopakovala Barbara.

„Zase s tím člověkem?"

„Ano, zase s Howardem."

„Slíbila jsi, že se spolu budeme dívat na ten film. Přinesla jsem z půjčovny kazetu. Koupila jsem popcorn."

„Ani nevíš, jak je mi to líto. Prostě jsem zapomněla – a domluvila si něco jiného."

„Nemohla bys to odřeknout?"

Odřeknout? Odřeknout na poslední chvíli večeři v Maisonette, nejluxusnější cincinnatské restauraci? S Howardem a několika jeho blízkými přáteli? V žádném případě! Tracey jistě pochopí. „Odpusť, miláčku, ale opravdu to nejde."

Tracey si okázale povzdechla. „A co zítra?"

„A co raději v sobotu?" odpověděla Barbara otázkou.

„Zítra taky někam vyrážíš?"

„Howardova firma pořádá výroční slavnost. Určitě jsem se ti o tom zmínila."

„Ne, nezmínila." Tracey už stála v koupelně. „O co tu vlastně běží? Tobě se ten člověk líbí?"

Barbara pokrčila rameny. Nechtěla dceru zbytečně znepokojovat a snažila se tedy tvářit co nejlhostejněji, ve skutečnosti však cítila něco úplně jiného. S Howardem se scházela necelé dva měsíce a zatím si nebyla jistá, jak se jejich vztah vyvine. „Ano, je mi docela sympatický." Opět se soustředila na svůj obličej. Papírovým kapesníkem si setřela čisticí mléko, omyla si čelo a tváře teplou vodou, nakonec pleť opatrně osušila. „Co kdyby sis na ten film pozvala některou kamarádku?" navrhla dceři.

Tracey pouze zavrtěla hlavou.

Je možné, že by dcera neměla žádné kamarádky? ptala se v duchu Barbara, zatímco rutinovaně pracovala s mejkapem, zvlhčujícím pokladem, krémem na oči, světle modrými očními stíny a sytě černým maskarem. Na závěr si pečlivě obtáhla rty třešňově červenou barvou a přetřela je jasně oranžovou rtěnkou, až se oba odstíny prolnuly. „No, co tomu říkáš?" zeptala se dcery, která ji po celou dobu pozorně sledovala.

„Krásné."

„Opravdu?"

Tracey matku doprovodila k šatníku. „Vážně pro tebe ten člověk tolik znamená? Budete se snad brát?" Měl to být žert? *Jenom* žert?

„Ty máš nápady! Jsme prostě přátelé, nic víc." Mezi řečí Barbara sundala z ramínka černé koktejlové šaty.

„Nové?“

„Ani ne,“ zalhala Barbara.

„Ještě na nich visí cenovka.“

Barbara se okamžitě začala cítit provinile. Ale proč? Proč se cítila provinile kvůli schůzce s přítelem, kvůli novým šatům? A proč dceři lhala? „Totiž koupila jsem si je minulý měsíc, takže úplně nové nejsou.“

„Moc se mi líbí.“

„Byly z výprodeje. Za poloviční cenu. Navíc mám zaměstnaneckou slevu. Kdo by odolal?“

„Nemusíš mi nic vysvětlovat.“ Tracey se posadila do nohou postele a sledovala, jak si matka svléká župan a opatrně se nasoukává do slušivých šatů. „Jaké si k nim vezmeš boty?“

„Ještě jsem se nerozhodla,“ znovu zalhala Barbara a myslela na krabici, v níž čekaly nové černé lodičky s jehlovými podpatky. „Co kdybys zkusila zavolat Ariel?“

„Ariel? Proč bych jí měla volat?“

„Co já vím. Třeba by ráda přišla na ten film.“

„Panebože, vždyť se úplně pomátla. Viděla jsi ji teď někdy?“

Barbara přikývla. Susan to s dcerou nemá lehké, pomyslela si. Tracey by díkybohu nenapadlo nechat se ostříhat na ježka ani hyzdit si tělo tetováním. Jak se Susan Barbaře svěřila, Ariel si nejdřív nechala na pravou lopatku vytetovat jakýsi rádobyjaponský symbol, potom na levý kotník cosi jako rozšlápnutý ananas a nedávno na zadní stranu levého stehna pavučinu. Jen počkej, až budeš starší a ty obrázky povolí. Pavučina začne vypadat jako křečové žíly. Barbara z nejrůznějších úhlů překontrolovala své nohy a díkybohu žádné nehezké modravé žilky neobjevila. Bez kontaktních čoček ovšem jistotu mít nemohla. Pravděpodobně jediným příjemným rysem stárnutí je, usoudila s rezignovaným úsměvem, že člověk tak dobře nevidí, jak jeho tělo postupně podléhá zkáze.

„A co Kirsten?“ vzpomněla si Barbara na půvabnou, oblíbenou a chytrou rusovlásku, která se už teď v patnácti rozhodla, že bude advokátkou jako její matka Vicki.

Výraz v Traceyině tváři byl dostatečně výmluvný. Ty a paní Latimerová jste možná dávné kamarádky, říkal ten výraz, ale to přece neznamená, že bych se já musela kamarádit s její dcerou.

Ano, má pravdu, smutně si pomyslela Barbara a posadila se vedle dcery. Tracey si okamžitě položila hlavu na její rameno. Barbara vždycky doufala či spíš předpokládala, že děti všech čtyř „dam z Grand Avenue" se spolu spřátelí, vždyť se vzájemně znaly od nejútlejšího věku. Přesto se dívky nikdy nesblížily. A vlastně to nebylo tak překvapující, až příliš se lišily jedna od druhé.

Zmiňovat se o Chrisině dceři Montaně nemělo smysl, nikdo z nich ji dávno neviděl.

Při vzpomínce na Chris se Barbaře sevřelo srdce. Skutečně je to už rok a půl, říkala si, co se Chris oné chladné prosincové noci z ničeho nic objevila na prahu mého domu? Co jsme spolu seděly na téhle posteli? Co jsme se náhle začaly líbat?

Barbara si přejela prstem po rtech a jako by opět zažívala ten zvláštní pocit, který v ní první, dosud nesmělý a lehounký dotek Chrisiných rtů vyvolal. Jenže teď není čas na podobné myšlenky, uvědomila si. Howard tu bude za deset minut, možná ještě dřív. „Jaké náušnice bych si měla vzít?"

Tracey lhostejně pokrčila rameny, vstala a beze spěchu se odklátila z ložnice. Dolů do kuchyně však seběhla docela svižně. Vzápětí Barbara slyšela, jak dcera otvírá mrazák. „Nech tu zmrzlinu na pokoji," křikla, ale pak už spěchala do koupelny, aby se učesala a nasadila si kontaktní čočky.

Přesně v sedm zadrnčel zvonek u domovních dveří a zářící Barbara graciézně sestoupila ze schodů. „Přijdu brzy," ujistila dceru a políbila ji na čelo.

Tracey vyčítavě přimhouřila oči. „Ty boty jsou ale taky nové, viď?"

S Howardem se Barbara seznámila zhruba před šesti měsíci, když se v mariemontském společenském středisku sídlícím jen kousek od luxusního butiku, kde už téměř rok pracovala, zapsala do kurzu současných světových událostí. Na samotné přednášky se tehdy nijak zvlášť netěšila. Proč by ji mělo zajímat, že Irák ignoroval výzvu, aby se do 15. ledna stáhl z Kuvajtu, na což Spojené státy podporované Velkou Británií, Kanadou, Francií, Japonskem, Itálií, Pákistánem a zeměmi začleněnými do Arabské ligy odpověděly šestitýdenní odvetnou akcí leteckých sil? Proč by se měla vzrušovat tím, že Sovětský svaz i nadále potlačuje hnutí za nezávislost v pobaltských republikách? Kurz byl ovšem nutnou součástí jejího plánu, jak něco provést se svým životem. Dal jí snad Ron na vybranou?

Kromě toho před sebou viděla příklad své nejlepší přítelkyně. Jestliže se Chris nenechala odradit a zlomit ani neustálými Tonyho výhrůžkami, přesvědčovala Barbara sama sebe, pak nesmím váhat ani já. Musím to dokázat. Musím ten zásadní krok udělat.

K vlastnímu údivu už po několika přednáškách zjistila, že ve skutečnosti ji události na Blízkém východě, v Sovětském svazu, Somálsku či jižní Africe *zajímají,* že se docela ráda dovídá o světě mimo Grand Avenue a ještě raději pak všechno probírá se Susan, Vicki a Chris.

Muže nehledala. A Howarda si téměř nevšimla – až do chvíle, kdy mu během závěrečné přednášky kurzu upadly na podlahu hustě podškrtané noviny. Shýbl se, aby je zvedl, a přitom na ně shodil svou kávu. „Nějaký problém?" prohodila Barbara, zatímco mu pomáhala odklidit tu spoušť.

„Spousty problémů," odpověděl s plachým úsměvem. „Tohle je pouze jeden z nich."

Barbara se rozesmála. A kupodivu se poprvé po mnoha letech smála celým obličejem. Hned po přednášce zašli s Howardem na kávu, následující týden spolu poobědvali a o několik dní později povečeřeli.

Howard Kerble byl vdovec, měl dva dospělé syny a malé vnouče. Chodím na rande s dědečkem, napadalo občas Barbaru, ale nezvyklá role mladší ženy ji těšila, ačkoliv ve skutečnosti je dělilo jen osm let.

Zpočátku Barbara znovu a znovu Howarda porovnávala s bývalým manželem. Howard se jí zdál téměř stejně vysoký jako Ron, ale statnější. Vlasy měl řidší a také prošedivělejší. Howardovy oči byly modré, zatímco Ronovy hnědé. Prsty měl Howard delší, dlaně menší. Ron byl nesporně pohlednější, zato Howard distingovanější a současně přístupnější. Inteligencí Howard nepochybně Rona převyšoval, ale nikdy se, na rozdíl od Rona, nesnažil svým důvtipem a vědomostmi oslňovat. O své práci v pojišťovnictví zásadně nemluvil, naopak Ron se v rozhovoru neustále vracel ke svým přednáškám na univerzitě. Vedle Howarda si Barbara rozhodně nepřipadala hloupá, jak se jí to tak často stávalo s Ronem. Ron v ní vyvolával pocity méněcennosti, v Howardově společnosti se cítila jako plnohodnotná lidská bytost.

A teď jeho černý lincoln zastavil před komplexem moderních družstevních budov na Mehring Way. Chvíli mlčeli a pak se Howard zeptal: „Nechtěla by sis třeba prohlédnout můj byt?"

„Ráda bych, ale..." Jaké mám vlastně námitky? zarazila se Barbara. Že už je skoro jedenáct a musím se vrátit domů? Že bych si nechtěla pokazit tak výjimečně krásný večer? Že od toho děsivého maratonu s Kevinem pro mne neexistuje sex a dokonce jsem se už nesmírně dávno ani s nikým nelíbala? Ano, nesmírně dávno... Panebože, náhle si uvědomila Barbara. Naposledy jsem se líbala tenkrát s Chris.

„Jsi pořád tak krásná," zašeptala té noci Chris. „Neumíš si představit, jak se mi po tobě stýskalo."

„Mně se po tobě stýskalo ještě víc," odpověděla jí stejně tichounce Barbara.

„Mám tě moc ráda."

„A já mám moc ráda tebe."

Následoval dlouhý polibek. Jakýsi hluk v domě či venku je od sebe odtrhl. Rozeběhly se každá jiným směrem a pak... pak mezi nimi zavládlo tísnivé ticho.

„Víš, stalo se mi to poprvé v životě..." snažila se Chris překonat napětí.

„A myslíš, že mně ne?" napůl v žertu opáčila Barbara. „Ale řekla bych, že tomu rozumím."

„Opravdu? Zato já si s tím vůbec nevím rady. Totiž sama se sebou si nevím rady. Nikdy by mě nenapadlo..."

„Každopádně bude moudřejší, když si o všem promluvíme až ráno. Souhlasíš?"

K žádném takovému rozhovoru ovšem nikdy nedošlo. Polibek, který si vyměnily, se rozplynul jako sen, jehož útržky a střípky po nějaký čas ještě víří ve vzpomínkách, chvílemi se přibližují a zjasňují, cosi naznačují, vzápětí však opět unikají, až posléze definitivně zmizí v neprůhledné mlze. Barbara ani Chris nebyly schopny odhalit skutečný smysl jejich nečekaně důvěrného sblížení –

a možná se neodvažovaly příliš po tom smyslu pátrat. Takže o polibku už se nikdy nezmínily. Obě dál žily svůj život, zůstaly přítelkyněmi a také si dál vzájemně svěřovaly svá trápení. Barbara dospěla k závěru, že něžný polibek byl opravdu jen zoufalým němým výkřikem dvou osamělých duší v obzvlášť vypjatém a bolestivém okamžiku. Jiné vysvětlení nenacházela.

Ale ať už jiné vysvětlení podivného zážitku existovalo nebo ne, rozhodující bylo, že Barbaře se vždycky líbili muži. Obdivovala jejich energii a sílu stejně jako jejich drsnou pokožku, vůni jejich těl. Muži jí imponovali, muži ji přitahovali. A proto teď odhodila zábrany. „Žádné ale," usmála se na Howarda. „Ráda si tvůj byt prohlédnu."

Jednoduše, ale nikoliv přehnaně stroze zařízený byt rozhodně nezklamal její očekávání. Okna od podlahy ke stropu, parkety, kožená sedací souprava, barevné koberečky, nádherný výhled na řeku Ohio.

„Něco k pití?" zeptal se Howard.

Barbara zavrtěla hlavou. „Nevím, jestli jsem se rozhodla správně," zašeptala.

„Chceš, abych tě odvezl domů?"

„Ne. Nechce se mi domů."

„A co by sis přála? Udělám pro tebe všechno na světě."

„Nic tak hezkého jsem snad v životě neslyšela."

Oba se trochu rozpačitě zasmáli.

„A jak by se ti líbilo, kdybych se přiznal, že jsem se do tebe zamiloval?"

Barbaře vyhrkly slzy. „To zní ještě líp."

„Myslíš? Takže co dál?"

„Zatím jsi mi ukázal jen obývací pokoj. Ložnici nemáš?"

Téměř vzápětí stáli vedle široké postele a Howard pevnou rukou stahoval zip Barbařiných šatů. „Už hrozně dávno jsem se s nikým nemilovala," povzdechla si Barbara. „Nejsem si jistá, jestli vůbec vím, co se při tom dělá. Nemáš v zásobě nějakou šikovnou radu? Třeba: s milováním je to jako s jízdou na kole?"

„Proboha ne," zděsil se Howard. „Kdykoliv sednu na bicykl, sletím a zlomím si zápěstí."

Koktejlové šaty sklouzly na podlahu a Barbara v mimoděčném gestu zvedla jednu ruku k černé krajkové podprsence a druhou k černým krajkovým kalhotkám. „Mimochodem, ty kozičky nejsou moje," vyhrkla, když se Howard sklonil, aby ji políbil na hrdlo.

Zatvářil se zmateně. „A čí tedy?"

„Nechala jsem si je... trochu vyplnit. Chirurgicky vylepšit."

„A zaplatila jsi za tu operaci?"

Barbara zaraženě přikývla. Kristepane, proč se tak hloupě ptá? pomyslela si.

„Pak není o čem diskutovat," usmál se Howard. „Zaplatila jsi, jsou tedy tvoje, ne?" Nejdřív ji políbil na levé ňadro, potom na pravé.

„A taky jsem si dala zmenšit bříško," pokračovala Barbara, jako by se chtěla vyznat ze všech svých hříchů, ještě než ji Howard položí na huňatý bílý přehoz. „Říkám ti to, aby ses nelekl, jestli uvidíš nějaké jizvy."

„Mně zase před pár lety vyoperovali slepé střevo." Howard si vyhrnul košili a předvedl dlouhou nepravidelnou jizvu.

V tom okamžiku Barbara s jistotou věděla, že se opravdu zamilovala.

Nepospíchal, nejprve pozornými prsty dlouho objevoval její tělo a teprve potom do ní pronikl. Barbara ovšem byla příliš nervózní, příliš se bála, aby něco nepokazila. Příště se víc uvolním, říkala si. Příště se nebudu tolik starat o technickou stránku věci, nebudu se tolik snažit udělat dobrý dojem. Howard je jistě trpělivý a nesobecký milenec, nemůže za to, že nejsem schopna dosáhnout orgasmu. Asi tak po pěti minutách zkusila několik prudších pohybů, táhlých vzdechů a přidušených stenů, jaké na Rona vždycky bezpečně zabíraly. Ale Howarda zřejmě neoklamala. A možná jsem nikdy neoklamala ani Rona, napadlo ji. Současně se jí z paměti vynořil jeden smutný vtip. Otázka: Proč ženy předstírají orgasmus? Odpověď: Protože netuší, že mužům je to fuk.

Howardovi to nebylo lhostejné. Howardovi na jejím orgasmu záleželo. „Co to vyvádíš?" shovívavě se usmál, když se pod ním začala zmítat. „Já přece vím, že k vyvrcholení máš daleko."

„Není to tvoje vina," chvatně ho ujistila. „Nikdy nemám orgasmus. S tebou to nijak nesouvisí."

„A nemyslíš, že by mělo?" Zlehka z ní sklouzl. „Klidně lež. Zavři oči. Na nic nemysli." A pak mu hlava zmizela mezi Barbařinýma nohama.

„Ne, Howarde, to nemusíš."

„Nemusím?" Rty jí už přejížděl po vnitřních stranách stehen, přisával se k nim, zahříval je a rozpaloval. Zvolna se blížil ke klínu.

Barbara ztichla. Čekala.

Konečně! Jeho jazyk byl náhle všude, vkrádal se do nejskrytějších míst. Hravý i neústupný, útočný i něžně laskající. „Panebože," vydechla Barbara. A znovu, hlasitěji: „Panebože, panebože." Nádherná, překvapující a opojná slast se s každým dalším dotekem jazyka nesnesitelně stupňovala. Teď už Barbara nevzdychala a nesténala, ale křičela. A žadonila: „Nepřestávej. Nepřestávej prosím. Nepřestávej!"

Howarda ani nenapadlo, že by mohl přestat. Když si na ni potom opět lehl a pronikl do ní, byla více než připravená a její tělo téměř okamžitě explodovalo v sérii prudkých stahů, jaké nikdy nezažila a jaké si ani neuměla představit.

O pár vteřin později Howard setřel dlaní pot z jejího obličeje a zeptal se: „Na co myslíš?"

„Na to, jak budou koukat moje kamarádky, až se jim pochlubím," zazubila se. „Už se nemůžu dočkat." Oba se rozesmáli.

„Zůstaneš přes noc?"

Barbara si uvědomila, že Tracey určitě ještě nespí a čeká na ni. „Ne," zavrtěla hlavou. „Možná příště." Dlouze Howarda políbila na ústa. Jeho jazyk dosud chutnal po jejím klínu.

Oblékli se. Howard ji odvezl domů a doprovodil ji k domovním dveřím. Ještě jednou se políbili. „Na shledanou zítra."

Barbara za sebou zavřela, pohodila hlavou a radostně zavýskla. Vzápětí si zakryla dlaní ústa, ale jásavý zvuk už ztlumit nemohla. V domě se nesvítilo, televize nehrála. Že by Tracey přece jen spala? Barbara vyklouzla z lodiček, vzala je do ruky a zamířila ke schodům, vtom se však před ní cosi pohnulo.

A náhle dům zaplnily prolínající se výkřiky. Nejdřív vykřikla Barbara, po ní Tracey, pak znovu Barbara a znovu Tracey.

Jsme tu jenom my dvě, uvědomila si Barbara a snažila se zklidnit zběsile bušící srdce. Z šera se vynořila vyděšená Tracey, v napřažené ruce golfovou hůl. Okamžik jako by trval celou věčnost. Konečně hůl vypadla z křečovitě sevřených prstů a dokutálela se Barbaře k nohám. Tracey se rozplakala a vrhla se do matčiny náruče.

„Pane na nebi!" Barbara k sobě tiskla dceru, jako by ji chtěla umačkat. „Co se děje? Nestalo se ti nic?"

„Hrozně jsem se bála." Divoké vzlyky Tracey téměř znemožňovaly mluvit.

„Čeho? Čeho ses bála?"

„Zašla jsem si do kuchyně pro něco k jídlu a najednou jsem uslyšela hluk. Ohlédla jsem se – a za oknem mě někdo pozoroval."

„Pozoroval? Kdo? Kdo to byl?"

„Já nevím. Nějaký muž. Trvalo to jen zlomek vteřiny. Měla jsem hrozný strach."

Tony! blesklo Barbaře hlavou. Kdo jiný by to mohl být? Tomu parchantovi nestačí, že pořád pronásleduje Chris, musí ještě děsit bezbranné dospívající děvče. „Holčičko moje." Neměla jsem nikam chodit. Neměla jsem nechávat Tracey samotnou. Když si jen pomyslím... Já v cizím bytě křičím slastí, poprvé za celý svůj život se svíjím v nepředstírané sexuální extázi – a moje ubohá dcera tady zatím umírá strachy! Ten zkurvysyn! Ten všivák! Ten hnusák Tony Malarek!

„Vzadu v komoře jsem našla tátovu starou golfovou hůl. Říkala jsem si, že by se mi hodila, kdybych se musela bránit. Já vím, měla jsem spíš zavolat na policii, ale v tom zmatku mě to prostě nenapadlo. Tolik jsem se bála." Tracey náhle nebyla k zastavení, očima rychle těkala z místa na místo a slova se jí z úst hrnula v překotném proudu. „No a potom jsem už nic neslyšela, a když ticho trvalo hodně dlouho, vrátila jsem se nahoru. Asi jsem usnula, ale nejsem si jistá. Pak se z ničeho nic otevřely a zase zavřely domovní dveře. Popadla jsem tu golfovou hůl a vyrazila zpátky ke schodům. Vůbec mi to nemyslelo. Úplně jsem zapomněla, že se budeš vracet z té večeře."

„Chudinko moje. Zlatíčko. Je mi tak líto. Můžeš mi odpustit?"

„Ty přece za nic nemůžeš."

Barbara si zhluboka povzdechla. Oklamala Tracey zjitřená obraznost nebo se opravdu někdo potloukal kolem domu? „Zítra zůstanu s tebou."

„Ale proč? Máš přece ten večírek. Určitě se mi nic nestane."

„Zůstanu doma." Barbara vzala dceru kolem pasu. Společně pomalu stoupaly po schodech. „Koupíme si popcorn a budeme sledovat, jak Richard Gere zachraňuje Debru Wingerovou před únavnou dřinou v továrně. Co ty na to?"

„Úplná pohádka," vděčně se zasmála Tracey.

„Chtěla bys dneska spát u mne?" zeptala se nahoře Barbara. Tracey nadšeně přikývla. V poslední době přece Barbara trvala na tom, aby dcera opět spávala ve svém pokoji.

„Všechno bude jako dřív," prohodila Tracey a vklouzla pod přikrývky.

O pár minut později Barbara ulehla vedle ní. Ráno zavolám na policii a ohlásím, že se tu někdo potloukal, rozhodla se. A pokud jde o Howarda, ten jistě pochopí a omluví mě. Bude muset. Nikdy bych si nedopustila, kdyby se Tracey mělo něco stát. Objala dceru, shrnula jí vlasy z obličeje a spustila tichým zpěvavým hlasem: „Byla jednou jedna malá holčička a ta měla kudrlinku přímo uprostřed čela."

„A když ta holčička hezky poslouchala," navázala Tracey, „tak byla moc a moc a moc hodná."

„Ale když zlobila..."

„Byla to zlobilka zlobivá!" dokončily matka s dcerou jednohlasně.

22

„DOST DLOUHO MI BYLA SYMPATICKÁ," VYKLÁDAL PETER BASSETT VE ztichlé zasedací místnosti. „Její výkon sice tak docela neodpovídal profesionálním požadavkům, ale připadala mi bystrá, zapálená pro práci v redakci a nápaditá, prostě slibná. Navíc nijak neskrývala, že se jí líbím, což mi, musím se přiznat, lichotilo. Jistě, uvědomuju si, jak hloupé to ode mne bylo, koneckonců jsem ženatý člověk. Rozhodně se tedy nemám čím chlubit. Ale tím, kdo celou situaci podnítil a vyhrotil, byla jen a jen paní Normanová."

Susan si odkašlala a sklopila oči. Znovu si odkašlala a úpěnlivě pohlédla na Vicki. Nepomůžeš mi? říkal ten pohled. Nezachráníš mě? Ale Vicki mlčela, pouze se dál usmívala tím svým záhadným poloúsměvem, který ji neopouštěl od chvíle, kdy předběžné mimosoudní slyšení začalo.

Sakra, musí se tvářit tak spokojeně? pomyslela si Susan. Ačkoliv proč by se netvářila? Je ve svém živlu. Vychutnává si, že tu všichni spořádaně sedí v prostorné zasedací místnosti největší právnické firmy v Cincinnati, líbí se jí drahé originály na stěnách stejně jako masivní, nejméně čtyřicet stop dlouhý dubový stůl obklopený šestnácti nádhernými židlemi, které určitě stály víc, než jsme s Owenem zaplatili za veškeré zařízení našeho domu. Ano, Vicki je nepochybně příjemné i to, že její manžel Jeremy Latimer a jeho tři bezvadně oblečení a vážně se tvářící právníci napjatě čekají, jak na místopřísežnou výpověď Petera Bassetta zareaguje.

Proboha, co tady všichni vůbec pohledávají? A co tu pohledávám já? Jak jsem mohla připustit, aby věci zašly tak daleko?

„Budeme toho parchanta žalovat!" prohlásila Vicki tenkrát před pěti měsíci, když jí Susan upřímně a podrobně vylíčila, co se mezi ní a Peterem Bassettem odehrálo.

„Cože? Žalovat?"

„Něčemu takovému se říká sexuální obtěžování - a jestli tohle není přímo čítanková ukázka, pak už nevím."
„Ale my ho nemůžeme žalovat," namítla Susan.
„Proč myslíš?"
„Tak především: vlastně bys žalovala svého manžela. Je to jeho časopis."
„No a?"
„Jeremy pojmenoval časopis podle tebe. Nešlo by tu náhodou o střet zájmů?"
„Nešlo, pokud mě necháš hájit tvoje zájmy."
„A nejsou mé zájmy v rozporu s tvými zájmy?"
„Podívej, Susan, Jeremy a já spolu výborně vycházíme, ale nejsme siamská dvojčat. A Jeremy už je dávno dospělý. Umí se o sebe postarat."
„Ale stejně. Nedotkne se ho, když ho poženeš k soudu?"
„Blázníš? Taková publicita je k nezaplacení. Jeremy bude nadšený. Vychutná si každou minutu."
„Jenže..."
„Copak?"
„Jenže ani já v tom nejsem tak docela nevinně. Dovolila jsem Peterovi, aby mě líbal."
„Ovšem, takže bys zasloužila vypálit na čelo cejch, ne?" ušklíbla se Vicki. „Vzpamatuj se, Susan, ty jsi přece Bassetta nevydírala, nevyvíjela jsi na něj žádný nátlak, k ničemu jsi ho nenutila. Zato Peter Bassett ti vyhrožoval. Jasně ti naznačil, že tě vyhodí z redakce, jestli mu odmítneš vyhovět."
„Vážně si myslíš, že máme šanci?"
„Pozor, jednu věc si musíme vyjasnit předem. Když jdeš k soudu, nikdy nemáš žádnou záruku. A tohle rozhodně nebude snadný případ."
„Proč potom riskovat?"
„Protože příští obětí toho mizery může být třeba tvoje dcera."
Argument zapůsobil, dál už nebylo o čem diskutovat.
Brzy po tomto rozhovoru došlo k události, která znamenala zásadní obrat. Anita Hillová vznesla obvinění proti Clarenci Thomasovi a sexuální obtěžování se stalo tématem dne. Žádný div, že na první stránky novin se pak dostal i případ Susan Normanové.
„Bingo!" jásala Vicki. „Máme kliku."

„Kliku?“ kroutila hlavou Susan. „Jak můžeš něco takového říct? Jsem bez práce. Manžel se mnou skoro nemluví. Nemůžu otevřít noviny, abych tam neuviděla ten svůj rozpláclý obličej. Porota nikdy neuvěří, že jsem po redakčním krasavci Peterovi tvrdě nevyjela sama.“

„Zbytečně se podceňuješ, podle mne jsi docela fotogenická. A kromě toho, věř mi, tahle aféra se k soudu vůbec nedostane.“

„Děkuji vám, pane Bassette,“ říkal teď Peterův právník. „Paní Latimerová, jistě budete mít na mého klienta nějaké otázky.“

Vicki neodpověděla. Stále s tím svým poloúsměvem vytáhla z kufříku miniaturní černý magnetofon a téměř obřadně jej položila doprostřed dlouhého stolu. Stiskla tlačítko, opět se pohodlně usadila a mrkla na přítelkyni.

Susan se zatajeným dechem čekala, až se ozve tlumený zvuk otvíraných a zavíraných dveří. Dočkala se.

„Susan? Copak si přejete?“ zeptal se mužský hlas.

Všichni v zasedací místnosti se otočili k Peteru Bassettovi. Ten sebou škubl a okamžitě se začal dožadovat vysvětlení. „Co to má sakra znamenat?“

„Dokončila jsem ten článek o hormonální substituční léčbě,“ odpovídala z magnetofonu Susan. „Říkal jste, že se na něj chcete podívat.“

„Jaké triky to tady na nás zkoušíte, paní kolegyně?“ vyskočil nejstarší a nejdůstojnější z trojice advokátů Jeremyho Latimera.

„Posaď se, Austine,“ stručně ho vyzval Jeremy. Právník okamžitě poslechl.

„Protestuji! Co nejdůrazněji protestuji!“ Další člen právnického týmu, zřejmě teprve nedávno dostudovaný mladíček, rozčileně mával rukama.

„Nech toho divadýlka, Tome, nejsme u soudu,“ nevzrušeně pronesl Jeremy. „Snad si to můžeme poslechnout, ne?“

Všichni opět obrátili pozornost k miniaturnímu magnetofonu. Upřeně na něj zírali, jako by se mezitím proměnil v obrovskou televizní obrazovku.

„Nepodíváme se na to raději v konferenční místnosti?“ právě se ptal okouzlující sytý baryton Petera Bassetta. „Nemáte námitky, že, Susan – nebo snad ano?“ Všichni zpozorněli.

„Vy jste si náš rozhovor natáčela?" teatrálně vybuchl Peter Bassett, v obličeji a gestech vrcholné pohoršení.

Susan se na něho nepodívala.

Vicki se dál usmívala. Byl to můj nápad, prozrazoval teď její záhadný poloúsměv.

„Je něco takového vůbec legální?" pokračoval Peter Bassett.

„Sklapni, Petere," sykl Jeremy Latimer.

Peter Bassett se schoulil do sebe a zavřel oči. Ticho jako hustý černý dým teď na okamžik zaplnilo celou zasedací místnost.

A pak se z magnetofonu opět ozval Susanin hlas. „Nestojím o žádné potíže, Petere. Prostě chci dělat svou práci, nic víc."

„Jenže tvé práci, milá Susan, právě teď začíná zvonit umíráček." Ta slova zasáhla posluchače jako stříkanec kobřího jedu. „Doufal jsem, že přijdeš k rozumu. Líbíš se mi, Susan. Moc se mi líbíš. A myslel jsem, že já ti taky nejsem lhostejný. Myslel jsem, že ti záleží na tvém místě v redakci."

„Snažila jsem se napsat ten článek co nejlíp. Aby vyhovoval všem požadavkům."

„Obávám se, že *všem* požadavkům vyhovovat nebude."

„Alespoň byste se na něj mohl podívat."

„Zkus mě přesvědčit."

„Cože?"

„Zkus mě přesvědčit, že se na něj mám podívat."

„Petere, moc vás prosím. Opravdu už zacházíte příliš daleko."

„Příliš daleko? Kristepane, proč jsi tedy přede mnou pořád kroutila tím svým mohutným zadkem? Copak jsi nechtěla, abych se zachoval jako každý normální chlap? Chlap, co má v žilách krev a ne vodu?"

„Možná... možná jsem ve vás vyvolala falešný dojem... Pokud se to stalo, upřímně toho lituju a omlouvám se." V jejím hlase zřetelně zněly slzy.

„Ještě víc budeš litovat jako nezaměstnaná."

„Mluvíte vážně?" zeptala se Susan po kratší odmlce. „Skutečně mě vyhodíte z redakce, když se s vámi nevyspím?"

„Jak si usteleš," ironicky opáčil Peter Bassett, „tak si lehneš."

„Nedělejte to prosím," naposledy se ho pokusila oblomit Susan.

„Už jsem se rozhodl. Jste propuštěna, paní Normanová. Zavolám ochranku, aby vás vyprovodila z budovy."

Vicki se naklonila dopředu a vypnula magnetofon. Ticho, které následovalo, tentokrát připomínalo nebezpečný plyn hrozící explozí po prvním vyřčeném slovu.

„Přeje si někdo, abych tu pásku pustila ještě jednou?" zeptala se Vicki vlídně a dokonce bez zlomyslného podtónu.

„Díky, myslím, že jsme už slyšeli dost." Jak se zdálo, Jeremy Latimer by se docela rád na manželku usmál, ale ovládl se. „Paní Normanová," otočil se k Susan, „upřímně se vám omlouvám za všechny nepříjemnosti, které jste nikoliv vlastní vinou v poslední době zažívala."

Susan mlčky pokývla. Rty se jí chvěly, v očích měla slzy.

„Domnívám se, že by nám prospěla přestávka," pokračoval Jeremy, zatímco Vicki ukládala miniaturní magnetofon zpátky do svého kufříku. „Sejdeme se tu opět... řekněme ve tři?" Hlavy kolem dlouhého stolu se rozkývaly jako plyšová zvířátka, která si lidé dávají za zadní skla automobilů. „Mezitím snad s kolegy dospějeme k nějakému rozumnému závěru a dohodneme se na řešení, jaké by mohlo vyhovovat oběma stranám."

Vicki už byla na nohou. „Souhlasím."

Susan se zvedala jen velmi nejistě a dokonce se musela zachytit stolu. Opravdu ta noční můra zmizí? pomyslela si. Opravdu se vrátím do práce, opravdu budu zase žít jako člověk? Opravdu je po všem? Panebože, já tu snad omdlím.

„Mám hlad jako vlk," prohodila Vicki, jakmile se za nimi zavřely těžké dubové dveře zasedací místnosti.

„Točí se mi hlava," téměř skomíravě zašeptala Susan a opřela se o nejbližší zeď.

„To spraví kapka šampaňského."

„Šampaňského?"

„Co jiného bys chtěla pít?" hlasitě se rozesmála Vicki. „Tohle je vítězství, chápeš? Vítězství! Je čas oslavovat."

„Kolik nás bude dohromady?"

Susan na chvilku přestala hledat v zásuvkách příborníku alespoň trochu zachovalé svíčky a zamyslela se. „Spočítáme to. Takže ty, já, Ariel, Barbara a Tracey, Vicki a Kirsten, Chris..."

„A Montana?“

„Ne, Montana už si bohužel předtím naplánovala něco jiného.“ Ve skutečnosti ovšem Montana zavěsila, jakmile ze sluchátka uslyšela Chrisin hlas.

„A proč s námi nebude večeřet táta?“

„Příliš mnoho ženských.“ Susan doufala, že tou drobnou lží svou mladší dceru, na třináct let až příliš chápavou, uspokojí. Whitney byla vysoká, štíhlá a den ode dne hezčí. Oči má po babičce, uvědomila si Susan a okamžitě jí vyhrkly slzy. Raději se tedy otočila a opět začala přehrabovat zásuvky.

„Vy jste se s tátou pohádali?“

„Ne. Vůbec ne.“

„Tak proč spolu nemluvíte?“

„Mluvíme spolu.“ Neznělo to příliš přesvědčivě. Bohužel ani velmi slušná částka, kterou Susan obdržela v rámci mimosoudní dohody, nedokázala zhojit Owenovy zraněné city a dotčené ego. Susan se zachvěla, kdykoliv si vybavila nepěkný a srdceryvný výjev následující poté, co manželovi konečně pravdivě vylíčila, co předcházelo jejímu sporu s redakcí.

„Ty ses s ním líbala?“ zeptal se Owen, ve tváři bolest a ohromení.

Ne, jenom jsem mu dovolila, aby mě políbil, málem vyhrkla Susan. *Prostě jsem ho hned neodstrčila.* Žádné z těch slov však nevyslovila, neboť nechtěla lhát. „Ano,“ hlesla a sledovala, jak se bolestný údiv v manželových očích prohlubuje. „Byla jsem hloupá, já vím. Ale věř mi, nic to neznamenalo.“

„Jak tomu mám rozumět, Susan? Rozhodla ses změnit pravidla hry?“

„Ne, ovšemže ne,“ chvatně ho ujistila Susan. Zkoušela vysvětlit své chování dočasným pominutím smyslů, přísahala, že nic podobného se už nikdy nestane, znovu a znovu opakovala, jak Owena miluje a jak vysoko si cení jejich výjimečně krásného manželství. Prosila, aby jí odpustil. Oba prolili moře hořkých slz. Teprve v samém závěru vyčerpávající scény Owen s bolestně sevřeným hrdlem prohlásil, že chápe. Výraz v jeho tváři tomu však nenasvědčoval.

Whitney se nemýlí, musela si teď přiznat Susan. Rozhovory s manželem se v posledních měsících vyznačovaly takovou stručností a takovým odcizením, až se vlastně rozhovorům ani nepodobaly. Susan se už téměř nedokázala podívat

Owenovi do očí, neviděla v nich totiž nic jiného než odraz svého selhání, největší chyby, jakou v životě udělala.

Manželovi ochladnutí nevyčítala. Měl právo cítit se uražený a pokořený. Skutečnost, že Vicki hodlala žalovat časopis patřící jejímu manželovi, navíc v případu sexuálního obtěžování, znamenala pro noviny, rozhlas i televizi tučné sousto – a Owen nepochybně velmi trpěl. Kdyby nedošlo k mimosoudní dohodě a celá ta trapná historka se přetřásala před porotou, novináři by jistě patřičně rozmázli všechny pikantní podrobnosti. Při té představě se Susan otřásla. Owen třeba uměl projevit pochopení, ale také byl velmi hrdý. A čestný. O to větší zklamání prožíval.

Ano, zklamala ho.

Chce to čas, tvrdila jí Vicki. Owen tě přece miluje, uvidíš, že dříve nebo později na všechno zapomene a odpustí ti.

Ale co když se Vicki plete? říkala si Susan. Neujišťovala mě snad, že se vrátím do redakce? A jak to dopadlo? „Je mi líto, Susan, zpátky tě nevezmou. Žalovala jsi je – a kdyby nic jiného, jsi pro ně tak trochu potížistka." Přitom se škádlivě usmála, jako by s tím hodnocením souhlasila.

Nejspíš potížistka skutečně jsem, pomyslela si Susan, potřásla hlavou a jediným rychlým pohledem přelétla celou jídelnu: oválný stůl z ořechového dřeva, moderní lustr, osm židlí s vysokými opěradly, dva prosklené příborníky, bytelný krb, který se ovšem navzdory Owenovým nejlepším úmyslům a opakovaným pokusům nikdy nepodařilo uvést do provozu, nařasené záclony slonovinového odstínu, stuhami sepnuté po obou stranách širokého okna, jež nabízelo výhled na ulici a současně působilo jako rám pro obraz stromů, teď už bohužel ochuzených o většinu vínově rudých, oranžových, okrových a sépiových listů. Susan si náhle znovu vzpomněla na svou matku, jak leží bledá a zoufale vyhublá pod šedými nemocničními přikrývkami, spojena se životem pouze řadou hadiček a snad ještě silou vůle.

Susan si povzdechla, popadla dvě červené svíčky, z nichž zůstala alespoň třetina, a zasadila je do elegantních skleněných svícnů. Pak na stůl začala rozestavovat neotlučené křišťálové skleničky, zatímco Whitney prostírala příbory. V téhle chvíli Susan nechtěla myslet na svou matku, na Owena ani na nesnáze spojené s hledáním nového zaměstnání. Koneckonců Peter Bassett dopadl mnohem hůř. Ztratil místo, média ho zostudila, opustila ho manželka a vzala si s sebou nejen obtížně zvládnutelné děti, ale i poslušného a milovaného psa. „Neměla bych se převléknout?" zeptala se Susan dcery.

„Proč? Sluší ti to."

„Díky. Jsi moc milá."

„Kdo je tu moc milý?" ozval se temný, mírně výhrůžný hlas, typický pro některé patnáctileté dívky. Ariel byla celá v černém, jak si poslední dobou navykla chodit, neučesané vlasy měla čerstvě přebarvené tak, že modrý základ doplňovaly karmínové proužky, rty jí žhnuly vyzývavým purpurem. „Nemluvila jsi náhodou o jisté mimozemšťance?"

„Nezačínej zase," varovala ji Susan.

Ariel zachmuřeně pohlédla na jídelní stůl. Jako by všechny ty přípravy sledovaly jediný cíl: urazit ji a rozčílit. „Co to má znamenat?"

„Menší dámská jízda," vlídně jí vysvětlila Susan. „Říkala jsem ti o tom minulý týden. Chris, Vicki, Kirsten, Barbara, Tracey..."

„Na oslavu tvého vítězství?" V Arielině hlasu se chvělo podráždění. Nestěžovala si snad opakovaně, že kvůli tomu, jak o „dalším otřesném případu sexuálního obtěžování" referují noviny, se ve třídě stala terčem posměchu?

„Ne, opravdu ne. Ale už hrozně dávno jsme se všechny nesešly. A tak mě napadlo..."

Ariel se zatvářila, jako by se právě někdo neslušně zachoval. „Se mnou nepočítej."

„Cože?"

„Rozhodně nehodlám večeřet s Tracey Azingerovou," nakrčila Ariel nos.

„Co ti na Tracey vadí? Je chytrá a úžasně milá."

„Je divná."

„Není."

„Sedí jako pecka a pořád má v ksichtě ten stupidní úsměv."

„Co je divného na tom, že se někdo usmívá?"

„Vypadá jako jedna z těch voskových figurín madam Trousseauové."

„Tussaudové," opravila ji Susan.

„Cože?"
„Madam *Tussaudové,* nikoliv *Trousseauové.* Trousseau je výbava."
„Sakra, já vím, co je to trousseau," odsekla Ariel, ale bledé tváře jí jen hořely.
„Schází se ještě Barbara s tím chlápkem?" ozvala se Whitney.
„S Howardem Kerblem," upřesnila Susan, vděčná, že mladší dcera taktně přerušila začínající hádku. „Ano, schází se s ním."
„Co myslíš, vezmou se?"
„Možná."
„Pak by mohla potřebovat nějakou Tussaud," zabodovala Whitney.
Susan se rozesmála.
„To se směješ mně?" zaútočila Ariel.
„Ovšemže ne." Večírek ještě ani nezačal a Susan už se cítila unavená. Takhle na ni Ariel působila neustále. „Byl to jen žert."
„Jenže nepovedený. Stejně jako Whitney."
„Tak už dost!"
„Whitney a Tracey by se mohly vzít za ruce."
„Řekla jsem *dost!"*
„Ale Tracey je skutečně trochu divná." Tentokrát hlas kupodivu patřil mladší dceři.
„Jak to myslíš?"
Whitney jen pokrčila rameny.
„Na ni neječíš, co?" posupně poznamenala Ariel. „Ta může plácnout, co chce."
„Neječela jsem na tebe."
„Ječíš na mě v jednom kuse."
„Sakra neječím!" zaječela Susan. Rychle se však vzpamatovala. „Promiň. Necháme toho, platí?"
„Platí," kývla Ariel. „Protože já stejně odcházím."
Susan spolkla návnadu a okamžitě se znovu naježila. „Co tím chceš říct?"
„Prostě odcházím. Mám svůj program."
„Jaký program?"
„To tě nemusí zajímat."
Susan se několikrát zhluboka nadechla, nejméně pětkrát počítala do deseti a teprve potom opět promluvila. „Aby

bylo jasno, mladá dámo, nepůjdeš nikam. Co kdybys nám pomohla s prostíráním?"

Ariel místo odpovědi odpochodovala do předsíně, otevřela skříň a sáhla po kabátu.

Vzápětí Susan stála vedle ní. „Co si vlastně myslíš, že děláš?"

„Říkala jsem ti, že mám svůj program."

„A já jsem řekla, že zůstaneš doma."

Ariel zavrtěla hlavou a strčila ruce do rukávů starého černého kabátu, který si před časem vybrala v charitě. „Pak ovšem máme problém."

Susan se rychle rozhodla pro jiný přístup. „Poslyš, Ariel, udělej to pro mne, ano? Opravdu jsem se moc těšila, že se tu dneska všechny zase po dlouhé době sejdeme. Jeden večer to snad s Tracey vydržíš."

„Ne."

„Ale no tak, zlato. Přece po tobě nežádám nic nemožného."

„Žádáš." Ariel otevřela domovní dveře. Dovnitř zavál studený večerní vzduch.

„Jen ji nech, ať si jde," křikla z jídelny Whitney. „Když tu nebude, alespoň si užijeme hezký večer."

Whitney má pravdu, uvědomila si Susan a ustoupila o krok dozadu. Proč bych měla Ariel mermomocí držet doma? Aby se u stolu šklebila a mračila? Aby urážela svou sestru a okázale přehlížela všechny ostatní? Aby kolem sebe šířila svou mizernou náladu jako nakažlivý kašel? Ano, jen ať si jde. Susan vycouvala z předsíně, zatímco Ariel vyšla ven a zabouchla za sebou dveře.

„Takhle to bude lepší," usmála se Whitney a ukázala na prostřený stůl. „Nevypadá špatně, co?"

„Přímo nádherně. Děkuju ti, srdíčko. Nevím, co bych si bez tebe počala."

Vtom se domovní dveře znovu rozlétly. Dovnitř vpadla Ariel, obličej zkřivený zlostí. „Takže podle tebe si můžete užít hezký večer, jedině když tu nebudu?" začala soptit na sestru.

Susan by se málem rozesmála, z Arielina výrazu však bylo zřejmé, že nejde o žert. Whitney jen zvedla oči ke stropu.

„Přestaň na mě koulet těma svýma pitomýma očima, ty krávo!" pokračovala Ariel.

„Tak dost, Ariel," zasáhla Susan. „Okamžitě se omluv."

„Nevšímej si jí, mami," klidným tónem prohodila Whitney a k běsnící sestře se otočila zády.

„Neopovažuj se mě ignorovat, když s tebou mluvím, ty kreténko!" Ariel se vrhla k jídelnímu stolu, popadla jednu z křišťálových sklenek a zvedla ji nad hlavu.

„Hned to polož, Ariel," přísně dceru vyzvala Susan, ale už bylo pozdě. „Pozor, Whitney!" stačila ještě Susan vykřiknout. Sklenice jen o vlásek minula Whitneyinu hlavu a roztříštila se o stěnu.

„Sakra," vyjekla Ariel, v očích zděšení. „Tohle jsem nechtěla. Ta zatracená sklenka mi sama vyletěla z ruky."

„Koukej vypadnout," pronesla Susan hlasem tak tichým a ledovým, že jej skoro nepoznávala. Panebože, jak se mohlo všechno tak najednou zvrtnout? ptala se sama sebe. Ještě před chvílí tu byl klid – a najednou Whitney klečí na koberci, chvatně sbírá střepy a marně se přitom snaží skrýt slzy, které jí stékají po tvářích. „Vypadni, slyšíš?" znovu Susan vyzvala starší dceru.

„Chtěla jsi, abych dnes večer zůstala doma," namítla Ariel.

„Rozmyslela jsem si to. Vypadni."

„Ale kam mám jít?" zakvílela Ariel.

„Máš přece svůj program, ne?"

„Všechno je to jen a jen tvoje vina," znovu Ariel zaútočila na mladší sestru.

„Jestli tu svou nevymáchanou pusu nezavřeš," zvýšila Susan hlas, „zavolám na policii a nechám tě zatknout za napadení."

Ariel zalapala po dechu. A pak se ušklíbla: „Proč ne rovnou za sexuální napadení? Není to snad tvoje specialita?"

„Kliď se mi z očí! Padej!"

Ariel se otočila na patě a vyřítila se do předsíně. Cestou cosi vykřikovala. Konečně za sebou hlučně práskla dveřmi.

Susan trvalo několik vteřin, než slova zkreslená zuřivostí rozluštila a znovu si je v duchu přehrála ve srozumitelné podobě. „Budeš litovat," chrlila ze sebe její prchající starší dcera. „Budeš litovat. Budeš litovat. Budeš litovat."

23

„PROMIŇTE, PANÍ HALLENDALEOVÁ, KTERÝ DEN V PŘÍŠTÍM TÝDNU BYSTE to chtěla znovu přijít s Charliem k doktoru Marcusovi?"

Ramena Emily Hallendaleové se podrážděně zvedla a opět klesla. „Říkala jsem, že nejvíc mi vyhovují středeční odpoledne." Charlieho, miniaturního bílého pudlíka, držela dáma mezi klopami černého norkového kožichu, který jí sahal až po kotníky. Tónem svého hlasu jako by říkala: Kristepane, copak musím každou pitomost dvakrát opakovat? Čtyřicátnici Emily Hallendaleovou rozhodně nikdo nepřehlédl. Byla vysoká a statná, měla krátce zastřižené tmavé vlasy, olivovou pleť a půvabné lícní kosti. Mimo jiné se vyznačovala i sníženou tolerancí k projevům neschopnosti.

Nesnáší mě, ale ten pocit je oboustranný, pomyslela si Chris, zatímco do diáře doktora Marcuse zapisovala příští prohlídku a snažila se ignorovat vyzvánějící telefon. „A je to. Třináct nula nula, čtvrtek, devatenáctého března 1992." Ještě údaj přepsala na kartičku a podala ji Emily Hallendaleové.

„Ráda bych přišla ve středu, nikoliv ve čtvrtek." Dáma si rezignovaně povzdechla. Jako by jí tak otřesná ukázka tuposti prostě nestála za rozčilování.

„Promiňte. *Mluvila jste* o středě, že?"

„Třikrát."

„Jistě. Omlouvám se."

Telefon nepřestával zvonit. Chris na něj zírala, ale místo aby sáhla po sluchátku, pouze si zastrčila za uši několik uvolněných pramínků vlasů.

„Neměla byste to vzít?"

„Ne." Chris se pokusila vykouzlit na tváři úsměv. Ve skutečnosti se však málem rozječela.

„Váš tón se mi ani trochu nelíbí," odměřeně pronesla Emily Hallendaleová.

„Promiňte," chvatně se omluvila Chris.

„Možná bych si měla s doktorem Marcusem promluvit o lidech, které zaměstnává."

„Asi ano," přikývla Chris, vyplnila novou kartičku a mrskla ji na psací stůl. „Středa. Osmnáctého března 1992. Přeji hezký den." Dámě s pejskem už nevěnovala jediný pohled.

Emily Hallendaleová se nejméně na minutu proměnila v sochu. Patrně zvažovala, jak na tu drzost zareagovat. Konečně sáhla po kartičce a uschovala ji do své obrovské kabelky z krokodýlí kůže. „Nezapomeňte opravit termín v doktorově diáři," prohodila nevzrušeně a zamířila ke dveřím. Psík na jejích ňadrech poštěkával na rozloučenou.

„Vezme už někdo ten zatracený telefon?" zavrčel z ordinace doktor Marcus. Jeho hlas, od přírody mírně chraptivý, se čím dál víc podobal hlasům jeho zvířecích pacientů.

Chris kývla, ale po sluchátku nesáhla. Dobře věděla, kdo volá.

„Zatracený telefon, zatracený telefon," zaskřehotalo to v přeplněné čekárně.

„Buď zticha, Lydie," okřikla Chris nádherného bílého kakadu nadýmajícího se ve velké kleci. Z Lydie, hašteřivého papouška, kterého tu před šesti měsíci kdosi záměrně zapomněl, se brzy stal oblíbený maskot ordinace.

„Buď zticha," zaskřehotal papoušek. „Buď zticha, Lydie." Vzápětí začal pták přecházet sem a tam. Pokyvoval přitom hlavou, jako by mu někdo bubnoval do rytmu.

„Co to dělá?" zajímala se rusovlasá holčička sedící na jednom z černých kožených křesel. Mohlo jí být tak osm, zdvižený nosík měla pokropený pihami, na klíně chovala šedé kotě a tvářila se ustaraně jako dospělá. Její matka si vedle ní se zavřenýma očima opírala hlavu o světle růžovou stěnu, těsně pod obrázkem dovádějícího delfína.

„Prostě si jenom tak cvičí," vysvětlila Chris dívence. Marně se snažila nemyslet na to, jak roztomile vypadala v osmi letech Montana.

Holčička vstala z křesla a nesměle se blížila ke kleci.

„Opatrně, Lydia umí pěkně klovnout," varovala ji Chris.

Holčička okamžitě o krok ustoupila, světlezelené oči navrch hlavy. „Klovla by i Fluffyho?" zeptala se a pažemi obemkla koťátko, jako by je chtěla chránit před nebezpečím.

Chris neodpověděla. Opět se pokoušela zahnat myšlenky

na Montanu, jenže dcera byla náhle všude kolem, její podoba zaplňovala celý prostor čekárny a zakrývala okna, její oči pohlcovaly světlo z ulice, její ústa vysávala vzduch. Chris bojovala s nevolností a závratí.

„Telefon," vyštěkl znovu doktor Marcus.

„Telefon," opakovala Lydia, ale nepřestala důrazně přikyvovat. „Telefon. Vezme už někdo ten zatracený telefon?"

Chris se nadechla, až ji bodlo v hrudi, zvedla sluchátko a hned je zase položila.

„Proč jste to udělala?" vykulila holčička své zelené oči.

„Byl to omyl."

„Jak to víte, když jste se ani nezeptala, kdo volá?"

Místo odpovědi se Chris pouze usmála. Co měla říct?

„Bude to ještě trvat dlouho?" ozvala se matka dívenky.

„Snad ne. Alespoň doufám." Telefon se znovu rozdrnčel. „Pan doktor měl dopoledne naléhavý případ," pokračovala Chris co nejhlasitěji, aby přehlušila neodbytný zvuk telefonu. „Náklaďák srazil psa. Tím se všechno zdrželo. Omlouvám se." Plešatý muž středního věku držící v náručí roztřeseného německého ovčáka jí nevěnoval pozornost. Stejně tak se nevzrušovala bělovlasá stařenka, která tichounce prozpěvovala své vypasené perské kočce. Lidé si tu navykli trpělivě čekat, neboť o pacienty neměl doktor Marcus nouzi. Jeho praxe vzkvétala. Což byl také důvod, proč chlapecky vyhlížející veterinář Chris zaměstnal, přestože se nemohla vykázat žádnými zkušenostmi v oboru.

Práce u doktora Marcuse si Chris velmi vážila a zoufale si přála v ní vydržet. Panebože, na co to pořád myslím? vyčítala si. Jestli si nebudu dávat pozor, zase přijdu o místo. Později musím zavolat Emily Hallendaleové a omluvit se jí. Kdepak, roztěkanost si nesmím dovolit. A už vůbec ne hrubost. A taky se nesmím k smrti vyděsit, kdykoliv zazvoní telefon.

Váhavě sáhla po sluchátku, opět však ucukla. Ať to není on, modlila se v duchu. Ať to není on! Podobně se modlila každé ráno, než vyšla ze dveří svého malého suterénního bytu. Ať mě tentokrát Tony nenajde. Ať už mě konečně nechá na pokoji.

Ale samozřejmě věděla, že ji nikdy na pokoji nenechá. A samozřejmě ji vždycky vypátral. Marně se znovu a znovu přestěhovávala, v posledním půlroce čtyřikrát. Marně si nejméně desetkrát nechala změnit telefonní číslo. Stejně ji pokaždé našel a dál ji sledoval na každém kroku, obtěžoval ji doma i v zaměstnání, až téměř nemohla spát a nedokázala se pak soustředit, takže si v práci neuměla poradit s nejběžnějšími záležitostmi. Jejím zaměstnavatelům nezbývalo než ji propustit. „Je nám líto," říkali nikoliv bez rozpaků, když situace přesáhla hranice jejich trpělivosti. „Víme, že to není vaše vina, ale pochopte, musíme vydělávat."

Nejprve získala místo servírky v jídelně zařízené ve stylu padesátých let. Tony rychle zjistil, kde pracuje, a začal ji nejen sledovat během cesty do podniku a z podniku, ale navíc při jejích směnách často tiše seděl u stolku v rohu a nespouštěl z ní oči. Svým přízračným úšklebkem zvrhlého satyra jako by naznačoval, že s ní ještě má velké plány. Chris se pochopitelně celá třásla a brzy nedokázala přejít od jednoho stolu ke druhému, aniž by klopýtla nebo něco rozlila.

Po třech měsících ji propustili.

(„Je nám líto. Víme, že to není vaše vina...")

Barbaru napadlo, že by se Chris mohla ucházet o práci v některé výškové budově s ochrankou. Podařilo se, Chris získala místo recepční v reklamní agentuře sídlící ve dvanáctém patře čtrnáctipodlažní budovy, nepřetržitě střežené bezpečnostní službou, za čtyři měsíce však o ně přišla, neboť Tony začal agenturu bombardovat hulvátskými telefonáty. („... ale pochopte, musíme vydělávat.")

Chris požádala soud, aby Tonymu zakázal pohybovat se v její blízkosti. Nevedlo to k ničemu. Nepomohl ani druhý omezující příkaz, kterým Tonymu zamávala před očima, když ji zase jednou večer sledoval cestou z práce. Ty omezující příkazy mají sotva cenu papíru, na kterém jsou napsané, vysmál se jí do obličeje. Bohužel měl pravdu. Dosáhla jen toho, že Tony ještě víc běsnil a ještě zavileji se jí snažil udělat ze života peklo.

„Asi ho budeš muset zastřelit," prohlásila Vicki - a tvářila se, jako by ani příliš nežertovala. „Žádný strach, budu tě obhajovat. Slibuju ti, že nestrávíš jediný den ve vězení."

Copak tohle je nějaká rada? uvažovala Vicki. Tak hrozného činu bych nebyla schopna, přestože Tony mě připravil o děti, o domov i o duševní klid. A stále mu to nestačí, nikdy mu to nebude stačit. *Zatančím si na tvém hrobě,* řekl mi jednou.

„Nevezmete ten telefon?“ zeptala se rusovlasá holčička.

„Telefon, telefon,“ zaskřehotala Lydia. „Vezme už někdo ten zatracený telefon?“

„Proboha, Chris, co se to tady děje?“ Doktor Marcus vyšel z ordinace, popadl sluchátko a zhluboka se nadechl. „Mariemontská veterinární služba,“ pronesl co nejzdvořileji.

„Konečně!“ slyšela Chris zvolat jakousi ženu na druhém konci linky. „Už se k vám zkouším dovolat půl hodiny!“

„Měli jsme tu menší poruchu,“ chvatně zalhal doktor Marcus. „Co bych pro vás mohl udělat?“

Chris se unaveně otočila k oknu. Doktor Marcus jí během hovoru vzal z prstů propisku a zaznamenal si do diáře jméno volající ženy.

„Ano, paní Newmanová, souhlasím, je to důvod k obavám. Přivezte Snugglese kolem čtvrté, nějak už to zvládneme. A omlouvám se za ty potíže s telefonem.“ Položil sluchátko a věnoval Chris další znepokojený pohled. „Nějaký problém?“ zeptal se tiše.

„Problém, problém!“ s chutí začal vřískat papoušek.

„Ne, pane doktore. Omlouvám se,“ odpověděla Chris.

„Telefony fungují normálně?“

Jako na povel telefon opět zazvonil.

„Telefon, zatracený telefon,“ skřehotavě připomenula Lydia.

Doktor Marcus stejně jako všichni v čekárně napjatě sledovali, jak Chris sahá po sluchátku. „Mariemontská veterinární služba,“ ohlásila se.

„Nazdar, čubko,“ odpověděl jí známý hlas.

Zbledla a upustila sluchátko.

Doktor Marcus je pohotově zachytil a zvedl k uchu. „Haló? Tady doktor Marcus. Co pro vás mohu udělat?“ Chvíli poslouchal. „Samozřejmě. Ošetřujeme všechny druhy psů. Můžete se u nás zastavit třeba...“ Netrpělivě listoval diářem. „Třeba příští úterý v deset? Výborně. Vaše jméno prosím? Smith? Jistě, to se snadno pamatuje.“

Že bych se přeslechla? ptala se v duchu Chris. Nebo už trpím halucinacemi? Slyším neexistující hlasy? Neexistující slova?

„Ještě bych prosil jméno psa... Montana? Opravdu zajímavé jméno. Myslím, že jsem se s ním za celou svou praxi dosud nesetkal.“ Doktor Marcus zavěsil a opět se podíval na Chris, která vypadala, jako by měla vzápětí omdlít. „Mohla byste na okamžik?“ Stručně se omluvil lidem v čekárně a už Chris odváděl do jedné z ošetřoven. „Nejste nemocná?“ zeptal se a Chris poněkud pošetile napadlo, jestli ji náhodou nechce vyšetřit stetoskopem, který se mu pohupoval na krku.

Ale nezasmála se, jenom se opřela o vysoký kovový stůl stojící uprostřed nevelké místnosti a mlčela. Neměla co říct.

„Nezlobte se, Chris, ale vypadá to, že se necítíte dobře.“

V doktorových hnědých očích s drobnými zlatavými skvrnkami spatřila Chris rozpaky a obavy, jaké vídala pokaždé, když se ji někdo chystal dříve nebo později propustit z práce. Za týden či za dva převládne praktický zřetel: „Je mi líto. Vím, že to není vaše vina, ale pochopte, musím vydělávat.“

„Co kdybyste si na zbytek odpoledne vzala volno? Kathleen vás zastoupí,“ kývl hlavou k dalším místnostem, kde se několik ošetřovatelek věnovalo zvířecím pacientům. „Běžte domů, pořádně se vyspěte a ráno vám určitě bude líp.“

Chris zavrtěla hlavou. Zítra bude všechno ještě horší. Dnešek znamenal pouze začátek. Začátek další etapy Tonyho promyšlené zastrašovací kampaně. Začátek konce mých dní, pomyslela si a opět se málem rozesmála. Tony je ďábelsky rafinovaný. Tentokrát mi poskytl téměř tři měsíce, o čtrnáct dní víc než minule. Tři měsíce, abych se zapracovala. Abych se uklidnila a cítila se v novém prostředí opravdu dobře. Abych se přestala lekat vlastního stínu. Abych si začala připadat jako lidská bytost. Aby se ve mně rozhořela jiskřička naděje na normální život.

A pak, sotva jsem dnes v osm ráno vkročila do ordinace, zazvonil telefon. „Mariemontská veterinární služba,“ zahlaholila jsem skoro vesele. Venku tak nádherně svítilo slunce. Jako by chtělo připomenout, že už za týden nastane jaro. Kdo by necítil osvěžující příval energie? Optimismu?

„Nazdar, čubko,“ ozvalo se ze sluchátka.

„Nejspíš bych sem už zítra neměla chodit,“ s námahou teď ze sebe vysoukala. Oči se jí zalily slzami. Měla tuhle práci ráda, přímo si ji zamilovala. Dokonce uvažovala, že by si našetřila peníze, vrátila se do školy a časem se třeba stala veterinární asistentkou.

Panebože, komu to chci vykládat? pomyslela si hořce. Pomalu mi bude čtyřicet. Na nějaký návrat do školy je pozdě. Na všechno je už pozdě. Do smrti zůstanu bezvýznamnou nulou, jak mě o tom celá léta Tony přesvědčoval.

„Je vám špatně? Nemáte horečku?" Doktor Marcus zvedl ruku a sáhl Chris na čelo.

„Nejsem nemocná," řekla tiše Chris. Po tvářích jí zvolna stékaly slzy. „Je mi líto, ale obávám se, že u vás už nemůžu pracovat."

Ano, proč bych jednou nezměnila zavedená pravidla hry? napadlo ji. Proč bych o výpovědi nezačala mluvit sama? Proč bych tomu laskavému doktorovi neušetřila rozpaky a nepříjemnosti? Proč bych neuspíšila to, co je stejně nevyhnutelné?

„Jak tomu mám rozumět, Chris? Děje se něco? Rád bych vám pomohl."

„Děkuji vám, doktore Marcusi. Ale opravdu mi nemůžete pomoct." Nikdo mi nemůže pomoct. „Pochopte, pro všechny bude lepší, když odejdu."

Sledovala, jak se do tváře, jindy tak optimisticky a kurážně naladěné, vkrádá nejistota. Doktor zřejmě uvažoval, jestli se má snažit zjistit, co Chris trápí, nebo si přiznat, že bůhvíjaké cizí problémy by Mariemontské veterinární službě rozhodně neprospěly, a nechat vše být.

„Jak myslíte," řekl po delší pauze.

Smutně se usmála. Ano, takhle to opravdu bude lepší. Najde si jiné zaměstnání a s trochou štěstí získá další měsíc či dva, než se znovu objeví Tony. A možná nastal čas, aby se konečně přestěhovala do nějakého vzdáleného města a začala nový život.

Život bez dětí.

Život bez přítelkyň.

Až na to, že děti stejně už neměla. Rowdy ji kopl, když ho posledně chtěla obejmout. Wyatt s ní odmítal mluvit, dokonce se vyhýbal i jejímu pohledu. Montanu neviděla skoro dva roky.

Ne, děti už neměla.

A přítelkyně? Každá z nich žila svůj vlastní život plný vzrušujících událostí. Vicki byla jako advokátka den ode dne slavnější. Susan nedávno uveřejnila několik závažných článků v *Cincinnati Post* a chystala se přednést hlavní referát na sympoziu věnovaném sexuálním vztahům na pracovišti. Barbaru plně zaměstnávaly přípravy na svatbu.

Barbara... Chris si utřela slzy a usmála se. Vzpomínka na něžný dotek Barbařiných rtů dosud nevyhasla, právě naopak. Že by se Tony přece jen nemýlil? Že by tou svou zvrácenou a pokřivenou myslí odhalil pravdu, které si sama Chris nebyla vědoma?

Chris pokrčila rameny. Proč by se tím měla trápit? Ostatně Barbara zřejmě žádné podobné dilema řešit nemusela. Na podzim se provdá za báječného a milujícího muže. Ať už se té noci v Barbařině ložnici dostalo Chris jakéhokoliv poznání, týkalo se pouze jí samotné. Polibky, které si s Barbarou vyměnily, byly stejně nečekané jako prchavé. Přesto právě ty polibky zpečetily její osud. Překročila jsem hranici, uvědomila si. Už není cesty zpátky.

Svým pevným odhodláním tehdy nejvíc překvapila sama sebe. Zpočátku všichni očekávali, že se k Tonymu vrátí. A Tony s tím počítal jako s úplnou samozřejmostí. Tvářil se kajícně, posílal spousty květin, často a zeširoka se omlouval. Byla to jenom hra, žertovná hra, snažil se Chris přesvědčit. Právě se chystal otevřít domovní dveře a vesele pozvat Chris zpátky, když zmizela. Kdyby byla ještě vteřinku vydržela, určitě by se té situaci později zasmála. *Hele, vzpomínáš, jak jsem tě jednou z legrace vyhnal na mráz postrojenou jako Supermamku?*

Chris se však nesmála. A domů se nevrátila. „Už nikdy neuvidíš děti," vyhrožoval jí tenkrát Tony. Jak se ukázalo, ta výhrůžka vůbec nebyla planá. Chris se otřásla, kdykoliv si vybavila znechucený výraz, s nímž se Montana odvrátila od matky stojící jen v bizarním prádle a bosá na sněhu a škemrající, aby ji pustili dovnitř, byť za cenu dalšího zvěrského týrání. Takový výraz – na číkoli tváři – Chris už v životě netoužila spatřit.

Panebože, všechno mě k smrti unavuje, pomyslela si teď. Nejraději bych si lehla na ten kovový vyšetřovací stůl, stulila se do klubíčka a usnula. Unavuje mě být pořád terčem pohrdání a posměchu, unavuje mě nechat se pořád litovat. Unavují mě ustarané pohledy přítelkyň. Unavuje mě neustále je ujišťovat, že mi nic neschází. Unavuje mě věčné stěhování z jednoho příšerného kutlochu do druhého. Unavuje mě znovu a znovu si zvykat na práci, kterou stejně ztratím. Unavuje mě na každém kroku se ohlížet přes rameno. Unavuje mě žít ve strachu. Unavuje mě nečekat na nic jiného než na další zklamání. Unavuje mě cítit se beznadějně sama. Unavuje mě být od rána do večera k smrti unavená.

Proč ještě váhám?

Řešení je tak prosté.

„Pane doktore," zavolala jedna z ošetřovatelek a Chris si teprve teď uvědomila, že veterinář dosud neodešel.

„Hned jsem u vás," odpověděl doktor Marcus ošetřovatelce, ale opět zaváhal. Možná vycítil, na co Chris právě myslí.

„Jen jděte," vybídla ho Chris. „Kvůli mně si nedělejte starosti, nic mi není."

„Určitě nepotřebujete pomoc?"

„Ne. A díky. Za všechno."

Doktor Marcus si povzdechl a vrátil se ke svým povinnostem. Chris ještě několik dlouhých vteřin bez hnutí stála uprostřed ošetřovny. Pak se rozhlédla a chvatně otevřela prosklenou skříň s léky. Utišující léky pro zvířata se snad příliš neliší od sedativ určených lidem, pomyslela si. Když spolykám celé jedno balení, určitě se už neprobudím. A v příštím životě se třeba objevím jako bílý pudlík té nafoukané dámy. Chris se nevesele usmála a pro jistotu schovala do kapsy dvě krabičky.

Když si potom zašla pro kabát a kabelku, s údivem zjistila, že u recepčního stolu na ni čeká Emily Hallendaleová.

„Chtěla bych se vám omluvit."

„Omluvit?" podivila se Chris.

„Ano. Za to, jak hrubě jsem s vámi mluvila."

„Ale to opravdu není nutné."

„Víte, příští středu odpoledne nemůžu přijít," začala téměř ostýchavě vysvětlovat Emily Hallendaleová. Charlieho bílá hlavička jí přitom stejně nesměle vykukovala zpod klop norkového kožichu. „Zbytečně jsem se tu rozčilovala," pokračovala dáma, „a úplně mi vypadlo z hlavy, že právě ve středu předsedám jedné schůzi. Rozpomněla jsem se až ve voze."

„Kathleen všechno zařídí," usmála se Chris a oblékla si svůj hnědý kabát.

Mezitím už si Kathleen sedala na Chrisino místo za recepčním stolem. „Doktor Marcus říkal, že u nás končíte. Je to pravda?"

„Je to pravda?" užasle opakovala Emily Hallendaleová.

„Je to pravda?" jako skřehotavá ozvěna se přidala Lydia.

„Panebože, snad jste nedala výpověď kvůli tomu, jak jsem se na vás osopila?" Stále vylekanější Emily si přiložila ruku na srdce. Bílý pudlík jí okamžitě začal olizovat prsty skryté v jemné rukavičce.

„Ne. Věřte mi," chvatně ji ujistila Chris. „To, co se stalo, s vámi nijak nesouvisí."

„A co se stalo?" nenechala se odradit Emily Hallendaleová.

Telefon se opět rozdrnčel. Kathleen se ohlásila: „Mariemontská veterinární služba."

Chris zbledla.

„Haló? Kdo volá?" Kathleen pokrčila rameny a položila sluchátko. „Někdo asi vytočil špatné číslo."

Chris popadla kabelku. „Už musím běžet."

Asi tak v půli ulice náhle Chris kdosi zezadu zlehka vzal za loket. „Co ode mne chceš?" vykřikla. „Vyhrál jsi! Já to vzdávám! Vím, že mě nenecháš na pokoji." V okamžiku, kdy se otáčela, si nebyla jistá, jestli uvidí pouze Tonyho vítězoslavně rozšklebenou tvář nebo přímo jeho pěst.

Spatřila však Emily Hallendaleovou.

„Odpusťte," vyhrkla Chris. „Myslela jsem si, že je to někdo jiný."

„Ten, kdo vám celé odpoledne telefonoval?"

Chris neodpověděla. Tušila, že by jí selhal hlas.

„Tohle vám vypadlo, když jste odcházela." Z kapsy norkového kožichu vytáhla Emily krabičku sedativ.

Chris poplašeně zamžikala řasami.

„Myslím, že by vám udělal dobře šálek kávy," vlídným tichým hlasem pronesla Emily Hallendaleová.

Určitě jsem se nervově zhroutila a mám vidiny, usoudila Chris. Žádná dáma s bílým pejskem ve skutečnosti neexistuje. A protože jde jenom o výplod mého vyčerpaného a nemocného mozku, můžu klidně kývnout na jakýkoliv návrh.

„Pojedeme ke mně," dodala Emily.

24

„DALA BY SIS KÁVU?"

„Ne, díky." Susan se usmála na Vicki, jejíž kanárkově žlutý kalhotový kostým ostře kontrastoval s přeslazeně růžovými stěnami nemocniční čekárny stejně jako s vínově rudými plastovými křesílky, na kterých obě seděly. Prudké srpnové slunce snadno pronikalo chatrnými žaluziemi a na podlaze pokryté bílým linoleem vytvářelo stínové pruhy připomínající přechod pro chodce. Stolky, porůznu rozestavené v prostorné místnosti, byly plné časopisů – a kupodivu šlo vesměs o neohmataná poslední čísla. Z mřížek klimatizace vanul ženám do tváří uměle chlazený vzduch. Susan uvažovala, jak je vůbec možné, aby někde cítila takový chlad a zároveň vedro, takový průvan a zároveň dusno k zalknutí. „Neumíš si představit, jak jsem ti vděčná, že jsi tu se mnou. Dobře vím, kolik máš práce."

„Dneska to ještě ujde," mávla rukou Vicki.

Nemluví pravdu, pomyslela si Susan. Určitě kvůli mně odřekla několik důležitých schůzek.

„Jak je na tom?" zeptala se Vicki.

„Bohužel špatně."

„Co říkají doktoři?"

„Že už nemůžou nic dělat. Podle nich nebude žít ani týden." Susan pohlédla směrem k dlouhé nemocniční chodbě, kde v jednom z pokojů spala matka, na hlavě nepadnoucí blond paruku, kterou jí Susan už kdysi dávno koupila. Chemoterapie, ozařování a opakované operace matku změnily k nepoznání. Připravily ji nejen o vlasy a o polovinu tělesné váhy, ale především o sílu potřebnou k boji s neúprosně postupující chorobou.

Vicki chápavě pokývla a vzala přítelkyni za ruku. „V čem bych ti mohla pomoct?"

„Už mi pomáháš."

„Nechceš, abych někomu zavolala? Tvému bratrovi? Nebo tvé sestře?“

„Kenny přiletí dnes večer. A k hovoru s Diane pořád ještě sbírám síly.“

Želva a zajíc, prohodila kdysi matka v žertu o Susaniných sourozencích, starším bratrovi a mladší sestře. Vysoký a statný Kenny se vždycky choval až příliš rozvážně, hubená rtuťovitá Diane nevydržela chviličku v klidu. Ale zatímco Kenny zvolna a metodicky postupoval vpřed, Diane přes všechnu svou zdánlivě nevyčerpatelnou energii jako by po celý život běhala v kruhu. Pořád před něčím utíká, usoudila teď Susan a náhle se jí vybavila dávná scénka u jezera, kdy se Diane zděšeně rozběhla pryč, jakmile spatřila odporné pijavice přisáté k sestřiným nohám a pažím. Následující desetiletí na tom nic nezměnila. Diane stále prchala před sebemenším náznakem nepříjemností.

„Když jsem s Diane naposledy mluvila, tvrdila mi, že by hrozně ráda matku navštívila,“ pokračovala Susan. „Jenže momentálně je prý ta nejméně vhodná doba. Mám dojem, že měla na mysli měsíční fáze nebo konstelaci hvězd. Už nevím.“

„Co kdybych to zkusila já?“ znovu se nabídla Vicki.

Susan sáhla do kabelky pro kousek papíru, napsala na něj losangeleské číslo své sestry a podala jej přítelkyni. Vicki beze slova zamířila k telefonnímu automatu na druhém konci čekárny. Netuší, co ji čeká, pomyslela si Susan.

Diane snad už odmala věřila, že smrt je cosi nakažlivého. Když její manžel před pěti lety ve spánku zemřel na infarkt, vyhodila nejen veškeré lůžkoviny, ale také postel. Dům ve Westwoodu okamžitě nabídla k prodeji a přestěhovala se do malého domku v kopcích nad Hollywoodem. Děti neměla, byla totiž přesvědčena, že by nepřežila porod. Odmítala létat, neboť nepochybovala, že právě její letadlo by se zřítilo. Z podobných důvodů se vyhýbala i jízdě přes mosty.

„Obávám se, že tolik času už jí lékaři nedávají,“ slyšela Susan říkat Vicki do telefonu. „Jistě, chápu. Jenom se vám snažím vysvětlit...“

Susan se zhluboka nadechla a zvedla se. Její hnědé bavlněné kalhoty přilepené k plastovému křesílku vydaly zvuk, jako by se po celé délce páraly. Susan se přesunula k telefonu a natáhla ruku po sluchátku. „Raději si ji vezmu,“ zašeptala.

Vicki si možná umí poradit se lstivými zločinci i vychytralými státními návladními, pomyslela si, ale na Diane je krátká.

„Přece víš, jak šíleně ráda bych tam byla," zakvílela Diane, sotva se s ní Susan pozdravila. „Jenže podle horoskopu jsou pro mne tyhle dny přímo vražedné."

Šíleně ráda, přímo vražedné, opakovala si v duchu Susan, ale snažila se zachovat klid. „Už nezbývá moc času."

„Nepřeháníš to krapet?"

Krapet! Susan se opět musela přemáhat, aby se na sestru nerozječela.

„Takhle je na tom přece už spoustu měsíců," pokračovala v námitkách Diane. Bylo slyšet, jak táhle a téměř sípavě vdechuje kouř z neodmyslitelné cigarety a vzápětí kašle do dlaně.

Susan chviličku počkala. „Tentokrát se její stav výrazně a bohužel už definitivně zhoršil."

„Jak si můžeš být tak jistá?"

„Denně jsem u ní."

„Aha. A já u ní nejsem. Takže o to tady vlastně ve skutečnosti jde, co?"

„Jde o naši matku." Susan jako by před sebou viděla cigaretu v sestřiných prstech: dým zvolna stoupá, sloupek popela se nebezpečně prodlužuje, až se posléze láme, klesá k zemi a rozpadá se v prach. „Ona umírá."

„Určitě jí zase bude líp."

„Ne. Už jí bude jenom hůř."

„Jsi umíněná."

„A ty zase nechápavá."

„Zavěs," netrpělivě prohodila Vicki. „Je to zbytečná námaha."

„Kdo ti to tam radí, abys mi práskla s telefonem?" naježila se Diane.

„Poslyš, Diane, opravdu už musím končit."

„Tak jo, udělám, co budu moct," zdráhavě slíbila Diane. Zdálo se, že s mračnem cigaretového kouře vydechla do sluchátka i půlku svých plic.

„Díky. A měj se." Susan zavěsila.

„Tvoje sestra je prostě k sežrání," poznamenala Vicki.

Susan se zasmála, ale nemohla si nevzpomenout na svou starší dceru. „Někdo takový se najde v každé rodině."

„Pořád jste s Ariel na kordy?“ zeptala se Vicki, jako by přítelkyni četla myšlenky.

Susan ztěžka klesla do vínově rudého křesílka. „Neumím si představit, jak to vlastně naše matka dokázala. Vždycky byla tak klidná, tak vlídná. Nevzpomínám si, že by na nás někdy křičela. Tolik se snažím být jako ona, ale...“

„Stačí, když budeš sama sebou.“

„V jednom kuse na Ariel ječím. Přitom moje matka v životě ani nezvýšila hlas.“

„Mezi vámi dvěma je prostě jiný vztah, než jaký tenkrát byl mezi tebou a tvou matkou. Vsadila bych se, že na Diane matka občas ječela.“

„Myslíš?“

„Přestaň s těmi věčnými výčitkami, Susan. Jako matka jsi skvělá.“

„Ariel mě nenávidí.“

„Nenávist je trochu silné slovo. Ariel tě nesnáší, což v jejím věku není nic zvláštního.“

Susan se vděčně usmála, naklonila se k Vicki a opřela si hlavu o její rameno. „Jsem tak ráda, že jsi tady.“

„Já taky,“ políbila ji Vicki do vlasů.

Zlehka se kolébaly a Susan měla pocit, že jejich dech zaplňuje celou místnost. Postupně však začínala brát na vědomí další lidi - dvojici šeptající si v rohu čekárny, muže listujícího časopisem *Sports Illustrated,* ženu, které po tvářích stékaly slzy a kapaly na stránky rozevřené knihy. „Vůbec nevím, jestli to zvládnu.“

„Neboj se, ty zvládneš všechno.“

„Nejsem na její smrt připravená.“

„Děti nikdy nejsou připraveny na smrt rodičů,“ smutně si povzdechla Vicki. „Ale vážně bych si dala kávu. Co ty?“

„Tak jo,“ přikývla Susan. „S dvojitou smetanou. Bez cukru.“

„Hned jsem zpátky.“

„Budu u matky.“

Susan vyprovodila přítelkyni pohledem, potom se zvedla a pomalu zamířila do matčina nadstandardního pokoje. Dávno už si zvykla na běžné projevy nemocničního provozu, drnčení zvonků, měkký klapot projíždějících vozíků, hlášení místního rozhlasu i steny pacientů. Teď všechny ty zvuky míjely její sluch jako vzdálené houkání vlaku.

Než otevřela dveře a vešla dovnitř, na okamžik zaváhala. Bála se, co by mohla spatřit. „Zdravím vás, paní Ungerová," oslovila vlídnou bělovlasou ženu ležící na druhém lůžku. Žena se usmála, přestože podle prázdného výrazu v očích neměla tušení, kdo Susan je. „Ahoj, mami." Susan klesla na jednu ze dvou židlí přistrčených k matčině posteli a jen zvolna, opatrně zvedala hlavu. Připravovala se na zsinale bledou kůži, tenkou a napnutou, až se zdálo, že musí každou chvíli prasknout, na oči plné nejistoty a trýznivé bolesti. Matka však měla oči zavřené a tvář poměrně uvolněnou. Susan se pokusila zachytit zvuk matčina dechu, ale nic neslyšela.

Teprve slabý záchvěv pod nemocniční přikrývkou ji přesvědčil, že matka dosud žije. Susan sevřela třesoucí se ruku do své neméně roztřesené dlaně a políbila matku na suché křídově bílé čelo. Nechtěně přitom posunula blond paruku – a se smutkem v srdci si vzpomněla, jak nádherné mívala matka vlasy. Ano, matčiny vlasy Susan v dětství nesmírně obdivovala, dokonce v nich viděla něco jako osmý div světa. „Kenny večer přiletí z New Yorku. A taky jsem mluvila s Diane. Měla by se tu objevit co nejdřív. Takže se připrav." Susan polkla slzy. „Víš přece, jak se Diane děsí nemocnic."

„Diane přijede?" zeptala se matka, aniž by otevřela oči a pohnula rty.

„Ano, mami. Jenom si ještě zjišťuje, jak nejrychleji se k nám dostane."

„Musí to být se mnou hodně špatné." Matčiny rty se lehounce zvlnily v náznaku úsměvu.

„Kdepak, všechno vypadá dobře. Tvůj lékař mluvil o výrazném zlepšení."

„Susan." Matka otevřela oči, ale dál už nic neřekla, jako by vyslovením dceřina jména vyčerpala všechny své síly.

„Pozor, nechci slyšet žádné stesky, žádné pochybnosti," zkusila Susan naladit bodrý tón. „Přece víš, jak je podle doktorů důležité, abys myslela pozitivně."

„Doktorům... se to mluví," s námahou zašeptala matka. „Doktoři netrpí... neustálými... bolestmi."

„Panebože, máš bolesti? Právě teď? Chceš, aby ti dali nějaký utišující lék?"

Matka přikývla. Susan okamžitě zazvonila na sestru.

„Neboj se, mami. Zařídím to."

Po několika nekonečně dlouhých minutách se ve dveřích objevila ošetřovatelka. Byla vysoká a hranatá, na špičce nápadného nosu jí balancovaly maličké brýle bez obrouček.

„Matka má bolesti," netrpělivě a téměř útočně vyhrkla Susan. „Potřebuje nějaký lék."

„Zeptám se pana doktora," upjatě prohlásila sestra a zmizela dřív, než Susan stačila cokoliv dodat.

„Nechtěla bys zatím trochu vody?" Susan si uvědomila, že si připadá stejně bezradná a bezmocná jako když se snaží najít společnou řeč s Ariel. Existuje na světě jemnější a složitější vztah, než je pouto mezi matkou a dcerou? pomyslela si. Ze džbánu na nočním stolku vedle postele nalila vodu, sklenici přiložila k matčiným rozpraskaným rtům a sledovala, jak trpící ústa poslušně polykají. „Mám tě moc ráda, mami."

„Já tebe taky, zlato moje."

„Tolik bych ti toho chtěla říct."

„Jen do toho, budeš mít pozorné publikum." Matka se opět pokusila o úsměv, ale náhle sebou prudce škubla pod dalším náporem bolesti.

Susan jen s vypětím všech sil zadržovala slzy. „Především bych ti chtěla poděkovat... Za všechno, co jsi pro mne udělala. Za to, jak jsi mi pomáhala s dětmi. Za to, že jsi byla po ruce, kdykoliv jsem tě potřebovala. Za to, že jsi mě milovala. Za to, že ses o mne celý život tak obětavě starala."

Matce se pod víčky zatřpytily slzy.

Pochopila, že se s ní loučím, uvědomila si Susan. „Chci, abys věděla, jak nesmírně jsem si vždycky vážila toho, že k tobě patřím," pokračovala – a teď už se pláči nebránila. „Byla jsi ta nejlepší matka, jakou si dívka může přát. Miluju tě, slyšíš? Miluju tě."

„Vychovávat tě... byla radost, miláčku..." Poslední slovo splynulo s bolestivým výkřikem.

Susan vyskočila ze židle. „Kde tě to bolí, mami?"

„Všude."

„Ošetřovatelka určitě každou chvíli přinese lék." Susan se snažila o konejšivý tón, v duchu však běsnila. Co je s tou zatracenou ženskou? Proč jí to trvá tak dlouho? Jestli se co nejdřív nevrátí, jestli se *okamžitě* nevrátí, napíšu řediteli nemocnice dopis, který si jistě nedá za rámeček. Ne, žádný dopis. Odhalím ty jejich špinavé praktiky v článku pro *Cincinnati*

Post – ať si mě pak vedení nemocnice třeba žaluje. Pacienti přece nesmějí zbytečně trpět. Proč by měla matka strávit své poslední dny v nepředstavitelných bolestech?

Vtom se rozlétly dveře. „Chválabohu!“ vydechla Susan. Jenže místo ošetřovatelky se v pokoji objevil sanitář rozvážející jídlo, nevelký černoch s holou hlavou, lesklou jako kulečníková koule. „Večeře!“ zahlaholil.

Susan se podívala na hodinky. Ještě nebyly ani čtyři odpoledne.

Sanitář si všiml jejího tázavého pohledu a pohotově vysvětlil: „Pro ranní ptáčata servírujeme večeři dřív.“ Vzápětí už zvedal poklopy z talířů. „Tak copak to tu dneska máme? Rostbíf v báječné hnědé omáčce pro paní Ungerovou a kuřátko v báječné hnědé omáčce pro paní Hillovou. Skvěle jste zvolily, dámy.“ Naskládal talíře na podnosy a pokračoval: „Samozřejmě nesmíme zapomenout na citronové želé pro paní Ungerovou a třešňové želé pro paní Hillovou. Osobně dávám přednost třešňovému. *Bon appétit.*“ Vesele zamával a byl pryč.

Susan pár vteřin zírala na nevábné pokrmy. Chystala se říct něco povzbudivého, ale nedokázala zalhat. Rakovina sice už zachvátila i matčin mozek, neproměnila ji však v idiotku. „Vypadá to dost hrozně, co? Ale snad by sis dala alespoň trochu toho třešňového želé.“

Místo odpovědi matka opět vykřikla bolestí.

„Sakra, kde je ta ženská?“ Náhle se Susan rozhodla. „Vydrž, mami. Seženu doktora. Hned jsem zpátky.“ A vyběhla ze dveří.

Chvátala chodbou ke stanovišti sester. Za přepážkou seděly v družném rozhovoru tři ošetřovatelky, ani jedna z nich však nezvedla hlavu. „Promiňte,“ bouchla Susan pěstí do pultíku, aby upoutala jejich pozornost, „nejméně před deseti minutami jsem žádala o utišující léky. Moje matka má nesnesitelné bolesti.“

„Nemohla byste mluvit tišeji?“ ozvala se ošetřovatelka sedící u počítače.

„Nemohla byste zvednout zadek a pomoct mé matce?“

Nejstarší z ošetřovatelek vstala a opatrně přistoupila k Susan. „Hlavně se prosím uklidněte. Nechceme přece vylekat ostatní pacienty.“

„Co sem pletete ostatní pacienty? Tady jde jen o to, že moje matka potřebuje trochu morfia."

„Jistě, ale proto ještě nemusíte křičet," promluvila další sestra, černoška s krátkými kudrnatými vlasy obarvenými na oranžovo. „Jméno vaší matky...?"

„Roslyn Hillová. Pokoj čtyři nula sedm."

Ošetřovatelka nahlédla do chorobopisu. „Paní Hillová dostala injekci morfia ve dvě odpoledne. Další by měla dostat v šest."

„Ale bolesti má už teď."

„To je mi líto." Sestra odložila papíry.

„Cože? Vám je to líto?"

„Nemůžu nic dělat."

„Chci mluvit s doktorem Wertmanem."

„Doktor Wertman tu není."

„Pak chci mluvit s nějakým jiným lékařem. S kterýmkoliv."

„Už jsem se ptala doktora Zarba," unaveně se ozvala ošetřovatelka s hranatým obličejem, která předtím přišla do pokoje na zazvonění. „Říkal, že by raději alespoň hodinu počkal."

„Vážně? A chtěl by také raději alespoň hodinu počkat, kdyby měl rakovinu sám?"

„Uklidněte se, paní Hillová."

„Nejsem paní Hillová, ale paní Normanová. Paní Hillová je moje matka. *Ona* u vás leží, *ona* má rakovinu. Ta rakovina se jí rozšířila z prsou do mízních uzlin, pak do plic, do páteře a teď i do mozku. Rozumíte? Moje matka umírá. Má nesnesitelné bolesti. A vy si tu sedíte s rukama v klíně." Susan se bezmocně rozhlédla po chodbě, přes slzy však stejně nic neviděla. Pouze slyšela svůj rozléhající se hlas. „Nezlobte se, ale já vás prostě nechápu. Moje matka umírá. Proč jí nemůžete dát víc utišujících prostředků? Bojíte se snad, aby se z ní v posledních chvílích života nestala narkomanka? O tohle vám jde? Máte strach, že zemře jako závislá na drogách?"

„Susan? Susan, co se děje? Stalo se něco?"

Teprve teď si Susan uvědomila, že vedle ní stojí Vicki. „Matka má hrozné bolesti a všichni tu na ni kašlou."

„Zkusím zatelefonovat doktoru Wertmanovi," nabídla se třetí z ošetřovatelek.

„Ale především byste se měla uklidnit, paní Normanová," rozvážně pronesla černoška s oranžovými vlasy. „Hysterií své matce nepomůžete."

„Jděte do hajzlu!" Susan se prudce otočila, aby zamířila zpátky do matčina pokoje. Přitom nechtěně přítelkyni vyrazila z rukou plastikové kelímky s kávou.

Vicki chvátala za ní. „Susan..."

„Jenom mi prosím tě neříkej, abych se uklidnila."

„Nechci, aby ses uklidnila. Chci, abys na mě počkala."

Susan se zastavila a zhluboka se nadechla. „Omlouvám se."

„Za co?"

„Polila jsem tě kávou."

„Ani ne. Hůř dopadla chodba. Ale s tím si ty ochotné dámy jistě poradí."

„Myslíš, že zavolají ochranku?"

„Jen ať to zkusí," odpověděla Vicki. Mezitím došly k pokoji číslo 407 a společně vstoupily dovnitř.

Susanina matka ležela na lůžku celá prohnutá bolestí. Oči měla pevně zavřené, vyhublé prsty zoufale zatínala do pokrývky.

„Panebože," zašeptala Susan. „Vidíš, jak trpí?" Klesla na židli přistavenou k posteli a tiše se rozplakala.

Matka otevřela oči a s vypětím všech zbývajících sil se pokusila zvednout hlavu z polštáře. „Copak je, holčičko?" zeptala se, vzápětí ji však zasáhl další nápor bolesti. Drásavý nářek konečně přivolal sestry a mladého rezidenta. Susan vděčně sledovala, jak lékař matce vstřikuje dávku morfia. Zkroucené tělo se postupně uvolňovalo a narovnávalo, pergamenová tvář se zvolna uhlazovala, jako když otevřete pěst a zmačkanému kusu papíru se částečně začne vracet původní tvar.

„Měla byste jít domů a trochu si odpočinout," vlídně Susan doporučil mladý lékař.

Mlčky zavrtěla hlavou.

„Susan?"

„Ano, mami?"

Ale matka už se propadala do milosrdných hlubin spánku. Susan jí přitáhla k bradě přikrývku a urovnala posunutou paruku. Potom se zaposlouchala do matčina tichounkého dechu. „Jsem u tebe, mami," šeptala. „Jsem u tebe."

25

O ČTYŘI DNY POZDĚJI SUSANINA MATKA ZEMŘELA.

Susan s bratrem by byli uspořádali pohřeb co nejdřív, museli jej však o týden odložit, neboť jejich sestra chtěla přijet z Kalifornie vozem, i když nakonec se stejně rozhodla pro vlak. „Bylo to příšerné," vykládala Diane každému, kdo jí byl ochoten naslouchat. „Tři dny jsem nespala. A pořád ještě mám žaludek jako na vodě. Už jen pomyšlení na zpáteční cestu mi..." Co jí ta děsivá představa způsobuje, raději nevysvětlila.

Od okamžiku, kdy ji Susan vyzvedla na nádraží, Diane neustále vznášela nějaké námitky, neustále si na něco stěžovala, neustále hovořila jen a jen o sobě. Odmítla se zastavit v pohřebním ústavu a jako důvod uvedla, že vystavování zemřelých považuje za necitlivé a barbarské. Kromě toho se cítila úplně zničená a rovnou si v Susanině pokoji pro hosty lehla do postele. Postel se jí samozřejmě zdála příliš malá, matrace příliš měkká. Navíc ji rušila hudba ozývající se z Arielina pokoje. „Já věděla, proč nechci mít děti," nejméně desetkrát opakovala Diane, přitom však co chvíli žádala Whitney o šálek čaje, o sendvič, o časopisy. „Kristepane, ty jsou ale staré, kde jsi je vyhrabala?" ušklíbla se místo poděkování.

Své chování nezměnila ani během pohřbu. Objevila se celá v černém, včetně širokého klobouku s péry a závojem, který jí navzdory srpnovému vedru zakrýval obličej.

„Co ji to s tím kloboukem napadlo?" podivila se v kapli Barbara.

„Prostě už žije moc dlouho v Hollywoodu," mínila Chris.

„Víte určitě, že to není nějaký arabský terorista?" prohodila Vicki.

Zatímco Susan a Kenny se s ostatními smutečními hosty podělili o své hezké vzpomínky na matku a dokonce i Ariel, poměrně slušně oblečená a mírná, tichým hlasem vzdala dojemný hold babičce, kterou měla upřímně ráda, Diane svůj proslov věnovala především sebechvále. Jedno po druhém probrala svá heroická vítězství nad nepřízní osudu. Matčina smrt, to byl vlastně jen poslední z předlouhé řady křížů, které Diane musela v životě nést. „Budeš chtít opis mé řeči?" zeptala se Diane sestry na závěr obřadu a pak ještě jednou na hřbitově.

„Budeš chtít opis mé řeči?" zeptala se i Kennyho manželky Marilyn, jakmile se vrátili z pohřbu. Susan všechny smuteční hosty pozvala na malé občerstvení, musela tedy neustále odbíhat do kuchyně. A Diane mezitím ohromovala společnost v obývacím pokoji. „Cesta vlakem byla hotová kalvárie. To šílené drncání! Sotva se vzpamatujete z jedné zastávky, už je tu další. A pořád něco houká a píská, prostě peklo. Jestli jsem za celé ty tři noci zamhouřila oko na slabé dvě hodinky, tak je to moc."

„Větší egoistku jsem v životě neviděla," poznamenala Barbara.

„Možná se jenom neumí vyrovnat se svým žalem," nejistě pokrčila rameny Chris.

„Nesmysl, je to píča," prohlásila Vicki.

„Tiše!" vyjekly téměř jednohlasně Barbara a Chris. „Co kdyby tě slyšela Susan?"

„Pozdě!" ozvala se mezi dveřmi Susan, nevýslovně vděčná, že vidí své nejlepší přítelkyně pohromadě. Chris, Barbara a Vicki k ní od matčiny smrti přicházely den co den, naslouchaly jí, když si toužila povídat, tiše seděly vedle ní, když chtěla mlčet, plakaly s ní, rozesmávaly ji. Také zásobovaly rodinu jídlem, vařily kávu, pomohly Susan uklidit dům, aby mohla bez rozpaků přijímat kondolenční návštěvy. Diane samozřejmě nehnula rukou. Byla příliš rozrušená. Necítila se dobře. Vyžadovala ohledy. „Vicki má pravdu," vyjádřila teď Susan svůj definitivní závěr. „Diane je píča."

Chris znovu vyjekla – a v tom vyjeknutí jako by se podivně mísilo pohoršení s obdivem. Vzápětí se zahihňala. „Víte, že tohle slovo jsem v životě nevyslovila nahlas?"

„Tak to zkus teď," vybídla ji Vicki. „Prosím, máš šanci."

„Nemůžu."

Vicki nechápavě zakroutila hlavou. „Po všem, co jsi prožila

s tím svým mizerným, zasraným, zkurveným, úchyláckým exmanželem, se stydíš říct nahlas *píča*?"

Chris schovala obličej do dlaní. „Nechci to poslouchat."

„Co se ti nelíbí? *Zasraný, zkurvený* nebo *píča*?"

„Nech toho."

„Jen se na sebe podívej," zasmála se Vicki. „Červenáš se jako malá holka. No tak, zkus říct to slovo."

„Nezlob se, ale opravdu nemůžu."

„Já to taky nikdy nevyslovila," ostýchavě se teď přiznala Barbara.

„Cože, ani jedna z vás nikdy neřekla *píča*? Já vám nevěřím. Tak do toho, řekněte to teď. Sprosté slovo může mít úžasně osvobozující účinek, uvidíte. Zkuste to říct společně, jestli se stydíte každá zvlášť."

„Susan, kde jsi?" dolehl do kuchyně pronikavý hlas Diane.

„Sakra, řekněte to," vyzvala je Susan. „Jednou si přece musíte troufnout. Zapřísahám vás."

„Nebuďte zbabělé krysy," připojila se Vicki.

Chris a Barbara se vzaly za ruce, jako by se chystaly skočit z vysokého útesu. „Píča!" vykřikly jednohlasně – právě když se na prahu kuchyně objevila Ariel.

„Co prosím?" vykulila oči. Měla na sobě kostkovanou sukni s bílou blůzkou a snad až na účes v podobě růžovorudých bodlin připomínala vzornou středoškolačku, která přijela domů z internátu a teď čeká na své sušenky a sklenici mléka.

Všechny čtyři ženy se vřískavě rozchechtaly.

„Mami? Mami, není ti nic?"

Kdy o mne Ariela naposledy projevila vůbec nějaký zájem? ptala se v duchu Susan, ale dál se svíjela v záchvatu smíchu. „Nic mi neschází, zlato," vydechla konečně. „Potřebuješ něco?"

„Diane chce další kávu." Znejistělá Ariel přešla ke kávovaru.

„Moc se mi líbila tvá řeč," poznamenala Chris nepřirozeně vysokým hlasem člověka, který se zoufale snaží znovu se nerozesmát.

„Díky," odpověděla Ariel, ale v očích dál měla údiv a zmatek.

„Víš, to slovo nebylo určeno tobě," zkusila jí vysvětlit Vicki. Vzápětí už se přítelkyně opět prohýbaly smíchy.

„Co se to tady děje?“ Ostrý hlas se všem přímo vřízl do uší. Susan sledovala, jak do kuchyně vplouvá Diane, s odhrnutým závojem podobná tragicky se tvářícímu včelaři. Z hubeného bledého obličeje orámovaného nažloutlými vlasy vystupovaly jasně rudé rty. Tmavé oči plály pohoršením.

„Susan, právě jsme pohřbili matku. Jak můžeš projevovat tak otřesnou neúctu? Ten tvůj smích je slyšet po celém domě.“

Susan sklopila hlavu. Výčitka pálila jako políček.

„Úctu máme prokazovat především živým, nemyslíte?“ prohodila Vicki.

„Smích člověku někdy uleví od velké bolesti,“ omluvným tónem se připojila Chris.

„Není vám v tom klobouku horko?“ zeptala se Barbara.

„Píča,“ polohlasně zamumlala Ariel. „Píča a kráva.“

„Cože?“ škubla sebou Diane. „Co jsi to řekla?“

„Káva. Káva je hotová.“ Ariel zvedla konvici. „Budeš ji chtít do šálku nebo do hrnku?“

„Aha. Ovšem. Stačí do hrnku. Jsem trochu rozhozená. Bavit tolik lidí není maličkost.“ Diane si narovnala klobouk. Závoj se uvolnil a zahalil jí tvář. Diane jej nervózním, téměř zlostným pohybem opět shrnula dozadu.

„Nepřepínej své síly. Bavit snad nikoho nemusíš,“ podotkla Susan.

„No, dělám, co můžu. Naštěstí už brzy všichni odejdou.“ Diane očima přelétla Susaniny přítelkyně. „Potom si teprve odpočinu.“

„To uděláte dobře,“ pozorně se na ni zahleděla Barbara. „Zdáte se hodně vyčerpaná.“

„Opravdu?“

„Všichni o tom mluví,“ starostlivě potřásla hlavou Vicki.

„Určitě to budou následky té příšerné cesty vlakem,“ doplnila kamarádky Chris.

Ariel tetě podala hrnek. „Tvoje káva. Bez cukru a bez smetany, správně?“

„Ano, správně.“ S poděkováním se Diane neobtěžovala. „Asi bych se měla vrátit k našim hostům.“ Zaváhala. „Ale nejdřív si potřebuju zakouřit.“ Volnou rukou sáhla do malé černé kabelky, která jí visela na zápěstí.

Susan už se chystala protestovat, ale pak své námitky raději spolkla. Diane přece zná můj názor na kouření, pomyslela si. A taky dobře ví, že Owen nedovoluje, aby kdokoliv v domě kouřil. Zřejmě je jí to jedno. Ale proč se rozčilovat? Diane za pár dní odjede a bude klid.

„U nás se nekouří," ozvala se Ariel.

Susan nedokázala skrýt úsměv. Málem by dceru zlíbala – třeba na ty růžové a purpurové bodliny.

Diane jen mávla rukou a vytáhla z balíčku cigaretu.

„Promiň, Diane," odhodlala se Susan, „ale opravdu si ji budeš muset zapálit venku."

„Udivujete mě," zakroutila hlavou Chris. „Nikdy jste neslyšela o škodlivých účincích nikotinu?"

„Kouření je snad nejhnusnější návyk, co znám," podotkla Vicki.

„Způsobuje vrásky," předvedla Barbara svůj hlaďounký obličej.

Diane zvedla oči ke stropu, jako by doufala, že v její prospěch zasáhnou nebeské mocnosti. Když se nedočkala, hodila cigaretu zpátky do kabelky a zamířila ke dveřím. „Tak jo. Zakouřím si venku." S kabelkou v jedné ruce a hrnkem kávy ve druhé si ramenem otevřela dveře do obývacího pokoje.

Přítelkyně ji vyprovodily pobaveným pohledem, potom se na sebe podívaly a jednohlasně zašeptaly: „Píča!"

„Já to slyšela," rozesmála se Ariel. „Pěkný příklad mi tu dáváte!"

„Díky, srdíčko," vydechla Susan.

„Za co?"

Za co? Za to, že mi alespoň teď nepřiděláváš starosti. Že se chováš jako lidská bytost. Že jsi mladá, zdravá, plná života. Že jsi moje. „Za ta tvoje hezká slova o babičce."

Ariel kývla a usmála se, vzápětí se však zamračila, neboť dveře kuchyně se prudce otevřely a dovnitř nakoukla Tracey Azingerová.

„Tady jsi," přiskočila Tracey ke své matce a vzala ji kolem pasu. „Už jsem si říkala, kam jste všechny zmizely. Ahoj, Ariel."

Ariel jenom cosi zavrčela.

Susan klouzala pohledem z jedné dívky na druhou a uvažovala, jaký by asi byl výsledek, kdyby spojila jejich nejlepší vlastnosti. Své dceři by dala trochu Traceyiných dobrých způsobů, naopak Tracey by jistě prospělo něco z Arielina smyslu pro dobrodružství. Povahových rysů, které by si Ariel a Tracey mohly částečně vyměnit, by se ovšem našlo mnohem víc. Arielino věčné rebelantství by se jistě zmírnilo špetkou Traceyiny úcty k dospělým, Traceyinu přílišnou závislost na matce by snadno odstranila dávka Arieliny nebojácnosti. A pokud šlo o vzhled? Tracey bohužel nepodědila krásu po své matce, byla statná a skoro hřmotná, ale kdyby si zkusila zkrátit vlasy, vyčesala si je nahoru a třeba také vylepšila několika růžovými pruhy... Susan se mimoděk usmála a raději své pošetilé myšlenky zaplašila.

„Jak se má Kirsten?" otočila se Tracey k Vicki.

„Skvěle. Dělá rádkyni v táboře Mikro-Repro, nebo jak se to sakra jmenuje. Báječně si tam užívá."

Tracey zaváhala, ale přece jen oslovila i Chris. „Jak se vám daří, paní Malareková?"

„Díky, docela dobře." Na Montanu se Chris dávno nikdo neptal.

„Nepůjdeme?" zašeptala Tracey matce.

„Ještě ne."

„Klidně už běžte," chvatně se ozvala Susan. „Proč byste tu měly trčet až do večera? Tolik jste mi všechny pomohly a přitom samy máte dost svých starostí."

„Myslíš, že tě tu necháme samotnou s tou pí... s tou jezinkou?" prohlásila Vicki. Přítelkyně se znovu rozesmály a tentokrát se k nim přidala i Ariel.

„Uniklo mi něco?" zeptala se Tracey. „Co je tu k smíchu?"

„To bych taky ráda věděla," vpadla do kuchyně Diane, provázena proužkem cigaretového dýmu.

„Zvládla jste to nějak rychle," podotkla Vicki.

„Kouřím každou cigaretu jen do půlky. A kromě toho jsem venku někoho potkala. Když jsem vycházela, právě se blížil k domovním dveřím. Docela pohledný a hezky oblečený mužský. Říkal, že by rád vyslovil svou upřímnou soustrast. Ale zřejmě ho nikdo nepozval," dodala a vyčítavě pohlédla na Susan.

To už do kuchyně dolehl ruch z obývacího pokoje. („Co tu vůbec chcete?" „Ne, rozhodně si nemyslím, že by to byl dobrý nápad." „Člověče, uvědomte si, kde jste!") Pak se rozlétly dveře a dovnitř vpadl Tony Malarek.

„Panebože," zasténala Chris a ustoupila ke stěně.

Susan na Tonyho mlčky zírala. Kdyby ho tak dobře neznala, možná by ho popsala podobně jako její sestra. Ano, zdál se celkem pohledný, černá košile s krátkými rukávy a černé kalhoty mu slušely, pečlivě zastřižené, místy prošedivělé vlasy a opálené svalnaté paže působily dojmem jakési drsné mužnosti. Vypadal odpočatě a sebevědomě. Dokonce spokojeně. Susan se mimoděk otřásla. Co tu hledá? pomyslela si. K čemu se chystá?

Mezitím se za Tonym objevili Owen a Jeremy Latimer. „Rozuměl jste, Tony? Nepřejeme si žádné potíže."

„O co tady jde?" vzrušeně se zajímala Diane. „Kdo je to?"

„Jen klid." Tony přimhouřil oči a zabodl pohled do své bývalé ženy. „Nepřišel jsem dělat potíže. Pouze bych rád vyjádřil svou soustrast."

„To nebylo nutné."

„Ale ano."

„Dobrá, Tony, posloucháme." Susan se ze všech sil snažila o zdvořilý tón.

„Á, hlas rozumu. Jako obvykle." Tony se sice ani neušklíbl, Susan však měla pocit, jako by jí plivl do tváře. „Je mi líto staré paní," řekl zvolna, aniž by odtrhl oči od Chris.

Susan beze slova pokývla.

„Mimochodem, já jsem Tony Malarek," odpověděl Tony Diane, jako by se teprve teď rozpomněl na její otázku. „A tamhleto usoužené stvoření je moje manželka Chris."

„Bývalá manželka," opravila ho Chris překvapivě pevným hlasem.

„Ach ano, bývalá manželka." Tony zvedl ruku a prstem napodobil hlaveň pistole mířící Chris na hlavu. „Dokud vás smrt nerozdělí... nic ti to neříká, drahoušku?" Stiskl pomyslný kohoutek.

„Tak to by už stačilo!" Jeremy Latimer srazil Tonymu ruku a společně s Owenem ho začali strkat ven z kuchyně.

„Zkurvysyn," zamumlala Barbara.

„Hovado. Úchylák. Sráč," nahlas připojila Vicki.

„Pozor, dámy," křikl Tony přes rameno. „Ta pistole má plný zásobník." Jeho jedovatý smích se rozléhal celým domem. O chviličku později práskly domovní dveře.

Nejméně minutu nikdo nebyl schopen slova.

„Kristepane, co to máš za přátele?" prolomila ticho Diane.

Susan si sestry nevšímala a chvátala ke Chris. „Jak je ti?"
„Jsem v pořádku. Ale asi bych se měla všem omluvit. Vůbec mě nenapadlo, že by sem mohl takhle vrazit."
„Panebože, za co *ty* by ses omlouvala?"
„Nestalo se nikomu nic?" ozval se čísi hlas ode dveří.
„Neměli bychom zavolat policii?" ptal se další hlas.
„Ano," souhlasila Susan.
„Ne," odmítla Chris.
„Proč ne?"
„Policie stejně nic neudělá."
„Vyhrožoval ti smrtí, všichni ti to dosvědčíme."
„Já nic neviděla," okamžitě prohlásila Diane.
„Kdepak, policie mi nepomůže," povzdechla si Chris.
Susan svěsila ramena. „Ale zůstaneš tady přes noc. Na tom trvám."
„A kde bude spát?" pospíšila si s otázkou Diane.
„Díky, Susan, ale je zbytečné, abych ti přidělávala starosti. Všechno bude v pořádku. Ničeho se neodváží."
„Nezlehčuj to, Chris. Ten mizera je jako časovaná bomba."
„Nemůžu před ním pořád jen utíkat. Mám toho věčného skrývání plné zuby."
„Jde jen o pár nocí. Než Tony trochu vychladne."
„Chris půjde ke mně," rázně se do rozhovoru vložila Barbara. „A nechci slyšet žádné námitky."
Chris zaváhala, ale pak přikývla.
Nemůžu před ním pořád jen utíkat. Mám toho věčného skrývání plné zuby.
Chrisina slova si Susan znovu a znovu opakovala ještě dlouho potom, co všichni odešli. Ty dvě věty dokázaly přehlušit i ostrý a hádavý hlas, jímž si Diane telefonicky zařizovala zpáteční cestu do Kalifornie. A neustále se vracely ještě v noci, když Susan ulehla do postele vedle Owena, zavřela oči a ponořila se do přerývaného spánku. Provázely ji neklidnými sny o bezmocné nahé ženě, marně prchající v zoufalých kruzích, o ztracených dětech bloudících džunglí. *Nemůžu před ním pořád jen utíkat. Mám toho věčného skrývání plné zuby.*
Náhle zazvonil telefon.
Susan poslepu natáhla ruku po sluchátku. Owen se v posteli posadil. Hodiny na nočním stolku ukazovaly 4:42.

Telefon znovu zazvonil. „Bože můj," zhluboka si povzdechla Susan.

„Susan? Susan, jste to vy?" ozval se roztřesený dívčí hlas.

„Ano, jsem to já." Susan zatím netušila, s kým mluví. „O co jde? Stalo se něco?"

„Pomozte mi. Musíte mi pomoct."

„Co se děje?"

„Panebože, panebože, panebože," kvílela dívka mezi drásavými vzlyky a teprve teď Susan rozpoznala zabarvení Traceyina hlasu.

„Tracey, stalo se něco? Mluv!"

„Nemůžu!"

„No tak, Tracey, mluv," naléhala Susan. „Uklidni se a všechno mi pověz."

„Tony..."

„Tony? Je tam Tony?"

Owen rozsvítil a začal se oblékat.

„Ne, není... Už je pryč... Ale... ale..."

„Mluv, Tracey! Co Tony provedl? Ublížil Chris?"

„Chris?" Tracey to jméno opakovala, jako by je slyšela prvně v životě. „Chris tady není."

„Co se tedy stalo? Pověz mi to. Slyšíš, Tracey?" Náhle Susan strnula. Proč vlastně mluvím s Tracey? položila si otázku, která ji měla napadnout už dřív. Kde je Barbara?

Proboha, kde je Barbara?

„Kde je tvoje matka?" zakřičela Susan. „Tracey, dej mi k telefonu mámu!"

Ve dveřích ložnice se objevily Ariel a Whitney. Držely se za ruku. „Mami, stalo se něco?" vyděšeně se zeptala Ariel.

„Tracey, mluv! Kde je tvoje matka?"

Místo odpovědi Tracey jen pronikavě vykřikla – a Susan si uvědomila, že ten výkřik do smrti nezapomene.

ČÁST ČTVRTÁ

1992 – 1993

VICKI

26

V PŮL ŠESTÉ RÁNO ZAZVONIL V LOŽNICI TELEFON. VICKI OKAMŽITĚ zvedla sluchátko, uslyšela roztřesený Susanin hlas, rychle pochopila smysl otřesné zprávy a zavěsila. Stačila ještě doběhnout do své luxusní koupelny, k záchodové míse to však už nestihla a pozvracela skoro celou mramorovou podlahu. O čtyřicet minut později s Jeremym vystoupili z nového černého jaguáru před svým někdejším domem na Grand Avenue. Policie mezitím už obsadila velkou část ulice a Barbařin dům obehnala žlutou páskou používanou k označení místa činu. „Jsem Vicki Latimerová," představila se Vicki nejbližšímu policistovi.

„Je mi líto, madam, ale nemůžete..."

„Jsem Jeremy Latimer," zasáhl manžel. Uniformovaný mládenec beze slova ustoupil a nechal je projít.

Nejdřív uviděla Owena. Seděl na židli u krbu, hlavu v roztřesených dlaních, ve tváři bledý, jako by ho někdo posypal jemně drcenou křídou. Vicki se právě chtěla zeptat, kde je Susan, když přítelkyně, stejně rozrušená a zbledlá, vyšla z kuchyňských dveří. Měla na sobě dlouhé bílé tričko a neforemné hnědé šortky. Zřejmě nechtěla ztrácet čas a popadla, co jí náhodou přišlo do ruky, usoudila Vicki a sklouzla pohledem k dívce, kterou Susan přiváděla.

Tracey kráčela pomalu, velké kulaté oči široce otevřené a prázdné, jako by je navždy poznamenala hrůza, kterou spatřily. Obličej měla napuchlý a zvlhlý od pláče. Na růžovém bavlněném pyžamu se podivně vyjímaly obrovské rezavé skvrny různých tvarů. Krev, uvědomila si Vicki a málem se jí znovu udělalo špatně. Vzápětí si všimla stejných skvrn na Traceyiných rukou.

„Tracey?" oslovila dívku, přestože nevěděla, na co se jí vlastně chce zeptat.

Tracey zvedla hlavu ze Susanina ramene a pohlédla kamsi mimo Vicki, mimo kohokoliv, mimo reálný svět.

„Vnímá mě?" zeptala se Vicki přítelkyně.

„Je v šoku," tiše odpověděla Susan.

Ano, všichni jsou v šoku, pomyslela si Vicki. „Byla schopna říct policii, co se tu stalo?"

„Ani ne. Je to jen pár útržků a střípků." Susan se posadila vedle Tracey na starou zelenou pohovku.

Vicki si k nim přitáhla židli.

Vešel policista. Byl vysoký a statný, pod rukávy jeho šedého sportovního saka se zřetelně rýsovaly vypracované svaly. Mohlo mu být čtyřicet až pětačtyřicet, měl řídnoucí blond vlasy a modré oči s těžkými víčky. Vicki připadal mlhavě povědomý, ovšem mlhavě povědomí jí poslední dobou připadali všichni policejní důstojníci. „Paní Latimerová," obrátil se na ni, jako by ji znal.

„Pane..."

„Poručík Jacobek. Loni jsem svědčil v Keevilově procesu."

Vicki se rázem vybavilo každé slovo policistovy výpovědi. Byl jako svědek tak dobrý, že jí málem rozbil celou obhajobu.

„Jak jsem vyrozuměl, znala jste se s obětí."

Slovo *oběť* rychle Vicki vrátilo zpátky do současnosti. „Patřila k mým nejbližším přítelkyním." Jak snadno jsem dokázala použít minulého času, pomyslela si a zároveň si všimla osamělé slzy stékající po Susanině tváři. „Mohl byste mi vysvětlit, co se tu vlastně stalo?"

„Zatím víme jen velmi málo. Od toho děvčete jsme se prakticky nic nedozvěděli. Ale možná s vaší pomocí..."

Kolem obývacího pokoje chvatně přešlo několik dalších policistů. Mířili nahoru. Patolog a technici, usoudila Vicki, vstala ze židle a přiklekla k mlčící dívce. „Tracey, miláčku, slyšíš mě?" Ráda by ji vzala za ruce, ale pohled na zakrvácené prsty ji odradil.

Tracey přikývla, její oči však zůstávaly prázdné, nevidoucí.

„Tracey, je to moc důležité, musíš nám všechno povědět."

Dívka se začala kolébat zepředu dozadu. Z hrdla jí přitom vycházely tiché táhlé steny, které postupně zaplnily celou místnost, stoupaly po stěnách ke stropu a odtud se snášely zpátky dolů jako krvavý déšť.

„V tomhle stavu jsme ji našli," povzdechla si Susan.

„Ale telefonovala ti, ne?" Vicki nedokázala skrýt jistý údiv. Proč vlastně Tracey hledala pomoc právě u Susan?

„Mluvila nesouvisle. Vůbec jsme z jejích slov nepochopili, co se děje. Owen zavolal na policii a pak jsme se sem rozběhli. Domovní dveře byly dokořán."

Vicki si všimla, že jeden z policistů si dělá poznámky. „A co bylo potom?"

„Utíkali jsme nahoru a tam jsme objevili Barbaru." Na všechny dopadla tíha jména, které se dosud nikdo neodvažoval vyslovit. Susan bezmocně ukázala směrem ke schodům. „Bože můj, byl to děsivý pohled. Ležela na podlaze vedle postele. Celá zakrvácená. Nejdřív jsem ji ani nepoznala, obličej měla úplně rozmlácený. Když si člověk pomyslí, co pro tu svou půvabnou tvářičku obětovala..."

„Kde byla Tracey?"

„Seděla na podlaze a držela matku za ruku. Pokoušeli jsme se přimět ji k řeči, ale marně. A všude tolik krve..."

„Tracey, odpověz mi!" Vicki teď mluvila naléhavěji, poroučela, přikazovala. Dívka opět odvrátila pohled, ale Vicki ji vzala za bradu a otočila ji zpátky k sobě. „Musíš nám říct, co jsi viděla. Slyšíš mě, Tracey? Musíš pomoct své matce."

„Matka..."

„Potřebuje tvou pomoc, Tracey. Potřebuje, abys nám pověděla, kdo jí ublížil."

„Je mrtvá," hlesla Tracey.

„Ano," přitakala Vicki. „Je mrtvá." Ta slova jí samotné zněla podivně cize.

„Udělal to..."

„Kdo?"

„Tony."

„Určitě si ji spletl s Chris," pokusila se Susan o vysvětlení. „Policie už ho hledá."

„Chris u nás nezůstala na noc," ozvala se kupodivu souvisle Tracey a všichni v místnosti zpozorněli. „Matka ji přemlouvala, ale Chris říkala, že to není nutné, že si poradí."

„A kde je teď Chris?" zeptala se Vicki.

Susan opět vyhrkly slzy. „Nevíme. Ve svém bytě není."

Vicki se raději nezmínila o možnosti, které se patrně obávali i ostatní: Tony svou bývalou manželku vypátral a je pouze otázka času, než se ozve další hrůzný telefonát. „Poslyš, Tracey," znovu Vicki oslovila dívku, „je moc důležité, abys nám podrobně a přesně vylíčila, co se tu dnes v noci odehrálo."

Tracey přelétla očima po obývacím pokoji a její dosud prázdný pohled jako by se náhle zaostřil. „Spala jsem," spustila docela čile. „A najednou se ozval nějaký hluk. Nejdřív jsem si myslela, že je to jenom sen. Ale ne, nezdálo se mi to, byla jsem vzhůru. Jasně jsem slyšela bouchání dveří, kroky, matčin křik..." Tracey zvedla ruce a opět je spustila. „Hrozně jsem se bála. Vstala jsem z postele. A pak jsem ho uviděla."

„Uviděla jsi Tonyho?"

„Ano." Tracey těkala pohledem od Vicki k Susan, od Susan k poručíku Jacobekovi a zase zpátky. „Určitě to byl Tony, jsem si jistá," dodala tónem, který o přílišné jistotě nesvědčil.

„Viděla jsi mu do tváře?" zeptal se poručík Jacobek.

Tracey zavrtěla hlavou. „Měl lyžařskou kuklu."

„Lyžařskou kuklu?" podivila se Vicki. V tom vedru?

„Měl ji přes obličej. Byly vidět jen oči."

„Takže to nemusel být Tony?"

„A kdo jiný by to byl?" odpověděla Tracey otázkou. „Howard?"

„Howard?" opakoval poručík Jacobek.

„Howard Kerble, Barbařin snoubenec," vysvětlil Owen.

„Vyloučeno," rezolutně prohlásila Vicki. „Howard ji hluboce miloval."

„Vlastně ještě nic neví," připomenula Susan.

„Zařídíme to," kývl poručík Jacobek na kolegu.

„Howard matku zbožňoval," opět promluvila Tracey. „Jaký nádherný zásnubní prsten jí koupil!"

„Měla ten prsten i včera?" zeptal se poručík Jacobek.

„Jistě," potvrdila Tracey. „Nikdo ho nesundavala."

„Prsten chybí," poznamenal jeden z dalších policistů.

„Kde jsi byla, když jsi toho muže uviděla?" pokračoval poručík Jacobek.

„Cože? Nerozumím vám." Tracey zmateně pohlédla na Vicki.

„Kde jsi v té chvíli byla?" zopakovala jí Vicki otázku.

„Odkud jsi ho viděla?" Poručík Jacobek by měl trochu zmírnit tempo, pomyslela si, jinak Tracey znovu upadne do toho málem katatonického stavu.

„Já už nevím. Asi jsem stála na chodbě."

„Viděl tě?"

Tracey přikývla. „Podíval se přímo na mne."

„Jak byl vysoký?"

„Těžko říct. Trvalo to jen chviličku. Byl přihrbený a utíkal."

„Běžel dolů ze schodů?"

„Ano, dolů ze schodů."

„Nesl něco?"

„Jestli něco nesl?"

„Třeba pohrabáč. Baseballovou pálku. Nebo prostě něco takového."

Tracey opět znejistěla. „Už nevím. Myslím, že nic nenesl. Nevím. Nevzpomínám si." Její hlas stoupal do nebezpečných výšek.

„To je v pořádku, zlato," snažila se ji Vicki uklidnit. „Vedeš si skvěle. Ještě nám pověz, co bylo potom."

„Chvátala jsem do matčiny ložnice." Tracey teď hovořila zvolna a rozvážně, jako by si postupně vybavovala každý svůj krok. „Zpočátku jsem nic neviděla. Zavolala jsem na matku, ale neozvala se. A pak jsem zaslechla sténání, šla jsem blíž a... Ležela na podlaze vedle postele. Celá od krve. Panebože, nejdřív jsem ji skoro ani nepoznala. Obličej měla úplně rozmlácený..."

Vicki jen stěží ovládla své ohromení. Nepoužila snad Tracey prakticky stejných slov jako předtím Susan?

„Rozběhla jsem se k telefonu," pokračovala po krátké pauze Tracey, „a zavolala Susan."

„A co tvůj otec?" zeptala se Vicki.

„Můj otec? To přece nebyl můj otec."

„Ovšemže ne."

„Často se hádali, ale to neznamená..."

„Samozřejmě to nic neznamená."

„Tracey, kde najdeme tvého otce?" po delší době se opět připomněl poručík Jacobek.

„To nebyl můj otec."

„Jistě, ale musíme mu sdělit, co se tu v noci stalo."

Tracey policistům zdráhavě nadiktovala otcovu adresu.

„Otec je velmi zaměstnaný člověk," dodala. „Mají dvě malé děti a Pam už je zase těhotná. Nechci k nim."

„Neboj se, nikdo tě nebude nutit," ujistila ji Vicki.

„Půjdeš k nám." Susan pohlédla na poručíka Jacobeka, jako by ho žádala o souhlas.

„V pořádku. Ať jde tam, kde se bude cítit nejlíp."

„Nechci k tátovi," zopakovala Tracey. „Postele u nich vržou a děti moc brzy vstávají. Nikdy se tam pořádně nevyspím."

Vicki nakrčila čelo. Ta slova jí nepříjemně připomněla Susaninu sestru Diane. Ale v šoku lidé kolikrát říkají větší hlouposti, pomyslela si a vstala ze židle.

„Praská vám v kolenou," zahihňala se Tracey.

Vtom se ozval hluk na schodech. Několik uniformovaných policistů odnášelo k domovním dveřím velký zelený vak. „Panebože," vydechla Vicki, neboť věděla, že ve vaku leží mrtvé tělo její přítelkyně.

„Byla tak krásná," řekla tiše Tracey. „Víte, kdysi získala titul Miss Cincinnati."

Vicki jen mlčky přikývla.

„Museli byste vidět ten její zakrvácený obličej." Když se teď Tracey rozpovídala, nebyla k zastavení. „Vlastně to vypadalo, jako by ani obličej neměla." Zvuk, který následoval připomínal cosi mezi vzlykem a smíchem. „Tolik se snažila, aby si tu svou krásu uchovala. A nejednou byla bez obličeje." Hlas umlkl, jako když doběhne pérko v natahovací hračce.

Vicki zavřela oči. Zoufale se snažila vypudit z mysli obraz přítelkyně s tváří rozbitou k nepoznání.

„Mohla bych už odvést Tracey k nám domů?" Susan se cítila nesmírně vyčerpaná. Sotva pohřbila matku, musela prožít další bolest.

Poručík Jacobek kývl. „Jestli dovolíte, později se u vás zastavíme." Podal Owenovi vizitku. „Pokud by se mezitím vám nebo Tracey ještě něco důležitého vybavilo..."

„Dáme vám vědět," slíbil Owen.

„Půjdu nahoru a zabalím pár tvých věcí," nabídla se Susan.

„Ne," zavrtěla Tracey hlavou. „Raději to udělám sama. Vy byste nevěděla, co potřebuju."

Jeden z mladých policistů dívku doprovodil.

„Pořád tomu všemu nemůžu uvěřit," povzdechla si Susan. „Pořád mám pocit, že je to jen příšerný sen, ze kterého se každou chvíli musím probudit."

„Poslyš, Susan, vážně si myslíš, že Tony by byl něčeho takového schopen?" náhle se zeptala Vicki.

„Podle mého názoru je Tony schopen úplně všeho. Panebože, ubohá Barbara."

„No právě. Proč Barbara?"

„Počkej, o čem to mluvíš?"

Ze Susaniných slov Vicki vycítila narůstající podrážděnost. „Prostě mi to nedává smysl."

„A co u Tonyho *dává* smysl? Je to odporný zmetek. Sama jsi viděla a slyšela, jak se u nás dneska předváděl. Otevřeně Chris vyhrožoval, že ji zabije."

„Nepochybuju, že měl spadeno na Chris. Ale proč by zabíjel Barbaru?"

„Vyhrožoval nám všem." Susan se otočila k poručíku Jacobekovi a podrobně mu vylíčila incident po pohřbu. „Napodobil prstem hlaveň pistole a mířil na Chris. Potom řekl, že pistole má plný zásobník."

Poručík Jacobek si informaci pečlivě zaznamenal. „Dokud ho nezadržíme, bude u vašeho domu stát hlídka."

Vicki mlčela, upřímně však pochybovala, že by policejní ochrana domu Normanových byla nutná. Ten, koho Tony celá léta deptal a koho chtěl definitivně zničit, byla Chris. Proč by měl útočit na Susan? A proč na Barbaru?

Ano, proč by měl Barbaru zabíjet?

Vloupal se snad k Barbaře v domnění, že tam bude Chris? Když ji nenašel, rozzuřil se a napadl Barbaru? Zavraždil ji, aby naznačil, že Chris čeká totéž?

A co dál?

Potřísněný krví své oběti odešel z místa činu? Předpokládal, že ho nikdo nezahlédne? Klidně se vrátil domů k dětem, převlékl se a zničil důkazy? Vůbec nepočítal se zatčením, přestože nechal naživu Tracey, která ho může usvědčit?

Ne, tohle absolutně nedávalo smysl.

Na druhé straně Vicki ze své právnické praxe dobře věděla, že vražda jen málokdy dává smysl. Lidé jsou vynalézaví a dokáží sami před sebou ospravedlnit i ten nejodpornější skutek. Nikdo v sobě nevidí obyčejného zločince. Pro každou zvěrskost najde pachatel důvod, byť sebezvrácenější a sebešílenější. A stejně tak jsou všichni, kdo porušují zákony, umanutě přesvědčeni o své nepolapitelnosti. Vrazi samozřejmě nejsou výjimkou. Bez ohledu na to, kolik stop zanechali, naivně věří, že nikdy nebudou dopadeni.

Vražda Barbary tedy nemusela dávat smysl. U Tonyho mohla propuknout vražedná posedlost a Barbara se prostě ocitla v nesprávnou dobu na nesprávném místě.

Až na to, že Barbara byla doma. Ve vlastní posteli.

„Nikde tam nejsou žádné známky vloupání," prohodila Vicki, zatímco se s Jeremym vraceli svým novým černým jaguárem domů. Zvedla ruce a zaclonila si oči před vycházejícím sluncem. Po nádherné světlemodré obloze proplouvaly proužky narůžovělých obláčků připomínajících nesmírně dlouhé chomáče cukrové vaty. Barbaře by se ty červánky líbily, pomyslela si, celkem bez námahy se však ubránila dojetí. Zato Jeremy si mnul nejen unavené, ale také, jak si teprve teď všimla, uslzené oči. „Opravdu tě to tak vzalo?" podivila se Vicki.

„A tebe ne?"

Vicki manželovi neodpověděla. Co by mu měla vysvětlovat? Neplakala už téměř čtyřicet let - od onoho rána, kdy pochopila, že matka ji skutečně opustila a nikdy se nevrátí. Slzy, které tenkrát Vicki prolila, by vystačily na celý život. A k čemu to bylo? K ničemu. K matčiným hluchým uším srdceryvný nářek malé dcery nedolehl. A samotné Vicki pláč neulevil, spíš se cítila ještě hůř. Slzy z vás vysají sílu, zamlží vám výhled, opředou vás pavučinou umrtvujícího smutku, znemožňují vám jít dál, pokračovat v normálním životě. Vicki se už velmi, velmi dávno definitivně rozhodla. Odmítla se ublíženě přehrabovat v minulosti, odmítla se trápit tím, co prostě uplynulo a nedalo se změnit. Odmítla slzy. Jednou provždy.

„Žádné známky vloupání?" zeptal se Jeremy, jako by konečně pochopil smysl její poznámky.

„Ověřila jsem si to." Vicki sáhla do kabelky a nasadila si sluneční brýle. „Ani jedno z oken není rozbité. Domovní dveře nejsou vypáčené. Zadní dveře zůstaly zamčené."

„Možná Barbara pustila Tonyho dovnitř."

„To by neudělala."

„Třeba ji nějak přelstil."
„Nesmysl, Barbara by ho určitě dovnitř nepustila."
„Co z toho tedy vyvozuješ?"
„Sama nevím."
„Takže by přicházeli v úvahu Howard nebo Ron? Oba přece mohli mít klíče, ne?"
„Nikde na schodech jsem neviděla krev."
„Cože?"
„Ten, kdo zabil Barbaru, musel být celý od krve. Ale nikde jsem neviděla krvavé šlápoty ani jiné skvrny. Krev byla pouze v ložnici. A na Tracey," dodala a mimoděk se otřásla.
„Na Tracey? Přece jsi slyšela, co říkala Susan. Tracey seděla vedle matky a držela ji za ruku. Je logické, že děvče bylo celé od krve. Kam tím vlastně míříš?"
„Nevím."
„Myslíš, že Tracey někoho kryje?"
„Nevím."
„Nebo něco zamlčuje?"
„Nevím." Sakra, odpovídám jako nějaký porouchaný automat, zamračila se, přesto však zopakovala: „Nevím. Prostě nevím."
„Zmínila ses o svých pochybnostech policistům?"
„Proč bych za ně měla dělat jejich práci?"
Jeremy zajel na příjezdovou cestu, vypnul motor a otočil se k manželce. „Jste opravdu zvláštní a pozoruhodná žena, paní Latimerová. Co bude následovat?"
„Osprchujeme se, pojedeme do práce a budeme čekat, až zazvoní telefon."
„A pak?"
„Zadržíme dech a budeme se modlit, abych se mýlila."

27

„JAK DLOUHO TU JEŠTĚ ZŮSTANE POLICIE?“ ZEPTALA SE ARIEL, JAKMILE vešla do kuchyně a posadila se ke kulatému bílému stolu. Měla na sobě poměrně čisté modré tričko uvázané pod ňadry na uzel a džíny bokovky. Susan se snažila nevšímat si zlatého kroužku v dceřině pupku.

„Dokud nenajdou Tonyho,“ odpověděla Susan. „Alespoň myslím.“

„Nelíbí se mi, že tu vysedávají celý den. Trochu mě to děsí.“

„Jde jim o naše bezpečí.“

Ariel se rozhlédla. „Tracey pořád spí?“

„Mám dojem, že před chvilkou jsem ji slyšela nahoře chodit.“

„Jinak vůbec nevstala?“

„Asi ne.“

„Kdy odjela Diane?“

„Kolem poledne.“ Susan se unaveně opřela o kuchyňskou linku. Když s Owenem a Tracey přišli z Barbařina domu, sestřin kufr už stál v předsíni. Diane zamumlala, jak ubohou dívku chápe, vždyť sama také právě ztratila matku, a po těch několika prázdných frázích se až do oběda příliš neukazovala. Zaskočilo ji ovšem, že si musela objednat taxík, neboť Susan ji odmítla odvézt na nádraží.

Whitney se samozřejmě nabídla, že se zatím nevrátí do prázdninového denního tábora a bude se věnovat Tracey, Susan jí to však rozmluvila. Kdo ví, jak dlouho u nich Tracey zůstane? Proč by se Whitney měla obětovat?

Ariel ráno stačil jediný pohled do matčiných očí. Spatřila v nich víc bolesti, než byla schopna unést, a raději proto vyběhla z domu.

„Kde jsi vlastně byla?“ zeptala se jí teď Susan.

Ariel pokrčila rameny. „Venku.“ Prsty zažloutlými od nikotinu si pročísla růžové a purpurové bodliny vlasů.

Susan mlčky pokývla. Cítila se příliš vyčerpaná, než aby se dál vyptávala. Dcera byla někde venku, ale už je zase zpátky doma, v bezpečí. Víc Susan nepotřebovala vědět.

„Zastavila jsem se u Molly," dodala Ariel.

U Molly? Susan se pokusila spojit si s tím jménem nějakou konkrétní tvář, rychle to však vzdala. V Arielině životě se přátelé neustále střídali.

„S Molly jsem se seznámila v tetovacím salonu."

„Aha."

„Náhodou je moc fajn."

„Jistě."

„Má úžasně hezké tetování pod lopatkou. Trochu to připomíná kytku, ale vymyšlenou, takovou, co ve skutečnosti neexistuje."

„Určitě jí to sluší."

Ariel se tvářila čím dál zmateněji. „Není ti nic, mami?"

Susan se málem rozesmála. „Ne, vážně ne." Do očí jí vhrkly slzy dojetí.

Dcera jako by nevěděla, jestli má začít matku chlácholit nebo se opět sebrat a zmizet. Nakonec zvolila kompromis. „Je mi to líto."

„Já vím, zlato."

„Nechtěla jsem být pryč celý den. Ale prostě mě to všechno nějak přemohlo. Nejdřív babička a hned potom Barbara. Úplně mě vyděsila ta prázdnota v Traceyiných očích."

„Já vím."

„Připadám ti jako Diane?"

„Cože?" Susan se znovu málem rozesmála. „Kristepane, vůbec ne! Ani trochu mi nepřipadáš jako Diane."

„Není tedy pravda, že mě nenávidíš?"

„Jak bych tě mohla nenávidět? Jsi moje dítě, moje holčička. Mám tě moc ráda. Miluju tě. Vždycky jsem tě milovala a vždycky tě budu milovat."

Ariel se v očích zatřpytily slzy. Susan mlčky rozpřáhla náruč.

Několik minut se k sobě tiskly, dcera tiše plakala na matčině rameni. „V rádiu říkali," konečně promluvila Ariel, „že Barbaru vrah umlátil k smrti."

Děsivá vzpomínka se vrátila v jasných konturách i barvách: bezvládné tělo na podlaze, místo krásného něžného obličeje jen změť krve a potrhané tkáně. Kdo byl tak hrozného činu schopen, říkala si Susan, musel k Barbaře cítit hlubokou zášť.

„Jak to, že policie ještě nezatkla Tonyho? Proč to tak dlouho trvá?“ zeptala se Ariel, jako by četla matčiny myšlenky.

„Nevím.“

„Už se ti ozvala Chris?“

„Ne.“ Pane na nebi, jestliže Tony tohle provedl Barbaře, co si chystá pro svou bývalou manželku? Susan znovu vyhrkly slzy.

„Promiň, mami. Vždycky plácnu to, co se nejmíň hodí. Měla jsem zůstat u Molly.“

„Neomlouvej se, zlato, ty přece za nic nemůžeš.“ Susan pohladila dceru po vlasech a s překvapením zjistila, že barevné bodlinky vůbec nepíchají, ale jsou docela hebké.

„Kdo je to Molly?“ ozval se čísi hlas.

Ariel se okamžitě vyškubla z matčiny náruče. Susan se otočila. Ve dveřích kuchyně stála Tracey v bílé blůzce a tmavomodré skládané sukni, vlasy čerstvě umyté a svázané do ohonu. Vypadala tak čisťounce a elegantně, že si Susan automaticky začala uhlazovat pomačkané tričko a poněkud neforemné šortky, které si oblékla už časně ráno.

„Kdo je to Molly?“ zopakovala Tracey svůj dotaz, zatímco si sedala ke kuchyňskému stolu.

Ariel pokrčila rameny a posadila se naproti ní. „Jedna holka, kterou jsem potkala v tetovacím salonu.“

„Podle mého názoru je tetování nechutné,“ prohlásila Tracey a pohlédla na Susan, jako by očekávala souhlasné přikývnutí. „Mohla bych dostat sklenici mléka?“

Susan si otřela oči a promnula si zvlhlé tváře. „Jistě, hned to bude.“ Nalila do sklenice mléko a postavila ji na stůl před Tracey. „Hlad nemáš?“ zeptala se opatrně. Jí samotné se při pomyšlení na jídlo dělalo zle a předpokládala, že Tracey se zřejmě cítí podobně.

„Docela bych měla chuť na pár těch malých sendvičů, co jste podávala po pohřbu,“ usmála se Tracey. „Nezbyly vám náhodou?“

Susan jen s námahou skryla svůj údiv. Tracey je koneckonců normální dospívající dívka, připomenula si. Vyvíjí se, roste – a její organismus nebere ohledy ani na sebevětší tragédie. Kromě toho právě v jídle nalézá možná Tracey způsob, jak uniknout hrůzám, které prožila. Nesmím k ní být nespravedlivá. Do nitra druhého člověka nevidíme. Co vím o hloubce Traceyiny bolesti? Susan se vrátila k ledničce, vytáhla velký podnos plný sendvičů a postavila jej na stůl vedle sklenice s mlékem.

„Tyhle mám nejraději." Tracey si vzala jeden z miniaturních sendvičů a zálibně si prohlédla tlusté vrstvy tuňáka s vajíčkem uložené mezi tenkými plátky bílého a tmavého chleba. Dvakrát kousla a po sendviči se jen zaprášilo. Olízla si prsty, tytéž prsty, které ještě ráno byly celé rudé od matčiny krve. „Jsou vynikající," prohodila a zvedla k ústům další sendvič.

Susanino znechucení narůstalo. Odvrátila pohled a v duchu si opakovala: nesmím k ní být nespravedlivá, nesmím ji odsuzovat.

Ariel ovšem žádné podobné zábrany neměla. „Jak teď vůbec můžeš jíst?" zeptala se.

„Cože?" Tracey se zatvářila zmateně a dotčeně.

Ariel zakroutila hlavou. „Prostě nechápu, jak dokážeš s takovou chutí jíst a vykládat o sendvičích, když ti někdo zavraždil mámu."

„Ariel," varovným tónem se ozvala Susan, náhle si však nebyla jistá, co by vlastně měla dodat. Se slovy své dcery nemohla nesouhlasit.

„Ach ano! Bože! Moje matka!" rozkvílela se Tracey. Upustila sendvič, chytila se za břicho a začala se zběsile kolébat zepředu dozadu. „Moje matka! Moje ubohá matka!"

Ariel vyskočila od stolu. „Promiň, Tracey! Já nechtěla. Je mi to líto. Omlouvám se, moc se ti omlouvám. Mami? Vážně se omlouvám."

„To nic, zlato. Co kdybys šla ven a počkala na Whitneyin autobus?"

„Kde je Whitney?" zeptala se Tracey, zatímco Ariel se vyřítila z kuchyně a pádila k domovním dveřím.

Kdy se Ariel naposledy nemohla dočkat, až uvidí svou sestru? pomyslela si Susan. „V denním táboře," odpověděla dívce, teď už opět zcela klidné. Ty náhlé proměny Susan nepřestávaly udivovat. „Působí tam jako PR."

„Co je to PR?"

„Pomocná rádkyně."

„Já na táboře nikdy nebyla."

„Ne?"

„Určitě by se mi tam líbilo, ale mamka..."

„Chtěla tě mít u sebe."

„Říkala, že letos v létě bych si snad nějaký tábor mohla vybrat. Alespoň by pak s Howardem měli víc času pro sebe." Tracey se ušklíbla. „Ještě jsem mu nezavolala. Já vím, není to ode mne hezké, ale určitě se bude vyptávat, jak se všechno v noci seběhlo, a já na to nemám náladu. Už se mi o tom vůbec nechce mluvit."

Věty následovaly v rychlém sledu, Tracey přeskakovala z jednoho tématu na druhé. Susan jen stěží držela krok.

„Máma se na tu svatbu hrozně těšila, dokonce uvažovala, že si pořídí bílé šaty, neradila se s vámi?"

„Zmínila se, že slonovinový odstín by nemusel být špatný."

„A slonovinová barva není bílá?"

„Spíš bělavá."

Tracey kývla a sáhla po dalším sendviči. „Já jsem jako družička měla jít v mátově zelených nebo možná šeříkových šatech."

V roli družiček si Barbara přála vidět i nás, své přítelkyně, s dojetím si pomyslela Susan. Byl by to nádherný obrázek: Vicki, Chris a já důstojně kráčíme kostelní uličkou... Panebože, co je s chudinkou Chris?

„Dobře si pamatuju na tátovu svatbu," bezstarostně švitořila Tracey. „Opravdu se vydařila. Pam měla fantastické bílé šaty od Very Wangové. Víte, u Very Wangové se oblékají všechny filmové hvězdy. Táta říkal, že nad účtem málem omdlel."

„Jistě vypadaly moc krásně." Nic chytřejšího Susan teď nenapadlo.

„Jo, to ano..." Tracey se na okamžik odmlčela a roztržitým pohledem přelétla celou kuchyň. „Kdo mi teď bude dávat kapesné?"

„Cože?"

„Moje kapesné. Každý pátek dostávám deset dolarů."

„O to se jistě postará tvůj otec, ne?"

„Už jste s ním mluvila?"

„Ne. Policie se ho pokouší najít. Patrně odjel z města."

Tracey zrozpačitěla. „Vlastně ano, je to tak. Totiž táta a Pam si na pár dní vyrazili do Atlantic City."

„Do Atlantic City?" Susan už sahala po telefonu. „Měla bych to říct policii."

„Nechci bydlet u táty."

Postele tam vržou a děti moc brzy vstávají, v duchu si opakovala Susan.

„Nevysvětlujte si to špatně. Já proti jejich dětem nic nemám, jenže jsou ještě malé a nadělají spoustu hluku. A kromě toho," ztišila Tracey hlas a z koutku oka si setřela slzu, „myslíte, že matka by si přála, abych žila v jejich rodině?"

„Je to tvůj otec, Tracey."

„No jo." Dívka si vzala čtvrtý nebo pátý sendvič.

Po slzách opět nebylo ani památky. Ariel má pravdu, pomyslela si Susan, Tracey je divná.

Zazvonil telefon. Susan byla za to vyrušení docela vděčná a bez váhání zvedla sluchátko. „Haló?"

Teprve po chvíli se ozvalo: „Paní Normanová?" Dívčí hlas mohl patřit některé z Arieliných kamarádek. Že by oné záhadné Molly?

„Ano. Kdo volá?"

„Tady Montana Malareková. Dcera Chris."

„Bože, Montano, jak se máš? Odkud voláš? Potřebuješ něco?"

„Policisté právě zatkli otce. Obviňují ho z vraždy paní Azingerové."

„Jsou tam ještě?"

„Prohledávají dům. Mají povolení. Ale otec to neudělal, paní Normanová. Byl celou noc doma. Brzy ráno odjel do Lexingtonu, měl tam nějaké jednání. Jenže policie mu to nevěří."

„Chceš, abych k vám přijela?"

„Ne, to ne," chvatně odpověděla Montana. „Táta říká, že se vrátí, jen co se prý to nedorozumění vysvětlí... Paní Normanová...?"

„Ano?"

Montana opět chvilku váhala. „Víte něco o mé matce? Totiž... podle policistů je nezvěstná. Tak mě napadlo, jestli se vám třeba neozvala."

Z dívčina hlasu zaznívala starost. A dokonce láska, i když

sama Montana si to zřejmě neuvědomovala. „Nemám tušení, kde je," smutně přiznala Susan. „Nikdo o ní neví."

„Ale nemyslíte si, že se jí něco stalo, že ne? Nebo by podle vás ten, kdo zabil paní Azingerovou, mohl..." Montana se znovu odmlčela.

„Co kdybych k vám zajela a odvezla tě i s bratry k nám?" nabídla se Susan. Vzápětí jí blesklo hlavou, jak by se asi zatvářila Tracey.

„Děkuju vám, ale opravdu ne. Táta říkal, ať zůstaneme doma. Říkal, že se určitě vrátí k večeři."

„Co když se tak brzy nevrátí?"

„Zavoláte mi, kdyby se vám ozvala moje matka?"

„Spolehni se."

„Ale táta o ničem nemusí vědět. Mohla by třeba zavolat Ariel? Pokud by telefon zvedl táta, představila by se se jako nějaká moje spolužačka, šlo by to?"

„Montano, jestli se chceš setkat s matkou, táta ti to nemůže zakázat."

„Já se s ní nechci setkat!" Tón jejího hlasu však svědčil o něčem jiném. „Takže mohla by mi Ariel zavolat?"

„Jistěže." Susan si zapsala číslo a zavěsila.

„To byla dcera paní Malarekové?" zeptala se Tracey.

„Ano. Policie právě zatkla Tonyho," odpověděla Susan, poněkud udivená, že necítí žádnou zvláštní úlevu.

„To je dobře. Měl by se smažit v pekle. Nikdy nezapomenu, jak se po mně podíval. Myslela jsem, že mě zabije."

„Co to povídáš?" O ničem takovém se Tracey zatím nezmínila.

„Podíval se na mě a pak ke mně postoupil o dobré dva kroky blíž."

O dva kroky blíž? „Říkal něco?"

„Ne. Jen se tak podivně tvářil. Jako by přemýšlel, jestli mě má zabít nebo nechat naživu."

„Jak jsi to mohla poznat? Měl přece kuklu."

„To je pravda. Měl lyžařskou kuklu. Černou."

„Jak jsi tedy mohla poznat jeho výraz?"

Tracey pokrčila rameny. „Podle očí."

Susan kývla. Tracey skutečně mohla zahlédnout nějaký vražedný záblesk v jeho očích. Navíc u vyděšené dívky jistě sehrála roli i zjitřená představivost. „A co se stalo potom?"

„Otočil se a běžel po schodech dolů."

„Určitě to byl Tony? Jsi si tím jistá? Montana totiž tvrdí, že byl celou noc doma."

„To se dalo čekat, ne? Co jiného by měla tvrdit?"

„Ale ty vůbec nepochybuješ."

Tracey opět pokrčila rameny, tentokrát však nic nedodala.

„Jak byl ten muž vysoký?"

„Řekla bych, že asi tak průměrně."

„Tony je spíš malý."

„Proběhl kolem mne celý nahrbený."

„Proč?"

„Nerozumím vám."

„Proč běžel celý nahrbený."

„To nevím. Prostě utíkal."

„Říkala jsi, že se zastavil, podíval se na tebe a o dva kroky se k tobě přiblížil. V té chvíli byl taky nahrbený?"

„Už nevím, nevzpomínám si. Proč se mě na to ptáte? Bála jsem se, hrozně mě vyděsil." Tracey vyhrkly slzy, jako by dostala políček.

„Promiň, nechtěla jsem tě rozrušit." Susan vzala z kuchyňské linky papírový ubrousek a osušila dívce tvář. „Pochop, ráda bych si srovnala v hlavě, jak se celá ta příšerná věc odehrála. Nechci, aby Tony unikl spravedlnosti jen kvůli..." Jen kvůli nesrovnalostem ve tvé výpovědi, měla Susan na jazyku.

„Nebojte se, nevyvlíkne se z toho," prohlásila Tracey s udivující jistotou. „Ona sem přijde?"

„Kdo?"

„Montana. Přijde sem?"

„Ne."

„Škoda. Dávno jsem ji neviděla."

Susan mlčky pokývla. Téměř se neodvažovala promluvit. Zase to podivuhodné a lehoučké střídání témat i nálad. Chvílemi Tracey až budila dojem, jako by se vinou otřesu z matčiny kruté smrti trochu pomátla.

Možná jsem od ní čekala příliš, pomyslela si Susan. Ale skutečně to bylo příliš?

Předpokládala jsem, že Tracey bude úplně zdrcená, třeba celý den nevstane z postele a odmítne s kýmkoliv mluvit. Místo toho se po několika hodinách spánku objevila s umytými vlasy, slušivě oblečená, neskutečně hladová a upovídaná. Vůbec se nezdá smutná a skoro to vypadá, jako by se jí občas muselo připomenout, že by měla uronit nějakou tu slzu. A pokud už jí oči na chvilku zvlhnou, se závratnou rychlostí opět osychají. Pořád je napůl duchem nepřítomná. Chovala se takhle vždycky? Ariel i Whitney jsou přesvědčeny, že ano. Jak to, že jsem si toho nevšimla dřív?

„Jestli vám to nebude vadit, vrátila bych se nahoru," protáhla se Tracey.

„Jen běž." Zřejmě si přece jen půjde znovu lehnout, usoudila Susan. Postupně si začíná uvědomovat, jaké neštěstí ji postihlo. Ano, teprve teď ji všechno zasáhne naplno.

„Můžu si pustit televizi?"

„Cože? Ale ovšem, jistě."

Podnos se zbytkem sendvičů Tracey uložila zpátky do lednice, prázdnou sklenici od mléka postavila do dřezu a pak se tiše a beze spěchu vzdálila.

Jakmile o pár vteřin později zaslechla Susan dívčiny kroky na schodech, sáhla po telefonu.

„Vicki, mohla by ses tady zastavit? Zdá se, že budeme mít problém."

28

KDYŽ VICKI DORAZILA, BYLO UŽ SKORO ŠEST VEČER. TROCHU JI vyvedlo z míry, že Susan na sobě má totéž oblečení jako ráno v Barbařině domě. Na jejím vytahaném tričku si dokonce všimla narezavělých šmouh připomínajících zaschlou krev.

„Nezlob se, dřív jsem opravdu nemohla," omluvila se Vicki, přijala pozvání na šálek kávy, unaveně klesla na kuchyňskou židli a rozhlédla se kolem sebe. „Není legrační, že vždycky skončíme v kuchyni?"

„Můžeme jít do obýváku..."

„Ne, mně se tady líbí. Kde je Tracey?"

Susan ukázala hlavou ke stropu.

„Spí?"

„Kouká na televizi."

„Zvláštní holka, co?"

„To tedy jo."

„Jestli se nemýlím, právě jí se týká ten problém, o kterém ses zmínila v telefonu."

Susan si přisedla blíž a ztišila hlas téměř do šepotu. „Možná už začínám být mírně paranoidní..."

„Ale připadá ti, že ledacos povážlivě skřípe?"

„Její reakce mi prostě nejdou na rozum. Pořád si říkám: prožila hrozný otřes a ještě se nevzpamatovala. Jenže..."

„Podle tebe by za tím mohlo být něco jiného?"

„Třeba až policie bude mít v ruce Tonyho přiznání..."

„Tonyho pustili." Vicki sledovala ohromení v očích přítelkyně.

„Cože? Pustili ho?"

„Nemají proti němu žádné důkazy."

„Tomu nerozumím." Susan zbledla, ruce se jí roztřásly.

„Tony tvrdí, že byl celou noc doma. Jeho děti to potvrzují."

„Pochopitelně."

„Rowdy je prý ošklivě nastydlý a v noci všechny budil svým kašlem. Montana přísahá, že otec dával Rowdymu sirup proti kašli přibližně v době, kdy někdo Barbaře vytloukal mozek z hlavy. Promiň," dodala Vicki, neboť Susan sebou po té necitlivé formulaci škubla.

„Tohle policii stačilo?"

„Tohle plus skutečnost, že neexistují žádné přímé důkazy, které by Tonyho spojovaly s vraždou. Nenašla se u něho žádná zbraň, žádná lyžařská kukla..."

„Důkazů se mohl zbavit."

„Nikde na jeho oblečení se nenašly stopy krve, tkání, vlasů ani kostí."

„Panebože."

„Technici pročesali kousek po kousku celé jeho auto. Marně."

„Třeba použil jiný vůz. Třeba se důkladně osprchoval. Třeba..."

„Třeba ji nezabil?"

„Panebože," znovu vydechla Susan.

Vicki dopila kávu, vstala a nalila si další šálek.

„Kdo tedy?" zamyslela se Susan. „Ron?"

„Ron byl v Atlantic City. Policisté ho konečně vypátrali. Je na cestě domů."

„Howarda snad nepodezříváš - nebo ano?"

„Vyslýchají ho. Na kritickou dobu nemá alibi."

„Takže by to mohl být on?"

„Schází tu motiv."

„Z čehož vyplývá?"

„Řekla bych, že to víš."

Susan zavrtěla hlavou. „Nevím."

„Ale ano, víš. Proč bys mi jinak volala? Proč bys mluvila o problému? Proč bys chtěla, abych přijela?"

„Problém, kterého se obávám, je v tom, že Tracey nedokáže přesně popsat, co se stalo. Pokaždé něco změní, pokaždé si něco přidá."

„Lidem obvykle nedělá potíže držet se původní verze, pokud říkají pravdu."

„Myslíš, že Tracey lže?"

Shora se náhle ozval výbuch smíchu. „Podle tebe je normální, aby se chechtala pitomým vtípkům televizních bavičů sotva dvanáct hodin poté, co někdo její matce rozmlátil hlavu na kaši?"

„Bože!"

„Promiň. Pořád zapomínám, že jsi Barbaru viděla."

„Bylo to příšerné." Susan složila obličej do dlaní, ramena se jí chvěla pláčem.

Vicki se vrátila ke stolu a v konejšivém gestu přítelkyni objala. „Nezlob se, přece mě znáš. Když si chci udržet od těla věci, které mě děsí, nekoukám na slovo."

Z pokoje, kde Tracey sledovala televizi, do kuchyně dolehl další výbuch dívčího smíchu.

„Možná že o totéž se právě teď snaží Tracey," držela se svého výkladu Susan. „Snaží se tu hrůzu vytěsnit z paměti. Zoufale bojuje s chaotickým vírem protichůdných pocitů..."

„Nebo naopak vůbec žádné pocity nemá."

Susan zvedla hlavu a pohlédla Vicki do očí. „Proboha, co tím chceš říct? Myslíš si, že Tracey mohla zabít vlastní matku?"

„A ty si to snad nemyslíš?"

Na chvíli zavládlo tíživé ticho.

„Ale pak by musela být učiněné monstrum."

Vicki pokrčila rameny: nic už mě nepřekvapuje.

„Ne, to je vyloučeno," odmítala se Susan smířit s děsivou představou. „Proč by Tracey měla chtít matce ublížit? Barbara ji milovala jako nikoho jiného na světě, viděla v ní svůj jediný skutečný úspěch, jediné ospravedlnění svého života, snesla by jí modré z nebe. Prostě mi to nedává smysl."

Vicki opět pokrčila rameny: a co smysl dává? „Rozhodně by neškodilo promluvit si s ní dřív, než dorazí policie."

„Ty jsi volala na policii?"

Vicki si promnula čelo. Co se to se Susan děje? pomyslela si. Jak může být ženská v jejím věku ještě tak naivní? „Samozřejmě jsem na policii nevolala. Ale kdy si podle tebe začne ten detektiv klást stejné otázky jako my? A kdy dospěje ke stejným závěrům?"

„Panebože!"

„Nemohla bys s tím vzdycháním přestat?" naježila se Vicki. A vzápětí se omluvila: „Promiň, asi už mám trochu pocuchané nervy."

„To nic."

Shora zazněl další zalykavý řehot.
„Dokážeš tohle vysvětlit?“ zeptala se Vicki.
Susan zavrtěla hlavou, zaklonila se, zhluboka se nadechla a zavolala: „Tracey! Tracey, přišla bys na chvilku dolů?“
Bylo slyšet, jak dívka vypíná televizi.
„Kde je Owen?“ Vicki si teprve teď uvědomila, že Susanina manžela ještě vůbec nezahlédla.
„Tracey si k večeři přála nějakou čínskou specialitu,“ s jistými rozpaky začala vysvětlovat Susan. „Owen tedy pro něco zajel do restaurace. Děvčata vzal s sebou.“
Vicki mlčela, její pohled byl však dostatečně výmluvný.
Dveře se otevřely. „Už je tu jídlo?“ vyhrkla Tracey. Natěšený výraz zmizel, sotva spatřila Vicki. „Zdravím vás, paní Latimerová. Jak se vám daří?“
Za jiných okolností by jistě šlo o běžnou zdvořilostní frázi, uvažovala Vicki, zatímco si pozorně prohlížela dívčinu klidnou tvář. „Díky, Tracey, ujde to. A jak se cítíš ty?“
„Dobře... no, vždyť víte.“
„Ne, nevím. Pověz mi o tom.“
„Asi vám teď moc nerozumím. Jak to myslíte?“
„Posaď se k nám, Tracey.“
Tracey se posadila vedle Susan a hned se zeptala: „Je všechno v pořádku?“
Zvláštní otázka, pomyslela si Vicki. „Jak se to vezme,“ odpověděla dívce. „Policisté celé odpoledne vyslýchali Tonyho a pak ho pustili.“
Tracey vytřeštila oči. „Jak to? Jak to, že ho pustili?“
„Patrně proti němu nemají dost důkazů.“
„Ale to je směšné! Všichni přece vědí, že ji Tony zabil. Nikdo o tom nepochybuje.“
„Vážně?“ zvedla Vicki obočí. „Proč by o tom nikdo nemohl pochybovat?“
„Jak to myslíte?“
„Pověz mi ještě jednou, co se vlastně v noci odehrálo,“ vybídla ji Vicki.
„Už jsem vám všechno řekla.“
„Zkus to znova. A s podrobnostmi.“
„Proč mě trápíte?“ Tracey neklidně poposedla. „Nechci se k tomu pořád vracet.“ Oči jí zvlhly, ale jak si Vicki všimla, skutečné slzy se neobjevily.

„Věř nám, zlato, nechceme tě trápit," co nejvlídněji promluvila Susan. „Pochop, kdyby to nebylo důležité, Vicki by se tě nevyptávala."
„Probereme si všechno hezky od začátku," navrhla Vicki. „Takže jsi spala a najednou tě probudil nějaký hluk."
„Ano," přikývla Tracey. „Slyšela jsem hluk."
„Jaký hluk?"
„Už nevím. Hodně silný hluk. Nějaké rány. Bouchání."
„Jaké rány?"
„Nevím."
„Jako když někdo mlátí do podlahy? Do postele? Nebo do zdi?"
„Nevím."
„Na podlaze ani na stěnách totiž nejsou žádné stopy po úderech."
„Možná to byl spíš hluk zápasu."
„Natolik silný, aby tě probudil?"
„Ano."
„Ale předtím jsi říkala, že to byly rány. Bouchání. Mezi hlukem zápasu a boucháním je velký rozdíl, nemyslíš?"
„Už nevím, jaký to byl hluk. Prostě mě něco probudilo."
„A co se stalo potom?"
„Slyšela jsem, jak matka křičí."
„Nejdřív jsi slyšela bouchání, teprve potom matčin křik?"
„Ano."
„Co bylo dál?"
„Znovu se ozval hluk. Volala jsem na matku, ale neodpovídala."
„Pokračuj."
„Hrozně jsem se bála. Najednou jsem uviděla muže v černé lyžařské kukle. Koukal po mně, jako kdyby mě chtěl zabít. Nemohla jsem se ani pohnout."
„Ležela jsi v posteli?"
„Ano."
„Policii jsi řekla, že jsi stála na chodbě."
„Cože?"
„Ráno jsi policii řekla, že jsi vyšla na chodbu a tam jsi uviděla toho muže."
„To je pravda."
„Ale právě teď jsi říkala, že jsi ležela v posteli."

„Spletla jste mě."
„Kde jsi viděla toho muže, Tracey?"
„Na chodbě."
„Víš to určitě?"
„Ano, teď si vzpomínám. Slyšela jsem hluk. Slyšela jsem, jak matka křičí. Vstala jsem z postele. Vyšla jsem na chodbu."
„A vtom jsi uviděla muže v lyžařské kukle?"
„Ano. Podíval se na mne, jako by mě chtěl zabít, pak se otočil a běžel po schodech dolů."
„K domovním dveřím a potom ven?"
„Asi."
„Ale jak se dostal do domu, Tracey?"
„Cože? To nevím. Nejspíš se dovnitř vloupal."
„Nikde se nenašly stopy násilného vniknutí."
„Domovní dveře možná zůstaly odemčené." Tracey nervózně těkala pohledem po kuchyni. „Občas je zapomínám zamknout."
Vicki se snažila nedat najevo své rostoucí znechucení. Z právnické praxe dobře věděla, že nevinní lidé si domněnky nechávají pro sebe. Zato pachatelé často nabízejí zcela překvapivá vysvětlení. „Měl ten muž nějakou zbraň?"
„Nevím. Byla tam tma."
„Ale zároveň tam bylo dost světla, aby sis všimla vražedného výrazu v očích toho muže."
„Žádnou zbraň jsem neviděla." Znovu jako by měla slzy na krajíčku.
„Pochop, Tracey, nemůžu ti pomoct, dokud se nedovím, co se opravdu stalo."
„Už jsem vám všechno pověděla."
„Dobrá, shrneme si to. Slyšela jsi matku křičet a probudila ses."
„Ano."
„Ale předtím jsi říkala, že tě probudil nějaký silný hluk."
„Slyšela jsem silný hluk. Potom jsem slyšela, jak matka křičí."
„Vyběhla jsi na chodbu."
„Ano."
„Uviděla jsi toho muže."
„Ano."
„A myslela sis, že je to Tony."

„Ano. Ale byla jsem vyděšená a ten muž se tak jako hrbil. Mohl to být kdokoliv."

„Třeba tvůj otec?"

„Ne. Já nevím. Možná."

„Nepoznala bys vlastního otce?"

„Měl tu lyžařskou kuklu."

„Otce bys přece poznala i v té kukle, ne?"

„Myslím, že to byl Howard," vyhrkla náhle Tracey. „Howard Kerble. Včera večer se s matkou hrozně pohádali."

„O žádné hádce ses zatím vůbec nezmínila," podivila se Vicki.

„Zapomněla jsem."

„Ty ses zapomněla zmínit o tom, že se tvoje matka večer předtím, než byla zavražděna, vážně pohádala se svým snoubencem?"

„Byla jsem zmatená. Rozrušená. Pořád jsem se bála, že by se mohl vrátit a zabít mě."

„Tvrdila jsi, že jsi jasně poznala Tonyho."

„Zmýlila jsem se."

„A teď jsi si jistá, že to byl Howard?"

„Nevím! Ničím si nejsem jistá!" Tracey vyskočila od stolu, až porazila židli.

Susan už byla na nohou a začala dívku uklidňovat. „No tak, Tracey, nic se neděje, zlato. Všechno bude v pořádku."

„Proč mi tohle dělá?" zakvílela Tracey a vrhla vyčítavý pohled na Vicki, která mezitím zvedla židli a postavila ji zpátky ke stolu. „Moje ubohá matka je mrtvá! Nějaký hnusný šílenec ji zavraždil! Já nevím, kdo to byl. Co po mně ještě chcete?"

Vtom všechny tři uslyšely, jak se otvírají a zavírají domovní dveře. Za okamžik se na prahu kuchyně objevily Ariel a Whitney, v rukou velké hnědé sáčky s jídlem. Celou místnost zaplnila pronikavá vůně čínských specialit.

„Konečně!" zajásala Tracey. „Umírám hlady."

Vicki jen zírala. Co je tohle za děvče? ptala se v duchu. Jednu chvíli tady vykřikuje o zavražděné matce a vzápětí se rozplývá nad pikantním jídlem.

Susan se tvářila neméně zaraženě. „Kde jste nechaly tátu?" zeptala se dcer.

„Mluví venku s nějakými lidmi," odpověděla Whitney.

„S nějakými lidmi?“

„Řekla bych, že jsou to poldové,“ doplnila sestru Ariel.

Tracey mezitím nedočkavě nakukovala do sáčků, které Ariel a Whitney postavily na kuchyňskou linku. „Ááá, to je vůně! A taky to skvěle vypadá.“

Dveře se opět otevřely. Do kuchyně vešli Owen, poručík Jacobek a jakási poněkud stroze, nicméně slušivě oblečená žena.

Vicki vstala. „Poručíku Jacobeku,“ pozdravila detektiva, jako by se chtěla ujmout role hostitelky.

„Paní Latimerová, paní Normanová,“ zdvořile pokývl poručík Jacobek. Hned potom představil ženu, jejíž tmavé vlasy dokonale ladily s její tmavou pletí: „Moje kolegyně, poručice Gillová.“

„Slyšela jsem, že jste propustili Tonyho Malareka,“ poznamenala Susan.

„Bohužel jsme neměli jinou možnost.“

„Myslím, že to udělal Howard Kerble,“ ozvala se Tracey.

„Mlč, Tracey. Nic neříkej,“ přikázala Vicki dívce, přitom však nespouštěla oči z detektiva. „Co od nás vlastně potřebujete, poručíku?“

„Máme na Tracey ještě pár otázek,“ opatrně odpověděl poručík Jacobek. „Vidíte v tom snad nějaký problém? Měl jsem dojem, že děvče hodlá spolupracovat.“

„Nepočkalo by to, než se navečeřím?“ usmála se Tracey.

Owen přistoupil k dcerám a odvedl je z kuchyně.

„Poslyš, Tracey, proč si myslíš, že matku zabil Howard Kerble?“ zeptal se jakoby mimochodem poručík Jacobek.

„Protože se včera večer hrozně pohádali. Nezlobte se, úplně jsem vám to zapomněla říct.“

„Tracey...“ znovu se ji pokusila zastavit Vicki.

„Právě jsem to tady líčila paní Latimerové a paní Normanové,“ pokračovala dívka. „Matka a Howard se strašně pohádali, matka mu totiž řekla, že si ho nevezme. Dokonce mu vrátila ten nádherný prsten. Proto ho neměla.“

„V kolik hodin k té hádce došlo?“ zeptala se poručice Gillová, která si pečlivě zapisovala každé slovo.

„Někdy kolem sedmé.“

„Včera v sedm večeřel Howard Kerble u svého syna,“ klidným tónem poznamenal poručík Jacobek.

„Už si vzpomínám, odehrálo se to později," okamžitě se opravila Tracey. „Muselo být skoro devět."

„Ze synova domu odjížděl před desátou."

„Tak se pohádali až v deset. Záleží na tom?"

„Mlč už konečně," okřikla Vicki dívku. „O co vám vlastně jde, poručíku?"

„Pouze se snažíme zjistit, co se opravdu stalo," nevzrušeně odpověděl detektiv, přesně jak Vicki očekávala.

„Podezříváte mou klientku?"

„Tracey Azingerová je vaší klientkou?"

„Podezříváte ji?"

„V její skříni se našla zakrvácená golfová hůl. A v její šperkovnici jsme objevili ten briliantový zásnubní prsten."

„Vy jste prohrabávali moje věci?" vyčítavě se ozvala Tracey. „K něčemu takovému snad musíte mít povolení, ne?"

„Sklapni!" opět ji okřikla Vicki. „Poručíku, znovu se vás ptám: podezříváte mou klientku?"

„Je to vážnější, paní advokátko," odpověděl poručík Jacobek. „Zatýkáme ji."

Vicki si ještě stačila všimnout, že Susan jen lapá po dechu. Ale to už poručík a jeho kolegyně přistoupili k Tracey.

„Máte právo nevypovídat," spustila poručice Gillová.

Tracey se zahihňala. „To je úplně jako v seriálu *Na straně zákona.*"

„Už ani slovo," přikázala jí Vicki a pak se otočila k Susan. „Zavolej jejímu otci. Jestli nebude doma, nech mu vzkaz."

Předčítání práv skončilo. Poručík Jacobek a poručice Gillová odváděli pobaveně se tvářící Tracey z kuchyně. Vicki je následovala v těsném závěsu. Ale ohlédla se, aby upřesnila instrukce. „Ať za mnou pan Azinger přijde na policejní stanici. Jak nejrychleji to zvládne."

Susan se dosud nevzpamatovala z ohromení. „Co teď bude dál?"

„Snězte tu večeři. A ty se pak snaž trochu vyspat. Něco mi říká, že bude ještě hůř."

29

CHRIS PŘIPOMÍNALA SOCHU. STRNULE SEDĚLA VE SVÉM BYTĚ A PŘED očima se jí v rychlém tempu střídaly obrázky. Dům na Grand Avenue. Barbara s tím svým úsměvem Mony Lisy, kterým dokázala vyjádřit všechny své radosti i touhy, aniž by pohnula jediným svalem líbezného obličeje. Barbara s očima zářícíma mateřskou pýchou, v náručí novorozenou Tracey. Tracey jako kulaťoučké batole. Tracey jako roztomilá kudrnatá holčička. Tracey jako neohrabaná dospívající slečna ve slavnostních růžových šatech a s osamělým prstýnkem vlasů spadajícím přes čelo k velkým prázdným očím. Jak je možné, že jsem si té prázdnoty nikdy dřív nevšimla? pomyslela si Chris. Nebo se mi až teď, dodatečně, zdají tak podivně ochuzené o sebemenší náznak citu? *Byla jednou jedna malá holčička a ta měla kudrlinku přímo uprostřed čela,* předříkávala Barbara své zbožňované dceři.

Chris dál seděla bez hnutí, hrudí jí jako zakřivený nůž pronikala ostrá bolest a postupně zpomalovala splašený tlukot srdce. Jak se to vůbec mohlo stát? Jak se něco tak děsivého mohlo stát právě něžné, neskonale laskavé Barbaře? Ne, nemohlo se to stát! přesvědčovala sama sebe Chris. Určitě jde o nějaký hrozný omyl. Ve skutečnosti Barbara není mrtvá a Tracey neobvinili z vraždy. Nic z toho, co mi napovídala Susan, není pravda. Susan se prostě zlobí, že jsem nezůstala na noc u Barbary, jak jsem slíbila, a proto si se mnou takhle nehezky a krutě zažertovala.

„Proboha, kde jsi byla?" žádala Susan vysvětlení, jakmile Chris zvedla sluchátko. „Volám ti celý den."

„Co se děje?" odpověděla Chris otázkou, ale už tušila, že se doví něco hodně nepříjemného.

„Copak jsi nic neslyšela? Kde jsi sakra byla?"

„O čem jsem měla slyšet? Co se vlastně stalo?"

„Bože! Bože můj!"

Chris měla pocit, že se jí žaludek proměnil v ledový balvan. Její první myšlenka patřila dětem. Postihla je nehoda? Montana možná už jezdí autem. Třeba je všechny někam vezla... „Tak mluv, nenapínej mě." Její hlas zněl cize a přidušeně, jako by měla proříznuté hrdlo a každé slovo se muselo prodírat mohutným proudem krve.

„Barbara," vzlykla Susan. *Barbara. Barbara. Barbara.* „Je mrtvá." A znovu neúprosná ozvěna: *Mrtvá. Mrtvá. Mrtvá.*

Chris si nedokázala přesně vybavit, co následovalo. Mlhavě si vzpomínala na křik a pláč, nebyla si však jistá, jestli jedna z nich křičela a druhá plakala nebo křičely a plakaly obě současně. Někdo jí pak sdělil podrobnosti. Snad Susan. Ale možná všechny ty hrůzné detaily slyšela z televize. Chris už si nevzpomínala, že by ji zapnula, ale určitě ano, neboť obrazovka svítila, přestože zvuk byl vypnutý.

Kabelka ležela na podlaze vedle tenkého světlefialového svetru, v místnosti se vznášel slabý pach zvratků. Ačkoliv možná to byla jen pachuť v ústech. Náhle se Chris rozpomněla, jak se zeptala: „Už se ví, kdo to udělal?"

„Zatkli Tracey."

Nesmysl, vířilo teď Chris hlavou. To musí být omyl. Nebo nějaký Tonyho nechutný žertík. Samozřejmě - že mě to hned nenapadlo. Netelefonovala Susan, ale ten mizera. Mluvil jejím hlasem. Za ta léta se přece naučil napodobovat hlasy všech mých kamarádek.

Jenže jak si vysvětlit hlasy, které na mne znovu a znovu útočily z televizní obrazovky, přestože jsem zoufale přepínala kanály? Jak si vysvětlit, že mě moderátoři a moderátorky na nejrůznějších stanicích zavalovali a dusili týmiž děsivými podrobnostmi?

Ne, nevolal Tony.

Nešlo o surový žert.

Barbara je opravdu mrtvá. A Tracey skutečně obvinili z vraždy.

„Kde je teď Tracey?" zašeptala Chris do sluchátka.

„V ženském nápravném zařízení Helen Marshallové," odpověděla Susan. „Nejdřív chtěl Ron složit kauci, ale jeho manželka si zřejmě nepřeje být s Tracey pod jednou střechou."

Nepochybně si toho se Susan řekly mnohem víc, ale Chris se cítila příliš vyčerpaná, než aby se pokoušela zrekonstruovat celý rozhovor. Stačily jí útržky a střípky, které na okamžik zjasní a opět zmizí.

Opravdu se všechny ty otřesné věci dějí? pomyslela si. Nezdají se mi? Nemám halucinace?

Minulá noc byla tak nádherná. Noc splněných snů. A teď...

Chris si položila hlavu na opěradlo nepohodlné a přímo ukázkově šeredné modrozeleně kostkované pohovky. Ale jaký luxus by mohl člověk čekat v jedné z nejchudších částí města? Když si Chris tenhle jednopokojový byt pronajímala, nepředpokládala, že by v něm vydržela déle než dva, nanejvýš tři měsíce. Jakmile Tony zjistí mou novou adresu, říkala si, začne mě opět pronásledovat výhrůžnými telefonáty v kteroukoliv denní i noční hodinu, začne postávat pod mými okny, začne o mně domácímu vykládat divoké historky, začne mi za dveřmi nechávat svinstvo sebrané na ulici. Zatím mne vždycky vypátral, zatím se veškerá moje bezpečnostní opatření ukázala jako neúčinná. Ať jsem se přestěhovala kamkoliv, netrvalo dlouho a ve čtyři ráno mě probudil telefon. „Vstávej, slunko svítí," chechtal se Tony do sluchátka, „všude plno kvítí."

Kupodivu teď už o Tonym několik měsíců vůbec neslyšela. A kdyby se po pohřbu nečekaně neobjevil u Normanových, málem by zapomněla, že někdy vůbec existoval. Chtěl snad, aby podlehla falešnému pocitu bezpečí a přestala být ostražitá? Patřilo to k jeho rafinovaným plánům? Nebo se snad domníval, že dostatečná muka jí působí ten ubohý byt? Jistě, Tony nemohl tušit, jak šťastná v tom ubohém bytě je. Nikdy by ho nenapadlo, že konečně našla jistotu, po které marně toužila po celý svůj dosavadní život.

Co by asi Tony říkal, kdyby věděl, jak ona strávila minulou noc?

Co by říkali ostatní?

Co by řekla Barbara?

Barbara! Bože, Barbara! Proč právě Barbara? Za co si zasloužila tak hroznou smrt? „Měla jsem to být já!" hlasitě zanaříkala Chris. O mne se přece přítelkyně bály. Kvůli mně přece po celá léta se zatajeným dechem čekaly, kdy uprostřed noci přijde děsivá telefonická zpráva, že jejich kamarádku někdo (Tony!) umlátil k smrti.

Ano, ta zpráva přišla. Ze sluchátka však neznělo jméno Chris. V kaluži krve vedle postele neleželo její tělo.

A co dělala Chris v době, kdy její přítelkyni vrah rozbíjel obličej k nepoznání? Ležela v pohodlné široké posteli v kouzelném malém hostinci na kraji města a naslouchala sladkým slovům lásky. Zatímco Barbara křičela hrůzou, Chris vzdychala a sténala rozkoší, neboť zažívala orgasmus vyvolaný těmi nejněžnějšími doteky, totiž doteky milenčina vášnivého a obratného jazyka. Ve chvíli, kdy Chris usínala znavena milováním, Barbara umírala. A když se časně ráno Chris probouzela v objetí své milenky, Barbaru ukládali do plastového pytle a odváželi do márnice.

Chris a její milenka posnídaly v posteli a potom vyrazily na dlouhou procházku do přírody. Chris zhluboka vdechovala opojně svěží vzduch, vychutnávala si klid, který se jí rozhostil v duši. Nedovolila, aby ten vzácný pocit blaženosti cokoliv narušilo. Žádné noviny, žádná televize, žádné rádio. A během zpáteční cesty si ve voze místo zpráv pustily cédéčko s klavíristou Glennem Gouldem.

„Nejsi moc vyčerpaná? Půjdu s tebou nahoru, ustelu ti a uložím tě do postele, chceš?" nabídla se milenka.

„Ne, díky, je mi dobře," rozloučila se Chris. A poprvé v životě nemyslela svá slova jako pouhou zdvořilostní frázi. Chris se opravdu cítila nesmírně dobře. Byla klidná a vyrovnaná. Sebejistá. Už poznala a pochopila sama sebe. Už věděla, po čem touží. Už nepochybovala a neváhala. Už se nebála.

Telefon uslyšela, jakmile vystoupila z výtahu. Nejspíš Tony, pomyslela si, zatímco bez spěchu kráčela chodbou. Našel mě. Nevadí. Zbytečně se namáhá. Teď už mi nenažene strach.

Otevřela dveře svého bytu a pečlivě za sebou zamkla. Chvíli uvažovala, jestli má zvednout sluchátko nebo nechat telefon vyzvánět. Kdo jiný než Tony by jí mohl volat skoro v jedenáct večer? Už se téměř rozhodla telefon ignorovat, náhle však změnila názor. Co kdyby přece jen šlo o něco důležitého? Sáhla po sluchátku – a Susanin hlas zaútočil, ještě než stačila říct jediné slovo.

„Proboha, kde jsi byla? Volám ti celý den."

Možná to všechno byl jenom ošklivý sen, znovu si teď pomyslela Chris. Věděla sice, že to žádný sen nebyl, konejšivá představa jí však alespoň na pár okamžiků nabídla možnost úniku. Chris zavřela oči a spatřila Barbařinu tvář. Krásnou něžnou tvář, která jako by s přibývajícími lety vypadala stále mladší. Barbara nepotřebovala všechny ty spousty mejkapů a už vůbec ne plastické operace. Zbytečně se trýznila, zbytečně utrácela peníze. Vlastně by se dalo říct, že zůstávala krásná navzdory své neúnavné snaze něco na sobě vylepšovat. Proč nikdy nepochopila, jak je krásná?

„Moje krásná něžná Barbara," vzlykla Chris do tvrdého opěradla modrozelené pohovky. „Ani jsem se s ní nestačila rozloučit." Lítost se změnila v bezmocný vztek. „Ne!" zanaříkala Chris a oči jí zaplavily hořké slzy. „Ne, ne, ne, ne, ne!"

V záchvatu pláče téměř přeslechla nesmělé zaťukání na dveře. Nejdřív se domnívala, že jí pouze buší ve spáncích, a teprve po chvíli ty zvuky jasně rozpoznala. Ano, někdo skutečně stojí za dveřmi a ťuká, pomyslela si. Ale mám dost síly, abych vstala a otevřela? Patrně se Susan přišla podívat, jestli mi nic neschází. Nebo některého ze sousedů poděsilo mé kvílení. A možná mi Tony chce osobně sdělit ty skvělé novinky a navíc mě jednou provždy zbavit trápení.

„Kdo je tam?" zeptala se a s námahou vstala z pohovky. Místo odpovědi se ozvalo další ťukání. Zamířila ke dveřím, ani si neotřela uslzené oči a tvář, nezopakovala svou otázku, nepodívala se do kukátka. Náhle jí bylo úplně jedno, koho spatří, až otevře. Prostě na tom nezáleželo. Barbařina hrozná smrt jako by převrátila svět vzhůru nohama. Chris odemkla. A vzápětí zalapala po dechu. „Panebože," hlesla. „Panebože."

„Můžu dál?"

Chris mlčky o krok ustoupila.

„Není ti nic?"

Chris zavrtěla hlavou, dál však marně hledala slova.

„Nezdržím se dlouho. Táta si myslí, že jsem u kamarádky. Hned zase poběžím."

Chris si netrpělivě otřela oči. Náhle jí slzy vadily, bránily jí v pohledu na okouzlující dívku stojící před ní. „Montano," zašeptala téměř neslyšně. Dlouhé blond vlasy, světlá pleť, růžové tváře, líbezné sytě modré oči. Z dcery už byla mladá žena.

„Opravdu ti nic není?" znovu se zeptala Montana.

„Ne, jsem v pořádku," automaticky odpověděla Chris.
Montana za sebou zavřela dveře.

„Je tu nepořádek," začala se omlouvat Chris. Jak ubohý musí ten byt Montaně připadat, pomyslela si v rozpacích. Prošlapaný koberec stejně ponurých odstínů jako pohovka, stolek se skleněnou deskou a u něj dvě rozviklané židle, kuchyňský kout jako pro trpaslíky...

„Máš to tady docela hezké."

„Od koho ses dozvěděla, kde mě najdeš?"

„Od Susan. Odpoledne jsem jí telefonovala."

„Ty jsi jí volala?"

„Co mi zbývalo? Policie odvedla tátu..." Montana se odmlčela a sklopila oči, jako by chtěla uniknout před matčiným úpěnlivým pohledem. „Nikdo o tobě nic nevěděl."

„Měla jsi o mne starost?"

„Kde jsi byla?"

Chris nedokázala odtrhnout od dcery oči. Snad se bála, že pokud se třeba jen na zlomek vteřiny otočí, dívka zmizí. „Neposadíš se?"

Montana zavrtěla hlavou a zády se opřela o dveře.

„Nemáš hlad nebo žízeň?"

„Ne, díky. Ale nechtěla bys *ty* trochu vody?"

Chris přikývla, klesla na pohovku a sledovala, jak dcera chvátá ke dřezu v kuchyňském koutu a vzápětí se vrací se sklenicí vody. V okamžiku, kdy se jejich prsty letmo dotkly, Chris jako by projel elektrický výboj.

„Kde jsi vlastně byla?" opět se zeptala Montana.

Chris pokrčila rameny. „Po tom pohřbu jsem si vyjela za město. Na noc jsem zůstala v jednom malém hostinci. No a pak jsem se celý den procházela po okolí, navštívila pár starožitnictví..."

„Sama?"

„Ne. Byla se mnou přítelkyně." Co všechno jí můžu říct? horečně uvažovala Chris. Panebože, *tolik* bych jí toho potřebovala vysvětlit.

„Takže jsi vůbec netušila, co se stalo..."

„Všechno jsem se dozvěděla sotva před hodinou." Chris usrkávala vodu a dál si upřeně prohlížela půvabnou mladou ženu v bílých džínách a růžovém svetříku bez rukávů, která tu před ní nejistě přešlapovala z nohy na nohu.

Náhle si Montana přisunula jednu z židlí a posadila se. „Nejdřív podezřívali tátu."

„Já vím."

„Ale byl celou noc doma a staral se o Rowdyho."

„Rowdy je nemocný?"

„Jenom nastydlý. Pořád kašle. Všechny tím kašlem budí."

„Byli jste s ním u doktora?"

„Je to jen nachlazení." Montana okamžitě zaujala obranný postoj. „Táta o něho pečuje. Každou noc k němu vstává. Dává mu léky."

Chris mlčela. Co měla říct? Její nejmladší dítě bylo nachlazené. Tony mu dával léky.

„Táta se o nás dobře stará," pokračovala Montana.

„To jsem ráda."

„Ty mi moc nevěříš, viď?"

„Proč bych ti nevěřila?"

„Já vím, měli jste problémy..."

Nic nevíš, vůbec nic o tom nevíš, pomyslela si Chris.

„Ale od té doby, co jsi odešla..."

„Tolikrát jsem se s tebou pokoušela setkat! Přece nepochybuješ..."

Montana prudce vstala ze židle. „Už bych měla jít."

Vzápětí vyskočila i Chris. „Ne, ještě nechoď. Prosím."

Několik nekonečně dlouhých vteřin Montana váhala, než se znovu posadila. „Táta se o nás dobře stará," zopakovala.

Chris kývla. Bála se, aby nějakou neprozřetelnou poznámkou opět dceru nepoplašila. „Jak se má Wyatt?" zeptala se konečně.

„Dobře."

„A co ty?"

Otázka zřejmě Montanu trochu zaskočila. „Já? Já se mám taky dobře."

„Vypadáš báječně."

„Díky."

„Škola tě baví?"

„Docela jo. Ještě rok a půjdu na vysokou."

„Už za rok? A na jakou?"

„Na univerzitu. Buď na Dukeovu nebo na Cornellovu."

Na univerzitu. Buď na Dukeovu nebo na Cornellovu, užasle si v duchu opakovala Chris.

„Zatím jsem se nerozhodla, co si vyberu jako hlavní obor. Možná politologii, možná anglickou literaturu. Ještě nevím."

Skutečně tu spolu sedíme a vedeme zdvořilou společenskou konverzaci? nepřestávala se divit Chris. Ráda by se o dceři dozvěděla co nejvíc, překonala tedy své obavy a zeptala se: „Máš chlapce?"

„Vídám se s jedním klukem. Ale není to nic vážného."

„Jak se jmenuje?"

„David."

„David," opakovala Chris. „To jméno se mi vždycky líbilo. Jaký je?"

„Čahoun. Chytrý a vtipný."

„A hodný?"

„Cože?"

„Je taky hodný?"

„Snad jo," pokrčila Montana rameny. Podobné otázky ji zřejmě přiváděly do rozpaků.

„To je ze všeho nejdůležitější. Aby byl hodný."

V pokojíku se rozhostilo ticho. I kdyby sis nic jiného neodnesla, pomyslela si Chris, alespoň tuhle jednoduchou pravdu bys měla pochopit.

„Kde teď pracuješ?" Montana se zdála čím dál neklidnější. Několikrát poposedla, přehodila si nohu přes nohu, sepjala a opět rozepjala ruce.

„Dělám recepční v reklamní agentuře Smith - Hallendaleová. Možná už jsi o ní slyšela. Sídlí na rohu Vine a Čtvrté."

Montana pouze zavrtěla hlavou.

„Jsem tam moc spokojená. Moje šéfová Emily Hallendaleová je prostě skvělá. Seznámila jsem se s ní, když jsem pracovala v Mariemontské veterinární službě." Na ten den Chris do konce života nezapomene. Prchala z ordinace s kapsami plnými sedativ a hlavou plnou myšlenek na sebevraždu. Na ulici ji náhle někdo vzal za loket. Prudce se otočila - a pohlédla do vlídných a chápavých očí Emily Hallendaleové. Jako ve snu přijala pozvání na kávu a později i nabídku zaměstnání. V agentuře pak také potkala svou životní lásku. Jak podivně si s námi osud hraje, napadlo tenkrát Chris.

„Co myslíš, zavraždila Tracey svou matku?" zeptala se

Montana. Mluvila tiše, jako by se bála, že by její otázku mohl někdo zaslechnout.

„Abych byla upřímná, nevím, co si o tom mám myslet."

„Nikdy jsem se v ní příliš nevyznala."

„Já vlastně taky ne," přiznala Chris.

„Ale připadala mi jako docela milá holka."

„Mně taky."

„Víš, já si nemyslím, že to udělala. Člověk přece nemůže jenom tak zabít vlastní..." Montana se odmlčela a opět se neklidně rozhlédla kolem sebe. „Neřekneš tátovi..."

„Jistěže ne." Chris pochopila, že nemá smysl pokoušet se dceru dál zdržovat, a doprovodila ji ke dveřím. Neodolala však a ještě se zeptala: „Nepopovídáme si zase někdy?" Vzápětí si uvědomila, že zvolila až příliš prosebný tón.

Montana, už zády k matce, zvolna přikývla. „Zavolám ti." Pak otevřela dveře.

„Montano?"

Montana se zastavila, náhle celá napjatá. Neohlédla se, rukou pevně svírala kliku.

„Ráda bych tě objala."

Konečně se Montana otočila. Zahleděla se na matku, pootevřela rty, jako by chtěla něco říct, ale rozmyslela si to a pouze zvolna zavrtěla hlavou.

Rozpjaté paže klesly Chris k bokům. Pochopila, že Montana dosud není na větší sblížení připravena. Veškerou dceřinu odvahu si zřejmě vyžádal už tenhle první kontakt. Ale časem se jistě vztah matky a dcery zlepší. „Měj se dobře."

Montana už opět stála k matce zády. „Jsem ráda, že ti nic neschází. Určitě se ozvu."

Vzápětí byla pryč, dveře se za ní zavřely.

Chris znovu rozpřáhla ruce k objetí a znovu je nechala klesnout. Pak zhluboka vdechla hořkosladkou vůni citronového šamponu, která tu po dceři zůstala.

„Budu čekat," oznámila Chris prázdné místnosti. „Budu čekat."

30

PARKOVIŠTĚ PŘED ŽENSKÝM NÁPRAVNÝM ZAŘÍZENÍM HELEN Marshallové bylo tak přeplněné, že se Vicki musela se svým černým jaguárem vmáčknout mezi dvě parkovací místa. Ať mě seřvou, říkala si, zatímco rázně kráčela k bezútěšně moderní osmipatrové budově, v jejíchž dolních šesti patrech si odsouzené ženy odpykávaly své tresty a ve zbývajících horních poschodích čekaly na proces ženy vazebně stíhané.

V prostorné vstupní hale ohromující tunami růžové žuly a černého mramoru odevzdala Vicki k prohlídce kabelku z krokodýlí kůže a kufřík, prošla kolem detektoru kovů a opět si své věci vzala zpátky. Pak se zapsala do knihy návštěv a s mírně skloněnou hlavou, aby každý pochopil, že si nepřeje být vyrušována, zamířila k řadě výtahů po pravé straně haly.

K vyrušení přesto došlo. „Vicki," zavolal kdosi. Vicki vzhlédla a uviděla, jak na ni od stěny vyzdobené nápadným oranžovorudým goblénem mává advokátka Grace či snad Joy, Hope nebo Faith, prostě nositelka jednoho z těch křestních jmen, jaká znějí nesmírně inspirativně a slibně, ale téměř vždy zaručují rodičům, kteří je dětem dávají, trpké zklamání. „Ta vaše fotka ve včerejších novinách je báječná. Gratuluju."

Vicki pokývla a naznačila cosi jako úsměv, žádnou radost však necítila. Snímek se jí příliš nelíbil, zdálo se jí, že na něm vypadá zbytečně agresivní a nepřístupná. Příště si musím dát větší pozor, pomyslela si. Mírně zvednout bradu, ale oči poněkud sklopit. Tvářit se sebejistě a zároveň spíš koketně než domýšlivě. Musím vzbuzovat důvěru, nesmím odrazovat. U soudu je člověk jako na jevišti a podceňovat detaily se nevyplácí.

Taky bude vhodnější držet se tmavších barev. Naštěstí končí září a nastává čas pro podzimní odstíny. Tmavé tóny zeštíhlují postavu a navíc působí dramatičtěji, zvlášť v novinách. A Vicki očekávala, že v příštích měsících uvidí svou fotografii stále častěji na předních stránkách. Už teď o ní v souvislosti s připravovaným procesem vyšly dva články. Zatímco *Cincinnati Enquirer* psal celkem lichotivě, konkurenční *Post* v ní odmítal vidět něco jiného než bohatou amatérku, ctižádostivý přívěsek vlivného manžela. Autor článku zpochybňoval její schopnosti, zdravý úsudek i motivy, které ji vedly k tomu, že se ujala obhajoby mladého děvčete obviněného z chladnokrevné vraždy vlastní matky, shodou okolností blízké advokátčiny přítelkyně. Ostatně nebyl jediný. Otázku, jestli se Vicki zachovala moudře, si kladlo víc lidí. Například Susan, Chris a dokonce i Jeremy.

„Co když je Tracey vinna?" zeptaly se Susan a Chris téměř jednohlasně.

„A co když ne?" opáčila Vicki.

„Co když prohraješ?" nadhodil Jeremy.

„Záleží na tom snad?" pokrčila Vicki rameny. Dobře věděla, že po čase si veřejnost bude pamatovat její jméno, nikoliv výsledek procesu.

A kromě toho nemínila prohrát.

Ve výtahu Vicki upřeně zírala na své hnědé lodičky značky Ombeline a nevšímala si několika lidí, kteří se protáhli kolem ní a zlehka se otřeli o její semišové sáčko. „Do sedmého, prosím," požádala, aniž by někoho přímo oslovila, a pouze se koutkem oka ujistila, že kdosi stiskl příslušné tlačítko. Dveře se zavřely. Následovalo mírné škubnutí, výtah začal neskutečně pomalu stoupat a skoro vzápětí se opět zastavil. Vicki mrkla na panel nade dveřmi. Druhé patro, panebože! Vystupovala jakási statná žena. Hezky pomaloučku, zřejmě nikam nespěchala. Zabilo by tu káču, kdyby šla po schodech? pomyslela si Vicki a začala netrpělivě podupávat lodičkou.

„Důležitá schůzka?" ozval se povědomý hlas za jejími zády.

„Michaele," otočila se Vicki. Nijak zvlášť sice netoužila pokochat se pohledem na svého bývalého milence, zajímalo ji však, kdo další s nimi jede ve výtahu. Vzadu vedle státního návladního stála pouze mladší žena v džínách a vytahaném žlutém svetru, začtená do rozevřených novin. „Jak se daří?" prohodila Vicki.

„Skvěle," zazubil se Michael Rose.

Znělo to věrohodně, ostatně Michael také skvěle vypadal. Jak si Vicki stačila všimnout, měl trochu jiný účes než při jejich posledním setkání. Vdechla vůni známé vody po holení a okamžitě ucítila chvění mezi nohama, což ji poněkud zaskočilo. Ano, Michaelovi to ve tmavomodrém proužkovaném obleku a světlemodré košili se sytě červenou vázankou opravdu slušelo. Každým coulem úspěšný žalobce, pomyslela si. Co by asi říkal, kdyby tušil, že bych mu s chutí přejela dlaní po poklopci jako kdysi? Nejdřív jen zlehka a potom... Rychle ty lechtivé představy zaplašila. Ve skutečnosti nijak zvlášť netoužila zopakovat si právě tohle dobrodružství, alespoň ne teď, kdy se oba už brzy začnou pravidelně setkávat u soudu.

„Slyšel jsem, že časopis *Time* o tobě chystá zásadní článek s fotografií na obálce," ironicky poznamenal Michael Rose.

„Zatím ještě ne," usmála se Vicki. Neurazila se, proč taky? Nedávno dostala z časopisu *Vanity Fair* nabídku na rozhovor, který hodlali otisknout společně s článkem o celém případu a fotografií obhájkyně, tedy vážené Vicki Latimerové, a její mladičké klientky. Představitelé jedné z nejvýznamnějších newyorských advokátních kanceláří se zdvořile dotazovali, zda by mohli vyslat do Cincinnati svého zástupce, který by velmi rád s Vicki poobědval, pokud by si našla volnou chvilku. Jistý hollywoodský agent nabídl Vicki své služby a zkušenosti pro případ, že by chtěla napnout křídla a zamířit na západ.

Kdepak, milý Michaele, o popularitu se nebojím, dodala Vicki v duchu. Jak dlouho potrvá, než mě časopis *People* zařadí do padesátky nejzajímavějších osobností? Možná se budeš divit, ale jednou vezmeš do ruky *Time* a já skutečně budu na obálce. Výhru mám jistou, i kdybych tenhle proces prohrála.

Výtah opět zastavil. Čtvrté patro. Žena ve žlutém svetru složila noviny a vystoupila.

„Jdeš navštívit svou klientku?" zeptal se Michael.

Vicki se letmým pohledem na číselný panel přesvědčila, že státní návladní jede také do sedmého patra. „A ty?"

„Jedna půvabná mladá dáma, která si najala zabijáka na

novou milenku svého bývalého milence, zatoužila uzavřít dohodu."

„Předpokládám, že údajný zabiják byl ve skutečnosti polda."

„Jistě."

Vicki si pomyslela, že mladá dáma by mohla mít šanci. Michael Rose sice nebyl špatný, scházela mu však představivost. V posteli stejně jako u soudu. Dobrý obhájce ho snadno dostal do úzkých.

„Kdybys byla chytrá, taky bys pro svou klientku uvažovala o dohodě s žalobcem."

Vicki zdvihla obočí. Jít na dohodu v největší kauze své dosavadní kariéry? Zbláznil se Michael? „Co nabízíš?"

„Především si bude muset odsedět plnou sazbu."

„Šílíš? Neudělala to. Proč bych se měla snažit o dohodu?"

„Promiň, ale důkazy hovoří zcela jednoznačně. Nepleť se, Vicki, novinové titulky nezmění skutkovou podstatu."

„Spousta lidí čte jenom titulky." Proboha, jak dlouho ještě bude trvat, než ten zatracený výtah dojede do sedmého patra?

„Aha, tak tobě záleží jenom na novinářích? Na tom, aby se o tobě psalo? Myslel jsem, že ta zavražděná byla tvoje přítelkyně."

„Poslyš, Michaele, do mých motivů - stejně jako do mých přátel - ti nic není."

„Bohové, vyřkla mé jméno," zapitvořil se státní návladní. „Dosud mě miluje!"

Vicki se zhluboka nadechla a pokusila se o co nejvlídnější tón. „Necháme toho, co říkáš?"

„Moje manželka požádala o rozvod," pronesl téměř vyčítavě. „Víš o tom?"

„Něco jsem zaslechla. Je mi to líto."

„Vážně?"

„Tak dobrá: není mi to líto," odsekla Vicki. Trapného rozhovoru už měla plné zuby. „Nechci sice vypadat jako..."

„Zlomyslná a vypočítavá potvora?"

„Trhni si nohou!"

„Běda," znovu se zapitvořil Michael Rose. „Jsem zavržen!"

Naštěstí výtah zastavil. Dveře se otevřely a Vicki beze slova rázně vyšla na chodbu.

„Jen počkej, u soudu ti parádně nakopu zadek," křikl za ní bývalý milenec.

„To bych nesměla být o třídu lepší než ty," zasmála se Vicki, ale už se ani neohlédla.

„Tak ráda vás zase vidím!"

Stěny nevelké místnosti bez oken měly zelený odstín připomínající slupku přezrálého melounu a nepříjemný dojem z té podivné barvy ještě zesilovalo ostré světlo stropních zářivek. Uprostřed místnosti stál čtvercový stůl z nekvalitního měkkého dřeva, hustě pokrytý vyškrábanými nápisy. *Jsme v hajzlu, ta zkurvená země nás vcucne! Martin miluje Cindy, Cindy miluje Joanne. Do hajzlu s tebou! Co advokát, to zkurvená kurva! Kurvy! Kurvy! Kurvy! Kurvy!* Nekonečně *kurev,* při své poslední návštěvě je Vicki ani nedokázala spočítat.

Posadila se na jednoduchou dřevěnou židli naproti Tracey. Přestože dívka tady strávila už něco přes měsíc, až na pochopitelný neklid vypadala velmi dobře. Barvu v obličeji měla zdravou, vlasy umyté a pečlivě sčesané dozadu. Žádné kruhy pod očima, žádné známky, že by večer co večer usínala uplakaná. Světlemodré vězeňské oblečení jí docela slušelo. Paže se zdály pevné a dokonce svalnaté, zřejmě pravidelně cvičila s činkami. Vicki se mimoděk otřásla – pobyt v ženském nápravném zařízení Tracey až udivujícím způsobem prospíval.

„Všechno v pořádku?"

„Ale jo," usmála se Tracey. „Problém je jenom v mé spolubydlící. Právě kvůli ní jsem vám volala. Musíte zařídit, aby ji dali někam jinam."

Vicki zaryla své čerstvě nalakované nehty do kufříku z krokodýlí kůže, který měla před sebou na stole. „Tohle je důvod, proč jsi tak naléhavě žádala, abych okamžitě přišla?"

„Pochopte, ta holka celý den sedí na posteli a brečí. Je to vážně k zbláznění."

„Kvůli čemu brečí?"

Tracey pokrčila rameny, až jí do čela spadlo pár kudrlinek. Odhrnula si je, jeden pramínek však opět sklouzl zpátky. „Prostě fňuká a fňuká. Lituje se. Lituje toho, co se stalo, nechtěla prý to děcko tak silně nakopnout. Volá mámu. A tak pořád dokola."

„Ty řeči o matce tě asi rozrušují."

„Jak povídám, je to k zbláznění."

„Stýská se ti po matce, Tracey?" znovu to zkusila Vicki.

Zdálo se, že otázka dívku zaskočila. „Jo, někdy jo."

„Někdy jo?"

„Myslíte, že to půjde zařídit? Aby tu holku přestěhovali jinam?"

Vicki přikývla. „Uvidím, co se dá dělat."

„Díky," usmála se Tracey.

„A co jinak?" Vicki otevřela kufřík a vytáhla několik složek.

„Jinak? Jinak jsem docela spokojená."

Vicki nevycházela z údivu. Kolik lidí se za mřížemi dokáže cítit spokojeně? blesklo jí hlavou. Může to vůbec Tracey myslet upřímně? „Jak proběhlo sezení s Nancy Joplinovou?"

Tracey se zatvářila nechápavě.

„Se zdejší psychiatričkou," vysvětlila Vicki. „Neměla se s tebou dneska dopoledne setkat?"

„Jo tak. Byla moc milá."

„Moc milá," opakovala po ní Vicki, jako by v ústech převalovala nestravitelné sousto. „Na co se tě ptala?"

Tracey si shrnula z čela onu osamělou kudrlinku. „Na matku a tak vůbec. Vždyť to znáte."

„Neznám."

„Prostě chtěla vědět, jaký jsme spolu měly vztah, jestli jsme si byly blízké, co jsem si myslela o tom zasnoubení a tak."

„Co jsi jí řekla?"

„Pravdu. Jak jste mi radila. Že jsme spolu měly ten nejlepší vztah, že jsme si důvěřovaly, že se mi Howard líbil."

„Co ji ještě zajímalo?"

„Nechce se mi o tom mluvit."

„Tracey, čas běží. Soud začne v lednu. Jak ti mám pomoct, když mi nechceš nic říct?"

Tracey si pohodlně natáhla nohy před sebe a zahleděla se do stropu. „Vyptávala se na tu noc, kdy matka zemřela."

„Co jsi jí odpověděla?"

„Vždyť víte." Tracey si založila ruce a trucovitě našpulila rty.

„Nevím." Vicki už se nesnažila skrývat své vzrůstající podráždění. „Řekla jsi jí, že tvou matku zabil muž s lyžařskou kuklou na obličeji?"

„Ano."

„Proč potom neexistuje jediný důkaz, že tam někdo takový byl?"

„To nevím."

„Dovol, abych ti připomenula, jak si stojíme." Po kolikáté už? „Kromě toho, že policie v domě neobjevila žádné stopy násilného vniknutí a že krev se našla pouze v ložnici, na tvém oblečení a na tvých rukou, je tu ještě ta maličkost se smrtící zbraní plnou otisků tvých prstů a schovanou ve tvé skříni, nemluvě o matčině briliantovém snubním prstenu, pečlivě uloženém ve tvé šperkovnici..."

„Tohle všechno už jste mi vysvětlovala."

„Jak se ta vražedná zbraň mohla dostat do tvé skříně?"

„Nemám tušení. Třeba ji tam dal ten chlap."

„Neznámý tulák?"

Místo odpovědi se Tracey pouze nervózně zahihňala.

„Jenže *kdy* ji tam dal?"

„Jak to mám vědět?"

„Říkala jsi, že do tvého pokoje nevešel. Že jsi ho uviděla až na chodbě."

„Pak tam musel vejít později, když jsem byla u matky."

„Ale tvrdila jsi, že utíkal po schodech dolů a pak vyběhl z domu."

Tracey vyskočila ze židle a začala přecházet sem a tam. „Už přesně nevím, co udělal. Vy mě pořád pletete a já si potom nedokážu vybavit, jak to vlastně bylo."

„To je špatné. Moc špatné."

„Proč?"

„Proč? Ty se ptáš proč?" zakroutila Vicki hlavou. „Kristepane, nemůžeš pořád měnit výpověď. Nemůžeš jednu chvíli tvrdit tohle a vzápětí tamhleto. Žaloba se bude točit na sebemenší nesrovnalosti. Michael Rose sice není žádný génius, ale tentokrát má v ruce všechny trumfy: přímé důkazy, příležitost, motiv."

„Motiv? Jaký motiv?"

„Žárlivost. Žárlila jsi na matčin vztah s Howardem Kerblem."

„To není pravda. S Howardem si dobře rozumíme."
„Zvykla sis mít matku jenom pro sebe."
„No a?"
„Žalobce prohlásí, že jsi ji zabila v záchvatu žárlivosti."
„Já ji nezabila v záchvatu žárlivosti!"
„A proč jsi ji tedy zabila?" vykřikla Vicki.
„Protože!" Tracey strnula s otevřenou pusou, jako by pokoušela vzít to slovo zpátky. S vytřeštěnýma očima upřenýma na protější zeď připomínala sochu představující úlek nebo ohromení.
Vicki zalapala po dechu a roztřásla se, až se musela zachytit stolu, aby nespadla ze židle. Panebože! Skutečně Tracey právě připustila, že zabila svou matku? Chystá se snad učinit doznání?
„Protože," zopakovala Tracey. Z očí se jí teď řinuly slzy.
„Pověz mi, co se tehdy v noci stalo."
Tracey zavrtěla hlavou. „Nemůžu."
„Mluv, Tracey. Prosím." Vicki ztěžka vstala a celá rozklepaná přistoupila ke své mladičké klientce, která se mezitím začala podivně kymácet ze strany na stranu. Vicki vztáhla ruce a objala ji – či spíš v posledním okamžiku zachytila.
„Nemůžu vám to říct," zakvílela Tracey. „Nenuťte mě k tomu! Já nemůžu. Nemůžu. Nemůžu."
Vicki dívku podepřela a odvedla ji k židli.
Dveře se otevřely. Dovnitř nakoukla urostlá svalnatá dozorkyně s překvapivě vlídným obličejem. „Všechno v pořádku?" zeptala se.
„Ano, díky," odpověděla jí Vicki, ale lhala. Ve skutečnosti vůbec nic nebylo v pořádku. A Vicki nepochybovala, že bude ještě mnohem hůř.
Dozorkyně pokývla a zavřela dveře.
„Tak už povídej, Tracey. Co se té noci stalo?"
„Budete mě nenávidět."
„Nebudu."
„Nechtěla jsem to udělat."
„Jistě, já ti věřím."
„Prosila jsem ji, ať s tím přestane."
„S čím? S čím měla přestat?"
Tracey dlouho mlčela. Po tvářích jí stékaly slzy. „Bylo kolem deváté," spustila s hlubokým povzdechem. „Chris už

odešla. Mamka řekla, že si dá horkou koupel a půjde si lehnout." Dívka upřeně zírala na protější zeď. „Požádala mě, abych jí umyla záda. Potom se mě zeptala, jestli chci spát v její posteli. Víte, kdysi jsem u mámy spávala dost často, ale poslední dobou už ne. Přestalo se mi to líbit."

Vicki polkla. Proboha, k čemu Tracey směřuje?

„Dlouho jsem neodpovídala. Matka mě přemlouvala, až jsem nakonec souhlasila, ale nerada. Nechtěla jsem, aby..."

„Co jsi nechtěla?"

„Vždyť víte."

„Nevím."

„Nechtěla jsem, aby se mě dotýkala."

„Nechtěla jsi, aby se tě dotýkala? Sakra, jak to myslíš?" Vicki vstala, rozčilením se už zase celá třásla.

„Zlobíte se," vyhrkla Tracey. „Nenávidíte mě. Věděla jsem, že mě budete nenávidět."

Samozřejmě tě nenávidím, ty hnusná pitomá lhářko, zuřila v duchu Vicki. Ale ovládla se. „Proč bych tě nenáviděla? jen pokračuj, Tracey. Pověz mi, co bylo dál." A pak se propadni do horoucích pekel, mrcho jedna prolhaná!

„Ustavičně se mě dotýkala."

„Byla to tvoje matka, Tracey. Matky se dotýkají svých dcer."

„Ale ne takhle. Nesahají jim na prsa. Nesahají jim mezi nohy."

„Cože, tvoje matka ti sahala..." Vicki to odporné a nehorázné obvinění ani nedokázala opakovat. Nejraději by dívku jednou rukou popadla za krk a druhou jí pořádně nafackovala.

„Říkala tomu naše malá hra. Trvalo to celá léta. Bránila jsem se, už jsem si *takhle* nechtěla hrát. Ale jenom se zasmála: Jsem tvoje matka a můžu si s tebou dělat, co chci. Prosila jsem ji, aby přestala. Aby mě konečně nechala na pokoji. Marně. Sundala si svůj zásnubní prsten, navlékla mi ho na prst a tvrdila, že jsem její jediná opravdová láska."

Vicki odvrátila pohled. „Co se stalo potom?"

„Už si přesně nevzpomínám. To, co následovalo, jsem asi vymazala z paměti. Když bylo po všem, usnula. Já tam ležela a třásla jsem se. Někdy v noci jsem vstala, sešla dolů a ze skříně v předsíni vzala tu golfovou hůl. Pohybovala jsem se jako nějaký automat. Jako v transu. Jako bych to vůbec nebyla já. Připadalo mi, že sama sebe odněkud pozoruju. Vrátila jsem se do matčiny ložnice. Chvíli jsem jenom tak stála u postele. Najednou matka otevřela oči a vztáhla ke mně ruce. V té chvíli jsem si pomyslela: Už ne! Už na mě nesmíš sahat. Jsi moje matka, mám tě ráda, ale nedovolím ti, abys mi ubližovala. Musí to skončit."

Vicki klesla zpátky na židli a pevně zaťala zuby. Ze všech těch odporných lží se jí zvedal žaludek. Věděla, že Barbara nebyla o nic víc schopna sexuálně zneužívat vlastní dceru než oholit si hlavu a obout buddhistické opánky. V tom, co tu Tracey právě navykládala, nemohlo být ani na nehet pravdy. Nebo snad ano?

Nebo snad ano?

„Matka mi vždycky říkala, že kdybych se o tom někdy někde zmínila, stejně mi nikdo neuvěří a všichni mě budou nenávidět," vzlykla Tracey. „A já vám přímo vidím na očích, jak mi nevěříte. Jak mě nenávidíte."

Vicki mlčela. Ledovými prsty si promnula spánky. Měla pocit, jako by jí na hlavu dopadla Traceyina vražedná zbraň.

Bože můj, co teď?

31

„SAKRA, CO MAJÍ TY TVOJE ŽVÁSTY ZNAMENAT?"

Vicki o krok couvla a rychle se přesunula za svůj nový masivní psací stůl. „Proboha, uklidni se, Susan."

„Neříkej mi, abych se uklidnila!"

„Tak alespoň trochu ztiš hlas."

„Vysvětlíš mi, jakou šílenou partii to tady rozehráváš?"

„Ráda, pokud mi dáš příležitost."

„Takže co sleduješ těmi nesmysly, které denně čtu v novinách?"

„Nejde o nesmysly."

„Tracey zabila Barbaru v sebeobraně! To podle tebe není absurdní blábol a nesmysl?"

„Volím nejúčelnější způsob obhajoby."

„Takový způsob obhajoby je *neobhajitelný*," odsekla Susan a několika dlouhými kroky se dostala až na nový zářivě barevný kobereček zakrývající podlahu těsně před psacím stolem.

Vicki mimoděk zvedla dlaně, jako by se chtěla bránit či naopak naznačovala, že se vzdává. „Kdyby ses posadila..."

Susan zaváhala, ale pak zřejmě docela ráda klesla do mohutného krvavě rudého křesla, které jako nějaký obludný mastodont zabíralo dobrou polovinu koberečku. Měla na sobě elegantní černý kalhotový kostým a bílý rolák. Světlehnědé vlasy jí měkce splývaly ke krku a rámovaly tváře zrudlé spravedlivým rozhořčením. „Mluv," vyzvala přítelkyni právě v okamžiku, kdy zazvonil telefon.

Vicki dotěrný zvuk ignorovala. Zůstala stát, neboť se domnívala, že v téhle pozici si přece jen zachovává jistou převahu. Ještě kdybych tak měla nízké podpatky, pomyslela si, s těmi by se mi v krajním případě líp utíkalo. „Pochop, Susan, nikdy bych se pro takový způsob obhajoby nerozhodla..."

„Proč ses pro něj rozhodla?"

„... bez pádného důvodu."

„Čekám."

Dveře kanceláře se nepatrně pootevřely. Škvírkou dovnitř opatrně nahlédla sekretářka. „Volá Marina Russellová z televize Global. Prý jste se jí měla ozvat ve tři - a už jsou tři deset."

„Řekněte jí, že zavolám zítra hned ráno. A žádné hovory mi už nepřepínejte." Jako naschvál začalo vyzvánět několik dalších linek současně.

Sekretářka kývla a zavřela dveře. Telefony zmlkly, jen aby se vzápětí znovu rozdrnčely.

„Rušný den," poznamenala Susan.

Vicki pokrčila rameny. Susanina trpkého tónu ani vyčítavého pohledu si raději nevšímala. „Není snadné najít vhodná slova," promluvila po delší pauze. „Snad víš, že jako advokátka jsem ve vztahu ke klientce vázána mlčenlivostí."

„Ne. Posledních čtyřiačtyřicet let jsem asi prožila na Marsu."

„Nešlo by to bez ironie?"

„A bez těch keců?"

„Fajn." Vicki se konečně posadila do svého obrovského otáčecího křesla, pod sukní béžového kostýmku od Armaniho si přehodila nohu přes nohu, opřela si hlavu o temně rudou kůži opěradla a na okamžik zavřela oči. Neměla jsem vyměňovat zařízení kanceláře, napadlo ji. To staré šéfovské křeslo bylo mnohem pohodlnější a hlavně jsem se v něm necítila tak nicotná a ztracená. Jak mám sakra takhle čelit běsnící kamarádce? Ale až bude po všem, Susan určitě pochopí, proč jsem musela zvolit právě takový postup. „Prostě nemůžu zradit klientku."

„Zatímco zradit památku přítelkyně ti nečiní nejmenší potíže."

„Nezrazuju památku přítelkyně. Naopak se snažím chránit to, co bylo Barbaře nejdražší na světě."

„*To* je pro tu holku opravdu výstižný výraz."

„Tracey má právo na nejlepší možnou obhajobu."

„Kterou představuješ ty?"

„Pokud jde o tuhle konkrétní kauzu, pak ano."

„Proč?"

„Proč?" udiveně zopakovala Vicki. Co to má být za otázku?

„Proč v téhle kauze představuješ nejlepší možnou obhajobu právě ty?"

„Protože mi Tracey důvěřuje. Protože mě potřebuje. Protože jsem upřímně přesvědčena, že přesně tohle by si Barbara přála."

„Podle tebe by si Barbara přála, abys obhajovala člověka, který ji zavraždil?"

„V tomhle případě ano."

„A přála by si taky, abys zničila její pověst a poplivala její památku?"

„Nic podobného nemám v úmyslu."

„Vážně ne? Klidně ji označíš za zrůdu, která pohlavně zneužívá vlastní dítě, a přesto se nedotkneš její pověsti?"

„Především musím hájit zájmy své klientky."

„A nejlepší obranou je útok?"

„Někdy ano."

„Také tentokrát?"

Vicki se s křeslem pootočila k oknu a zahleděla se na ulici zkrápěnou deštěm. „Traceyina výpověď mě šokovala stejně jako tebe."

„Jistě, noviny ten tvůj šok denně rozmazávají na prvních stránkách. Nesnažíš se náhodou už předem ovlivňovat budoucí porotu, že ne?"

„Veřejnost má právo znát názor obou stran."

„Veřejnost má právo znát pravdu."

„Ale prosím tě," ušklíbla se Vicki. Že by Susan byla tak naivní?

„Počkej, Vicki, přece těm Traceyiným blábolům skutečně nevěříš?"

„Není důležité, čemu věřím nebo nevěřím."

„Tohle slovíčkaření si můžeš odpustit," znechuceně se zamračila Susan. „I když jsem nestudovala práva, dobře vím, že nemůžeš obhajobu stavět na úmyslně nepravdivém, tedy křivopřísežném tvrzení."

„Kdo tvrdí, že Tracey hodlá pod přísahou vědomě lhát?"

„Já to tvrdím. A ty se mnou nemůžeš nesouhlasit, pokud chceš být sama k sobě upřímná."

„Zpochybňuješ mé poctivé úmysly?"

„Zpochybňuju tvé motivy."

„Naznačuješ, že to dělám pro peníze a pro slávu? Kvůli publicitě?"

„Nevím, proč to děláš. Ale třeba mi nabídneš vysvětlení. Čí pozornost se ve skutečnosti snažíš upoutat?"

Vicki se zrychlil tep, tváře jí zrudly hněvem. „Nemám tušení, o čem mluvíš."

„Opravdu ne?"

„Tady přece vůbec nejde o mne," podrážděně vyštěkla Vicki.

„No právě," opáčila Susan. „Vraťme se tedy k základní myšlence tvé obhajoby, že totiž Tracey zabila matku v sebeobraně. Ponechám zatím stranou všechny ty nehoráznosti o sexuálním obtěžování a připomenu ti jedinou skutečnost: Barbara spala. Jakou hrozbu pro Tracey představovala?"

Vicki vydechla úlevou. Tohle byl terén, na kterém se mohla pohybovat s mnohem větší jistotou. „Ano, Barbara spala. Ale Tracey se bála, děsila se, že až se matka vzbudí, zneužívání bude pokračovat."

„Proč tedy neutekla? Proč se nesvěřila otci? Copak vražda byla jediným řešením?"

„Podle Tracey zneužívání začalo už dávno, když byla ještě malá, a nikdo nikdy neudělal nic, aby jí pomohl."

„To jsou stupidní ubohé lži - a ty to dobře víš."

„Jak si můžeš být tak jistá?"

„Cože?"

„Jak si můžeš být jistá, že Barbara dceru nikdy nezneužívala?"

Susan zakroutila hlavou. „Kristepane, Vicki, blázníš?"

„Nezlob se, ale stoprocentně jistá si být nemůžeš. Stejně jako já. Bez ohledu na to, jak dobré jsme byly kamarádky."

„Já si jistá jsem. Stoprocentně."

„Označila bys Barbaru za dobrou matku?" zeptala se náhle Vicki.

„Samozřejmě," bez váhání odpověděla Susan.

„Za obětavou, oddanou a něžně milující matku?"

„Ano."

„A nezdál se ti její vztah k Tracey až příliš něžný?"

„Ne, řekla bych, že ne. *Určitě* ne."

„Zamysli se nad tím."

„Spíš ty se nad tím zamysli. A taky sama nad sebou. Jen proto, že jsi vyrůstala bez matky..."

Vicki měla pocit, jako by dostala políček do tváře. „Mou matku snad můžeme vynechat."

„Opravdu? Opravdu ji můžeme vynechat?"

Vicki zadržela dech, pokusila se počítat v duchu do deseti, nedospěla však ani k pěti a vybuchla. „Tak dost! Tu svoji šestákovou psychologii si strč za klobouk. Tady se nejedná o mou matku, rozumíš? Ať už si myslíš, co chceš, já se tímhle případem rozhodně nesnažím získat její pozornost. A taky netoužím pošpinit pověst Barbary jako matky, jen abych se pomstila všem matkám za to, že mě má vlastní matka před desítkami let opustila."

Susan nedokázala skrýt ohromení. „Nic takového jsem přece neřekla. Vůbec mě to nenapadlo."

Vicki vyskočila z otáčivého křesla. Stehenní a lýtkové svaly se jí chvěly, až se musela zachytit opěradla. „Myslíš si, bůhvíjak nejsi chytrá. Myslíš si, že víš úplně všechno. Ale víš taky o těch anonymních telefonátech, kterými Barbara uprostřed noci obšťastňovala Rona a jeho mladou manželku?"

„Cože? Jaké telefonáty?"

Vicki se nadechla s pocitem, že se jí podařilo otočit kormidlo a opět získat kontrolu nad rozhovorem. „Jak to vypadá, přece jen ti ledacos ze života naší přítelkyně uniklo."

Susan znejistěla. „Dobrá. A co má být? I kdyby se Barbara k něčemu podobnému snížila, čemuž příliš nevěřím..."

„Pochopitelně."

„Od nějakého hloupého telefonátu je pořád ještě zatraceně daleko k sexuálnímu zneužívání vlastního dítěte."

„Ale proč by měla Tracey lhát?"

„Co já vím? Přinejmenším proto, že se chce přece dostat z vězení."

„Podle tebe si prostě celou tu historku od začátku až do konce vyfabulovala?"

„Ani trochu o tom nepochybuju."

„Panebože, vždyť Tracey vůbec neznáš. Strávila jsi s ní necelé dva dny."

„Jistě, Tracey moc neznám. Ale dobře jsem znala Barbaru. Stejně jako ty."

Vicki zvolna přešla k oknu a zahleděla se dolů na ulici plnou automobilů a spěchajících chodců. „Zkusme si to shrnout," otočila se zpátky k Susan. Spatřila slzy v jejích očích, předstírala však, že si ničeho nevšimla. „Máme tu šestnáctiletou dívku, která doznává, že zabila svou matku."

„Předtím ovšem opakovaně lhala. Policii. Mně. Tobě."

„Ano, lhala."

„Proč jsi tedy tak skálopevně přesvědčena, že teď nelže? Máš alespoň jeden jediný důkaz?"

Vicki zaklonila hlavu a promnula si krční svaly. Susan se bohužel nemýlí, pomyslela si. Nemám žádný důkaz, který by to Traceyino šokující obvinění podpořil. K tomu, aby se porota shodla na výroku o nevině, rozhodně nebude stačit pár krokodýlích slziček.

„Tak máš nějaký důkaz nebo ne?" znovu zaútočila Susan.

„Promiň, ale tak hroznou věc přece Tracey nemohla provést bez závažného důvodu."

„To tvrdí kdo?"

„Děvčata nevraždí své matky z pouhého rozmaru."

„Třeba se Tracey nelíbilo, že už není středem matčina vesmíru. Třeba nechtěla, aby si matka vybudovala vlastní život, ve kterém by pro dospívající dceru nebylo místo. Třeba ji rozběsnilo, co toho dne Barbara uvařila k večeři."

„A třeba už nedokázala dál snášet sexuální zneužívání," nevzrušeně konstatovala Vicki. „Řekni mi, Susan, ale upřímně, taky bys tuhle variantu bez váhání smetla ze stolu, kdyby Tracey ze zneužívání obvinila svého otce? Nemůžeš přece Traceyinu výpověď odmítat jen proto, že Barbara byla žena."

„Já tu absurdní historku neodmítám proto, že Barbara byla žena, ale proto, že byla mojí přítelkyní."

„A pokud tě povolám jako svědkyni..."

„Na tvém místě bych to nedělala."

Vicki pokrčila rameny. „Jenže ty nejsi na mém místě."

Susan zamířila ke dveřím, rázně je otevřela a vyšla na chodbu. „Ne, nejsem. A nestačím za to osudu dost děkovat."

Dveře práskly, že to muselo být slyšet v celé budově.

„Do háje! Zatracená práce!“ Vicki popadla drahé plnicí pero značky Mont Blanc a mrštila jím ke dveřím právě v okamžiku, kdy dovnitř nahlédla sekretářka. Pero jen těsně minulo její hlavu. „Sakra, neumíte zaklepat?“

„Slyšela jsem vás křičet,“ vyděšeně vzlykla sekretářka. „Promiňte.“ Chvatně se stáhla zpátky a tiše zavřela dveře.

Do háje, teď abych té huse poslala květiny a ještě se jí omluvila, pomyslela si Vicki. Ale možná by stačilo trochu jí zvýšit plat. Proč musejí být všichni tak nedůtkliví a přecitlivělí? Chris mi už kvůli Traceyiným tvrzením vůbec neodpovídá na telefonické vzkazy. Susan, která ovšem nikdy nebyla přehnaně zdrženlivá, se ke mně vřítila jako uragán a bez nejmenších rozpaků otevřeně zpochybnila počestnost mých motivů a úmyslů. Pane na nebi, ty její směšné narážky na mou matku! Ale dokonce i Jeremy naznačuje cosi o neprozíravosti a zbytečném riziku.

„Nechtěla bys raději přenechat ten případ někomu jinému?“

„A nechtěl by ses raději starat o své věci?“

Proč nemůžu všechny ty výzvy a rady vzít vážně? Stojí mi ta obhajoba za ztrátu manželova respektu? Za rozchod se dvěma nejlepšími kamarádkami? Co když je Tracey jen chladná a vypočítavá psychopatka využívající módního psychologizování, aby unikla trestu?

„Já nevím!“ Ale jedno vím zcela určitě: přesně takhle by si to představovala Barbara. Ano, Barbara by bez ohledu na jakékoliv úvahy Susan, Chris nebo Jeremyho chtěla, abych její dceru hájila s vypětím všech sil a s použitím všech prostředků. I kdyby k vraždě došlo bez vážnějších příčin, jen tak ze vzteku či z rozmaru, Barbara by si stejně přála, abych Tracey uchránila před vězením.

Dělám správnou věc.

Nenapadlo tě, že Tracey je třeba nebezpečně nevyrovnaná a může pro své okolí znamenat vážnou hrozbu? ozval se protivně dotěrný vnitřní hlas. Přesto jsi ochotna obětovat kvůli ní všechno, co ti bývalo drahé?

„O mně tady vůbec nejde!“ Lichotivé nabídky z New Yorku a Hollywoodu nehrají roli, nezáleží mi ani na pozornosti médií. Důležité je pro mne jediné – abych splnila vůli mrtvé přítelkyně.

„Žvásty," jako by se opět ušklíbla Susan.

„Krásná ukázka sofistiky," přidal se Jeremy.

V kanceláři se náhle objevila i Chris, odmítla se však vyjádřit. Vicki už jí nestála ani za slovo.

„No to je ohromné!" Vicki se ke svým kritikům otočila zády, stejně jako se oni odvraceli od ní.

Nicméně v jednom ohledu s nimi musela souhlasit: nemá důkaz. Spekulovat může donekonečna, ale opírá se pouze o Traceyino tvrzení.

„Jen počkej, u soudu ti parádně nakopu zadek," ušklíbl se kdesi v rohu místnosti Michael Rose.

„To se moc pleteš, nic takového nedopustím," ukončila Vicki svou samomluvu. Pak popadla kabelku a zamířila ke dveřím. „Pro dnešek zrušte veškeré schůzky," oznámila překvapené sekretářce a vzápětí už chvátala chodbou k výtahu.

„Kde se tu berete? Děje se něco?"

„Potřebuju víc materiálu, rozumíš?" vysvětlila Vicki, znovu udivena, jak růžové má Tracey tváře. Ta holka za mřížemi jen kvete, napadlo ji.

„Už jsem vám všechno řekla."

„Jenže to nestačí."

„Proč ne, když je to pravda?"

Odkdy stačí pouhá pravda? pomyslela si Vicki a sklonila hlavu, neboť ostré světlo stropních zářivek přímo bodalo do očí. „Potřebuju víc materiálu," zopakovala. „Víc argumentů. Víc munice."

„Na nic dalšího už si nevzpomínám."

„Pořádně se zamysli, Tracey. Nenašla bys nějaké svědky?"

„Svědky?"

„Někoho, kdo třeba náhodou zahlédl, jak se tě matka nepřístojně dotýká."

Tracey zavrtěla hlavou. „Ne. Prováděla to, jenom když jsme spolu byly samy."

„Třeba se někdy v něčí přítomnosti podřekla. Třeba jí uklouzla nějaká dvojsmyslná narážka."

„Dvojsmyslná narážka?"

Vicki to zkusila jinak. „Poslyš, existuje vůbec někdo, koho bych mohla předvolat, aby potvrdil tvou výpověď?"

Tracey pokrčila rameny a odvrátila pohled.

„Odpověz mi, Tracey. Existuje někdo, koho bych mohla předvolat?"

„Neexistuje."

Vicki začala nervózně přecházet kolem čtvercového stolu. *Do hajzlu s tebou!* vystupovala z desky vyrytá slova. *Co advokát, to zkurvená kurva! Kurvy! Kurvy! Kurvy!* „Pochop, Tracey, potřebuju se o něco opřít. Nemůžu přijít k soudu jenom s tvým tvrzením – bez jediného důkazu, bez jediného svědka."

„Myslíte, že mi porotci neuvěří?"

„Musíš jim dát důvod, aby ti uvěřili. Totiž musíš ten důvod dát mně."

Tracey si pohodlně natáhla nohy před sebe a otřela si dlaně o bleděmodré vězeňské kalhoty. „Možná bych pro vás přece jen něco měla."

Vicki se zastavila a pozorně se na dívku zahleděla. Čekala.

„Snad vás to přesvědčí, že mluvím pravdu. A snad to přesvědčí i porotu."

„O co jde?"

„Týká se to mé matky. Nikdy jsem se o tom nikomu nezmínila."

Vicki se rozbušilo srdce. „Tak povídej."

Tracey stáhla nohy pod židli a napřímila se. Seděla teď rovně jako vzorná chovanka viktoriánského penzionátu. Téměř neznatelně kývla hlavou k protější židli a vybídla svou obhájkyni: „Raději se posaďte."

32

ČTENÍ OBŽALOBY ZAČALO VE ČTVRTEK 14. LEDNA 1993.

Vicki sledovala, jak Michael Rose vstává ze svého místa za stolkem žalobce a přesunuje se co nejblíž ke dvanáctičlenné porotě, jejíž výběr zabral celé tři dny. Sedm žen a pět mužů. Různá barva pleti. Od svobodných přes ženaté a vdané až k rozvedeným. Dohromady měli dvaatřicet dětí a vnoučat, z toho dvacet dívek. Všichni odpřisáhli, že je nijak neovlivnily názory šířené o případu tiskem, rozhlasem a televizí a že předem nedospěli k žádným závěrům. Z dobré poloviny se zdáli nervózní, naklánělí se dopředu, oči jim plály dychtivým očekáváním. Ostatní se naopak tvářili znuděně a poněkud přiospale. Soudce už je upozornil, že proces může trvat stejně tak tři týdny jako tři měsíce.

„Dámy a pánové, vážená poroto," začal Michael, „přeji vám dobrý den."

A dovolte mi, abych vám už předem poděkoval, předříkávala v duchu Vicki.

„A dovolte mi, abych vám už předem poděkoval," pokračoval Michael a zapnul si dolní knoflík u saka svého tmavošedého obleku, který si bral na zahájení každého významnějšího procesu. Je to takový můj talisman pro štěstí, svěřil se kdysi Vicki. Šedý oblek se žlutou vázankou na úvodní řeč, modrý oblek s červenou vázankou na závěrečnou řeč.

Metodický člověk, v duchu se ušklíbla Vicki. Zakryla si dlaní ústa a tiše vyslovila současně s Michaelem: „Práce, která vás čeká, rozhodně nebude lehká."

„Říkala jste něco?" šeptem se zeptala Tracey.

Vicki zavrtěla hlavou, usmála se a přátelsky dívce poklepala na hřbet ruky. Dobře věděla, že sebejistého gesta si určitě všimnou někteří z porotců.

„Já se však vynasnažím co nejvíc vám to obtížné rozhodování usnadnit," rozehříval se Michael Rose. Stále tytéž ubohé fráze, pomyslela si Vicki a letmo pohlédla na čtyřiašedesátiletého vlídně se tvářícího soudce Fitzhenryho. Zdání opravdu klame, uvědomila si. Soudce Fitzhenry působil dojmem dobráckého strýčka, ale za jeho bodrým kulatým obličejem, chomáčky bílých vlasů a všeobjímajícíma modrýma očima se skrývala potměšilá a žlučovitá duše, za rty zvlněnými v náznaku tichého úsměvu číhal jedovatý jazyk.

„Základní fakta tohoto případu jsou velmi prostá," pokračoval žalobce. „Osmnáctého srpna 1992 mezi třetí a pátou hodinou ranní byla šestačtyřicetiletá žena jménem Barbara Azingerová brutálně utlučena k smrti."

Zatímco Michael dramaticky zvyšoval a opět tlumil hlas, Vicki sledovala Traceyin výraz. Dívka vypadala klidně, dokonce spokojeně, ve světlerůžovém svetříku a tmavomodré skládané sukni připomínala dobře vychovanou středoškolačku, jíž koneckonců také byla. Tmavé kudrnky úhledně rámovaly přirozeně svěží a nenalíčený cherubínský obličej. Těsně před začátkem procesu Tracey pouze lehounce, téměř neznatelně použila oční stíny. A teď, když Michael Rose přešel k podrobnému popisu jednotlivých poranění způsobených surovými údery vražednou zbraní, zatřpytily se dívce v koutcích očí slzy. „Neboj se plakat," opakovaně jí radila Vicki. „Ať porota vidí, jak hluboce jsi matku milovala."

Jsou ty slzy upřímné? uvažovala Vicki. Nebo se Tracey jenom řídí mou radou? Ostatně posuzovat něco takového není moje věc. Nejsem soudce ani porota. Nerozhoduju o vině či nevině. Jako obhájkyně musím svou klientku obhajovat - podle svých sil a s využitím veškerých zákonných prostředků. Kolikrát si tuhle jednoduchou pravdu budu ještě muset připomínat, aby na mne pořád nedotíraly ty zatracené výčitky? Mám tady práci a tu práci dokončím. I když Chris a Susan se mnou už celé měsíce nemluví. Ale vlastně mi svým uraženým postojem ulehčily práci. Stejně jako svým rozhodnutím vypovídat jako svědkyně obžaloby.

„Má vysoce vážená kolegyně se vás bude snažit přesvědčit, že Tracey Azingerová zabila svou matku v sebeobraně," pokračoval Michael Rose a v tónu jeho hlasu se zajímavě mísilo rozhořčení s nevěřícným úžasem. Jakmile skončil s výčtem hlavních bodů obžaloby, rozhodl se zpochybnit obhajobu, předem otupit účinek argumentů, které podle jeho předpokladů hodlala Vicki uvést. „Pokusí se zamlžit zcela prosté a jasné skutečnosti, bude se dovolávat zdravého rozumu, podle něhož děti samozřejmě nevraždí své rodiče bez závažné příčiny. A posléze, aby vás donutila uvěřit, že taková závažná příčina existovala i v tomto případu otřesně brutální vraždy, uchýlí se má vysoce vážená kolegyně k otřepanému triku, totiž k očerňování oběti."

Vicki s udiveným a zároveň mírně pobaveným výrazem zakroutila hlavou a podívala se na hodinky. (Část poroty si jistě všimne.) Michael už mluvil téměř čtyřicet minut.

„Ano, obhajoba vám bude tvrdit, že oběť té surové vraždy více než deset let úspěšně skrývala před světem i před svými nejbližšími temné stránky své osobnosti, o nichž nevěděl nikdo jiný než její dcera. Obhajoba se vás pokusí přesvědčit, že oddaná, obětavá a milující matka Barbara Azingerová byla ve skutečnosti úchylná zrůda, která svou vlastní dceru pravidelně a opakovaně pohlavně zneužívala."

Ale má snad obhajoba pro toto nehorázné a nepodložené obvinění nějaké důkazy? slyšela v duchu Vicki Michaela o zlomek vteřiny dřív, než větu vyslovil.

„Nemá," odpověděl sám sobě Michael. „Obhajoba vám nemůže předložit absolutně žádné důkazy. Nemůže vám předložit vůbec nic kromě tvrzení obžalované, tedy dívky, která vraždila."

„Dámy a pánové, nedovolte, aby obhajobě tak průhledný trik prošel," šeptala Vicki současně s Michaelem.

„Fakta jsou v tomto případu až výjimečně výmluvná a nepopiratelná," připomenul Michael Rose pozorně naslouchající porotě. „Nenechte se zviklat hereckými výkony a slovními piruetami, jaké vám tu vážená paní obhájkyně nepochybně předvede."

Slovními piruetami, opakovala si v duchu Vicki. Tenhle obrat jsem od něho ještě neslyšela.

„Tato dívka se už k zabití přiznala," ukázal Michael na Tracey, která se zhluboka nadechla a pohlédla mu přímo do očí. „Nedovolte, dámy a pánové, aby svou matku zavraždila podruhé."

Vicki stála před porotou, ještě než se Michael Rose stačil

posadit. „Obžaloba má pravdu, když označuje základní skutečnosti tohoto případu za nepopiratelné. Ano, osmnáctého srpna 1992 v časných ranních hodinách vzala Tracey Azingerová ze skříně v přízemí golfovou hůl a utloukla jí svou matku k smrti. Ano, Tracey Azingerová pak lhala, nabídla policistům smyšlenou historku o maskovaném násilníkovi a dokonce tvrdila, že ho poznala." Vicki pohledem sklouzla k divácké galerii a našla Tonyho Malareka, který se na ni zazubil. „Ano, ve chvíli, kdy pochopila, že celá řada důkazů svědčí proti ní, změnila Tracey Azingerová svou výpověď. Ano, tohle všechno je pravda." Vicki se odmlčela, aby porotkyně a porotci mohli její slova patřičně vstřebat a strávit. „Ale není to *celá* pravda."

Vicki se opět odmlčela a chvíli přejížděla pohledem po jednotlivých členkách a členech poroty. „Jistě, Tracey Azingerová lhala," pokračovala Vicki a náhle se prudce otočila směrem k Tracey. Jak správně předpokládala, porotkyně a porotci ji poslušně následovali, aby spatřili dívčiny oči zalité slzami. „Položme si však nejdůležitější otázku: proč? Proč lhala? Aby unikla trestu?" Pauza se tentokrát zdála nekonečná. „Ne! Tracey Azingerová lhala, aby chránila památku své matky."

Vicki stála nehybně jako socha a pohled ani na okamžik nespouštěla ze své klientky. „Lhala, neboť si nepřála, aby se kdokoliv dozvěděl, jaké hrozné a zvrácené věci s ní matka po celá léta prováděla. Pokud si mohu vypůjčit elegantní obrat váženého pana žalobce, pak nechtěla zavraždit svou matku podruhé. Nakonec ovšem neměla na vybranou. Stejně jako neměla na vybranou, když musela zbožňovanou matku zabít, aby se ochránila před stále intenzivnějším sexuálním zneužíváním."

Koutkem oka Vicki zahlédla, jak Michael Rose nesouhlasně kroutí hlavou podobně jako předtím ona sama. „Zástupce státního návladního tvrdí, že své argumenty nemůžeme podepřít jediným důkazem. Mýlí se. Tvrdí, že nemáme nic jiného než Traceyino tvrzení. Opět se mýlí. Ale také se mýlí, když zpochybňuje onen hlas zdravého rozumu, který se nepřestává ptát: Proč by milující a milovaná šestnáctiletá dívka měla spáchat tak hrozný čin? Já vás naopak žádám, abyste tomu hlasu naslouchali. Je to nejen hlas zdravého rozumu, ale především hlas důvodných pochybností.“

Vicki věnovala porotě dojemně posmutnělý úsměv, rázně prošla kolem stolu žalobce a posadila se na své místo.

Prvními svědky obžaloby byli poručík Jacobek a poručice Gillová. Oba téměř shodně vypovídali o místě činu a chování obžalované, o jejích měnících se historkách a zjevných lžích. Další policista líčil, jak v Traceyině skříni objevil smrtící zbraň a později v dívčině šperkovnici matčin briliantový zásnubní prsten, na jehož platinovém kroužku dosud lpěly drobné kousky zkrvavené tkáně. Několik soudních patologů do nejmenších podrobností popsalo, kolikrát Tracey matku udeřila a jaká poranění jednotlivé rány způsobily; z odborného výkladu vyplýval závěr, že pachatelka se snažila co nejvíc zničit obličej oběti.

Vicki kladla pouze stručné a přímé otázky. Věděla, že nemá smysl pokoušet se zpochybnit věcné důkazy. Zdlouhavé vyptávání by navíc porotě příliš vtisklo do paměti všechny ty otřesné obrazy. Všech policistů se nicméně ptala, jak by popsali Traceyino chování ve chvíli, kdy poprvé vstoupili do Barbařina domu.

„Byla velmi rozrušená,“ vyjádřil se poručík Jacobek.

„Byla hysterická,“ konstatovala poručice Gillová.

„Zdála se traumatizovaná,“ přečetl ze svých poznámek třetí policista.

„Děkuji, nemám další otázky,“ pronesla pokaždé Vicki.

Pátého dne povolal Michael Rose na svědeckou lavici Susan Normanovou.

„Zvedněte pravou ruku,“ vyzval soudní úředník Susan, když ji bral pod přísahu. „Sdělte prosím soudu své jméno a hláskujte je.“

Susan pečlivě splnila pokyny a pak se posadila. Na úsměv obhájkyně nereagovala.

Jak si přeješ, pomyslela si Vicki.

„Mohla byste stručně charakterizovat váš vztah k Barbaře Azingerové?“ zeptal se Michael Rose. Měl na sobě proužkovaný hnědý oblek, jehož sako s dvouřadovým zapínáním se nápadně podobalo saku kostýmu, který si pro dnešní den zvolila Vicki. Když si toho všimla, nejdřív se zamračila, ale pak ji napadlo, že by později mohla Michaelovi brknout a žertem mu navrhnout, aby se příště raději předem domluvili.

„Barbara patřila k mým nejbližším přátelům."

„Jak dlouho jste se znaly?"

„Čtrnáct let."

„Můžete soudu sdělit, co se stalo toho dne, kdy byla Barbara Azingerová zavražděna?"

Susan si odkašlala, zhluboka se nadechla, pohlédla směrem k porotě a pak důkladně a plynule vylíčila podrobnosti onoho srpnového rána. Zaváhala, teprve když ve svých vzpomínkách dospěla ke dveřím Barbařiny ložnice.

„Co jste uvnitř spatřila, paní Normanová?" zeptal se Michael Rose.

„Uviděla jsem Barbaru." Susanin obvykle pevný hlas zakolísal. „Ležela na podlaze, celá od krve. Její tvář nebyla k poznání."

„Kde byla v té chvíli Tracey?"

„Seděla na podlaze vedle Barbary a držela ji za ruku."

„Řekla vám něco?"

„Řekla mi, že její matku zabil Tony Malarek."

„Co se stalo potom?"

„Přišla policie. A pak Latimerovi."

Michael Rose vyčítavě pohlédl na Vicki. „Máte na mysli paní obhájkyni?"

Susan přikývla. „Ano. Telefonovala jsem jí. Ona a její manžel také patřili k Barbařiným přátelům."

Zbývající část svědecké výpovědi se týkala Traceyina podivného chování během krátkého pobytu u Normanových.

„Narůstalo ve vás podezření?"

„Ano. Vypadalo to, jako by se jí matčina smrt vůbec nedotkla. Jako by se Tracey muselo připomínat, že má být smutná."

„Námitka, vaše ctihodnosti," ozvala se Vicki.

„Přijímá se."

„Jak byste popsala vztah Barbary Azingerové k její dceři?"

„Barbara byla skvělá matka. Svou dceru zbožňovala. Udělala by pro ni cokoliv na světě."

„Všimla jste si někdy během těch dlouhých let, co jste se

znaly, že by Barbara Azingerová svou dceru jakýmkoliv způsobem zneužívala?“

„Ne. Taková představa je absurdní. Barbara by Tracey v životě neublížila.“

„Nemám další otázky,“ prohlásil Michael Rose.

Vicki vstala. „Paní Normanová, uvedla jste, že když vám toho rána Tracey telefonovala, plakala tak usedavě, že téměř nebylo rozumět, co říká.“

Susan se napřímila a pohlédla na Vicki s neskrývaným opovržením. „To je pravda.“

„Takže byla hysterická?“

„Působila takovým dojmem.“

„Odpovězte prosím jednoznačně. Mluvila hystericky nebo nemluvila hystericky?“

„Mluvila hystericky.“

„Mluvila natolik hystericky, že jste se tam okamžitě rozběhla. Mluvila natolik hystericky, že jste zavolala policii. Je to pravda?“

„Ano.“

„A když jste Tracey našla, seděla na podlaze vedle mrtvého těla své matky. Je to tak?“

„Ano.“

„Uvedla jste, že držela svou matku za ruku.“

„Ano.“

„Podivné chování na chladnokrevnou vražednici, nemyslíte si?“

„Námitka,“ napůl se vztyčil Michael Rose.

„Přijímá se.“

„Co jste udělala, když jste viděla, že Tracey sedí v kaluži krve a drží matku za ruku?“

Susan okamžik uvažovala. „Vzala jsem ji kolem ramenou, pomohla jí vstát a odvedla ji z ložnice.“

„Měla jste o ni starost?“

„Ano.“

„Pochybovala jste, že je Tracey skutečně na pokraji zhroucení?“

„Tehdy ne.“

„Tehdy ne,“ opakovala po ní Vicki. „A poté, co policisté Tracey vyslechli, vzala jste ji k sobě domů. Říkám to správně?“

„Ano.“

„Proč jste ji k sobě vzala?“

„Její otec byl mimo město. Nemohla jsem ji tam nechat samotnou.“

„Protože vám připadala tak rozrušená?“

„Protože její matka byla mrtvá.“

„Neměla jste důvod podezřívat ji z čehokoliv špatného, že?“

„Tehdy ještě ne.“

„Ale potom jste ji podezřívat začala?“

„Ano.“

„A co jste udělala?“

„Prosím? Nejsem si jista, jestli rozumím otázce.“

„Zavolala jste policii?“

„Ne. Zavolala jsem vám. Požádala jsem vás, abyste přijela.“

Vicki kývla směrem k porotě. „A co jste mi řekla, když jsem přijela?“

„Už si přesně nevzpomínám.“

„Snažte se rozpomenout.“

„Myslím, že jsem vyjádřila jisté znepokojení, neboť Tracey jako by nedokázala souvisle popsat, co se stalo. Pokaždé něco změnila, pokaždé si něco přidala.“

„Pamatujete si, co jsem vám odpověděla?“

Susan se poprvé od okamžiku, kdy se ocitla na svědecké lavici, usmála. „Odpověděla jste něco v tom smyslu, že lidem obvykle nečiní potíže držet se původní verze, pokud říkají pravdu.“

Teď se usmála i Vicki. Na tuhle větu čekala. „Takže právě já jsem jako první naznačila, že Tracey možná lže?“

„Ano.“

„Souhlasila jste se mnou?“

Ze Susaniných rtů rázem zmizel úsměv. „Ne.“

„Nezeptala jste se mě, jaký důvod by Tracey mohla mít k vraždě vlastní matky?“

Susan znejistěla. „Snad.“

„Takže vám připadalo nemyslitelné, že by Tracey něco takového provedla?“

„Zpočátku ano.“

„A teď? Teď už si nekladete otázku, jaký důvod k tak hroznému činu by Tracey mohla mít?“

„Námitka, vaše ctihodnosti.“

Vicki chvatně zvedla ruku. „Zeptám se jinak. Podle názoru

žalobce Tracey zabíjela ze žárlivosti. Žárlila prý na matčin vztah k Howardu Kerbleovi. Řekla nebo udělala někdy Tracey něco, z čeho byste získala podobný dojem?"

„Námitka, vaše ctihodnosti," znovu se napůl zvedl Michael Rose. „Svědkyně není odbornicí na psychiatrické problémy."

„Zamítá se," prohlásil soudce. „Nejedná se o odbornou otázku. Svědkyně může odpovědět."

„Ne," připustila Susan.

„Řekla nebo udělala někdy Tracey něco, z čeho byste usoudila, že se kvůli zasnoubení své matky trápí?"

„Ne."

„Ve skutečnosti měla z toho zasnoubení radost, že?"

„Tvářila se tak."

„Netěšila se snad, že bude na matčině svatbě družičkou?"

„Říkala to."

„Měla jste důvod podezírat ji, že si myslí něco jiného?"

„Neměla."

„Vyjádřila někdy Barbara obavu, aby Tracey kvůli zasnoubení a chystané svatbě nežárlila nebo se netrápila?"

„Ne."

Vicki přelétla pohledem porotkyně a porotce. „Vypověděla jste, že jste Barbaru Azingerovou znala čtrnáct let. Jak často jste se spolu vídaly?"

„To bylo různé."

„Trávily jste spolu čtyřiadvacet hodin denně?"

„Samozřejmě nikoliv."

„Tedy alespoň pár hodin denně?"

„Obvykle jsme se setkávaly jednou týdně."

„Aha. Hodinový, maximálně dvouhodinový rozhovor jednou týdně. A přesto jste ochotna s absolutní jistotou prohlásit pod přísahou, že Barbara Azingerová nikdy svou dceru sexuálně nezneužívala?"

„Ano," pevným hlasem odpověděla Susan. „Přesně tohle tvrdím."

„Bavila se s vámi někdy Barbara o svém sexuálním životě?"

Susan pohlédla na zástupce státního návladního, jako by žádala o pomoc. Michael Rose okamžitě povstal a vyslovil námitku.

„Zamítá se," vlídně se usmál soudce. „Svědkyně odpoví."

„Občas," zamračila se Susan.

„Svěřila se vám někdy, že pohlavní styk s bývalým manželem jí nepřinášel uspokojení?"

„Ano."

„A že během manželství pravidelně předstírala orgasmus?"

„Ano - a co má být? Miliony žen předstírají orgasmus, ale to z nich přece ještě nedělá zrůdy zneužívající vlastní děti. Barbara byla normální žena. Měla ráda normální sex."

„Barbaře Azingerové vyhovoval sex s muži a neměla tedy důvod zneužívat svou dceru. Tohle jste chtěla říct?"

„Ano." Tentokrát odpověď zněla opatrně a rozechvěle. Susan neklidně těkala očima ze strany na stranu, jako by pátrala, kde na ni číhá nastražená past.

„Děkuji vám, paní Normanová," usmála se Vicki. „Nemám další otázky."

33

NÁSLEDUJÍCÍ PONDĚLÍ ŽALOBCE POVOLAL NA SVĚDECKOU LAVICI Rona Azingera.

Ron, který v posledních letech už zdaleka nevypadal tak neodolatelně jako kdysi, celkem klidně vypověděl, že bez ohledu na rozvod Barbara vždycky byla vzornou matkou, že s dcerou si byly výjimečně blízké a že Tracey se mu nikdy ani slůvkem nezmínila o žádném zneužívání.

„Nikdy si na matku nepostěžovala?" zeptala se Vicki, když na ni přišla řada.

„Ne, nikdy."

„Dospívající děvče - a nikdy si nepostěžuje na matku? Nezdá se vám to divné?"

Porota se zasmála. Žalobce podal námitku.

„Držte se prosím věci, paní obhájkyně," vyzval Vicki soudce Fitzhenry.

„Pane Azingere, jak často jste po rozvodu vídal Tracey?"

„Každou středu večer a každý druhý víkend."

„O čem jste spolu obvykle hovořili?"

Ron si odkašlal a pokrčil rameny. „Co já vím? Řekl bych, že o běžných věcech."

„Mluvila Tracey o škole?"

„Ano," odpověděl Ron, příliš jistě se však netvářil.

„O kamarádkách?"

„Snad."

„Má Tracey hodně kamarádek, pane Azingere?"

„Určitě ano."

„Mohl byste nějaké vyjmenovat? Alespoň tři."

„Cože?"

„Můžete jmenovat alespoň tři z Traceyiných kamarádek?"

„No..."

„Tak alespoň jednu. Uvedl byste nám prosím jméno některé dceřiny kamarádky?"

Ron zabloudil očima ke stropu. „Myslím, že jedna z jejích kamarádek se jmenuje Lisa."

„Ovšem," usmála se Vicki. „Nějaká Lisa se vyskytuje v každé školní třídě."

V řadách diváků i poroty se ozval smích.

„Vaše dcera prostě neměla moc přátel, je to tak?"

„Zřejmě necítila potřebu obklopovat se spoustou lidí."

„Protože měla matku?"

Vicki sledovala, jak Michael Rose zvažuje, jestli má či nemá vyslovit námitku. Zřejmě dospěl k závěru, že podobné otázky koneckonců prospívají spíš obžalobě.

„Není snad pravda, pane Azingere, že jste si často stěžoval na Barbařino příliš těsné sepětí s Tracey? Že jste se v manželství někdy cítil poněkud na okraji zájmu?"

„Tracey a Barbara k sobě měly hodně blízko."

„Nepřirozeně blízko?"

„Námitka!"

„Přijímá se."

„Nenaléhal jste na svoji bývalou manželku, aby navštívila psychiatra?"

„Možná ano."

„Neřekl jste jí jednou, že je nemocná a měla by si dát vyšetřit mozek?"

Sakra, odkud tohle víš? ptaly se Ronovy oči.

Zapomněl jsi, že Barbara byla moje kamarádka? odpovídaly mu oči obhájkyně.

A *ty, ty sama* jsi na to taky zapomněla? dotíralo prodlužující se ticho.

„Byl jsem tehdy rozzlobený," konečně zamumlal Ron.

„Prosím o jasnou odpověď. Řekl jste své manželce nebo neřekl, že je nemocná a měla by si dát vyšetřit mozek?"

„Řekl."

Vicki několikrát polkla, zhluboka se nadechla a opět vydechla. Sváděla vnitřní boj týkající se závěrečné, nesmírně důležité a zároveň nesmírně riskantní otázky. Mám ji položit, když si nejsem stoprocentně jista odpovědí? uvažovala. Ještě vteřinu pozorovala svědka, který se právě díval na Tracey, a náhle pochopila. Ron Azinger má rád svou dceru, zatímco k bývalé manželce nepociťuje ani stínek loajality. Kristepane, je to přece profesor sociologie, hrdý a uznávaný příslušník elitního společenství. Jak by mohl připustit, že zplodil chladnokrevnou sociopatickou vražedkyni?

Vicki se málem usmála. Už znala odpověď. „Pane Azingere," pronesla sebejistým tónem, „je podle vašeho názoru možné, že Tracey byla svou matkou sexuálně zneužívána?"

Ron dlouho mlčel. A pak řekl: „Možné to je."

Howard Kerble byl jako svědek pro obžalobu mnohem užitečnější. Společenským významem se sice nemohl s Ronem Azingerem srovnávat, nicméně vyzařovala z něho jakási klidná autorita. Dojemnými slovy vylíčil, jak se s Barbarou seznámili, zamilovali se do sebe a plánovali společnou budoucnost. Jejich sexuální život byl skvělý, dokonale si rozuměli, odpověděl Howard na přímý dotaz žalobce. Barbara byla normální žena s normálními sexuálními touhami. Neprojevovaly se u ní sebemenší známky jakékoliv úchylky. Absurdní tvrzení, že pohlavně zneužívala svou dceru, vůbec nestojí za komentář. Barbara byla milující a obětavá matka, dceru vždy kladla na první místo.

„Tracey tedy neměla důvod žárlit na váš vztah k její matce, že?" konstatovala Vicki, když na ni přišla řada.

„Na to se musíte zeptat Tracey."

„Jistě, mám to v úmyslu," upjatě poznamenala Vicki a nechala svědka odstoupit.

„Žaloba povolává Christine Malarekovou."

Začínal třetí týden procesu. Zadní vchod velké soudní síně se otevřel a Chris, aniž by pohlédla nalevo či napravo, rázně prošla uličkou mezi sedadly. Měla na sobě světlefialový svetřík a šedé kalhoty, blond vlasy jí měkce splývaly na ramena.

Je čím dál půvabnější, pomyslela si Vicki a mimoděk sklouzla pohledem k Tonymu, který od prvního dne sledoval proces z téhož místa za dvěma řadami sedadel vyhrazených pro novináře. Neztropí Tony scénu? napadlo Vicki. Nevytáhne pistoli a nepokropí soudní síň sprškou střel? Ale ne, díkybohu musel projít detekčním rámem stejně jako všichni ostatní. Zatímco Chris skládala přísahu, stačila si Vicki ještě všimnout, že v jedné ze zadních řad jako obvykle sedí Susan.

Michael Rose položil Chris několik úvodních otázek týkajících se zaměstnání a věku, načež přešel k jádru věci. „Mohla byste charakterizovat svůj vztah k Barbaře Azingerové?"

„Čtrnáct let jsme byly přítelkyně. Velmi blízké přítelkyně."

„Znáte se také s její dcerou Tracey?"

„Tracey znám od jejích dvou let." Chris se otočila směrem k Tracey, krátce se střetla s pohledem Vicki a odvrátila se.

„Byla podle vás Barbara Azingerová dobrou matkou?"

„Byla vynikající matkou."

„Viděla jste někdy, že by svou dceru uhodila?"

„Ne. Barbara odmítala tělesné tresty."

„Ani v hněvu ji neuhodila?"

„Nikdy. Barbara byla přímo vzorem milující matky. Svou dceru zbožňovala."

„Viděla jste někdy během těch let, co jste se znaly, že by se Barbara Azingerová své dcery nějak nepřístojně dotýkala?"

„Ovšemže ne."

„Svěřila se vám někdy, že by měla o svou dceru nepřirozený zájem?"

„Ne. To je absurdní."

„Děkuji vám." Michael Rose pokynul směrem k Vicki. „Svědkyně je vaše."

Ano, svědkyně je moje, opakovala si v duchu Vicki, zatímco se beze spěchu zvedala. Opravdu to udělám? Můžu to vůbec udělat? *Musím* to udělat. Nemám jinou možnost.

„Řekla jste, že Barbara Azingerová byla přímo vzorem milující matky. Jakým způsobem svou lásku projevovala?"

Chris zaváhala. „Obávám se, že vám nerozumím."

„Viděla jste třeba, že by svou dceru hladila po vlasech?"

„Ano."

„Líbala ji?"

„Samozřejmě."

„Objímala ji?"

„Ano."

„Jak Tracey na takové laskání reagovala?"

Chris si vybavila časté chvíle, kdy vídala Barbaru a Tracey pohromadě. „Normálně. Žádné problémy tam nebyly, pokud se ptáte na tohle."

„Nikdy jste neslyšela, že by Tracey protestovala?"

„Ne."

„Šokovalo vás, když jste se dozvěděla, že Tracey zatkli pro vraždu matky?" Vicki čekala, jestli Michael Rose vznese námitku, a málem se usmála, když se neozval.

„Myslela jsem, že musí jít o nějaký omyl."

„Šokovalo vás, když jste se dozvěděla, že Tracey učinila doznání?"

„Ano."

„Proč?"

„Proč?" opakovala Chris.

„Proč vás to šokovalo?"

„Nevím, jak bych vám měla odpovědět."

„Šokovalo vás to proto, že jste si nedokázala představit, jak by Tracey mohla něco tak hrozného provést?" Teď už námitka určitě přijde, pomyslela si Vicki.

„Námitka," zvolal Michael Rose. „Názor svědkyně je v tomto ohledu irelevantní."

„Přijímá se."

„Řekla nebo udělala někdy Tracey něco, z čeho byste usuzovala, že se trápí kvůli matce nebo kvůli jejímu nedávnému zasnoubení?"

„Ne."

„Takže podle vás bylo všechno mezi Barbarou Azingerovou a její dcerou dokonale v pořádku?"

„Ano."

„A přesto Tracey svou matku zabila. Jak je to možné?"

„Námitka."

„Přijímá se."

„Nedomníváte se, že když dcera zabije vlastní matku, musí mít zatraceně pádný důvod?"

„Námitka."

„Přijímá se. Paní obhájkyně, volte prosím vhodnější výrazy."

Námitku stejně jako soudcovo napomenutí Vicki ignorovala. „Chovala se někdy Tracey zlostně, paní Malareková?"

„Ne, alespoň o tom nic nevím."

„Uhodila někdy před osudnou nocí svou matku?"

„Pokud vím, tak ne."

„A přesto tahle mladá dívka, podle svědectví vzorná dcera, uprostřed noci vstane a zabije matku. Dává vám to smysl?"

„Nedává," připustila Chris dřív, než stačil žalobce vznést námitku. „Nic z toho, co se té noci stalo, mi nedává smysl."

Vicki se důkladně nadechla. Teď anebo nikdy, blesklo jí hlavou. „Byly jste vy a Barbara Azingerová milenky?“

V soudní síni to zašumělo.

„Cože?“ Chris zesinala.

Michael Rose vyskočil a pádil k soudci. „Námitka! Námitka, vaše ctihodnosti!“

Ale to už se vedle zástupce státního návladního postavila Vicki. „Vaše ctihodnosti, opakovaně jsme tu vyslechli svědectví, že oběť byla normální žena s normálními sexuálními sklony. Žalobce proti těmto formulacím neprotestoval. Snad bych tedy měla mít možnost dokázat, že Barbara Azingerová nebyla vždycky taková, za jakou ji druzí pokládali, a to pochopitelně zahrnuje i oblast sexuálních preferencí.“

„Má pravdu, pane žalobce,“ sdělil soudce Fitzhenry zklamanému Michaelu Roseovi. „Povoluji otázku.“

„Byly jste vy a Barbara Azingerová milenky?“ okamžitě se znovu zeptala Vicki.

„Ne!“ odpověděla Chris.

„Paní Malareková, připomínám vám, že jste pod přísahou.“

„Nemusíte mi to připomínat.“

„Námitka, vaše ctihodnosti. Svědkyně už odpověděla.“

„Přijímá se.“

„Jste vdaná, paní Malareková?“ rozhodla se Vicki přehodit výhybku.

Chris se téměř zapotácela. Bezradně se rozhlédla se po soudní síni, všimla si i svého bývalého manžela. „Jsem rozvedená,“ řekla tiše. Tony se s úsměvem naklonil dopředu.

Vicki zvedla ruku. „Promiňte, neslyšela jsem vás.“

„Jsem rozvedená.“

„Kdy jste odešla od manžela?“

„Je to něco přes dva roky.“

„Mohla byste soudu vylíčit, co se stalo toho večera, kdy jste manžela opustila?“

„Námitka, vaše ctihodnosti,“ ušklíbl se Michael Rose. „Jakou to má souvislost s případem?“

„Souvislost brzy prokážu,“ konstatovala Vicki.

„Prosím, ale pospěšte si,“ vybídl ji soudce.

„Toho večera, kdy jste opustila manžela, jste odjela k Barbaře Azingerové, je to tak?“

„Ano.“

„Objevila jste se u ní pouze ve spodním prádle?"
„Ano, ale jen proto, že manžel mě takhle oblečenou vyhodil z domu a zamknul."
„Odjela jste taxíkem do Grand Avenue a navštívila Barbaru Azingerovou?"
„Nevěděla jsem, kam jinam bych šla."
„V kolik to bylo hodin? V devět? V deset?"
„Bylo to kolem půlnoci."
„Objevila jste se tedy někdy kolem půlnoci pouze ve spodním prádle u Barbary Azingerové," zopakovala Vicki. „Co se stalo potom?"
„Potom? Už si přesně nevzpomínám."
„Vy si nevzpomínáte?" s okázalým údivem opáčila Vicki.
„Myslím, že Tracey uvařila čaj."
„A Barbara Azingerová vám připravila koupel?"
„Byla jsem promrzlá. Chtěla, abych se zahřála."
„Proto vás pozvala k sobě do postele? Aby vás zahřála?"
„Námitka!"
„Kde jste té noci spala?" pozměnila Vicki otázku.
„V Barbařině posteli."
„Sama?"
„Ne."
„Barbara Azingerová tam spala také?"
„Ano. Ale k ničemu mezi námi nedošlo."
„Nepolíbily jste se?"
„Cože?"
„Nepolíbily jste se s paní Azingerovou?"
Chris mlčela. Proboha, Vicki, co mi to děláš? říkaly její zoufalé oči.
„Mohla by vaše ctihodnost nařídit svědkyni, aby odpověděla na otázku?" otočila se Vicki k soudci. Odpověď však znala. Tracey tehdy obě ženy chvíli pozorovala a potom utekla zpátky do svého pokoje. Když se na ni o pár minut později přišla matka podívat, Tracey předstírala spánek. Jenže co udělám, jestli Chris ten polibek popře? napadlo Vicki.
„Políbily jsme se, ale..."
„Na rty?"
„Ano."
„Byl to polibek, jaký si obvykle vyměníte s přítelkyní?"
Chris mlčela. Po tvářích jí stékaly slzy.

„Paní Malareková, byl to polibek, jaký si obvykle vyměníte s přítelkyní?"

„Ne."

„Jaký tedy?"

„Já nevím."

„Byl to milenecký polibek?"

„Snad," hlesla Chris – a Michael Rose složil hlavu do dlaní. „Ale k ničemu nedošlo. Prostě jsme se políbily. Nic víc."

„Jste homosexuální orientace, paní Malareková?"

„Námitka, vaše ctihodnosti. Kde je tady jaká souvislost? Copak svědkyni soudíme?"

„Vaše ctihodnosti, podle našeho názoru Barbara Azingerová a Chris Malareková spolu udržovaly lesbický poměr," sebevědomě se ozvala Vicki, „což by jasně dokazovalo, že Traceyině matce se nijak neprotivil pohlavní styk se ženou. Sexuální orientace svědkyně má v tomto smyslu zásadní význam."

„Povoluji otázku," prohlásil soudce Fitzhenry po kratší úvaze. „Svědkyně odpoví."

„Mám tři děti," zašeptala Chris.

„Jste lesbička, paní Malareková?"

„Prosím, nedělejte to."

„V sázce je život mladé dívky," chladně pronesla Vicki.

„A stejně tak můj," téměř vzlykla Chris.

Soudce Fitzhenry se předklonil a znovu svědkyni vyzval, aby odpověděla.

Chris zavřela oči a několik dlouhých vteřin se ani nepohnula. Co udělám, jestli Chris svou lesbickou orientaci popře? znovu se sama sebe ptala Vicki. Vytáhnu na ni fakta zjištěná soukromým detektivem, který ji na můj příkaz týdny sledoval? Předvedu soudu fotografie, jasně prokazující její milostný poměr s jistou spoluzaměstnankyní? Proboha, Chris, nenuť mě k tomu, v duchu Vicki škemrala, zatímco Susanino opovržení jí na zádech přímo propalovalo díru do tmavomodrého kašmírového kabátku. Tony Malarek se zlomyslně zasmál do hrsti a pochechtávání se okamžitě začalo šířit celou soudní síní.

„Jste lesbička, paní Malareková? Ano nebo ne?"

Chris otevřela oči a na jejím srdcovitém obličeji se náhle objevil výraz klidu a sebejistoty. Už žádné ustrašené skrývání! říkal ten výraz. Už se nebojím! „Ano," pronesla pevným hlasem. „Ano, jsem."

34

„VICKI," OZVALA SE V INTERKOMU SEKRETÁŘKA, „PRÁVĚ VOLALI OD soudu. Porota už rozhodla."

„Cože? To není možné. Ještě to nejsou ani tři hodiny."

Vicki popadla kabát a chvátala na parkoviště. Tak brzy? vířilo jí hlavou. Co to znamená? Proces trval skoro pět týdnů, zdálo se tedy nemyslitelné, že by porota mohla dospět k závěru za necelé tři hodiny.

„Je dobře, když se rozhodli tak rychle?" zeptala se Tracey, jakmile v soudní síni usedly na svá místa. Vicki jen zvedla dlaně a pokrčila rameny. Nevím o nic víc než ty, říkala tím gestem. Procesy před porotou jsou vždycky sázkou do loterie. Člověk si nikdy není jistý, jak se porota zachová – bez ohledu na to, kolik času zabral její výběr, bez ohledu na počet a kvalitu povolaných svědků a znalců. Poroty si vytvářejí svůj vlastní řád, svou vlastní logiku, svá vlastní pravidla. Je zbytečné pokoušet se cokoliv předvídat. Nic samozřejmě nelze usuzovat ani z tempa, jakým porota pracuje. Některé poroty postupují pomalu a metodicky, důkladně probírají jednu svědeckou výpověď za druhou a teprve potom hlasují. Jiné naopak do porotní místnosti odcházejí s jednotným názorem a mají chuť hlasovat okamžitě. Proč ještě ztrácet čas? Pět neděl bylo až až. Tak to sakra skončeme, ať můžeme vypadnout.

„Dámy a pánové porotci, dospěli jste k verdiktu?" zeptal se soudce Fitzhenry. Z tónu jeho hlasu také zaznívalo překvapení: copak jsem vás dostatečně nepoučil, že máte všechno pečlivě zvážit?

„Ano, vaše ctihodnosti," odpověděl nenápadný muž středního věku vystupující jako předseda poroty.

Vicki a Tracey povstaly a upřely pohled na porotu. Vicki zadržela dech. Ještě pár vteřin, pomyslela si, a bude po všem. Po procesu stejně jako po přátelství, které mě čtrnáct let posilovalo a pomáhalo mi žít. Třeba mi časem Chris i Susan odpustí. Třeba pochopí, že jsem to dělala nejen pro sebe, ale také pro Barbaru. Jenže křížový výslech Chris zašel příliš daleko. Překročila jsem veškeré meze, využila jsem důvěrných přátelských sdělení, za necelou hodinu jsem napáchala víc škody než Tony za deset let. Sakra, Tony Malarek je ve srovnání se mnou ubohý amatérský břídil. Ne, Chris a Susan mi nikdy neodpustí. A jestli někdy odpustím sama sobě, to bude do značné míry záležet na výroku poroty.

Předseda poroty pohlédl přímo na soudce. „Shodli jsme se, že obžalovaná..."

Tváří se tak vážně, blesklo Vicki hlavou. A vůbec se nedívá na Tracey. Nikdo z členek a členů poroty se nedívá na Tracey. Tohle nevypadá dobře. Promiň, Tracey. Promiň, Barbaro. Obě mi odpusťte.

„... není vinna."

„Panebože," zašeptala Vicki a málem se jí podlomila kolena.

„Panebože!" vypískla Tracey. Vzápětí se vrhla do náruče své obhájkyně. „Panebože! Děkuju. Děkuju vám. Moc vám děkuju."

V soudní síni vypukla vřava. Vicki obklopili reportéři, strkali jí před ústa mikrofony, mávali propiskami a bloky. Fotoaparáty cvakaly. Ze všech stran se ozývaly gratulace. Pouze když se kolem ní prodíral nasupený Michael Rose, zaslechla tichá, ale dostatečně žíravá slova: „Bezcharakterní mrcha. A čubka." Ta slova se jí až překvapivě silně dotkla, popálila jí duši. Jako by si před ní uplivl. Neumíš prohrávat! málem za ním křikla Vicki, ale místo toho se jen zasmála, neboť věděla, že její smích na něho zapůsobí mnohem ničivěji.

Ron Azinger dceru srdečně objal, jeho manželka se však držela opodál, v očích i v hladké mladé tváři znepokojení a dokonce obavy.

Tracey děkovala porotě. Každé ženě a každému muži zvlášť. „Ať se vám daří," zamumlali někteří z nich. „Děkuju, děkuju vám," neustále opakovala Tracey, ve svém vítězství stejně přesvědčivá jako během celého procesu. „Moc vám děkuju."

Vicki trvalo skoro hodinu, než se osvobodila ze spárů novinářů a vrátila se do své kanceláře. Přede dveřmi ji kolegové a partneři přivítali bouřlivým potleskem.

„Bravo! Bravo!" zatrylkovala sekretářka a vyskočila od psacího stolu, aby svou šéfku objala.

Vicki se však necítila spokojená a už vůbec ne rozjařená jako jindy po velkém vítězství. Přitom dnešní vítězství bylo určitě nejvýznamnější v její dosavadní právnické kariéře. „Díky," zamumlala téměř rozmrzele.

„Volal váš manžel," sdělila jí sekretářka poté, co se kolegové poněkud rozpačitě rozešli. „Chtěl vám poblahopřát. Mám vyřídit, že se ozve, jakmile mu skončí porada."

Vicki pokývla, beze slova prošla dveřmi a klesla do svého obrovského šéfovského křesla. Co to se mnou je? pomyslela si. Snad se nerozbrečím? Musím být opravdu *příšerně* unavená.

Přesto ji napadlo, jak by bylo hezké, kdyby se o svůj triumf mohla podělit s někým jiným než jenom se sekretářkou. Když už ne s Jeremym, tak třeba se Susan nebo s Chris. Nebo s Barbarou... Poprvé po několika měsících si za tím jménem představila zavražděnou přítelkyni, jak ji znávala, a náhle měla pocit, že ji vidí přímo před sebou. Usměvavou, v neodmyslitelných lodičkách s jehlovými podpatky. „Ano, ty mě chápeš," zašeptala Vicki do dlaní. Po tváři se jí skoulela osamělá slza. V tom okamžiku se rozdrnčely všechny telefony.

„Jste tady?" zavolala sekretářka.

„Ne," křikla Vicki. „Zapište vzkazy."

„Ale copak?" ozvalo se ode dveří. „Žádné oslavy?"

Vicki hlas poznala, ani nemusela zvedat hlavu. „Susan," řekla hlasem zbaveným jakékoliv barvy. „Čemu vděčím za takovou poctu?"

„Slyšela jsem tu novinu z rádia a napadlo mě, že bych tě tu mohla zastihnout."

„Jistě jsi mi nepřišla blahopřát."

„Ale naopak. Jako obvykle jsi podala oslňující výkon. Každý nedokáže zahrát na nejtrapnější předsudky poroty a ještě se přitom tvářit náramně ušlechtile."

„Přesně tohle jsem podle tebe předvedla?"

„A o co jiného šlo?"

„O prostou pravdu," stručně odpověděla Vicki.

„O prostou pravdu?" Susan udiveně zakroutila hlavou. „Nenech se vysmát. Pravda je, že té dávné noci spolu Barbara a Chris absolutně nic neměly, a ty to moc dobře víš. Pravda je, že i kdyby spolu nakrásně tenkrát něco *měly,* ve vztahu k celému tomu smutnému případu by to bylo zcela irelevantní. Pravda je, že homosexuální orientace ještě z člověka nedělá zvrhlíka zneužívajícího děti. Ve skutečnosti děti většinou zneužívají jedinci heterosexuální. Sice zatraceně zhovadilí," pokračovala tlumeným hlasem jako pokaždé, když se rozčílila, „ale heterosexuální, rozumíš?" Susan přešla k oknu a zahleděla se na lehounce se snášející sněhové vločky.

„Vůbec nic jsi nepochopila," povzdechla si Vicki.

„Co jsem nepochopila? Výrok poroty? Mýlíš se, Vicki. Já ten verdikt chápu. V porotě přece nezasedají andělé, ale lidé. Lidé, kteří si nedokáží představit, jak by mohla milá středostavovská dospívající dívka jen tak, bez vážného důvodu, brutálně zavraždit vlastní matku. Mnohem přijatelnější pro ně je vysvětlení, jaké jsi jim nabídla, když jsi zavražděnou matku pošpinila a zdémonizovala, když jsi obrátila role a z oběti udělala odpornou zrůdu, nesnesitelně trýznící nevinné dítě. Mohla sis to dovolit, v téhle zemi jsou často matky v opovržení stejně jako homosexuálové." Susan odstoupila od okna a probodla Vicki tvrdým pohledem. „A řekla bych, že dokonce chápu, proč jsi tu obhajobu vůbec vzala."

„Ano? Proč tedy?" Vicki se v duchu připravila na záplavu obvinění.

„Nemusíš mi věřit, ale já si nemyslím, že ti šlo *jenom* o peníze a o slávu. Zřejmě jsi skutečně přesvědčena, že Barbara by si to přála. A co je zvláštní, já s tebou souhlasím. Ano, Barbara, jak jsem ji znala, by si patrně opravdu přála, abys Tracey obhajovala. A samozřejmě by chtěla, abys vyhrála."

„Chápeš tedy, že jsem *musela* zvolit ten způsob obhajoby, který jsem zvolila."

„Ne. Takovou podlost v životě nepochopím."

„Mluvíš o Chris." Vicki si promnula spánky, kde se začala hlásit prudká bolest hlavy. „Jak je na tom?"

„Zajímá tě, jak je na tom? Vskutku dojemné! Zpopularizovala jsi ji natolik, že přišla o práci a musela se vystěhovat z bytu. Její vztah s Montanou je znovu na mrtvém bodě. Naděje, že by Chris ještě někdy uviděla obě mladší děti, je prakticky nulová. Stačí? Ale podívejme se na celý případ z té světlejší stránky: chladnokrevná vražednice vyvázla se zdravou kůží a svobodně si chodí mezi námi. Není to snad důvod k radosti?"

Vicki mlčela. Co mohla říct?

„Ještě bych se vrátila ke Chris," pokračovala Susan. „Vlastně se o ni příliš nebojím. Najde si nový byt a novou práci. A časem, časem ti možná v koutku srdce odpustí. Znáš ji. Přátelství je jí nade vše."

Vicki se zachvěla, slova přesně zasáhla svůj cíl. „A co ty? Ty mi nemůžeš odpustit? Tolik jsme toho spolu prožily..."

„Ano, prožily."

„Vždycky jsem tě měla ráda," připomněla Vicki. V očích se jí zaleskly slzy.

„Já tebe taky."

„Neodpustíš mi?"

Susan se otočila a zamířila ke dveřím. „Leda až chcípneš," nevzrušeně prohodila, aniž by se ohlédla.

Vicki právě dopíjela čtvrtou sklenku červeného, když se ozval zvonek u dveří. „Roso," křikla dřív, než si uvědomila, že hospodyně už nejméně před hodinou odešla. Vicki sklouzla očima k zápěstí, ale ručičky se na ciferníku lemovaném brilianty nějak podivně míhaly, vůbec se nedalo poznat, jestli je spíš osm nebo devět. Kdo by to mohl být – bez ohlášení? S námahou se zvedla ze židle a poněkud potácivě se vydala z jídelny do haly a pak k domovním dveřím. Nejspíš to bude Jeremy nebo některé z dětí, pomyslela si. Kolikrát jim mám připomínat, aby si brali klíče? Ostatně, kde všichni jsou?

„Tracey!" zvolala překvapeně a ustoupila stranou, aby růžolící dívka mohla vstoupit dovnitř.

„Asi jsem měla předem zavolat." Tracey si oklepala sníh z černých kozaček, beránčí kožíšek si však neodložila.

„Všechno v pořádku?" zeptala se Vicki.

„V *nejlepším* pořádku," usmála se Tracey. „Neruším?"

Vicki mávla rukou. „Vůbec ne. Jsem doma úplně sama. Jeremy má nějakou poradu a děti jsou... bůhvíkde." Krátce se zasmála. Jen matně si vzpomínala, že Josh říkal cosi o hokejovém tréninku. A Kirsten? Kirsten patrně šla do knihovny.

„Nedáš si sklenku vína?“ Sakra, holka dost stará na to, aby zabila mámu, se snad může i napít, nevesele uvažovala Vicki, zatímco se nejistým krokem vracela do jídelny.

Tracey ji následovala. „Díky, ale raději ne. Řídím.“

„Otec ti půjčil ten svůj drahocenný mercedes?“ podivila se Vicki a mezi řečí si dolila zbytek vína.

„Kdepak, vzala jsem si matčin vůz,“ zahihňala se Tracey. „Teď přece patří mně, ne?“

Vicki jediným lokem vypila půl sklenky.

„Máte opravdu nádherný dům.“

„Posaď se a povídej. Co tě ke mně přivádí?“ Vicki ochable klesla na svou židli, málem přitom však minula ohnivě oranžové kožené sedátko.

Tracey zůstala stát na protější straně dlouhého úzkého stolu. Pokrčila rameny, jako by si nebyla jistá, proč vlastně cestu do luxusní čtvrti Indian Hills podnikla. „Potřebuju se trochu nadechnout čerstvého vzduchu. Tátova domácnost, to je hotový blázinec. Děti v jednom kuse řvou. Pomýšlím na vlastní byt.“

Vicki mlčky dopila sklenku.

„Co bude s domem?“ náhle se zeptala Tracey.

„S domem?“

„S domem po mé matce. Patří mně nebo tátovi? Vím, že táta pořád ještě splácí hypotéku a vůbec hradí všechny účty.“

„Nemám tušení,“ téměř nevrle odpověděla Vicki. Začínala mít dívky plné zuby. „Budeš se muset poradit s právníkem.“

„Právě proto se obracím na vás, ne?“

„Lituji, ale tohle není můj obor.“ Vicki ponořila nos do prázdné sklenky a nasála těžkou pižmovou vůni. Neměla bych si otevřít další láhev? přemítala. Ale třeba by stačilo, kdybych se tou lahví pořádně praštila do hlavy. V bezvědomí bych tuhle noc určitě přečkala líp.

„No, asi už půjdu,“ prohodila Tracey, ale ani se nehnula. „Nepotřebujete nic?“

„Já? Ne, díky. Proč se ptáš?“

„Totiž... připadáte mi maličko...“

„Opilá?“

Dívka se znovu zahihňala. Kristepane, to je ale nepříjemný zvuk, pomyslela si Vicki. „Poslyš, Tracey, můžu se tě na něco zeptat?“

„Klidně."

Vicki se nadechla a rozhlédla se kolem sebe. Místnost jako by se trochu nakláněla doprava. „Proč jsi matku zabila?"

Tracey se zhoupla z jedné nohy na druhou. „Vždyť víte."

„Vím jenom to, co jsme předložili porotě."

„Pak víte všechno."

„Nezapomínej, že jsem tvou matku dobře znala."

Obvyklý Traceyin vyrovnaný výraz zmizel. V jejích očích se objevila směs znechucení a údivu. „Co tím chcete říct?"

„Chci říct, že už nestojíš před porotou. Proces skončil. Obžalovaná byla zproštěna obvinění."

„A nikdo už mě nemůže znovu obžalovat a soudit? Bez ohledu na cokoliv? Je to tak?"

Vicki ucítila svíravý tlak v žaludku. „Ano, je to tak."

Tracey pokrčila rameny a se zájmem se zahleděla na křišťálový lustr zavěšený nad starožitným dubovým stolem. „Budiž, nemýlíte se," pronesla nenuceným tónem. „Matka mě nikdy sexuálně nezneužívala."

Místnost se naklonila tak prudce, že Vicki musela zarýt nehty do okraje stolu, aby se neskácela. A také aby se nerozkřičela. „Všechno sis to vymyslela?"

Dívka opět pokrčila rameny. „Úplně všechno zase ne. Skutečně se mě pořád dotýkala, vždyť víte, jaká byla."

„Vím, že tě milovala jako nikoho jiného na celém světě."

„Taky jsem ji milovala."

Vicki zavřela oči – a uviděla před sebou Barbaru, Susan a Chris. Bože můj, co jsem to provedla? zasténala v duchu. „Milovala jsi ji, ale přesto jsi ji jen tak bez důvodu zabila."

„Měla jsem důvod."

„Ano? A jaký? Žárlila jsi na matčin vztah k Howardovi?"

Tracey už vrtěla hlavou. „O tohle nešlo."

„O co tedy?"

„Nepochopila byste to."

„Asi ne. Ale stejně mi to zkus vysvětlit."

„Nejsem si jistá, jestli to svedu." Tracey si rozepnula horní knoflík kožíšku. „Víte, byly jsme si příliš blízké. Až to občas vypadalo, že jsme jedna jediná bytost. Jako bych bez matky ani neexistovala. Chápete, co chci říct?"

Vicki přikývla, ve skutečnosti však neměla tušení, o čem dívka mluví.

„Když táta odešel a zůstaly jsme jen samy dvě, bylo to úžasné. Pořád jsme byly spolu. Pak ale potkala Howarda a všechno se změnilo. Najednou měla svůj vlastní život, beze mne... a já, já jako bych přestala existovat. Jako by mi vzala vzduch. Dusila jsem se, umírala jsem. A pokud jsem chtěla získat ten vzduch zpátky, pokud jsem chtěla získat zpátky svůj život, musela jsem ji zabít. Chápete? Nechtěla jsem jí ublížit. Chtěla jsem zpátky svůj život."

Vicki se zmocňovala závrať. Dávalo něco z toho, co tady Tracey blábolila, vůbec nějaký smysl? „A teď?" zeptala se. Slova jí tupě narážela do lebky. Jako ta golfová hůl, kterou Tracey rozbíjela matčin obličej na kaši, napadlo Vicki a raději zavřela oči. „Nic necítíš? Žádnou vinu? Žádné výčitky?"

„Teď?" Dívka se zamyslela. „Teď cítím úlevu."

Panebože!

V zámku domovních dveří zarachotil klíč. „Ahoj," zvolal o pár vteřin později Jeremy. „Je někdo doma?"

„Tady jsem." Vicki se ani nepokusila vstát. Dobře věděla, že by ji nohy neunesly.

Tracey se usmála. „Už půjdu, táta by si dělal starosti. Nemusíte mě vyprovázet. A ještě jednou děkuju." Otočila se na patě a byla pryč. Vzápětí se ozvalo z haly: „Zdravím vás, pane Latimere. Jak se máte?"

Každým coulem zdvořilá mladá dáma, pomyslela si Vicki a mimoděk se ohlédla na starožitné stojací hodiny, které za jejími zády odtikávaly čas. Náhle si vzpomněla na svého otce, jak sedí v posteli a zírá na stěny pečovatelského domova. Takhle tráví své noci? uvažovala Vicki. Až do rána počítá vteřiny a minuty, marně prosí, aby konečně přestal bdít a přemýšlet? Aby ho konečně obestřelo milosrdné nevědomí?

„Vicki?" uslyšela manžela. Stál přímo před ní, ale jeho hlas jako by přicházel z nesmírné dálky. „Vicki, není ti nic?"

Zvolna zavrtěla hlavou, zamžikala řasami. Jak podivně staře Jeremy vypadá, napadlo ji.

„Tracey se zdá náramně spokojená," poznamenal.

„Proč by nebyla?" Vicki zvedla prázdnou láhev. „Ostatně já taky oslavuju. Co kdybys přinesl další láhev a přidal se ke mně?"

Jeremy se nevesele, téměř bolestně usmál. „Díky, miláčku, ale obávám se, že dneska bych tě příliš nepobavil."

Bože, jaký problém by mohl trápit Jeremyho?

„Vpodvečer jsem měl zajímavý rozhovor."

Vicki udiveně zdvihla obočí. Rozhovor? Proč sem Jeremy plete nějaký pitomý rozhovor?

„S Michaelem Rosem."

A do háje. Žaludek jí sevřela ledová pěst. „Ty jsi mluvil s Michaelem? Proč?"

„Nebyl to můj nápad. Michael Rose se z ničeho nic objevil v mé kanceláři, zastavil mě, právě když jsem odcházel, a přímo na mne vychrlil spousty informací."

„Doufám, že jsi ho nebral vážně. Prostě má vztek, vůbec totiž neumí prohrávat. A určitě si dal hezkých pár skleniček na kuráž."

„Jo, asi budeš mít pravdu. Nicméně to, co říkal, znělo velmi přesvědčivě."

Manželův pohled byl až příliš zraněný, až příliš vědoucí. Mám Jeremyho ještě víc urazit tím, že bych mu lhala do očí? pomyslela si Vicki. Copak jsem už dost neublížila všem, které jsem milovala? „Nic to neznamenalo," řekla tiše a vystřízlivěla mnohem dřív, než by si byla přála.

„A co *má* význam?" opáčil Jeremy.

„Prosím?"

„Začínám si klást otázku, co vůbec v životě má nějaký význam."

Chce mě opustit? blesklo Vicki hlavou. Asi ano, konec-konců lidé mě neustále opouštějí. Umím si získat jejich pozornost, ale ať se snažím, jak se snažím, natrvalo k sobě nikoho nepřipoutám.

„No, každopádně to byl namáhavý den, miláčku. Jsem utahaný a jdu si lehnout." Jeremy se na chvilku odmlčel. „Nepůjdeš už taky?"

„Hned," vděčně vydechla Vicki. „Hned přijdu."

Ale nevstala. Zůstala sedět u starožitného dubového stolu, střídavě usínala a rychle se opět probouzela, strnule zírala před sebe, napjatě a vyděšeně poslouchala, jak stojací hodiny za jejími zády lhostejně odtikávají čas zbývající do rána.

EPILOG

UPLYNULO TÉMĚŘ DEVĚT LET OD BARBAŘINY SMRTI A OSM LET OD procesu, který natrvalo poznamenal naše osudy. Lidstvo mezitím vstoupilo do nového století a současně do nového tisíciletí. Ty roky uběhly rychleji, než jsem si dokázala představit. Tolik se toho změnilo, Grand Avenue si však víceméně zachovává svou původní podobu. Alespoň na první pohled. Dosud tady bydlím. Jako poslední z někdejší čtveřice nerozlučných přítelkyň.

Film končí. Automaticky mačkám tlačítko a přetáčím pásku na začátek. Tiše to šumí, jako když pohasíná zářivka. Kolikrát už jsem jenom za dnešek tenhle film viděla? Pětkrát? Osmkrát? A za celá ta léta? Vůbec bych si to netroufala spočítat. Film si znovu a znovu pouštím nejen o narozeninách a různých výročích, ale kdykoliv mám náladu vzpomínat, což se stává velmi, velmi často. Přesto se ho nemůžu nasytit, přesto se nedokážu rozloučit s těmi půvabnými a rozesmátými mladými ženami, které miluju a budu milovat do posledních dnů svého života. Dámy z Grand Avenue, opakuju si v duchu téměř jako slova modlitby, sotva se na obrovské televizní obrazovce opět objeví ty svěží a šťastné tváře. Srdce se mi svírá a zároveň taje dojetím. Je vůbec možné, že od onoho památného prvního odpoledne, kdy jsme se setkaly na dětském pískovišti v našem parčíku, uplynulo třiadvacet let? Je to vůbec možné? Nechápavě kroutím hlavou.

Zvoní zvonek u domovních dveří.

„Mami, někdo zvoní," slyším shora.

„Nemůžeš otevřít, zlato?" křiknu. „Stejně to bude tvoje návštěva."

Whitney sbíhá ze schodů. Jedenadvacetileté děvče, ale dupe jako stádo slonů.

„Než otevřeš, podívej se, kdo to je," volám příliš pozdě,

dveře už se otvírají. Slyším tlumené hlasy. Whitney se vrací a nakukuje do mého nedávno zařízeného „mediálního pokoje“ v levé části přízemí. „Kdo to přišel, zlato?“ ptám se jí.

„Někdo s tebou chce mluvit,“ krčí Whitney útlými rameny. „Mladá žena. Říká, že ji znáš.“

Mačkám další tlačítko a ženy na obrazovce znehybní. S videorekordérem už zacházím téměř brilantně, což nepřestává udivovat manžela, dceru i mne samotnou. Vlastně jsem u nás jediná, kdo umí nahrát televizní program vysílaný v době, kdy nejsme doma nebo spíme. Dokonce umím nahrát kterýkoliv program, zatímco právě sleduju úplně jiný kanál. A musím se přiznat, že jsem na tuhle svou dovednost až přehnaně pyšná.

„Představila se?“ Ani trochu se mi nechce vstát z pohovky.

Whitney znovu pokrčí rameny. Neochotně se zvedám a jdu za dcerou k domovním dveřím.

Po odpoledni stráveném v klimatizovaném doupěti se zataženými závěsy bych málem zapomněla, že venku praží červencové slunce, a musím si zaclonit oči.

Mladá žena stojí na prahu, obličej trochu ve stínu naší smuteční vrby. Cítím svěží vůni, žena přinesla kytici a drží ji oběma rukama, jako by chovala dítě. „Nazdar,“ usmívá se, zatímco já jenom ohromeně zírám.

Otvírám ústa, ale nevyjde z nich jediná hláska. Má to snad být nějaký surový žertík podrážděné fantazie? napadá mě. Seděla jsem tak dlouho v tom třpytivém světle televizní obrazovky, že už začínám vidět přízraky? Že si už pletu představy se skutečností?

„Paní Normanová?“ říká mladá žena a já se jakžtakž vzpamatovávám.

„Mami?“ Whitney se zlehka dotýká mé paže. Zřejmě se v duchu ptá, co je to se mnou. Má o mne strach.

„Možná si na mě už nevzpomínáte. Já jsem Montana.“ Hlas mladé ženy zní nervózně a zadýchaně, vůbec nepřipomíná hlas její matky. Ale jinak... jinak je podoba obou žen prostě neuvěřitelná. Jako by Chris vystoupila z mé videokazety, zhmotnila se, oběhla dům k přednímu vchodu a zazvonila. Jako bych u toho svého složitého přístroje stiskla nějaké zázračné tlačítko a vrátila čas o třiadvacet let zpátky. „Pozvete mě dál?“ ptá se mladá žena.

„Jistě, Montano." Ustoupím, aby mohla vejít dovnitř.

S úsměvem si odhrne za uši své dlouhé blond vlasy – a v tom gestu zase poznávám Chris. „Jestli vám to nevadí, víc se mi líbí Ana. S jedním en."

„Ana," opakuji a vychutnávám si zvuk toho slova.

„Jméno Montana se mi vždycky protivilo." Sklouzne pohledem ke kytici a trochu rozpačitě mi ji podává. „Pro vás."

„Pro mne? Děkuju ti."

„Dám je do vody," nabídne se Whitney, která už pochopila, že v téhle chvíli nedokážu normálně reagovat. „Co kdybyste se posadily v obýváku?" dodává a pro jistotu ukazuje rukou správný směr, abych snad nezabloudila. Poslušně vedu Montanu, vlastně Anu, jak si teď říká, do sluncem zalitého pokoje v zadní části domu.

„Máte to tady moc hezké," říká Ana a sedá si na okraj jednoho ze dvou květovaných ušáků stojících po stranách velkolepého, ale nepoužívaného krbu z černého mramoru.

Owen ani já po otevřeném ohni nijak netoužíme, což mi připadá poněkud zvláštní. Oba totiž *působíme dojmem* lidí, kteří neznají nic kouzelnějšího než chvíle, kdy přihodí do krbu pár polen a pak uvelebeni v křeslech sledují neustále se proměňující hru plamenů. Představa je to jistě lákavá, znamená však také spoustu práce a zbytečných starostí. Nesrovnatelně snazší je otočit knoflíkem a zapnout topení.

Jak často, říkám si, zatímco váhám mezi ušákem a růžovou pohovkou, nejsou věci takové, jaké se zdají?

Nakonec se rozhodnu pro pohovku. Vteřinu či dvě hledám nejpohodlnější polohu. „Dáš si něco k pití? Vodu? Limonádu?" nabízím Aně.

„Díky, nemám žízeň."

Přichází Whitney. Vysokou křišťálovou vázu, do níž úhledně naaranžovala květiny, staví na čajový stolek se skleněnou deskou, pak ukáže hlavou kamsi ke stropu a prohodí: „Jestli vám to nevadí, vrátím se do svého pokoje."

„Ráda jsem tě zase viděla," loučí se Ana s odcházející Whitney. A vzápětí dodává tlumeným hlasem: „Skoro bych ji nepoznala, najednou je z ní dospělá žena."

Rozšafně pokyvuju. Jistě, život utíká, přímo pádí... A navíc mě udivuje, že si Montana po tak dlouhé době na mou mladší dceru vůbec vzpomíná. „Letos ji už čeká závěrečný ročník."

Ana potřásá hlavou v rezignovaném gestu, jaké je obvykle vyhrazeno ženám o desítky let starším než ona. Je jí teprve pětadvacet, nemůže si přece uvědomovat neúprosný běh času. „Na které univerzitě?"

„Na Dukeově."

„Studovala tam i Ariel?"

„Ariel na univerzitu nešla." Snažím se mluvit nenuceným tónem, ale ve skutečnosti mě pořád ještě trápí, že starší dcera pohrdla vyšším vzděláním, provdala se za moderního kovboje a odstěhovala se s ním na ranč poblíž Casperu ve Wyomingu, kde by se jí v prosinci mělo narodit mé první vnouče. „Stejně je to zvláštní," slyším se vykládat. „Já se dobrou půlku života honila za diplomem. Považují mě za autoritu v oblasti ženských práv. Přednáším po celé zemi. Dokonce chystám knihu..." Panebože, proč to děvče nudím? zarazím se. Co je Montaně či Aně po bilancování stárnoucí ženy? Přesto téměř proti své vůli pokračuju. „A vidíš, mám dceru, která jako by se vrátila do úplně jiných časů. Pokládá za romantické chodit bosá a přivádět na svět děti."

„Třeba se do školy vrátí později."

„Jo, to se snadno řekne, ale hůř provede."

„Vy jste to dokázala."

„Ano," usměju se a hned se cítím líp. „A vůbec, je to její život. Já ho za ni žít nebudu."

„Ariel je chytrá. Určitě ví, co dělá," říká Ana natolik přesvědčivě, že jí věřím. A pak náhle moje návštěvnice poznamená: „Slyšela jsem, že z Vicki se stala přímo televizní hvězda."

Můj úsměv mizí. „Žádné zvláštní překvapení."

„Díváte se někdy na ten její pořad?"

Vrtím hlavou. Před čtyřmi roky Latimerovi přesídlili do Los Angeles. Brzy nato začala Vicki pravidelně vystupovat v Televizním soudu a nedávno ji časopis *People* zařadil mezi padesát nejvýznamnějších osobností. Připojený článek uvádí, že se po letech konečně setkala se svou matkou, což dokumentuje i nevelká fotografie. Rodinná podoba je nepochybná. Obě ženy mají stejný hubený obličej a tutéž téměř dravčí dychtivost v očích. Vicki na snímku drží matku kolem ramenou a mě okamžitě napadlo, jestli spíš než o něžné gesto nejde o projev podvědomé obavy, aby se matka opět nesebrala a nezmizela bůhvíkam. Podle Owena ta fotografie o ničem podobném nesvědčí a já do ní vkládám vlastní představy. Snad. Každopádně doufám, že shledání s matkou Vicki nezklamalo. V první chvíli jsem jí dokonce chtěla telefonicky poblahopřát, ale pak jsem si to rozmyslela. Některé rány se prostě nehojí.

„A co Tracey?" ptá se Ana. „Máte o ní nějaké zprávy?"

„Díkybohu ani ne. Naposledy jsem slyšela, že hraje v nějakém divadle." Chvilku mlčím a přemýšlím o ironii osudu. „Ale povídej o sobě. Co tě přivádí zpátky do Cincinnati? Neříkej, že už máš po krk francouzské kuchyně."

Na srdcovité tváři Any se opět objevuje Chrisin úsměv. „Kdepak, Paříž je úžasná. Neumím si představit, že bych žila jinde. A pak, potkala jsem tam..." Slova nedokončené věty zůstávají viset ve vzduchu jako lehounké kroužky modravého cigaretového dýmu. Ana obrací oči ke stropu a směje se matčiným smíchem.

„Setkala ses s otcem?"

Ana se nemračí, pouze krčí čelo. „Přijela jsem za bratry."

„Jak se jim vede?"

„Zdá se, že docela dobře. Těžko říct. Znáte kluky, moc toho nenamluví."

„Tonyho jsem léta neviděla," poznamenávám spíš sama pro sebe.

„Vůbec se nezměnil. Loni měl autohavárii, trochu teď kulhá, ale jinak..." Věta opět vyznívá do ztracena. Mladá žena, kterou jsem znávala jako Montanu, se zhluboka nadechne. „Povězte mi o matce."

Zavírám oči, a když je znovu otevřu, zase před sebou místo Any vidím Chris. „Co bys chtěla slyšet?"

Ana zvedá bradu, jako by chtěla zadržet slzy. „Všechno."

Povzdechnu si, stále ještě nesmířena s další z hořkých ironií osudu. „Asi tak před třemi lety jsem si v jednom prsu nahmátla malou bulku." Mimoděk se otřesu, stín tehdejšího strachu dosud působí. „Snad víš, že moje matka několik let předtím zemřela na rakovinu prsu."

Ana mlčky pokývne.

„Objednali mě na mamografii. Klepala jsem se strachy. Tvoje matka se nabídla, že mě doprovodí, a když už tam byla, podstoupila tu odbornou prohlídku taky. Jak se ukázalo, moje bulka byla jenom neškodná cysta..."

„Moje matka takové štěstí neměla," šeptem konstatuje Ana.

„Všechno šlo hrozně rychle. Za necelé dva roky Chris umřela."

„Vůbec jsem nevěděla, že je nemocná." V těch slovech zní potlačovaný pláč.

„Snažila jsem se tě kontaktovat, ale tvůj otec mi dal špatnou adresu. Všechny dopisy se vrátily neotevřené."

„Ten parchant! Zavolal mi teprve po matčině smrti." Ana zlostně vyskočí z křesla, zůstane však strnule stát. „Ačkoliv nemůžu všechnu vinu svalovat jen na něho. To *já* jsem se rozhodla vyškrtnout matku ze svého života. To *já* jsem se rozhodla natrvalo odjet do Evropy."

„Byla jsi zmatené dospívající děvče."

„Byla jsem sobecký spratek."

Kdybych se nebála překročit neviditelnou mez, která nás odděluje, určitě bych Anu objala. „Nesmíš si nic vyčítat. Matka tě milovala. Byla na tebe nesmírně hrdá."

„Hrdá? Ale proč? Čím jsem si to zasloužila?"

„Byla jsi její dcera."

„Copak to stačí?"

Vnitřní zrak mi v rychlém sledu nabízí proměny mé starší dcery. Ariel jako roztomilé batole, Ariel jako rebelantská středoškolačka, Ariel jako nastávající maminka... „Ano," říkám tiše. „To stačí."

Ana si utírá slzy a sedá si zpátky do ušáku. „Jak prožila ty dva roky? Trpěla hodně? Byla osamělá?"

„Netrpěla," ujišťuju Anu – a není to milosrdná lež. „Pečovali o ni skvělí lékaři. Postarali se, aby necítila téměř žádné bolesti. A nebyla osamělá. Její přítelkyně Donna s ní zůstala do poslední chvíle."

„Donna je ta žena, se kterou matka žila?"

„Ano. Seznámila se s ní v reklamní agentuře Emily Hallendaleové. Donna je báječná. Myslím, že byste si dobře rozuměly."

„Nemáte její telefonní číslo?"

„Někde v kuchyni. Skočím pro ně."

„Díky."

Najít číslo mi trvá dost dlouho. Jednu zásuvku v kuchyni mám přecpanou nejrůznějšími kartičkami a výstřižky. Pochopitelně je tam i adresář, jenže beznadějně zastaralý. A tak mi nezbývá než obrátit v ruce každý kousek papíru a otevřít každou zažloutlou obálku. Nakonec zjišťuju, že současná adresa Donny ležela skoro úplně nahoře, ale v tom chvatu jsem ji bohužel napoprvé přehlédla. Popadnu kartičku, na níž je i telefonní číslo, a jako svátost ji nesu zpátky do obývacího pokoje.

Ana tam není.

V panice běžím k domovním dveřím. Jestli odešla, třeba ji ještě dostihnu...

A vtom zaslechnu tichý pláč. Jdu za tím zvukem, přesně vím, kde Anu najdu.

Stojí ve dveřích mé nově zařízené pracovny, „mediálního pokoje" vybaveného působivým arzenálem počítačů, tiskáren, mikrofonů, přehrávačů kompaktních disků – a také obrovskou televizní obrazovkou. Ana upřeně hledí na „zmrtvělý" záběr mého filmu. Hledí na svou matku. Obě ženy, filmová i skutečná, se zdají přibližně stejně staré, vlastně stejně mladé. Vcházím po špičkách do pracovny, mačkám tlačítko a film ožívá. Kamera trhaně přeskakuje od Chris k Barbaře a potom k Vicki. Vzápětí celou obrazovku vyplní obličej Barbary, která se sápe po kameře, zmocňuje se jí a otáčí ji na mne. V dalším záběru opět vidíme Chris, marně se snažící udržet na klíně malou Montanu.

Dospělá Ana sleduje, jak maličká Montana zlostně kope matku do kotníků. Konečně se jí daří sklouznout na zem. Drobný obličej jí smáčejí slzy stejně jako teď Aně. Chris rozpřahuje náruč a trpělivě čeká, až se dítě vrátí. Montana však odolává slibům i prosbám a dál trucuje na samém okraji záběru. „Pojď ke mně, zlatíčko," láká ji Chris. „Buď hodná holčička. Vrať se k mamince."

Ana hlasitě vzlyká. Zvedá ruce a kolébavě se blíží k obrazovce. Podvědomě tisknu tlačítko, abych zastavila záběr. Montana klesá do matčiny čekající náruče.

Trvalo to dlouho, nesmírně dlouho, myslím si. Tichounce přistupuju k obrazovce, zaujímám Chrisino místo a tisknu k sobě její dceru. Ana se sotva drží na nohou, musím ji pevně podepřít. Obě pláčeme, obě se opájíme vzpomínkami. Vzájemně se utěšujeme.

Jestli je život prostě tou šancí, kterou jsme si zvolili z mnoha jiných, jak mi kdysi říkala matka, pak spoustu času promarníme oplakáváním těch ostatních, nevyužitých šancí. Neustále něčeho litujeme. Přitom minulost nelze změnit, můžeme se ji pouze snažit pochopit. A musíme ji přijmout. Vyrovnat se s ní. Jako s něčím, co bylo a už není.

Ale přestože už dávno nejsem tou mladou ženou, která se na mne spolu s přítelkyněmi směje z obrovské televizní obrazovky, vím, že ona dávná půvabná a bezstarostná Susan nezmizela úplně. Alespoň kousek z ní ve mně zůstal. Občas ji zahlédnu. Někdy na mne z ničeho nic šibalsky mrkne, když se k smrti unavená podívám do zrcadla. Jindy cítím, jak mi narovnává ramena ve chvíli, kdy bych se nejraději svinula do klubíčka a proklínala celý svět. Často mi vede prsty po klávesnici počítače, pomáhá mi vybírat slova mých projevů a článků. Šeptá mi do ucha hlasem mého mládí. Je připomínkou všeho, co mi bývalo drahé a blízké.

Je mou přítelkyní.

Kdo říká, že život musí mít smysl? Že nám dluží nějaké vysvětlení? Možná nic takového jako spravedlnost vůbec neexistuje. Možná se nikdy nedočkáme vytouženého klidu. Ani smíření.

Ale stále je tu naděje, říkám si, zatímco k sobě tisknu Anu, zatímco objímám všechno, co bylo, a všechno, co ještě bude.

Neboť stále je tu i láska.

JOY
FIELDINGOVÁ

Dámy Z GRAND AVENUE

Z anglického originálu Grand Avenue
(Pocket Books, New York 2001)
přeložila Ludmila Hanzlíková
Redigoval Josef Hanzlík
Odpovědná redaktorka Ivana Parkmanová
Obálku navrhla Viera Fabianová
Technická redaktorka Helena Illíková
Vydala Euromedia Group, k. s. – Ikar v Praze v roce 2002
jako svou 1811. publikaci
Vydání první
Počet stran 384
Sazbu zhotovila Helena Hyanová
Vytiskly Tlačiarne BB, spol. s r. o., Banská Bystrica

TS 13/34
ISBN 80-249-0065-3